ТРАГОВИМА АВГУСТА

СРБО ГАЛИЋ

Globland Books

*Роман о земљи које више нема,
која се сада чини само као један велики,
давни сан*

*За Радмилу и Сузану,
без њих би све било немогуће.*

ПРОЛОГ

Крајина, август 1995.

— Тата, а како ћемо коње оставити, ко ће бринути о њима?

Августовско небо је још било прекривено звијездама, дан и даље није успијевао да надвлада ноћ. На столу су већ биле кафа и ракија, доручак је лагано припреман када је у село улетила неколицина голобрадих младића, може се рећи дјеце. Упркос униформи и оштром говору, у очима им је видљив одбљесак дјетињства.

Донијели су лоше вијести и на сав глас, тако да може чути цијело село, извикивали најстрашније ријечи које су мјештани икада чули. Оне ријечи за које су четири године страховали да ће стићи, да ће им заробити ум и коначно доказати да се заиста догађа оно што тако дуго траје, а њима се чини да само сањају. Моћне ријечи, после којих се не наставља уобичајени живот у коме се одлази на посао или у школу, брине о благу и обављају други сеоски послови. Такве ријечи разбиле су у парампарчад илузију да ће се ипак некако завршити мирније, да ће изнова свитати, попут људи, блага и плава јутра, помало снена, весела или мамурна. Вјеровали су да су прегрмили све ужасе које само рат може да приреди и истовремено, потајно и од себе самих, слутили да овоземаљски пакао тек предстоји, да истинска мука тек почиње.

— Устајте, устајте, сви на ноге — из петних жила су узвикивали млади војници. — Спремите се, узмите само најнужније, обавезно понесите лична документа! Ако имате вишак бензина у канистерима, носите и то! Спакујте хране колико год можете и брзо одлазите одавде! Долазе! Они долазе са свих страна! Нема много времена, долазе и стижу овдје веома брзо!

Они долазе.

Да ли је ово уопште могуће? Послије толиких година успјешне одбране, упркос увјеравањима и гаранцијама разноразних људи у униформама, али и у лијепим цивилним одијелима, да је све у реду, да нико нема бринути о било чему, да је свака линија добро утврђена, да нема назадовања, да се иде само напријед. Да смо јачи од њих и да овај пут неће бити исход какав је био у претходна два велика рата. Да на размеђу два миленијума неће успјети у намјери да убијају и кољу људе као да су животиње, смијући се, пјевајући, уз посебно оружје направљено са једном једином сврхом — да изгубе што мање времена на клање Срба, да у томе буду што ефикаснији, као да обарају неки монструозан Гинисов рекорд. Требало им је такво оружје, Срба је било много, а времена мало. Нису се мјештани надали да би се могла само чути ријеч „србосјек", а камоли да ће рођеним очима видјети ту направу из пакла, коју је једино ђаво умио створити.

Они долазе.

Окренула се око себе, погледала ка оближњим шумарцима и учини јој се да су сјенке ноћи заправо живи људи, посакривани у жбуњу, да су они већ стигли и да је касно, немогуће је побјећи. Напреже слух да их чује, али не би ничега изузев тихог крајишког повјетарца који је забављао лишће у гранама и наводио га на плес у високим крошњама. „Можда су се ови млади момци преварили", помисли.

— Слушај, Зорана — рече њен отац Стеван — не брини за коње и остало благо. Овдје остајем ја, да их припазим, као и до сада. Не бој се, ништа страшно се не догађа, неће они доћи у наше село, ово је само мало јачи напад који мирише на велику битку и зато нам говоре да се склонимо. Вјерујем да се иде само до Лапца, да се припазите неколико дана, док та битка не прође, а онда се враћате кући.

— Како ти то знаш, тата? Ко је теби јавио?

— Их, ко је мени јавио! Ако ико зна сваког човјека у пречнику од сто километара, то сам ваљда ја. Као и увијек, имам ја свој извор информација, а ова дјеца што дођоше мало су више успаничена, плаше народ без везе, видиш да су голобради и немају искуства. Опусти се и не бој ми се, све ће брзо проћи.

— Да, срећо, биће то све добро — огласи се и мајка која је излазила из куће, бришући руке од кецељу. — И ја остајем са татом, а ти и Јелена ћете ићи колима с Петром и малом Сањом. Склоните се неко вријеме, па се онда вратите.

Зорана погледа у оца, па у мајку, па опет у оца, па у мајку. Мада су њихове ријечи доносиле олакшање, осјетила је лагани дрхтај у мајчином гласу и забринутост у очевом.

— Ма, без вас двоје нигдје не идемо ни Јелена, ни ја! Нисмо нас двије дјеца попут Сање. Одрасле смо дјевојке, па ако ви остајете, онда нема разлога да не останемо и нас двије када се већ нема од чега бјежати.

— Око тога се нећемо расправљати — узврати Стеван, сада оним карактеристично чврстим гласом, пуним ауторитета и сигурности, дајући до знања да неће допустити било какву полемику. — Милице, јеси ли им спремила шта ће понијети јести, Петар само што није стигао?

Гледала је оца помало ошамућена, а стомаком се ширио неки непријатан осјећај, као да се у њеној утроби одједном населило милион лептира, али не оних које је осјећала када се први пут заљубила. Ови су тешки, производе неки горак укус који се пење до уста, понашају се као дивље звијери изненада закључане у тијесном кавезу након што су цијели живот провеле на слободи, па сада на све стране панично ударају само да се што прије ослободе. По цијелом стомаку осјећала је милијарде ситних иглица због којих се страх са сваком секундом вртоглаво појачавао, потпомогнут нервозним рзањем коња због буке у селу која није била уобичајена тако зарана.

— Ђе је Јелена уопште, од јутрос је уопште нисам видио — упита Стеван.

— Ево је у кући — одговори Милица — сједи за столом и неће да се спрема. Ни она неће да иде од куће! Зорана, сине, ти си мирнија и сталоженија, уђи и реци јој да ће све бити у реду. Прије ће тебе послушати него мене, па ближе сте једна другој.

— Зашто одбијате да останемо заједно кад већ није толико опасно? Не буни се Јелена узалуд, ваљда и нас двије знамо шта радимо, па нисмо више цурице! Пустите да останемо с вама, молим вас.

— Ни говора! — загрми Стеван, сада већ љут. — Улази у кућу и да сте обе спремне за пет минута! Нема више ни приче, ни расправљања!

Несигурним ходом, покуњена, Зорана пође ка кући док су коњи још нервозније рзали, а сеоски пси унезверено лајали. Они слободни су као сумануту јурили напријед-назад по читавом селу, тако силно лајући да су многи убрзо промукли. Привезани пси су се упињали свим силама да покидају ланце. Животиње су слутиле велико зло, ускоро се потврдило да су у праву, да могу да предосјете много тога што човјеку није дато. Ваистину, кад се сотона ускоро појавио, посијао је смрт на буљуке и палио све пред собом док није остао само прах и пепео.

Ушавши у кућу угледала је Јелену која се грчевито држи за кухињски сто као кад током земљотреса настоји да га задржи у мјесту, да се не преврне на под. Тихе сузе лиле су низ образе. Била је већ одрасла дјевојка, била је жена, али је у том тренутку Зорани изгледала као она цурица од осам година која је први пут у школи добила јединицу и плаши се шта ће рећи родитељи. Била је беспомоћна, попут птичета сломљеног крила, па и Зорана заплака чувши да и млађа сестра каже да нешто није у реду, да више никада ништа неће бити као прије.

— Јелена — заусти Зорана, али је прекиде сестрин јецај.

— Ако сад одемо нећемо се више вратити, осјећам то цијелом душом. Видим и код тебе исто. Нећемо ићи, остајемо са татом и мамом. Ако они могу да остану, можемо и ми. Нећемо их пустити саме ма шта се десило.

Зорана сједе за сто, узе јој руку и преклопи је својом шаком, преносећи сву сестринску љубав и топлину. Страх јесте био велики, али је љубав била јача, као и нада да можда није све тако црно. Било је и мучнијих тренутака за ових безмало пет година колико рат дивља по просторима њихове младости. Много црњих, па су их преживјеле, зато је немогуће да се сада догађа нешто страшније од већ проживљеног. У то је била сигурна. Није могла ни да наслути у каквој је заблуди.

— Јело, немој плакати, видјећеш да ће све бити у реду баш како тата каже. Морамо се склонити на само неколико дана, није то далеко. Ако нечега и буде, мама и тата могу доћи брзо, па ћемо онда бити заједно док наши смире ситуацију.

— Што онда и ти плачеш, што ти дрхте руке? Није све у реду, неће ни бити и ја знам да то знаш! Исте смо, увијек смо такве биле! Зар мислиш да ћеш ме моћи ријечима увјерити у супротно од онога што видим у твом погледу? А и кад би хтјела, не знаш ти мени слагати, нити можеш!

Зорана је беспомоћно гледала у сестру. Говорила је истину. Цијелог живота није је ни умјела, а ни хтјела лагати. Толико су биле блиске да им небројено пута ријечи нису биле потребне да би се разумјеле. Довољно је само да им се сретну погледи. Тако је било одмалена, када су као дјевојчице трчале по сеоском макадаму, па кроз луде пубертетске године у којима нико није сигуран шта жели, шта мисли, када је човјек најживљи у цијелом вијеку. Ето, све до сада, до ових оловних, страхом обојених дана. И година.

— Како ћемо их оставити саме? Ово је страшно, не желим ни ја да идем, али знаш какав је тата. Ако буде морао понављати шта да радимо наљутиће се до бескраја, не воли кад се његова ријеч не поштује. Јесте, у праву си, осјећамо исто, али мораћемо тату послушати, нема нам друге. Али се ипак надам да он јесте у праву, да ће ово брзо проћи и да ћемо ускоро опет бити овдје, у нашој кући.

Јелена је погледа у очи један бесконачан тренутак, као да је тражила заштиту и сигурност, очекујући да Зоранина нада пређе и на њу. А онда је нагло устала са столице. Преломила је. Нека буде шта бити мора, како се од давнина говорило. Стисну Зоранину руку и рече:

— Добро онда, ајде да се брзо спремимо, да не љутимо тату.

Зорани би и драго и криво. Драго, јер јој је сестра вјеровала. Криво, јер је донекле очекивала да ће је Јелена некако натјерати да промјени и своје, али и мишљење родитеља, па да се не раздвајају. Устаде и она, пође до собе да на брзину натрпа у торбу нешто најосновнијих ствари.

Тада се проломи страховит прасак. Зорана се укопа у мјесту, ослушкујући. Да ли је то пуцањ или негдје удари муња, можда пуче грана неког оближњег дрвета? Није знала, али јој је наједном срце туклo у грлу умјесто у грудима. А онда ужурбано уђе у собу.

Можда је ипак била мудра одлука да се на неколико дана склоне. Ако овакав страх пролази кроз биће од само једног пуцња, који можда и није био пуцањ већ прасак гране која се ломи, како би тек било суочити се уживо са онима код којих су минималне шансе да останеш жив? Стресла се већ на такву помисао. Није да их није већ видјела, радила је у војсци на самом почетку рата. Ипак, тада су им линије биле на километре удаљене од српских. У тим првим мјесецима, српска армија је била снажна и јака. Таква је, непобједива, остала можда чак и годину до двије, посебно након крвавих борби у којима је ослобођен Вуковар. Нису јој ништа могли оружје и жива сила којом су тада располагали Хрвати или муслимани у Босни.

Али није сада хтјела да размишља о томе, да се сјећа оних далеких дана од којих је мало тога остало. Па, ипак, ни у сну није могла помислити да ће доћи дан у коме, овако престрављена и беспомоћна, стоји у својој соби сасвим неспремна да одлучи шта да стави у торбу јер не зна шта је то што је човјеку заиста неопходно у оваквим несрећама. А морала је за свега неколико минута не само да одлучи, него и да се спакује! Петар је, наиме, одувјек био човјек од ријечи. Ако је казао да ће доћи за пет или десет минута, онда си по њему могао да навијеш сат. С тугом погледа гоблене, везла их је својом руком, урамљивала и поносно качила тако да се виде већ са врата. Као и цртеже, настале док је у дугим и мирним сатима чувала сеоско благо подно Динаре и Велебита, када је свеприсутну тишину реметило само умилно мекетање јагањаца и мукање крава, који су се премјештали на сочније ливаде и понекад залутали на туђе имање, па их је ваљало враћати. Тада је имала времена на претек да у чедној и дјевојачкој занесености слика предјеле које никада није видјела, али их је стварала унутрашњим оком, душом и маштом, подстакнутом ријетким америчким серијама што су се могле пратити на малом црно-бијелом телевизору који је хватао само два канала. Сликала је природу, животиње, замишљене погледе неког непостојећег младића или весело, румено лице дјевојке која креће на први састанак са симпатијом. Да понесе, можда, неки од тих цртежа?

„Кад бих могла понијети само један гоблен и једну слику било би ми много лакше, али гдје да их ставим? Мјеста у торби више нема. А и тата би се наљутио, питао би јесу ли то ствари потребне тамо, у Лапцу? Рекоше ли да тамо идемо", двоумила се, још стојећи поред кревета.

Погледала је према прозору јер се одатле чуо неки непознати звук или јој се учинило због силине напетости и стреса који су је преплавили док си лупио дланом о длан. Крену да провјери шта се збива. Кад тамо, нагли налет буре се поигравао са одшкринутим прозором. Издахнула је чујно.

„Да, нема дилеме, морамо да идемо. Кад је већ оваква паника ушла у нас, тешко би било издржати свако трзање на оне обичне, свакодневне звуке од којих би нам се причињавали пуцњи. Али шта ће тата и мама? Како мисле остати, зар је њима другачије у душама него нама", размишљала је док су јој сузе опет маглиле вид.

— Зорана — викну Јелена из кухиње. — Шта радиш више тамо, јеси ли се спремила?! Ево, тата виче да Перо само што није стигао!

— Ево сад ћу, још само минут. А кад се ти мислиш спремити, не видим ти торбу?!

— Ма, уздам се у тебе! Шта год ти понесеш биће добро и мени. Одлучи шта нам треба, вјерујем да нећеш погријешити.

И поред све муке Зорани прелете осмјех преко лица. Неке ствари се не мјењају никад, остају исте без обзира на то какав лом настане у свијету. Такво је и повјерење млађе сестре у старију.

— Зорана, Јелена — викну отац. — Излазите више! Ево Петра, иде низ пут!

Погледавши кроз прозор Зорана угледа фарове Петровог аута, што је врати у грубу стварност. Брже-боље је стрпала у торбу неколико мајица, за њу и Јелену, нешто веша и чарапа, па довикну Јелени да покупи прибор за личну хигијену. На врх стави једну књигу Јована Дучића и с муком затвори торбу. Била је џомбаста, помисли да је ипак спаковала много више него што је потребно за тако кратко одсуство. Али, више није било времена да одвади сувишно.

Поглед јој паде на јакну од џинса са крзненом крагном. Јесте август са традиционалном жегом, увече умије да помало планински захлади, али то је јакна коју је, од прве плате, самој себи купила. Поносна је на њу и дане када је први пут отишла од куће да заради са својих десет прстију. У тој јакни је доживјела и многе радости, мора је понијети, баш као што нека дјеца свугдје и свукуда носају омиљене играчке или вуку своје ћебенце. Тјешећи се да јакну носи из сентименталних разлога, али много више због хладних вечери и јутара, зграби и њу из ормана, ускочи у патике и коначно се нађе испред куће. Остатак породице је већ чекао на њу.

— Зорана, Бог с тобом, што ти је требало толико времена?! Спремаш се као да идеш у какво иностранство, а не близу куће — изговори Милица, мајчински прекорно и брижно.

Зорана заусти да одговори, премда није била сигурна шта би уопште рекла, кад се иза окуке појави Петров ауто, затруби весело као да је дошао да их води на вашар или нечију свадбу. Петар закочи и искочи из возила разбарушене косе.

— Оооj, Лалићи, је л' сте спремни? — повика из свег гласа и насмијан крену да се поздрави са свима. Зорана баци поглед ка аутомобилу, видје малу Сањину главу, њене прелијепе очи сада су биле веће него икада. Чак и са ове раздаљине је у очима дјетета спазила исто што и код свих других. Страх.

— Ајдете више! Дај, Петре, немој ме сад ту цмакати! Нема времена, ено већ је много људи у покрету, видиш ли ти колону трактора и аута како одлазе — рече Стеван помало забринуто. — Дај Зорана те ствари Пери да их убаци у гепек и сједајте, ваља се мицати, ко зна докле су ови стигли.

— Тата, шта је оно пукло малоприје онако, је л' се оно негдје сломила грана или је био пуцањ, можда су већ ту? — упита Зорана, намјерно споменувши пуцањ на крају, још у нади да ће и родитељи поћи са њима. Довијала се да их оваквим питањем макар баци у размишљање, ако не и страх. Њене ријечи одбише се од Стевана као од камен. Он оде до кола да помилује Сању и да се бар дјетету насмјеши, да јој олакша и увјери је да сада иде на мали излет који није много другачији од уобичајених излета на Зрмању током љетне припеке. Зорана се окрену мајци која је нијемо стајала иза њих, непрестано гужвајући и исправљајући крпу, док је зора рудила иза њених леђа и обасјавала је неким другачијим свијетлом, па јој се на трен учини као да је око мајчине главе ореол као на ликовима светаца са икона. Или јој се није причинило, јер шта то има светије од мајке, шта се са њом може поредити? Зашто такав ореол не би заиста био ту, зар га мајка није завриједила? Можда је он увијек ту али је видљив тек у изузетним приликама, када човјек за промјену стварно види, а не само гледа. Брзо јој приђе и снажно загрли, па онда обе пружише руке ка Јелени. Да се све три загрле. Да у задњем уточишту топлине и сигурности осјете мајчине руке на образима, да се окупају у њеном забринутом погледу и љубави колика не би могла стати у васцјелу Крајину.

— Чувајте се дјецо. Немојте се раздвајати, увијек будите заједно, једна другој на оку. Немојте се удаљавати једна од друге, као ни од куће гдје идете. Никад се не зна шта се крије у грмљу или не дај Боже, да пођете преко неке ливаде коју не познајете, мина има на сваком кораку — савјетовала је Милица, стишћући их у загрљају све јаче.

— А, Бог са вама, женама! Шта се ваје грлите и цмачете, та није крај свијета, видјећемо се ускоро опет — огласи се Стеван као строго, прилазећи им, али се и у његовом погледу, уз љубав према ћеркама, видјела извјесна доза забринутости. Ни могао није да претпостави какву истину изговара, да ово јесте био завршетак живота за који су знали, уредног, сложног и скромног живота у коме су били задовољни оним што су имали, а то је оно што највише вриједи. Имали су једни друге и свој кров над главом, сасвим довољно за срећу.

Стеван их некако раздвоји и по обичају помилова кћери по коси, баш као и малу Сању. Био је онај аутентични Крајишник горштак, онај којем не можеш лако узбуркати осјећања, али ако у томе успијеш онда то свакако видјети нећеш.

— Ај', чувајте се и не бојте се, Петар је добар возач, биће пажљив — изусти Стеван, као да је највећа брига била какав је Петар возач, а не халабука која је бујала око њих.

Зорана га ухвати за руку отврдлу од вјечитог рада што на селу, што на послу. Нека је и тврда и храпава, ипак је то била најнежнија рука на свијету.

— Тата, ако шта буде, ти и мама одмах да сте дошли за нама, немој сад да...

— А јес', ево је дошао тренутак када ћеш ти мени наређивати — прекиде је у пола реченице, у узалудном настојању да зазвучи озбиљно и строго кад му је глас био мекан попут свиле. — Ајде улазите више и сједајте, чини ми се да Петар постаје нешто нервозан, а и Сању ћете расплакати.

Док су улазиле у ауто Зорани почеше клецати кољена, од први пут доживљеног оваквог страха, а и Јелена је била блиједа као дух и тресло јој се читаво тијело.

— Идемооо! — весело повика Сања, сада већ сигурнија да не креће на злопатничко путовање јер су са њом двије особе које воли највише на свијету, које је чувају, воле и малтене одгајају, па је без њих свијет незамисливо мјесто.

— 'Есте спремне? — упита Петар. — 'Есте, 'ели? Ај' онда да крећемо, с Божијом помоћи, ај' да стигнемо колону, лакше је кад нас има више — рече тако да се у њему још могла назријети нада.

Петар нагази педалу, Зорана и Јелена, држећи се за руке, окренуше се да погледају родитеље, да им махну. Мајка је још стајала на истом мјесту, једнако гужвајући и исправљајући крпу, гледајући ка њима. Стеван се већ окренуо и пошао да види шта је с коњима, због чега су се толико узнемирили. Сестре погледаше родну кућу. Изнад крова су се управо рађали први зраци августовског сунца, а оне нису слутиле да посљедњи пут виде дом свога дјетињства, одрастања, пубертета, мјесто у коме су научиле ходати, говорити, гдје су зидови крили прве дјевојачке тајне узајамно повјерене.

Пакао је тек почињао.

ПРВИ ДИО

Југославија, неких давних година.

1

— Их, Зоки, како си висока, увијек можеш најљепшу јабуку убрати са било којег дрвета — скоро снужденo рече „мала" Милена док су ишле преко ливада, као и сваког јутра, до жељезничке станице и воза који ће их одвести у Книн. Тамо су похађале школу.

Само што та Милена није уопште ниског раста, била је као и свако нормално чељаде, али је Зорана већ тада, у седмом разреду, надвисила све школске другаре, рачунајући и дјечаке. Није јој то сметало, напротив, била је поносна што је висока и витка, са дугим ногама које је понекад у машти поредила са ногама познатих свјетских глумица. Знала су је дјеца задиркивати због тога, дјеца к'о дјеца, иста су на свим крајевима свијета, нема тог града ни села гдје неко дијете не пецка вршњака. Каже се да су дјеца најчистија бића на планети, али то се ваљда односи на посве малу дјецу која још не знају пуно о животу. Тамо негдје од четвртог, петог разреда полако копни та дјечија невиност. Да ли због утицаја старијих и прича које слушају, да ли зато што је скоро па природно да се мораш правити важан и покушати да своју генерацију надмашиш у нечему, да заслужиш „мјесто у друштву", било како било, али дјеца су знала и да буду окрутна.

Зорана се осмјехну.

— Па што не кажеш коју би ти јабуку, да и теби уберем једну лијепу и сочну — рече и пожеље да Милену помилује по коси.

Та зачикивања је нису много потресала, нису била ни учестала, а можда се већ и навикла на њих. Ипак, Зорана је била таквог кова да се није умјела наљутити ни на кога. Можда би, кад је нешто баш увриједи, била љута неколико минута, али би је брзо прошло посебно ако добије извињење на лицу мјеста. Њој си могао да се извиниш и слиједеће недеље, а могао си и никада, она је праштала брзо и искрено, из срца, схватајући да од љутње нема вајде, да је то чисто губљење времена и енергије. Милена се није шалила на рачун Зоране, била је искрено тужна јер не може да допре до оних најслађих јабука, које, као за инат, расту баш на највишим гранама. Посебно су биле слатке са дрвета старог и намргођеног комшије Ђуре. Тај Ђуро није подносио дјецу уопште, ни поодраслу, нити сасвим малену. Кад би се неко дивио љепоти беба и сав се растапао од драгости, наишао би Ђуро и помало злобно говорио: „Да, да, лако је сад док су тако мађи, видјећете ви муке кад одрасту, посиједићете прије времена. Али није вам лако ни сада, колико то кмечи, плаче и ваје нешто тражи, ја бих тачно полудио да сам на вашем мјесту!"

На њега су се подједнако љутили мушкарци и жене. Ишао им је тај чангризави старац на живце. Увијек љут, увијек пун примједби на све живо. Жалио се поваздан свакоме ко је хтио да слуша. Кукао је на политику, на кишу које није било довољно ове године, јадао се што нема више пара, гунђао је, ето, и на дјецу. Чини се да је свако село имало свог пољара Лијана којег је Бранко Ћопић направио бесмртним, јер су кроз њега описане све Ђуре овог свијета. Мада Ђуро уопште није ни био пољар, нити би му ико повјерио да ради тако нешто, нанио би више штете него што би донио користи. Зато су Милена, Зорана или ма које дијете пуцали од среће кад би баш њему могли причинити какву штету, јер кад би сазнао да су му са дрвета нестале само двије јабуке од муке би се разболио недељу дана. То би значило да иде од куће до куће, гледајући да ушићари коју чашицу ракије и уредно зановјета на шта ова данашња дјеца излазе. Некад је добијао по ракијицу од неког ко би се смиловао на љутог и усамљеног дедицу, а понекад би му преко леђа пукла метла од жена које га нису више могле слушати. „Нос'те ђаво више отале с' врата, шта си се укипио ту к'о да си ник'о на мом прагу, склањај се да те ја не бих склањала!" Ђуро би покуњено одлазио, не престајући да јадикује себи у браду.

Како је та „шетња" до жељезничке станице подразумјевала да се мора пјешачити шест километара, устајало се читав сат раније да би се стигло на воз. И Зорана, и остала дјеца у селу, вољели су тај дио поласка у школу. Посебно с' ране јесени, када тек креће школска година, или у прољеће када посвуд цвјета и буди се природа. Другачије је било кад стигне зима са оштрим планинским мразом, али су ђаци опет уживали, сада у трчању кроз снијег у трошној обући, јакнама и бундама наслијеђеним од старијих браће и сестара. Мало ко је имао нешто сасвим ново, изузев џемпера који су ницали сваке зиме јер су мајке, тетке, стрине или ујне увијек биле вриједне да исплету и обрадују дјецу. Читавим путем су се грудвали, подапињући једни другима, а понекад би Вељко, повелик и подебео дјечак, некога срушио у снијег, сјео на њега и не би хтио устати док жртва не обећа да ће сутра понијети каиш сланине само за њега. Могао си се отимати и трудити се колико си хтио, али кад ти Вељко сједне за врат ту је био крај, можда би га једино волови могли помјерити. Обећање се морало дати, било то теби драго или не. Али, тако се није понио ни према једној цурици. Иза наизглед оштре нарави дјечака који је, како се чинило, уживао да мучи дјецу, ипак се крио благи поглед. Помало тужан и повремено усамљен, задубљен у своје мисли, зацијело је чезнуо за оцем. Када је имао свега седам година, отац му је погинуо извлачећи дрва из шуме. Трактор се

— Ако мене данас буде питао добићу кеца — рече — нисам ни имала времена да учим, синоћ сам морала ићи по краве и дотјерати их кући.

Помисливши на могућност да добије лошу оцјену забринуто погну главу и напокон ућута.

Зорана утону у свијет маште. Ту није било мјеста за географију и име главног града неке афричке државе. Бар не за географију коју су учили у школи, али за то гдје се налазе градови у којима је, на примјер, цвјетала модна историја — за то је већ било мјеста. Сањарила је о томе да јој талент за сликање омогући да се бави дизајном одјеће. Понекад би замислила своје име поред имена најпознатијих свјетских модних креатора. Каква би то била дивота, чуло би се за њу по читавом свијету! И тада би готово видјела отмјене даме из високих слојева друштва, моделе и познате холивудске глумице како се утркују да прве стигну до нове креације Зоране Лалић!

Зашто би то било немогуће? Било је много врсних писаца, умјетника и сликара из Крајине, а једно име је надмашивало све њих, не само у Крајини, Југославији или Европи, већ је било можда најсјајније име на читавој планети. Никола Тесла, наш Личанин! Никада се није стављала у ранг са генијем из Смиљана, али је он био ванвремена и непресушна мотивација многима, не само у овим крајевима, који би помишљали да са својим животом ураде нешто веће.

Све је то, међутим, било далеко. Ни основна школа још није завршена, а камоли средња. Хтјела не хтјела, морала се вратити садашњости која понекад и није ружичаста, чему је, ето, посвједочила баш Милена рекавши да је умјесто учења морала да се бави благом, као што су морала сва дјеца, наравно и одрасли. Село је село, ту се живи само од стоке и рада на земљи, а ако се за књигу има времена, одлично. Ако фали времена, онда књига није избијала у први план. А тек маштање о модним пистама, о томе да бар једна твоја слика осване на каквој изложби, не морају то бити Париз или Лондон, довољно пристојно и лијепо звучао је и Београд. Штавише, чинио се можда и бољим од тих страних градова јер да би постао неко у свијету најпре мораш постићи некакав успјех код куће.

Срећом, Зорана је много вољела животиње и никада није гунђала или правила сцене када дође ред на њу да иде кравама или овцама. Чувала их је драге душе, бринула о њима, друговала с' њима на великим, зеленим, непрегледним ливадама Далмације. Тада је имала времена на претек да се бави сликањем. Када идеш овцама или кравама више исцрпљује количина времена проведена напољу, него што је то нека трка и фрка, којих је бивало понекад. Зато би увијек у зобницу стављала неколико листова папира и зашиљене дрвене оловке. Носала их је ливадама и камењарима младости, оне дивне младости када си могао све. Сликала би стада, предјеле, планине...

Из тог времена остао јој је у мучном сјећању један догађај, који задуго није могла пребољети и који јој се дуги низ година враћао у сан, да га проживљава небројено пута. Једног поприлично хладног и вјетровитог поподнева, које ничим није наговјештавало да би могло бити другачије од стотина других таквих поподнева, сједила је и, чувајући овце, радила на новом цртежу. Прва велика кап кише јој паде усред папира, помутивши слику на којој се рађала чобаница која чува стадо. Можда је то несвјесно био и аутопортрет, али га није успјела завршити, мајка природа је имала друге планове. Није било неуобичајено да стадо остане на испаши чак и током кишних и вјетровитих дана, све са пастиром, али је ово било све само не обична киша. Вјетар се нагло дигао и појачавао у снази, киша је лила укосо и падала Зорани у лице као да је одједном погађа милион ситних каменчића. Одлучила је да потјера стадо ка кући. Има сијена и у појатама и наградама, неће бити нека штета ако се шта од залиха потроши, то им и јесте била сврха. Брзо је звизнула псима овчарима да окупе овце и потјерају их на пут. Како је вријеме одмицало невријеме је бивало све јаче, а Зорана је све брже тјерала овце да изађу на макадам, преко омањих камених зидова који су већином служили као међа. Најeдном се зачуо крик. Није знала ни одакле долази, ни од кога. Чинило се да је човјечји. Та помисао бацила је тринаестогодишњу цурицу у панику.

„Ко би то могао бити, шта се десило, нисам видјела никог другог на испаши, одакле долази овај плач",ређала су јој се питања у магновењу. Погледа према стаду оваца које је журно одмицало путем и на задњем зидићу међе угледа овцу која лежи преко камења, гласно стење и плаче. Притрча јој и, са јауком у души, видје да су јој сломљене обе задње ноге. Није успјела да прескочи зидић, у камењу се заглавила скршивши ноге и неутјешно плаче, баш као и Зорана, чије сузе почеше да се мјешају са кишом. Знала је шта ово значи, да овца неће преживјети.

Смрт животиње, посебно ако је за њу она била одговорна, било јој је исто као одлазак неког драгог човјека. Тешко подношљив догађај за тако младу душу, пуну љубави према животу, свијету, људима, животињама, биљкама... Клечала је изнад овце, миловала руно, настојала да је некако умири и ублажи бол. Био је то јалов посао, ту умирења и лијека нема, знала је, мада је свом снагом одбијала такву помисао. Дуго је мазила овцу, стадо је већ било измакло из њеног видокруга, а она се надала да ће га пси довести у село и без ње.

Морала је да учини нешто, није могла допустити да се животиња мучи предуго. Уплакана и мокра од олује отрчала је у село, право до Петрове куће. Он ће најбоље разумјети шта се десило и како да помогне овци. Улетјела му је у кућу без даха и јецајући покушала објаснити шта се десило. Петар, након што је једва разумио шта говори, пође са њом. Овца је на зидићу и даље беспомоћно плакала.

— Е, Зоко, срећо моја, не можемо јој ми помоћи, не може јој нико помоћи — рече Петар гледајући тужно у овцу. Пригрлио је Зорану преко рамена, осјећао како јој се цијело тијело тресе као у неком тешком бунилу.

— Како не можемо, мора бити нешто што можемо учинити, молим те, молим те — јецала је и даље Зорана, не могавши да се помири са јединим лијеком који животињи сада може да помогне.

— Сине, ајде ти назад кући, мојој или твојој, свеједно. Не требаш сад бити овдје, ријешићу то сам — каза Петар. Није хтио да она буде ту када буде морао да убије животињу, јер другог излаза нема. Једино, ето, да то учини брзо, а и да може бити употребљена за јело, уколико и то буде могуће. Невесело погледа овцу и учини шта се учинити мора.

Враћајући се у село неутјешна, Зорана као да је чула кад је овца последњи пут снажно заплакала. Можда је то само био хук вјетра, можда тек јака киша од које се ништа друго није могло чути, али је она ипак била сигурна да је то она овца.

Овај крик умируће животиње је пратио кроз цијели живот, али тада није могла ни да наслути да ће на овим магичним, мада проклетим просторима Балкана таквих крикова ускоро бити много више, али неће јаукати животиње већ очеви, мајке, старци, па и сасвим мала дјеца.

2

Протицали би, тако дани, мјесеци и године у овим одласцима у книнску школу која се свима у младости чинила веома далеком, као да је већ и сам Книн био неко велико мјесто у удаљеном и несигурном свијету, у свему другачије од села, огњишта, мајчине руке и очевог миловања. А то су ипак били само свакодневни одласци да би се, наравно, истог дана вратило кући. Тешко је било замислити да морају ићи негдје још даље, да не живе више у свом скромном али вољеном селу, као што су одувјек одлазили млади да се образују на факултетима диљем Југославије, од Београда и Загреба, до Сарајева и Бањалуке. Неки су, каквим чудом, студирали и у веома удаљеном Скопљу. Преко зиме или за вријеме љетних распуста, када су се студенти враћали кућама, није било пажљивијих слушалаца нити вјерније публике од сеоске дјеце. Поваздан су ходала за студентима и запиткивала шта год им је пало на памет: какве су улице у тим градовима, да ли је много другачије вријеме тамо, какви су им кревети, да ли живе сами или дијеле собе с неким... Чуђењу није било краја тек када би академци кренули причати о животу у студентским домовима.

Какве ли су то биле зграде које су могле да приме и по неколико стотина студената или чак више хиљада, као што је био Студентски дом „Вељко Влаховић" у Београду, највећи на Балкану? Дјеца нису умјела да замисле ни град, па како да измаштају „Студењак", који је заправо био град за себе у милионској престоници Југославије? Све ово било је у вријеме када се није гледало на националност или је тако било бар наизглед. Није се смјело све и да се хтјело због моћне руке комунистичке партије са маршалом Титом на челу, чије се присуство осјећало у сваком дому, установи, школи, па и на улицама, јер није било тог мјеста које није имало улицу названу по имену „највећег сина наших народа и народности". Нити је било зграде, канцеларије, учионице или собе са чијих зидова народ није будно надзирала слика свемоћног Маршала, па си чак могао повјеровати да већ због те слике Он увек зна шта се све догађа и чује шта се све прича у ма ком мјесту.

Управо зато су многи разговори вођени далеко од градова и људи, у тајности, на неком тихом мјесту, гдје је било сигурно да нико неће чути и пријавити властима. Тек послије, након много година, изаћи ће на свјетло дана да такве разговоре нису водили Срби који су вољели Југославију и борили се за њу још у Великом, првом рату, а тек послије Другог свјетског рата било је прегршт прича о легендарним догађајима којима није било краја. Сад, да ли су се ти догађаји стварно збили или су плод вансеријске маште, то никога није било брига, понајмање Србе. Све и да си посумњао у неку причу или догађај, ако ти је можда било смијешно што је један пас по имену Рекс жртвовао живот за Тита, то ниси смио изговорити. На крају, зашто би то и било смијешно? Када су са његовим именом на уснама гинули многи људи, могао је и тај пас који је Тита волио више од себе. А и требало је да и грађани воле Маршала више од себе, по могућству и од своје дјеце. Таквих људи је било много, али је било и оних којима од Југославије и суживота са другим нацијама није било ништа мрскије. Они су живјели и молили се да дође дан када ће престати шарена лажа звана „братство и јединство", када ће смјети пуним плућима викнути да су било шта осим Југословена, па макар то имало онако страшно име као што је, примјерице, усташа. Та ријеч је ледила крв већ кад је чујеш, а ако би се којим ријетким случајем пронијела вијест за некога да је био у усташама — од те куће се бјежало као да у њој живе сами монструми. Истина, то је било ријетко јер су ти људи добро крили властиту прошлост. Појам усташа је код праведних и поштених изазивао помисао на какве утваре и демоне. Нису били далеко од истине, само то тада нису знали или нису знали онако како је требало да знају.

Зоранин отац је био комуниста, али не попут већине. Ни наликовао није онима који су имали имање на селу и кућу у граду, материјална добра која свакако нису могли стећи поштеним радом већ је ту морала да „ради веза".

Чудновата је та „веза". Толико се угнијездила у нашем народу да би човјек лако могао помислити да је ријеч о живом бићу, некоме кога можеш срести насред улице, попричати са њим, па чак и отићи на пиће у ближњу кафану. Имала је чудно име. Ко се то још у васцјелом свијету зове „Веза"? Ако си хтио да успијеш, а и ако ниси, него си једноставно хтио остати по страни и зарадити хљеб сопственим рукама, најбоље је било да не пропиткујеш за њу, да не копаш. Још мање да покажеш интересовање за њено поријекло, чија ли је, ко су јој отац и мајка, родбина и пријатељи. Ако би превише питао, могло се десити да се „Веза" наљути, па ти лијепо дође у кућу и однесе те у ноћ као да никад ниси постојао. Да би био добар са њом, међутим, морао си јој плаћати раскошне ручкове и вечере, звати је на славу уколико си имао храбрости да славиш у та чупава времена, посуђивати јој новац којег више никад не би видио, тапшати је по рамену, осмјехивати јој се кад ти до тога није, причати јој шта ти комшије раде и по дану и по ноћи, о чему говоре, ко се са ким састаје, гдје и у које доба. „Веза" се једнако правила да јој није много стало да прикупи све те информације јер су сви људи, како да не, били исти, нико се није издвајао, али је можда било појединаца који су, ето, били боље образовани или обавјештени, а Маршал је тако уредио државу да се нико не смије осјећати запостављеним познавао „Везу" или не.

Занимљиво је било и то што, ако би се распитивала за нешто и ти не одговорио, знао или не знао одговор, одмах си био у озбиљном проблему. Било је довољно само да ето баш тебе приупита. Зато је било најмудрије немати додирне тачке са „Везом". Ако је спазиш на улици, пређи на другу страну, прави се да је не примјећујеш, не причај гласно, не питај ништа, погни главу и бави се само својим животом и послом, не бацај поглед у туђа дворишта. Ни то, међутим, није било гаранција да је можеш избјећи. Никада ниси могао знати гдје се она налази, за којим столом кафане сједи, да ли ти можда помаже у косидби или окопавању кромпира, да ли је негдје око тебе када се спрема зимница, да ли ти управо она продаје новине на киоску и будно прати шта читаш и како коментаришеш одређене чланке. За неке, „Веза" је била најбољи пријатељ, важнија од саме породице, а некима је била гнусни непријатељ од којег се нема гдје сакрити. Е, да није било те тајанствене нестварне „Везе", којој је свако имао приступ али она није свакога прихватала, можда би ствари биле потпуно другачије и никада се не би десило да проради вулкан који се деценијама не може смирити. Или је то можда било без утицаја? Одговор су могле дати само ливаде, планине и шуме, као нијеми посматрачи историје. „Веза" је имала такву природу да је била свеприсутна, као да је она створила све. Нико није обраћао пажњу на то да су велике шансе за понављање историје онима који је не изучавају. Понављање, са свим оним грешкама и пропустима који су се ко зна колико пута већ догодили, али су их у запећак човекове свакодневице и битисања ставили побједници јер једино они пишу историју. Мало коме је на ум падало да историја побједника не мора увијек да буде истинита. Али, ајде буди попут Диогена, који је у по бјела дана на атинском тргу уз упаљену свијећу тражио човјека, па реци да није било седам офанзива, ма није ни пет, када не знаш да ли је „Веза" довољно близу да те чује.

Мада је Стеван волио идеју комунизма, онако како је записао и осмислио Карл Маркс: „ради колико можеш, узми колико ти треба", ипак је био свјестан да је то утопија. Ако би људи заиста тако хтјели да живе наступио би рај на земљи, нестале би подјеле на друштвене слојеве и касте, што ниједна власт на свијету не би дозволила, па ни наша, у ма којем времену, садашњем, прошлом и будућем. Сматрао је, међутим, да се бар дио тога може спровести. Када већ неће да „узму колико им треба", онда би пријатељи „Везе" требало да бар престану са крађом. Није се много бавио историјом иако је доживио превише онога што је у историјским књигама записано. Знао је шта се тачно десило, када и коме, али о томе није говорио никоме и никада. Склањао се од те приче, сјећања су му мучила душу. Понекад би умио да каже да режим не слиједи основна начела *Манифеста комунистичке партије* иако се у то јавно и веома срчано куне. И то би Стеван рекао јасно и гласно, потпомогнут или не црвеним вином Далмације, без страха од „Везе" јер ништа нечасно није учинио никада, па му је савјест била као у новорођенчета.

У смирај једног нарочито напорног дана, што на послу скретничара на жељезници, што на имању, Стеван одлучи да уђе у кафану, мало сједне с људима, одмори се и баци коју људску ријеч. Како уђе, спази га комшија Марко с којим није био посебно близак, нису се посјећивали по кућама, али су се одувијек поздрављали, питали за здравље, за породицу, да ли је родило или није... Стеван није знао зашто је тако, али му је вазда било некако непријатно срести Марка и оне његове ситне очи које свугдје гледају осим тамо гдје треба кад се разговара: у очи саговорнику. Поглед му је прелијетао преко свега у околини, упијао је попут сунђера све што се догађа, како је ко сјео, с' киме. Пречесто се правио да је прљав стољак за његовим столом, па би се премјештао за сто који је ближе неком друштву које је сједило и причало да би боље чуо шта говоре. Нико није био сигуран да ли он другује са „Везом", али су често били виђани неки људи из града који му посјећују кућу на по неколико сати. За разлику од других сељана, њему уопште није било проблем да купи нови трактор или комбајн, увијек је тај имао новаца да сагради шта је већ замислио да му треба на имању. А, нигдје радио није осим на селу, нити имао државни посао као већина осталих људи.

— О, Стеване, нанесе и тебе овамо! Којим добром? Ниси одавно био. Ај', сједи да попијемо пиће.

Стеван скиде капу, погледа по кафани да види ко је још ту, тражећи било кога да сједне само не са Марком. Не бјеше никога и невољно се упути ка његовом столу.

— Е, Марко, друже, како је? Ма ја саде с' посла, да попијем пиће и мало одморим, да зера људекам прије нег пођем кући. А ти, шта има код тебе?

— А, ништа. Шта ће бити? Црна времена, никад се пара нема, слабо ће ми ове године родити кромпир, навалиле златице као луде, не мереш се одбранити! Има и код тебе, а?

— Чега, златица? Ма има, носи их враже, али прашимо колико можемо. Није баш тако озбиљно.

Конобар спусти двије чаше вина на сто без да су наручили, знало се ко шта пије.

— Ма, шта није?! Леђа нам отпадају радећи и кривећи се од посла, а оно никад ништа да човјек покаже за то! Не да, брате, ова власт, ко ће ваје онолики порез плаћати?! — рече Марко, лукаво шкиљећи на једно око, погле́давши Стевана у чело тако да се чинило да ипак гледа у очи.

„Аха, ту смо значи! Виде старог лисца како би да ме навуче не бих ли рекао шта против власти", помисли Стеван. „Мораћу добро да припазим шта ћу рећи, виде га како му поглед шара по кафани баш к'о права лисица док мјерка коју ли ће коку за вечеру кући понијети. К' врагу, нисам требао ни улазити овамо, што нисам одмах кући отишао!"

Било је прекасно, сад је ваљало припазити да језик не буде бржи од памети, попити само једну чашу вина и лијепо бјежати кући, смислити добар изговор. Стеван, иначе, није био од оних који бјеже, али му је те вечери требало да одмори од напорног дана, умјесто да се без разлога надмудрује са Марком. Зато се назор осмјехну.

— Па знаш како је речено, божије Богу, а ћесару ћесарево, морамо платити шта дугујемо.

— Види, види, нисам ни знао да си побожан, мој Стеване! — заинтересова се Марко, налактивши се на сто нескривено буљећи у Стеваново чело. Почео је већ и да му игра неки живац испод ока, баш као да је наједном постао узбуђен.

Шта год узвратио, изгледало је као да Марко може потпуно окренути причу. Опасност је вребала са свих страна. Стари, лукави шпицлов је плео своју мрежу као када паук тка своју да намами муву.

— Ма, ће побожан, Маркане мој, није за џабе речено да је религија опијум за народ! Је л' тако? Није то побожност, него ето, то се говори народски одувијек.

— Како ја то никад нисам чуо, баш ми чудно, а чуо сам свашта?

„Е, сад си мој", помисли Стеван, ухвативши Марка у раскораку а да овај није примјетио да се излетио.

— Шта велиш, чуо си свашта? Од кога и ђе, нисам те брате видио да сједиш с људима дуго времена, стално си сам и нешто биљежиш у тај твој тефтерић.

Марко га збуњено погледа и узврати наједном несигурним гласом:

— Ма како ђе? Па, ево, ође. Сједе људи, причају. Знаш и сам како се разгаламимо након пет ракија! Будемо тако гласни да се то чује до града, ђе неће у овако малој кафаници. А како то мислиш да увијек сједим сам...

— Баш ми је занимљиво да ниси чуо за једну од наших лијепих и паметних изрека, чак и наше славне вође је често помињу, а знаш за оно из Библије — прекиде га Стеван. — Да ниси ти, Марко мој, помало побожан, читаш ли ти свакакве књиге кад те нико не види, а?

Стеван успут лупи руком од сто, али уз широки осмјех, да мало ублажи ријечи, да се Марко не препадне превише. Несрећник се, међутим, увелико престрашио, на челу му се појави танка линија зноја коју брже-боље обриса руком, па пређе преко оно мало косе што му је преостала. Тек сада су му очи летјеле лијево-десно, тек сада је још пажљивије снимао да није ово неко чуо, јер је још неколико људи дошло док су њих двојица разговарали. Могли су и нехотице чути! Овладавала га је паника помјешана с бијесом. Шта је овај Стеван умислио, ко је он па да тако прича, зна ли он с' киме сједи?! Утом се сјети да Стеван и не може знати. Марко је свој ортаклук са „Везом" крио као гуја ноге, али је знао какав га глас бије, а умиривало га је то што нико није засигурно могао знати да ли је он притајени доушник или није. Нису имали доказе. Али, сада је био гранитно сигуран да има шта испричати „Вези", да се још мало додвори, никад није

| 37 |

довољно, увијек може и боље и више. „Стеван, руку на срце, није Бог те пита шта рекао", помисли Марко и препаде се од спознаје да му опет Бог паде на ум, али лако ће он, мисли још нико не умије да чита, а кад је о реферисању „Вези" реч, није тешко измислити ако треба или бар мало окренути истину на другу страну. Сада већ истински бијесан на Стевана који се усудио да му се обрати без поштовања, Марко пређе у контранапад.

— Ма пусти сад то Стеване, него нешто ми паде на памет. Кад је оно задњи пут било да је некога ударио воз? Ти си скретничар, дуго радиш тамо, требао би знати. Ја се баш не могу сјетити — рече Марко не скидајући поглед са Стеванових очију. Ко би рекао да из оних мајушних очију може избити тако продоран поглед, моћ потпомогнута осмјехом чисте злобе.

„Дакле, ту смо, ово је већ отворена пријетња, није могла бити јасније изговорена", помисли Стеван. „Види будале! Па, он то мени смрћу запријети? Зар он да има такву моћ? Е, нећемо тако, па нек пуца куда пући мора!"

Стеван отпи гутљај и не скиде поглед са Марка.

— Ајме, Марко, ђе ти оде?! Какве сад ово има везе с ичим што смо причали?

— Онако ми паде на памет. Жалио се Жарко да му је нестала једна крава, а како море онолика крава нестати? Па, ето, ја помислих да је није можда ударио воз и разнио је у тој силини, па послије животиње појеле шта је од ње остало! Ниси ти ништа чуо, а?

Полунадвијен преко стола, Марко као да је наумио да се Стевану унесе у лице, а ситна пљувачка му је излетјела са крајева усана док је рукама, несвјесно, грчевито стезао сто. Стеван се мало одмаче, гурнувши столицу уназад. Марко се већ толико приближио да се осјећао тешки задах из уста.

— Јок. Ни чуо, ни видио, нит ми је ко шта рекао. Не вјерујем да се то десило, знао бих ја. Е, јадни Жарко, то му баш и није требало, ионако му је крепало неколико оваца зимус... А ко ће знати нарав овој нашој врлети? Пуна је разних јаруга и рупа, често помишљам да би то ваљало некако затрпати, јер ко зна, море и жив чо'јек упасти у неку, запомагати седам дана да га нико не чује. А кад не би чуо чо'јека, ко би обратио пажњу на мукање једне краве?

Тако је на Стевана дошао ред да му поглед заискри од љутње. Неће га ова биједа од човјека плашити и у ћошак сатјеривати, мора му показати да га се не плаши ни за црно испод нокта.

— Ко зна и какве се све гробнице овдје крију још из рата, знаш и сам колико се прича о томе да многи нестали људи никада нису пронађени, ма ни костију им нема да их сахране како ваља и требује — мљео је Стеван као воденички точак. — Јадни људи! Замисли, Марко, да упаднеш у једну такву јаму пуну костура и лобања? Окупатори су чак и дјецу убацивали у јаме! Страшнију смрт човјек не може ни замислити, радије бих стао, ето, и пред воз да ме разнесе!

Марко се врати у столицу, погледа Стевана са неким новим поштовањем. Или је то, можда, био страх? Како се окренуло ово коло, како се догодило да Стеван води главну ријеч, о чему он то прича? Зар се толико охрабрио, па му пријети смрћу? Можда чак и зна гдје се налази нека таква јама? Стресе се од главе до пете, осјети дотад непознату језу, тако неприродну за њега да му се причини као да га је у секунди спопала каква болест која напрасно убија. Поче се јаче знојити, би му и вруће и ледено у истом трену, заболи га грло и изненада се јако накашља. У јами са костурима, можда чак и дјечијим? Није могао да замисли већи кошмар и чудом се чудио како се Стеван уопште тога досјетио. Мислио је да га познаје, држао је Стевана за неуког горштака који је толико ћутљив само зато што ништа не умије да каже, па ни о свакодневним темама. Сада, међутим, као квасац буја сумња да уопште зна какав је Стеван.

Насмија се гласно и смишљено.

— Ђе ми одошмо у овом разговору! Стигошмо, брате, од посла до некаквих јама! Ево, и ја да кажем — Боже сачувај, па нек је и мене ошамутио тај опијум. Сигуран сам да ће Жарко брзо пронаћи краву, да је само одлутала далеко од села.

„Није она ни нестала него си мене нашао плашити", помисли Стеван задовољно се намјештајући на столици. „Е, на тврд камен си ударио."

— 'Оћемо ли по још једну туру, Маркане, кад смо се већ овако запричали? Ево се ја лијепо одморих.

Ова понуда као да опече Марка. Протрља очи да прогледа као да га је осим погубне прехладе спопало и привремено слијепило. Извади сат из џепа и, глумећи некакву забринутост, устаде.

— Нећу ја, брате, сад. Морам кући, знаш, имам посла. Доста сам сједио у кафани. Одох брзо док још и зере дана има. Поздрави кући, па се видимо, комшија — збрза Марко, а док је све ово изговорио већ је стигао до врата и шмугнуо напоље.

Стеван оста за столом загледан у полупразну чашу вина. Спласнуло је оно задовољство од малочас. Битку је можда добио, али рат је сигурно тек почео. Није Марко од оних који праштају, још мање од оних који заборављају. Нема сумње да већ сада, идући кући, увелико смишља шта и како да му подметне, да се освети. Знао је да ће „Веза" за ово чути и то веома брзо.

„Нек чује ко 'оће, па и сам Тито! Неће овакве битанге плашити ни мене, ни моју породицу", ријеши Стеван сам за себе. Одлучно одгурну столицу, устаде, исправи се колико је висок и широк. Остави нешто динара на столу за вино, махну конобару, огрну капут и запути се ка кући, дубоко уроњен у мисли.

3

Иако је Зорана често маштала о далеком свијету, толико је вољела своје сеоце да би јој понекад засметале оне тихе жудње за страним државама и градовима. Уживала је кад се попне на пропланак, на можда километар од села, посматрајући куће у мирним поподневима, осјећајући вјетрић што јој се поиграва са косом полако, као кад јој је мајка, док је била дијете, чешљала косу након купања, лагано, да је не почупа, да се не би расплакала.

А село је изгледало као да је туда, ко зна у којој давнини, прошао неки ванвремени усамљени сликар, у пратњи вјерног пса, па му је случајно са рамена спала торба пуна цртежа, отворила се ударивши од камен и скице се расуле по ливади, да би вјетар подигао сав тај његов раскошни рад и лијепио слике право у подножје планине. Једну овдје, па два-три километара даље другу и тако их редом постављао док није сву планину учинио као да је из бајке. Моћна и загонетна, са шумама и врлетима, са селима у подножју скупљеним као кад се дјеца ухвате за материну сукњу и не пуштају. Није нигдје боље ни сигурније него ту. Често је због унутрашње потребе за сликањем разгледала часописе са радовима свјетских сликара који су наџивјели своје доба, па ипак је била увјерена да би мало који виртуоз успио да на папир или платно пренесе оно што је давно насликао тај голобради, крајишки клапац, па изгубио, ето, баш ту, у тим предјелима. Није овоме био дорастао ни Да Винчи, ни Рембрант, посебно не онај Шпанац Пикасо који је, неким чудом, славу стекао сликајући некакве коцке и људе са троуглом на раменима умјесто главе. Можда би се једино Ван Гог овдје осјећао као код куће и пустио руку испод које би изашло нешто макар приближно овако лијепо. Али, какав је био, морао би да отресе чутурицу ракије прије него што се ухвати овако озбиљног изазова. И ваљало би да има оба ува, Крајину мораш и чути, а не само гледати, да би је ваљано доживио. Највећу шансу давала је ипак Салвадору Далију јер је на сликама оживљавао потпуну магију. Можда би он могао дочарати бајковитост поточића који се благо увија обилазећи камен, као да му није хтио сметати у мудром и постојаном ћутању, или пастира који у даљини надгледа стадо, људе док окопавају земљу, звјездано и најчистије небо овога свијета. Сумњала је и у њега али би му дала прилику да бар покуша.

Више од свега је хтјела да управо то учини она сама. Па, она је одатле, она зна сваку стазицу, пречицу, путељак, сваку травку и у којем се правцу нагиње, сваки цвијет који се окреће према сунцу да прими топлину и живот. Знала је у које доба дана птице почињу пјевати и на којем су тачно дрвету. Знала је све људе и сву дјецу, знала би и име и све муке оног удаљеног пастира. Знала је која би дјевојчица понијела косцима воде, које би им жене носиле ручак, које су ливаде најсочније и зато њен коњ упорно вуче тамо, а она га раздрагано пушта да је води. Знала је гдје се налази сваки извор, било који бунар, а ако заштити руком очи од сунца могла је вирнути и у слиједеће село, скроз тамо на крај, па препознати чија мајка брижно качи рукама опрану робу свог чељадета. Ма који славни сликари, то није било за њих и њихове могућности, то је било за њу, само је она могла да пренесе истинску љепоту и душу овога краја на папир! Срасли су као да су једно биће.

Сједећи тако на том пропланку једног недељног јутра, помно скицирајући обрисе планине, није примјетила кад је неко сјео поред ње. Тек чувши да трава шушти, препаде се и мало одскочи са зобнице на којој је сједила. Још више се уплаши видјевши ко сједи са њом. Тада се појави нека слатка зебња, букнуше јој образи толико да је била сигурна да се зацрвенила као ружа. Да некако сакрије, муњевито пови главу као да ће узети зобницу, јер мора, ето, да спакује цртеже. Крај ње се ниоткуда створио плавокоси Миленко, једини дјечак у цијелом селу који је имао фармерке и праве патике. Имао је и нове кошуље и мајице, купљене њему, није као други носио оно што је омалило старијој браћи. На мајицама су се често налазиле веома чудне слике које ни Зорани ни другима у селу нису биле познате. Били су то цртежи крви или некаквих ђавола што из крошњи дрвећа злокобно посматрају људе који пролазе испод, или четворице људи у бијелим одијелима који прелазе неку улицу, један иза другога, као да су заробљеници. Или су можда владари, ипак се заробљеници не шетају у таквим одијелима и немају дугу косу. Уз сваку слику биле су исписане ријечи чије је значење свима било непознато, а слова су имала облик који изазива једнаку језу као слике на мајицама. Понекад су била нешто мало љепше обликована слова, као на мајици оних у одијелима, гдје је писало *The Beatles*. Јесте то знала да прочита, али је врага знала шта уопште значи. Такву гардеробу је Миленко добијао од старијег брата који се још прије неколико година одселио у Америку, трбувом за крувом, па је у честим пакетима слао и неке слике, музичке касете и ко зна шта све не. Чак је и Миленкова кућа била мало другачија у односу на остале, брат је слао паре за поправку и надоградњу свега што је требало.

Зорану је интригирало али није могла да сазна шта пише на свим тим мајицама, јер је Миленко био старији од ње, ишао је већ у други разред средње школе, а она је била тек у осмом разреду основне, па никада нису разговарали нити су им се друштва мјешала. Није било прилике да га пита, мада нема те силе да би и питала све да је било шансе. Да је само погледао нашла би се за трептај ока већ у четвртом селу одатле. Миленко већ двије године иде у книнску школу, дакле прешао је ону границу која одваја одрастање од дјетињства, сматрало се да је он већ озбиљан момак. Био би то и да није наставио школовање. Момчић од петнаест-шеснаест година се већ рачунао као сасвим одрастао човјек способан да носи обавезе домаћинства, да одмјени оца кад није ту, а богме се могао и оженити.

И видиш ти сад ову муку! Ето њега, сједи на трави, жваће неку сламку, испружио ноге и налактио се уназад, такође посматрајући село. Сада није носио неку од оних тмурних мајица, већ обичну, боје океана, што је Зорани изгледало као да се стапа с небом изнад њих. Ухвати је трема, као да одговара за завршну оцјену пред намћорастим наставником који никоме не гледа кроз прсте. Наједном се наљути на саму себе. И то силно. Наљути се што јој образи горе, што јој руке помало дрхте док скрива цртеже у зобницу и зато што их уопште скрива, што је хтјела да викне на њега јер ју је препао, али није успјевала да отвори уста, наједном сува као барут. Није га ни познавала, није се могла сјетити ни да ли је он њу икада макар погледао, јер она њега сигурно никад није гледала. А то што је знала на коју се страну чешља, шта му је нацртано на мајицама и да је имао најусправнији ход од свих у селу, то су јој други испричали, она са тим нема ништа ни у сну. Није она, баћо мој, никад у њега погледала и тачка! То је тако и ко год другачије каже обичан је лажоња. Ма, шта се има од њега препадати, шта он умишља да је кад се усуђује да у њој изазива овакву дрхтавицу?!

Миленко није био свјестан те њене унутрашње борбе. Мирно је сједио, из његове перспективе се ништа није збивало, што Зорану расрди још више. Колико је неваспитан, чак се не извињава ни што ју је препао, ни што јој образи пламте, ни што јој се читав дан наједном учини љепшим него што је био, ни... Управо јој љутња даде снагу, прибра се, поправи хаљину, намјести зобницу и дрекну на њега колико је год могла.

— Шта си се ти ту сад тако раширио к'о да ти је ово ђедовина?! Ко ти је дао то право? — викну нагло устајући.

Миленко поскочи као да га је пчела боцнула, несвјесно повуче панталоне све до стомака, затрепта стотину пута у секунди и избечи се на Зорану.

— Шта се дереш толико, видиш ли да ће... ум, овај... видиш ли да ће овце побјећи! — снађе се некако, замуцкујући. А оваца нема ни на видику. Није хтио признати пред женским чељадетом да се препао њене дреке, а камоли пред тим обичним балавим дјететом, док је он тако велики и одважан момак. Ехеј, у Книн у школу иде! И сад ће њега препасти нека мала тамо с' којом никад није проговорио ни једне.

Видјевши како је ћипио, збунио се и још глуми да се није уплашио него се брине за овце које не постоје, Зорана се поче смијати и љутња извјетри као да је није било. Заборавила је и на сву ону трему, црвене образе и онај необични стид, па од силног смијања није више могла да стоји на ногама већ бубну од ледину. Тако се силовито смијала да је послије само једног минута заболио стомак.

— Ено сад, к' врагу, шта се сад смијеш? Каква сте ви то створења, ви... Ви... Женетине неке! Нек си дијете, али и ти си женетина! Права и велика! Најприје се дереш да сва гора одјекује, а сад се смијеш и сузе ти врцају из очију! Ваје муке са вама, тако се и моја матер најприје дере на ћаћу пола сата, па га послије признао ни за живу главу, доста је било и смијања и ругања и овог, овог... овог тамо цуретка!

Сједили су тако неко вријеме ћутећи и дурећи се, ниједно није хтјело прво да проговори, она је гледала лијево, као да је тамо било нешто занимљивије од каменог зидића, а он десно, као да се умјесто пласта сијена одједном појавио једнорог. Били су љути и на себе и једно на друго, а опет и нису. Понекад би се Зорана осмјехнула самој себи, али тако да он не види. Он је радио исто.

— Идем ја кући, имам паметнија посла него да гледам како неки уображенко ломи ноге по врлети и прави се важан као да није одавде! Па да, куд се тога нисам раније сјетила!

— И јесте ти вријеме да идеш кући, шта уопште радиш овдје, сама и далеко од свих! Немој сад да би помислила да се бринем за тебе, него тако сигурно секираш ћаћу и матер, још ће пола села дићи на ноге да те траже! Само бринеш људе, баш си ето... нека!

На те ријечи обузе је нека милина, ипак он за њу брине, 'нако, као помало, па можда он уопште није лош дјечак. Мада је знала да је добар, да није — зар би јој се образи онако зарумењели чим га је угледала?

— Нек сам нека! И баш ето, нека сам, таква сам и шта ми сад можеш — рече устајући са ливаде, отресајући траву са хаљине.

Полете низ пропланак и, не окрећући се више према њему, гласно узвикну:

— Надам се да ниси подерао патику!

Зорана му нестаде из видокруга, а Миленку се појави радосни осмјех. Она ипак брине, није да не брине, па није битно што је, ето, пред њом погинуо као Милош Обилић. Погинуо би он још који пут за оне драге рупице на образима.

4

Љепоту сваког села у том крају, поред несвакидашњих пејсажа у којима су се стапала са природом, продубљивале су црквице. Свако село имало је своју, а у Зораниновом је била најстарија, подигнута око 1583. године. Многи мјештани су били побожни и хтјели су ићи у цркву. Поред све невоље око режима, редовно их је обилазио Плавањски свештеник. Бар три-четири пута мјесечно.

Увијек је ту, међутим, био проблем због Марка и наравно „Везе". Било је људи који се нису обазирали, славили су славу која се преносила са кољена на кољено, отворено и како обичаји налажу. Од кађења и освјештавања куће и свих соба у њој, преко славског колача, погаче, па до неизоставног одласка у цркву, на литургију. Ако „Веза" гледа — гледа, ту нису могли ништа учинити, а да је та „Веза" макар мало паметна била придружила би им се одмах, чак и непозвана, јер јој ниједан домаћин не би залупио врата. Ако је и долазила, а да домаћини нису ни били свјесни да је ту, онда се јављала у виду уходе, а не да прослави кућног свеца. У тој потпуној преданости ухођењу, остајали су на слави колико год су могли. Гости долазе и одлазе цијели дан, како је то већ обичај, али „Веза" сједи, непомична, на истом мјесту, глуми да јој је угодно и занимљиво док празни чашу за чашом доброг домаћег вина. И упија сваку ријеч и покрет, чак ни шале не прихвата као такве. Све је то могло да послужи сврси и служило је.

Понекад се, међутим, знало догодити да се нешто чудно одвије у души и да се „Везина" веза истински загледа у људе онакве какви јесу и сјети се да су то њени људи, њене комшије, па и родбина, да је читав свој живот с њима свакодневно дијелила и добро и лоше, да су им се дјеца заједно играла, а било је ту и старих кумстава јер су кроз више генерација читаве историје породица биле повезане. Тада би се знала посрамити тихо, у себи, запитати се шта то чини у животу, зашто уходи и издаје те драге људе који се узајамно поштују и воле, а воле и „Везу", дали би за њу и живот. У том врзином колу би се запитали како им је све ово могло да постане неважно, да падне у заборав због оних људи у одијелима који су, мада их практично не познаје, постали битнији од свих. Тада би наједном, због вина које је пропричало само од себе, а неупућени посматрач би закључио да повода нема, „Везина" веза завапила и подигла руке као да јој неко чини зло, ставља је на какве стравичне муке које више поднијети не може.

Онда би из саме дубине бића грунуло.

— Немојте ме, људи моји добри, о, немојте ме тако гледати и презирати — закукао би ухода као баба на сахрани. — Нисам ја ништа крив, Бога ми мога, и жене, и дјеце, и свега на свијету! Ја сам само мали и обичан чо'јек! Боље ме туците и ударајте, не дајте ми ни јести и пити, него што ме тако мрзите, што нисам више ваш! Јесам ваш и увијек ћу бити, криво ми је због свега, нећу никад више, кунем се чашћу својом!

Потом би се само сручио на кољена, крстио се пред свима, љубио под и метанисао као да је у цркви, избезумљен као да су га ђаволи опсјели па вришти из свег гласа. Домаћин и гости би се у чуду згледали, препаднути од оног што виде и чују. Није ли се, јадан, какве буњике гдје најео? Тресе ли га падавица? Можда се само поштено напио, не би му требало више давати вина. Него, о чему он то прича? Зар се не каже да пијан истину говори? Шта ли је то учинио кад тражи опрост увјерен да га мрзимо, као да је без памети остао? Полако би почела да им се рађа сумња у човјека који се попут црва превија на поду и плаче као новорођенче. Затим би осјетили неку недефинисану опасност, слично као кад спазе змију која на њих дуго мотри и спрема се за напад. Како им је промакло нешто што су очигледно морали да виде? Одједном би осјетили нелагодност која гаси славску атмосферу и радост.

— Шта ти је одједном, јес' здрав?! Ајде, устај са пода, срамота је пред људима и женама! Је л' те боли нешто, како да ти помогнемо?

— Боли, да шта ради него боли! Боле ме срце и душа, а нисам намјерно, вјерујте ми људи! Ухватили су ме изненада, свашта обећавали, а слагали! О, немојте ме, људи, одбацити због тога!

— Ма, ко те је ухватио?! Ко ти је шта слагао и обећавао, о чему булазниш — припиткивали би сељани сад већ оштрије.

Појављивало се нешто крупно, а да не знају шта. Многи су одмах посумњали шта би могао да буде прави разлог, напросто би им пукло пред очима у чему је проблем, па би се на брзину поздравили са домаћином, захваљујући на гостопримству, обећавајући да ће се видјети још колико сутра на њиви, само да би што брже, скоро трчећи могли да оду својим кућама.

— Јој мени, не могу вам све рећи, али нећу никад више, части ми! А ја сам из овог села, ово је моја ђедовина, куд ћу ја без вас и шта би било од мене онда?

— Ама, гром те спалио, ко те ћера, и куд да идеш, и куд то ми да идемо, како би ти то био без нас — сад би већ погласно питали сељани, дижући га са пода на столицу помало и грубо. — Сједи сад ту и причај, нисмо те ништа разумјели док си онако кмечао, кажи сад као човјек шта те мучи!

Од таквог вукљања за рукаве и оштрих гласова несрећник би се изненада отријезнио и тек тада уплашио и више него прије.

„Ајме мени, шта урадих, што се овако напих? Нисам ово смио урадити, како се сад испетљати? А шта ће 'Веза' рећи ако чује за ово, куку мени, бациће ме у неку тамницу и никад више свјетло дана нећу видјети", гушиле би га тескобне мисли.

Сједио је на столици моментално отријежњен, као поливен кантом ледене воде. Чинило му се недовољно и мало све што би смислио да каже. Знају га као свој џеп, лако ће га прозријети, схватити да лаже. Плашио се, ако призна шта је чинио, да ту има још неки ухода „Везе", па ће га издати, као што је и он сам радио. У толикој муци би му све постало свеједно због осјећаја да заиста припада ту, да је њихов колико су и они његови, да је то његова прађедовина, да не смије против својих људи и родбине макар пукло куд год пукло.

— Овај, људи... Ја кад се овако мало напијем почнем пуно да причам, свима и свакоме... Свашта причам, и што треба да се чује и што не треба и... Погријешио сам... па сад ми ви судите како мислите да треба.

— Какву црну грешку, у шта си се то увалио? — гракнуше у глас.

— Па, овај, како да кажем... Можда сам тамо, у граду, рекао неким људима да овдје има... Па... да има страних елемената.

— Да има чега?! Каквих елемената, ђаво те однио! Нема ође никаквих елемената, овдје смо само ми!

— Ама знадем то, али... Причали су да ће ми дати бољи посао, више пара и свашта нешто ако им откријем ко су овдје ти страни елементи. А ја не знам ни сам какви су то елементи и шта ја треба да кажем! Па сам онда, ето тако, мислио да је елеменат што је Драго себи купио нови трактор и да треба испитати оклен њему паре за то. То је само примјер, али много сам пута тако нешто рекао за разне људе.

Гледали су га у невјерици. Никако да схвате како им је промакло нешто овако озбиљно, како су могли да буду слијепи код очију. Слутили јесу, то је истина, али није било доказа. Тешко је било ишта сакрити у селу, јер ако би се синоћ неко посвађао макар и на крају села, до поднева су сви већ све знали, ко, гдје, шта и како. Како је могао да им промакне неки шпијун, проклети жбир који говори о страним елементима, све их овако устрављује, а баш су лијепо славили и спремали се запјевати, кад види те муке!

— Има ли још таквих као што си ти? Да причају свашта, лажу, замећу кавге, праве невоље тамо гдје их нема, несрећо једна?

— Не знам и не лажем, очију ми! Можда је неко од вас исто ухода, па ћу сад ради овог признања нестати одједном! Само ће ме ноћ прогутати!

— Немој се ти бојати њих — огласи се Стеван уставши са столице и навлачећи сако. — Бој се нас, нас си издао на правди Бога, слагао тамо неким људима које ни не знаш, а са нама сједиш и пијеш, са нама живот дијелиш, дјеца нам заједно одрастају. Они те могу казнити можда физички, ако си им уопште важан да се баве са тобом, али ми те можемо казнити душевно, к'о људи, јер си људство издао. Бој се ти, несрећниче, што ти никад више нико неће покуцати на врата нити отварати своја кад покуцаш, што ћеш сједити сам у кафани плашећи се да ће ти неко од нас разбити нос. Али неће, не воле људи да прљају руке ђубретом.

Да није био у кући само би још пљунуо испред себе, у земљу, да да завршни печат, да уходи још више заболи. Окрену се и пође према вратима, а за њим и остали гости. Весеље је било завршено, ваљало је кући поћи и видјети да ли је све у реду са породицом и имањем јер их је стигла нека непријатна зебња иако ни за шта нису криви. Нису згријешили ни према власти, ни према народу, нити према Богу. Од тада су се у властитом селу осјећали несигурно, кренуло се добрано пазити шта се говори, коме, када и на који начин. Више нико није вјеровао никоме.

Тако су сами остали домаћин и овај јађени јадничак, што није смио дићи очи с' пода. Колико год домаћин био љут, слава је слава и не можеш госта истјерати док сам не пође. Уходу није било потребно истјеривати. Сам би се дигао и изашао без ријечи, оловним кораком и празнином у души какву није познавао. Слутио је да је самоћа можда оно најгоре што човјека може снаћи. Све се да издржати, али немати коме назвати „добар дан" била је страшна казна за коју није знао да постоји. Ишао је кући питајући се хоће ли му сад, због њега, жена и дјеца имати проблема. У неком ћошку душе било му је драго што је најзад рекао истину, тај терет више није носио, али га је савјест раздирала. Кажу да нада умире посљедња, па се и он надао да ће кад-тад изнова задобити повјерење свих тих драгих људи које је заиста волио.

Све се прочуло и више ништа није било исто. Славе су и даље славили, али са мањим бројем гостију него до тада. Сада си у кућу звао само комшије, пријатеље и рођаке у које си имао потпуно повјерење. Неки обичаји постали су неизводљиви, попут крштења дјетета. То се третирало као отворени бунт против власти, као да се тим чином отима од партије члан који би и могао и морао да, за само неколико година, буде користан. Даје се том измишљеном богу, некаквом брадоњи са небеса који нема појма шта су комунизам, социјализам или страни елементи, нити зна колику су крв и жртву комунисти поднијели да створе све ово дивно братство и јединство. И сад треба пустити да то кваре Срби или, да не чује зло, четници? Да окрећу воду на свој млин, као што су деценијама радили? Неће проћи, сви су

Југословени, око тога нема дебате, нема подјела, а ни Срба више не би смјело да буде. Тек у годинама које су долазиле Срби ће спознати колико су се преварили вјерујући да нема ниједне нације осим Југословена. Требало је времена да увиде да српска мајка неким чудом увијек рађа Југословена, док хрватска мајка рађа само Хрвата. Да хрватске цркве све вријеме остају отворене, да они не крију крштења као што су криле српске мајке чак и од сопствених мужева, јер је већина забранила из страха или опреза, неки и из увјерења, да им дјеца буду крштавана. Да се српске цркве затварају и претварају у магацине, оставе или једноставно буду закатанчене, остављене на милост и немилост зубу времена јер више нико није оправљао кров или прозор који би напрасно освануо разбијен, мада је колико синоћ био као да је тек донијет из радње и уграђен. Свашта се знало дешавати у селу, па и да некоме смета црквица у коју се махом одлазило због покојника, да се запале свијеће, да се помоли за покој њихове душе.

Тако је, лагано, стизало вријеме у коме су људи почели све више да шапућу и све мање да говоре гласно, да се поздрављају кратким наклоном главе, безмало ни не гледајући се. Пришуњавало се неко несигурно доба које је пријетило да ће збрисати велику радост и скромну срећу у тим јединственим, тајновитим селима у подножју Динаре.

5

Она црквица из хиљаду пет стотина и неке није била затворена, да ли Божјом промишљу или пак што се људима није могло баш све отети и не оставити им ни зрно културе и традиције. То вишевјековно здање је имало посебан значај за породицу Лалића. Зорана је страствено истраживала своје поријекло и открила да је један од првих свештеника у тој црквици био њен предак. Звао се Симеон Маук, касније је презиме промијењено у Лалић. Према предању, један од Симеонових потомака никако није могао да добије мушког насљедника, те је усвојио дијете своје сестре. Како није било лако одлучити којег дјечака одабрати, просуо је испред дјеце гомилу ораха и који најбрже покупи највише, тај је највјештији и најспособнији. Бољи од свих био је малишан по имену Стеван, па га је Симеон узео да настави свештеничку фамилију и лозу.

Касније су, усљед разних догађаја, Лалићи препустили свештеничке дужности другима, остајући на тој земљи да је обрађују и стварају живот, неки и као службеници. Послије многих година, када се завршавао Други свјетски рат и стварала „Веза", безмало сви су се одселили за Америку, Аустралију и друге земље. Макар је остала она црквица, коју је Зорана у заносу обилазила, играла се крај ње, замишљала да види стопе својих предака у дворишту или надомак њега, па би спуштала своје стопало на те невидљиве трагове и покушавала да разумије како ли је то било живјети овдје прије скоро пет стотина година, како су људи тада изгледали, како су се облачили, да ли су им обичаји били као данашњи... Тако би утонула и у она сневања о далеком свијету и као да је видјела понеке стопе које од цркве воде до свештеникове куће, напуштају двориште, затим и село и воде у те толико удаљене земље да би до њих цркла бар три магарца. Можда и не би само угинули, него би се и утопили јер на том путу има и бескрајних океана. Снужди се и би јој жао магараца који су настрадали зато што људи нису више хтјели или могли живјети код куће. Смјеста је ријешила, ако и она икада крене тим путем, да поштеди магарце. Лијепо ће сјести на своје бицикло, намјестити зобницу, пустити косу да на вјетру лепрша као застава и запутити се макадамом из села.

Недуго затим, улога тог бицикла припала је трактору, који је, као и они магарци, одводио људе у непознате, нежељене и самим тим застрашујуће даљине.

6

„Могао сам се и љепше понашати према њој, зашто сам испао таква коњина", кудио је Миленко самога себе полазећи кући, тражећи оправдање за своје понашање. „Зато што је она једно обично дериште, које не зна ходати како треба на оним дугачким ногама! Ко јој је дозволио онолике ноге? Сва је у ногама, али нема везе, сигурно је опет стала у балегу кад је ишла кући. Ма, што ја сад размишљам о њеном осмјеху, то не би требало да ми је на памети! Их, јаког ми осмјеха, само јој прави оне рупице на образима... А, да л' се некад заустави суза у тим рупицама? Глупане глупи, рупице се појаве кад се смије, а ђе си видио да се неко смије и плаче у исто вријеме?! И шта она уопште тамо као нешто слика? Ајме мени, није ваљда насликала и мене, а да ја то не знам? Шта ћу ако залијепи моју слику на неко дрво у селу, можда би људи помислили да сам умро? Нек мисле, ионако сам малоприје погинуо као Милош на Косову и, јадан ја, како сад овако мртав идем кући, 'оће ли ми матер почети плакати? Шта она има плакати, онда би се сви бринули само о њој, а ја бих тако мртав стајао и нико ме не би ни питао како сам. И то све због ње! Ето, морао сам млад умријети, прошао сам горе од оног што је јурио вјетрењаче, он је био само луд, али није умро, а ја сам и блесав и умро сам! А ваља ми умријети још који пут, кад буду сви сазнали како сам онако шутн'о камен и ево ме сад три прста на нози боле. Јадни мој мали животићу, како ћемо сад заједно даље кад сам већ умро и морам још умирати? Није ни теби лако са мном, животићу мој драги, сигурно се жалиш Богу како си баш мени припао. Којем Богу, о чему ја то мислим? То је опет због ње, чим је видим одмах помислим на анђеле који пјевају, све ми буде тако лијепо да мислим да сам у рају! К' врагу, какав рај, видиш да ти само невоље доноси?! Она никад и не мисли на тебе, него на Ђорђа или Уроша, свим су цурицама у глави! Ма, шта она има да мисли о било коме кад је још дериште, боље би јој било да иде помоћи матери помусти краве и да покида шталу. Какве њене оловке, цртежи и некакви тамо умјетници, то је умјетност кад лијепо очистиш Зекуљи и нанесеш јој сијена, да јој буде чисто и да има шта јести. Ма, нећу више никад мислити о њој, ево, обећавам самом себи да ми од овог тренутка неће више пасти на памет! И само не знам ко јој је дао име Зорана, погодио је... Баш је лијепа и умилна као зора рана, кад се сунце тек помаља и тако лијепо сија као што она сија... Нећу више мислити о њој, па јесам ли сад сам себи обећао? Али само још да..."

Утом га снажан ударац по рамену продрма од главе до пете. Зачу се дубоки глас Миленковог оца.

— Шта је с' тобом, глуваја један глуви и сипатљиви? Пола сата те зовем, ти не чујеш него базаш к'о мува без главе! Јеси ли оглувио и ослијепио па ниси видио, или си болестан ил' си полудио?

„И глув сам, и слијеп сам, и немам главу, као ни мува што је нема, и у шта ти гледаш, ћаћа, како не видиш да сам умро", помисли Миленко, али не рече ништа. Нестаде туге за самим собом што је тако млад напустио свијет, здраво се препаде и усправи леђа као војник пред ђенералом.

— Шта се удараш, нисам ни слијеп ни глув, него сам размишљао о... Мислио сам, ето, о математици и како да урадим домаћи задатак, данас је било тешко!

— Математиком те ја по глави, лажове један! Виде како си се зацрвенио и како ти очи цакле к'о телету! Нисам још видио да неко изгледа као да се најио буњике кад размишља о математици. Да ниси неђе крао ракију, а? И немој да би ми слагао, добићеш по леђима к'о магаре које и јеси. Математика! Како да не, у недељу, кад је школа само за тебе отворена! Казивај шта си урадио, чак и храмљеш на ногу, је л' и то од математике и оне, оне... „пита је горе теореме"? А, несрећо?

Миленко обори главу. Ухваћен у лажи, плашио се да ишта каже, није више вјеровао свом језику који је био бржи од памети. Ако буде морао да проговори рећи ће истину, не мора баш Зорану поменути, а све друго што је урадио било је исправно.

— Чујеш ли ти мене, што храмљеш? — настави отац дреку.

— Ма ништа, тата, залетио сам се да шутнем бусен који није био бусен него камен и ето. Нисам ништа сломио, само мало прсти боле.

— Шта ћеш ти овдје? Знаш да је недеља дан када се све чисти и спрема, што ниси у кући да помогнеш матери?

Миленков брат је био у Америци, у кући није било женске чељади и морао је радити многе женске послове које уопште није волио. Други домаћини су препуштали сву бригу око куће женама и кћерима. Ако немају женске дјеце, жена је све сама радила јер мушкима ни на памет падало није да им помогну. Али Душан, Миленков отац, био је другачији. Био је мало по свијету, гдје год га је живот нанио, у многим земљама је радио као керамичар и правио купатила и кухиње, видио свакаквих људи, од средње класе до истински богатих породица. Разумио је како све живе, како се опходе једни према другима, а кад је у Њемачкој први пут видио мушкарца да пере суђе запрепастио се као никад прије. Тим више што је жена сједила у дневној соби, одмарала и гледала телевизију.

„Шта је ово, овдје је сами ђаво одавно дошао по своје!", згрануо се. „Види ти млакоње и папучара, жена му дигла све чет'ри у вис, а он пере суђе... Какав је ово мушкарац... Вала, никакав!"

Али, са тим се све чешће сусретао и у другим европским земљама. Гледао је и ћутао све док једне прилике није налетио на наше људе, Крајишнике из Госпића, па видио да и ту муж спрема по кући док му жена сједи. Одважио се да га пита, али тихо, да жена не чује.

— Земљаче, брате, некако ми ово чудно видити... Она одмара, а ти радиш... Па како то, пријатељу? Ја то у животу нисам видио код нас.

— Ех, код нас — погледа га домаћин. — Код нас ти је све то, брате мили, помало застарило. Јесте, имамо ми обичаје и културу, не треба их никада заборавити. Али, какво је зло мало помоћи жени у кућним пословима кад је она јуче ишла на посао, а ја нисам? Ето, нек одмара, није мени тешко кућу поспремити.

— Као да моја Драгиња не ради — прекори га Душан. — По васцјели дан трчи по њиви, брине се око блага, прави јело, брине о дјеци, али се ипак зна да ја цијепам дрва, а она пере суђе!

— Ето, видиш, буде и она уморна, требало би јој мало помоћи некад, одмјенити је. Код нас овдје нема дрва да се цијепају али ми жена иде по разним пословима, свако јој заповједа, свакакви јој шефови сједе за вратом цијели дан, па зар не заслужује да се одмори некад у овој туђини, ђе и немамо никог другог него нас? Ко ће јој помоћи, ако нећу ја? Та наша брига „шта ће село рећи" је једна од глупљих ствари на свијету. Не живи ти село у кући, него ти. Зар није љепше бити у чистоме и да помогнеш да тако и буде? Село ће увијек причати, радио ти ово или не. Мени је важна срећа и слога у кући, а село нико не може промјенити.

— Ма, тебе је овај запад пуно промјенио и шврака су ти попиле мозак, не би' ја то никад дозволио — замало узвикну Душан, окренувши се као да је у својој кући и провјерава да ли га је неко чуо.

— Брига мене шта би ти дозволио! Сад си ти моје село у овој туђини, гураш нос гдје му није мјесто, али свеједно ми је, видиш да село нико не може промјенити. Причај ти, а оне плочице у купатилу ће се саме поставити, је л' да?

Овај разговор се као гром у камен урезао у Душана. Дуго је размишљао о свему што је видио, о ријечима које је размијенио са тим Госпићанином, а једном је, чак, сањао да је опасао кецељу око струка, да пере суђе и мијеси хљеб! Рипио је из кревета, спреман да повиче из свег гласа: "О, Драгиња, вуци те појели, ђе си нестала, долази овамо да правиш хљеб!", али се сјети да је у радничкој бараци. Шта ли би људи помислили да је викнуо? Временом је почео осјећати грижу савјести што никада не помаже својој жени. Заиста није важно шта село мисли, његовој породици хљеб на сто стављају он и жена му, важно је како на то гледају његови Драгиња, Миленко и Жарко, који је, послије, као некад отац му, отишао у свијет "трбувом за крувом", што би рекло село.

Те јесени, након ломатања по свијету цијелог љета, вратио се кући на одмор али на одмарање ни помислио није. Кад је освануло недеља и Драгиња почела да износи тепихе и поњаве из куће не би ли истресла прашину, само је викнуо: "Жарко! Миленко! Долаз'те овамо да спремамо кућу, морамо матери помоћи!"

Драгиња се укопа у мјесту као да су јој се ноге скамениле. Оста тако непомична неко вријеме. Али, од тада су сви радили све по кући, ма колико то било необично жени, а упркос и гунђању синова.

— Ајме мени! Ја сам, ћаћа, заборавио на то! Сад ћу брзо ићи кући — рече Миленко и образи му се зацрвењеше од стида.

— Аха, заборавио, али ниси заборавио да недељом у школи само теби предају математику — добаци Душан помирљиво, можда помало и задиркујући јер зашкиљи на једно око, погледа Миленка и упита — него, јесам ли ја оно добро видио да она мала Лалићева малоприје одавде трчи кући ил' сам се преварио? Можда је била нека овца, па не видјех добро?

Миленко се збуни и почеша по глави као да га је пецнуо комарац, крену да каже каква Лалићева, није он никог видио, биће да се отац преварио, али се присјети да су га лажи већ увалиле у невољу или бар замало увалиле. Завуче обе руке дубоко у џепове, као да у њима тражи закопано благо, обори поглед и више промумла него што изусти:

— Ма, јест, била она мала, не могу се сад сјетити како се зове. И тако, пуста женска работа, нешто сликала, па сам ја хтио видити шта је то, да не слика можда нешто... Нешто, не знам ни ја, да видим је л' ето слика нешто.

Душану би драго. Скоро да се осмјехнуо. Сјети се кад је он овако, у младости, као случајно бануо испред Драгиње, правио се да ту ради ко зна какве важне послове и чудио се како баш сад она да наиђе.

— И? Јеси ли видио шта је сликала?

— Нисам, ђав'ли је однијели! Одлети на оним својим ногетинама низа страну брже него вјетар!

Душан се засмија из гласа, загрли сина и кренуше кући. Да је почисте и уреде, да им заблиста као ово дивно, чисто и оштро крајишко јутро које мирише на огњиште, кућу, љубав и сигурност, на живот вјечни; јер ако га је игдје било, било га је ту. У њиховој Крајини, којом су поносно шетали.

7

Није ни Зорану задесила боља срећа од Миленка. Чим ју је матер угледала, окружену прашином из тепиха ког је управо тресла, смјеста загалами.

— Ама, гдје си ти цијели Божији дан?! Ми смо више поцркале спремајући и чистећи, а тебе нигдје нема! Како те није срамота, знаш ваљда да је данас недеља? Гдје си била? Ватај се оних биљаца тамо да их чистиш, не мораш стајати да би ми причала! Ајде, мичи се, брже то мало, шта се вучеш к'о да си гњила?! Одмах причај шта је било да не бих ја тату звала!

Зорани дојади тих неколико реченица да јој се више уопште није радило. Имала је потребу да отрчи у собу, баци се на кревет и по хиљадити пут урони у *Оранске висове*, мада би сада радије читала о Миленку и себи него о јунацима из књиге.

„Какав Миленко, шта би он уопште радио у књизи, тој или било којој другој? Није њему онаквом мјесто у књигама! Није баш да мени јесте, али вјерујем да сам заслужила да се нађем у једној књизи, а не он онако смотан... Замало ногу не сломи и како бих га онда спасила од свакаквих животиња које около вребају плен? Али бих му превила ране... Шта ће, јадничак, капутићем бих га својим огрнула и ставила му зобницу испод главе. Ма, можда ни то не бих учинила, ту су моји цртежи и шта ће његова глава на мојим цртежима!"

— Зорана! Шта ти је, шта си се укипила, чему се смјешкаш? Мени, која тресем тепихе, је л'? Идем по прут, с' тобом се данас изгледа не може другачије — припрети матер Милица задижући сукњу да може брже ходати до тог страшног прута, који је много пута причао своју причу по Зорани, али и њеним сестрама.

— О, немој, немој! Ево идем одмах чистити биље, извини што сам закаснила! Била сам горе, на пропланку, изашла још с' јутра. Знаш како зоре лијепо изгледају од тамо, па сам ишла да сликам мало, заборавила на вријеме и нисам ни примјетила да је већ подне.

— Сликала си шест сати? Е, сад ћеш толико и радити. Нема јести док сва кућа не буде блистала, не занима ме јеси ли гладна или ниси. Кад знаш сликати, ваљда си знала и крува себи понијети! Јес' чула?

— Ма, чула сам, добро де, немој се љутити, ево сад ћемо ми то све средити — узврати Зорана, вукући се према биљцима.

Да је знала, као што није, да Миленко на другом крају села исту муку мучи, само још већу јер је мушко, не би јој њен рад тешко пао. Била би ведра и насмијана, сређивала би кућу задовољно. Тек да је знала да и он мисли о њој, не би јој требало да помажу ни мајка ни сестре него би се сама као муња разлетила по кући док је не угланца да буде као дворац из књига.

Кад год је излазио из куће да тресе поњаве, Миленко би то чинио што је брже могуће, стојећи тик иза или поред куће, мотрећи да не наиђе неко од другара или сељана и почне му се смијати. Виђали су га и раније док ради женске послове и увијек би га зезали. Потрајало би неколико дана и таман кад сви забораве, ето ти опет недеље. Пришуња се иза ћошка, ни не примјетиш да ти већ дахће за врат, привукла се опрезно и нечујно као мачка која вреба птицу у пољу, па Јово наново, узми крпу и остала средства у руке, удри по кући! Посебно сада, више него икада, није му било до тога да га спазе у том послу и спрдају се читаву седмицу. Желио је да мирно и сам са собом проведе те дане, без свађа и туче са магарцима који појма немају о сликању.

Дан се полако ближио крају. Миленков пас Шаров наједном скочи и залаја на сунце, које, крећући ка хоризонту и другим континентима, намигну вјетру који је по крајишким пољима орно разносио мирис једне нове љубави.

8

И иначе се много пазило на кућну радиност, на то каква ти је кућа, како си обедио благо и имање, да ли си вриједан домаћин или не. Нико те неће поштовати, слушати и узимати твоју ријеч за озбиљно ако ти трава није покошена на вријеме, ако ти поље није обрађено, ако није све чисто и уредно. Као у сваком селу, и у овом се сваке сезоне одвијало непроглашено такмичење у томе ко ће, на примјер, најбрже покосити ливаде или први узорати њиву. Било је неког стида када комшија успије прије тебе. Ако те побиједи, онда све до идућег љета губитник мора да трпи разне комшијске шале и добацивања. Није било лијека да се од тога побјегне изузев да догодине успијеш да будеш први. Није то увијек ни било лако јер је неко имао нејач у кући, ситну или тек проходалу дјецу, а некоме су два, три сина већ малтене стасала за женидбу. Па се ти такмичи са таквима, баћо мој! Борба за опстанак је била непрестана, неки су те крајеве звали једноставно крш или крашка поља, на којима је земља почесто знала слабо да рађа. Као да је намјерно ишла у битку против сељана, наоружана понегдје непроходним предјелима, понекад камењем од који су се многе мотике отупиле.

То копање мотикама је било изузетно тежак рад баш због камења. Гдје год мотиком ударио увијек би се нашао неки камен од којег би врцале искрице чим га закачиш. То је забављало дјецу или млађарију која су наравно била на пољима помажући родитељима. Понекад су дјеца намјерно тражила камен да га ударају не би ли отупили мотике и тако покушали да шмугну од рада. У најмању руку, кад ударе од камен дуго су чекали док мотике буду поново наоштрене. У тупљењу мотика су Зорана и Јелена биле посебно вриједне и често су добијале преко леђа одмах ту, на њиви, без обзира да ли неко гледа или не. Није Милица била мутава да не зна шта је овим двјема био циљ. Зато им је било тешко да се изборе за неку „побједу", јер одоздо не да тврда земља, а застанеш ли и кренеш да се глупираш — одозго је чекала материна мотика. Па ти види с' чиме ти се милије борити.

При васпитавању дјеце, у та времена, није уопште било необично да добијеш добрих батина од родитеља, некад зато што си згријешио и наљутио их, а понекад, ако си најстарији или најстарија у кући, порцију би добијао чисто ради примјера млађима како се не треба понашати. Ух, какве су се батине знале дијелити ако случајно узмеш колач са тањира који је био постављен гостима! Боље би ти било да се ниси ни родио него што си то урадио, окрњио тањир брижљиво спреман читаво јутро да се има на столу кад неко наврати. Прсти којима би узео комадић колача би ти веома брзо били и плави и црни, али сигурно не од чоколаде. Такође, ако се деси чудо и мајка те поведе у госте, није било никакве силе да смијеш прихватити нешто понуђено. Морао си рећи „Хвала, али баш смо малоприје ручали, не могу сад", да се не би којим случајем селом проширила прича да су дјеца из те куће гладна и да их родитељи воде по туђим кућама да их нахране. Таквих прича није бивало често јер је свако свакога знао. Знало се ко има више, ко има мање, људи су се узајамно вољели, поштовали и помагали, али се ипак строго водило рачуна о обичајима и није се смјело десити да те дијете икако осрамоти. Уосталом, никад ниси ни знао са ким би се некад могао посвађати због међе, сијена, туђих крава на твојој њиви... Могло се наћи стотину разлога и треба ли онда учинити нешто што би те могло избацити на лош глас селу? Зна се да ђаво нит оре, нит копа. Кад би дјеца била неваспитана и ипак чинила нешто супротно кућном васпитању говорило би се „Слабо сте ви њих тукли!", као да је батина лијек за све. Можда је и била, јер су скоро сва дјеца и младеж временом израстали у поштене, искрене и лијепо васпитане људе, који поштују старије и своје родитеље, па на крају крајева и саме себе. Држало се до тога да ако не можеш помоћи, немој ни одмоћи.

Углавном, од таквог васпитања нико није понио у живот некакве трауме да би се жалили на нарушену психу или говорили да су им родитељи били пијани дивљаци који нису водили рачуна о својој дјеци. Напротив, сматрало се да је то у ствари веома помогло у стварању и формирању здраве личности и стабилног карактера.

Али, личност и карактер или не, страх од прута или не, младост је младост, не можеш је обуздати ничим. Гори и букти, узаврије крв, потражује, истражује, гледа, лети висинама и додирује облаке, дружи се са орловима и соколовима, лебди што вишње може да би погледала читав свијет. Брза је, непромишљена, слатка, наивна, генијална и једноставно није могла да буде спутана забранама. Нема тог кавеза који би њу могао држати затвореном, ни тако јаког катанца којег младост не би у силини налета претворила у прах и пепео. Могао си викати на њу, покушавати да је уобличиш по неком свом калупу, да личи на тебе тако већ остарјелог и чангризавог, настојати да је свежеш, могао си јој умилно причати и триста чудеса обећавати, смирити је ниси могао.

Како и би, кад је сама младост чудо по себи, па кад је се у каснијим годинама сјетиш често застанеш и питаш се да ли се то стварно догодило, да ли си то заиста био ти, да си био тако јак, неустрашив и храбар, као и глуп, непромишљен или кукавица када није требало бити, да ли је стварно баш све тако било како памтиш или су то остаци сјећања на неку задивљујућу књигу коју си давно са жаром читао. Толиким жаром, да ти није дао ни јести ни спавати како треба. Ма, није дао ни удахнути ваљано јер си увијек у великој журби и трци за нечим, иако често не знаш за чим јуриш, али је било важно да то што јуриш и стигнеш, па тек кад га ухватиш сазнаш за чим си у ствари жудио.

Ако си те среће да ти је остало неколико фотографија из тог доба, из те младости, и да можеш видјети самог себе, онда зачуђено посматраш неки лик који се можда кревељи, можда само осмјехује или стоји строго усправно са рукама са стране, као да је пред стрељачким водом, па очима не вјерујеш да си то некад био ти. Да си тако изгледао, да си имао тако смијешну и бунтовну фризуру, да стојиш загрљен са својим другарима и другарицама и свима је израз лица као да истог трена одлазите на љетовање, на егзотично мјесто за које нико прије тога није чуо. Нема везе што ни сам не знаш за то мјесто, ни како изгледа, нити шта ћеш радити тамо, важно је да је твој пртљаг увелико спреман, да су кофери препуни, јер све што ти је требало ионако није могло стати у било који кофер на свијету. Нико не производи кофер у који могу стати младалачки осмјех, чисто срце и бескрајно повјерење да су сви људи добри и да ти живот не може нанијети никаквог зла, нити га спрема, да ће те живот учинити срећним и да ће та срећа што дуже трајати.

Ухваћен у вртлогу младости, када је хормона било на све стране и напросто ниси знао шта би од себе, ниси могао мировати на једном мјесту тек тако, све те је сврбило, боцкало, чешкало и тјерало на покрет, човјек је спреман да понешто уради као да је катапултиран. У таквим годинама Зорани дође вијест да ће у Книну гостовати Здравко Чолић. Ej, човјече, Здравко Чолић!

Тешко је тада било наћи неко дјевојачко срце које не би затреперило када само чује ово име. Готово да није било дјевојке коју не би ухватила радост и жеља да се покрене и игра уз његове пјесме. Или да се, можда, дубоко замисли, правећи се да је она та Кристина коју он опјевава, да је она та принцеза која ломи срца момцима, који би — да је њихова, хтјели да је отму; да је украду Цигани чергари и воде њему, њеној непознатој љубави за коју појма није имала како се зове и гдје живи, важно је било само да је он воли и машта о њој. Чак да и пјесме пјева! Који би само због ње обукао вечерње одијело, па и кишобран понио да изгледа што отменије, који би је чекао испод моста неког априла у једном белом граду! Мало коју дјевојачку собу није красио Чолићев постер, а он, онако млад, лијеп, мио и помало тајанствен као да је изазивао питање код сваке од њих да ли је баш њено име на његовим уснама. Или би, можда, умјесто Здравка на постеру видјела лик своје стварне симпатије и питала се мисли ли он баш сада на њу, да ли записује да је видио док чека воз, да је помислио да је она посебна међу свим тим дамама и дјевојкама, да је баш њу окруживао сјај као ниједну другу, да је у том мноштву видио само њу као да је сама, без икога, у чекању на воз који би их заједно могао одвести у бескрајне даљине? Да је примјетио њену плаву капу коју је исткала само због њега?

О, драга ли је и мила та дјевојачка млада душа која невиношћу и чистотом сија као најблиставији дијамант тако да све друго око ње тамни и нестаје, постаје неважно и банално, када јој је поглед блажи од погледа светаца са икона, када јој кожа мирише љепше од тамјана макар био и са Свете горе, када јој је осмјех умилнији чак и од осмјеха новорођенчета! И напросто је злочин када та невиност почиње нестајати, када свијет постане окрутнији и злобнији, када се многи од тих измаштаних добрих момака и шаљивих, отмјених младих господара живота и женских срца претворе у пијанице, лажове, преваранте и лопове свакакве врсте. Најгоре је када схвате да су срца која су им заробили ти некадашњи дивни младићи постала хладна, затворена и неупотребљива, када њихова окрутност пријети да у дјевојачким душама угаси љубав. И мада се понекад чини да је свијет у охолости неумољив и да ће у тим младим женама нестати свака искра услед огромних разочарања и превара, великих и несношљивих болова и рана, ипак се ништа на цијелом свијету не може мјерити са женским срцем и његовим бескрајним дубинама испуњеним само љубављу. И таман када помислиш да је дотучено, празно и да више ничега у њему нема, оно успије да засија још већом љубављу и снагом него прије. И натјера све те злотворе да, прије или послије, макар кријући од свих, пожеле опрост јер нису могли поднијети силину љубави једног женског срца, силину која је некада знала да кажњава окрутније него они својим шамарима. Нема веће боли за мушкарца који својом кривицом изгуби женско срце које га је вољело силније од валова океана и снажније од разорних земљотреса.

Понесена управо том младалачком снагом, Зорана одлучи да оде на концерт, како-тако и нека кошта шта кошта. Нека је била сезона радова на пољу, доста се радило, али поље је увијек ту, неће нигдје побјећи, биће ту да се обрађује за вијеки вјекова, а Чола не долази баш сваког дана тако близу. Некако ће се искрасти из куће и отићи на концерт. Већ је сада знала да ће бити вике и дреке због тога али није марила, нека грде и туку, жељела је да чује уживо пјесме које слуша читавог живота и да види тог момка који тако лијепо пјева. Иако је вољела мала сијела и прела на које је понекад одлазила код другарица, хтјела је да види град увече и како то изгледа када градска млађарија изађе да се дружи, пјева и ужива у животу какав она није имала. А и доста јој је било прела која су понекад бивала и у њеној кући. Отац Стеван је знао бити некад баш расположен за друштво, посебно када би га понијело неколико чаша вина, па би позвао људе без неког разлога да се друже, пјевају крајишке пјесме, чак и „грокталице", па би сједили до раних јутарњих сати испијајући вино и ракију док им језик не би задебљао, говорење постало отежано, а ни пјевање више није имало мелодију него се распадало као гњио кромпир.

Карте за концерт је набавила Весна, годину старија од Зоране и већ средњошколка у граду, па је имала прилике да их купи. Осјећала је, купујући их, као да ради нешто забрањено, стално се освртала преко рамена да је случајно неки комшија не види и каже њеном оцу, јер се и Весна, баш као и Зорана, морала искрасти из куће, ни њу родитељи не би пустили на концерт. Тим више што је та музика старијим људима била страна и нису је вољели због, за њих, непримјерених ријечи и чудног понашања извођача на позорници. Играли су као да их тресе струја, умјесто да лијепо стоје постојано, кано клисурине и пјевају како ваља и требује.

Концерт је био заказан за суботу, имало се чекати читава три дана, а чим је Весна донијела карте Зорану обузеше велика радост и узбуђење, али и трема. Као да се припрема за неки веома важан догађај за који је потребно некакво знање, а она нема појма какво. Прође јој кроз главу да се можда овако осјећају они који су се први пут пољубили, негдје далеко од села, у неким љескама гдје их нико не може видјети. Мада их јесу видјели, тешко је селу сакрити нешто, па је послије било свакаквих прича које ипак нису реметиле млади пар. Занесенима од првог пољупца у животу, неколико слиједећих дана није их напуштао неки сањалачки осмјех, сваки посао су радили без гунђања и одуговлачења, све им је причињавало радост да чак не би примјећивали колико

| 73 |

родитељи вичу на њих и пријете да неће више живјети у њиховим кућама којима наносе срамоту. Ех, као да се они нису у вријеме своје младости понашали исто тако, као да се нису крили од села и родитеља, као да нису знали да су ти дани били љепши од ма које пјесме или приче. Ко зна, можда су само заборавили, а и ако нису онда ни под најстрашнијим мукама не би признали да су и они били исти.

Ни Зорана није могла сакрити тај осмјех сањара и ведрину, иако се трудила да се не смјешка к'о луда на брашно по васцијели дан. Ни на шта се није љутила, све је послове радила летећи, устајала прије свих и задња одлазила у кревет, сређујући кућу да буде уредна за слиједеће јутро. Чак је испод гласа, да је не би чули, са радошћу понекад пјевала неку од тих пјесама, једва се суздржавајући да их не запјева на сав глас, па нека чују сви. Ко пјева зло не мисли, зар није одувијек било тако? Али се бринула да би тако могла открити своју тајну намјеру, па је пјевала у себи.

Јелена је прва запазила да се нешто дешава са Зораном. У ствари, није испочетка толико ни примјећивала, него је више осјетила. Њих двије су биле блиске као да су близанци, повезане невидљивом, али нераскидивом везом. А онда је и видјела онај тајанствени осмјех, схватила да се Зорана креће као у сну, осјетила је другачију и непознату атмосферу када јој се приближи, као да је Зоранино узбуђење било опипљиво голим рукама.

— Шта је с' тобом ових дана, Зоки? Да ти није к'о поклонио нешто или си можда добила неку похвалу у школи? — приупита Јелена нехајно, као да је без примисли о ма чему другом.

— Шта кажеш — прену се Зорана. — Који поклон, каква школа?

— Па, нешто се догађа, није ваљда да си мислила да можеш од мене сакрити. Причај шта се дешава!

— Ма, ђаво се дешава, не дешава се ништа, све је у реду — слага Зорана.

Није вољела да лаже, а посебно не Јелену, али није хтјела ни да је можда повриједи ако каже истину. Сестра би се сигурно наљутила када би знала да Зорана планира да иде на концерт, па још без ње. Све су дијелиле читав живот, зар да нешто тако величанствено не доживе заједно? Јелена је ипак била млађа, додуше не много, па се не може бити сигуран умије ли сакрити тако велику тајну. Уосталом, Зорана није имала карту за концерт уза се, била је код Весне, па је закључила да оно што не знаш не може да те повриједи. Ипак, било јој је жао што Јелена не може са њима да крене у овакву авантуру.

— Шта ништа, немој ти ту мени да лагиш! Видим како све поцупкујеш док ходаш, како се смијешиш мислећи да те нико не види, сва си другачија ових дана. Да се ниси заљубила можда? Нешто сам начула да волиш сликати када те Миленко посматра, секо — упита Јелена, уз огроман осмјех и несташну искру у оку.

Зорана се тргну још јаче, сасвим избачена из свијета снова. Тек је то било тајна коју ваља сачувати. Било је тајна и за њу саму, није ни она знала зашто се толико узбуди када само чује Миленково име, зашто погледава неће ли га негдје видјети у селу или продавници, због чега је често лежала будна мислећи о томе како је шутнуо камен, чему би се изнова смијала пуна милине при сјећању на његов лијепи глас.

— Ја волим да сликам свеједно и било гдје, баш ме брига ко ме посматра, а посебно ме брига је л' Миленко ту или није! Шта он уосталом има гледати кад ја сликам? Не разумије он то, ено њему његових мајица, има и на њима свакаквих цртежа! Али је смијешно како је шутнуо камен и... — излети јој из уста.

— Аха, аха, смијешан је, је л'? Можда и мало драг, да није и то? Кажу да зна и лијепо пјевати, можда је запјевао нешто за тебе?

— Ма шта је с' тобом данас, што ме зезаш и откуд ти уопште такве идеје? Имам ја паметнија посла него слушати твоја булажњења, што не идеш тамо матери помоћи у кухињи?

— Да, да, што не идем ја. А зашто не идеш ти, шта теби фали? Ау, онда нећеш моћи сањарити о њему — пецну је Јелена кикоћући се.

Зорани би доста овог надмудривања, ионако се из петних жила трудила да некако избаци из мисли Миленка. Ако не може потпуно, бар да о њему мисли мало мање, а ово сестрино спомињање јој је само одмагало. Би јој још више жао што лаже Јелену. Погледа је.

— Није то село — уздахну Зорана. — Бар није овај пут, нешто је сасвим друго. Ај' сједи овамо поред мене, на кревет, да ти речем шта је мада мислим да ти се неће свидјети оно што ћеш чути. Али прво да се закунеш и да обећаш да никоме нећеш рећи, ама баш никоме, па ни у земљу шапнути као у оној причи!

— Шта може бити толико озбиљно?! Дај више казуј!

— Нећу док не обећаш. Или тако или никако!

— Добро, добро, ево обећавам да нећу никоме рећи, тако ми Лисца и Свете Недеље! — обећа Јелена.

Како је сестрино обећање обухватало њену најмилију животињу, коња Лисца, Зорана јој повјерова и ријеши да призна. Исприча све, карте, концерт и са ким ће ићи, а кад је завршила, на њено велико изненађење, Јелена буквално скочи и снажно је загрли. Није се томе надала. На све је била спремна, на љутњу или тугу, можда и сузе. Суза јесте било, али радосница.

— Баш ми је драго што идете — изусти уплакана Јелена бришући нос. — Мало ми је криво што не идем и ја, али нема везе, схватам зашто не може. Биће времена за мене, колико још догодине када ти пођеш у средњу школу. Тада ће те већ сви сматрати великом и моћи ћемо да заједно идемо у град. А и мислиће да си цура за удају, можда ће тада Миленко ићи с' нама. Али, како то мислиш извести?! Ради се пуно, неће ти мама и тата никако дозволити... А не знам ни како се можете искрасти из села да нико не види.

— Лако ћемо. Баш зато што се пуно ради неће одмах примјетити да ме нема, а ја нећу ни долазити из школе кући, него право на перон и у град са Весном. Тако ћемо најлакше избјећи родитеље и свађу. Нисам ти мислила ништа рећи док све не буде готово. Кад сам већ рекла, онда ти, кад се запитају гдје сам реци све како јесте и да ћу се вратити исту ноћ, да се не секирају.

— А ко иде суботом у школу, селе, да се ниси мало збунила око тога?

— Ух! Нисам се тога ни сјетила од ове збрке у глави... Чији је ред овцама у суботу, знаш ли?

— Мој.

— Онда ћемо 'вако: отићу ја умјесто тебе, ти се изјутра мало прави да те боли стомак, па доћи неће око два, три сата да ме као замјениш и да ја дођем кући, па ћу ја на концерт.

Јелена пристаде. Све би учинила за своју секу.

Иако су и њу носили жеље и младалачки бунт, ипак је била одгојена да поштује и воли родитеље. Били су добри људи, поштени, благе нарави, мада су знали да подијеле неку по дупету и одрже придику. Није хтјела да их забрине, да се препадну и почну је тражити по селу. Сад, што иде овако кријући од њих и не пита за дозволу, то баш и није било израз поштовања, али је вјеровала да ће Јелена успјети да их смири. Само да она оде на концерт, све друго ће се већ некако издржати, ако треба и батине које су је, то је знала, свакако чекале. Бар од мајке, отац никада није дигао руку на женско чељаде. Више је говорио очима него ријечима, као и покретом. Већ сада јој је било жао што ће у његовом погледу угледати разочарање што се тако понијела према њима. Тај поглед би је болио више од мајчиног прута или каиша, али и то ће издржати у нади да ће добри отац временом да јој опрости. У сваком случају, одлука је пала, а рањеници ће се бројати послије битке.

Слиједећих неколико дана прође јој у никада доживљеном магновењу. Зорана је позајмила од Весне кармин и пудер за лице. По читав дан је била забринута како да се нашминка јер то никада у животу није радила. У селу је шминкање сматрано малтене ђавољом работом. Ниједна се у селу шминкала није, па чак ни продавачица у продавници. Држало се да је то вулгарно, да не треба кварити истинску љепоту лица тамо неком хемијом. Кад би видјели да се нека дјевојка нашминкала знале су пасти и веома неугодне и погрдне ријечи, па чак и „курво", као најгаднија од свих, да их изједначи са дјевојкама и женама сумњивог морала, спремним на „оно" што се никад није изговарало. Ако би се „оно" догодило, на кућу би пала таква срамота да је никад више ништа не би могло спрати ни скинути. Годинама би се опричавало и никада не би било заборављено да је у тој кући дјевојка изгубила честитост прије удаје. Због тога су мајке дјевојака биле вјечито будне, а не дао ти драги Бог да те отац спази нашминкану, ко зна шта би се десило. У ваздуху је лебдјела могућност да отац избаци кћи из куће, мада се то, истина, још није десило ни у једном домаћинству. Према томе, Зорана је добро знала да јој се због само једног обичног кармина може промјенити читав живот, али би ипак увече, када је била сигурна да сви спавају, при слабом свјетлу покушавала да се нашминка, држећи мало ручно огледало. Није јој ишло. Разумије се да ипак нису сви били у дубоком сну. Јелена је била будна већ прве ноћи, наравно и наредних, па је ту било много пригушеног, притајеног смијеха док је помагала сестри да се нашминка и, као случајно, одлети јој руж за усне и зашара преко цијелог Зораниног образа.

Послије три дана чекања, коначно дође и та дуго чекана субота. Дан за прву Зоранину авантуру у животу. Том узбуђењу није била равна добра оцјена у школи, ни нови џемпер или нови опанци, ма да јој је неко дао врећу пуну пара не би се, као ни Весна, мијењала за овај осјећај!

Сунце је пржило крајишка поља, а другарице се запутише ка жељезничкој станици. Неопажено се искрадоше из села, срца им ударају високо у грлу, а од усхићења би да искоче из сопствене коже. Ненашминкана и једна и друга. Дигле су руке, кад им то не иде. А и не ваља чачкати мечку до краја, ко зна кога могу срести, па да им направи већи проблем од оног што их чека кад се врате из илегале, с концерта.

— Ниси се ни ти нашминкала, Весна?

— Ма, нисам, што ће ми то, лијепе смо и овако! — одговори уз смијех.

И као да читају мисли једна другој, само се загрлише. Двије вјерне друге на путешествију ка првом концерту у вијеку запјеваше из гласа *Пусти, пусти моду*. Крајином се разлегао звонки, радосни дјевојачки глас.

9

Једног поприлично топлог предвечерја, када су позавршавани пољски радови и људи се вратили кућама, Душан је сједио испред куће и клепао косу. То што су за тај дан одрађене обавезе на пољу није значило да су сви послови обављени, увијек се нађе нешто ново. Народ је говорио да кућа никад није готова, што је истина. Могао си тридесет година живјети у истој кући и сваки дан би се нашло нешто за рад или поправку. Иако је Душан и даље био заузет, није хтио Миленку давати неке додатне задатке. Довољно је било за тај дан, мали се поштено нарадио на пољу, оставио ријеку зноја. Би му жао сина, који је још такорећи дијете. Није волио да га превише оптерећује физичким пословима, ако баш не мора.

Зато је Миленко сједио у кући, тик до прозора, не би ли га бар мало расхладио слабашни вјетар. Поотварао је све прозоре у кући правећи промају. Да је било иоле хладније то нипошто учинио не би, јер ако се народ чега бојао онда је то била промаја. То мистериозно струјање ваздуха кроз кућу било је криво за сваку болест и сваку тегобу. Нека си се само мало накашљао, нека ти процури нос и мало заболи глава, ако су те непрестано бољела леђа од дугих година тешког рада, ако си зарадио артритис, све је то била кривица промаје и ничега другог. Џаба су доктори причали да је некоме опао имунитет, да се само прехладио или да му није ништа, да је посреди мања алергија, а о повреди леђа да се не говори! Ма, јок, доктори су због тога проглашавани за невиђене незналице и надуване величине које немају појма о страшној промаји која коси све пред собом, као што је и куга харала у средњем вијеку! Стога је заповјест „затварај сва врата и све прозоре" отприлике била као једанаеста Божија заповјест, поштована је једнако као оних десет, а можда и више.

Овога дана, међутим, то није важило. Промаје ни за лијек, макар не оне осјетне, иако је Драгиња пролазила кроз кућу сумњичавог израза лица, гледајући лијево-десно неће ли је игдје ухватити, као да је промаја каква госпођа која није радо виђен гост и зато може слободно да иде својој кући. Уживајући у Ћопићевој књизи *Босоного дјетињство*, изнова се смијући догодовштинама и херојствима књижевних јунака, није одмах ни примјетио да је клепање косе престало и да отац са неким разговара. Срећом, био је у кући, јер да је напољу читао док отац ради и да то спази случајни пролазник, селом би одјекнула прича да је невиђена љенчуга. Самом Душану би било приговорено да је сина слабо одгојио јер је заборавио да је батина из раја изашла. Миленко се опрезно диже са клупе и вирну кроз прозор.

— О, Рајко! Ђе си, побратиме, откуд ти овим путем — упита Душан, кад је већ прекинут у раду.

Рајко се налактио на ограду и ужива у цигарети без које га ниси могао видити. Тај је нон-стоп чадио као димњак, а и сад му је једна висила у ћошку уста.

— А, е'о, пошао доље до Здравка да видим може ли ми позајмити трактор за сутра, требаће ми.

— Пошао до Здравка да га питаш за услугу, а не видим да си понио боцу ракије или вина?! Не би се он ни против гајбе пиве бунио. Слабо ће ти то поћи за руком, побро, не да тај тек тако, воли и он свој мотор у гујици подмазати — рече Душан и обојица праснуше у смијех.

— Ма ђавли са њим, 'есам ли га прије неки дан тако напио у кафани да није знао кући отићи, рекао је тада да ће то бити довољна „кирија" за један дан трактора.

— А-а, јок! Он се до сада не сјећа ни тебе, ни кафане, ни шта сте тада причали. Боље би било да си понио нову флашу, да му освјежиш памћење.

— А није ваљда тако манит да је већ заборавио! Колико је попио требао је бортати три дана и то би му било довољно подсјећање на све — узврати Рајко.

— Кад си ти њега видио да борта? Нема он кад бортати кад је ваје пјан, само досипа како отвори очи. Није ми јасно како то издржава и још иде на посао у град. Не знам баш, мој Рајко, 'ош ли се усрећити — сумњичаво ће Душан.

— Ти си баш ријешио да ми поквариш расположење, а? Па, добро, ако буде зановијетао и буде било стани-пани позајмићеш ми ти бутељу вина да се не враћам сад скроз горе кући. Имаш ли?

— Јок, ето ти имаш. Наравно да имам, само ти иди, видјећемо се поново за који минут — насмија се Душан.

— Ма не морам одмах, нисам ни сигуран да је до сад стигао кући, моремо још 'вако зера људекати, нисам давно ни причао са тобом.

— Па шта онда стојиш тако на капији, уђи 'вамо и сједи да попијемо ракију. Драгиња, постав'де каву! — продера се Душан.

Док су двојица пријатеља испијали каву и ракију, причали о радовима, селу, људима, Миленко се врати књизи и ускоро, уљуљкан гласовима који су допирали споља, поче да тоне у сан. Очни капци су треперили, ријечи које је читао нису више биле јасне пред очима, кад га изненадна ријеч „женити" тргну као да се опржио на шпорету. Шта женити, кога женити, сањам ли или сам стварно чуо, ко ће се женити, зар има неки пар у селу, ројила су му се питања у глави, док се усправљао на клупи, слутећи да је ријеч о њему. Није био сигуран да је, ни будан ни уснуо, чуо своје име мада за то није било повода. Како би се он женио и са киме, па он још нема ни цуру! „А Зорана, Зоруле, Зоруленце", шапну му неки унутрашњи, тихи али надасве упоран глас. „Зораничетина је она, шта Зоруленце", љутну се на самог себе. „А и нико јој не тепа тако, ваљда је зову Зоки, та није Зоруле к'о из пјесме оног тамо неког прастарог пјевача", закључи.

„Зоки, Зоруле, свеједно, ипак мислиш на њу", неумољив је био тај унутрашњи глас против ког се борио и најрадије би га, само да се може, неким коцем премлатио да умукне, да га више не смара. Миленко је понекад, таман прије него што ће заспати, знао да прошапће „Лаку ноћ Зорана, лијепо спавај", али то ни себи не би признао, а камоли другима. Убјеђивао је себе да је и тада само сањао, али да тако нешто ни помислио није, а камоли изустио.

— Шта рече ти Рајко, женити? Како женити, кога женити? Млад је он за тако нешто, а нема ни цуру — зачуди се Душан.

— Их, их, их, прави се ти да не знаш шта говорим, цијело село зна, а баш ти не знаш — одмахну Рајко руком као да тјера досадну муву.

— Не знам ја о чему ти причаш, а село к'о село, причаће ваје да је не знам шта у питању. Ваљда си разумнији од села, начитан си, видио си свијета баш као и ја, шта те брига која је данас тема у селу? Ионако се мијења сваки дан — скоро ће љутито Душан.

Видјевши да је пожурио и пренаглио, Рајко покуша да разговор окрене на шалу, али је Душан ову тему схватао озбиљно. Ту нема мјеста шалама и доскочицама.

— Немој се, прика, љутити! Шалим се мало, наравно да је премлад, мада ни ми нисмо били много старији кад смо се женили. Још двије до три године и ето га, одрастао човјек!

То Душана донекле примири, па дубоко уздахну.

— А шта то вели село, кад смо већ ту, ајд' да чујем нешто о себи, што се оно каже „Дај ми реци шта се оно синоћ дешавало код мене!"

— Е, добра ти је та! — прасну Рајко у смијех. — А не веле ништа специјално, него ето тако, као да се примјетило да Миленко и она мала Лалићева нешто очијукају.

Душан се уозбиљи. Једно је нашалити се, онако невино, а сасвим друго је бити у прилици да се обрукаш, да учиниш нешто што би ти могло бацити љагу на кућу. Нарочито је могло изнети на лош глас кућу дјевојке и ње саме. Не дај Боже да је село обиљежи нечим, у било којим годинама, није важно колико је стара била дјевојка, прича би се преносила на потомке генерацијама, као наук.

Обичаји из давнина су поштовани нарочито кад је ријеч о женидби и удаји. Још је важило да најприје очеви морају поразговарати о могућој женидби, морао је и младожења да се изјасни прије или послије. Одувијек је једна од тежих брука била кад се момак и дјевојка састају сами, негдје у шуми, а неко их види, без обзира да ли се нешто дешавало или није. Сви састанци младог пара су морали бити јавни, да их народ види док причају о уобичајеним стварима, о времену, школи или факултету, како је породица, па да се лагано разиђу до слиједећег дана, кад исти ритуал могу да понове. Ни држање за руке није било дозвољено, сваки физички контакт се могао протумачити на милион начина, а крене ли само једна лаж или фантазија, ријеч би кроз село затутњала као сњежна лавина коју више нико није могао зауставити. Одупирање и објашњење да није тако како се проноси није имало смисла.

Веома се пазило из чије куће дјевојка потиче, да је часна, да су родитељи радни и поштени, гледало се да ли дјевојка умије да тка, везе и плете, али и какав би мираз понијела из куће. Истина, гледало се и у поријекло младића, какав је он, из чије куће потиче, јер није отац удавао ћерку сваког дана. Тако се знало десити да понекад мушка родбина дјевојке оде код потенцијалног младожење, да мало виде у какву кућу им чељаде одлази. Углавном су ишли сви мушкарци из дјевојачке куће, отац, стричеви и наравно дјед као најпоштованија сиједа глава.

Тако се памти прича, за коју се не зна да ли је истинита или је легенда, али је често помињана у свакој кући кад се породица састане да мало поразговара са покојим гостом. По тој причи, мушки дио младине породице отишао је до младожењине куће, иако тада још није било сигурно да ће он бити младожења, да се најприје испитају ствари. Сједили су цијели дан са његовим оцем, испијали вино или ракију, напросто људекали јер се нису баш најбоље познавали, живјели су у различитим селима. Момак је био цијели дан код оваца и када се вратио увече, отац га упита „Јеси ли сине напојио благо", да покаже гостима како располаже великим иметком, надајући се да ће син схватити о чему је ријеч и одговорити у истом стилу и мало преувеличати. Момак је, међутим, био поштен и искрен као дијете, није прихватао игре старијих. „Јесам, оче. Напојио сам једну овцу, а друга није хтјела да пије."

Оца обузе стид кад га рођени син утјера у лаж. Није смио поглед да дигне. Чувши момка, гости се благонаклоно насмијаше баш због његове честитости и искрености, па закључише да он јесте прави избор за њихову дјевојку. Није било пресудно што је из сиромашне куће, било је важно то што је поштен јер дјевојка би читав живот требало да проведе управо са таквим човјеком, који неће слагати ни кад је ријеч о крупним стварима иако зна због чега су му ови гости у кући. Да није тако поступио можда би цијела ствар пропала, једну чисту љубав спријечила би лаж која је, ма како се мала чинила, била довољна да бесповратно наруши повјерење.

— Дај, Рајко, престани зезати, немој такве ствари ни у шали изговарати. Ето сад си ти гори и од села! Мала Лалићева је дијете, што се спрдаш са тим, је л' треба да пукне зао глас о њој по васцјелом крају? Дијете је и Миленко. Шта је с тобом, како ми ово можеш рећи у мом дворишту, пред мојом кућом?! Можда Здравко није једини што пије, да ниси и ти ракију доручковао и ручао?

Рајку би неугодно. Добрано се зацрвени и поче сумњати сам у себе, није могао да схвати ни зашто све то уопште прича, ни због чега не може да стане. Стварно, сједи код човјека у дворишту, пије његову ракију и каву и још га подбада! И заиста, шта је умислио са том дјецом, није нико ништа лоше ни рекао, било је тек неколико успутних коментара, али су они били стварно дјеца и не би се требало шалити са тим.

— Ма, извини, Душане — тугаљиво изусти Рајко. — Нисам баш тако мислио, полети ми језик брже од памети, ево већ двапут заредом. Ја то само 'нако мало, није злобно, али можда би стварно овакав разговор требало одложити за пар година. Баш сам испао волусина.

— Немој ти волове вријеђати, бар они нису скривили ништа — узврати Душан.

Би му смијешно како се Рајко онако стужио и распекмезио к'о дијете кад му узму играчку. Прије ће бити да је подсјећао на дијете које је згријешило и стоји уплашено, чекајући да добије коју по ушима.

— А добро, ово сам и заслужио, куд чачкам мечку и вријеђам драге волове, па још и у дјецу задиркујем — растужи се Рајко још више.

— Добро де, знам да је то била шала, мало неукусна, али добар си ти човјек, нема у теби зла. Ниси ти то баш тако мислио, него си се ето неспретно изразио, је л' тако Рајкане — упита Душан полетно, да растјера суморну атмосферу и врати причу на уобичајене ствари у селу и на послу, јер је разговор о породици увијек веома шкакљива територија. — Ај' нећемо више о томе, него ево се лагано сумрак спрема, 'ош ти ићи питати Здравка за трактор или си заборавио? Могао бих и ја поћи с' тобом, утрнуше ми ноге и тур, нисам навикао оволико сједити. Нећу ти сметати?

— Ма, ђе ти да сметаш, побратиме мио! — раздрагано ће Рајко. — Наравно да идемо заједно и хвала ти што се ниси много наљутио. Нек вас само срећа прати, да једног дана будеш поносни ђед многим Зечићима!

Скочи на ноге и похита према капији, стварно су се запричали к'о какве бабе. Није ни помишљао да би се тек могли распричати када стигну до Здравка. И тамо ракија чека, као што их је, без да омане, сутрадан ујутро чекао мамурлук. Срећом, увијек је било расола у свакој кући.

Али није било краја драми у Миленковој кући, иако није било више актера него само један, сâм Миленко. Да је смио скочио би са кревета и на сав глас проговорио, али је све морао да задржи у себи. Морао је ући у монолог са самим собом, да га ко не чује и помисли да је сишао с ума.

Ако му је ишта стварно сметало у животу, онда је то било његово рођено презиме. Куд баш Зечић! Како јадно звучи и некако кукавички, није то презиме за човјека него окрутна грешка која се није дала исправити. Није било изводљиво, то је породично презиме већ више генерација, свака га је поштовала и нико га се никада није одрекао, штавише, било је понос фамилије.

„Јаког ми поноса, то је био обичан надимак тамо у неко доба када су диносауруси ходали земљом", помисли Миленко, љут што је неко из његовог рода, дванаест кољена уназад, узео надимак као презиме. Можда је то био његов омжикур са истурена предња два зуба као код зеца, па су га људи почели звати зец, зеко, зечић и некако се то примило као презиме. Миленко није знао које је било њихово право, претходно презиме и зацртао је да ће истражити историју фамилије. Можда нађе прастаре црквене књиге, да му објасне како је то почело и одакле су његови преци у ове крајеве. Знао је да су од давнина људи мјењали презимена када би се крили од прогонитеља који су им жељели зло или би се читаве фамилије расељавале када неко њихов почини злочин, да се сакрију од осветника. Тако је некима надимак остао приљепљен као презиме.

„Јој мени! Миленко Зечић и његова гомила Зечића, види их какви су, баш симпатични са тим истуреним зубима и великим ушима", замисли Миленко своју далеку будућност у којој ће имати жену и дјецу. „Жену? Кад ћу ја имати жену, ниједна неће хтјети да се презива Зечић!"

Погоди га гром и заборави на рођену мајку, бабу и све женске претке у породичном стаблу, а свака је била Зечић. Све и да се сјетио, опет би се кидао. Разумио је и поштовао обичаје, поријекло и понос, али кад би могло бар Зечевић, звучало би прикладније, пристојније, некако достојанственије. Није Миленко био једини којег су мориле такве мисли, руку на срце — знао је да је још и срећан с презименом јер шта би тек било да се презива Деригаћа, Гузина или Убипарип. Чему би се онда, кукавац, надао? Било је у школи дјеце и с таквим, па и грђим презименима, често је био сведок како се с њима спрдају толико да су многи хтјели да дигну руку од школе. И они су жељели промјенити презиме у нешто модерније и свијету прихватљивије јер како ће отићи у велики град на студирање и представити се као Гојко Заклан? Сигурно би људи мислили да је луд, да их прави мајмунима, па би се љутили. Или, што би било много горе, почели би се смијати, а смијех се много теже подноси. Код љутње или сваће бар имаш наду да можеш надјачати, ако треба и потући се. Али смијех? То је тешка увреда за коју нема лијека и једино можеш да га игноришеш, да се правиш да ти није важно и молиш се Богу да ће те брзо заборавити и узети на зуб неког другог.

„Зашто ја уопште о томе размишљам? Јесам ли се отровних печурака најио да мислим о некаквој жени или дјеци? Можда сам се разболио или прехладио. Ух, па ја сам заборавио да сам мртав, погинуо сам на оном пропланку! Не волим ја никога, немам чак ни симпатију! Волим свога пса, мачку, постере, музику и баш ме брига за нешто што можда неће ни бити никада", тјешио је сам себе. „Неће бити никаквих Зечића, ни Зекоња, зато што ја ето... Баш с' тога нећу и, друже професоре, немојте ме више о томе питати, то је то и то је крај! Брига ме што ће се Зорана удати за неког другог, а не за мене који се тако ружно презивам!"

Дошавши дотле, изнова се растужи због судбе своје клете. И заборави да је самом себи обећао да више на Зорану неће мислити. Али, како да не мисли на њу у овако дивној вечери у којој се могла видјети свака боја која постоји у природи, а сваки цвијет и дрво били извајани неким свемоћном, тајном руком због које ти срце брже бије у грудима?

Узе своју гитару, такође поклон од брата. Сам је научио да свира понеку пјесму, али никада није свирао за друге или пред друштвом. Био је увјерен, онако срамежљив, да није довољно добар. Емотивни звуци гитаре, само за његове уши, стварали су оазу мира у коју се повремено склањао као у тврђаву. Мислећи о Зорани чистом дјечачком љубављу, запјева *Једина моја теби свирам ја...*

10

Није било, ни тада ни сада, те генерације старијих људи која није кудила млађе нараштаје. Ма шта год млађи учинили, како год да су се добро владали, поштовали оца и мајку, све од себе старије, помагали свакоме колико су могли, настојали да никоме не учине нешто криво и нажао, трудили се да изврше сваку наредбу старијих — џаба, није им се могло угодити.

Није ваљала врста музике коју су слушали, а није ваљало ни како су се почели облачити. Џинс панталоне и обичне мајице, са или без цртежа, доживљаване су скоро као лична увреда и ако тако обучен прођеш кроз село могао си бити сигуран да ти увече слиједи рибање од старог. Тек мини сукња! Није ни морала да буде она баш кратка, довољно да није прекривала кољена и то је већ било скрнављење због ког би кренула неповратна прича о неморалу те дјевојке или жене. Прича би постајала све већа што је више кружила међу људима, свако је имао додати понешто, неки детаљ који би му пао на памет. Оговарањем је прича бујала као квасац иако се оно о чему је говорено уопште није догодило, била је кићена као Божићна јелка са све поклонима испод ње, свако је остављао помало свог печата. Толико би се разрасла да би, док прође од прве куће до задње, порасла толико да си је морао причати у наставцима јер није све могло бити речено у цугу. Да је неко писао књигу, била би му довољна прича и пут којим је прошла кроз село.

Не дао Бог да се ко од млађарије на нешто пожали! Тек тада придикама и замјеркама није било краја. Није то морала бити нека примједба, исто је било кад се неко пожали на пробушен опанак, или изусти да је несхватљиво колико је већ дана заредом вруће и киша никако да падне, или каже да је сломио ногу на три мјеста — онај који се жалио био би смјеста проглашен за слабића или размаженка. Говорило би се да расте испод стакленог звона и да би се растворио кад би киша пала јер је сав од шећера. Хиљаде пута се чула иста прича од старијих, од ријечи до ријечи понављана као да су сви научили тих неколико реченица напамет у некој тајној школи коју могу само старији похађати, школи која је била невидљива и нико није знао гдје се налази сем тих старијих.

„Ма, шта ви, млађарија, знате о животу?! Немате појма! Само се знате жалити, а свега имате, све вам је надохват руке! Није вама као што је нама било. Ех... Шта бисмо ми, кад смо били млади, дали за нове опанке! А ви се жалите и кад вам се купе нови опанци, не ваљају, жуљају вас! Ништа не знате цијенити!" Онда се под обавезно помињало да су били рођени на њиви док им је мајка окопавала кромпир. Каква болница и бакрачи, породе се ту, на лицу мјеста, однесу дијете кући, мало одморе и назад на њиву, а не као ове данашње даме које низашта нису. Онда се говорило да су спавали на сламарицама, какав кревет или душек, него под главу ставе кожун, прслук, стару јакну, било шта, нису се они ваљали по свиленим јастуцима, као ова младеж! Њих су уједале стјенице, ма ни гаће поштене нису имали, шила им их мајка од старих врећа за кромпир, па би их рашчешале по кожи и разуједале између ногу. Није било ни некаквих зграда, као што има сада, за науку, њима је школа била по ливадама!

Све је то сметало дјеци, то непрестано кућење, то што никад не дође ниједна похвала за било шта што су урадили. Није било јасно да ли су због те критике покоји млађи још жешће пријањали на посао добровољно или због љутње што се старцима не може удовољити. Другима би опао морал и једва су се вукли на какав сеоски рад. Чему да јуре и да се троше кад никада неће добити ни лијепу ријеч?

Неколико година касније, када се Зорана одавно већ била вратила са свог првог излета у свијет и постала одрасла дјевојка с јасним циљевима у животу, сједила је у дворишту своје куће и слушала управо овакву причу, коју памти од рођења. Знала је, чекаће је такве ријечи и у остатку живота. Скупило се неколико старијих, сједе и пијуцкају каву и ракију. Кад су се поштено изјадали због времена, сунца, кише, недовољних падавина, године која није родна као прошла, зато што ништа више није као прије јер се све покварило и измјенило, на ред дођоше млади нараштаји. Оплело се по њима, као минулих година, истим редослиједом, истим ријечима, беше им добра та тајна школа за маторе, како су их млађи потајно звали. Није им дојадило да изнова описују своју школу на ливади, да су писали каменом по великој каменој плочи и да би их, када погријеше, учитељ тако ишибао да поштено нису могли да сједе минимум три дана.

На те ријечи, Зорана опет постаде цуретак. Врати се у то далеко вријеме првих несташлука, заљубљивања, преписивања домаћих задатака, спремања пушкица за контролни у школи, које су сакриване испод руке или на бутинама. Сјети се прве петице због које се кући није вратила већ долетјела, али и првог кеца и муке како да се оцу и мајци појави пред очима и објасни зашто није научила лекцију. За родитеље оправдање није било то да често није стизала да научи не зато што је немарна или лијена, него да се због рада на њивама и чувања блага очи саме од себе склапају, уморне од свих обавеза које су дани носили. И најбоље је ученике тежак умор побјеђивао када се све примири и дође вријеме за учење. Најадном би ријечи из књига и свесака губиле смисао и значај, није више било снаге и дјеца су знала заспати главе спуштене на отворену књигу.

Вративши се у школско доба, Зорана се сјети своје учитељице Јованке. Од те тајанствене и строге жене је научила да пише. Учитељица је била усамљена и о њој су се испредале разне приче иако се готово ништа није поуздано знало. У једном су сви били сложни, а то је да никада, ни прије ни послије ње, није било бољег педагога у селу. Нико као она није умио да знање пренесе дјеци, нико се није толико трудио да их мотивише и у томе био успјешан попут ње. Многи су њени ученици касније били изванредни у гимназији или другој средњој школи, немали број је стекао факултетско образовање. Љубав према књизи, жеђ за знањем, радне навике и вољу за истраживањем себе и свијета добили су управо од Јованке, то им је био њен поклон и печат за цијели живот. Било је и оних које нико није могао нагнати да ухвате књигу. У школу су ишли као по казни, тражили свакакве изговоре да је избјегну, често су лагали да су болесни, бјежали са часова и ријетко научили неку лекцију. Њима је толико било свеједно да се нису трудили ни да бар препишу домаће задатке или контролне радове. Таквих је ђака било кроз историју школовања и биће их таман лично Никола Тесла да им предаје, а камоли једна омања Личанка.

То што је била ситна растом није значило да нема снажну личност. Напротив, не каже се тек тако да се отров држи у малом паковању. Имала је челичну вољу и гурала кроз живот како је најбоље знала и умјела, а то није могло да буде лако јер је живјела сама. О њој се поуздано знало да је поријеклом из Лике, да негдје у Загребу има кћерку, да живи сама и да је наравно упорна као бик у кориди. Све остало у вези са учитељицом обавијао је вео тајне јер она о себи никоме није говорила. У село је дошла одмах послије Другог свјетског рата, остала ту цијелих 47 година и све вријеме била једна од главних тема.

Јованка је из необјашњивог разлога увијек била намргођена и љута. Нашла би разлог да негодује у ма којој ситуацији и нико није схватао зашто је то тако, кад је њен живот био поприлично лагодан у односу на сељане и имала је све услове да буде или бар постане срећна. Али, ма шта људи за њу радили никада јој нико није измамио осмјех, ретко ко би се могао похвалити да су је икада видјели насмјешену. А толико тога су чинили само да јој угоде, захвални што њиховој дјеци отвара врата знања и неког бољег живота.

Живјела је у школској згради, у просторијама на спрату, изнад учионица, које су намењене учитељима. Кирију није плаћала јер је смјештај био саставни дио плате. Ни за храну није морала бринути, село се утркивало ко ће јој први нешто донијети, заклати кокош, даривати најбоље комаде меса током свињокоља, сушене кобасице, понекад воће, каву и бомбоњеру, да јој се нађе. Надали су се да ће ти поклони, који се обично носе кад се иде у госте, коначно створити прилику да јој завире у стан, да ће их учитељица позвати да уђу и друже се уз каву и какво пиће. То се никада није догодило. Могли су јој донијети суво злато, али од сељана у њен стан нико крочио није.

Зато би се, ту и тамо, неко одважио да мало слаже, уз помоћ неколико ракија у кафани, па да наједном, без да је ико ишта питао, свечано каже тако да чују сви:

— Па није учитељица Јованка баш такав ђаво! Неко ко уреди стан онако лијепо мора имати добро срце.

Настао би тајац. Дотични би тек тада кренуо у причу како јој је, ето, донио каву и бомбоњеру, па био позван да уђе.

— Ма, дај, не лажи тако безобразно — гракнуо би неко из ћошка, језиком увелико задебљаним од ракије. — Ето, баш је тебе тако лијепог пустила да уђеш у стан! Нема никаквог другог посла него с' тобом сједити и диванити. А и коју би јој ти бомбоњеру донио, као да ти знаш шта је то, сигурно мислиш да је то неки дио за приколицу!

— Ко лаже, ђаво ти срећу однио — љутио би се срећник који је као успио да крочи на мјесто које је, због толике мистерије, почело попримати митолошке димензије. — Зар ја личим на лажова?! Ја сам господин човјек, видио сам свијета, знам и читати и писати, и што не би сједила са мном! А није само сједила, ето да знаш, свашта је и причала и радила, али ја то, наравно, као господин који јесам нећу јавно причати!

— Е, то видимо, да као господин не причаш, ето те, ћутиш к'о заливен — огласио би се неко, уз одобравање и најприје пригушен смијех осталих.

— Ти ћеш ми рећи?! Ћути тамо и пиј ту ракијетину! Умјесто да си поносан на свог комшију, ти си љубоморан што тебе није позвала. Ја сам био и тачка, могу чак да опишем како јој изгледа купатило — настављао би хвалисавац алудирајући да је било и неких интимнијих, тајних радњи које он, ето, не би никад споменуо, бар не директно, али овако изокола мора да каже тих неколико ријечи кад се већ друштво у кафани смијуљи његовим ријечима.

Љепушкаста учитељица је веома држала до своје појаве. Никада неуредна, са сређеном фризуром, отмјено обучена, одударала је од села у којем су и мушко и женско носили просту одјећу, најчешће радну јер нису морали да брину хоће ли се упрљати или оштетити од посла ког је увијек било. То за њу није важило. Увијек беспрекорна сукња и лијепа кошуља, понекад сако, а на предавања је долазила у обући са потпетицама. Сигурно би радо била на штиклама и кад негдје пође, у продавницу или Книн, али је то било немогуће због макадама, па је носила патике које би неком магијом остајале беспрекорно чисте и бијеле чак и када киша на путу створи хиљаду локвица. Стално је пратио мирис разних парфема. Жене су окретале главу правећи се да им ти мириси сметају, али би мушкарци постајали као опијени од каквог тајног напитка мудраца са далеког истока. Зато мало који није замишљао све и свашта у вези са учитељицом. Много више се одвијало у главама тих сањара од пуког улажења у њен стан и разговарања. Ваљда су зато приповједачи, који су се мијењали сваке ноћи, морали да додају и неку ласцивну двосмисленост којом ће, били су увјерени, доказати да говоре истину

— Какав лажов! — дрекнуло би неколико људи одједном. У те приче нико није вјеровао или није хтио вјеровати, али ко зна да можда бар један није слагао. Сумња је увијек постојала, а доказа никада није било упркос пијане приче разноразних швалера на гласу. — Јесте, ти си јој видио купатило и биће и да си јој полијевао косу водом, помагао јој да се окупа, а биће и да си је обавијао пешкиром да се осуши. Де ћути тамо, ево прошло је девет, још који минут па ће опет доћи Роса да ти штап поломи од леђа што те нема кући — закључио би неко, а кафаном би се проломио грлени смијех.

И поред свих ових прича и бујне маште, на прељубу у селу се гледало као на један од најтежих преступа које могу учинити и човјек и жена. То се није праштало и ако би се икад дознало да је тако нешто учињено цијена би била веома висока. Такво нарушавање части породице би се вјероватно платило животом. Ако је тога и било, није се причало, тајна је чувана, чак ни најбољи пријатељ или пријатељица прељубника не би знали. Ма како добри пријатељи били, никоме се није могло толико вјеровати да би се било сигурно да ће тако страшна ствар заувијек остати тајна. Отуда се на ове приче о учитељици Јованки није гледало толико озбиљно, знало се да се о тако нечему не би слободно причало, па још усред кафане гдје свако може чути. А ако чује било ко, чула би и жена дотичног прељубника, јер је мало ко изнад тридесет година био неожењен и није имао већ неколико дјеце. Да чује жена, е, свашта би се могло десити, тако страшно да о томе не би вољели ни размишљати, ту би машта занесеног приповједача престајала. Мада су приче о учитељици потрајале и свако је имао своје неко искуство са њом, све је остајало на празним ријечима које су на крају биле безазлене међу поштеним људима и више су служиле забави и да се мало насмију дружећи се и одмарајући од напорног рада.

Међутим, како год је била дама у одјевању и понашању, све са ученим ријечима и чудним нагласком који је такође одвајао од села, тако је била и госпођа која се грозила било које врсте физичког рада. Није хтјела ни сопствени стан да сама почисти, а камоли да изађе на њиву, макар шале ради, да се дружи са људима. Колико год је било незамисливо да јој у стан уђе одрастао човјек, редовно су јој долазила дјеца, али увијек младе дјевојчице, никада дјечаци, које је повремено упошљавала да јој среде кућу. Очигледно није могла или није хтјела да промјени неке навике из свог ранијег, за сељане мистериозног, живота.

Тако се и десила епизода која се заувијек препричавала у селу јер је била истинита. Било је више свједока и није се могло сумњати у ријечи дјевојчица које су уплашено испричале мајкама шта се догодило.

Не би се поуздано могло рећи да их је вољела, али је често изгледало да је учитељица мало више наклоњена Зорани, Јелени и Милени у односу на друге дјевојчурке којима је предавала. Не зна се да ли је то било због њиховог доброг одгоја, примјерног понашања и што никада нису правиле проблеме или зато што су је подсјећале на некога што се дало једном наслутити. Тада је пред цијелом школом, а сви разреди су били у истој учионици, учитељица похвалила Зорану за писмени рад и рекла: „Савршено. Овако исто би написала..." Ту је само ућутала, не завршивши реченицу. Ујела се за језик и није се дознало на кога је подсјећа Зоранино писање. Уписала јој је петицу у дневник без икаквог коментара. Шта год да је био разлог, кад год јој је требало чишћење стана звала је само њих три, једном до два пута седмично, а посебно кад су јој, понекад, у посјету долазиле неке госпође из ко зна којих градова, које су личиле на њу и понашале се као да су близанци. Можда су оне биле то високо друштво о којем су људи причали? Ко год да су биле учитељица Јованка је жељела да стан буде чист и за те прилике.

— Зоки, идемо ли данас послије школе код учитељице да очистимо стан, као што нам је у понедељак рекла — упита Милена једног јутра док су кретале у школу. Био је петак, учитељица је те суботе имала госте и све је морало да буде спремно и уредно.

— Идемо, наравно, ја сам матери одмах рекла да ћемо у петак поподне и Јелена и ја ићи код учитељице Јованке, да зарадимо који динар — одговори Зорана.

— Е добро, само да знам, да будем спремна, да не заборавимо. Рекла сам и ја својој. Баш волим кад нас зовне да чистимо, увијек ми се чини да нема ништа за почистити јер све изгледа као да је већ сређено и прије него што дођемо. Не знам што тражи да јој перемо посуђе и прибор који нису прљави, ни зашто перемо прозоре чим на њима буде зера прашине која нестане кад само ма'неш мокром крпом.

— Кога брига — узврати Зорана. — Нити сам је питала, нити ћу. Мени је важно што нас увијек лијепо плати, а и не морам радити код куће далеко теже ствари јер се и код нас увијек има шта радити и чистити. Кад је о мени ријеч, вала, може нас звати сваки дан, била би то милина, а и намлатиле бисмо се пара да можемо ићи у Книн у куповину, да се и ми мало упарадимо. Што би она била једина дама у селу?!

Зорана се засмија из груди.

— Право велиш, ишла бих и ја сваког дана! Ништа лакше него код ње радити и зарадити. Код нас у кући можеш само добити по леђима, а не паре! — насмија се и Милена.

Тако се у рано поподне три цурице спремише да среде кућу загонетне учитељице. Лијепо је и поштено плаћала учитељица, сваки пут је било довољно пара да се до миле воље најед и напију, јер су у задружној продавници куповале тоне сланих штапића, чоколадица или разних сокова, свега што се нигдје није правило по кућама. Понекад би Зорана отплатила дуг који се иначе враћао кад Стевану стигне плата, а дуга је било зато што им је мајка узимала те исте грицкалице и сокиће да их награди јер су вриједне. Продавачица би записивала шта су узели, па би се на крају мјесеца сводили рачуни.

Нико никада није успио да растумачи један несвакидашњи догађај везан за учитељицу. Да ли је она заборавила да јој тог поподнева долазе дјевојчице, а то је била масовна претпоставка за разлог бруке која је пукла селом, да ли је није било брига или је било истина оно што је послије говорила сељанима тек, када су јој дошле на врата — учитељица их отвори и погледа их забезекнуто.

— Шта ви радите овдје дјецо? Петак је и школе нема до понедјељка, да се није шта десило па требате помоћ? Зашто се не играте напољу — упита намјештајући се тако да дјевојчице не могу да виде унутрашњост стана. Дјеци ионако није падало на ум да вире нити су схватиле да учитељичино змијско вијугање пред вратима има за циљ да сакрије нешто у њеном стану.

— Како шта радимо, учитељице Јованка? Дошле смо да вам очистимо стан, зар сте заборавили да сте нам то рекли још у понедељак — одважи се Зорана, али јој поче капати зној за оковратник. Слутила је да се дешава нешто необично. Узнемирише се и Јелена и Милена. Унезвјерено лице учитељице и њен дрхтави глас, тако чудан као никада прије, учинише да им се нека тежина поче лагано увлачити у стомак. Као да сад, ту, пред вратима, морају да одговарају иако лекцију нису научиле.

— А да, јесте, стварно сам вам рекла али сам ето заборавила... Знате како је тешко све попамтити поред онолико разреда и дјеце, некад се не сјећам шта сам све коме рекла — рече учитељица још чуднијим гласом, тим више што је нетрагом нестала уобичајена строгост и нареднички став какав генерал има према војсци. Појавио се драг и умиљат, умилан тон, као да су другарице, а дјевојчице се збунише јер им се учитељица изгледа правда, што на њу не личи. Ријеч јој је увијек била тачна и прецизна, приговоре није допуштала, њена је била задња. У тренуцима тешке збуњености и тишине цурице нису знале шта би рекле, нити су се усуђивале да ишта кажу, док је учитељица ћутала смишљајући шта би још рекла. Знајући да је дјеци веома неугодно и да ће морати објаснити код куће ако се врате много раније него што се очекивало, учитељица се насмијеши.

— Па, добро, не треба ми данас чишћење. Можда би могле доћи сутра ујутро што раније, па да све буде чисто када ми стигне сестра са родбином?

— Нећемо моћи, другарице учитељице, имамо ми радове и код куће и неће нас родитељи пустити два дана заредом да идемо са имања. Не радимо тамо ништа, а ни овдје нећемо ништа зарадити — огласи се Милена.

— Нема ни говора о томе да нећете бити плаћене. Даћу вам новац, али ми, ето, данас не требате, можемо ли ипак то оставити за сутра — инсистирала је учитељица мада је знала да су дјеца у праву, да их родитељи неће пустити и другог дана таман дупло да им плати.

У небраном грожђу, учитељица позва дјецу, кад су већ ту, да уђу на колаче и мало одморе, а сутра не морају долазити, нити бринути јер ће она сама средити, ионако нема много посла. Од ненадане, па још оволике љубазности дјевојчицама би још неугодније. Какав колач? Ко то нуди дјеци икада? Одрасли обично само кажу дјеци да се губе са лица мјеста и раде нешто корисно, да не бауљају без циља по васцјели дан. Али, колач се не одбија, посебно не кад зове она строга, а данас непрепознатљива учитељица. Уђоше постиђене, као да чине нешто недозвољено послије чега слиједи жестока казна. Сједајући за кухињски сто, таман кад је учитељица приносила тањир са колачима, Зорана викну тако гласно да се учини да су се и прозори затресли, одгурну столицу и паде заједно с њом унатрашке, на леђа. Истовремено викнуше и Милена и Јелена, не знајући шта је Зорани, али су се уплашиле. Учитељици испаде тањир на под. И њу је препао изненадни Јеленин врисак, па се трже и испусти тањир који се разби у хиљаде комадића, а колачи се расуше по поду.

— Ајме мени, ко је то, шта је то, Јелена, Милена брзо се склањате од стола! — закука и нареди Зорана са пода. Како је чуше, Јелена и Милена зајаукаше још гласније, скочише са столица као да су биле на ужареном шпорету, све више вриштећи, око себе се окрећући да виде с које стране и каква то опасност долази кад се Зорана тако препала.

Тако угледаше неког човјека, скривеног иза ормара постављеног мало дијагонално од кухињског стола. Како га видјеше, тако се и Милени и Јелени одузе глас. Притрчаше Зорани, која се већ дигла са пода и скривала их иза леђа да их заштити. Човјек који је био иза ормана личио је на све само не на човјека. У страху су велике очи, тада се види и оно што постоји и оно чега нема. Тако им се учини да је тај човјек висок бар три метра, а очи су му огромне и буљаве, какве се ни код највеће сове не могу видјети. Мушкарац је стајао мирно, без помјерања. Имао је дугу, таласасту косу и браду до прса. Веома висок, није чудо што се уплашеној дјеци учинио троструко виши, одјевен у црно од главе до пете тако да је могао да буде и свештеник и разбојник. О разбојнику су негдје у то време слушале разне сеоске приче, да у Книну упада у куће и пљачка кад укућани нису ту. Свако мало би се чула вијест да је у граду неко опљачкан и да милиција није била у стању да ухвати лопова. Челични поглед мушкарца у учитељичиној кухињи, нијемог, црног и страшног, уперен право у Зоранине очи, заледи јој крв. Није била у стању да се покрене од страха нити да склони поглед.

— О, дјецо драга, немојте се плашити — рече учитељица повративши се од шока због вриштања дјеце. — То је само... — али Зорана, Јелена и Милена више нису биле у стању да чују било шта. Сам звук њеног гласа тргну најприје Зорану из обамрлости, па све три наврат-нанос потрчаше ка вратима. Само да што прије изађу! Трчале су ка кућама колико их ноге носе. Милена својој, а сестре својој. Срца су им, још престрашенима, лудачки куцала у грлу. Како су такве грунуле на врата, упадајући у кућу једна преко друге, Милица полети да види каква је то граја и ломљава. Престрави се кад угледа своју дјецу бијелу као креч, како дрхте као прут на вјетру.

— Шта је дјецо, шта вам је, о куку мени је л' се нешто страшно десило, гдје сте биле, шта је било, о, јадна ја, да није неко умро, помагајте сви свети, Зорана говори шта је било, куку мени шта се десило — низала је питање за питањем стрепећи од онога што ће сазнати од дјеце.

— Разбојник, разбојник из Книна је у Јованкиној кући! — заваpi Јелена скоро избезумљено, по први пут не рекавши „учитељица Јованка". — Мама, брзо зови комшије, је л' тата дошао с посла, зови све, трчите тамо, нешто ће се страшно десити, можда ће је убити!

— Ајме црна крува, шта причаш ти дијете, ко ће кога убити и која Јованка, да није Тривунова — упита мајка загрливши и прививши дјецу да их смири или бар довољно умири да могу казати шта се догодило. Било их је тешко разумјети док цвокоћу зубима, страх се пренио и на мајку. Ко ли је дјецу оволико препао, како и гдје

— Је л' вама шта било, јесте ли повријеђене, је л' вас неко ударио — испитивала је жена све у једном даху, одмичући дјецу од себе да их види, имају ли какву повреду на тијелу. Утом на врата избе Стеван и чу да Јелена виче: „Ма, није нама ништа, само смо се јако препале, брзо трчите код учитељице Јованке, сама је у кући и тај страшни човјек је са њом, сав је у црном и сакривен стоји иза ормана!" Схвати да је учитељица у озбиљној опасности и викну с врата жени да зове комшије и шаље их ка школи, па се на петама окрете и даде у бјесомучни трк низ сеоски пут.

Без даха је устрчао уз степенице до учитељициног стана и залупао на врата из све снаге.

— Јованка, другарице Јованка, отварајте врата, јесте ли живи, отварајте или ћу их морати пробити — викао је Стеван.

Врата се отворише као да је учитељица стајала иза њих и само чекала тренутак кад ће неко да се појави. Донекле нервозна, блиједа лица али, на Стеваново изненађење, обрати му се сасвим сталожено.

— Добар дан, друже Лалићу, нема потребе да разбијате врата, све је у реду, ништа се не дешава.

| 103 |

Утом стиже неколицина људи спремних да је одбране од сваког зла.

— Па шта је било — упита Стеван. — Од чега су ми се дјеца онолико препала, који црни човјек је код вас, ко стоји иза ормана? Јесте ли у реду, учитељице?

— Све је у најбољем реду — одговори премјештајући се с ноге на ногу, нервозно обмотавајући око прста дугачки ланчић који је носила око врата. — Нисам стигла дјеци ни објаснити, толико су препале и себе и мене оноликим виком, а усред свега су и побјегле. Нема црног човјека код мене иза ормана. Био ми је ујак у посјети и случајно је стао код ормана када је видио да су дјеца сјела за сто. Нисмо очекивали никога јер сам заборавила да сам рекла дјеци да данас дођу и поспреме.

Стеван ју је сумњичаво посматрао. Видио је по њој да ипак нешто није у реду, али га учитељицине ријечи донекле умирише.

— Можемо ли да уђемо, другарице Јованка, само да провјеримо да вам стварно не пријети каква опасност — приупита мислећи да можда због страха или нечије пријетње не смије рећи да има непозванца у кући.

— Слободно уђите, нема никога. Ујак се већ спремио и отишао, сама сам. Био је у краткој посјети, одавно се нисмо видјели, а и јавио ми је да обиђем мајку јер је мало болесна.

Како утврдише да у стану заиста нема никога, сељани почеше да полазе својим кућама. Оде и Стеван који је, као предсједник мјесне заједнице, водио рачуна о свом селу и свему што се збива. Учитељици Јованки није повјеровао нико, али Зорани, Јелени и Милени јесте свако. Цурице су још дуго препричавале овај немили догађај, увијек у страху као да опет виде тајанственог човјека у црном како вири иза ормана и посматра их озбиљним, леденим погледом. Није било доказа да је учитељица лагала и да јој то није био ујак, али се ипак нагађало ко је могао да буде. Можда муж, за којег нико није знао, можда љубавник, а појединци су били увјерени да је то можда био и сами разбојник из Книна коме је била јатак. Истина се никад није сазнала, а учитељица није одступила од својих ријечи.

Од тог дана, међутим, понашање учитељице Јованке према сељанима потпуно се промјенило. Ко год да је то био у њеном стану тог чудног поподнева, чинило се да је учитељицу по први пут истински ганула брига сељана око ње, да је напокон почела цијенити оне поклоне у виду хране и пића које су мјештани доносили. Више кроз село није ишла у патикама већ у опанцима, а када није имала другог посла обилазила је људе на њивама, доносила им каву, колаче, понекад и ракију. Уљудно и широким осмјехом је поздрављала сваког кога би срела. Од тог дана је често позивала људе и њихове жене у посјету, да се друже онако како се већ свуда дружи. Када је слала пакете и писма кћери у Загреб, најчешће по машиновођама, сви су гледали да има бар по један комад хране од њих у пакету или неки други, мали знак пажње, попут вунених чарапа или приглавака. И у школи је постала мекша и дјеци приступачнија. Нису је се више плашила, постала је мила и драга учитељица која је ту да им помогне.

Иако прича о том поподневу није заборављена, учитељица је постала једна од омиљених особа у селу. Када је послије дугих 47 година службе дошло вријеме да иде у пензију свима је било жао. И бившим ђацима, увелико породичним људима, и ученицима које је водила у својој задњој школској години. Свима је најтеже пало то што није могла остати у селу. Није ту била рођена, није имала право да настави живот у учитељском стану. Говорила је да за њу нема мјеста код ћерке у Загребу јер је живила у веома малом стану и да она једноставно нема куда. Кумила је и молила свакога, писала писма мјесној заједници, Стевану лично, али помоћи није било. Једног кишног поподнева отпутовала је, носећи неколико кофера и корпи. Куда, то није нико знао, па ни она. Нагађало се да је завршила у каквом старачком дому.

Неко вријеме по њеном одласку Стевану је стигло писмо у којем га моли да буде сахрањена на сеоском гробљу јер је малтене цијели живот ту провела. Ни та жеља јој није била испуњена. Касније више није било вијести о тајанственој, али некако милој жени која је у селу оставила неизбрисив, дубок траг.

И све те мисли о добу одрастања, то далеко сјећање на учитељицу Јованку и „разбојника из Книна", на последњу годину основне школе и нестајање дјетињства, пролазиле су Зорани кроз главу док је несвјесно чупкала траву, а око ње се, као из огромне даљине, чули гласови сељака који куде млађарију и подсјећају се својих школских дана на ливадама и кршу Крајине.

11

Било је све само не лако одрастати у тим крајевима у то вријеме. Када дођу оне године у којима не можеш мислити о било чему осим о особи која ти се допала, у коју си се можда мало и заљубио, када ти је тешко јести, спавати — а посебно је тешко сконцентрисати се на школу и науку, дакле, када такве године дођу није лако навикнути се на толику промјену у себи. Или ето, једноставно речено, одрастање је озбиљан посао... Тада више нису важне игре по пољу, скакање са панти у свјеже сијено које је таман било убачено у појату, играње партизана и мрских окупатора Нијемаца, све то постане глупо трошење времена и схватиш да ниси више мали и невин, већ постајеш један сасвим други ти, самом себи потпуно непознат.

Миленку су посебно мучно падале те промјене. Године су пролазиле и он је, од оног клапца који је још увијек био тада, када се шалио и подбадао са Зораном на пољу, постајао зрелији, другачији, пун неких нових и њему самоме страних мисли којима није тачно знао како да овлада.

Био је сањар, пјесник, почињао је све чешће да се налази у свијету Јесењина, Пушкина, Достојевског, до сржи су га дирале пјесме Бранка Ћопића и Десанке Максимовић, мада не би ни у лудилу икоме признао да чита и ту женску литературу. Свакако је било чудно што уопште чита у мјесту гдје је жеђ за књигом било ријеткост. Помало зато што за то нико није претјерано марио, а помало стога што се није имало времена и људи су тренутке одмора радије проводили испружени у хладу, пијуцкајући ракију, него уз неку књигу коју је написао тамо неки докоњак. Али Миленка си ријетко када могао видјети без књиге, макар оне у меком повезу, која се лако може смотати и ставити у задњи џеп, па понијети да би се читало у предасима између разних сеоских послова.

Није волио да се тако непристојно понаша према књигама, да их сурово мота и гура у џеп, осјећао се као да би им нанео физичку бол. Оне су за њега биле свете, уз њих је могао машти дати на вољу, путовати далеким градовима, пењати се на највише планине, пловити облацима, бити неко други, бити Петрарка који је написао на стотине љубавних писама и сонета жени коју је само једном видио, у цркви на молитви, са буљуком дјеце око ње. То што је само једном видио није му сметало да сав живот посвети пишући њој и о њој, па је Миленко према Петрарки осјећао неку посебну блискост, као да му је био нешто у роду, да га једино он потпуно разумије и успјева да дубоко проникне у његову душу. И сам је писао пјесме само једној дјевојци, компоновао, свирао и пјевао их на гитари. То нико није чуо осим њега, бар не тада. Никада му није било довољно написаног о њој нити мисли на њу. Спази ли је само насмијану, ето само једном, како улази у воз, ма није је морао ни цијелу видјети већ само крајичак њеног капута који нестаје на вратима вагона, па је већ био инспирисан за бар три нове пјесме и сасвим нове мелодије жуде да избију на површину из дубине његове душе.

Шта би дао да су га тада могли оставити на миру, да живи, лебди и воли у свом свијету! Каква косидба, које окопавање кромпира и чување досадних оваца и крава за којима си морао трчати васцијели дан да не би ушле у погрешну њиву или поље које није предвиђено за испашу? Зар тако да троши свој млади живот, зар је то било важније од стихова и пјесми, од љубави која је лебдјела свуда око њих али су је само ријетки примјећивали? Нису га остављали на миру. Ни сеоским и кућним пословима, ни досадном школом која је њему била лака. Довољно је било да пажљиво испрати предавање професора, а бар за толико је имао концентрацију, да не би послије код куће морао ломити главу око домаћих задатака само зато што на часу није пазио. Овако је било лако. Саслушаш како, шта и гдје, па код куће не мораш провести четири сата мозгајући над неким проблемом из математике, ријешиш се свега у року од пола сата, а онда се претвараш пред родитељима да немаш појма и да ће бити потребна бар још три сата да све то одрадиш. Та три сата је користио за себе, своје снове и бијег у романтични свијет непознат људима којима је мотика била главна алатка за одржавање живота. Или је макар он тако мислио.

Ипак, била је у селу макар једна особа која га је у потпуности схватала, особа на коју Миленко никад не би помислио да су им душе веома сличне, да разумије шта значи одрастати, заљубити се, писати пјесме и једноставно бити другачији у окружењу које баш и није праштало ако си од тих другачијих. Одмах се сматрало да нешто с тобом није у реду, да си болестан од какве опаке болести иако ниси прикован за кревет. Ту си, идеш у школу, радиш, причаш као сав остали свијет али опет има у теби тог нечег непознатог, далеког и недодирљивог, можда чак и помало страшног јер је толико неразумљиво. Да је само мало боље пазио на то шта се дешава око њега, схватио би да је та особа његов рођени отац.

Он је примјећивао да је Миленко далеко брже завршавао домаће задатке него што је говорио. Понекад је узимао Миленкове књиге, разних аутора, док је овај био у школи, и знао је утонути у стихове тих свјетских сањара који су, иако далеки, понеки већ и одавно мртви, ипак били одмах ту, у соби, и дијелили са њим свијет невиних и чистих људи и ријечи. Баш како је било и с Миленком. Схватао је Душан како је његовом сину, али то није и показивао. Такви су обичаји, мора да остане чврст и постојан домаћин, глава породице којој на ум не пада лебдење по другачијим васионама. Не би он то разумијевање показао ријечима, али се надао да ће Миленко бар некад примјетити да је неочекивано штала већ покидана, што је иначе био дјечаков посао када дође из школе, да је нанио у кућу воде са бунара, да је исцјепао гомилу дрва која би, иначе, чекала суботу која је била Миленков слободан дан. Покушавао је да дјелима показује да подржава своје чедо, ријечи би биле превише за једну тако патријахалну породицу и окружење.

И све то због једне Стане коју никада није заборавио, ни као ожењен човјек, нити као отац. Сјећање на њу није могло да избљеди током деценија. Није је више волио, али је волио успомену на ту веселу цурицу плавих кикица и њене умилне ријечи које су текле као бистар поток. Није знала или могла да ћути, али све што би говорила било је попут бајки, па макар оприцавала како је Шаров сломио ногу, док је боја њеног гласа чинила да се таква вијест лакше поднесе, да се повјерује да ће Шаров сигурно оздравити. Многе године била му је симпатија, али је за њега остала неосвојива тврђава та дјевојка, натпросјечне интелигенције по којој се од малих ногу знало да је село премало за њу, да нема довољно простора за замисли које су се пружале даље и од видикове линије. Одувијек је било јасно да ће та разнобојна и прелијепа птица одлетјети из сваког ограниченог простора.

Тако на крају и би. Након завршетка основног школовања отиснула се према Србији, а мало затим су и њени родитељи распродали све шта су имали и пошли за њом. Била им је једино дијете и живот без ње је био празан и бесмислен. Долазила би им она на распусте, празнике и у сличним приликама, али су они хтјели да буду са њом што је више могуће. Зато се цијела њена породица даде ријеци која је текла ка неком другом ушћу, тамо, у иностранству, јер то је Србија и била иако је тада све било једна велика, нераспарчана земља. Ипак, Србија није била и прађедовски дом. Душан више никада није видио Стану. Њени су долазили преко љета да обиђу кућу, ураде послове, поправе што се морало, мада су највише долазили да посјете пријатеље и родбину, вучени тешком носталгијом која није имала шансе да их врати у завичај јер је дијете увијек пречe. Стана није дошла никад. Након извјесног времена чуло се да је постала доктор и то не било који, него специјалиста за срчана обољења. Баш за оно од чега је Душан мислио да сигурно болује откако му је нестала из живота.

Али, као што се већ каже, вријеме лијечи све ране, само понекад осјетиш потребу да мало прочачкаш по ожиљку који је ипак остао. У тихим и ријетким моментима кад си сам, поставиш себи реторичко питање — шта би било кад би било, и колико год те то не водило нигдје, срцу не можеш наредити. Оно има свој наум, узалуд је противити се. Тек када је колико-толико преболио Стану казало му се да на овом свијету има и других цура, а посебно једна мала смеђкасто-златне косе, боје лишћа којим мајка природа прекрије дрвеће у јесен и изнова се учини да је опет прошао онај врли сликар што је онако лијепо сликао села. Зближили су се лако, без проблема. Познавале су им се породице, познавали су они једно друго, није било тешко попричати и отворити своју душу за нову љубав и чисту, невину, добродушну дјевојку каква је била Драгиња, што се крунисало браком, стварањем поштоване фамилије и топлог дома.

Управо зато је и разумијевао свог сина, надајући се да ће проћи ова дјетиња заљубљеност, да га душа неће превише забољети. Искусио је да прије него што гране сунце мора живот мало да те заболи. Уосталом, не зна се, можда ће Миленкова судбина бити другачија од његове, можда му се и испуни сан. Мада, стрепио је. И у Зорани је препознавао исто што је давних година видио у Стани, онај снажни немир, жељу за истраживањем и способност да се оствари све што се науми. До тада се, наиме, Зоранин таленат за сликање прочуо кроз село, она је одавно словила за оне другачије од којих село помало зазире јер не може да их разуме.

„Нека су другачији од нас", помисли Душан. „И добро је да су другачији кад већ носе у себи неку свјетлост коју ми немамо. Било би лијепо кад би се бар једном нашле истински сродне душе које је тачно Бог стварао једну за другу."

Смотавши дуван, оде ка тору и отвори капију за овце које само што нису стигле са дневне испаше.

12

Најприје је помислио да га је за уво ујела пчела и, трзнувши се због изненадног бола, завали сам себи пљешчетину од које му је уво почело заствoрно звонити, а и много више бољети. Зачу гласан смијех и ниоткуда се пред њим створи огромна Славишина глава, ништа мања него код шарпланинца Барабе, највећег и најјачег пса у селу. Богме, била је исто тако и рутава јер Славиша није имао косу већ велики, дивљи жбун у којем би птица могла комотно да свије гнијездо. Ни чешља нити четке не бејаше да тај жбун могу рашчешљати. Дуго су га родитељи вијали да се ошиша и постане пристојан момак, али је он волио овако, одупирао се свим силама и некако су га сви прихватили, па више нису могли ни да га замисле без тог гнијезда на глави.

Видјевши га Миленко схвати да га није ујела пчела већ му је ово спадало спуцало такву чвоку по увету, да ће сад, појачано пљеском, заствoрно отпасти. Како ли ће онда злосрећни Миленко чути сам себе са само једним уветом док компонује мелодије?! Управо је то радио наслоњен на стари орах, са гитаром у крилу, уживајући у тренутку мира који је напрасно прекинут.

— Шта ти је, страшило једно, јес' здрав? — викну љутито. — Како ме опуца по увету, па не би непријатеља овако! И престани да се кезиш, иди стани тамо на њиву да гавранови не упадају у жито, чим те угледају преселиће се бар у Русију!

— Јес', ја ћу да их ћерам, а они баш дошли да слушају твоју музику и умилни глас, сигуран сам да те све разумију јер крештиш исто к'о они! — узврати Славиша сједајући крај њега, непрестано се смијући. — Шта радиш, опет оној Лалићевој пишеш пјесме, а?

— Ево ме управо... обавјештавам радознале — брецну се Миленко, не хтјевши да опсује свог доброг друга. — Шта ти знаш о музици и пјевању? Кад сједнеш с оним људескарама пред кафану, па забрундате да се и Динара и Велебит тресу, личиш на огромну пањину која бруји к'о да је обрађују моторком.

— А да, ти си ми професор музике, стално пребираш по тим јадним жицама и нешто цвилиш и јадикујеш да и пси по селу почну завијати за тобом јер помисле да им негдје у мукама умире побратим, крену га одмах жалити и спремати се за сахрану — одбруси Славиша, а дебела трбушина му се изнова затресе од смијеха.

— Бјежи, коњославе један, не можеш се одлучити је л' крештим, гракћем или завијам, ти и твој слух сте прослављени, нарочито са тим од земље црним ушима! Могао би се и умити бар једном у четири године, шта велиш?

— Ма носи се и ти и та гитара, ко те год чује стварно помисли да неће нешто крепава. Него, пусти сад то, чујем да ћемо морати прво у војску, па тек онда на факултет, јес' ти шта начуо?

Миленко се наједном уозбиљи, а и Славишу изгледа прође воља за смијехом. Војска! Та застрашујућа ријеч се све чешће појављивала у мислима момака и бацала их у тешку бригу, што никоме не би признали. Никад! Сваки момак је морао одслужити војску да би постао прави мушкарац. Не дао Бог да због неког разлога, као што су слаб вид или равни табани, буде проглашен неспособан за служење војног рока, људи би се склањали од таквог као од губе, као да је краћа нога прелазна болест и њима ће окраћати ако му се сувише приближе. Истина, то је била велика ријеткост јер су момци у селу одреда били прави горштаци, сви до једног као од брда одваљени, широких рамена, огромне физичке снаге и вида оштрог као у сокола. Ту и тамо би се ипак нашао покоји момак који није примљен на служење војног рока и зато се више није могао надати срећи у селу. Ни цуру није могао наћи, а камоли основати породицу, осим ако би постојала нека дјевојка с каквом фалинком, да је шкиљава или има болешљиву лијеву руку, па је исто тако нико није хтио у селу. По томе се једноставно мјерило јеси ли стасао у мушкарца или си остао забаваљени клинац који је успут и оболио да му лијека нема. И стога, ма како им узнемирујућа била помисао да ће морати отићи од куће и служити у сиво-маслинастој униформи с петокраком, никада не би показали стрепњу већ би се правили да, ето, једва чекају тај дан кад ће приступити нашој војсци за коју се говорило да је четврта војна сила у свијету, а трећа у Европи.

— Аух! — отпухну Миленко. — Јесам, чуо сам. Изгледа да ове године нико није поштеђен. И они што би за доктора, и они што би студирали књижевност, сви су у истом кошу. Није тако било, ја сам се надао да ћу прво на факултет и тек послије у војску.

— А ко то зна, можда је боље овако. Ко би се носио са дјецом ако одеш у војску са 25, а оно сви око тебе млађи по пет-шест година — причао је Славиша као да тјеши сам себе. Ни сам није вјеровао у своје ријечи, само, ето, да некако олакша обојици.

— Најбоље би било не ићи никако, кад би се могло — рече Миленко и одмах заћута, није му то смјело излетити из уста.

Опет му је језик бржи од памети. Колико год волио Славишу и друговао са њим све ове године, још од најранијег дјетињства, ипак никад не знаш, ваља бити опрезан кад причаш пред било ким. Онда се Миленко љутну, помисли нека све иде до ђавола ако са најбољим другом не може подијелити шта стварно мисли.

Са ким ће онда? Бојажљиво погледа ка њему, ишчекујући шта ће овај рећи или можда неће казати ни слова, правиће се да је све у реду, али ће се на крају некако пред Миленковим вратима појавити лично „Веза".

— Наравно да би било најбоље не ићи никако — рече Славиша замишљено жваћући сламку и гледајући у даљини неку бабу која је пошла на бунар. — Каква црна пушка, пужење по блату, трчање по киши, малтретира те неки десетар кога никад више нећеш видјети у животу осим тих неколико мјесеци, а он се труди свим силама да ти душа изађе на нос. Коме то треба? Мени не, а и за који рат да се спремамо кад нас нико не напада, живимо мирно и добро као бубрези у лоју. У праву су стари када веле да је нама много лакше него што је било њима.

— Е, да, баш тако, то сам и мислио — као муња потврди Миленко. — Старци, колико год да нас кудили, ипак увијек говоре да се надају да ће нама бити боље него њима, да ће нам живот бити љепши, да ми нећемо проћи кроз оно што су они прошли да би ми сад имали овај лијепи живот братства и јединства!

— Не знам брате шта бих ти рекао на то, задњих пар мјесеци је ђед опет повиленио и само понавља да се никако не вјерује Турчину и Хрвату — уздахну Славиша и пљуну ону сламку из уста. — Вели да се нешто кува, осјећа он то.

Миленко га забезекнуто погледа.

— Твој ђед то говори!? Зар он нема партизанску споменицу, зар није ратовао на Сутјесци и Неретви?! Па, он важи за једног од највећих комуниста у селу! Какви Турци и Хрвати, о чему он то говори? Ми смо Југословени!

— Е, мој Миленко, није све тако како изгледа. Споменица и борац на Сутјесци? Знаш ли ти да си могао добити такву потврду као од шале, да си био ту и ту и ратовао? Само поведеш два свједока са собом у суд и ето те — споменичар и ратник какав ни уз гусле није опјеван! Част ријетким изузецима, али све је то спрдња и лаж!

Миленку се мало свијет испред очију заврти, дан који му је пуцао пред очима промјени неколико боја одједном, спопаде га нека мука. Лаж, свједоци, суд?! Шта је Слависи? То се не смије наглас рећи, то не смијеш ни помислити јер је то чиста издаја! Не дао драги Бог да га неко чује, завршили би у затвору и он, и сви његови. Шта је ово, да му није породица била у четницима?! Неки страх му прође кроз ноге које тако утрнуше да их није могао помјерити.

— А да ти ниси мало болестан, Славиша — упита опрезно. — Ти као да нешто бунцаш, ја никад нисам чуо за такво нешто.

— Зато што не слушаш, а није да се не прича и да се није причало. Немој се сад увриједити, али како год мислим за тебе да си добар друг, да бих ти повјерио свашта и волим те као брата, исто тако мислим да си непоправљиви романтичар. Луташ тим својим сновима и мислиш да је све мед и млијеко, да свако сваког воли. Исто мисли мој ћаћа о твоме, пријатељи су као што смо ти и ја, вели да сте слични к'о јаје јајету, како по изгледу, тако и по души.

— Аха, ма да, је л' ти то мени желиш рећи, 'нако около наоколо да смо ћаћа и ја наивне будале или не чујем ни ово добро — запита Миленко.

— Далеко било да мислим да сте будале, али да сте наивни — е, ту већ има нешто. Није да сте глупи у тој наивности, него имате добру и неискварену душу, свакоме све вјерујете, мислите да вам нико не жели зло као што га ви не мислите никоме. Лако вас је преварити. Није то лоше, мислим није лоше имати чисту дјетињу душу и не говорим да вас је лако преварити у неком послу и слично, само, ето, превише вјерујете људима. Да ја могу тако, мање бих се секирао.

— Ма чекај, брате мили, како да не вјерујем — нађе се Миленко у благој паници. — Треба ли вјеровати твом ђеду кад каже да је био партизан, да има споменицу из рата? Ништа не разумијем шта говориш. Гдје има Турака и Хрвата и зашто да им не вјерујем?

Шта се овдје дешава? Да ли то њега најбољи друг испитује да чује да нема каквих антирежимских мисли и акција у Миленковој породици или стварно зна нешто о чему Миленко нема појма? Не може бити да је Славиша некакав шпијун или провокатор. Све и да је „Веза" дупло јача него што иначе јесте, не би њега најбољи друг овако тестирао.

— Лијепо ја велим да ти не слушаш. Чујеш, али не разумијеш или те је можда страх разумјети. Шта није јасно, све сам ти лијепо објаснио, треба ли и да се црта ил' ипак има нешто у тој твојој бундеви на раменима да схватиш колико је два плус два? Него, да те питам, можда ти шта помогне — кад те је задњи пут ћаћа пустио да идеш сам у Сплит или Шибеник — упита Славиша.

— Шта кад, па ево био сам... — и ту застаде.

Одједном се није могао сјетити када је задњи пут био. Ишао је редовно до тих градова, мало више у Шибеник зато што је био ближи, али је одлазио и до Сплита у вјечним потрагама за новим касетама и плочама, јер је једини у селу имао грамофон. Хтио је рећи да је био још колико прошле недеље, тако му се учини колико је често ишао, али установи да није био тада. Ни недељу прије тога, а биће да није био већ мјесец дана. Два, можда?! Збркаше му се мисли, није се више сјећао да ли је уопште питао оца да иде. Понекад би само оцу Душану, да се не брине, саопштио да одлази, а овај би климоглавом ставио до знања да је у реду, да може ићи. Ипак га је нешто копкало, као да се нешто налази у најдоњим ладицама његовог сјећања, да је једаред рекао оцу да ће ићи у Шибеник, а Душан му узвратио да причека мало, па је тад бануо на врата Миленков брат од стрица и замолио га да дође да му нешто помогне... И на крају је заборавио на пут до Шибеника. Тачно је заборавио, све до сад, да му је отац тада први пут рекао да причека и не иде одмах, али није томе придавао значаја зато што је отишао да помогне брату. И тако Миленко схвати да заправо већ подуго није одлазио на своја музичка путовања, како их је називао.

— Не можеш се сјетити, а побратиме? Као што рекох, нисте наивни до те мјере да сте глупи, само бих рекао да се чини да твој отац боље чује од тебе.

— Па добро, ето нисам ишао неко вријеме и шта сад са тим? Што ти мени не кажеш шта је с твојим ђедом него извpдаваш лијево-десно? И зашто ми лијепо не објасниш о чему трабуњаш, ово као да ниси ти, никада нисмо овако причали!

— Ено! — помало изнервирани Славиша се окрете према другу. — Рекао сам ти, човјече, све је јасно, ја ти другачије не знам и нећу да кажем! Ако сам не можеш сконтати, онда ништа, настави да свираш! Кад слиједећи пут одеш у Книн погледај мало град око себе, слушај шта људи говоре, онако у пролазу или док чекаш да купиш бурек, можда тада боље схватиш!

— Шта ја имам гледати по Книну, па знам га као рођени џеп? Книн к'о Книн, увијек исти.

— Зидове погледај. Шта је на њима, који ликови. Богме прочитај и понеки графит. Да ли је могуће да идеш градом сваког дана и ништа од свега тога ниси примјетио?!

Миленку као да се укључи сијалица изнад главе, баш као у стриповима. Видио је, али је Славиша био у праву. Није обраћао пажњу на плакате који су освануле у цијелом граду. На некима је био неки политичар са наочарима, подбуо и задригао, писало је ХДЗ, на другима је био неки тип са брадом и натписом СДС. Ипак, још није разумио шта тачно Славиша покушава све вријеме да му каже, а и заморио се од одгонетања, забоље га глава. Није планирао да овако проведе послијеподне, а још мање је очекивао да ће Славиша бити озбиљан као никада у вијеку, он, који је једва бивао озбиљан и на сахранама јер је увијек налазио повод за шалу и смијех.

— Огладни' ја — рече Славиша. — Ајмо се потркати до села, да видимо ко ће прије.

— Не могу, видиш да имам гитару, а и не трчи ми се. Нисам гладан, као да имам камен у желуцу.

— Не брини, биће све у реду. Написаћеш ти још много пјесама, а можда будеш и те среће да већ једном пољубиш неку дјевојку, тако носат! — засмија се Славиша побјегавши у своје циркузантско издање, па одјури низ ливаду колико га ноге носе.

Дуго је Миленко замишљено гледао за њим, па се и он упути ка кући. С гитаром на рамену, без жеље да засвира, уз неку непријатну слутњу. Убрза корак да стигне до сигурног уточишта, свог села и своје куће.

13

— Устај!

„Ајој, зар већ!", помислиле би Зорана и њене сестре. Храпави глас мајке која се ни сама није још била разбудила како треба био је довољан да их све расани, док она иде уз степенице и изговара само ту једну ријеч, наредбу. Носила је и будилник, злу не требало. Ако је неко од дјеце не чује, само га пусти да зазвони насред степеништа, а од тог звука се ћипало из кревета, било је немогуће макар куњати који минут, ни сам не би знао како си одједном већ на ногама. Као и увијек, требало је стићи на јутарњи воз, „рани", како су га људи звали јер су њиме радници одлазили на посао да не закасне. Воз је кретао у пет сати, радницима су смјене почињале у шест. Премда настава није почињала све до девет ујутро, а како другог воза ни превоза није било, ђаци су морали ићи тако рано. Нека се, како знају и умију, сналазе кад стигну у Книн. Зорани и њенима је то било још добро, с обзиром на то да су многа дјеца устајала у три сата послије поноћи, кад ниси сигуран да ли вјештице одлазе или полазе на оним метлама, да би преко брда стигли на воз.

— Устајте, шта је сад, немојте да вам у собе улазим — запријетила је мајка, овај пут гласније.

На једвите јаде се Зорана извуче испод топлог биљца, није јој се дало напуштати лијепо и сигурно мјесто снова, али избора није било. Полуотворених очију се облачила у мраку, без свјетла, нек

| 121 |

остане бар још мало илузија да је све ово и даље сан. Довлачила се до купатила у којем је већ био лавор пун хладне воде, коју је отац тек био донио са гуштерне. Понекад се сударала са сестрама на улазу јер су и оне полубудне баугьале ка купатилу. Вода је била толико хладна да је било довољно да се једном пљуснеш по лицу и разбудиш се као да никад ниси ни чуо за кревет, а камоли у њему спавао. Руке и лице би утрнули исте секунде, сан би неповратно нестао.

Ни њој није било лакше него Миленку, иако је он био старији. Полако се завршавао и други средње, а она се питала гдје је тако брзо отишло вријеме и када је од цуретка постала помало дјевојка. Још нека година и ето је пунољетна! Није јој се чинило да је спремна да напусти све своје дјечије мисли и ону слободу, наивност и искреност коју људско биће има само у дјетињству и никада више, јер се неповратно, негдје нагло, изгуби чим почнеш мислити о годинама. О годинама у којима би требало бити озбиљнији, савјесније радити послове, много боље пазити на часовима кад си већ одабрао струку и вјероватно ће се од ње живити и зарађивати кроз живот. Требало се оставити постера, музике, играња и дружења у поподневним часовима када није било рада, јер се на то сад већ гледало као на чисто губљење времена. Неће се ваљда одрасле цуре играти жмурке? Ако се има времена, требало је сјести и научити плести и шити, да се не помиње прављење хљеба, развијање пите и усавршавање кулинарских вјештина, и свега онога што ће бити потребно жени када заснује породицу.

Тек сада се у Зорани потпуно отворило поље снова, тек сада је још више уживала у музици и ријечима пјесама чије је право значење напокон докучила, тек сада је хтјела остати у свијету дјетињства и не прелазити у то озбиљније доба. Доба, које је било све само не забавно. Међутим, попут осталих људи у селу, па и у граду, и она је осјећала да наилазе промјене и да ово њено одрастање неће бити исто као код претходних генерација.

Можда се чак и преко ноћи појавила нека напетост међу људима, некакво негативно наелектрисање. Селом су многи ходали забринутог погледа. Постало је лако, као никада, некога наљутити тако да због обичне ствари плане као сијено. Због погрешног погледа, упућеног нехајно и без задње намјере, настајале су тешке свађе, а да се послије нико није могао сјетити зашто, шта је сукоб изазвало. Више него икада гледао се дневник. У вијестима су почели да се појављују неки чудни људи који су, не сасвим отворено, али са великом дозом докучиве луцидности мало-помало почели да говоре против државе, њеног уређења, политичког стања које не ваља зато што је идеја од прије неких пола вијека била погрешна, закључујући да се тако више не може живјети. На запрепашћење већине, поједини су се толико осмјелили да су као вергл понављали да историју пишу побједници, да би се морало преиспитати оно што се предаје и учи у школи јер можда и није било онако како је записано у светим књигама званим уџбеници. Изузеци су се знали успут очешати од Маршала, највећег сина свих наших народа и народности, као ненамјерно му поменути име и напоменути да је прошло много времена од кад је умро, па је потребно да се неке ствари промјене и неке његове идеје преиспитају. Нико није знао са сигурношћу шта је изазвало ову тектонску промјену у тим људима, али су сви осјећали да долазе много гадне ствари које слуте на све осим на добро.

Зорана је све чешће виђала да се у школи стварају омање групице. Хрвати су се све више удаљавали од Срба. Неке пријатељице су без објашњења престале да се друже са њом и осим једног обичног „Здраво!" других разговора није било. Замрло је гимназијско другарство у Зоранином кругу, као и све остало, тихо, ненападно, једва примјетно. Кроз историју има обиље примјера да, док други кују планове, спремају завјере, пучеве, рушење уређења и државе, Срби то или не виде или неће да виде, већ се праве као да се ништа не дешава, настоје да се и даље према свима понашају као и увијек. То им се сваки пут обило од главу. Лијепо је имати чисту душу и невиност дјетета. Али, вјеровати да се страшне ствари дешавају само онима који су у веома далеким земљама, о чему гледамо и слушамо у телевизијским вијестима о даноноћном ратовању, а занемарити све што се одвија у властитом дворишту и не сумњати да би једног дана ти „други" могли бити управо они — то је било много више од чисте душе, па чак и од наивности. Међутим, Срби к'о Срби, шта се може десити народу који је небески? Додуше, тада већина Срба и нису били Срби већ Југословени, да би се недуго затим испоставило да су Срби још једном живјели у озбиљној заблуди.

Зорана се често питала шта се десило са њиховим несташлуцима на главној жељезничкој станици у Книну, када би ујутро стигли и на све могуће начине прекраћивали вријеме до почетка наставе. Несташлуци би почињали чим би воз кренуо из сеоске станице, док би се старији окупили у једном купеу да баце неку партију бришкуле и прекрате вријеме, пушећи горе од свих Турака овога свијета и свих нација приде, галамећи као да су на њиви, па би им се гласови разлијегали кроз цијели воз. Наравно, није било шансе поново заспати у возу бар још неки минут. Како су кривци биле ове неваспитане старкеље („Које треба тући и не дати им плакати", како је Славиша понављао умне ријечи свога оца, које су бивале упућене њему али их је он враћао старијима), требало их је некако и зезати, па би понекад нестала нека карта и играње бришкуле је морало да буде прекинуто док не открију ко је украо. Онда би му на лицу мјеста поштено извукли уши да се несретник пропињао на прсте.

Послије неких пола сата вожње стизало се у Книн, а времена је било на претек, ваљало је убити некако три равна сата. Како дјечија машта може свашта било је свакаквих згода и незгода у тим јутарњим сатима на жељезничкој станици крцатој људима, гдје су старији опет толико пушили да се морало повремено изаћи из зграде и надисати чистог ваздуха. Људи су бивали нервозни, неиспавани, уморни од претходног дана, понеки је богме био и мамуран јер је заборавио да није крај радне недеље, него тек средина. Мада се то лако рјешавало, често се могло видјети како се чутурице и мале флашице додају из руке у руку, након чега би се једнима бистрио поглед, а другима још више замућивао.

Дјечија граја, која се преносила из воза на станицу, посебно их је нервирала и избацивала из такта. Свако мало је неко од одраслих јурио неког клапца по станици да му пришије коју васпитну зато што се усудио да упадне у разговор одраслих и припиткивао оно на шта одговор не би добио све и да су људи били одморни и ведри, а не овако намргођени, јер им и властита сјенка ствара главобољу. Мјеста за сједење такође никад не би било, па би се станица претварала у кошницу у којој зуји безброј пчела. Дјеца би школске торбе само набацала на стари сто за пртљаг, који је био ту од праисторије. Један ногар му је одавно отпао од терета и зуба времена али га нико није поправљао, некако је било природно да стоји тако инвалидан, држећи хрпу дјечјих торби пуних свакаквих снова.

Једна од главних занимација дјеце била је да са телефонске говорнице зову непознате грађане. Окретали би насумице одабран број из телефонског именика и људи би се у цик зоре јављали, поспани, отргнути из сна оштром звоњавом телефона.

Многи се не би одазвали уобичајеним „Молим?" него би одмах дрекнули „Ко је и шта зовеш који клинац овако рано, је л' то не може да сачека да се човјек наспава?" Други би се јавили уплашено јер је за многе телефон који звони у тако неуобичајени сат могао бити само гласник лоших вијести.

— Ко је — викнуо би љут мушки глас у слушалицу.

— Ало, господине Костић, јесте ли то ви?

— Ко би други био, та неће се Тито јавити на телефон! Ко је то?

— Господине Костићу, требали би да провјерите гдје вам је жена јер смо управо добили информацију да је виђена како улази у камион са непознатом мушком особом — рекао би неко од дјечака мијењајући глас да звучи што дубље и старије.

— Шта? Какав камион? Ево моје жене спава поред мене... Ама ко је то — раздерао би се господин Костић још гласније.

— Молимо вас да не вичете толико већ провјерите да ли је то заиста ваша жена с вама у кревету, ова информација је провјерена и тачна — мирно би додало неко спадало.

— Јој теби кад те у'ватим, сазнаћу ја ко је ово, биће батина да ће се чути све до Госпића! — потпуно би полудио господин Костић, а дјеца су се у сузама превијала смијући се, па би брзо спуштали слушалицу да их не угледа и чује неко од старијих, ту, на станици, да не добију батине тако да господин Костић ни не мора да се помјери из кревета.

Ако би се неким случајем јавила женска особа, дјеца би је пожуривала да стигне до робне куће јер је управо у току огромно снижење цијена јоргана и постељине, а свакако не би хтјела да пропусти тако повољну прилику.

— Шта велиш? Каква распродаја јоргана, па робна кућа још није ни отворена, ко је то?!

— Ми, из робне куће. Зовемо да вас обавјестимо да су данас повољне цијене...

— Ма м'рш, срам и стид да те буде! Како су те родитељи васпитали да будеш тако безобразан! — бијесно би га прекидала у пола реченице.

Неке, међутим, нису схватале шта се збива, па би се разговор отегао као гладна година. Питале би који су тачно производи на снижењу, колико који кошта, колике су залихе, да ли распродаја траје до краја радног времена, хоће ли бити онога што би да купе ако дођу за два сата... Дјеци би нестајао дах од смијања, стомак би их заболио од напрезања. А знало се, вала, јурити у тоалет јер је пријетила опасност да се ту пред свима упишају од смијеха. Понекад је смијех био толико гласан и моћно продоран да се могло помислити да је неко од дјеце на ивици хистерије. Можда је тако и било, понеки су се и дословно ваљали по прљавом поду станице.

Зорана је са занимањем посматрала људе у купеима воза. Нема те феле које ту није било, свега се човјек могао нагледати. На почетку сасвим непознати људи, који су били из других села, кроз године су јој постајали некако блиски. Увелико је знала ко ће се какав појавити ујутро, ко ће бити мамуран, ко тријезан, ко озбиљан, ко би се смијао само смијеха ради јер му је душа била распјевана и радосна. Али, није било тога ко је радо ишао на посао. Углавном се гунђало и свашта причало о шефовима, предузећу, платама, мада је било и оних који су били срећни што уопште имају посао јер се често није могло живити само од села. Потребна је била и сигурна плата, каква је била тих година. Када се понеких јутара не би појавио неки од редовних путника или путница, Зорана би се питала шта им се десило, зашто их нема, јер их је све некако завољела премда са многима никада није размијенила ни ријеч.

Једини изузетак био је господин који је такође годинама ишао истим возом са ђацима и радницима, али никада није разговарао ни са ким. Увијек у беспрекорном одијелу с краватом, ту је био шешир, а и марамица је вирила из џепа на сакоу. У руци актен ташна, обријан и углацаних ципела као да сваког Божијег дана некоме иде на сахрану или вјенчање, крштење или славу. Стајао је попут кипа увијек на једном те истом мјесту, онако огроман, висок и широких рамена. Никада тај није покушао да нађе мјесто за сједење, њему стајање није сметало. Зурио је у неку само њему видљиву тачку, замишљен. Понекад је, тако неприродно непокретан, Зорани личио на воштану лутку.

Није никада питала ко је тај. Било би непристојно да млада дјевојка пита за било кога, поготово за старијег господина који никога не дира и не узнемирава. Онако нехајно је, само једном, приупитала Милену, али је она слегла раменима у незнању. Кад би му понекад неко назвао „Добро јутро!", кратко би климнуо главом у знак отпоздрава, али уста отварао није. Зорана је имала утисак да неки људи знају ко је он, али се из тајанственог разлога суздржавају да га помену чак и кад није ту. О том човјеку ни добре, ни лоше ријечи, никада! Одгонетала је ту тајну како је знала и умјела. Некад би помислила да је љекар, мада је познавала већину доктора из книнске болнице, али ко зна, можда господин има приватну праксу. Или би у њему видјела адвоката који ради негдје у суду и бави се неким замршеним споровима. А некад би јој се чинило да је професор, премда је знала да у школи сигурно није запослен. На шта год би помислила, сигурна је била да о том човјеку ништа не зна. То је баш и ко зна зашто, копкало свакодневно. Баш би вољела да може сазнати ко ли је он и гдје ли одлази бритким кораком са станице након што сиђе с воза.

Једног јутра, након што је опет ушао у купе и стајао онако непомично тих двадесетак минута вожње, није више могла издржати. Ријешила је да крене за њим са станице, да га прати. То је било јаче од ње, морала је једном за свагда да открије бар гдје ради. О тој намјери није говорила никоме, ни сестри Јелени, ни другарици Милени. Како би им могла објаснити зашто то чини када ни сама не зна разлог осим што зна да мора нешто сазнати о човјеку који је, међу свим обичним људима, дјеловао као биће изашло из неке тајанствене књиге, да би урадило какву магичну ствар, па да се врати међу корице и тако до наредног јутра?

Када су стигли у Книн, пазећи да га не изгуби из вида, Зорана рече сестри и другарици да иде у уобичајену шетњу у близини станице јер јој фали свјежег ваздуха, у возу јој је било мука. Човјек је ходао, стално истим оштрим кораком, не мијењајући брзину, право улицом, на раскршћу десно, затим право, па лијево, док се не врати на главну улицу. И све то поново, не гледајући ни лијево ни десно, не поздрављајући никога, без застајкивања. После неких пола сата праћења, већ уморна Зорана, забринута што је подалеко одмакла идући за ко зна ким, спази да онај човек уђе у неку кафаницу. Посматрала га је с друге стране улице, кроз прозор кафанице, да је не примјети. Учини јој се да пије каву с киселом водом. Добрих петнаестак минута се премјештала с ноге на ногу и таман кад помисли да би требало да се врати на станицу, човјек изађе из кафанице и опет крену улицом. Овај пут на другу страну, ка станици, што и обрадова и збуни Зорану. Како сад то, натраг, на жељезничку станицу?! Пратећи га и даље, врати се на станицу. На неизрециво Зоранино изненађење, он лијепо оде на перон, сачека нови воз, уђе и одјезди. Зар нигдје није радио, каква је сврха шетње книнским улицама и пијења каве баш у оној кафаници, могао је то и код куће, па чему онда оваков ритуал?

Господин је само нестао неколико мјесеци прије почетка још једног, новог крвавог поглавља у српској историји. Напрасно, као кад мађионичар изводи трик. Зорана је већ била завршила школовање, али је знала понеки пут да иде јутарњим возом због каквих обавеза у Книну, међутим, њега више није срела. Нити је сазнала ко је то био.

Много година касније, помишљала је да је тај мистериозни господин био попут неког анђела чувара. Све је било у реду док је он био ту, свакодневицу ништа није реметило, он је обилазио и чувао од зла своја мјеста, од села до села, до града и назад. Када је нестао, нестало је и мирног живота. Избрисани су безбрижност, радости и смијех, вријеме у коме си морао бринути само о школи и кућним пословима. Дошли су неки други, страни и сумњиви ликови који су не само вожњу, већ и васколики живот, претворили у возове без одлазака и долазака, без машиновођа, радних људи и веселе граје ђака, замјенивши све то јауцима, пушкама и крвљу. Тако су на најмонструознији могући начин окончали тежак али ипак бајковити живот у Крајини.

14

— Ej Зоки, добро јутро, јеси ли написала домаћи — упита Ана док је Зорана доручковала кифлу и јогурт, прекраћујући вријеме чекања. И даље је на станици била гужва, мада су сада преовлађивали ђаци, док су радници увелико на обавезама у градским предузећима.

— 'Бро јутро. Нормално да сам написала. Што, ти ниси?

— Па, нисам. Био ми је синоћ дечко, мало смо изашли на колаче и да прошетамо градом, знаш како то иде, заљубљена глава — рече Ана уз најумилнији осмјех из свог репертоара.

Она је била једна од „грађанки" јер је живјела у Книну, док је Зорана припадала „путницима", како су називали ђаке који у школу долазе аутобусом или возом. Иначе, Ана је никад не би тако ословила, ако би се огласила било би то оно „Ћао!" у пролазу. Ово добројутрење могло је значити само једно, а то је да јој од Зоране треба услуга.

Ријетко су се дружиле, и у школи и ван ње, јер су „грађани", само зато што живе у граду, себе доживљавали као Ничеовског натчовјека, бића вишег реда и припаднике елитне друштвене класе. Истина, нису сви били такви, у сваком кукољу има и жита, али већина „грађана" је на „путнике" гледало с висине, потцјењивачки. Називали су их и „сељацима", као да им ни ђедов прађед, а камоли очеви и мајке нису знали како се коси трава или музу краве. Све у свему, као да је бити сељак дијагноза која потврђује одсуство свих вредности по којима човјек и јесте човјек. Безброј пута су се посвађали „путници" и „грађани", на станици, у школи или неком другом мјесту у Книну, баш као што се једном догодило и Зорани зато што није прихватила позив неке „грађанке" да послије школе оду у кафић.

— Каква си ти сељанка, па ти никада ниси ни видила унутрашњост кафића нити знаш шта је то, ти знаш само штале и ливаде, за боље и ниси — обруши се грађанка Виолета као да јој је Зорана ко зна шта скривила тиме што јој се не сједи у задимљеном кафићу. Зорану таква места нису нарочито привлачила, а уз то је сматрала да није још довољно одрасла за обиласке таквих мјеста. Доћи ће вријеме и за то. Сада је сезона школовања и откривања властитог животног циља, сједење по кафићима је чисто губљење времена.

Зорана је погледа, осмјехну се.

— Да, наравно да сам сељанка, ниси ми нешто баш топлу воду открила, моја Вики. Само, нисам сигурна знаш ли разлику између сељанке и сељанчуре.

— Нема ту разлике — брецну се Виолета. — Била сељанка или сељанчура, ви сте само за блато и каљугу.

— Вики моја драга, поносим се не само тиме што сам сељанка, него и свим шталама, ливадама, блатом и каљугом, мојим опанцима и буцама, јер шта бих друго требало да будем осим сељанке — упита Зорана, прешавши јој топло руком по коси. — Не бих друго била ни да ме плате. Али, сељанчура, то је већ нешто друго. Како је одавно речено, а знала би да си пазила на часу, сељанчура ти је једна обична покондирена тиква која мисли да је боља од других, без ваљаног разлога, која би да буде оно што није, па би набила цигарету у уста не знајући ни како се пуши, назула штикле у којима ни по асфалту не зна ходати, навукла кратке сукње и завијала к'о куја по селу, па је мушкарци искористе и баце као крпу којом се бришу ципеле. Чега се паметан стиди, тиме се сељанчура поноси, па се још хвали тиме на сва звона не би ли сви сазнали, док јој се родитељи кидају од муке и не смију људима у очи погледати кад чују какво им је дијете. Сељанчура ти је она што сваку књигу зна по корицама мада их никад отворила није. Сељанчура је... Ма, није битно, Вики, не би схватила разлику да ти до ујутру причам, него, поправи мало тај кармин, размазао ти се, а можда ти је то остао пекмез послије доручка? Ау, извини, заборавила сам, ти не једеш пекмез него мармеладу!

Жељезничком станицом се проломи смијех. Виолета се зацрвени у безуспешном настојању да смисли било какав одговор, али Зорана оде и срце јој брже закуца кад спази Миленка који се смије међу осталим ђацима.

Мислећи о томе шта се управо збило, Зорана погледа у Ану, цурицу благе душе и нарави, која брзо прашта. Имала је Зорана и пријатеље у граду који би и њу и Јелену много пута позвали у своју кућу на ручак послије школе, јер је ваљало након часова опет три сата чекати воз да би се вратило кући.

— Знам, Ана, како ти је... Љубав је слијепа и не да ти да размишљаш о ма чему, какав црни домаћи — рече и даде јој уз осмјех свеску са урађеним задацима.

15

Тајанствена учитељица Јованка остала је у Зораниним мислима и срцу за цијели живот. То мало поглавље, кад је била само дијете, урезало јој се у души тако да се ни са чим није могло упоредити. Све оне тајне око учитељице, сво узбуђење кад је цијело село дигла на ноге, сва та магија раног дјетињства заувијек сија у човјеку као ријека у којој се сунце рано ујутро огледа да види је ли довољно лијепо да се изнова покаже људима. Колико год каснији живот и многе године донесу на хиљаде нових искустава, узбудљивих сусрета, необичних људи, нових предјела незаборавне љепоте, па се човјеку послије може учинити да се и не сјећа свог раног дјетињства — оне остају у неком специјалном кутку душе, обмотане као божићни поклон у кутији, закључан дјетињом руком, одакле сијају некако свечано, попут свијеће у цркви чија те танушна и блистава свјетлост прати кроз све дане твога битисања.

Тешко да би се било шта друго, ма како лијепо било, икада могло мјерити са дјетињством, али то дјеца тада не знају, нити мисле о томе. Она грабе напријед великим, силним корацима према тој моћној мистерији званој живот, напросто журећи да стигну што прије.

Док идеш у школу чини ти се да никада неће проћи, да је вријеме стало у својој бесконачности и неће те пустити да се искобељаш из ђачких клупа, да се ослободиш домаћих задатака, писмених, контролних, вјечитог испитивања јеси ли научио ово или оно, како се понашаш, причаш или сједиш. Чини ти се као нека незаслужена казна без краја или јој је крај толико далеко да ниси сигуран да ли ћеш одатле уопште изаћи жив. Јуриш према дану када све то престаје, када постанеш матурант, па кренеш маштати и размишљати о факултету и одласку у даљине. Када тај дан дође, када пуним плућима истрчиш у живот, ни тада не схваташ да си у само једном кораку, прелазећи школски праг последњи пут, закорачио у живот и заправо изашао из најљепшег доба које ти је дато за цијели живот. Да си тада закорачио у безмало прави затвор, онај који те не пушта док се заувијек не отворе пространства о којима нико ништа не зна и из којих се никад нико није вратио. У затвор звани живот.

То ти тада не пада на памет колико год ти се чинило да си интелигентан јер можда ђачка књижица пуна петица или диплома коју имаш у руци говоре да си сад неко и нешто. Да имаш своје мјесто у свијету, па ти то даје право да будеш поносан на властиту проницљивост и огроман труд који си уложио да би дотле стигао. Ни не слутиш колико си тада глуп. Тек много касније схваташ да је требало много више се потрудити да ти дани трају што дуже, да буду обавијени мирисима младости којих једном неће бити, да је можда требало и зауставити вријеме умјесто гунђања зато што си ти његов затвореник. Што вријеме више одмиче док корачаш кроз живот, све више се неповратно удаљавајући од тог најсрећнијег дијела живота, тим више мислиш на минуло доба и, као неким чудом, можеш се сјетити само лијепих ствари. На крају испадне, оне ружне ствари као да се нису ни догодиле, мада зацијело јесу, али о њима нико не мисли, сјећање на те плаве школске дане нема мјеста за нека тадашња разочарања. И знаш да такав облик радости више никада нећеш осјетити.

Ако је ико могао стати раме уз раме са учитељицом Јованком, у сјећањима на учитеље и професоре, онда је то професорица Биљана, Зоранина разредна старјешина. Иако је предавала математику управо она је била главна подршка Зораниној умјетничкој души. Вољела је да погледа њене цртеже, да поразговара о томе зашто је тако насликано и шта сваки конкретни цртеж представља за саму Зорану. Она јој је давала смјернице, умјесто професора ликовног, што би човјек очекивао.

Професор ликовног је био чудан, ђаци су му надјенули надимак Сова јер је увијек изгледао неиспавано, мада се трудио да то сакрије и бечио се што је више могао, па су му очи изгледале као код ноћне птице. Међу ученицима није био омиљен јер је стварао атмосферу одбојности и ћутљивости, док је поваздан лебдио у неком свом свијету, онако висок, блијед, скупљених рамена, са капом „французицом", у безличном сивом одијелу и блиједоружичастој кравати која му је издуживала ионако дугачак врат. Увијек је носио кишобран, без обзира на то јесу ли дани облачни или царује таква врелина по којој се само можеш молити за кишу која одавно није пала. У разреду је кишобран увек држао на свом столу, на дохват руке, као да се плашио да би могао покиснути насред часа. Слабо је марио за ђаке, ако их је и знао. Никада и никога није научио бар техници цртања, нико од њега није добио савјет, није се бавио увјежбавањем ученика у одређеној сликарској техници. Не, тај би просто задао тему за сликање и из необјашњивих разлога би умјетност видио само у убједљиво најружнијем цртежу, који ни на шта не личи, а понајмање на задату тему, за шта је давао највишу оцјену.

На огромно Зоранино разочарање, па и љутњу, био би слијеп да види да је њен рад за десет копаља надмашио онај ког је красила једина петица на том часу. Професорица Биљана је, међутим, била сушта супротност том лику који је изгледао као да долази из Француске у периоду из хиљаду осам стотина и неке. Млада, лијепа, топле и пријатне нарави, вољела је живот, да се смије, али више од свега је вољела своје ученике. Борила се за њих и рукама и ногама у свим могућим приликама, шта год то било, да л' можда да моли колеге да ученицима из њеног разреда дају боље оцјене зарад бољег просјека (и није се стидила да моли, када је ријеч о њеним ђацима!) или је посредовала у разреду ако се неко посвађа или потуче молећи и кумећи да се помире, поново друже и причају јер раздор и намргођеност није хтјела да гледа у њеној шашавој дружини, како је вољела да зове свој разред. Није била ту само ради науке, математике и школе, покушавала је да свима помогне и ван тога, да им буде друг, да саслуша кад имају неке проблеме код куће или кад год су некога морили љубавни јади.

Била је једва неких дванаестак година старија од њих, таман се приближила тридесетој, али када си у школи, онако млад од својих петнаест-шеснаест година, неко ко има тридесет ти се чини већ поприлично стар, па се таквом њима чинила и професорица Биљана. Уз то, њену доброту и памет, ученици су је веома поштовали и вољели, није им био проблем да јој повјере оно што вјероватно никад не би рекли ни најбољим друговима. Некада је знала, из искрене среће и радости коју је осјећала према животу, да донесе мали грамофон и, умјесто да им предаје математику, да им затрпава мозак компликованим формулама и питањима типа када ће се два воза срести и на којој тачки ако се крећу различитим брзинама и полазе у различито вријеме — пуштала им је своје омиљене плоче, најчешће њој најдраже Барбаре Стрејсенд.

На почетку су ученици били збуњени, питали су се да ли је нормална и какве везе имају музика и математика, зна ли она да и без ње имају часове музичког... Веома брзо, међутим, почели су да је питају када ће поново донијети грамофон и плоче на час. Говорила им је да за све има времена, за математику и формуле, разне науке, али да „тако мало времена има за живот, па се треба научити опустити и уживати у музици, која отвара врата према неким другим свијетовима".

— Зорана, Зоруле, добро ти јутро! — поздрави је професорица Биљана док је улазила у учионицу на први час тога дана. Професорица је већ сједила за катедром и прегледавала биљешке које је спремила за данашње предавање, али их одгурну од себе. — Вади, вади цртеж, знам да имаш данас ликовно и да сте имали неку тему за задаћу, дај да ја прва погледам, прије него Сова, тај има одмах да ти убије расположење макар насликала неку нову Мона Лизу ал' са Зрмање — рече ведро, смијући се.

Наравно да је начула и запамтила како су ђаци крстили професора ликовног, није се либила да то каже пред њима, мада би ипак спустила глас док би онако завренички изговарала „Сова" пред ђацима, као да скривају неку велику тајну.

— Добро јутро и вама. Ма, није неки цртеж, немам шта показати — невољно одговори Зорана сједајући у клупу, зарана изгледајући несвакидашње уморно и блиједо.

— Нешто ми не изгледаш најбоље јутрос, као да си неиспавана. Јеси ли се можда прехладила или је нешто друго у питању?

— Нисам баш добро спавала, тата је синоћ касно дошао са неког хитног састанка мјесне заједнице, па су он и мама цијелу ноћ нешто причали забринутим и озбиљним гласом, иако нисам разумјела о чему јер сам била између јаве и сна све вријеме — одговори Зорана, покушавши да полуосмјехом ипак дода неку ведрију ноту на своју бригу. — Они су отишли спавати касно у ноћ. Сад ме брине шта се толико озбиљно десило јер тата обично не прича пуно мами о тим састанцима. Тамо се никад ништа велико не догађа, ако изузмемо свађу и тужакање сељана кад крава уђе у туђу њиву.

— Немој се бринути, није ништа озбиљно — весело ће професорица у намјери да разведри омиљену ученицу. — И мој момак нешто често састанчи са неким људима овдје у Книну, понекад се састану три пута у једној недељи. Не прича се ту ништа паметно, вјеруј ми, тачно им је само то изговор да збришу од куће, играју карте и пију. Овај мој се још није тријезан вратио са „састанка".

Зорана, међутим, примјети да јој осмјех није допирао до очију. Поглед јој је све време био озбиљан, а осмјех самотан, без друштва на њеном лицу. Није мислила да је професорица баш лаже, штавише, била је убјеђена да професорица Биљана не умије да лаже све и да хоће јер је сувише искрена и истинољубива. Можда јој није рекла сву истину, један дио је сигурно прећутала.

Долазио је и Стеван кући у мало припитом стању након појединих састанака, нису сви трајали до дубоко у ноћ, знала су дјеца још бити будна, па га је виђала ту и тамо са неким дјечачким осмјехом као да се спрема на ко зна какву враголију. У тим стањима је волио све неком посебном љубављу, причао са животињама и тепао им, дјецу би често помиловао по коси, говорио мајци да је лијепа. Зорана није сумњала да се на тим састанцима окрене која чаша или флаша вина, да се баци и која партија бришкуле или неке друге карташке игре, али се сигуно причало и о озбиљним стварима. Послије синоћне вечери, неки јој се тежак камен спустио у стомак. Осјећала је да ових дана није баш све у реду, попут срне у шуми која је на великом опрезу, али је бар један од ловаца, којег није примјетила, већ држи на нишану с прстом на обарачу.

— Хоћеш ли ти мени показати тај цртеж или не, ево, остали ђаци само што не почну улазити, у ствари и не знам шта их држи напољу и каква је то толика граја, нисам уопште обратила пажњу на то — рече Биљана неодлучна на коју страну да крене, да ли ка вратима и види шта се догађа или до Зоране и њеног цртежа.

— Кажем вам, професорице, немам вам шта показати, цртеж изгледа јадно и мени, али ко зна зашто је то добро, можда добијем одличну оцјену баш због тога што је тако лош — разријеши Зорана дилему учитељице, насмијешивши се истим оним празним осмјехом као ова малочас. — Боље погледајте шта се напољу дешава, стварно је превелика галама.

Говорећи, Зорана и сама устаде да види шта је то на ходнику. Имало се шта видјети, није да није. Вељко је клечао над неким дјечаком и бомбардовао га шакама по лицу.

— Ти ћеш мени псовати сељачку мајку, теле једно, моја мајка је удовица! — па послије два до три брза ударца одахне и настави. — А. Ја. Јесам. Сељак.

Са сваком ријечју коју је изговарао, као да хоће да је потврди и подвуче, спуштао је огромну и тешку шаку на лице дјечака које је већ било толико крваво да се тешко могло препознати о коме је ријеч. Око њих су ученици направили круг, галамећи и вриштећи.

— Удри га, удри га Вељо право међу рогове! Аха, туда, туда! — орили су се узвици са сваким новим ударцем.

— Устај, слабићу један, устај и туци се као човјек — викнуо би неко други, али је остало нејасно да ли тиме храбри овог доњег да може да се носи са Вељком или му је напросто говорио да је кукавица која се не брани док немилосрдне батине пљуште.

Све и да је покушао било би безуспјешно, руке су му биле укљештене испод тешких Вељкових кољена, а батине је добијао шакама које су пребациле на хиљаде тона сијена. Ту одбране није могло да буде. Професорица Биљана се даде у трк и поче се пробијати кроз круг ђака панично вичући Вељку да стане, да га не убије. Кад је долетила свом снагом га је за снажна рамена вукла уназад, а то је тргнуло двојицу-тројицу ученика који прилетјеше да јој помогну. Након вишеминутне борбе, вуче и вике на једвите јаде скидоше Вељка са његове жртве.

Неколико ученица притрча да помогну Небојши, који је сам успио да сједне и рукавима брисао крв с лица, али устати није могао. Није му живот био угрожен, како се побојала професорица, није му ништа ни сломљено, само је нос обилно крварио стварајући илузију да му је сво лице поломљено.

— Јао, шта сте урадили, не могу вам сада помоћи, морате обојица код директора! — разљути се професорица Биљана не кријући разочарање. Чак и тада је најпре помислила како да помогне обојици да не буду избачени из школе. Смишљала је шта ли би могла рећи директору у њихову одбрану, али ничег сувислог није могла да се сјети. Била је сигурна да је Вељко надрљао био крив или не. У свему се одједном зачу и глас професорице хемије Даринке, толико пискав да су се због њених високих фреквенција ђаци безмало плашили да ће им страдати бубне опне. Свако је гледао да је много не наљути, само да је не би слушао док виче.

— Ијао, ијао, шта сте урадили? Вељо, црна кукавице, што уби свог друга тако — дрекну професорица Даринка право Вељку у лице, а њему истог часа зазвони у ушима. Није одговорио ништа, само је брисао зној са чела.

Даринку су сви звали Колачић. Била је дежмекаста, омања жена, са облинама и гдје би требало, а и гдје није. Нико се жив није могао начудити како је она уопште професор и како је добила посао у било којој средњој школи јер јој је знање хемије било равно нули. Заправо, питали би се да баш њен муж није био директор коме су сад Вељко и Небојша морали на ноге. Али како јесте, нормално да је запослио и своју жену, за коју су сви вјеровали да има лажну диплому чим нема везе с науком коју предаје. Или је можда нешто и знала, али је ни за црно испод нокта није интересовао њен посао. Када дође на час или зада ђацима да читају исто градиво које су читали и прошли пут, а она је заборавила која је лекција на реду, или би обавезала једног од бољих ђака да објасни ново градиво пред таблом иако ни тај несрећник о томе ништа није знао. Како би знао кад је и њему непознато? Колачићу је било свеједно. Важни су били мир и тишина у разреду, да се чује само тај један глас који „предаје" док би она вадила из торбе хрпу нових магазина купљених на киоску код Ивана, па из њих ревносно сјекла нове рецепте за разна јела, торте и колаче. Зато је и стекла онај надимак. Понекад би просто подигла своје кратке ноге на омању клупицу, коју је држала у својој учионици, извадила плетиво и нову мустру за неки џемпер, па би плела као да је крај свог шпорета код куће и само је фалило да почне да преде попут задовољне мачке. Ученици се нису бунили, све је било боље него чути њен глас. Замисли тог терора који би настао када би се бар једном наканила да заиста предаје, па да читавих 45 минута мораш да слушаш то крештање! Већ на саму ту помисао ђаке би обузимала језа.

„Ајме, одакле баш она да сад излети, сад Вељи стварно нема спаса", помисли професорица Биљана утучено.

— Није га убио, другарице Даринка — рече Биљана молећиво, настојећи да спаси што се спасити не може, јер не може она да бар не покуша. — Дјечаци су то, дешава се, а и ова крв је само из носа, није толико страшно. Можда да их не водимо директору?!

Колачић је одмјери погледом и високо подиже обрве као да је види први пут у животу, као да је њена колегиница какав пролазник на улици који се не би смио простачки обраћати једној госпођи као што је она.

— Молим?! — писну оним гласом. — О чему ви то причате, другарице Биљана — дешава се? Гдје то? Ово је било сад и никад више, овакве ствари се не смију дешавати у мојој школи!

Имала је Колачић обичај да присваја школу као да јој је ђедовина, наравно, иза леђа мужа директора. Није пропуштала прилику да осталим професорима стави до знања да је она у повлашћеном положају наспрам њих, били они само „обични" професори или доктори у својој области, какав је био професор Кецман, доктор књижевности и филологије, иначе предавач енглеског.

— У вашој школи, другарице Даринка?! — упита Биљана и осјети како јој образи црвене и топлина удара у њих, али више не због срамежљивости већ од бијеса. У њој се будио борац, честита жена која није морала да има власт над неким да би се осјећала добро. Држала је до тога да дјецу не треба угњетавати, да су професори истовремено и педагози јер им је дио посла да, уз родитеље, васпитавају ову дјецу. И да је један од њихових најважнијих задатака да ученике науче оном животу који се не може спознати из књига. Радила је већ шест година у овој школи, доста живота, живаца и осјећања уложила у свој посао, сматрала је да је бар један дио школе и њен јер и она припада школи.

Ђаци се претворише у уво, завлада мртва тишина, ремећена само Небојшиним издувавањем крви у марамицу. Све је водило великој свађи између професора, а вољели би чути и видјети да неко напокон каже Колачићу шта се стварно мисли о њој и већ једном је постави на право мјесто. То професорица Биљана није намјеравала. Није хтјела да ђаци пристуствују свађи и раздору у колективу школе, али се овако нешто не може прећутати, тим више што се Даринка одједном исправи, као да би својој висини да дода још који непостојећи центиметар, па сијевну погледом и облиза усне као тигар спреман за напад.

| 143 |

— Наравно да причамо о мојој школи, другарице Биљана. Или сте ви можда имали неку другу замисао, да не припада случајно вама — цинично процједи кроз зубе.

Знала је да је недодирљива. Ако се ико усуди да јој противријечи и устане против ње довољно је да поприча са мужем и већ би се нашао лак начин да се „бунтовнику" покажу врата. Да остане без посла. То се чак два пута и догодило током ових шест година колико је Биљана радила у школи. Свјесна да хода по танкој жици, знала је да је свађу најмудрије прекинути, али против себе није могла. И даље је више мислила на ђаке него на саму себе.

— Па, добро — поче Биљана мало помирљивијим тоном — немам неке посебне замисли, само сматрам да је школа наша, свих нас, и професора и ђака, да припада свима нама једнако. Не ваља да се раздвајамо, да се стварају неке групације, кланови, назовите то како хоћете, требало би да смо у свему јединствени. Ето, само то, професорице Даринка, нисам намјеравала да угрозим било чији ауторитет.

Било је већ касно за помирљив разговор, професорица Даринка је намирисала крв, осјетила је по Биљанином гласу да се ова повлачи. Душевна храна било јој је да неког омаловажава пред свједоцима, није имала намјеру да одустане, да пропусти савршену прилику да одржи буквицу тој балавици која носом пара небо на коме се налази моћ. Ионако је није подносила још од дана када је примљена у школу, сматрала је да је Биљана жена лошег морала и осјећала нескривену одвратност према њој. Никада признала не би ни да Биљана није носом парала небо, ни да није имала моралну фалинку, нити да је више него способна за посао којим се бави, па често одлази на семинаре из математике по разним југословенским градовима да се додатно усаврши. Колико год ђацима говорила да живот не би требало схватати преозбиљно, да је потребно знати се опустити и уживати у музици или некој другој умјетности која грије и испуњава душу, Биљана је ипак била и посвећени научник. Вољела је математику, говорила је да се све и сваки проблем могу објаснити математиком, од тога колико је стар универзум, до енигме зашто неко није заинтересован за особу која јој се иначе свиђа. Истина, више у шали је причала да се и љубавни јади могу ријешити математиком, али је била ипак увјерена да је и то можда могуће, па је силне ноћи проводила играјући се математичким формулама у покушају да преко њих објасни живот. Бавила се филозофијом математике.

Била је и Даринка свјесна свега тога, али јој је атак на Биљанине интелектуалне и друге способности био једини начин да се супротстави ономе што јој је стварно сметало код ње. Бола јој је очи њена младост, разиграност коју је Даринка одавно загубила, ако је икад и имала, а није подносила ни Биљанин природни шарм којим је с лакоћом освајала људе тако да би је веома брзо завољели и жељели да што више буду у њеном друштву. Скоро да је немогуће описати колико су је иритирале и прекратке математичаркине сукње, које су једва допирале до кољена, због чега су се и професори и старији ђаци небројено пута за њом окретали у ходницима школе. Једном је спазила и рођеног мужа док гледа за Биљаном. Зато је, наравно, неподобна била и шминка којом је Биљана само провоцирала мушкарце и нагонила их на свакакве мисли. Неопростив грех било је то што је Биљана омиљена међу ђацима, док су Даринку одреда избјегавали и што је она престајала да постоји за било кога ако би у близини била та проклета Биљана. Куд ћеш боље прилике од ове да са њом заврши во вјеки вјеков? И таман кад је хтјела кренути у тираду до какве ни Шекспир добацио не би, ходником

| 145 |

се проломи снажни глас професора географије, Ђорђа Ињца, званог Боца.

— Шта се овдје дешава, каква је ово цика и галама?! Срам вас било што нисте у учионицама! Часови су одавно требали да почну! — забрунда на ђаке погледавајући, истовремено на обе колегинице.

Професор Боца је био свијет за себе. Није зазирао од професорице Даринке и њеног извиканог ауторитета. За њега је она била типична завидна бабетина која се жали и жалиће се од постања до судњега дана, а кука боље и од чувених црногорских нарикача. Био му је пун кофер њених непресушних ситних убода и пецкања професора и ученика, а и вјечитог подсјећања да се ни у сну не смије заборавити да јој је муж директор и какву она моћ над њим има. Није цијенио ни директора, обичног папучара који пада на кољена пред супругом чим ова трепне у његовом правцу.

„Јаког ми директора! Овај се не би знао побринути ни за овце на испаши, а камоли да води бригу о оволикој школи и ђацима", помислио би кад би видио директора Томислава док пролази ходницима.

Професорицу Биљану, међутим, волио је и веома цијенио највише због посвећености науци, о чему се чуло и ван оквира школе. Био је и сам бриљантног ума, виспрен и оштар, али лишен воље и упорности које је имала професорица Биљана. Задовољан својим постигнућем, он је уживао у предавању географије. Сад, што је ту било на буљуке непотребних података које су ђаци морали учити, типа колико оваца има на Новом Зеланду или који је главни град неке забите афричке државе, није било до њега, кривица је у наставном плану и програму које су други осмислили. Уосталом, многима неће требати ни све те силне математичке формуле из репертоара професорице Биљане, па су их свеједно учили.

Његов главни проблем било је пиће. Одавно је већ био од оне сорте алкохоличара код којих се веома тешко или никако није могло процијенити да ли су пијани или не. Није никада заплитао језиком, равнотежа му је увијек била као и у сваког тријезног и здравог човјека, а ниси га могао видјети неуредно обученог и необријаног. Одавало би га тек његово као рак црвено лице, попуцали капилари уздуж и попријеко, па је личио на човјека који пати од веома високог притиска и којем срчани напад сваки тренутак дува за вратом.

— Друже Бо... Овај, друже професоре, ево ја ћу вам рећи — узбуђено повика Игор, дежурни шпијун директора, онај омражени лик какав постоји у свакој школи, који се увлачи у професорску стражњицу на све начине којих се досјети, пријављује кога год види да преписује, лаже да мора у тоалет кад можда мора да припали цигарету или му је досадно, па би на макар три минута да збрише са часа.

То су они љигавци пред којима никада ниси смио рећи ништа што би заличило на какву озбиљну ствар јер би у року одмах директор знао све. Ниси могао пред њим планирати колективно бјежање са часа због контролног, а није било пожељно ни да те он види да улазиш у кафић, нека је то и послије школе, ипак он и то савјесно пријављује. Отац му је био прилично богат, па ако би Игору понестајало знања за добру оцјену бар би увијек било пара да, како народ каже, проврте гдје бургија не може. Зато га ни професор Боца није подносио, колико и Даринку, па се направи да га није чуо.

— Небојша, што си сав крвав, ко те је то тукао — упита гледајући по ђацима. Поглед му се заустави на Вељку који је и даље снажно отпухивао кроз ноздрве да би се смирио, али није успио да сакрије црвене и крваве шаке. Ионако му то не би помогло.

— О Вељко, Вељко, шта да радимо с тобом, никад мира нема кад си ти ту. Шта је било? У ствари, ћути, нећу да ми ти кажеш... Ко је видио шта је било?

— Па ево, професоре, ја ћу вам рећи... — нестрпљиво ће Игор.

— Дај ти ћути, да сам мислио тебе питати, питао бих! Ти би сад овоме надодао ко зна шта, и што је било и што није, знам добро како иду твоје приче.

Волио је ђаке као и Биља, али се није устручавао да овом малом цинкарошу запуши уста пред осталим ђацима.

— Зорана, ти си истинољубива, кажи шта се десило.

Зорани би мало неугодно. Није била сигурна види ли јој се на лицу понос због тога што је њен друг Вељко тако бранио част и мајку, а можда је било и помало среће што је један од „градских" добио по ушима од „путника", колико год да није вољела насиље.

— Нисам ја, друже професоре, била на ходнику кад је почела туча. Ја сам већ била у разреду и...

— Ја сам крив, друже професоре, ја ћу вам рећи — огласи се Небојша бришући крвавом марамицом нос, на запрепаштење свих, а посебно професорице Даринке која је таман хтјела да сав бијес окрене према професору Боци, да њему саспе коју ријеч кад већ није успјела Биљани. „Шта тај алкос мисли, ко је он да тек овако упада и понаша се као да је њега неко нешто уопште питао", кувало је у Даринки. Небојша је више од свих изненадио ученике јер у школској историји туча није записано да неко призна да је крив, а посебно да то учини онај који је добио батине.

Професорица Биљана се силно обрадова, би јој јасно да ће све на добро изаћи. Замало да прилети Небојши и пољуби га од среће. Бјеше јој мило и што се тако завршавају тираде Колачића, бар тога дана, а ни друг Боца неће упасти у невоље, колико год оне њему не би сметале. Колачић се, ипак, није лако предавала.

Неће, зар, она само стајати у ходнику и главну ријеч препустити тамо неком Боци, па још ћутке.

— Шта то причаш, шта ћеш ти рећи и како си ти крив, ето те крвав од главе до пете — безмало загалами на Небојшу. — Је л' се можда бојиш да ћеш добити још батина од ове стрвине ако кажеш нешто против њега? Увјеравам те да до тога неће доћи, заштитићемо те и немаш се чега плашити.

Јавна тајна је било да Колачић не подноси „путнике", онај приземни свијет и нижу расу јер они који ходају по макадаму и газе животињски измет неће никад постићи било шта у животу. На овом свијету нема мјеста за сељаке, а посебно оне глупе, који не знају како ваља ни читати, нити писати. Свеједно што је из године у годину сваки дневник доказивао супротно, „путници" су увијек били бољи ђаци од градске дјеце, имали су далеко боље оцјене у свим предметима, али Колачић се правила да то не види.

„Ђаћа ти је стрвина", помисли Вељко и умало то рече наглас али се суздржа. Није био још сигуран шта ће се из свега изродити, чека ли га казна, па ако томе придода овакву увреду тој надобудној квочки може бити избачен из школе. Онда слободно може да заборави на даље образовање. Зато се уједе за језик и погледа ка Небојши. Би му жао што дјечак толико крвари, али преко псовања мајке није могао да пређе никоме, ни роду рођеном, а камоли тамо неком Небојши из школе.

— Ма не, другарице професорице, зашто бих га се бојао, већ ме је пребио, да туче и други пут не би могао боље — рече Небојша и помало се осмјехну.

— Ти мора да си доживио потрес мозга кад тако причаш, требало би да зовнемо хитну да те возе у болницу — дрекну избезумљено Колачић.

— Ма каква црна болница, није ми ништа, мало ми је само нос прокрварио и бриде ребра, али није то ништа, проћи ће до краја дана — одби Небојша, коме се после свега није хтјело да још испадне и слабић који је завршио у болници. Кад би ту биједу спрао са себе?! Никад! Није био велик и јак као Вељко, али није био ни мален, зацијело није ни пихтија, стекао је углед у школи, био добар ђак, врстан кошаркаш и фудбалер, а и многе цурице су му се знале осмјехнути када их нико не види. Био је крив и није намјеравао да постане тужибаба и своју кривицу свали на Вељка.

— Шта више млатите празну сламу — разгалами се Боца уносећи се Небојши у лице. — Нећемо сад читав дан стајати и причати бапске приче! Настава мора почети, шта је ово, доста је више овог циганлука! Казуј мали шта је било и то брзо — унесе се Небојши у лице.

— Шта ће бити, к'о и сваког понедјеника смо причали о фудбалу, о новом јучерашњем првенственом колу, мој Партизан изгубио од Вележа, његова Звијезда побиједила Жељу након сумњивог пенала, онда је Вељко рекао да није био сумњив пенал и да се Гробари требају колективно самоубити кад их је неки Вележ сатр'о, онда сам ја рекао да је то било само зато што је Звијезда некако средила да Вукотић добије црвени картон, па је тако Партизан био слаб, онда је он рекао да лажем к'о пас, онда сам му ја рекао да је тачно прасац и спуцао му пљеску, па је онда он мени завалио једну да ми и сад уво звони од ње, онда сам му ја у бијесу опсовао матер — избифла Небојша у даху и насмијеши се опет. — И ту смо ће смо, остало је историја, што би народ рекао.

У Вељку се јави истинско поштовање за овог градског клапца. Тако нешто не би ни у најлуђим сновима могао замислити, ма да мозга четири дана заредом! Осмјехну се и он Небојши. Професор Боца се громогласно засмија и одвали Небојшу по леђима лопатом од руке, од чега овај умало опет паде и читаво га тијело поново забриди.

— Ајме професоре, полако, још увијек сам рањен! — изусти Небојша, покушавајући да удахне ваздух. Ваљда је довољно што је добио батина, је л' га мора сад тући и ова пањина?

— Ајде, ајде, неће ти ништа бити, видиш да си к'о бела лала, што веле тамо у Србији! Него, шта ћемо сад — упита професор Боца.

— Па ништа — рече Небојша свима и никоме. — Ја бих да се извиним Вељку и да заборавимо на ово, ако може.

Ако се до тада није догодило да поражени призна да је крив, тек ово, да се и извини, било је нечувено не само у овој школи већ у било којој, можда дијем цијеле Југе. Небојша је ријешио да ствари одмах истјера на чистац, да се заврши са овим сад и ту, да се не препричава данима и недељама, да их вуку до директора, зову родитеље... А за шта? Два момка се мало побила и то је све, нису више дјеца да тужакају једно друго, љуте се што си им срушио кулу коју су направили у пијеску и, напућених уста, узимају своју кантицу и лопатицу трчећи да се жале родитељима. Или бар ђеду, свачији ђед је увијек боље разумијевао младеж него рођени отац. Рекавши то, приђе Вељку испружене руке.

— Извини, Вељко, што сам ти опсовао матер, нисам требао, стварно ми је жао — рече гледајући га равно у очи.

Упркос искреном кајању, Вељко је у Небојшином погледу видио и неки ђаволски сјај, као да се спрема још нешто, да се неко изненађење ваља иза брда. Прихвати испружену руку и, на његово запрепашћење, Небојша га привуче себи у загрљај.

— Нос' те ђаво манита, шта ме грлиш тако крвав, запрљаћеш ме човјече! — Вељко прогунђа, али га ипак загрли, би му од срца мило што се Небојша показао као оваква људина.

— Као да ниси довољно прљав, а? — засмија се Небојша. — Него, слиједеће недеље је дерби између Цигана и Гробара, је л' се срећемо овдје у понедељак у исто вријеме или како? Ем што ћемо вас тући у дербију, ем што морам и ја тебе истући, ред би био!

Аха, то је било то, због овога су му очи онако ђаволски сијале.

— О, крме те убоо, јопе почињеш! — насмија се Вељко из гласа, а засмија се и цијело друштво. Сви, осим Колачића, којој све ово паде тако као да је она добила батине. Не само што на њу нико није обраћао пажњу, него су се Биљана и професор Боца извукли пред цијелом школом. Нека, биће прилике да она покаже ко је главни у школи. Кад-тад!

— Мантаје једне — огласи се професор — ајмо сад сви у учионицу, вријеме је више настави, доста смо овдје дангубили.

Таман помислише да је овој епопеји крај, кад однекуд испаде директор Томислав, као да га је поплава избацила. Трчао је низ ходник не би ли што прије стигао на мјесто догађаја и у трку викао.

— Прекидајте тучу, прекидајте тучу одмах сад, срам вас и стид било!

Биће да је постојао још који шпијун осим Игора, па се одшуњао да пријави. Касно директор на поприште стиже. Показано пријатељство и широкогрудост оба младића надвисили су саму тучу и наредних дана, мјесеци и година све ово би било препричавано тако као да је легенда за коју се више не зна да ли полази из стварности или нечије разигране маште. Нико од њих ни слутио није да су управо они једна од посљедњих генерација книнске школе јер ускоро долазе неки сасвим другачији „професори". Они, који умјесто књига носе пушке и чија је „настава" сасвим другачија од оне каква би требало да буде.

— Сад си стигао кад те више нико не треба, је л' — цикну професорица Даринка као љута гуја. — Никад те нема кад си потребан, стално свугдје стижеш к'о Марко на Косово, и овдје у школи, а и код куће у којој ја морам за све бринути, јер си ти напросто један... Ето, какав си само слабић. Као да сам се удала за балетана, а не правог човјека!

Извика се као да нису у школи и да нико осим њеног мужа не чује. Директора као да погоди топовско ђуле. Покуша да се из пуног трка заустави у мјесту, али се на клизавим плочицама школског ходника испружи колико год је широк, наочаре му спадоше са носа. Даринка се од шока укопа у мјесту, коначно свјесна гдје се налази, преблиједи као крпа. Фијаско је био потпун. Знала је да оваква срамота неће бити заборављена, да ће о њој сазнати сви, не само у граду, већ и ван њега. Професорица Биљана притрча да помогне директору, а и да склони наочаре прије него што неко стане на њих. За то вријеме кроз школу и неколико оближњих улица проламао се дубоки смијех професора Боце, који је стајао насред ходника, док му је један бич побјегао из дивље сиједе косе и несташно скакутао по челу.

Директор се ужурбано враћао у канцеларију, професорица Колачић се скоро даде у трк низ ходник, као да има неки важан посао. Стизао их је смијех дјеце. Тако громогласан да, ако се некад неко нађе у близини школе, чак и након неколико деценија, а буде пажљиво ослушнуо, још ће моћи да чује весели и невини смијех ђака који одјекује кроз вријеме.

| 153 |

16

Слиједећих неколико недеља, па чак и мјесеци, било је права милина ићи у школу, посебно ако си био у кругу ђака који су присуствовали тучи и невиђеном спектаклу који се десио тога дана. И по школи и по граду, све се препричавало редом, као што никада није опричаван ниједан филм, ниједна књига, ниједна пјесма. Баш као да су сви били присутни, знали су сваки детаљ, чак и оно што се није догодило.

Тако то увијек бива. Прича о ономе што јесте било, преношењем постаје све већа и богатија, свако има да дода понешто своје. Док би оно што је очевидац рекао стигло до петнаесте особе у низу, догађај је био скоро сасвим измијењен, накићен, уљепшан. Чинило се да ће за тучу у школи и све што је услиједило чути неки чувени гуслар и да ће „Бој у средњој школи" стећи историјски значај скоро као „Бој на Косову".

Вељко и Небојша прерастоше у јунаке града, одједном су их сви знали, дуго послије те туче нису морали да плате ни сладолед, шампиту или бурек, частила је или кућа или муштерије, а тих дана су им подобро ојачала леђа колико их је само људи потапшало са поносом. Доживљавани су попут филмских звијезда, као да су са плаката директно у Книн сишли Џон Вејн и Ален Делон да мало прошетају. Вељко и Небојша су непланирано постали најбољи другари, мада се томе нису надали. Некако су кренули да све више времена проводе заједно, гледали да се нађу у истом тиму кад се бацају партије баскета или фудбала „на мале" голове, иако је Вељко више волио бацање камена с рамена, вучење конопца или балотање. Није се налазио у екипним спортовима, али је играо због Небојше да се не би пречесто и предуго раздвајали. Тако је настало лијепо и искрено момачко пријатељство. Небојша је небројено пута ишао на село да посјети свог друга, а и Вељко је знао да остане да преспава код Небојше у граду кад нема неких хитних кућних послова, да се не ломата по возу.

Било је то једно од оних веома ријетких и дивних пријатељстава за која се не чује често. Иако су се многи људи кумили, братимили, породице се родбински повезивале удајом или женидбом, ипак је било веома мало чистих пријатељстава која су већа од живота. Оних пријатељстава када би без дилеме, чак и без размишљања, погинуо за друга, због кога си срећан увијек када је и он, а због ког те опхрва туга кад год се њему деси нешто лоше.

О таквом пријатељству какво су изградили Вељко и Небојша већина може само да сања, јер није упразно речено да си најбогатији човјек на свијету ако имаш само једног истинског пријатеља. То су пријатељства за која се надаш да ће трајати цијели живот, да ћете се увијек знати, да ће вам се дјеца заједно играти и скупа ићи у школу, баш као и родитељи им, да ће помагати једни другима док их посматрате како израстају у честите људе, како су од родитеља и учили. Она пријатељства која би носио у срцу и души док год те има, као да је ријеч о ријетком дијаманту ког си случајно нашао ходајући макадамом, гдје се никад не би понадао да ћеш наћи нешто тако вриједно и величанствено, па га прикачиш на ланчић, да падне на груди и занавијек ти грије срце.

То је оно пријатељство које донесе осмјех чим помислиш на пријатеља. Моћ да прекине такву оданост требало би да има само смрт, само позив Свевишњег да дођеш у Његово окриље. А могуће је да таква пријатељства ни тада не престају јер су већа и од саме смрти. Не би требало да се икада заврше сузама, а ако суза и буде онда би то морале да буду радоснице, јер си био привилегован да проведеш живот с таквим пријатељем. То и такво пријатељство не би смјело да познаје сузе због насилне смрти, ни невјерицу какво зло у човјеку може да постоји, нити да га натјера да се запита могу ли се неки људи уопште сматрати припадницима људске врсте. А управо такве, горке сузе пролиле су се Крајином кроз само неколико година.

17

„Ајме, како је досадно, изем ти дежурство", помисли Зорана налакћена на прозор школског ходника. Тих година је у школи уведена пракса да бар један ученик дежура током наставе, оправдано одсутан са предавања, уз обавезу да шета ходницима и пази да се не би десило нешто непредвиђено. Не зна се тачно зашто је уведена нова пракса, можда као нека врста предострожности, али је то само још више допринијело ионако напетој атмосфери, која је из дана у дан добијала на снази. Гдје извире та напетост такође ниси могао рећи са сигурношћу, сви су нешто причали и као да ништа нису рекли, изговарали су реченице са двоструким, троструким значењем, па си оно што кажу могао разумјети на више начина и да никада не будеш сигуран шта је заправо речено. Нико још није без задршке говорио оно што је збиља мислио, али да се причало све гласније, учесталије и некако отвореније, то јесте.

Тога дана је био Зоранин ред да дежура, а замало није дошла на наставу. Кашљуцкала је и нос јој је био зачепљен. Није вољела да изостаје, остајала би код куће само кад би је јака прехлада срушила у кревет. Стајала је тако, гледала кроз прозор школе, огрнута омиљеним џемпером ког јој је оплела старија сестра Душанка и размишљала. О Миленку је мислила, мада је то и даље крила од свих. Упркос непрестаној унутрашњој борби, било јој је јасно да је узалудан отпор јер јој се допада да о њему мисли и тачка. Воли да га види, па макар само у пролазу, да га гледа на утакмицама, да погледава његова знојава и мишићава леђа ако би прошла ливадом на којој су он и његови косили, па би успоравала ход и правила се да јој је нешто испало у траву и, ето, она у дјетелини тражи изгубљено благо.

Удубљена у мисли о њему није примјетила када се сан претворио у јаву. Миленко је заиста био пред њом, гледала га је и није га видјела, мислећи да је то одраз њене жеље и бујне маште. А он је изашао са часа изговарајући се на природне потребе само да би њу потражио, јер је знао ко је дежурна ученица. Ни он никоме признао не би, забога, морао је хитно тамо гдје и цар иде пјешке! И он је гледао у Зорану право у очи, па се убрзо поче смијати. Сањалачки израз на Зоранином лицу говорио му је све. Тај смијех је тргну као да је стара ошинула прутем по голим ногама, прогледа као да се буди из сна, у невјерици. Можда се и будан може сањати онако као у сну?!

— Шта се кревељиш, препаде ме живу! — продра се на њега, више глумећи љутину него што је заиста била љута. На једвите јаде је скривала осмјех који је пријетио да се од среће рашири по цијелом лицу. Како се само усудио да се овако кришом привуче, замало јој срце стаде од узбуђења! Или је бар тако мислила, јер је далеко било од стајања, ударало јој је у грудима невјероватном брзином, галопирајући њеним бићем као неки прекрасни коњ ливадом.

— Шта тако гледаш у мене к'о да имам рогове на глави, ни не трепћеш? Шта је, је л' ми израсло шта на челу — упита Миленко смијући се.

— Ма, м'рш! Још сам болесна, а ти ме гњавиш својим будалештинама. Шта си стао, иди гдје си пошао, не зијевај овуда!

— Право да ти кажем, ја сам већ стигао гдје сам пошао — одговори Миленко и зацрвени се да му ни Марс није био раван.

То баш и није мислио изговорити, али готово је. Већ је био навикао да погине сваки пут кад је сретне и прозборе коју ријеч, тако да му не смета што се то понавља и сада. Зоранино лице је такође букнуло попут нарумјеније руже, па му је била тако анђеоски лијепа да осјети слабост у кољенима. Само му још треба да клекне пред њом! Кад боље размисли, ма и клекнуо би ако треба.

— А... гдје си ти то онда пошао кад си већ стигао? — збуњено и стидљиво прозбори Зорана.

— Ма шта гдје сам пошао, женска главо, заборавих у трену, мора да је та твоја прехлада прешла и на мене!

— Ти си се прехлађен и родио — насмија се она. — Него, који час имаш, одакле бјежиш?

— Код Биље, ено је пита, а ја нисам баш учио ових дана, било је много посла. А и није се нешто дало, па покушавам, ето, да растегнем вријеме да не дође до мене ред за одговарање. Прохладно мало ових дана, веле да горе на Динари бура помете, ноћи су већ постале право хладне — покуша Миленко да мало скрене ток разговора на нешто свакидашње, а и да се прибере. Није могао престати да гледа рупице на њеним образима, из којих је увијек извиривала нека другачија магија.

— Како ти то знаш, јеси ишао горе? — упита га.

— Ма, не, нисам. Ко ће ићи уз Дерала и шта да радим горе уопште? Него ми рече једна мала из Грахова, код Баће у куглани, кад оно бјеше, у петак, чини ми се — рече Миленко глумећи наивчину, а Зорану у трену обузе тјескоба.

Нека мала из Грахова? Куглана код Баће? Смјеста постаде још болеснија, али и бјеснија. Док она болује, кашље, не може удахнути, цури јој нос и само што није умрла, он, умјесто да је обиђе и брине о њој, шврља код Баће и састаје се с неком малом из Грахова! Још јој то и пријављује, умјесто да крије к'о гуја ноге?! „Е, животе како си некад неправедан и тежак", завапи јој повријеђено срце, чинило јој се да може осјетити како крвари унутра.

— Нека мала из Грахова, је л'? Па, добро, ето, дошли и они мало код нас да виде ту нову куглану. Надам се да си се добро провео — покуша свим силама да сакрије тугу и бијес.

Исправила се колико год може и на лице поставила маску поноса коју само жене имају. Кад је то на женском лицу, када си је толико повриједио ријечима или неким поступком, онда јој не можеш прочитати ниједну емоцију, нити знати о чему мисли и шта намјерава. Најгоре у свему је то што не знаш шта тада ваља рећи. Шта год пођеш изрећи, све ти се чини погрешно и јалово, некако јадно. Уопште ниси сигуран хоћеш ли је још дубље повриједити и довести у лошије расположење. Чак и ако се извињаваш или правдаш можеш зазвучати још биједније, па да је одбијеш и додатно удаљиш од себе, можда до тачке у којој је више ничим не можеш одобровољити. Шта човјек да каже кад га снађе лоша срећа да увриједи женско, па макар то и нехотице било? Схватио је Миленко одмах да јесте погријешио, и колико је погријешио, да црњу ствар није могао казати све и да је хтио. Која мала из Грахова и како сад да то објасни Зорани, кад је никад прије није помињао? Није ни могао, упознали су се тек тог петка у куглани.

— Чекај да ти објасним, шта се одмах дуриш — поче Миленко у намјери да поправи оно што је покварио.

— Шта ти мени имаш објашњавати? Нисам ти ја ни цура, ни сестра, ни матер, објашњавај њима, мени немаш шта!

Прекрсти руке преко груди и стаде у најпркоснији став икада.

— Ма, дај Зорана, стани мало. Био сам тамо с друштвом, па док смо чекали пиће...

Зорана се окрену и узе књигу дежурства са стола. Огласи се љутито.

— Ти си, канда, глув?! Не занима ме шта си радио и са ким си био, ни које сте пиће пили! Нема то ништа са мном и то стварно није мој проблем. Ето, нека си се лијепо провео! И, добро, вије бура на Динари, код нас не вије! Бјежиш од испитивања и у ствари би требало да те запишем у ову књигу да избјегаваш наставу, па нека директор види шта ће с тобом!

Бијес је био све јачи, али наједном тако кину да јој књига умало испаде из руку.

— Ти си стварно болесна — искрено се забрину Миленко. — Зашто си долазила данас у школу? Требала си остати кући и лијечити се.

— Ето, дошла да видим тебе баш, ал' замало. Шта те брига што сам дошла, ајде више иди својим послом, видиш да сам заузета.

— Чиме заузета? Стајањем на ходнику? Видиш ли, јадна, да једва причаш, иди кући — поче се и Миленко нервирати.

— Аха, и како то да изведем? Да нема неки воз који специјално само ти можеш наручити или можда имаш спакован у торбаку златни ћилим, да часком прелетим до куће? Остави ме на миру, Миленко, стварно ћу те записати у књигу. Имаш ти око кога да бринеш колико видим, шта си запео за ме?!

— Ти си стварно недоказна коз... Овај, недоказна женска глава! Што ме не послушаш, можеш отићи бар на станицу и сједи с ћаћом у топлом, смрзе се на овом ходнику!

— Коза, је л'? Сад сам ти и коза — упита га у тешкој невјерици да је то од њега чула. — Нисам боље ни мислила, ајде губи ми се с очију! — дрекну и лупи ногом од под.

И то је био тај лавиринт ријечи и свађа у који се упетљаш кад нервираш женско биће, када јој станеш на жуљ. Као што је и претпостављао, шта год да је замислио рећи и шта год казао, она је то некако окретала наглавачке и више то није било оно што је мислио или рекао. Али, ту нема лијека. Зацртала је да је све онако како она мисли и нема те силе која то може промјенити. Најпаметније би било заћутати и обуставити препирку, јер је Зорана била ем женско, ем једна од најтврдоглавијих особа које је икад упознао у животу. Из овога се Миленко није умио да испетља.

Међутим, колико год Зорана била тврдоглава, ни он није заостајао. Гдје то има да Далматинци нису тврдоглави? Ето, Личани су били посебна сорта, али је ипак ући у бој ријечима с Далматинцем било јалова работа. Унапријед си осуђен на пропаст, чак и прије него је дебата почела. Ипак, када се једном запутиш ка провалији, супротно свакој логици и природним законима, настављаш да срљаш све док не прекорачиш ивицу, а онда си, брате мој драги, у слободном паду који више ништа зауставити не може док не треснеш на само дно и разбијеш се у безброј комадића.

— Зорана, извини, ниси коза, само си баш нервозна и...
— Аха, биће да сам сад и нервозна коза, видим ја. 'Оћеш ли ти мени лијепо нестати с очију или да записујем?

Учини му се да јој у очима заблисташе сузе, да ли од бијеса, да ли од туге, мада јој очи можда цакле само због прехладе. Није могао да буде сигуран шта се у њој све збива. Био је љут на све. На Зорану, на себе, на школу, на живот, вала и на Граховљаче, нашли су се и они да му загорчају живот! Али, кад год би је погледао, нека милина му је пролазила душом и надао се да ће се све ово ипак добро завршити, да није успио да неповратно прекардаши мјеру. А и није, та шта јој је то рекао толико увредљиво? Дубоко у себи је ипак знао да мора попустити и ућутати јер и од ове, потпуне катастрофе, увијек може грђе. Тим прије што никад са њим не прича лијепо, увијек нека свађа и прегањање, као да су неки чангризави старци. То га подсјети на разговоре сељана са њиховим женама, после неких тридесетак година брака. Стресе се на ту помисао.

Некад му се чинило да што више времена проводиш са неком особом све се више удаљаваш од ње, умјесто да буде супротно и да постајете ближи са сваким даном, мјесецом и годином. Није тако увијек, наравно, знао је и брачне парове који су и даље изнад свега били добри пријатељи, они прави, па тек онда муж и жена, мада није могао да пренебрегне ни супружнике који више и не разговарају осим најосновнијег или им се сваки разговор заврши свађом и виком. На крају, поражено јој рече да, ето, иде, да је више неће гњавити, а да јој Бог дадне да оздрави брзо. Хтио је да то звучи помирљиво и благо, али чекао га је потпуни крах.

— Нисам знала да си тако покварен. Нек ти оздрави стрина, ја манита нисам! — одбруси Зорана и журним кораком одмаче кроз ходник, стежући књигу дежурства што је снажније могла.

— Ама нисам мислио на то, него од прехладе! — повика, али је она већ замакла иза ћошка.

Разочаран, тресну себе по бутини неколико пута и крену ка разреду. Нека га Биља пита и да му кечину колика су врата, не постоји ништа теже у овом животу од овога што се сад десило. А Зорана је тако убрзавала корак да се умало претворио у трк. Није могла да задржи сузе, али није хтјела да их он види. Највише је јурнула зато што га умало не приупита да ли је била лијепа та мала из куглане и какве јој је боје коса. Магарац би онда још више умислио да је њој стало до његовог мишљења. Копкало је каква му је та мала, о чему су и колико дуго причали, како је до тог разговора уопште дошло. Слободно може, сав такав никакав, да искомпонује нову пјесму о себи, магарцу обичном и тој тамо некој „малој"!

| 163 |

Дио те огромне љутње могао се приписати чињеници да је познавала неколико Граховљаца. Једном је чак била у том градићу, на тридесетак километара од Книна. Вожња уз Дерала, уз планину Динару и њених милион окука, била је тако спора да је аутобусу или приватном ауту било потребно више од сата да се успну до Грахова. Ако би се на некој окуци задесио камион, био би то велеслалом да се некако мимоиђу. Њен отац Стеван се био спријатељио са једним таксистом из Грахова, који је долазио у Далмацију да купује вино. Случај је хтио да набасају један на другога и како није било ствари везане за тај крај у коју њен отац није био упућен, па и ко продаје најбоље вино, Стеван га упути до бабе Руже која је живила на крају села Голубић. Од тада је весели таксиста наилазио два, а понекад и три пута годишње да купи вино и ракију, али никада није заборавио скретничара Стевана који му је открио тајну гдје наћи најбоље вино. Понекад би навратио до Стеванове куће да се мало друже, а увијек би донио каве, ракије и бомбоњеру за дјецу.

Једном приликом се задесило да је Стеван хтио отићи до Грахова на сточну пијацу, која је тамо била четвртком. Чуло се да је то добра пијаца, а никад није био да се увјери, па је ријешио да обиђе и види понуду. Зорана је била на распусту и кад је наишао таксиста, по договору с њеним оцем, зачуди се кад јој Стеван махну руком и рече да улази у кола. Мислила је да би узалудно било и питати да крене с њим.

Није то била само сточна пијаца, већ прави мали вашар са штандовима на којима се продавало све. Од одјеће, преко играчака, све до музичких касета и књига. Врвило је као у мравињаку, јер су и на граховску пијацу знали доћи из Дрвара и многих других градова. Прије него што их је одбацио до пијаце, таксиста Војин, иначе повратник са породицом из Њемачке, одвезе их својој кући на каву, да се мало окријепе и упознају са укућанима.

Војин је имао ћерку Слађану, истих година као Зорана. Док удариш дланом о длан, како то већ буде код млађарије, њих двије су се спријатељиле и отворено разговарале о свему, као да се знају одмалена. Док су старији мало људекали, Слађана их обавијести да ће пјешке отићи до пијаце, која је иначе на пет минута од њихове куће у центру града, па ће се већ наћи тамо. Била је спонтана и веома пријатна, надасве весела и лијепа толико да је Зорана била увјерена да се момци буквално туку због ње. Тим прије што је рођена у Њемачкој и облачила се потпуно другачије у односу на све дјевојке које је Зорана до тада срела. И шминкала се на посебан начин, слободније него у тим крајевима, јер јој родитељи очигледно нису бранили, навикнути током дугих година живљења у иностранству. Опходила се према људима некако отмјено и фино, веома често говорила „молим" и „хвала". Све у свему, била је потпуно ван Зораниних дотадашњих искустава.

Стигавши на пијацу, Слађана очас посла нађе своје друштво и представи Зорану као своју нову другарицу из Книна. Дјевојке је прихватише као да је одувјек дио њиховог друштва. Зорани је свака била попут виле Равијојле, не би знала која је од које љепша! Чинило јој се да око тих ведрих и расцврканих дјевојака, које одишу добротом и лијепим понашањем, влада нека посебна атмосфера. Поздрављале су сваког старијег, поиграле се са сваким дјететом, сваког продавача су знале по имену и презимену, а и њих су сви они знали. Отуда је Зорана закључила да су оне свима драге. У свему томе и читав град јој је одисао добротом. Нигдје натмурених лица или свађе, а мушкарци у знак поздрава скидају капу или је овлаш додирну у знак поштовања. Све у свему, као да је управо ту освануо француски корзо из седамнаестог стољећа, као да је на самом врху Динаре пулсирало мало мјесто из бајке, окружено бескрајним шумама, у коме је вријеме стало или се бар никоме нигдје специјално не жури. Ни наговјештаја нема оној гужви из Книна. Све се постиже полако, у општем миру који се осјећао на сваком кораку и дјеловао неурушиво и вјечно.

Управо тај дан је Зорана упамтила као један од најљепших у животу. Цијело јутро и добар дио поднева провела је са Слађаном и њеним другарицама, а кроз неких два сата дошли су Стеван и Војин, обојица ведри, истина, мало румунији у образима и гласнији кад би се насмијали. Биће да су вино и ракија бабе Руже заиста врхунски. У тако добром расположењу, Војин спонтано загрли Стевана преко леђа, што Зорана никада до тада није видјела. Исказивање осјећања на тај начин у њеном је окружењу било веома ријетко, може се рећи и да није постојало. Обилазили су пијацу. Старији су гледали живину и цјењкали се са продавачима, цуре су гледале одјећу и шминку. Када год би Стеван и Војин запуцали у оближњу кафану, Слађана би Зорану и друштво повела на сладолед, а због духовитости, непрестаног смијања и раздраганости Зорана пожеље да се овај дан никада не заврши.

Све што је лијепо има крај. Доће вријеме да се пође кући, Стеван је упознао пијацу и видио зашто би ту опет требало доћи, али се отац и кћи тек тада поштено изненадише. Договорено је да их одвезе Војин, али на пијацу су стигли припити, а ни наставака у кафани није мањкало, па кључеве аута узе његова жена Ранка. Возиће она, Војин је под алкохолом. У то вријеме и у тим крајевима било је незамисливо да жена уопште има возачку дозволу, а камоли да вози, па још да се њен муж не буни, не галами да није пијан и да он зна шта ради. Гле чуда, Војин се обрадова, би му драго што може да прилегне док се жена не врати! Слађана се понуди да им прави друштво, ни њој се није баш растајало од Зоране, а није хтјела ни да јој се мајка враћа сама.

Из Зоране је те вечери грунула, као из вулкана, једна од њених најљепших слика икада. Атмосферу из Грахова пренијела је на папир тако да, кад се удубиш, повуче те дубина призора и осјетиш да се стапаш са тим градићем, да си и сам међу малим ликовима који шетају улицом.

Управо због свега овога што је о Граховљацима знала, што је међу њима доживјела, Зорани је било тешко што је њен Миленко морао да налети баш на дјевојку из тог мјеста. Кидала ју је љубомора, јер није било ни теоретске шансе да та дјевојка није била незаборавно лијепа, кад у Грахову другачијих нити има, нити може да буде. Поврх свега, шта ако је то била управо Слађана?

18

Недељама и мјесецима послије оне расправе у школском ходнику, Зорана и Миленко су се једва поздрављали. Ујутро само, кад пођу на воз, Миленко би јој добацио кратак поздрав од једне ријечи, Зорана би климнула главом, некад нешто промрмљала, некад не, али би одмах окретала леђа и разговарала са било ким ко се ту задеси. Или би напросто била нијема као риба, непрестано стављајући до знања да са њим не жели било какав однос. То га је више бољело него да му је завалила шамар. Не само један, нека удара сваког дана колико хоће или нека галами из петних жила, ако треба нека га исмијава и другима представља као тупог магарца. Све је боље од ове дубоке ћутње, од тишине гласније од детонације бомбе, која се чује јаче од френетичног аплауза педесет хиљада навијача кад падне погодак, од оне врсте тишине која је разорнија од светог мука на гробљима.

Био је спреман све поднијети, али не и ово. Да јој глас не чује, да не разговара с њом бар мало, макар се као и увијек подбадали. Дао је себи ријеч да, ако икада проговоре, неће са њом збијати непромишљене шале нити рећи ишта увредљиво. Такође, неће је наљутити, ни у шали, а камоли озбиљној причи. Кад би само рекла „Здраво Миленко, како си", његов живот би поново имао смисла. Али овако?! Ништа га није интересовало, био је утученији као никада. Није имао вољу низашта, чак ни да свира гитару и компонује. Одласци у школу праћени њеним игнорисањем били су муке Исусове. Посебно му је било тешко да се сконцентрише на наставу, док су професори предавали мисли су му лутале свуда ван учионице. Није било шансе да код куће чита и учи. Тако је догурао до поражавајућих закључних оцјена на полугодишту, чак је пао из њему омиљеног енглеског. Све и да је ту добио прелазну оцјену, опет би завршио полугодиште само са тројком, он, иначе врстан и посвећени ђак!

Послије неког времена пријатељи су престали да запиткују шта му је, схватили су да вајде нема, проговорити неће. Блиједо би одмахнуо главом и говорио да се позабаве својим послом и животом, а њега да пусте на миру. Забринути су били и родитељи и професори, Миленко се суновраћивао наочиглед свима. Без ефекта су остали покушаји оца да му објасни да нема тог мушког на свијету, нити ће бити, који није одболовао неку дјевојку.

И професор Кецман, који је предавао енглески, а словио за убједљиво најстрожег професора што му нико није узимао за зло због огромног знања, питао се шта се збива са његовим најбољим учеником, који наједном не зна рећи или написати макар простопроширену реченицу. Није Кецман био човјек од емоција. Он је тачан, свуда стиже на вријеме, прецизан у свему, говори филигрански одмерено онолико колико има смисла, нема времена за шалу и разбибригу, за разлику од многих његових колега. Неки професори би знали да распреду причу о фудбалу или о томе како им је протекао викенд, да се сјете покоје анегдоте из младости, али не и Ледени, како су ђаци крстили Кецмана због неприступачности и, чинило им се, неемотивности.

Њега је тангирало да ли знаш лекцију или не, па да одреди одговарајућу оцјену и након тога престајеш да постојиш за њега до слиједећег контролног или испитивања. Међутим, након чак треће узастопне јединице коју је дао Миленку, позва га до катедре кад се завршио час. Несвикао да разговара са ученицима, није био сигуран којим током ће ићи ствари, али је хтио да нешто учини због неприхватљиве пропасти врсног ученика.

— Изволите, друже професоре — изусти Миленко невољно и погубљено. — О чему је ријеч?

— Па... Миленко, о теби је ријеч. Шта се дешава са тобом?

Да је умио питао би брижно, али није. Ледени је помало звучао као робот.

— Како шта се дешава, професоре? Видите и сами да се ништа не дешава.

— Погодио си — уздахну Ледени. — Ништа се не дешава, то је права ријеч за ово стање. Ништа од тебе, никакав допринос, нема домаћих задатака, тамо гдје би требало да буду одговори на контролном упитнику такође нема ништа, када те испитујем исто је ништа, јер ништа не излази из тебе. Све са тобом у овом полугодишту је ништа, једна велика табула раза. И зато да упитам још једном — шта се дешава, Миленко?

— Ама ништа, професоре — помало узнемирено ће Миленко.

Ни са ким му се није разговарало о муци која га мори, а тек не са професорима. Ко су уопште они, ко их је поставио да одређују токове наших живота само једним покретом хемијске оловке, одакле им власт да ти подрже или покваре животне снове? Нису те познавали, бар не истински, за њих си само број у дневнику и име на хартији, све друго су могли само нагађати или да, ако су ти познавали родитеље, изводе закључке поредећи те са њима. Углавном погрешне. И сад се овај ту нашао да га пита шта је. Он, који се није интересовао за било шта осим како Миленко изговара ту и ту ријеч на енглеском и како је савладао неправилне глаголе, слагање времена, саксонски генитив и све друго због чега није видио да су ученици људи, а не ствари? Кад већ наводно толико брине и ако је примјетио да нешто није у реду, могао је да буде стрпљивији док Миленко сам са собом донекле среди ствари, умјесто што лети да му у свакој могућој прилици упише кеца.

— Све је у реду, мало сам само болешљив ових дана, иначе нема жалби.

— Три јединице заредом у једном полугодишту. Видим да су ти и оцјене из других предмета слабе. Толико испод твог нивоа, а нема жалби? Све је у реду, ти си само мало болешљив?

Миленко се запита како ли изгледа другим људима кад га, ево, чак ни Ледени не оставља на миру већ копа тамо гдје му није мјесто. И закључи да га није брига шта било ко о њему дума, само је једно мишљење било важно, Зоранино, али на њу није могао да утиче.

— Важи, Миленко, како год ти кажеш. Ако није ништа, онда није ништа, није свако ни за науку. Ти си добар младић, спретан и полетан, бићеш добар механичар или зидар, поштен си и не сумњам да ћеш бити успјешан у сваком занату. Шта да се ради, свакоме према даровима својим. Истина, имаш ти дарове веће и од тога, али не умије свако да реализује своје потенцијале. Видим, ти си један од тих. У реду, кад је добро теби, онда је добро и мени.

Професор Ледени поче да спрема књиге у торбу игноришући Миленка, стављајући тиме до знања да је разговор окончан. Покушао је најбоље што је знао, ионако се одавно измирио са тим да је бољи предавач него педагог, а пружио је овом ђаку више бриге него икада у цјелокупној каријери.

„Ма да шта је, него добро", саркастично помисли Миленко идући ка вратима и граји школског ходника. „Да ти знаш шта је добро не би живио сам и нико те не би звао Ледени. Јесте, кад ти кажеш да је добро, онда је то уклесано к'о у камену и ајд' здраво!"

19

U isto vrijeme je i Зорана била окована муком, али другачије у односу на Миленка. Учила је као да јој од тога зависи ваздух који удише, није било ни теоријске шансе да неку лекцију није савладала и то не бубањем, него је запињала да до самог краја уђе у суштину. Немогуће је било ухватити је на спавању, да на неко питање не зна одговор, да није спремна за писмени или контролни. Спасоносно јој је било заокупљање пажње школским градивом, умјесто да мисли о оном издајнику и бараби каква се ни уз гусле не да опјевати. Колико год јој је било тешко кад помисли на Миленка, прекорјевала би саму себе зашто се не бави нечим корисним већ баца драгоцијено вријеме на небитне људе и пусте снове.

Исто тако је била савјесна у сваком послу. Са еланом је обављала све задатке добијене од родитеља. Сликала је само кад би збиља имала времена, престала је да се због цртања искрада и нестаје по селу. Много касније је била сигурна да је управо у том периоду настала већина њених најбољих радова, бар с техникама које је до тада савладала. У самотним тренуцима сликања, кад око ње није било никога и када је била безбједна од туђих погледа, пуштала је да из ње изађе дубока дјевојачка туга и да се најтананија осјећања прелију на платно. Испод руке су излазиле слике као да су вођене неким вишом силом, без свијести да је то она и да су то покрети њених руку. Није могла вољети тугу, посебно не ову, изниклу на таквом тлу, била је сигурна да ничим није завриједила таласе и ударе несреће за које никог није било брига, а понајмање Миленка.

Помислила би, истина ријетко, да је можда требало да га саслуша. Ова примисао јој се све чешће враћала што је више одмицало вријеме. Разишли су се у свађи, а ко зна да ли је ипак имао нешто да јој каже. Али, није био упоран! Како је могао помислити да ће послије свега бити довољно једно обично „здраво" или „ћао", које се изговори и кад сретнеш човјека кога узгред познајеш?! Ниједне поруке, писамца, никакве ријечи од њега нема па нема. А, можда је повређен нечим? Ко зна колико се пута преиспитивала и није нашла да је било када погријешила. Свакако, није ред да дјевојка прва иде момку. Колико год га симпатисала или вољела, он је био тај који мора да исправи ствар. Како се Миленко уопште не труди, нека њега, онда неће ни она.

Примјетила је, свакако, да он другачије изгледа, да је блијећи и да више не излази с друштвом као некада. Ни његова гитара се није чула селом. То баш и није био њен проблем, помислила би и препустила се, наравно, учењу. Уживала је чак и на часовима за које раније није марила. На примјер, на часовима музичког, код професорице Дијане, зване Мјуза. Другачији надимак за њу није био могућ кад је сва била предата музици и никаква галама у разреду, а буке је било у изобиљу, није могла да поквари њено уживање у величанственим дјелима Бетовена, Моцарта и других виртуоза класичне музике. Тако је и Зорана почела да ужива, премда је та чудна музика прије није дотицала, али јој се сада почела разлијегати душом попут бистрог потока низ планину. У самоодбрани од свега што је снађе с Миленком, престаде да слуша Чолине љубавне туговнаке или сломљени, од бола набрекли глас Владе Калембера и његових Сребрних крила. Зорана није хтјела да дубље залази у тугу, мрак и беспућа неузвраћене љубави, хтјела је да упркос свему живи пуним плућима.

Професорица Мјуза је, у тренуцима неиздрживе галаме у којој се више ни музика није могла чути, устајала од катедре и говорила једно те исто.

— Шта је са вама, дјецо, што сте толико узбуђени и нервозни, па нисте живце погубили у рату!

Тада, у то вријеме, ништа горе од рата се није могло замислити. Рат од прије неких четрдесетак година и сад је знао да пробуди Зоранином оца Стевана, кошмарима због ужаса из дјетињства који су се враћали у сновима да их изнова проживи. Било је довољно да Зорана чује његов самотни крик у ноћи и да ујутру види како му руке још дрхте од стравичних слика из сна, па да закључи да су, у поређењу са ратом, мали и ништавни сваки мирнодопски бол или несрећа који спопадну човјека.

Ех, како тада ни она, а ни професорица Мјуза нису слутиле колико је тај закључак пророчки јер је још један рат у најави, да се крчка и припрема, да вири иза ћошка као сулуда неман која вреба прави трен да крене у напад и однесе све оно за шта је човјеку вриједило живити. Обичан свијет није ни претпостављао какве страхоте стижу, али су све примјетније постајале промјене животне атмосфере. Све је указивало на то да се спрема нешто велико, зло и наопако, а и обични разговори попримају оштрину и црну слутњу, хтјели то људи или не. Свјесно или несвјесно, однекуд је надирао талас немира који се потајно свима увлачио под кожу.

То је једном осјетила и Зорана.

Колико год се трудила да не мисли о љубави и о Миленку, душа јој је била испуњена љубављу према њему. Једног јутра, помажући мајци око доручка, постави јој питање за које није могла знати хоће ли добити одговор или ће је стара одаламити кутлачом по глави и рећи да има и паметнијег посла од бескорисне приче. Оца није могла да пита, тек то би било ван памети. О љубави и сличним јадима није се дебатовало са оцем, било да си син или кћи. Како је сестра Душанка већ била на студијама у далеком Београду, немавши избора, Зорана као нехајно, уз љуштење лука од ког су јој лиле сузе, проговори о својој теми над темама.

— Мама, а како сте се ти и тата упознали?

Није ни изговорила до краја, а већ се скупила и спремила да шмугне под сто склањајући се од мајчине љутње. Мајка се, међутим, грохотом насмија мјешајући чорбу.

— Шта је ћери, је л' те то море некакви љубавни јади? Е, моја Зорице, само сам чекала кад ћеш упитати. То ти је канда онај мали Душанов у глави?

Шта ти је мајка! Како је Зорана могла и помислити да мајка неће примјетити, да ће од ње моћи да сакрије тако што пјевуши по кући, прави се весела, ради било шта само да остане што мање простора за размишљање? Не да се то скрити од оне која те је родила, научила да ходаш и причаш, ноћима бдјела уз твој кревет и брисала чело знојаво од високе температуре, кувала козије млијеко да прође кашаљ, а и за најситнију раницу на руци бринула док је не превије. Мајка је већ знала и Зорану растерети њен смијех.

— Ма не, мама, какви љубавни јади су те снопали! Онако питам, нисам никад чула ту причу.

Матер се окрену озбиљна лица.

— Је л' ти мислиш са мном причати и неки савјет чути или ћемо ово почети лагањем? Знам шта те мучи и у реду је, било би чудо да те не мучи и тек бих тада бринула шта је с тобом. Ово и јесу времена у животу младе дјевојке када је почињу мучити та питања, прије или послије свакој треба савјет. Мало је љубави које су се десиле одмах и без неке заврзламе или патње.

Дакле, ако ћемо причати, онда причамо отворено или никако. Слободно настави да љуштиш тај лук, а и штала те чека, још нико је није покидао. Важи?

Зорани би нелагодно јер према мајци није била искрена.

— Извини мама, нисам тако мислила, али знаш можда и сама како је, као да је ово мени лако питати, а посебно тебе, уби ме срамота!

— Нема ту срамоте! И треба мене да питаш, зар мислиш да имаш већег пријатеља него што сам ти ја, да ће ти неко други боље рећи, да те неко други боље разумије? Ја сваки твој уздах знам и препознајем, ћери моја. Јасно ми је кад си тужна, кад ниси, кад си весела, кад ти ствари иду од руке а кад не, па тако знам и ово. Али, да бих одговорила на оно питање, морам ти мало више рећи о тати него што већ знаш. То као неки увод.

Зорана се осјети као да је опет мало дијете коме мајка прича бајке прије спавања и тако је умирује. Обузе је топлина и љубав према мајци која разумије све и заборави шта је питала. Устаде, убаци лук у чорбу, опра руке и премјести се на сећију да чује шта мајка има рећи.

— Тата Стеван је био један од најпожељнијих момака у селу, па могло би се рећи и у читавом крају — започе мајка. — Онако висок, стасит, широких рамена, правилна држања, косе црне као гар, која је тако црна била да се на сунцу чинило као да у коси има плаве, не жуте, већ морски плаве праменове у коси. Био је један од најбржих косаца, ако не и најбржи. Мало је говорио, вриједно радио, али најдраже друштво била му је књига. Знаш и сама да је и сада, након толико деценија, ипак ријеткост видјети неког да, као он, у слободним тренуцима другује са књигом више него са људима. Читао је све што му је било надохват руке. Био је усхићен када дође до новина или неког магазина, макар да су у продаји били прије неколико година. Скупљао их је и просто гутао. Мало која цура би била равнодушна када он прође селом и, мада се то радило кришом и опрезно, знале су се окренути за њим. Данас је то сасвим уобичајено, али је у оно доба било веома непристојно. Не дао ти Бог да те неко угледа да се окрећеш за мушкарцем, обрала би зелен бостан. Многе дјевојке су уздисале за њим, али он као да није марио. Никада никоме није поменуо било коју дјевојку, да му се свиђа, да би можда волио да мало попричају. Тек није тражио да му неко набаци цуру. Да је хтио, довољно је било да намигне некој дјевојци, била би то завршена прича. Али, он се тиме није бавио.

Мајка промијеша чорбу, отпи мало воде и настави.

— Стеван је живио свој живот и бринуо једино о свом послу. Можда је био повучен, јер је имао поприлично тешко дјетињство, живио је у заједници, како се тада говорило, јер су све генерације биле у истој кући. И кад би се неко од браће оженио, доводио би жену у кућу свога оца иако у њој више није било довољно простора ни за једно маче. Тако су сви живјели. Око огњишта толико одраслих, а чак деветоро мале дјеце о којој се мало ко нешто много бринуо. Родитељи су му на пољу радили од јутра до мрака, радимо и ми сада скоро као они, али тада је ријетко ко имао државни посао, као што га тата има сада, сви су стално били у кући, па се морало много и тешко радити на земљи да би се преживјело. Око дјеце се као бринула једна од снајки, најмлађа. Сломила је ногу радећи у пољу, није јој добро зарасла и остала је хрома, спора за пољске радове и неспремна за тежак физички напор. Зато су је одредили да буде у кући, да кува, кида штале, пере веш читавој породици, да обавља послове које свако избјегава јер их не воли. Зато је постала веома непријатна, строга, намргођена. Поваздан су јој неки црни облаци лебдјели изнад главе, а дјецу је знала да изудара када други одрасли нису били код куће...

— Мама — зачу се из дворишта Јеленино дозивање.
— Шта је сад, Јецо? — одазва се Милица.
— Нема једног пилета, јутрос је било девет, сад само осам — скоро да је плакала Јелена.
— Можда га је лија однијела — рече матер и поче се смијати. — Шалим се, Јецо, ту је негдје, сад ћемо га потражити само да Зорани нешто испричам. У ствари, долази и ти овамо, можеш и ти ово да чујеш већ сад, да исту причу не понављам за годину дана!

Јелена се створи у кући као муња. Ријеткост је била да родитељи и дјеца сједе и разговарају, па се обрадова мајчином позиву да присуствује разговору, што може да значи да је више не третира као мало дијете. Ушушка се међу њих на сећију. Зорана је нетремице посматрала мајку. Била јој је и већа и важнија од сваког професора или предмета у школи. Ове науке нема у књигама, не може се другдје чути иако је то најважнији и најмистериознији предмет који се зове Живот, а оцјене које он дијели једине су битне у реалности. Паднеш ли у Животу, ако га лоше живиш и не знаш му правила, узалуд ти све знање покупљено из књига. Зорана се никада није дивила мајци као сада, због спремности да се отвори на овакву тему. А мајка је причала, чинило се, без задршке, дајући се дјеци из душе, за њихово добро, да неке животне лекције не морају учити на својој кожи. Вјешто је водила рачуна шта од свега што зна ваља да каже кћерима, јер има ствари о којима се с дјецом не разговара, бар не док не буду пред заснивањем својих породица. Свако знање има своје вријеме.

— Јеси ли се смјестила, Јелена — упита мајка. — Добро. Била је у татином дјетињству нека снајка која је дјецу лемала као волове у купусу. Дјеца су је нервирала више него ико можда зато што није могла да има своју. Каква је могла да буде кад је била хрома, јалова, непоштована чак и од свога мужа? За таквог човјека је живот на селу тежи него другима, јер свако мора да је здрав и приправан за све, скоро као у војсци. За тату и осталу дјецу било је мало забаве, понекад су се могли играти жмурке, скока из мјеста у даљ или пентрања по дрвећу. Али, то је доносило бројне огреботине и модрице, па би због њих добили батине. Е, моја дјецо... И онда се ви жалите да је вама нешто тешко?! Ништа ви не знате.

Мајка уздахну и несвјесно мало затегну сукњу. Поглед јој одлута у даљине, вјероватно ка дјетињству и младости, ка оним и њој тешким временима.

— Рат је тату задесио веома рано, био је веома мали дјечак, имао је свега девет година — настави мајка као да се није била замислила. — Поред борбе против Нијемаца, буктао је и грађански рат између Срба и Хрвата, што је тешко поднио ваш дјед, татин отац Митар. Изненада се разболе и веома брзо премину. Није боловао ни неколико дана, однесе га болест као вјетар да је, биће да му је душа згасла због насиља на које се нико не може навићи. У његову кућу се, без икаквог питања, уселила четничка команда. Цијело село је, као и многа друга у тадашњој краљевини, било подијељено на четнике и партизане. Није постојало правило по коме се неко приклања партизанима, а неко четницима. Друг је слиједио друга, брат брата или како је ко већ успио да врбује сељане. Било је кућа у неким селима у којима су имали и четнике и партизане. Дођу четници, угосте се, најеђу, напију и наспавају, кад пођу кажу домаћину да је богат човјек кад има толике синове, па овај мора дати једног у њихову војску, а послије наиђу партизани и понови се потпуно иста прича, опет се мора дати један син да би се од рата и могуће смрти сачували преостали, да се не угаси лоза. У кући дједа Митра су четници правили планове за одбрану села од Шваба, а исто су радили партизани у тамо нечијој кући. Иако нису били иста војска, село су бранили и једни и други. Клали су се јањци и из Митровог домаћинства, а кад је понестало довлачено је из других кућа. Нико није питао хоће ли дати јагње, морало се створити за војску да има шта јести. А наравно да је било и ракије и вина у изобиљу, рат или не, навике су навике, а оне посебно узму маха кад престану да важе сви закони, и људски и морални. У рату је све дозвољено. Тако је тата остао напола сироче, са вашом бабом, а његовом мајком Магдаленом. Имао је и старију сестру, стричеве, њихове жене и дјецу, сви су живјели под истим кровом. Чим је Митар умро, стричеви и њихове жене су почели да се веома грубо опходе према Магдалени и њеној дјеци.

И Зорани и Јелени се учини да је мајка овдје направила кратку станку, у нади да њих двије то неће примјетити.

— Тако су Магдалена и њена дјеца спавали у запећку, западала им је најлошија храна и убједљиво најтежи послови од којих су сви бјежали — говорила је мајка као да из дубине душе чита књигу која се ријетко и пажљиво отвара. — Нико, па ни тата, ево ни данас, не зна зашто су његови стричеви мрзили његову мајку, понели су се као да је неки ђаво ушао у све њих. Али спас се појавио кад се у Магдалену загледао партизански командант, чији је штаб био у другој кући у селу. Веома му се свидјела. Тај Милан је важио за изузетно строгог команданта, сва му је војска морала бити обријана, подшишана, нико није смио да има распарану кошуљу или панталоне, ако није било жена да закрпе онда су то морали да среде лично војници. Није му много труда требало да наговори Магдалену да пређе код њега, отишла би она било гдје из тјескобе те њене куће, побјегла би било гдје од дјевера који су се прозлили толико да више није имала снаге да беспомоћно гледа како јој из чиста мира гњаве и малтретирају дјецу. Жељела је само да јој дјецу нико не дира. У томе је донекле успјела, јер тату и његову сестру Зорану, по којој си ти добила име, више нико није смио ни попријеко да погледа. Милан се према Магдалени није опходио баш за примјер. Служила му је највише за то да кува и пере, сав терет домаћинства је пао на њу. Осим његове, крпила је и одјећу остале војске. Није марио за набавку хране, то је било на Магдалени. Ако би нестало брашна или соли, сама се сналазила. Женама по селу је плела и шила све што им је било потребно, у замјену за намирнице које није имала.

— Јадна баба Магдалена, никад мира није имала, тај Милан није био много бољи од татиних стричева — растужи се Зорана колико због бабе, још више због тате и његовог несрећног дјетињства.

— Зато ја, дјецо моја, и кажем да не знате шта је истинска патња — потврди мајка. — Вама је тешко отићи мало сијена пограбити послије косидбе. Кад вас пошаљем на ливаду понашате се као да сам вас ко зна како увриједила и да вам наносим огромну неправду. Снуждите се јер не можете одгледати неку серију на телевизији, а ми смо били срећни ако имамо шта да поједемо. Него, не прекидај ме, нећу завршити до сутра будете ли ми вас двије сваки час упадале у причу! Имамо много посла умјесто да сједимо, а и тата ускоро стиже и не бих вољела да зна да сам вам све ово испричала.

— Причај мама, причај, нећемо ми тати ништа рећи — повикаше Зорана и Јелена углас, спремне да се и на Библији закуну да ће све што чују задржати у себи.

— Добро, онда мучите — узврати мајка. — Хтио не хтио, тата је као мали остао без оца и одрастао уз утицај команданта Милана, који му је неуморно причао о социјализму, правди која ће се раширити и завладати свијетом, умјесто измишљотина о Богу и чудесима из Библије, која су, како је говорио Милан, чиста лаж и обмањивање народа. Давао му је такве књиге, па је тата проучио разна дјела Маркса и Енгелса. Свидјела су му се прокламована начела комунизма и социјализма, зато је и сада наклоњен тој лијепој идеји која, међутим, уопште није била реализована, ваљда то већ виде сви. И да јесте, не би Бог и Библија толико били потребни народу као што јесу, много мирније и боље би се живјело, а могли би једно поред другог да опстану и религија и социјализам, кад већ у обома нема насиља, кад поштују човјека. Не би људи били људи када не би сваки закон некако искривљавали и покушавали да га искористе за своје себичне потребе. Тата је тада био млад и неискусан. Вјеровао је обећањима команданта Милана да ће послије рата свијетом завладати стварна правда, да ће живот свима бити бољи када људи постану комунисти и спроведу промјену читавог друштвеног поретка, укину повлаштене и потлачене класе, па постану сви равноправни и једнаки пред законом, толико да и онај који их води може да буде само први међу једнакима, а не, не дао Бог, тиранин. Како год лажу данас, лагали су и тада.

— Мама, шта то причаш? Немој ко да те чује, па то је против власти и државе, не смије се то тек тако говорити, шта ти је — уплаши се Зорана.

— Не брини, дијете моје, ово поодавно прича свако — умири је мајка. — Ако живимо на селу, то не значи и да смо слијепи код очију. Засад се прича овако, у тајности, између четири зида у својој кући. Веома брзо доћи ће време кад ће људи све ово говорити у кафанама, по граду, у општини, а тамо посебно. Сви ће дићи глас. Да нисте тако занијете разним љубавима о којима немате појма и ситним бригама за које мислите да су нерешиве, видјеле би да се то увелико и све чешће дешава. Ништа је то спрам онога што долази. Доста је народу ћутања, лажи, отимања и пљачке. Не може се одавно скрити да богати постају све богатији, а сиромашни све сиромашнији. Дај, Боже, само да то мирно прође... Сјећам се и ја како је било током грађанског рата ког смо имали заједно са борбом против фашиста, кад је комшија устајао на комшију, па чак и род на род свој... Нека се то не понови, све друго се може некако истрпити и преживети, али рат... Крене ли, рат никад не престаје, ни током примирја или привидно склопљеног мира, јер сви злочини учињени током рата остају у човјеку и свим његовим овоземаљским данима. Утисну се тако дубоко да се из бића не могу избрисати. Молите се драгом Богу да нас то мимоиђе.

Мада су обје знале да се нешто мијења, ипак до сад нису мислиле да су те промјене толико узеле маха да и њихова мати, која за политику мари као за лањски снијег, ево о томе с њима разговара. Дјевојке обузе ледена слутња, привише се једна уз другу. Можда је ово било први пут да осјете трачак страха од рата, јер мајка о томе никада слово није изустила, бар не њима и пред њима. Ако је са својим мужем разговарала, онда је то било тако да им дјеца не знају.

— Послије смрти оца, други тешки ударац за вашег тату била је смрт његове сестре Зоране — настави мајка правећи се да не види збијање редова између Зоране и Јелене, јер мора да их припрема за оно од чега стрепи, али више не може да буде сигурна да се неће догодити. — Можда му је губитак сестре био и тежи ударац. Успомена на оца је временом блиједила, све је теже могао да се сјети његовог лика или гласа. Митар је нестајао лагано попут сна који ишчили кад се расањујеш, па ма колико био упечатљив већ до поднева као да га није било. Са Зораном је ипак растао, бринула је о њему, била му је и сестра, и другарица, па и мајка више од Магдалене. Она није имала времена за све обавезе, а ни простора да у потпуности оствари потребу за пружањем љубави и пажње својој дјеци. Зорана је била цура пред удајом. Свеједно што рат хара земљом и свијетом, удаја је удаја и свака дјевојка мора да буде прописно спремна за тај догађај. Магдалена је бринула због мираза, шта кћи да јој понесе из ове куће у тешка, сиротињска времена? Није било друге, Зорана је морала самој себи да припрема спрему. Мајка ју је тјерала да везе, тка биљце и плете вунене чарапе и друге одјевне предмете. Својој спреми Зорана је могла да се посвети тек увече, мртва уморна, уз кржљаву свијетлост петролејке. Ткала је и плела док не би од умора заспала и срушила се са столице, па би се тек онда премјештала да легне.

Дјевојке су о сестри свога оца слушале као да мајка везе приповетку за коју ће бити тешка неправда ако не буде имала срећан крај, мада су знале да је судбина њихове тетке све само не романтична.

— Зорана је такорећи била већ узета дјевојка, данас би се рекло да је била заручена — говорила је мајка, настојећи да заврши пре него што се врати глава куће. — Један поштен и радан момак се био загледао у њу, а и она у њега, чекао се прави тренутак да ступе у брак. Али, никако да освана то неко примирје, да се бар нешто људи врате из битака на кућни одмор и окрепљење. Можда би тада било згодно да приреде омању свадбу, а онда су све свадбе биле скромне. Момак је са својом родбином долазио до дјевојачке куће, симболично би платио за њу и водио је својој кући, уз благослов невјестиних родитеља. Спреме се пристојни ручак или вечера, можда би се која попила и запјевала и на томе се све завршавало. Али, пуста судба не хтједе да тако буде. Несреће никад не долазе саме, увијек их буде неколико заредом или одједном. Тако је једне прохладне, јесење вечери Зорана опрала косу и вратила се да још мало тка, да заврши који ред, коју започету шару, умјесто да најприје сједне крај шпорета и осуши косу. Биће да се тешко прехладила, јер већ ујутру паде у постељу, сасвим изнемогла. Ни она сама, а ни Магдалена, нити ико од комшија није помислио на нешто друго осим прехладе. Али, не уста нам Зорана више из кревета. Било је касно кад су схватили да има упалу плућа. Послије седам дана лијечења свом народном медицином, у коју је Магдалена била упућена, Зорана у цвијету младости испусти душу Богу на истину... Ваш тата Стеван је био неутјешан. Боловао је и туговао за сестром, молећи се Богу и проклињући га, а та туга ни дан-данас није скроз нестала.

„Гдје ли је тада био онај командант Милан", помисли Зорана, а мајка настави као да јој чита мисли.

— За то време је командант Милан ратовао на Сутјесци — казивала је мајка као да ничега не мора да се присјећа јер је толико живо уткано у њу цијелу. — Није знао шта се догодило док се није вратио у село, а кад је чуо понашао се као да га ни најмање не дотиче. Из битке је дошао као потпуно другачији човјек. Био је још мрзовољнији, нервознији, непријатнији. Више није умио или хтио да говори нормално, урлао је из петних жила као да је окружен приглувима. Истина, он сам је мало оглувио од бројних детонација током дуготрајне битке. Самог себе је чуо слабије, па је викао колико га грло носи да би га људи могли чути. Веома брзо се пропио много више него прије, али ни то му није донело миран сан. Ноћима се будио уз крике и обливен знојем, али није признавао шта је то на ратишту доживио. Понављао је, једино, да је видио страшне и незамисливе ствари, да га прогањају лица погинулих и да су му снови, ако и успије заспати, преплављени потоцима крви, па се плашио да заспи. Није прошло много, почео је да крвнички бије ни криву ни дужну Магдалену. Као сумануt је јурио за њом по дворишту и ударао штапом гдје дохвати, није марио да ли су то леђа или глава. Бјежећи од Милановог лудила, Магдалена је више пута одлазила код дјевера, у кућу у којој је дјецу изродила, вођена надом да ће је они бар мало заштитити. Али, нико жив се није мјешао. Сви су били у страху од команданта Милана, посебно сад како постаде човјек с којим се не може разговарати.

Утом Зорана скрете поглед с мајке, да јој не би видјела сву љутњу према очевим стричевима који су окренули главу од њене бабе Магдалене. Мајка је и даље плела усмени роман о породичној несрећи.

— Како год је од њега бјежала, тако му се сваки пут враћала — са неком сјетом каза мајка. — Вјероватно и није имала куд. Све то је потрајало чак и коју годину након што је тата Стеван мало стасао и вратио се кући у којој је рођен и стричевима. Није могао да гледа мајку у онаквом стању, из дана у дан, још слабашан да би је заштитио од разјарене људске немани. За то време се Магдалена помирила са таквим животом. Помоћ више није тражила, није ни бјежала, разумјела је да нико за њу не мари и да јој нема друге осим да трпи Милана. Све то скупа, смрт оца, па сестре, а онда и тежак живот мајке, створило је у Стевану озбиљну одбојност према браку. То је појава, био је убијеђен, која човјека не води ничему добром, јер се вазда деси каква несрећа ако с неким дијелиш живот. Доће та несрећа туђом вољом, вишом силом, свеједно је како дође када увијек дође! О женидби није мислио, на дјевојке је слабо погледао, већ је још упорније загњуривао главу у књиге тражећи знање, тражећи правду, тражећи у њима и спас ког није видио у својим младим годинама ни за оца, ни за сестру, ево ни за мајку. То се стричевима, наравно, није допало, били су сигурни да са момком нешто није у реду јер се слободан, нормалан и млад човјек тако не влада. А у та доба момак си био већ са тринаест-четрнаест година. Сматрало се да си увелико способан не само да оснујеш породицу већ и да се стараш о њој. Зато су стричеви кренули да му траже цуру, али Стеван није хтио ни да чује.

Мајка баци поглед кроз прозор као да проверава да ли наилази њен муж.

— Онда је командант Милан оболио и умро — настави мајка, пазећи да у оно што говори не уноси своја осјећања. — Магдалена га је дворила, пазила, лијечила до самога краја. Нека је и грубо рећи, али први пут јој је у животу свануло тек послије његове смрти. Сада је вјештину да плете или стка биљац уновчавала. Била је прави умјетник, наруџби од жена из села није мањкало, а Магдалена је добила све вријеме овога свијета да се томе посвети. Почела је да у кућу пушта мачке и пилиће, понекад би је чули како с њима разговара. Нико није изговорио да је можда скренула с памети, али нико није ни крио да им је нешто чудна. Наслиједила је Миланову пензију и, уз приходе од плетења, живјела веома пристојно. Своме Стевану често је давала новац за нову кошуљу или панталоне. А стричеви су и даље тражили младу, не знајући да је Стеван почео другачије да гледа на брак и стварање своје породице. То је за њега постало највећа, али и најтежа обавеза у животу сваког човјека. Ипак сваки прави мушкарац, прије или послије, мора да се прихвати брака и створи потомство, јер куда може да води самотњачки живот осим у пиће и тоталну пропаст. Стричеви нису имали појма да се Стеван у међувремену загледао у мене, а и ја сам у њега. Послије ми је рекао да је било довољно да ме једном види док силазим с воза и да истог тренутка остане занијет мојом косом, лијепим лицем и тиме што сам уредно обучена. И ја сам њега први пут спазила готово у истом тренутку. Висок, згодан младић, благих очију које ме посматрају без страха. Носио је смјешак у очима и помислила сам да те очи познајем цијели живот, да су мени намијењене и ниједној другој. Стричевима је једног дана само рекао да га оставе на миру, он је себи већ нашао жену. Те ноћи је стрини признао о коме је ријеч и послао је да

| 187 |

ме испроси од мојих родитеља. Мој отац и мајка су га цијенили зато што је био поштен, скроман и вредан, без брига су ме за њега дали.

Мајка застаде и погледа у једну, па у другу кћи.

— Ето, моја Зорана, а надам се да си и ти Јелена пажљиво слушала, тако смо тата и ја ступили у брак — рече, сада већ донекле и педагошким тоном. — Нисмо се састајали на тајним мјестима, нисмо причали ни када су око нас били људи, не би било пристојно да смо се другачије понашали. Данас причате и ашикујете кад год можете, мислите да вас нико не види или да се то не примјећује. Времена се јесу промјенила, али ипак се мора чувати углед, част и поштење. Не дао вам Бог да срамота падне на кућу због знате вас двије којих ствари! Изродила сам му вас четверо, сложно и у љубави живимо већ толике године, па се надам, ћери моје, да ће и вас запасти иста срећа као што је мене. Да ћете наћи мужеве који су вриједни макар татиног нокта са руке.

Мајка устаде са сећије, рече да је доста приче, дан је одмакао и ваља прионути на посао јер практично ништа још није урађено.

О овом разговору је Зорана размишљала недељама. Дивила се и тати и мами због тако дуготрајног и складног брака, али се још више дивила оцу због нежности и благости, због тога што се није устезао да призна у коју се дјевојку био загледао. Разумјела је мајчине савјете и упозорења, али јој нису били потребни. И сама је знала шта и како ваља да чини у свом животу, шта је за њу пут, а шта стрампутица.

Од тада јој се из дана у дан поправљало расположење. Све чешће је, опет, у блага предвечерја, када јој се Крајина чинила љепшом и раскошнијом него што је иначе била, помишљала на Миленка. И на то да би ипак требало да му лијепо отпоздрави кад се сретну. Ко зна, можда и да чује његово објашњење о томе шта је то било са оном Граховљанком. Чак и да је то Слађана, није важно. Зорана је сада била сигурна да је једнако лијепа као Слађана. Можда и љепша. Али, да спољашњост није пресудна јер кад се воли, онда се воли комплетна личност, а не само оно што очи виде при површном погледу.

Смјешкајући се самој себи, уживала је у овцама и јагањцима који су се помаљали на пропланку, враћајући се кући да одморе и спавају мирно, као и сва невина бића.

20

Предели Крајине су тих дана и недеља пулсирали радошћу и кристалном јасноћом због природе величанствене раскоши и љепоте. Као да си зашао у сасвим другу димензију и шетајући пољима и ливадама осјећаш као да летиш. Детаљи су били толико изоштрени, како буде само у сну, јер будан човјек најчешће иде кроз живот гледајући, а не видјевши испред себе. Увијек у журби, увијек због трке и фрке не обазире се на оно најважније. На сам живот, који се не састоји само од запослења, новаца и бесомучне јурњаве за материјалним добрима. Живјети значи и застати поред неког цвијета, омирисати га пуним плућима или удубити се у бистру ријеку незаустављивог тока попут времена, које такође протиче и ништа не мијења изузев нас. Како живот одмиче, све смо мање оно што смо били, све мање личимо на себе негдашњег и, док се стигне до краја, човјеку се учини да је у њему самоме било више различитих људи којима се прилагођавао што је вјештије умио. Па ипак, сви ти људи били су он сам, само што су се појављивали у различитим периодима његовог земаљског времена. Уколико је успио да сачува срце дјетета онда и није важно која се од тих личности када појавила, јер тада човјек у суштини остаје чист као новорођенче, са незгаслим, топлим бајкама и магијама које само дјетиње око може да сагледа.

Као и свих ранијих година, можда би и сада Зоранине љубавне патње или било чије, јер није била једина заљубљена, постале главна тема да је све остало онако како је било. Са сваком новом генерацијом која је стасавала рађале би се нове љубави, а поједине су биле толико непрорачунате и искрене да су бивале главна тема међу људима. А биле су тема и љубави без срећног завршетка, трагичне до те мјере да би се и сам Шекспир можда запитао јесу ли његови Ромео и Јулија дорасли трагици крајишких љубави. Ко зна, могуће је да би нешто дописао својој причи или би преусмјерио њен ток да је имао прилику посматрати живот на тим просторима.

Али, они тмурни облаци непојмљивог и ипак осјетног зла раскрупњавали су се понад Крајине, па и цијеле земље. Све је било некако помјерено из тежишта, на сваком кораку су киптали немир и нервоза. Ни животиње се више нису понашале уобичајено, постале су даноноћно унезвјерене као да чекају неприродну и страхотну, непознату опасност. У људима је расла сумњичавост, устегнутост, нестајала је лепршавост, а са лица су им као гумицом брисани повјерење у човјека и широки осмјеси. Без логичног објашњења, кожа им се јежила, длачице на врату су стално биле наскострјешене, танушни слој зноја увијек је био на челу, а понекад би их савладао неугодан и необјашњив осјећај да их сврбе зуби. Све то ново, што се у њима збивало, само је појачало неколико догађаја које ни у сну сањали не би.

Велико зло се негдје крчкало. Потмуло, црно. И небо над Крајином, изгледало је, постаје црвено. Крваво црвено. Од људске крви црвено.

21

Идилично недељно поподне. Људи одмарају од напорних радова, сједе испред кућа на клупицама и пањевима, пијуцкају ракију, људекају с комшијама. Жене кафенишу и друже се. Тишину ремети, као и увијек, граја дјеце која се играју на сваком ћошку. Мир пресјече снажан прасак, као када се зими под теретом леда откине грана са залеђеног дрвета. Сви су одмах знали откуд тај прасак.

— Шта ово би, јес' чула ти ово Милице — упита Стеван скачући са троношца. Погледао је уздуж и попријеко, али није ништа видио.

— Да шта сам него чула, одакле ово пуче?

Слични кратки разговори беху у свим двориштима у истом тренутку. Прича замире, људи уплашено устају и притрчавају да виде шта се збива, из ког правца дође тај страхотни звук. Онда сасвим утихну разговор жена, дјечија граја би сасјечена.

— Ма шта ово би? Ово се из шуме није чуло! Ово је негдје у селу било — повикаше неколицина углас.

Такву панику могао је изазвати само један звук. Прасак који се чуо могао је бити једино пуцањ из пушке, ту негдје, у близини, на кућном прагу. Мајке излетише на пут зовући дјецу да се смјеста врате кући. Одмах, без чекања!

— Што би се и чуло из шуме, није нико данас отишао у лов, а људи? — повика неко.

— Ајмо, људи, обићи село, да видимо шта се и гдје десило — позва Стеван стављајући капу и први крену низ пут, јер му се чинило да је пуцањ стигао из тог правца. Није требало поновити, сви су мушкарци као један стали уз њега, пођоше скупа.

— А-ха, ха, а-ха, ха — чу се Ђурин скоро сулуди смијех. — Ево га ђаво дошао по своје, знао сам ја да ће се то десити, али нико не слуша лудог Ђуру, сви сте ви паметнији од мене, сви нешто трабуњате и правите се важни, али Ђуро је знао, Ђуро је знао прије свих вас...

— Ћути будалетино једна, ко је тебе шта питао? Враћај се назад, ти нам не требаш и нико те није звао — загалами Рајко.

— Јес', ти ћеш ми рећи, сиптаљиви створе, ево летим — узврати Ђуро и предострожно успори корак, да клисне ако Рајко крене ка њему.

— Добро је, вас двојица, нека и Ђуре, ионако би црк'о од страха да је остао сам у селу, више он треба нас него ми њега, а Ђука? — упита Стеван уз усиљени смијех.

Такав смијех није могао изаћи из дубине душе. Као и неколицини осталих, који су покушали да се насмију на Стеванову шалу не би ли одагнали нелагоду. Прођоше кроз цијело село, али нигдје ништа необично не видјеше.

— Ма шта је ово, Боже помози?! Сигуран сам да је било близу, јасно се чуло — чудио се Стеван, бришући знојем орошено чело.

— И ми смо чули, морало је негдје одавде доћи — потврдише остали.

Утом се, као да је голим туром сјео на усијани шпорет, из свег гласа продера управо Ђуро.

— Ено тамо у пољу! Ено га стоји с пушком на рамену! Ено га, ено га људи!

— Кога ено, шта се дереш к'о сумануут, гдје га видиш и кога — и док је Рајко ово изустио сви угледаше исто што и Ђуро.

— Ено га стварно стоји доље, низ поље — повикаше. — Ма оно је Анте, шта ради с пушком у пољу? Да није вук наишао?

— Какав црни вук, није му сад вријеме да силази у село — махну Стеван руком, убрзавајући корак и убрзо се читава скупина даде у трк, до Анте.

Усред пустог поља Анте је мирно стајао са пушком на рамену. Није се ни помјерио док су мјештани трчали према њему. Пуши цигарету и пиљи у неку тачку у даљини. Кад стигоше, скаменише се. На неколико метара од Анте лежи Славко у крвавој кошуљи, поред вила. Без свијести. Види се рана одмах испод лијевог увета, а метак је направио рану и на врату.

— Шта си то урадио Анте? Шта уради, црни Анте?! Уби ли га то? — заваписе јурећи ка Славку.

— Жив је! Жив је људи! Дише, али липти крв као поток — повика Душан, који је стигао први. — Шаљите некога по помоћ, зовите некога брзо, умријеће!

У паници, здера кошуљу са себе и замота рану што је најбоље умио, али крв се не зауставља, Славко све слабије дише.

— Кога да шаљемо и гдје, недеља је, по кога да идемо — згледаше се људи у нади да ће се неко досјетити рјешења.

За то вријеме, Стеван једном руком изби пушку Анти, ухвати га за крагну кошуље, дрекну уносећи му се у лице:

— Шта то направи, несрећо једна, шта се десило, кукавче црни?!

— Дај Стеване пусти га, послије ћемо, ваља Славка спасавати — позва Рајко.

— Завијте му рану, људи, зовите жене да донесу воде и да очисте рану, држите га у животу, идем по ауто — викну Душан, који је једини у селу имао аутомобил, купљен парама које му је послао син из Америке, на шта су сви од шока заборавили.

— Сједи доље Анте и да ниси мрднуо — нареди Стеван.

Ипак је он био предсједник мјесне заједнице, морао је преузети контролу. Без ријечи, без икакве побуне Анте мирно сједи, као да уопште није ту већ у неком само њему знаном свијету. Око усана му лебди лаки смјешак великог задовољства. Можда баш зато што је пуцао у Славка? Немогуће, сви се познају деценијама, Анте и Славко су комшије, кућа им је до куће и цијели живот су провели заједно. Зашто би Анте пуцао у Славка и још се при том чинило да је срећан?! То је неки страшни неспоразум, жестока заблуда, само нека Славко преживи, а ово ће се некако већ објаснити. Шта год мјештани да мисле, онај осмјех и даље лебди на Антином лицу и изгледа као да ће бити вјечан.

Душан је, вожњом опасном по живот, стигао до книнске болнице са Славком који је био на самрти. Тешка борба за његов живот била је вишедневна, а онда су почели вјеровати да ће преживити мада је непрестано био у несвијести због рањене главе и великог губитка крви. На увиђај је дошла милиција са све инспектором. Анте се бранио да га је Славко напао вилама, да је бранио свој голи живот и да се не сјећа свих детаља јер је био поприлично пијан. Стеван и мјештани слушали су у чуду. Анте није био пијан кад су га нашли, а ни пушка се не носи кад обилазиш имање, то нико никада и нигдје не чини.

Међутим, очевидаца није било, па се све то могло реконструисати само на основу онога што су видјели кад су стигли. Чекали су да се Славко пробуди, да чују шта ће он рећи, па да се званично докаже да Анте не говори истину. Под великим знаком питања, међутим, било је да ли ће се Славко икада пробудити.

У међувремену је Анте живио као да се ништа није десило, мада је скоро сав контакт са остатком села прекинут. Људи су стално били под тензијом јер се овоме нису надали, посебно не од Анте, који је био поштован, вриједан и радан домаћин задубљен махом у своја посла. Никад се није знало за неки скандал код њега, да пије, туче жену и дјецу, да се карта, клади или губи паре на некој другој коцки. Ни за остатак његове фамилије није се чула лоша ријеч. Шта га је онда нагнало да ово уради? У једно су били сигурни. Лаже да га је Славко напао. Ако су Анту познавали, Славка су знали још боље и били сигурни да га није први напао.

Било је ван памети да комшија насрне на комшију тек тако. Стеван је неколико пута кренуо ка Антиној кући, у намјери да пита зашто нападе Славка и још то крије позивајући се на вајно своје пијанство које му је однело сјећање на оно што је учинио. У прилог му је ишло само то што је у Славковој крви нађен алкохол, али не у мјери да би се рекло да је мртав пијан, али ипак довољно за закључак да је био добро припит.

Кад год би Стеван полазио Антиној кући одговарала га је Милица. Мада није уобичајено било да жена наређује мужу, овај пут није попуштала. Говорила је да се дешава нешто озбиљније од самог рањавања, да ту нису чиста посла и нека се не мјеша, већ пусти да милиција истражи шта се десило. То што је био предсједник мјесне заједнице не значи да је и инспектор који је дужан да расвијетли злочин. А могао би да навуче на себе биједу као што је тужба за узнемиравање комшије. Највише је ћутке страховала да би Анте могао припуцати и на њега, као што је на Славка, па се бранити да га је Стеван хтио убити да освети Славка.

Зато је најмудрије да се смири и пусти државне органе да размрсе чвор, а да Стеван сједи са људима, да поразговарају и договоре се шта даље да чине. Да свако отворено издуши да ли је примјећивао још неке необичне појаве у селу или граду. Да добро размисле и преврну сјећање до ситница које су раније изгледале неважно, али би сада могле да добију сасвим друго, можда и право значење.

Село су тих дана, више него икада, притисле црне слутње. Толико снажно, али тихо, да би људи понекад у послу застали, укопали се, нешто ослушкивали, да би се у тој тишини неко огласио: „Чујете ли ви ово?" На уобичајени одговор да не чују ништа, услиједила би суморна констатација: „Е, на то и мислим. Не чује се ништа. Ма је л' ово ни птице не пјевају? Ја ни скакавце не могу чути!"

Као по команди, пообарали би главе. Свако је за вратом носио тежак товар. Тај терет још није имао имена, али га се никако нису могли ослободити.

22

У ишчекивању вијести о Славковом стању, а већ је недељама био у коми, још један догађај је село протресло до сржи, ако не више од овог покушаја убиства, онда свакако у истој мјери. Кроз село се пронијела вијест да је нестала Миленкова баба! Старица је ујутру отишла за кравама, као и увијек кад је на њу дошао ред, али се те вечери стока вратила кући сама, без бабе Стане.

Добрих пола сата то нико није примјетио. Краве су и саме знале у који тор и шталу да оду, па нико није обраћао пажњу све док Душан не примјети да му мајка не улази у кућу. Изађе напоље, погледа лијево и десно, обиђе шталу, попе се на мали пропланак близу куће и погледа по путевима има ли је. Од ње ни трага, ни гласа. Узалуд ју је свукуд тражио још петнаестак минута. Да се није задржала око крава, да није стала, мимо обичаја, код нечије капије да мало поразговара послије дугог, самотног дана на ливадама. На крају га савлада ужас, схватио је да његове мајке нема. Једноставно је нема!

Стаде насред села и, из очаја, викну колико може.

— Ој људи! Излазите из кућа! Нестала баба Стана!

Људи излетеше из кућа, појурише ка Душану да виде шта му је.

— Нема Стане, нема ми матере, ето шта се дешава, није дошла кући са кравама!

Није било сумње у то колико је њен нестанак озбиљан. Чак и најискуснији пастири, људи који су деценијама чували благо, а таква је и баба Стана, увијек су опрезни и пазе куда иду и гдје воде стоку на испашу. Колико год неко тврдио да познаје крај као свој рођени џеп, ипак су повремено крава, овца или коза пропале у јаму за коју нико није знао да постоји.

Почеше дозивати Стану, идући све до краја села, гдје се завршавају куће, па и мало даље, међутим, већ се сумрак претопи у мркли мрак. Није се ни прст пред оком видио, нису се усудили да оду даље ни уз помоћ слабе свјетлости петролејских лампи. Било је ризично, неко се могао повриједити, сломити или уганути ногу. Ова потјера је бескорисна, схватише кроз пола сата и пуни зебње увидјеше да морају чекати до јутра да би прочешљали поља. Душан и Миленко су дежурали цијелу ноћ, повремено излазили на пут, ослушкивали да неће чути Стану која однекуд стиже кући. Мркла ноћ бјеше хладна и ћутљива, необећавајућа. Владала је мртва тишина.

Била је ово најдужа ноћ у Душановом и Миленковом животу. Са праскозорјем цијело село, и младо и старо, стаде да тражи баба-Стану. Радови су обустављени, није важно ако се окасни дан-два, стоку ће већ напојити и нахранити, све је могло и морало да причека. Стана је била у седамдесетим годинама, за своју доб још одличног физичког и менталног здравља. Никад се није пожалила да је нешто боли, није кашљала, није чак ни ходала погрбљено под теретом деценија и рада претурених преко леђа. Поносна, паметна и разборита жена, виђена и поштована толико да поред ње нико није прошао без поздрава. Изгубила је мужа рано и све је сама постигла, није се жељела поново удавати, увијек је говорила да се она "обећала само једном и више ниједном" у животу, а како тај коме се обећала, Душанов отац, више није међу живима, онда за њу остали мушкарци не постоје. Преудати се, то њу није занимало. Имала је своју дјецу, бринула о њима и није хтјела другачији живот од оног

| 199 |

посвећеног извођењу потомака на прави пут. У томе, Богу хвала, јесте успјела.

Село је било забринуто исто колико Душан и Миленко. Не може се нико помирити с тим да таква жена нестане као да није постојала. Зато организоваше потрагу. Сељани се подијелише у двије групе, иако знају из ког су правца краве дошле, ријешише да претраже сваку стопу, окрену сваки камен и лист. Једни, предвођени Миленком, одоше западно од села, други, на челу са Душаном, источно. Дозивали су је, повели и псе да трчкарају и можда налете на неки траг, комад одјеће, опанак, на било шта што би указало гдје је Стана. И дјеца, старија од шест година, кренуше са одраслима, а млађа су са двије цуре као дадиље остала у селу. Жене су се периодично враћале кућама да зграбе понешто за јело и пиће и одмах одлазиле пут потјере. Тако су све до поднева трагали за Станом, али узалуд.

Остало је да се обиђу далеке ливаде, које нису припадале никоме из села. Не буде ли ни ту успјеха, преостају шуме и планина. Е, ту се могао изгубити и онај ко је у селу провео цијели свој живот. Дође ли дотле да је тамо морају тражити, слаба је нада да ће је наћи, бар не живу. Око поднева Душан рече људима да иду кућама ако су се заморили, међутим, нико не хтједе да одустане. Сједоше да одморе ноге које одавно боле од пентрања по камењару.

— Е, Душане — рече Стеван спуштајући се на оближњи камен да запале — нисам паметан шта се овдје дешава. Како је тек тако могла нестати?

— Као да ја знам, мој Стеване — одговори Душан отпухујући дим цигарете.

Био је уморан и утучен. Дуго већ није спавао, апетит је сасвим изгубио.

— Не знам, брате. Није била ни болешљива ни ништа, није се жалила да јој нешто смета, отишла је кравама као увијек, мало хране ставила у зобницу и шта да ти објашњавам, нико није нешто ни обраћао пажњу посебно, ништа није слутило на то да би се ово могло десити.

Стеван је замишљено зурио испред себе. Није имао храбрости да изговори оно што му се мотало по глави. Присјети се глупог цитата из неке књиге: *Ако не мислиш на зло, зло се онда неће ни десити*. Тек је сад схватао, после свих збивања у селу минулих дана, колико су те ријечи бесмислене и да докони, који немају шта радити, измишљају тешке глупости. Као да ишта знају о стварном животу, борби за преживљавање, непрекидном кривљењу кичме да би имао шта ставити на сто породици за ручак. Немају појма о томе, али сједе и пишу некакве књиге у којима је тобожње знање. Замало се засмија кад помисли на изреку да је „батина из раја изашла", такве мислиоце би ваљало упрегнути у јарам умјесто волова, па да видимо колико ће тада „вилозовирати". Збуњујуће је на шта све човјек помисли и у оваквим ситуацијама. Можда тако покушава да утекне оној страшној помисли која га не напушта. Не могавши да нађе начин да каже шта му не да мир у души, вртио се и премјештао поред Душана као да је голим дупетом сјео на мравињак. Отпухивао је непрестано, тешко и дубоко. Крене да каже, закашље се и стане. Све тако у круг, неколико минута дугих као вјечност.

— Ај' више реци, Стеване, шта ти је на памети, шта се мјешкољиш ту к'о каква млада у кревету, унервози ме још више — напослетку ће Душан.

— Ма не знам... Овај... Није ваљда... Ма, ужас... — опет се закашља Стеван да не би довршио реченицу. — Не могу гласно изговорити, а ево једва је прошло пола дана да је нисмо нашли, има још времена до мрака колико хоћеш, обићи ћемо, брате, све колико год можемо, не треба одмах мислити на најгоре.

— А шта је најгоре, Стеване? Да су је појели вуци или је напао медвјед и одвукао је негдје, је л' ти то на памети?

Као да му то још од прошле ноћи не кида душу, али добро Стеван вели, зашто одмах мислити на најгоре? Ипак, прошло је неких осамнаест сати како му нема мајке, најцрња слутња га све више обузима. Шта се друго могло десити кад на неке нове јаме и рупе нису наишли и мало шта је остало као могући узрок нестанка, изузев да је умрла страшном смрћу, растргнута од животиња. Гледао је у Стевана са надом дјетета, надом без икакве основе, али је ишчекивао да ће у задњи час Стеван рећи нешто друго, само не ово. Нада умире посљедња, али зна и она бити кратког вијека.

— А, е, то, јадна мајко, није се ваљда то десило? Помози, Боже драги, на небесима и Света недељо, није је ваљда то снашло, нико не заслужује да умре таквом страшном смрћу, посебно не баба Стана — одуши Стеван.

— Не питамо се ми ко шта заслужује и како ћемо отићи са овог свијета — рече горко Душан и пљуну у траву. — Али да је западне таква смрт, послије онако тешког живота, борбе за преживљавање и да одгоји дјецу... Зар да је растргну вуци?! Каква је то правда, па то је отимање свег достојанства којег имаш.

— Дај ћути, језик прегризао! Да је тако нешто било ваљда би пси већ нањушили крв, нашли би неки остатак нечега, зобницу, комад сукње, ма чуло би се завијање све до Книна — одбруси Стеван и охрабрен том новом надом устаде, исправи се. — Ма да, шта ми то причамо и измишљамо свакакве глупости к'о да су нам шврaке мозак попиле, нема шансе да јој се то десило јер би се до сада знало!

Чувши ово, Душан скоро поскочи са камена.

— Стварно смо глупи, како тако можемо да татрљамо? Свака част, Стеване, што си на то помислио, ја се никако нисам могао ослободити те слике и тог црног призора испред очију! Али, тако је, то се није могло десити, стварно би пси намирисали крв на неколико стотина метара. Није то, није то, Боже хвала ти!

— Ајмо онда даље у потрагу, одморили смо се довољно... О, људи, 'оћемо ли даље, јесте ли се мало одморили — викну Стеван према скупини која се одмарала на ливади.

— Да шта ћемо, нисмо дошли овдје пландовати — рече Радован устајући, а за њим и остали, па кретоше преко ливаде.

Стеван је оћутао да је можда наишао медвјед, ударио је, онесвијестио и одвукао за собом у шуму. Би му криво што му је и то у свијести, а таман су се тако лијепо били охрабрили.

Дан је одмицао, они су се приближавали шуми и планини, али Стане нема. Сав труд био је пао у воду. Једина утјеха је у томе што не нађоше ништа од Станине одјеће, нити трагове крви. Сумрак се брзо ширио, потјера је морала да буде обустављена не би ли се безбједно вратили кући за оно мало дневног видјела. Ишли су погнутих глава, мало је ко шта говорио знајући да се вјероватноћа да ће наћи старицу све више смањује што више времена пролази.

Уморан, безвољан и сузних очију Миленко је ушао у кућу, одбио да вечера и заспао прије него што му глава паде на јастук. Душан и даље утучено стоји крај своје капије, несигуран шта да чини и куд да се дене.

— Људи, од срца вам хвала што сте ми помогли, ја сутра настављам да тражим мајку, ко се може придружити нека крене, молим вас, сваки човјек и жена су преко потребни — рече мештанима. — Наравно, разумијем да ће многи морати остати кући да се прихвате заосталог посла, живот се мора наставити. Сви знамо да само један дан застоја има лоше послиједице за домаћинства тако да нема проблема, ако не можете, не можете. А ја ћу, ако је не нађемо до поднева, отићи у град и пријавити милицији нестанак. То ем се мора, ем нам можда они могу мало помоћи. Зна ли ко има ли книнска милиција псе трагаче?

У мрмљању које је настало нико не рече да зна.

— Добро онда, мили моји, ајте на одмор и хвала вам још једном, наћи ћемо је сутра, сигуран сам — рече и сам не вјерујући у то што изговара.

Људи се разилазе кућама, Душану се поглед заковао за шуму која му се, одједном, учини четвороструко већа него што је уистину била. Велика, непроходна, као да и планина у њега гледа, а од звиждука који је вјетар стварао кроз гране Душану се причини да му се та иста планина злокобно смије.

23

У освит зоре Душан и Миленко наставише потрагу. Душан је од бриге за мајком минуле ноћи ухватио можда пола сата сна. Нису изнова звали помоћ, знали су, доћи ће свако ко буде могао. Стеван се тешка срца запутио на посао. Ипак, тридесетак сељана се придружило другом дану потраге и Станино име је поново одзвањало на све стране, док су се пси опет растрчали по ливадама.

Није било друге, данас се морало закорачити у шуму иако нису вјеровали да је кренула тим путем. Зашто би, кад никада до тада ни теле или јагње нису залутали у шуму, која је ионако била удаљена од пашњака. За сваки случај, ваљало се запутити у шуму, милом или силом, и молити се Богу да је брзо нађу. Шума је била организам за себе, као неко живо биће, владала се како је она хтјела, била ћудљива, кријући разне тајне и мистерије. У њу се залазило искључиво у групама по двоје-троје. Никада сам, јер се не зна која би звијер могла наићи или да ли ће се неко повриједити и остати лежећи у недођији у којој га нико не може наћи.

Није се често дешавало да вукови или медвједи дођу до мјеста гдје се сусрећу село и шума, а камоли у село, изузев током оних зима које екстремном оштрином и студени натјерају звијери да храну траже било гдје, па и у селу, међу људима. Требало је да су медвједи већ у хибернацији, да спавају, али још није зима и

| 205 |

није се само једном догодило да људи виде у даљини понеког медвједа. Било зима или не, често су постављане сеоске страже против вукова. Потрага у шуми биће напорна, постојао је само један прокрчен и утабан пут на самом улазу, али ни он није био ко зна колико дуг, највише четири стотине метара. Ту је био крај. Надаље ће морати да сјеку грање сјекирицама или, ако не буде ишло, да се врате и покушају продор из другог правца.

За само сат и по пробијања кроз ову прашуму накупило се огребаних руку, модрица од какве шибе која би ударила по образу, многима су панталоне и јакне подеране, а да при том уопште нису одмакли у дубину. Ако сви они не могу да зађу у овај непробојни загрљај огромних стабала, шибља и разног биља, закључили су да нема начина на који би овуда прошла једна усамљена старица.

Читали су трагове и није било јасно да ли је то прошао вук или медвјед можда вукући Стану. Душан је упадао у све већу панику, остали су почели да се згледају. Схватили су да она није овдје, бар није у овом дијелу шуме. А гдје је онда могла бити, није је земља прогутала без икаквог трага?! Били су у колективном чуду, нико упамтио није да је икада неки мјештанин нестао као кад испари вода.

И би оно чега се Душан прибојавао још од јуче. Молио се Господу да нађе живу и здраву мајку, али се молио и да не чује оно што Петар управо изговара јер уколико људи у том правцу крену да мисле, онда од потраге неће бити ништа, обуставиће је. Наш народ је био веома склон сујеверју, у свашта се вјеровало, у вјештице, демоне, виле, да се може бацити набача на домаћинство, да има жена и људи који владају мрачним силама и знају да те урекну, просипала се вода за путником за срећна пута, бацала се со изнад рамена када си одлазио од куће, гледало се у пасуљ, судбина се читала из шољица за каву... Сам Душан није био празновјеран и стално се противио кад год би Драгиња тражила од комшинице која је свратила на каву да јој „чита" из шољице. Цијенио је, није то хришћански, а и не смијеш се бавити тим демонским работама кад вјерујеш у Бога. Сујеверје нису подржавали ни комунисти, ни њихова „Веза", јер гдје се гледа у пасуљ и чита из шољице, сигурно ни икона и кандило нису далеко. Ако људи вјерују у нечастивог, онда вјерују и у Бога.

Како год било Душану, Петар стаде, сасвим немоћан да се даље бори против шуме, крвавих руку и распараних панталона, па изговори оно што многе заустави у кораку:

— Ође нису чиста посла, доша' је ђаво по своје!

Вјероватно је већина и прије на то помишљала, јер како су могла бити чиста посла кад цијела жена нетрагом нестане, без знака неког напада, борбе, комадића одјеће, бар капи крви. Како чуше Петра, укопаше се у мјесту као један, у недоумици шта да чине. Душе им је ледио страх.

— Дај Петре, кумим те Богом, какав ђаво, та ниси ти нека бабетина да вјерујеш у та чуда, начитан си и школован човјек, свијета прошао и видио и сад ето — ђаво! — скоро се извика Душан. — Немој лупетати, молим те, шта плашиш људе без везе?!

Било је касно. Људи су и даље у мјесту, премјештају се с ноге на ногу, погледа испуњеног страхом. Против свега се могло борити, са свачим нечим у коштац ухватити, кад је противник видљив, кад је пред тобом. Али кад је ријеч о натприродном, људи су у моменту губили вољу и храброст. Видјело се да би се многи истог трена вратили кући. Са друге стране, како да оставе самог Душана, како да дигну руке од потраге за комшиницом, па још старијом женом која можда негдје близу њих лежи сломљене ноге док се они баве магијама, врачањима и ђаволом?! Упадоше у дилему да ли да батале потрагу или да наставе, па шта буде.

Ипак их има много, сви су заједно, та не може их ђаво све одједом однијети да и они тек тако нестану. Или можда може?! Душан се загледао у лица својих комшија и на сваком видио исту недоумицу, страх и исту дилему.

Био им је захвалан што су ту с њим, ево већ дан и по трагају и гладни и жедни, запоставили су своја домаћинства, поједини два дана заредом на посао не одоше. Би му их жао, упита се шта би још могао да тражи од њих? Такви су какви јесу, сујевјерје им је дубоко у костима, колико год прикривали ипак су срасли са причама из дјетињства које су чули од баба или мајки. Сујевјерје би побиједило све и да су три факултета завршили и били најзагриженији комунисти. Још неколицина потврди да су хтјели да се врате кући, учинили су колико су могли, не знају шта даље, али добро, нека буде како Душан каже. Ако он реши да се иде напријед ићи ће и они, па шта год да се деси неће напустити свог комшију.

Душан је већ преломио. Обуставља потрагу за мајком. Не толико због тога што су мештани престрашени и пријети општа паника, него много више стога што је скоро подне, уморан је и он сам, исцрпљен, нема више план иако има циљ, а кроз шуму се даље не може. Уздахну и надјача сузе по ко зна који пут.

— Добро људи, у реду је — обрати им се. — Ево, и подне ће, а ми не нађосмо ниједан траг, знак, ништа немамо. Вријеме је да одем у град и пријавим нестанак надлежним органима. Милиција у сваком случају мора знати за ово, посебно сада кад прође оволико времена од кад је нема. Идите ви кућама, а ја ћу колима до града и, ако стигнем, обићи ћу Славка, да видим како је. Боже драги, шта нас снађе у само неколико дана, до јуче је све било у реду и живили смо као и увијек, а види сад ово... Али, нема ни говора о томе да је у питању ђаво или каква друга измишљотина, прије или послије ћемо је наћи и све ће се разјаснити људски и нормално, вјерујте ми на ријеч, Бог ми је свједок!

Петар га сумњичаво погледа. Замало му не рече да је чудно позивати се на Бога као свједока и одбијати могућност да је ђаво у ово умјешао прсте, једно натприродно прихватати без питања и слијепом вјером, а друго одбацити као бапска наклапања. Ујиде се за језик и оћута. Као да Душану, а и свима њима није довољно тешко, фалило је да изазове свађу кад су сви одавно на ивици живаца.

Окренуше се, тешких глава и жалосних срца, поче пробој назад до пута ка селу и кућама.

24

Тако и би. Душан и Миленко сједоше у кола и запутише се према граду, а људи осташе у селу опсједнути бригом. Одзвањале су им Душанове ријечи да се буквално за неколико недеља све промијенило, и то на много горе. Од оне сеоске идиле и тешког, али ипак радосног живота, од слоге, смијеха и пјесама, све се преобрази у ћутњу, неки опрез, строго вођење рачуна шта се говори и пред ким. Као да су се плашили властите сјенке и најчешће, у ствари, не би говорили ништа од онога о чему мисле и онога што заиста желе да кажу.

Свако је уздисао, отпухивао, теже и погрбљеније ходао. Могла су можда у својим кућама засјести четворица пријатеља, који дубоко вјерују једни другима, и разговарати да их нико не чује, али су и тада повремено провјеравали јесу ли врата добро закључана и није ли случајно остао отшкринут прозор. Како Душан и син му замакоше ка граду, људи се ипак окупише у кафани да попију и покушају да се отресу стреса и брига, али узалуд. Иако су хтјели да макар површно прозборе на неке друге теме, сваки покушај се завршавао враћањем на Славка и Анту.

О нестанку баба-Стане не знају шта више да мисле. Жене и старице, које су отишле кућама, незаустављиво су распредале баш о оном ђаволу, нечистим силама и овом злу које се појавило у селу. Утркивале су се која ће прије изнијети нешто необично што је видјела, мада су то мање-више била све само пуста наклапања и празнословље. Поуздано је само да је Анте пуцао у Славка, а да је баба Стана отишла кравама и да се није вратила, што не значи да су село запосјели зли дуси, међутим, нико није знао шта сад радити и како даље наставити.

У кафани су мушки закључили да можда злу атмосферу није створио принц таме, али да постоји од када је пала крв њиховог комшије и рода. И дадоше се на испијање чашице за чашицом. И међу женама и бабама се нашла покоја флаша вина или такође ракије, да се повуче цуг онако на брзака, па се опет склони да не би мужеви шта рекли, јер ко је волио видити пијано женско. Али, уз помоћ алкохола су се рађале све страшније приче о демонима и вјештицама, потезала су се предања од баба, које су то исто памтиле од својих прабаба. Кад су се увече, негдје око пола седам, Душан и Миленко вратили из града комотно се могло рећи да је осамдесетак одсто мјештана било поприлично пијано. Душан оде до кафане, Миленко није имао снаге ни за шта и, самљевен као кава, крену кући да се у тишини одмори.

— Ej Миленко — зачу тихи глас, препозна га и као да су се на секунд повукли тамни облаци да му у душу пропусте зрачак сунца. Од радости би на ивици да заборави на све муке, чак и на бабу Стану. Испред куће је сједила Зорана, такође исцијеђена свим догађањима. Ни оно распредање њене мајке и других жена у кући није јој било од користи, па је изашла да удахне мало чистог ваздуха и разбистри мозак. Спазивши Миленка који се цестом вуче сможден и као да је изгубио десет килограма за неколико сати, ражалости се и заборави на свађу и љубомору, чега можда и није требало да буде.

— Е, Зорана, здраво!

Миленку је снагу за искрени осмјех дао само један поглед на Зорaнино лице и то што је својим ушима чуо да она опет изговара његово име.

— Чудо то сама сједиш, ево само што није мрак, шта радиш ту — упита гласом дављеника којем је ненадано пружен штап да спаси главу на раменима.

Зорана устаде и приђе капији.

— Здраво, Миленко, здраво. Ма пусти мене, нисам могла више да слушам онолику причу и галаму у кући, чујеш и сам колико вичу, заболи ме глава и изађох мало вани. Него, како си ми ти, јеси ли у реду, како издржаваш?

— Ма шта да ти кажем, Зоки, не знам ни сам. Као да сањам, као да сам у неком филму или у неком другом граду, држави. Ма, као да сам у неком другом универзуму! Као да се све ово не дешава нама, него лијепо стојим са стране и посматрам необичне и страшне ствари које се незаслужено догађају неким другим људима. Не знам, нисам паметан, уморан сам, гладан, не могу се начудити како бабе нема и ето... Ај' ми спуцај једну пљеску, можда ја стварно сањам па да се пробудим, а?

До тад није била свјесна колико јој је недостајао његов осмјех, који јој зађе у сваку ћелију и главобоља је прође као руком однесена.

— Ех, да те пљеснем, још само ти то треба — узврати осмјехом. — Можда неком даском по туру, јер си је заслужио, али не бих то баш данас урадила, много би било. Требала бих те можда само мало уштинути за руку, може бити да то шта помогне.

— Ма, удри, сестро слатка! Можда сам и заслужио, иако нисам, неспретно сам почео причу и да си ме само хтјела саслушати до краја не би се ни љутила, али немам сад снаге да у то улазим, други пут ћемо... Видиш и сама какво је стање.

— Други пут, да... важи... а можда и никад, или да ми објасниш када све ово прође — рече Зорана брзо, погођена сјеном несреће која му се врати на лице. — Има времена. Него, како је било у Книну, шта су рекли?

— Ни о томе не могу сад... Било је, ето, много папирологије и бирократског наклапања, пола нисам чуо, пола нисам разумио и... Ни сам не знам, доћи ће милиција сутра ујутро, сад је већ касно. Код Славка ништа, жив је, али и даље у коми и чини ми се да онај један доктор и не вјерује да ће се пробудити.

Зорану као да прободе у грудима, зар ће Славко умријети?!

— Не бој се, не брини, док год је жив има и наде, не мора значити да доктори баш све знају — додаде Миленко брзо, прије него што је Зорана могла ишта да каже, не би ли је охрабрио иако је он сам смрвљен и утучен. — Него, кажи ти мени има ли каквих нових цртежа, нисмо дуго причали, а баш бих волио да видим.

Изненадила се и обрадовала. Поред свих његових проблема, он покушава да окрене тему на веселије ствари и још га интересује њено сликање!

— Их, немаш појма колико! Не сјећам се да сам икада више сликала него ових мјесеци. Кренуло ме нешто, инспирација на све стране, а и мање сам скитала около с другарицама, некако ме то дружење заморило, па, ето, побјегнем у тај мали свијет који је само мој... Правим га каквим хоћу и да знаш да је много љепши од овог свијета у којем смо сад. А ти? Одавно нисам чула звук гитаре да се разлијеже селом.

— Нисам ни свирао ни писао нове пјесме, пукле су ми двије жице на гитари, нема у Книну да се купе, мораћу ићи у Шибеник — слага Миленко.

Све су жице биле на броју, међутим, био је мрзовољан од кад је почела да га избјегава, али куд сада то да јој каже, да је ражалости. Нека заборави на лоше макар док разговара с њим.

— У Шибеник? Баш је лијеп град, али само сам једном била и то давно. Више се и не сјећам, памтим само мирис мора и понеке лијепе зграде и улице. Много је љепши од Книна.

— Па, ето прилике, кад будем ишао ја, поћеш и ти са мном, потражимо жице, мало прошетамо, одемо на сладолед, баш би било супер утећи мало одавде да се одморимо — предложи Миленко, који није смио ни да замисли како на плажи сједи са Зораном у пијеску и посматрају бескрајно море.

— Да ли си ти полудио, Миленко — упита запањено. — Ко би мене пустио у Шибеник и то још у мушком друштву? Јеси ли ти здрав, па оплавили би ме матер и ћаћа од батина кад бих то урадила!

Издекламовала је у цугу, гласом у коме и није било велике забринутости, више се чинило да глуми. То Миленку није могло да промакне, схватио је зашто Зорана прави представу.

— Шта велиш, ти се то бринеш ко би те пустио и шта би било од тебе?! Како да не, ето и сам сам баш прошле недеље срео ванземаљца. Да ти причам о томе? — насмија се гласно, на своју и њену радост; шта год морило човјека у животу, прије или послије се испостави да и за понеки смијех увијек има мјеста. — То си ти исто забринута као ономад кад си спрашила са Весном на Чолин концерт? Баш си се тресла од муке и забринутости.

Погледавши је, видје да је тако изненађена да би јој се глава могла претворити у големи знак питања, као када јунаке из стрипова стрефи гром из ведра неба. Зорана се зацрвени, закашља, одмаче од капије, па се опет придржа за њу. Зар је она коза Весна одала њихову тајну? На кога другог да посумња кад зна да Јелена не би проговорила ни за живу главу.

— Како ти то знаш?! Удавићу ону кобилу Весну, коме ли је још све причала, ко још зна за то? Ајме мени ако ми ћаћа сазна!

Ухватише је и љутња и паника. Родитеље никада није лагала, али тај један мали излет, то једно мало дјевојачко вече, та златна и тајна ситница коју је себи приуштила, зар је то могло да од ње направи лоше дијете? Разочарала се у другарицу, а Миленко се тек тада засмија.

— Зорана, мајку му, зар мислиш да си невидљива? Није Весна никоме ништа причала, не љути се и не гријеши душу. Ето шта ти радиш, увијек брзоплето, без да мало размислиш, исто као што је било у мом случају. Само скочиш на прву помисао и ето их врази, оде све у клинац!

— Шта невидљива? Нисам ја невидљива, него сам сигурна да нас нико није видио! Не знаш ти колико сам пазила и отворила четворо очију — умало повика Зорана, ипак пазећи да је не чује неко из куће.

— И ја кажем да ниси била невидљива, али је очигледно да сам невидљив био ја. Као да сте ти и Весна биле једине из села којима је пало на памет отићи на концерт, ваљда има још неко да воли његове пјесме, да га је хтио видити уживо, шта ти мислиш о томе?

— И ти ишао?! Е, не бих на то никад помислила! Каква ти се музика из куће чује и какве мајице носаш, са оним демонима по њима... Мислила сам да те ова врста музике уопште не занима.

— Ето, тако је кад се нисмо довољно упознали иако се знамо цијели живот. Има још много тога што ти не знаш, а не сумњам да има и много тога што ја не знам о теби. Ваљало би да порадимо на томе. Углавном, не скачи на Весну, није ништа рекла, био сам и ја и видио вас.

— А што нам се ниси јавио? Било би добро да си нам се придружио.

— Право да ти кажем, помислио сам на то кад сам вас спазио, али сам онда примјетио како се смијете, колико сте веселе и срећне... Некако сам бринуо, заправо био сам сигуран да бих вам само покварио вече. Не зато што сам то ја, него се видјело да није било мјеста ни за кога другог осим за вас двије и за вашу малу тајну, нисам хтио кварити. Не брини, никоме ништа нећу рећи, од мене се чути неће.

Због тога га Зорана заволи још више. Годили су јој његово понашање, пажња и разумјевање. Била је срећна што је управо он њена симпатија, можда чак и љубав, јер није вјеровала да постоји и право пријатељство између мушкарца и жене. Само да је смјела, сад би га загрлила и пољубила, па нек пуца све, али се присјети шта му се догађа и својом руком му прекри његову, положену на капији. Погледа га као никада прије.

— Овај, хвала ти пуно што си мало попричала са мном и скренула ми мисли на другу страну, али сад морам кући, огладнио сам као вук и дрхте ми ноге од замора, не могу више ништа, морам само нешто појести и бјежати у кревет — објасни јој благим гласом прекривши њену руку са својом другом руком, у знак захвалности и поздрава.

Одгурну се од капије и пође ка кући.

— Покушај се сјетити какав је Шибеник, па да ипак мало одемо кад све ово прође — добаци у мраку не окрећући се. Често је лијепо што човјек не зна шта доноси вријеме, јер не би био толико срећан сада да је знао да „ово" неће проћи, него да тек почиње. Тако је мало потребно за срећу, али се чини да је за несрећу ипак потребно много мање.

Гледајући за њим Зорана је блистала од среће. Заборављене су све муке и проблеми, бар на трен. Раздрагана дјевојачка душа опет је слободна да воли, сања и машта, да вјерује у то да ће се ствари ипак завршити добро, јер је свијет још довољно угодно и уређено мјесто вриједно живљења, радости, љубави. И да ће ускоро поново угледати дугу којој нема краја.

25

Душан уморно уђе у кафану, отресајући јакну и панталоне. Није било никаквих падавина, али он као да је желио да скине са себе сву прљавштину свијета. Кафана је дупке пуна, људи причају без престанка, упадају у ријеч једни другима. Могуће је да нико никога и не чује, већ сви само истресају терет и ослобађају се напетости јер другачије нису могли. Душану се учини као да је ушао у творницу, где брунда мноштво машина. Како се појавио, сва та граја спонтано замрије. Пиље у њега и нико ништа не пита. Пропричаће кад буде спреман, када сједне и мало одмори, гдје да га салећу с врата. Крвавих очију од неспавања сједе за сто код Петра и Стевана, који су овдје стигли директно с посла, да га сачекају. Душан наручи малу ракију, каву и чашу киселе, загњури лице у руке. Дуго је трљао шакама по очима у нади да ће се расанити послије скоро два дана проведена на ногама.

— Шта има људи, има ли каквих новости, да се није мајка однекуд појавила — упита у сабласној тишини. Нада да се мајка вратила гаснула је муњевито. Помисли, зар да након само два непуна дана престане да вјерује да ће се она однекуд појавити. Управо због такве помисли згади се самоме себи, мајка је заслужила боље.

— Нажалост није, мој Душане — рече Стеван, с тугом гледајући у онолику људину од Душана, који се скупио, нагло смршао, а лице му је зборано више него икада, као да је у секунди остарио двије деценије.

— А стражарио није нико, претрага се баш скроз прекинула — више констатујући него што пита изусти Душан, отпивши ракију. Кафана оста у муку. Нико ни ријеч да каже, а и шта би рекли? Прошло је превише времена, сељани су такође губили наду да ће икада видјети баба-Стану.

— Шта је било у граду, је л' долази милиција? — упита неко из прикрајка.

Душан није могао видјети ко, али ко год да се огласио питао би исто.

— Ма шта ће бити? Какав је то циркус од милиције, чудо једно. Читава два и по сата смо сједили и чекали да се појави ко зна ко. Онај милиционер на пријавници није имао појма, рече да причекамо неког инспектора да се врати са задатка, али се мени све чини да он нас није бендо за суву шљиву зато што смо са села. Чим рекох одакле смо мазгов само што није зијевнуо, узе нам основне податке, провјери лична документа и рече да сједнемо и чекамо ни не гледајући више у нас. То ти је то кад си сељак... Да сам један од оних из града који се шеткају у одијелу и кравати скочила би цијела зграда милиције на ноге! А, овако, шта то има везе што је нека баба из неког села нестала? То је њега тако уздрмало да се умало није почешао по гузици само да је смио.

Не кријући горчину, Душан цугну ракију наискап.

— Свашта — улети Петар љутито и тресну шаком од сто. — Па какве то има везе одакле је ко?! Нестала особа је нестала особа, са села или из града, свеједно је, треба је наћи!

— Е, не знам ја. Иди, па их питај, мени их је било доста не само за један дан него за цијели живот.

— Шта се љутиш, нисам теби ништа рекао него ми је просто невјероватно такво понашање — појасни згрануто Петар. —

Како је могуће да неко буде равнодушан на тако нешто? У ствари, смије ли милиција бити равнодушна на то?

— Ама, човјече Божији, боли њих брига за нас — резигнирано ће Душан. — Ако је са села, ко жив, ко мртав, нема везе, може и да причека, али ако, не дај Боже, нека госпођа из Книна изгуби кућно пашче које с њом у кући живи као да је чељаде, видио би трке и фрке! Дигли би армију на ноге да тражи џукца.

Стеван срдито и тешко уздахну и умало не опсова и милицију и власт, али се у задњи трен заустави, зна се из којих разлога, па умјесто тога упита је ли стигао тај инспектор, шта је рекао.

— Ако је оно инспектор, ја сам са мјесеца. Бар не мислим да је квалификован инспектор, дијете је неко, брате мој, зера нешто старији од Миленка. Мени се чини немогуће да је већ догурао до инспектора, али тако се он представи. Ђавола се он почео и бријати, ја стварно не знам шта он ради тамо. Кад нас прими, видјело се да нема искуства, да се први пут сусреће с нестанком човјека. Давио је и гњавио свакаквим питањима. Ето, пита он нас како је мајка била обучена. Па, ко гледа како ти је матер обучена? Откуд ја то знам?! Та нисам зијевао у њу нит сам је видио кад је ујутро пошла за благом! Шта је могла обући осим оно што носи сваки дан, кожунчић, сукњу, мараму, опанке, зобницу, шта друго?! И још сам требао знати и какве је боје био сваки одјевни предмет, је л' плав, зелен, црн, је л' зобница имала неких необичних шара по себи, да л' су били гумени или кожни опанци, како је свезала мараму. Да је била Драгиња, па да је њу то питао, ајд' и некако, али нас мушке? Ко од нас у то гледа?! Гледао сам прије двадесет и кусур година, али у Драгињу као цуру, ко гледа у матер!

Стеван се мало накашља и примаче столицу столу да се налакти.

— Па, то су баш добра питања, шта си ти очекивао да ће питати?! Нормално да ће питати како је била обучена, то и треба да буде међу првим питањима.

— Шта си сад и ти инспектор постао — гњевно ће Душан, али већ у слиједећој секунди схвати да је без разлога загаламио на пријатеља и комшију, да само фали свађа не би ли несрећа била потпуна. — Извини Стеване, нисам тако мислио. Ма добро, можда си у праву, ја само хоћу да кажем да је питао погрешне људе, нисмо му могли дати никакав одговор на то. А још пита које јој је боје коса? Која би могла бити у некога ко има 70 љета? Сигурно не црна. Али ме је онда погодио баш незгодним питањем, неколико тренутака нисам ни вјеровао да ме то пита, мислио сам да нисам добро чуо. Пита он мене је л' мајка има неких непријатеља у селу! Моја мајка, баба Стана да има непријатеља у селу?! Може једино бити да се понеке бабе не подносе између себе, има таквих случајева, али не баба Стана, она је са свима добра и ја се не сјећам да се некад с неким завадила. Сјећа ли се ко од вас, је л' то мени нешто промакло?

Људи у кафани почеше гунђати и згледати се не би ли ко шта другачије рекао од овога што Душан прича, али се нико није могао сјетити да је ико у завади са несталом старицом.

— Значи да сам бар био у праву — закључи Душан. — Е, ал' онда ме упита праву бомбу. Ако нема она непријатеља, имам ли ја. Па, братијо моја, имам ли?!

Онај првобитни мук доби неку сасвим нову димензију у задимљеној кафани. Као да је пала бомба. Пренеразише се не због питања инспектора, ваљда му је такав посао, него што тако нешто Душан ево пита све њих.

— Какве то глупости лупаш, Душане?! — заори се са свих страна. — Са свим дужним поштовањем, знамо да ти је тешко, да си забринут... Али, брате драги, како те није срамота да нас то питаш?! Цијели смо живот заједно, познајемо се још из пелена, човјече, ако ти неко од нас није директни род, онда није ни далеко, бар смо кумови, побратими, прави пријатељи откад постојимо... И ти имаш образа и храбрости да нас то питаш?! Право да ти кажемо, увриједи нас!

Кафана само што не одлете у ваздух од незадовољства и негодовања, док Душан црвених образа и спуштене главе пиљи у сто.

— А што друго да питам — изусти скоро шапатом. — Кад је он то мене питао, бленуо сам у њега к'о теле у шарена врата, отварао и затварао уста као риба на сувоме, а нисам могао гласа пустити. На то у читавом животу нисам помислио, то ми је тачно теже пало него кад је питао има ли мајка непријатеља. Ко би од вас могао бити непријатељ, зашто и због чега? У праву сте, и ја сам све то помислио што ви сад говорите, можда ме с правом нападате, али... Али, онда сам се сјетио Славка и Анте. Је л' се ономе ко надао, је л' икад ико помислио да би се она страхота могла десити, а? Сви ми, сви до једног би колико до јуче стављали руку у ватру да је у нашем селу немогуће да комшија пуца у комшију, али смо се преварили. Љутите се ви колико хоћете, али ја сам морао питати, ових дана је ђаво однио шалу и жив човјек не зна више шта да мисли.

Стевану се учини да се низ Душанове образе котрљају сузе. Гдје то иде да одрастао човјек плаче пред свима, али ни то више није дјеловало немогуће у свему што се сручило на село.

Кафана опет заћута, било је истине и у томе што Душан прича. Можда има право да постави и онакво питање. Ко је више могао бити сигуран у било шта, ко је више заиста смио да гарантује за оног другог, па таман да му је највећи пријатељ кад се све у селу уздрмало и живот се пореметио толико да су сви избачени из колосијека.

— Надам се да ме бар мало схватате, да никога нисам оптужио, али да сам морао питати, морао сам — настави Душан у неко доба. — Углавном, поставио је инспектор још нека питања, не могу се више ни сјетити која. Послије ових питања о непријатељима, сва остала су ми била небитна и нисам сигуран да сам их уопште добро чуо. Причаћу и сутра са њим опет, а мислим да ћете и сви ви, јер ће доћи ујутро са још два милиционера на увиђај. И да види може ли организовати нову потрагу. Ако до тога дође, имају и псе трагаче, довешће их. Зезнуто је што вријеме пролази и све је мања нада да ћемо је наћи. Бар не живу, јадан ти сам ја...

Душана схрва туга, припали цигарету да се прибере.

— Послије тог мучења у милицији ишли смо и до болнице да видимо Славка — настави — али нема промјена. Није се још пробудио и нису нам могли рећи ништа ново. Ето, то је све, не знам шта бих још рекао. Милиција би требало да буде ту око осам или девет ујутру, ко буде могао нека поприча са њима. Извињавам се ако сам неког увриједио, није ми то била ни задња намјера, али тако је како је. Одох кући, не могу више ништа. Лаку ноћ људи, видимо се.

Обукавши јакну изађе из кафане. Вукао је ноге, тешке као олово, идући ка кући. Стигавши у двориште видје погашена свјетла, значи да укућани спавају. Сједе на пањ, запали још једну цигарету у нади да ће потом коначно моћи да усни. Послије прве, међутим, дођоше друга и трећа цигарета. Би му незгодно да сједи на пању, премјести се иза куће и наслони на зид. Загледа се у небеса, као да ће тамо бити одговори на све оно што му храни дубоке немире.

Мјесец је обасјавао крајолик, уз помоћ милијарди звијезда са ведрог крајишког неба, и да није било ове душебоне бриге човјек би тешко могао наћи љепши призор за уживање. Зато му на ум паде Стеванова мала и њена обузетост сликањем. Упита се да ли је могуће овакву љепоту вјерно пренијети на хартију, да ли је човјек заиста кадар да створи отисак природе једнак њеном савршенству. А онда му се поглед, као и ноћ раније, спусти и задржа на планини. Није знао да ли је будан или сања. Планина се претвори у мило лице мајке, огромно, веће од мјесеца. Из даљине као да је допирао њен благ и тихи глас, да га помилује по образу као што је чинила кад је био дијете, пред спавање, шапућући: „Не бој се, чедо моје, ту је мајка, нисам нестала, убрзо ћу се вратити".

Заспао је као јагње наслоњен на хладни зид куће.

26

Иако је човјек слободан да не вјерује у чуда, она се ипак догађају. Можеш их назвати како ти је воља, случајност, сплет околности, срећних или несрећних, поклапање звијезда или једноставно — срећа, али опет ћеш дубоко у себи знати да је то чисто чудо и ништа друго. Већ слиједећег дана догодила су се чак два.

Душан је сањао да му нека птица упорно слијеће на главу. Слети, мало га огребе по тјемену, он махне руком или прође руком кроз косу, птица облети један круг, па назад њему на главу као да јој је ту гнијездо. Никада у животу није видио тако лијепу птицу. Била је црвено-црна и прошарана неким бијелим тачкицама које су свјетлуцале попут брилијаната. Малена, цвркутала је умилније од свих птица, доносећи у његову душу тиху, дубоку радост. Узалуд је покушавао да је ухвати и стави у цеп од јакне, да ту предахне, па ће му послије опет пјевати. У томе се око њега стаде ширити засљепљујућа свјетлост, од које му је бивало све топлије. Морао је да скине јакну али га у сну руке нису служиле. Час их је пружао ка птици, да је ухвати, а час је настојао да скине јакну. Нити ухватити птицу, нити скинути јакну.

Кад је најзад отворио очи схватио је да гледа право у сунце, које је већ изронило иза планине. Дакле, није био цик зоре, дуго је спавао тако ослоњен на зид. Птица је, међутим, и даље сједила на његовој глави и гребуцкала га по тјемену. Крену махинално да је ухвати, али се ужасну кад схвати да изнад своје главе држи нечију руку. Окрену се удесно и угледа некога на пању. Сједи. Заслијепљен сунцем од ког му титра пред очима, не разазнаје ко је испред њега.

— Душане, срећо, јеси ли се коначно пробудио — упита глас који је знао боље од свих. Припадао је мајци. Препаде се, одгурну од зида и брзо отпуза уназад на све четири, да буде макар метар-два даље од духа.

— Мама? Јеси ли то ти — упита, а дрхтавица му проже цијело тијело, обли га зној.

— Ја сам сине, не бој се. Приђи ближе, ја сам заиста.

Како му се поглед бистрио све је јасније видио мајку која сједи на пању. Жива, здрава и права. Што је више гледа, међутим, све више је увјерен да види духа јер је мајчино лице подмлађено двадесетак година. Чак су јој образи благо румени. А коса, која вири испод мараме, није скоро сијeда као прије, него је јака, сива, челична боја какву је давно имала. Сама Стана је ведра и чила, весела и одморна, само што дише убрзано. Подсјети га на дјевојку која је управо завршила играње у колу и сјела да се одмори.

„Ма ово је немогуће, није ово мајка, сто посто још увијек сањам, бацио ме сан уназад у времену, па изгледа тачно онако како је изгледала док сам ја још момак био", помисли престрављено.

А она и даље у њега гледа уз благи, мајчински смијешак, понавља да то јесте она лично, да се не плаши, да јој приђе. Могу ли духови да говоре, запита се Душан, па се сјети птице и гребуцкања по глави. Схватио је да је то била мајчина рука, да је покушавала да га пробуди. Каквим год моћима да духови располажу, сигуран је Душан, они вала не могу да додирну човјека, тога нема ни у бапским причама. Ето, нека могу да прођу кроз човјека, али да га додирну вала нису кадри, куражио се Душан.

— Шта је ово, мајко, шта се дешава, јеси ли то стварно ти — изусти неспособан да се дигне са земље. — Како то изгледаш, шта ти се десило? Немогуће је да не сањам, али ово не може бити ни јава!

— Видила сам јутрос, кад сам пошла да се умијем, како изгледам, али не брини, брзо ће проћи, највише за сат бићу опет она стара, бар тако су рекле — каза мајка.

Тако рекле? Ово ће проћи? Ко је рекао, како ће проћи? Не, ово што се њему догађа уопште се не догађа, ово је сулуда прича и та жена сигурно није његова добра, стара Стана, него двојница. И све је ово једна нехумана, неслана шала неког зевзека из села.

— Јој, сине, како ме то гледаш! Ја сам ти, не гледај ме као да сам утвара. Ево, ово не може нико знати него ја и Драгиња, одзада на десној бутини, таман мало испод гдје ти се завршава тур, имаш неколико младежа који на први поглед изгледају као неко мало срце. Још одмалена сам ти хиљаду пута дала огледалце да видиш и увијек смо се питали да ли је то неки посебан знак од Бога, да си некако срећно обиљежен срцем на тијелу, такве младеже нема нико него ти. Вјерујеш ли ми сада?

Није вјеровао, а ни избора није имао. То су збиља могле да знају само његова жена и мајка, јер се ни пред дјецом није прошетао само у доњем вешу, то је неморално и нико жив тако нешто учинио не би. Из џепа на кошуљи зграби пакло цигара, тако грчевито да га поштено згужва. Извуче једну искривљену цигарету, припали и дубоко повуче дим, да се мало примири ако је изводљиво.

— Немам појма да ли ти вјерујем, не могу се навићи на то како изгледаш, на твоје лице и косу, на тај чудни осмјех, на очи које су ти као у клинца који је направио неку враголију и чека да види да ли ће му изненађење успјети — изговори у рафалу.

— Ех, да је бар тако, али није. Смјешкам се због дубоке радости коју никада прије нисам осјетила. Нису ми очи враголасте, дијете моје, него пуне страха, видјеле су оно што нико никад не би требао видјети — рече Стана.

— Ено! Опет ме плашиш! Не разумијем шта си видјела, гдје си видјела? У гори, у планини? Ама, гдје си ти била више од два дана? Како то да не једеш одмах нешто, како... Ма не знам више, ових „како" има превише, не знам гдје ударам! Причај ми шта је било, умири ме, учини нешто и то брзо! Ако си ми ти стварно мајка знаћеш да се мало чега бојим, али сам сада тако престрављен да мало фали да почнем вриштати на сав глас. Причај сад и одмах, да не повјерујем да сам полудио! Куку мени, да нисам умро, па то овако изгледа?!

— Ниси умро, смири се, али ти сад не могу све рећи. Испричаћу кад устану остали, треба цијела фамилија да чује. Немамо времена, само што није стигла милиција и морамо им нешто рећи гдје сам ја то, као, била.

— А куку мени! Одакле то знаш, како си сазнала да долази милиција? Јеси ли ти већ неког срела из села па ти рекао?!

— Нисам и није ми нико ништа рекао — одговори баба Стана. — Кажем ти да ћемо о свему послије, али сад морамо измислити причу и за милицију и за народ, јер им ја, вала, нећу рећи оно што ћу вама. Неће они хтјети да послушају излапјелу бабу. А кад вама у кући кажем шта имам, на теби ће бити хоћеш ли икоме ишта рећи или ће све остати у нашој кући. У то се не мијешам. Него, ми ћемо њима свима рећи да сам била код куме Руже у другом селу, да сам заборавила рећи да идем код ње, да је нисам видјела одавно и зато смо се испричале и мало дружиле, па прође нешто времена и, ето, сад сам опет ту.

— Да си од крава у предвечерје отишла код Руже, а ниси дошла кући да се умијеш, пресвучеш и да нам кажеш гдје идеш? А ко ће ти у то повјеровати? Ма нема силе, сви те знају, не понашаш се ти тако.

— Што неће повјеровати, старија жена, памћење полако посустаје и почиње да ради неке ствари које прије никад радила није. Као да је то необично. Не бих била ни прва ни задња, има ево у селу заборавних старчади колико те воља. Што не бих ја могла бити једна од њих?

— Ама мајко драга, не иде то тако, да си један тренутак здрава и права, а следећег луташ по мраку да дођеш до куме коју можеш видјети кад год пожелиш. А шта ако буду питали куму Ружу јеси ли била, шта ће она рећи, а?

— Рећи ће оно што треба да каже, да сам била код ње, не брини се ти за то. Ја им мислим ово рећи, сине мој, а ти ако имаш неку бољу идеју, кажи и то брзо, није нам остало много времена. Милиција свакако неће пуно копати, имају они важнија посла него да се возикају по селима и утврђују код разних баба је л' тачна та и та прича. Они ће бити задовољни што сам се вратила, можда поставе питање или два, па кад виде да ми није ништа, нисам повријеђена, немам рана, само ме је, ето, мало заборавност ухватила, вратиће се у Книн и све ће бити брзо заборављено. А и није све лаж. Осим тога да сам била код Руже све друго је истина, код куће сам, жива и здрава, зар не? За сељане ти одлучи шта ће бити, за почетак ћемо и њима рећи исто што и милицији. Знам да они неће тако лако повјеровати као милиционери, али биће прилике за објашњавање ако тако одлучиш. А ако не, остаће наша тајна и мораће се помирити са тим.

— Да слажем све оне људе који су толико времена провели трагајући за тобом? Па, не заслужују они то! — оштро узврати Душан и заболе га глава.

— Ајде се, сине, сабери. Колико још пута да поновим да ћеш ти одлучити хоће ли сазнати истину или не? А кад чујеш шта имам да кажем, биће ти јасно зашто ти ово говорим, јер није ни свака прича за наук и корист, неке могу бити штетне. Него, ево чујем комешање из куће, сад ће Драгиња и Миленко, и они ће се изненадити исто као ти, а ено милицијских кола, скренуше на цесту за село, сад ће они бити овдје. 'Оћемо ли овако или имаш нешто друго на памети?

Ошамућен и притиснут брзим доласком милиције, Душан није могао да размишља и предаде се. Нека бар засад буде како мајка вели.

— Добро, кад немам избора иди у кућу и попричај са женом ми и сином, ама гледај да не падну у несвјест од страха, мада... — застаде Душан, запрепашћен. — Како ово, ето ти коса већ опет има стару боју?!

— Рекла сам, све ће се вратити на старо. Иди ти пред милицију, одох ја у кућу.

Душан се запути према капији да дочека милицију, збуњен и уплашен као никада у вијеку.

— Поранили ви, добри људи, а? — поздрави их, уз намјештени осмјех, док су излазили из кола.

Молио се Богу да престане да дрхти, надао се да му је глас довољно чврст и да се на њему не примјећује шок који је управо преживио. Приђе да се рукују, а инспектор Ивановић, онај клапац који се још није ни почео бријати, испитивачки и задубљено га је гледао. Видио је из авиона да нешто не штима. Вјеровао је својој интуицији, оном осјећају који се јави кад се дешава нешто ван очекиваног. Често је био у праву мада му каријера није била многогодишња, могао је да се ослони на унутрашњи радар који јавља чим неко почне да лаже, увија и петља.

— Имам радосне вијести за нас, можда и за вас, али сте прешли поприличан пут, немојте се наљутити и помислити да губите вријеме, али мајка је јутрос стигла кући, ту је, ено је у кухињи са женом и малим — наоко раздрагано рече Душан.

— Озбиљно?! — зачуди се Ивановић. — Тек тако, само дошла кући?! Када, у цик зоре? И одакле је дошла тако рано? И, да, како је дошла?

— Па, пјешке, како је отишла — збуњено га погледа Душан. — А била је куд кума-Руже у комшијском селу... И, овај... Па, није баш рано дошла, сунце је већ било изашло, то су за нас овдје, друже инспекторе, већ касни сати, много се посла уради до тада.

Душан је настојао да разговор оконча експресно, да милиционери буду задовољни што су случај лако и безболно рјешили, па да се лијепо врате у Книн и наставе са својим послом. Али, видио је да то неће ићи глатко и позва их у кућу.

— Ајде уђите на каву, за ракију претпостављам да нисте, али ко зна, сви ми волимо мало попити, униформа или не, а имам шљиву да ти памет стане.

Ивановић је био наслоњен на хаубу, прекрштених руку, а тамне наочаре за сунце и одијело подсјетише Душана на америчке филмове у којима њихови цајоши из ФБИ исто овако глуме надмоћ, као да све знају прије него што им човјек било шта каже.

„Нек му буде, нек глуми шта и како 'оће, само да се што прије изгуби одавде", помисли нервозно, али изговори нешто друго. — Ајте, ајте, улазите у кућу! Можда сте и гладни овако зарана. Да ли сте стигли да доручкујете негдје? Стварно цијеним што сте дошли, не знам како да вам се одужим!

— Па, ето, кава звучи сасвим добро, а неће нам сметати ни једна чашица шљиве, али нећемо јести, вјеровали ви то или не, и милиција рано устаје, то смо већ обавили — насмијеши се

Ивановић. — Али свеједно морамо видјети другарицу Стану, друже Душане, само да се увјеримо да је она добро, да можемо затворити случај.

Инспектор пође ка кући, за њим и оба милиционера који као да су имали зорт од њега, јер ни слово не проговорише од кад стигоше. Изгледа да је шефова ријеч била довољна, а можда и није волио да га прекидају док говори. Ма, то и није важно, битно је само да нечим не наљути ове планине од људи, па ће бити и вуци сити, и овце на броју. Душан се изнова стаде презнојавати, није знао какво је стање у кући, како су Драгиња и Миленко поднијели изненадни Станин повратак, али чим крочи преко прага схвати да је бринуо без разлога.

Миленко је, додуше, непомично сједио за столом разбарушене косе, као да га је струја протресла да га разбуди за добро јутро, пињио је у своју бабу. Она је, пак, сједила крај пећи, као и увијек, и већ је нешто плела! Драгиња се дала на припремање доручка, леђима свима окренута, можда је тако купила још коју секунду да набаци осмјех гостопримства или, бар, да јој лице изгледа нормално, да одглуми да је све ово ненормално стварно било нормално.

Како они уђоше, Миленко устаде да поздрави старије, Стана настави да сједи, само подиже очи и назва добро јутро, вративши се плетењу, док се Драгиња окрену и позва их да сједну јер, ево, већ је стављена да прокри вода за каву, а доручак тек што није. Гости се представише и поздравише, сједоше за сто и један од милиционера извади записник. Био је другачији од шефа, није осјећао ништа од онога што је инспектор намирисао, а није му стало ни до ове забити у којој му све смрди. Чувао је униформу и ципеле да не упрља, па да их мора мјењати.

— Дакле, другарице Стано, видимо живи и сте здрави, да нам живе Тито и партија, изгледа да нисте имали никаквих неприлика. Шта се онда десило, гдје сте били?

— Ма, мој синко, као прво не требаш ми персирати, нисам ја на то навикла, наши смо, а ја сам са свима овдје на „ти", то је уобичајено — рече Стана. — А гдје сам била? Ма, ето, код куме Руже. Још прошле недеље ми је Мара рекла да је боле бубрези и да би је требало обићи, али ја, мој сине, остарила и на то заборавила. И онда сам се коначно сјетила, након десет дана, шта ми је Мара рекла, па сам дотјерала краве довољно близу села, знала сам да ће наћи саме пут до куће, као и увијек, а ја ти се запутих код куме док је још и зере дневног свјетла било, да не тумарам по мраку. И ето, тако то би.

Инспектор Ивановић је знао да старица лаже, исправан му је онај унутрашњи радар, али ништа није могао да учини. Можда је и боље не копати, њихов посао је био завршен, старица је ту, жива и здрава, нема видне трагове озљеда и рана, требало би да ово буде успјешно обављен задатак и велика уштеда на времену. Ипак, професионалац у њему није му дао мира. Истину је волио више од свега и хтио би да и сад ствари истјера на чистац, као што увијек чини. Покушаће још једном, па ако не буде ништа, Боже мој, идемо даље.

— А како то да се нисте јавили никоме од фамилије или рекли некоме од људи, ако сте на неког наишли, да пренесе бар поруку овдје, да се људи не брину? Је л' знате ви да вас је тражило и старо и младо, све живо су људи прочешљали уздуж и попријеко неколико пута, дјеца нису ишла у школу, људи на посао, цијело село је било у хаосу? Нисте помислили на то да ћете насекирати сина, који се, ево, осушио од муке?

— Ама, чедо моје мило, кад ти каже бака, ухвати ме та заборавност некада, не размишљам, нисам се свега тога ни сјетила, само сам се сама себе постидила што сам заборавила да ми је кума болесна и, ето, онда сам само помислила на то да ће краве сигурно стићи кући, а ја имам времена да стигнем до куме. Нисам ни мислила да ћу остати тамо дуже вријеме, ја сам се мислила одмах вратити, али ето... У тој заборавности и вријеме брже пролази.

Испали баба Стана говор као из топа, као да је негдје увјежбала шта ће рећи, знајући шта ће бити питана и како најневиније да одговори.

— Ако одемо до другарице Руже хоће ли нам она рећи исто, хоће ли потврдити ово што причате — притискао је Ивановић, још персирајући да испитивање не пређе из службене у зону пријатељског и добродушног. Ипак је он власт, то мора да се зна и осјети.

— Шта би ти друго могла рећи, јабуко моја, тако млада и лијепа?! То јесте тако било и ако хоћете можете да одете до ње и питате, али кума лежи и даље, има тај камен у бубрегу и никако да јој прође, ево већ толико времена. Није јој било лако причати ни кад сам ја била, не знам како би причала са вама, али свакако, идите и питајте.

Стана се није бунила, али показа јасну примјесу замора, можда и љутине. Шта хоће више овај човјек, код куће је, све је у реду с њом, објаснила је све што није било јасно, доста више ове гњаваже у њеној кући и у овим њеним годинама. Инспектор је закључио да на овај начин више ништа неће извући, тврдоглава старица ће као папагај вртети исту причу на педесет начина, само да суштина остане недирнута. А та суштина свакако не може да буде антидржавна. Узе онај записник у коме је милиционер ревносно биљежио питања и одговоре, нашврља пар својих ставки, написа датум, потписа се и стави документ у џеп. Устаде и рече да још није завршен посао у селу.

— Није — збуни се Душан. — Што, је л' има још нешто да се десило, нисмо ми ништа чули.

— Нисте ни могли чути, десило се јутрос таман прије него што ћемо ми овамо. Ако желите да сазнате, пођите са мном, а могу и сви ваши укућани. Уопште не сумњам да ће нас пратити цијело село, видим кроз прозор да су се људи већ окупили испред капије.

— Да пођемо за вама, гдје — збуњено ће Душан.

И тада се зби друго чудо тога дана.

— До куће друга Славка, да јавим породици да се пробудио из коме — узврати инспектор Ивановић излазећи из куће.

27

Не зна се која је од ове двије вијести више уздрмала село. Као да су уједно експлодирале двије атомске бомбе, али бомбе олакшања послије низа бесконачних недеља испуњених грчем и страхом. Људи осјетише да са њих спадају невидљиви, претешки и нескривљени ланци. Скоро сви су били на ивици пуцања, тешко су могли поднијети такву пометњу у родном селу. Изгледало је да се ситуација поправља, међутим, нису могли да знају да ствари постају све горе и све грђе. Ако је неко и слутио, бар овог јутра се радовао што их је све погледао драги Бог и вратио мир у ово забачено планинско месташце.

Баба Стана изађе из куће, чисто да се покаже и јави, а бројне жене прилетјеше плачући од среће. Грле је и љубе, али се из масе ту и тамо чују питања гдје је била и шта јој се догодило. Рече им да је све у реду, да је посриједи обичан неспоразум што ће им објаснити већ данас или сутра, а ево и Душан и остали укућани могу да потврде колико је уморна, мора лећи и поштено одморити. Тиме нису били одушевљени, али било им је довољно што виде Стану међу њима, а и Славко се пробудио из коме. Тако је било у први мах.

Како је Стеван већ отишао на посао, а Душан му је био замјеник у мјесној заједници, а и да није не би сад отишао кући ни по коју цијену. Срце му је од радости тукло у грлу што је

| 235 |

добри Станко извукао живу главу, ипак на овом свијету има правде.

— Па, како, друже инспекторе, шта се десило са Славком, како сте сазнали да је дошао свијести — упита Душан оно што је свима било на врх језика док су ишли ка Славковој кући.

— Ево још који метар и сазнаћете, да стигнемо до његове куће и да прво чује другарица Ђурђа, ваљда је ред да му жена и дјеца буду ту, а и мрзи ме да два пута понављам, мада немам шта пуно рећи, али ето, има колико има — био је помало осоран Ивановић, коме се и даље по глави врзмала баба Стана увјерена да је успјела да га слаже.

Није волио осјећај беспомоћности и пораза, да не влада ситуацијом и да његова ријеч није задња, али због баба-Стане није хтио да прави проблем.

„К' врагу и са овим сељанима", помисли инспектор, „нема тог магарца који је тврдоглавији од њих, а и лакше ми је да им цртам него објашњавам, брже би схватили".

— Дјеца нису свакако ту, отишли су у школу још давно — добаци неко из гомиле.

— Ма, добро јутро, Колумбо — умало дрекну Ивановић. — Као да ми то не знамо! Можда буду те среће да чују у школи, овакве вијести се шире као пожар, а ако не сазнају тамо, сазнаће кад се школа заврши. Него, је л' може више без тих упадица, има ово да обавимо и враћамо се у град, више је хитних случајева који чекају да их ријешим него што то желим.

Ђурђа је већ кренула низ пут да провјери откуд сва та граја и галама, да нису, не дај Боже, пронашли Стану мртву. Тако се сретоше отприлике на пола пута. Ђурђа се изненади. Шта ће инспектори и милиционери у правцу њене куће? Али, чим је Ивановић спази озари се као да није био љут на Стану. Носио је радосну вијест, што се не догађа често у његовом послу.

На срећу се насмијешио, јер је Ђурђа већ била спремна да закука мислећи да долазе с најцрњом вијешћу. Зашто би јој, иначе, долазила милиција? Наш народ, к'о наш народ, никада није могао помислити на нешто добро, увијек се најприје надао злу, али да се макар и случајно може догодити нешто добро, е, о томе се мора добро размислити. Послије силних поробљавања од свих могућих царстава, императора, диктатора и тиранина, Србима је ушло у крв, у сами ДНК, да ишчекују лоше кад их већ добро одувијек заобилази у широком луку, као да су све среће биле резервисане за свакога, само не за њих. Отуда је сада и Ђурђа, упркос инспекторовом осмјеху, прилетила без даха и стисла га за обје руке.

— Ајој, мени јађеној! Шта је било, шта се десило, је л' ми жив Славко? — кукала је и лила сузе.

— Полако, полако другарице Ђурђа, све је у реду — смиривао је Ивановић жену испетљавајући се из њеног стиска. — Штавише, више је него у реду, пробудио се и доктори су јавили да је сада ван животне опасности.

Ђурђи отказаше кољена и клекну испред њега, грлећи му ноге, а из масе се оте колективни уздах олакшања. Многи се спонтано прекрстише и са свих страна се зачу „Боже, хвала ти и помози!". То Ивановићу и не би право, стрељао је погледом кога год би ухватио да се крсти, али сад није била прилика да им одржи предавање или да појединце приведе макар на саслушање. Милиционери приђоше Ђурђи, са сваке стране по један, и помогоше да се придигне.

— Устаните, другарице Ђурђа, да вам кажем шта и како, а и ви остали добро слушајте и немојте ме припиткивати ништа, ни прије, а ни послије овога што ћу вам рећи, и немојте ме прекидати у говору. Рећи ћу вам тачно онолико колико могу, ово је још увијек жив случај, дакле радимо на њему и не могу све детаље да износим. Не трошите ваздух у покушају да извучете више од оног што ћете чути. А није ни да знамо много, јер га нисмо обишли. Када су назвали из болнице, рекли су да се пробудио и да је ван животне опасности, да је и даље веома слаб, да прича, али споро и с напором, да сваких неколико минута опет заспи, па се пробуди и тражи воде. Доктори кажу да нема смисла да долазимо бар још један дан, ако не и два, јер неће моћи да одговара на наша питања. Мора још мало на снази да добије да би био способан да комуницира. А хоће, добиће на снази, колико сам схватио, и изгледа да неће бити трајних посљедица. Није му оштећен мозак и, ето, чим мало ојача поразговараћемо с њим. Све то не значи да му идете одмах у посјету, пустите да прође мало времена, а прије свих ми морамо с њим причати, а не ви. Зато ћу поставити једног од наших милиционера да стражари испред врата и никоме не дозволи улаз док не завршимо посао. Госпођо-другарице Ђурђа, ви га свакако можете посјетити, али не причајте много с њим, посебно не о ономе што се десило, подвлачим свима да ми о томе морамо први разговарати с њим. Кад завршимо, најбоље је да му током посете причате нешто споредно, а не да он вама говори. Можете му, на примјер, рећи шта се од тада десило у селу, али прескочите све везано за другарицу Стану да га не узнемирите без потребе. Причајте шта год хоћете, али га не питајте ништа осим како се осјећа. Ионако нећете имати много времена јер је он час будан, час спава, а више спава него што је будан. И то би било све што вам могу пренијети. Замољавам вас да се држите овога што сам рекао, не бих волио да се неко почне правити паметан, па да морам хапсити и приводити у станицу. Не заборавите да је ово криминални случај и да још ништа није ријешено, тек почиње истрага — заврши монолог инспектор Ивановић.

Ђурђа је и даље плакала у наручју комшија, па када инспектор заврши као из праћке полети да га загрли и изљуби као рода рођеног. Би инспектору незгодно, није да није, али неспретно загрли несрећну жену и лупкајући је по леђима настави да је смирује.

— Добро је, другарице Ђурђа, опустите се, све је у реду сада — искобеља се, после минут до два, из њеног загрљаја.

— А како ћу отићи сад у Книн, јадна мајко! Па, немам чиме, нема сад возова... Идем пјешке! Да, идем пјешке и то одмах!

— Одбацио бих те радо, Ђурђа — рече Душан — али, ето, матер ми дошла кући, нисам честито још ни попричао са њом, надам се да ме разумијеш. А и не могу возити свеједно, нисам у стању, не знам кад сам задњи пут ока склопио.

— Ма нисам тебе ни мислила питати, доста си урадио за нас, идем пјешке, ваљда ћу стићи док се не заврши школа, па да покупим и дјецу и идемо заједно код њега — одмахну Ђурђа руком.

— Нема за тим потребе, другарице Ђурђа — огласи се Ивановић. — Можете поћи са нама, нема проблема. Одвешћемо вас до школе, објаснићемо директору стање тако да пусти дјецу са наставе, а ви ћете од школе до болнице припремити дјецу како да се понашају и шта да говоре и не говоре оцу. Договорено?

— Ви сте анђео — повика Ђурђа и расплака се иако јој се са сваком секундом враћала животна радост. — Дајте ми само неколико минута да се пресвучем и очешљам, ако може, молим вас, морам се и умити, не могу ваљда ићи овако уплакана.

„Јесте, као да нећеш плакати читавим путем у ауту", помисли Ивановић, али се штрецну због помисли. Зар и сам не би био у истом стању да се ово догодило њему и његовој породици? Патрола је сачекала Ђурђу крај аута.

Нико није примјетио Анту док се искрада из сјенке ближње куће, заобилази је прибијајући се уз зидове и нестаје иза ње, са задње стране.

28

Када је Ђурђа отишла са милицијом, Душан се запути својој кући. Да чује шта то стара има рећи о ономе о чему неће да говори мјештанима, већ њему препушта терет одлуке. Од такве мајчине најаве опхрва га тиха језа, а свега му је било прековише. И трагања за њом, па ово рањавање Славка које се толико развлачи и тек се, као, назире рјешење. Трошило га је и генерално стање у држави, осјећао је и он да се иза брда ваља зло доба. Уморан је од људи, од прича, од завиривања у туђи лонац, од бескрајних трачања у кафани као да су људи беспослене бабетине, а не бића са породицама, обавезама и у селу и у граду... Уморан је и од двосмислених реченица и од недовршених мисли. Желио је да легне у кревет, превуче биљац преко главе и спава једно три мјесеца, само да одмори мозак од људи и њихових прича.

Зашто им је је наглавце окренут онај њихов уредни живот? Пријашњи проблеми сада су му били банални. Шта ако се крава разболи или упадне у туђе жито? Шта кад пукне гума на трактору, па прође Танталове муке да нађе замјену исте марке? Такве јаде би сада стоструко проживљавао само да не гледа ово што једино и може видјети. Куд одоше весела прела, гдје нестадоше пјесма, шале и простодушна задиркивања, ситне провокације и игре ума? Ко је избрисао оно у чему је више од свега уживао, сјести с пријатељима на ливаду, запалити по једну и ћутати, посматрати крајолик и родну груду док се пуне и срце, и плућа, и душа, и цијело биће овим једноставним уживањем у обичном животу. Све то је или нестајало или је већ нестало, ова садашњост била је другачија, није му одговарала и није се мирио с њом. Нема човјек увијек могућност избора, ето, ни сад нема. Мора учинити што се чинити мора. Мора чути мајку. Није, зар, то што ће чути тако страхотно да му пољуља све темеље живота?

Занијет у мисли није примјетио да га сељани прате. Кад већ око Славка ништа није могуће сада учинити, наравно да желе чути шта је то било са баба-Станом, каква ли се мистерија ту скрива.

— Гдје сте ви пошли — упита их оштро и уморно.

— Како гдје? Па, код тебе. Требамо видити Стану, да чујемо шта се десило... Или можда мислиш да то нисмо заслужили након све оне наше потраге за њом — зачуди се комшија Весо.

— Наравно да то не мислим, не лупај глупости. Захвалан сам ја свима вама, одужићу се како најбоље знам и умијем, али не одмах и не сад. Нисам ни ја још чуо ништа осим оног што је речено милицији. Била је код куме Руже и то је све што знам.

— Ма иди, нисмо с' крушке пали да не знамо да то није све! Има ту још иха-хај приче, хоћемо да чујемо Стану!

— Ако је има, кад је будем чуо ја чућете и ви, а ако је нема онда ништа — наљути се Душан. — Треба ли сад да лажем и измишљам да бих вама угодио?! Или сте то већ сада помислили да ми је матер лажов, срам вас било! Није ваљда да то мислите о њој, која је свима вама као да је и ваша матер, не само моја?

— Дај, Душане, не бенави — није се дао Весо. — Нико то не мисли. Само, ето, некако знамо да то није све и заслужили смо да знамо све што се догодило, нећеш нам то ваљда ускратити!

— Буди Бог с' тобом! Ала си напоран! Нисам то ни рекао, а камоли помислио. Дајте нам, људи, мало времена да се мајка одмори, вала и ја. Ваљда ја треба први с њом да попричам, а ти би сад да натрпам читаво село у моја четири зида да бисте слушали? Или на ливаду да је изведем, да вам приповједа као Исус са Горе? Нећу да звучим безобразно, али, живота ми, на измаку сам снага и не могу више. Хоћу само да сједнем, пијем каву, запалим цигар и не мислим ни о чему. Ако стара буде имала да ми још нешто каже, рећи ћу и ја вама, али ајмо сад свако својој кући, дајте нам времена да мало удахнемо ваздух. Важи?

Молећиво их погледа, очекујући разумијевање тим више што их није слагао. Колико сада зна толико знају и они.

— Добро, ваља побратиме — осмјехну се Весо. — У праву си, навалили смо као мутави. Поздрави је, па ако шта буде — буде, ако не — из душе нам је драго што је дошла кући здрава и права. Само јој реци да ове авантуре више не понавља, коштала нас је добрих живаца.

И други су потврдили климоглавом и кренуше својим кућама.

— Хвала вам добри људи, од Бога вам хвала за све, све вам родило! — викну Душан за њима, дубоко уздахну и уђе у кућу.

Оно што га је чекало није могао уснити ни у најлуђем сну.

Мајка Стана личила му је на чигру, онај непознати сјај и даље је избијао из ње, полетност млађих жена које нису прешле педесету, очи су блистале од радости, летила је по кући помажући Драгињи у сваком послу, била је чак и бржа и спретнија од ње! Миленко је још сједио за столом, као омађијан, није скидао поглед са баке, али није ништа питао јер је све изгледало као призор из неког другог свијета. Драгиња се с времена на вријеме смјешкала и посматрала Стану. Ни њој није било јасно како је могуће да старица буде тако полетна. Помисли да је Стана можда у тајности отресла коју ракију и тако добила овај елан. Мада, баба је пила само у изузетним приликама какве су Божић, Васкрс, крсна слава или неки рођендан, па и тада тек пола чашице. Да је попила више, није нико никад видио, а камоли да је била пијана. Чим је Душан дошао, она преста да лебди по кући. Погледа га озбиљно.

— Сине, ајде да изађемо сви на ливаду, подалеко од куће, па да вам испричам шта се десило. Ја вама, а ви коме хоћете или никоме. Опет кажем, одлука је на вама.

— Ајме мени, што на ливаду?! — збуњено ће Душан. — Шта фали овдје у кући? Не иде ми се нигдје, уморан сам као пас и волио бих, искрено речено, мало прилећи. Нисам чак ни сигуран да желим чути то што имаш рећи. Нека ме језа и страх прожимају кад помислим на то, бојим се да ћу чути нешто послије чега нема повратка, а ја бих само да све буде као и прије. Нормално, тихо. Наш уобичајени живот.

— Ех, сине... Вољела бих и ја, али не може. Свеједно је л' чуо од мене или причекао неко вријеме да би видио, а не чуо шта се све спрема. Таман да се сви на главу попнемо, нема нама повратка на стари живот. Нећу да смо у кући јер желим да осјетим природу око себе док будем причала, хоћу да имам осјећај као да ме Бог гледа на овим својим широким пољанама, да упијам енергију сунчеве свјетлости, осјећаћу да ме планина и шума много боље чувају од ова четири зида. А и не бих да некоме од наших комшија радозналост не да мира, па да нас прислушкује испод прозора.

— Мајко, дај молим те, нисмо дјеца, баш ће се неко напенлити испод прозора и нас шпијунирати. Знаш да нико не би ризиковао да га село ухвати у таквој радњи.

— Било је и горих и чуднијих ствари од прислушкивања, то ваљда и сам знаш — наљути се Стана. — Једноставно, хоћу да то буде овако како кажем. На крају крајева, још сам ја теби мајка и није ваљда да ћеш одбити да урадиш оно што ти родитељ каже? Или смо чак и дотле дошли?

— Е, к' врагу све — резигнирано ће Душан. — Добро више, ајмо напоље да се све ово већ једном заврши и наставим живити као човјек! Што је много, много је! Само да знаш, да ми ниси матер звао бих некога да те води у лудару. Ајде, Миленко, диж' се, идемо! Драгиња, ти си већ спремна, колико видим.

Стана је ишла напријед, стално се освршући да провјери прати ли их ко, али не бјеше никога. Зауставила се кад стигоше до простране ливаде, гдје стотинама метара укруг није било ничега доли можда неког каменог зидића или усамљеног жбуна. Ту се нико није могао скрити да прислушкује. Па ипак, Стана је још дуго осматрала околину да јој штогод не промакне. Кад је била сигурна, рече им да сједну.

— Е добро. Сад ћу ја мало бити као онај инспектор малоприје и замолити вас да ме не прекидате док говорим...

Душан на то поблиједи као креч и одмах се огласи.

— Како ти знаш да је он то тражио од нас, кад уопште ниси била са нама? Како си то могла чути?!

— Ех како... Не знам ни сама како, само знам да сам чула. Исто тако знам да ће ово моје стање брзо проћи, мислим да ћу на све ово и заборавити, па те молим, ћути више и пусти да кажем шта имам, да се и ја, као што би ти рекао, могу вратити нормалном животу, колико год још трајао, а неће дуго. Сједи и пусти ме да говорим, што си недоказан, па испоштуј мајку кад те моли за нешто!

Главе пуне свега, Душан сједе љутито, напући уста као дијете које си укорио. Решио је да више ниједне не зуцне.

— Е, добро, сад могу почети — рече Стана, а у погледу јој се појави сјај, као да је будна, а није, као да спава, а не спава, као да је ту и ипак није. — Ви знате да ја нисам много сујевјерна. Слабо тих навика имам, да избјегавам црне мачке, да се занимам за датуме као што је петак тринаести. Побожна сам, слиједим

Исуса Христоса таман ме то главе коштало. Одувијек је тако било у мом животу, од кад сам била мала, то сви знају. Не могу и нећу да Га се одрекнем, па нека је на власти која год гарнитура, јер власти долазе и одлазе, а ријеч и народ остају. А и Он је рекао да ако се одрекнемо Њега пред људима, да ће се и Он одрећи нас пред Оцем својим небеским. Бог ми је свједок да се десило ово што ћу вам сад испричати. Чак је и мени самој невјероватно да сам то доживјела и видјела, али је било тако и речено ми је да ја морам пренијети вама, па ви како хоћете, пренесите коме хоћете или немојте никоме. Послије овога моја дужност и завјет престају. Преносе се на вас. Зашто — не знам, нити сам питала, тада сам већ била тако престрављена, али истовремено и некако необично срећна да сам се само молила Богу да ме пусти из тог чудног стања, окружења, назовите то како хоћете. Осјећала сам да не могу више поднијети и да ћу умријети ако потраје још имало дуже. То вече када сам враћала краве кући, нисам их никако могла натјерати на уобичајени путељак према селу који користимо деценијама. Опирале су се, бјежале у страну, уплашене толико да то никад нисам видјела, ма, сасвим унезвјерене. Ни пси се нису понашали ништа боље. Завијали су силно и стравично, преплашено, да ми се крв ледила. Длака им је била као никада накострешена. Препадох се, да није наишао вук, или два, можда и чопор, али ми би чудно да су тако близу села кад није ледено. Што би силазили до нас да траже хране кад је по шумама још има у изобиљу? Трчала сам и за кравама и за псима као сулуда, али ништа од онога што бих ја учинила није успјевало. Џаба све моје викање, ударање прутем по кравама, нису хтјеле на пут и готово. Вече је све брже падало, све је теже било видјети у сумраку, знате како то већ тада буде, као да си на прелазу између јаве и сна, нит је дан, нит је ноћ, као да је неки међупростор свијетова.

Стана је говорила унијета у сваку ријеч. Проживљавала их је.

— Краве окренуше доље до пута, поред оне старе напуштене појате, који такође води до села, само је дужи. Шта ћу, пођем за њима. И онда видим ватру, једно двадесет метара удесно од пута. Препаде ме, помислих, неко је намјерно запалио да нам сагоре пластови сијена или можда неко није добро угасио пикавац, па је букнула ватра која може прогутати и село ако се одмах не угаси. Утом чух пјесму. Најдивнију коју сам икада чула, а нисам разумјела једну једину ријеч. Звучало је као да огромни дјечији хор, најчистијим и најљепшим гласовима који постоје, пјева такву пјесму да се чинило да од ње може нићи цвијеће тамо гдје никад није ницало, да би се чак и коров, од пусте милине и слаткоће, могао претворити у руже. Помислих, привиђа ми се. Пјевање је било толико гласно да сам се чудила зашто нико из села не долази да провјери ко пјева и зашто. А питала сам се одакле сад хор дјеце, ко то научи нашу дјецу да тако лијепо пјевају, кад је имао прилику и гдје се то учило. У школи? Али, ваљда бих чула некад за то. Нисам се могла помакнути с мјеста, пјесма ме је опила и очарала, ноге ме нису хтјеле слушати, ма ни макац да се помјерим, ни лијево ни десно! Нетремице гледам у ватру, а она, Боже ме опрости и сачувај, као да није ни горила на ливади већ је била мало издигнута, сигурно метар у висину и ту је лебдјела и горила. Као облак који се спустио баш ту, па сад лебди изнад поља и гори. Почела сам изговарати Оченаш један за другим, молила се Богородици да ме сачува од овог зла, а помислила сам и да изгубих памет, јер се овакве ствари не дешавају, немогуће је да видим оно што мислим да видим. Можда сам се отровала храном, појела какву буну која ми је замантала мозак. Црни ме је зној објевао гледајући у то чудо над чудима, кад се појави још веће. Мрак је већ био скоро потпуно пао, ватра је била све јаснија што сам више у њу гледала, а онда су се створили обриси неких бијелих хаљина које лете укруг око ватре. Не можете замислити страх који сам осјетила. Хтјела сам да вриснем из све снаге, али ми се глас замрзао у грлу, нисам могла више ни да шапућем молитве, а камоли да вичем.

Стана је говорила у даху, њени су је слушали без даха, без иједне мисли, скамењени.

— Обриси су постајали све јаснији док нисам схватила да гледам у неке мале, прелијепе жене које играју коло око те ватре и пјевају пјесму која ме је онако занијела — везла је Стана ријечима слике које се саме стварају слушаоцима пред очима. — Лебдјеле су изнад земље, око те уздигнуте ватре, играле коло и пјевале. И тад схватим да видим вилино коло. Било то мени невјероватно или не, хтјела ја то себи признати или не, стајала сам на нашим ливадама и гледала прелијепо вилино коло. Онда је коло стало, једна од тих вила се окренула и погледала право у мене, а након ње и све остале. Биле су то у ствари младе дјевојке неземаљске љепоте, ниског раста, као десетогодишње дјевојчице. Ни сама не знам како, али је та прва вила одједном била крај мене, гледала ме најљепшим очима, невинијим од оних у срне, уз највећу топлину и мир које сам икад осјетила у животу. Узе ме за руку, а њена рука као да је горила, толико је топла била, и рече: „О, сестро Стано, угледа ти нас! Хајде да онда заиграш са нама у колу, да запјеваш као и ми!". И ту се сјетим оних старих прича што жене од давнина причају, ако тебе виле прве угледају онда ти не можеш видјети њих како играју, нити чути док пјевају, али ако се којим чудом деси, а то је тако ријетко да је готово немогуће, да ти њих прва угледаш, онда се оне више не могу сакрити. Не могу се од тебе склонити већ се морају показати и попричати са тобом. Причало се и да виле могу видјети само одабрани, углавном жене, али оне чисте душе и срца, које нису згријешиле много јер нема безгрешних на овоме свијету. Како ме додирну, кроз мене прођоше осјећања која ни сад не умијем да опишем, а никада нећу ни умјети. Немам их с чиме упоредити кад не подсјећају на било шта од онога што сам доживјела. Као да је она ватра некако и мене обухватила, осјећала сам да пламтим сва, да сам постала нераскидиви дио свијета и свемира, да и сама могу да лебдим, а кроз мене је струјала толика радост да сам могла пући од милине и благости. Онако како се она створи поред мене, тако исто се ја с њом нађох у њиховом колу и заиграх с њима коло које нисам знала, запјевах пјесму на језику који нисам разумјела, гласом звонким и лијепим као што је њихов. Осјетих се опет као млада цура, несташе сви болови које сам имала, ноге су ми опет биле чигре као кад сам млада била, боље сам чула него икада, боље видјела но икада. А око нас је све прожето бојама као да смо упале у дугу, па и сјајније, као у спектру чудесних Његових боја које су се прелијевале једна у другу. Златна, љубичаста, плава, жута... И планина је буктила тим бојама, чинила се час да је сва од злата, па од сребра, па као да је огромни брилијант који освјетљава васцијелу Крајину. Као да је планина била нека огромна бакља коју сами Бог држи у руци. Село је било ту, али као да није. Промјенило је боје и облик, изгледало је као да и оно лебди заједно са нама, није било у мраку већ га је прожела свјетлост коју никада нико описао није, па не могу ни ја која сам је видјела. Страх је нестао сасвим, умјесто њега јавио се осјећај тако силне љубави да сам била убјеђена да ће ми срце стати од оволике благости, али нисам марила. Нека стане, кад се већ мора умирати онда нека буде ту и тада, у таквом стању, када ти смрт изгледа ништавна. Не знам колико смо дуго тако играле и пјевале, да ли је то трајало минут, два, пола сата или читаву вјечност, вријеме нема значај у том свијету. Коло је почело да успорава, постепено, док напокон не стадосмо, лебдећи и даље, али су и боје биле ту, свака стопа земље је још горила.

Стана је постала центар универзума за њене укућане, али је она сама била усмјерена само на оно што им има рећи.

— И онда ми се обрати она вила која ме је и довела у коло — причала је старица. — „Сестро наша, Стано, знамо да си чиста срца и да никоме не желиш зло. То и јесте разлог што си нас успјела видјети прва, али смо знале да ће се то десити, још раније нам је казано, само што нисмо знале ко ће то бити од људи, нисмо знале да ћеш то бити баш ти. Нама је речено да играмо и пјевамо као и увијек, да стрпљиво чекамо, открићe нам се већ када дође тренутак за то. Дошао је, ево, са тобом. Твоје чисто срце и мисли нису једини разлог што ти је дозвољено да нас видиш. Има један много већи разлог, морамо ти нешто показати, нешто што ми не знамо да искажемо, јер у нашем језику нема таквих ријечи, а ствари које ћемо ти показати не познајемо, њих у нашем свијету нема. Те ријечи и ти догађаји припадају свијету људи и зато ћеш знати да растумачиш шта видиш, знаћеш и да објасниш. А битно је да их објасниш јер ви, људи, морате знати све о времену које наилази, шта ће се догодити. То ти морамо показати јер не умемемо рећи шта је. Након што све видиш, објаснићемо ти коме ћеш пренијети и објаснити шта си видјела. Кад њима пренесеш своје знање, са тебе спада оговорност. Нека онда они са тим знањем чине шта им је воља. Плашићеш се више него икада у животу, али се засад не бој, ту смо ми, а и неће се одмах десити то што ћеш видјети. Али, није далеко дан кад ће све баш тако бити, па је важно да све пренесеш што прије, чим се од нас кући вратиш. Показаћемо ти и многе друге ствари, одговорићемо на многа питања без да их мораш постављати, отворићe ти се очи као што никада нису. Још важније је то што ће ти се отворити и срце и душа, па ћеш знати много тога што ниси знала или разумјевала. Неке ствари које ћеш видјети ће бити само за тебе, не смијеш их преносити другима, кад наиђу ријечи ћемо ти да задржиш само за себе, а рећи ћемо и оно што мораш рећи по сваку цијену. Моли се Богу све ово вријеме што си са нама, да ти већ сада отвори ум и срце да што боље разумијеш оно што ћеш видјети, а слушај и нас шта говоримо." Онда ме вила благо помилова по образу и загрли, па су прилазиле остале виле, једна по једна, и чиниле исто.

Све вријеме Миленко је у Стану гледао као у ванземаљца или као да умјесто ње види жену црну као гар, из непознатог афричког племена, из прашуме у којој није било додира с цивилизацијом. Није ни он боље изгледао буљећи тако у њу, отворених уста, док му се пљувачка цијeдила из једног угла усана без да је то уопште регистровао. Драгиња је непрестано и тихо плакала погнуте главе, па су јој сузе смокриле добар дио прслука и сукње. Ко зна да ли је била потресена због онога што чује или зато што жали Стану којој се све то дешава у глави. Душан је пушио једну за другом, загледан у планину, ту тајну која крије све одговоре, и прошле и будуће, тајну која је увијек нијема на сва његова и ма чија припиткивања. Нису прекидали Стану, било је онако како је тражила. Она збори, они слушају, питања, ако их буде, биће кад она заврши. Сама Стана је била у трансу, поново проживљавајући оно што изговара, озареног лица и погледа као код слијепих људи. Чини ти се да виде, да гледају у нешто иако не гледају ни у шта.

— Онда сам само осјетила да летимо — настави мајка Стана — да смо се уздигли у велике висине, можда и изнад облака, а можда облаци нису били ни важни јер се не сјећам да сам видјела иједан. Вила ме је и даље држала за руку, повремено ме гледала са осмјехом, а остале виле су летјеле око нас, окруживале нас и сијале неким ореолом. Из сваке је избијала свјетлост равна оној ватри која је горјела доље у селу. И пјевале су, тихо али чујно, неку другу непознату пјесму, којој опет нисам знала ни мелодију, али је на мене дјеловала као да пјевају успаванку. У једном тренутку вила испружи руку и показа прстом да погледам унапријед, не испод себе гдје сам стално гледала, мислећи на орлове који су овако летјели изнад Далмације надгледајући, можда чак и чувајући, сва села, па и крајишка. А онда је све почело летјели испред мојих очију као на филмској траци, као да гледам филм о свом животу. У неку руку је и било тако, само што је све ишло убрзано, без паузе. Видјела сам себе као дјевојчицу док ме отац носи преко пољана на леђима, како сам похађала школу на ливади, ишла кравама и овцама, мјесила хљеб са мајком, играла се са браћом и сестрама, купила сијено, окопавала кромпир, брала шљиве, како сам први пут примјетила ђеда, твог оца, Душане, који се издвајао од осталих момака што су косили са њим раме уз раме, како су ме испросили за њега. Живот, када смо створили фамилију и родили дјецу, њихове прве кораке и ријечи. Љубав и радост које сам тад осјећала према својој дјеци се у истој јачини поново појавила, њихово одгајање и како смо вас учили, Душане, да постанете добри људи. Онда сам видила своје прелажење у озбиљнија доба, прве сиједе, женидбе и удаје наше дјеце, рођење унука, још више сједих, још више бора, гипкост како нестаје из наших корака, леђа која нам се лагано криве. Видјела сам нажалост и ђедову смрт, горке сузе, патњу и сахрану, а најзад ових задњих пар година, овај наш живот који сада дијелимо и тачно све до оног тренутка када сам виле угледала. О, како сам се само смијала док сам све то гледала и поново проживљавала, а и осјећала сам се исто онако као када се све то заиста дешавало, али сам се и исплакала као никад. Понекад сам могла видјети како ми сузе падају далеко испод мене на ове просторе, као да су биле увећане двадесет пута, падају и пробијају се кроз све ове дивне боје које су нас окруживале. Виле су за све то вријеме, које се мени чинило као вјечност, тихо пјевале и ту сам схватила да пјевају због мене, да ме том пјесмом умирују, да не бих тјелесно умрла од превеликог узбуђења. Јер, путовале смо духом, а наша тијела су и даље играла коло тамо доље око ватре. Одједном се све то промјени. Све се претвори у звијезде међу којима сам, ето, летјела и ја, чинило ми се да их могу руком додирнути, а понекад бих помислила да то сијају у мени, да се тамо гдје ми је срце уселила звијезда која је освјетљивала и моје биће, онако као што су свијетлиле виле. И тада сам видјела Архангела Михајла како сједи на мјесецу и посматра земљу, а тек је он горио таквом ватром да су ватре вила биле као да си креснуо дрвце шибице. Не знам да ли је он нас видио ни да ли нас је уопште требао видјети, јер смо наставиле даље и улетјеле у тако блистав простор да сам истог тренутка ослијепила, нисам више видјела ништа сем невјероватне бјелине. Тада вила стави своју руку испред мојих очију и рече ми да их сад отворим и да гледам, али да ће то бити само накратко јер оно што ћу видјети не бих могла на дуже поднијети, не би ме ни оне могле спасити физичке смрти доље на земљи. Ни оне саме не би то предуго поднијеле, јер је призор чак и за њих био исувише величанствен. Стигле смо до врата Раја испред којих је сједио Свети Петар и држао кључеве капија. Неизбројиви анђели су лебдили и пјевали око капија, а привлачна снага те пјесме и тог призора учинила је да ми се душа стварно растаје од тијела, даље нисам хтјела, више ме није интересовало, хтјела сам само да ме оставе ту, да не идем даље, јер даље једноставно не постоји. Али онда се сјетих тебе, Душане, и све моје дјеце, и схватих да није још дошло вријеме за то, било би ми жао да сам отишла без поздрава, да нисам позавршавала још неколико послова које треба завршити док ми Бог још дозвољава да ходам земаљским просторима. Виле су то осјетиле, а можда су и оне осјећале исто што и ја, јер су многе застале и нетремице зуриле у тај призор. Ко зна, можда су и оне пожељеле да им се отвори капија и да остану ту заувијек.

Као што је ниоткуд наступила та величанствена бјелина, једнако тако је и нестала. Замјенио ју је највећи замисливи мрак. Однекуд су до нас почели допирати јауци и кукњава, без сумње људски гласови, али такви јауци какви се за живота не могу чути чак и да ти откидају све удове истовремено, да те рашчереће или набију на колац, ништа од тога не би могло да буде ни близу овој агонији и оваквим јауцима. У даљини се назирало нешто крваво црвено, изгледало је као огромно, пулсирајуће срце, а ти крици су допирали из тог срца, ако то тако могу назвати.

Слушали су је, на ливади, блиједи као крпе, као да у њима ни капи крви нема.

— Колику год да сам малоприје осјетила радост и неописиву срећу у оној бјелини пред вратима Раја, сада сам осјећала такав страх да би се са њим можда могао упоредити једино страх који мајка осјећа за своје дијете, да му се неко зло не деси а да је она немоћна да га спаси, тај ужас је једини приближан овоме, мада нисам сигурна да је и он довољно налик — била је незаустављива Стана. — Гледали смо сви у врата пакла и замрзли се пред њима исто онако као пред вратима Раја, само што се овај пут нисмо могле покренути од ужаса и непојмљиве страве. Моја вила испусти неки дубоки крик, који као да продрма и мене и остале виле, па смо некако успјеле одвратити поглед од тог пулсирајућег срца, које као да нас је привлачило ка себи и то веома брзо.

А онда смо се опет нашле на оном мјесту гдје сам гледала цијели свој живот као филм и вила ми рече: „Гледај сад добро, ово је нешто што ми виле не гледамо, нисмо за то створене јер нема веће патње за нас него када видимо како људска бића наносе једни другима зло. То нас толико растужи да умремо и нестанемо. Да, и ми виле можемо да умремо, од туге и љубави за човјеком због онога како се понаша и шта је у стању учинити ближњем своме. За ово што ћеш сад видјети ми немамо ријечи, нити знамо како се то зове, то не постоји ни у једном другом језику осим у човечјем, а колико год се теби чинило да ми говоримо људским језиком, то није истина, овако причам да би ме ти могла разумјети, али ово ти не умијем објаснити. Ви људи имате ријечи за ово, јер сте једина бића која ово раде једни другима свјесно, не постоји нигдје у васцјелом свемиру било ко и било шта што је способно учинити оно за шта су способни људи. Зато ћемо се мало одмаћи од тебе, окренути ти леђа, да не гледамо оно што не би требало да постоји".

Како рече, тако и би. Одмакнуше се иза мене, окренуше леђа, утихну пјесма и не чу се више ама баш ништа.

Видјела сам цара Лазара како брани Косово, како изгибоше Срби и читаво поље се претвори у црвену крв из које су ницали црвени божури, видјела сам како погину Милош Обилић, и Косовку дјевојку, и девет Југовића. Видјела сам и Марка који касно стиже, како је народ одувијек говорио. Видјела сам Гаврила Принципа како убија надвојводу Фердинанда и надаље су се слике ређале једна за другом: огромне јаме испуњене српским лешевима, људи набијени на колац, одсјечене главе натакнуте на кочеве испред капија кућа и дворaca, дјеца која вриштећи траже родитеље, видјела сам како убијају ту дјецу и њихова мала тијела бацају у блато, пред псе и свиње. Видјела сам возове пуне Срба како одлазе у Јасеновац и чула сам пјесму из тих возова, пјесму Срба који су пјевали Светом Ђурђу да их представи пред Богом пред којег ускоро стижу, чула сам чак и да се неки смију идући ка смрти. Слике из оба рата су ми се мјешале пред очима, час сам гледала у борце Дринске дивизије, час у борце Динарске дивизије, видјела сам како Срби убијају Србе, само су носили различите униформе, код једних је била петокрака, код других

| 255 |

кокарда. Видјела сам усташе како кољу Србе србосјеком, како су са тим страшним оружјем клали и жене и дјецу, видјела сам ријеке које носе српске лешеве, надутих стомака од воде и ваздуха као балони, видјела сам усташе док ваде нерођену дјецу из утроба мајки и како чизмама гњече њихове мале главе, а женама парају утробу до краја, док се сва цријева не проспу. Видјела сам како вијоре шаховнице поред застава кукастих крстова, Павелића и Хитлера како се рукују, чула овације фашистичкој војсци у Загребу, видјела сам Србе који хапсе и убијају чича Дражу. Видјела сам села и градове како горе, претворени у прах и пепео, српску крв која чак из камена липти, видјела сам усташе и Нијемце док силују наше дјевојке, мајке, чак и старице, па све редом убијају на најстрашније начине. Копали им очи, пили српску крв као да је вино, сликали се са одсјеченим српским главама уз громогласан смијех и од среће пијану пјесму. Видјела сам вране и гавране док кљуцају лица убијене деце, чијих је лешева било на све стране, на путевима, поред путева, у запаљеним кућама, усред поља или су висила са дрвећа. Видјела сам како моторном пилом сијеку дјевојчицу тачно испод груди, док јој држе оца и мајку, а затим је спаљују, па силују мајку и сијеку је на комаде, а онда черече и дјететовог оца који није могао ни да полуди од бола, па му је смрт донијела слободу. Видјела сам Хрвате који масовно одлазе у цркву да се крсте и видјела сам Србе који исто тако масовно затварају своје цркве, претварају их у гараже, магацине, складишта. Видјела сам Србе који скидају иконе и кандила са зидова и мјењају их сликама Тита, видјела сам Србе који то нису хтјели урадити, па су животе завршавали у мукама на Голом отоку. Видјела сам силне потоке српске крви који пробијају пут кроз ливаде и шљивике, огромни пожар који је гутао све испред себе, лешеве које нико није сахранио и костуре које нико није нашао. Видјела сам највеће зло које човјечанство памти и све те слике су се још дуго редале испред мојих очију, свака гора од оне претходне. И онда, одједном и без најаве, видјела сам тебе, Душане, како сједиш испред куће и пијеш ракију са Антом и Ивицом, видјела сам себе како другујем и испијам каву са Катицом, видјела сам Миленка како се уписује у пионире и Антиног Стјепана који то није урадио, него се тајно крстио у католичкој цркви. И онда сам опет видјела нас, какви смо сада, како сви сједимо испред своје куће, како све комшије сједе испред своје куће и како небо изнад нас опет постаје црвено. Крваво црвено.

И ту старица застаде. Зажали што се није сјетила да понесе мало воде, јер су јој уста постала сува као барут од свег описивања онога што јој се дешавало. Није се ни надала да ће јој узети оволико времена, заборавила је колико траје све оно што би да опише, а што је гледала само неколико секунди или минута. Како је њена прича одмицала, старица се све више скупљала, такорећи сушила, из очију јој је полако нестајао онај жар који и није припадао њеним годинама, покрети су постали спорији, глас све старији и старији. Копнели су она енергија и полет, осјети се уморнија него било кад у животу.

Душан се накашља и окрену према њој.

— И? Је л' то крај, можемо ли сад причати?

Истина, није ни био сигуран о чему би причали, нити шта би је питао јер је очекивао све, само ово не.

— Није сине. Нажалост, није. Али нема још дуго, стрпи се мало — одговори старица храпавим гласом и настави да осликава своју епопеју. — Када се напокон сви ти призори завршише опет осјетих вилину руку на мојој, а остале виле су поново биле направиле круг око нас као и раније. Сада су поново могле гледати, опасности за њих више није било. „Шта ово би, зашто си ми показала сав овај ужас, душа ми дрхти од језе и страха", казах ја њој. „То је било најважније што је требало да видиш. Показале смо ти Михајла, Светог Петра и ужас пакла да те увјеримо да је све то стварно, да постоји, па ћеш лакше повјеровати и овом што си послије видјела. А то смо ти показале зато што ће се све то поново десити. И то веома брзо. Опет ће устати Хрват на Србина, опет ће устати и Србин на Србина, опет ће се и муслимани покренути, па у служби Хрвата навалити на Србина. Опет ће бити рата и битака, многи ће Срби изгинути, биће крви на све стране, биће свега оног нељудског што људи раде једни другима. Овај пут ће бити горе него икад, јер ће и туђи људи, страњски, са запада отворено устати против Срба, биће свеопшта намјера свијета да се већ једном, за сва времена, затру Срби и православље. Све што си сада видјела реци онима који нешто могу учинити у вези са тим, као што је твој син, да се Срби спреме, да осмисле одбрану, да не буде као увијек да се воде као јагањци на клање, увјерени, по ко зна који пут, да људи не могу бити тако зли и да је немогуће да комшија крене по комшијин живот. Након свог суживота, братимљења, кумства да опет буде крви између њих, у то Срби неће повјеровати. Можда, ето, ово буде бар као знак упозорења. Знамо да ти неће нико вјеровати, па чак ни син, али на теби је да пренесеш а онда — шта буде, буде, не може судбина српства и православља бити на једним плећима. А сада ћеш заспати, драга наша Стано, за село не брини, рећи ћеш да си била код Руже, а Ружа ће већ знати шта да одговори ако је ико ишта пита, али је неће питати. То што си нестала на два дана, па се опет појавила жива и здрава биће свакоме довољно објашњење. Јер, село тренутно има и већих проблема него да се бави са тобом."

— Ето — уздахну баба Стана — то је крај. Ја сам се силно зачудила кад је рекла да сам била са њима цијела два дана, мени је све то дјеловало као можда два сата, али видим и сама да није.

И тако, сине мој, сад ти вјеровао мајци својој или не, ја сам рекла шта је било и тиме душу спасила. Сад знаш све, па поступи како ти савјест налаже.

У њеном гласу једва да је више било живота.

Драгињин плач прерасте у јаук, Миленко леже на траву уморан као да је вукао кола пуна сијена умјесто волова, а Душан је сједио као мумија и задуго није могао ни да трепне. Само он је знао да ли је повјеровао мајци или је помислио да је полудила под старе дане. Послије ко зна ког времена, Душан неочекивано устаде.

— Ја... Ја морам ићи да спавам. Ако не будем у кревету у наредних десет минута, умријећу. Драгиња, престани плакати молим те и устај, идемо кући, а и ти мајко. Ајмо сви кући, немојмо причати о овоме, бар не сада, ма ни ријеч нећу да чујем ни од кога, пустите ме да... да... Да размислим, ђавли га однијели, завезао ми се језик! И наређујем најстрожије што могу да се о овоме не смије никоме живом ни ријеч зуцнути, ма ни слово једно, јеси ли чуо, Миленко — подвикну Душан на сина.

— Ма чуо сам. Коме бих то могао причати, ко ће ми вјеровати? Нисам баш вољан да ме људи прогласе да сам скренуо с памети. Не брини тата ништа — суморно ће Миленко.

Црна четворка крену преко ливада. Да их је ико гледао могао би рећи управо да су црна четворка, јер су им лица тако зачадила да се тамнило преносило на читава њихова тијела, која су се уморно, погрбљено и некако усукано вукла према кући.

29

Као да се сав свијет урушио у Миленку. Није знао шта да мисли, како да се понаша. Није му дјеловало да је баба Стана полудила, било је у свему реченом много разборитог, на моменте је чак зазвучала научењачки, као да је била професор који отвара видике младима на факултету. Међутим, јесте помислио да је баба била негдје заспала чувајући краве и да је све сањала. Додуше, подугачак сан, чак два дана, али ко зна шта се дешава старијим људима, можда могу да спавају још и више! Једно је одмах знао. Није постојала ни најмања шанса да ово задржи за себе, макар морао да ископа рупу, као у причи о цару Трајану и козјим ушима, па да све лепо исприча рупи и онда је затрпа. Ако бар тако не изговори оно што је чуо само ће пући, експлодираће као динамит, полудиће.

Кад стигоше до куће рече оцу да мора мало прошетати јер не може с миром ући и сједити, а ни заспати. Душан лијено одмахну руком, чак ни не понови да држи језик за зубима и оде у кућу. Да л' је било провиђење или не то што је срео Зорану, идући низ пут, послије свега му није важно. Ионако је видио анђеле, демоне, ђавола, свеце и виле гдје год бацио поглед, па га сусрет са принцезом његовог срца уопште није изненадио. За разлику од ње. Кад га угледа, стаде као закопана у мјесту. И закука.

— Ајме мени, Миленко, како то изгледаш? Шта се десило, да није умрла баба Стана?

Миленко се осмјехну и подиже отежалу главу.

— Није, Зоки, није нико умро, али... — застаде, погледа је директно у јасне и прелијепе очи, па преломи да ће погазити обећање дато оцу. — Али се десило нешто друго и... Гдје си ти пошла, имаш ли који минут времена да одемо на наш пропланак да ти нешто испричам?

— Нисам нигдје пошла, идем од Весне у ствари... Ма, имам времена, морам имати времена, ти изгледаш као да ти баш треба помоћ.

— И треба. Морам душу испразнити.

Исприча јој тајну која није требало да буде испричана, али младост не зна чувати тајне или нема довољно снаге за неке од тајни. Не би ни требало да чува такве тајне, превелике су оне терет за младе душе у којима још није било мјеста за зло, за душе које су тек почињале живјети, у којима је цветала љубав и весело зелено прољеће живота, који ће, је ли, бити бајка докле год постоје. Миленко је пред Зораном отворио душу као што Свети Петар отвара капије раја заслужнима, ријечи су из њега навирале као бујица док суза сузу није могла да сустигне.

Питао се би ли се смио усудити да је ухвати за руку, само да осјети бар мрву људске топлине. Али, Зорана сама узе његову руку и, милујући је, пажљиво га је слушала, уз саосјећање за тјескобу која га је нагнала да погази ријеч дату оцу да ће тајна остати закопана у његовом бићу. Ћутала је све вријеме. Када би му се шака згрчила од ријечи које су се утискивале у њу саму, нежно је стискала да се поново опусти и осјети сигурним.

Из шумских даљина чу се зов сове, вјетар је лагано помјерао гране. Ослоњени на камени зидић крај старог ораха, за такав терет и такве тајне двије премладе крајишке душе трудиле су се да једна другој пруже утјеху и љубав, дјелећи сада оно језиво сазнање, које би, ако се заиста оствари, значило да оних раздраганих тренутака више никада неће бити. Да ће се свијет којег воле и за какав знају преобразити у кошмар у коме нема спаса и из кога ни излаза нема.

30

Душан чврсто одлучи да никоме не прича о ономе што му је мајка наводно видјела и доживјела. Опет је строго подвукао укућанима да се држе приче о посјети кума-Ружи, да се не одговара на било која друга питања, нек се врти та прича к'о покварена плоча док свима не дојади запиткивање. Надао се да ће то бити брзо. Уздао се у изреку да је сваког чуда три дана доста. Није знао да је Миленко погазио обећање, али су обоје младих били свјесни да то мора остати међу њима, што их је повезало дубље него икада.

Видио је Душан да му мајка није скренула с памети, послије монолога на ливади понашала се у свему као и увијек до тада. Обављала је своје послове, опет ишла да чува благо, плела је, ткала, разговарала уобичајеним тоном и манирима. Постала је ћутљивија и није је било лако увући у разговор, то је била једина промјена. Понекад би стајала у дворишту загледана у пусте даљине, али би се брзо прибрала и наставила даље, за каквим послом. Колико год да мајка заиста није била луда, Душан није могао да повјерује у оно што је од ње чуо. Не зато што је наводно срела неке виле, јер откада зна за себе зна за та народна вјеровања, па је добар дио њега био склон да чак и повјерује у некакав натприродни догађај, али да је било баш онако како је рекла?! Кад би до тога дошао само би му застала кнедла у грлу и одмахивао би главом. Немогуће. Прије би повјеровао да је видјела Архангела Михајла него да ће почети нови сукоб Срба и Хрвата, да ће се ту умјешати муслимани, да ће опет бити рата и да ће све оне страшне приче старијих људи, учесника претходних ратова, оживјети и почети да се збивају. Е, у то га нико не би могао увјерити. У мир је био сигуран као у своје име.

Гдје да се деси, ко би то урадио и зашто, кад ево већ деценијама живе у миру, једни поред других, једни са другима, женили се, удавали се, породице заједно стварали, кумили се, братимили се... И сада да опет владају крв, насиље, смрт?! Колико је њему то било незамисливо, вјеровао је да је једнако толико незамисливо свим другим људима. Забога, живили су сви заједно у Југославији, били су Југословени, били трећа најјача војна сила у Европи и четврта у свијету, били су уједињени у свему, напредовали ка све љепшем сутра. Коме би онда пала на памет сулуда идеја да се врате на нулту тачку, у то далеко и страшно доба од кога се нормалном човјеку диже свака влас на глави?

На шта ли би личило када би, ето, окупио људе у кафани и испричао им од прве до задње ријечи оно што је рекла баба Стана? Од бруке се не би могао нигдје сакрити, сви би га напали, прогласили њега и читаву му фамилију лудима, пијандурама, а није била искључена ни кривична пријава због нарушавања јавног реда и мира, подстицања међунационалне и вјерске мржње, можда чак због позивања на државни удар и отворене сукобе! То му није требало, па је епизоду с мајком ваљало што прије гурнути у заборав. И то што прије, то боље. И приписати све то можда кошмарним сновима или стварном дружењу с кума-Ружом и ракији која им је помогла да пусте машти на вољу и плаше једна другу.

Душан никада не би ставио катанац на уста да је знао колико гријеши одлучивши да ћути, да је знао да је могао спасити многе животе само да је проговорио о томе, па макар у тајности, па макар само Србима. Али није човјеку дато да зна много, јер и оно што спозна може изазвати дубоке потресе у души, а људско биће одбија да повјерује у оно што се не може рационално објаснити. Чак се и Бога одриче зато што је измишљен, нико га никад видио није, па је логично да вјерује у то да је религија опијум за народ. И да пази, више од свега, на то шта ће рећи народ.

Упркос разуму и закључку да је посриједи нека необјашњива грешка, у залеђу свијести кљуцкало га је једно питање, као да га кокош кљуца нон-стоп у потиљак и зато га боли цијела глава. Само једно питање. Зашто је Анте пуцао у Славка и шта му се то десило, у ових неколико недјеља од тада, па се удаљио од села, престао да се дружи са свима? Анте је почео да у тајности одлази у град, када село увелико прекрије мрак. Шта ли је радио у тим чудним ноћима, с ким се састајао, гдје је то тачно ишао и које је тајне скривао отискујући се у ноћ?

31

Кроз неколико дана Славко коначно стиже кући из болнице. Цијело село се сјатило у посјету да види како им је комшија, да ли има неких трајних посљедица и, на крају крајева, да сазнају шта се тада догодило, да их незнање више не мори.

Првога дана, међутим, Ђурђа не дозволи никоме да уђе у кућу. Рече да је још слаб, да није спреман за разговор и објашњавање, а и доктор је наложио што више одмора, што више сна, што мање физичких и менталних напора, а узнемиравање не долази у обзир ни под тачком разно. Рече да је најтеже прошло, посљедица по здравље нема, само треба да зацијели рана, па ће наставити са пређашњим животом. Још обећа да ће у посјету моћи ускоро, чим се мало опорави.

Стеван је пажљиво посматрао док је то изговарала и није био сигуран вара ли се, али готово би се заклети могао да јој у очима види огроман страх. Већ тада је слутио да неће нимало лако доћи до Славка. Тако и би, јер је Ђурђа поновила исту причу слиједећег дана, па и оног тамо. Отегну се чекање, прође цијела недјеља. Милиција је у међувремену долазила два пута, њима није могла ускратити гостопримство, али нико није знао шта је Славко рекао.

Многи су били збуњени јер им се чинило да Славко нема намјеру да тужи Анту. Од милиције, а посебно инспектора Ивановића, то нису званично чули. Пронијело се да Славко вели како је ријеч о неспоразуму. Неспоразум? Какав је то неспоразум када неко пуца у тебе са намјером да те убије?! А од Анте свакако нису могли чути ништа, штавише, од њега више није стизало ни обично „здраво". Изгледало је да Анте планира да напусти село и оде живјети у граду, јер је почео да продаје пољопривредну машинерију. Трактор и комбајн је продао још док је Славко био у болници, а сад се шушкало и да ће продати кућу, земљу, цијело имање.

Наравно да је све то скупа притискало мјештане. Најтеже је, ипак, било Душану, који је водио свакодневну битку са самим собом о томе да ли да икоме каже шта на души носи, јер су догађаји из дана у дан ишли у прилог баба-Станиних упозорења. Безброј пута кренуо је код Стевана да олакша душу, али би у последњем трену одустајао. Није хтио још веће невоље, да долијева уље на ватру, да потпирује још већи страх међу ионако све више престрашене људе. Неко је однекуд донио вијест да ће милиција у Книну добити нове униформе и да ће, умјесто уобичајене петокраке, на шапкама бити симбол Хрватске познат као шаховница. Вијест није била провјерена, бар не тада, поменута је једном или два пута у као успутној причи за кафанским столом. Била је то неугодна и застрашујућа информација да о њој нико није желио причати, тјешили су се да је то измишљотина неке доконе будале која мисли само о томе како да их застраши.

Отприлике двије седмице послије Славковог изласка из болнице, Стевану као предсједнику мјесне заједнице дође званична вијест да неће бити кривичног поступка због оног рањавања на ливади. Објашњено је, Анте је пијан пошао да обиђе имање због сумње да му са планине силази медвјед и пушку је, наравно, понио да се одбрани ако звијер наиђе, али се у незгодном тренутку појавио Славко, пијаном Анти причинио медвјед, у страху је пуцао и, на несрећу, ето, погодио ни кривог ни дужног Славка. Речено је, Славко је сагласан с тим исказом, лично је потврдио да је све било тако и не жели да прави невољу Анти и његовој породици. Извукао је живу главу, осим ожиљка тежих посљедица нема, што је најважније, само још да се опорави да може на ноге. Тако ће случај бити затворен.

Ко зна зашто је причу да је Славко први напао Анту замјенило ово о непостојећем медвједу. Чувши то, Славко се у први мах насмија из гласа. Био је ту, видио Анту који није био пијан, прича о медвједу је била бајка. А онда се разљути. Зар је дотле дошло да га, здравог и правог, праве будалом? Нека је званично истрага обустављена, али његова сигурно није. Исте вечери кад стиже званична верзија оде код Славка да ствари истјера на чистац. Милица је покушала да га одврати, говорила да не копа по томе ако је већ и Славко ријешио да тако буде, можда је баш то истина и зашто чачкати мечку. Стеван само навуче кожун и запути се Славковој кући. То је дуговао и себи и селу које је предуго чекало истину, јер је застрашујуће живјети у незнању и бригама хоће ли се, не дао драги Бог, Славкова судбина поновити неком другом. Сељани су се питали шта је до сада чекао као представник мјесне заједнице, зашто је пустио да вијести шаљу некакви инспектори и којекакви подметачи лажи који не знају никога из читавог села. Ако им такви буду кројили судбину, за какво добро имају предсједника мјесне заједнице?

На прилазу Славковој кући не најави се, упркос обичају да се узвикне домаћиново име да би привезао пса, да не нападне неочекиваног госта. Каква црна најава, па да се Славко и Ђурђа припреме и она опет стане на врата, сложи му причу коју већ знају вране на гранама и не пусти га у кућу. Чак није покуцао ни на прозор, ни на врата. Свом силом је грунуо у врата да их је замало извалио из штока, понијет више нестрпљењем него љутњом. Кад је крочио имао је шта и видити. У трену се укопао и заборавио шта је хтио да каже. Славко је сједио за столом и вечерао са породицом, таман је нешто говорио Ђурђи. Осим што је био мало блијед, изгубио који килограм и имао завој око врата и уха, видљивих озлиједа није било. И причао је и изгледао уобичајено, ни налик човјеку коме су потребни одмор и опоравак. Скроз супротно свему што је Ђурђа причала. Славко се толико опоравио да је прошло бар седам дана од кад је устао из кревета. Угледавши Стевана у том донекле бијесном налету, Славко спусти кашику у тањир, Ђурђа обори поглед и дјеца заћуташе.

— Е, Стеване, стиже ти напокон. Познавајући тебе, мислио сам да ћеш доћи много раније. Чудо једно да ниси, како то?

— Ма, Милица ме је стално одвраћала, а и мислио сам да си у много лошијем стању него што изгледа јеси. Одлагао сам и одлагао, али сад више нисам могао. Добио сам обавијест да нећеш тужити Анту, да је све био неспоразум, случајност и... медвјед?! Сада, у ова доба, медвјед? Шта је теби? — горко упита Стеван.

— Сједи, најприје, попиј ракију док ми вечерамо... Заправо, желиш ли да нам се придружиш, има хране колико хоћеш?

— Нисам гладан! — одбруси овај. — Нисам дошао јести и пити него да попричам са тобом!

— Да, знам, свјестан сам тога, него озбиљно — рече Славко кренувши ка креденцу — сједи и попиј једну или двије, запали, само пусти да макар дјеца једу. Послаћу их напоље, а онда ће Ђурђа приставити каву, може ли?

Стеван погледа у дјецу и сажали се, а не обрадова га ни пораз на Ђурђином лицу. Одби каву јер је касно, сједе на троножац који му Славко донесе, извади цигар и отпи мало ракије. Разгледао је по кући. Није се имало шта видјети у простом, скромном дому попут сваког другог у селу, осим неколицине урамљених фотографија на голим каменим зидовима, наравно и Титове, једног лијепо уоквиреног гоблена и мале полице с књигама у ћошку дневне собе. Простор је одисао мирном и пријатном, благом и топлом атмосфером коју домаћинства попиме пред Божић. То је у селу тако било свакога дана, а не само уочи празновања великих светаца које, истини за вољу, многи мјештани уопште нису славили из већ познатих разлога. Разгрија га ватра која је буктила у пећи, а и ракија му мало удари у образе и главу, што га ошамути као да ће ићи на спавање. И тако је љутња сасвим нестала, знао је да је не смије допустити. Кад је већ тако, онда мора задржати озбиљност јер није дошао на прело већ да види шта је било са Славком. Вечера је убрзо била готова, дјеца одоше напоље, у двориште, док се Ђурђа даде на склањање и прање посуђа. Сједоше за сто, Славко насу и себи ракију, па упитно погледа Стевана.

— И?

— Шта „и", Славко? Шта се правиш мутав? Па, рече ли малоприје да ме већ дуго очекујеш, ваљда онда и знаш што сам овдје — рече скоро увријеђено Стеван, не допустивши да сад и Славко од њега прави будалу.

— Знам, очекујеш да ти кажем шта је било, али си ваљда чуо — узврати Славко и нагло тргну ракију уз болну гримасу. — То јест, ти си прочитао као предсједник мјесне заједнице и знаш онда шта је све било, пише у званичном извјештају.

— Ено! Значи, одлучио си да од мене правиш мајмуна, срам те било! Ајде што си лагао онима... И то ме занима! Зашто си им, човјече, лагао?! Али како мени можеш лагати? Толике године се знамо, читав живот заједно проведосмо и сад сједиш ту и лажеш ме у очи?!

Славка обли црвенило и обори поглед.

— Ма ко те лаже — рече више столу него Стевану. — Шта ти очекујеш да чујеш? Рекао сам шта и како је било, прочитао си и шта сад још хоћеш? Не знам шта да ти кажем више од онога што већ знаш.

Стевану поискакаше жиле на врату. Хтједе дрекнути колико год може, али се сјети Ђурђе и дјеце. Чуло би и село дреку и једва се суздржа, па се повишеним тоном обруши на Славка.

— Шта то ја већ знам?! Ја, човјече, знам да смо те пронашли полумртвог на њиви, да ти је крв липтила из главе као поток, да би искрварио да нисмо ми наишли, да те је овај покушао убити и замало у томе успио! Знам да је Душан замало погинуо возећи те у болницу, да је прекршио све и једно саобраћајно правило, да је могао згазити некога којом је брзином возио! Знам да није било никаквог медвједа, да лажете и ти и Анте к'о пси! Ето колико ја знам! А хоћу да знам зашто лажете! Посебно, зашто ти лажеш! И шта се овдје уопште догађа?

На лицу му је писала и брига јер је слутио да Славко неће промијенити плочу, да ће се званичног извјештаја држати као пијанац за тарабу.

— Шта си наврзао на мене?! Лијепо ти кажем да је све било онако како пише и што смо обојица потписали — бранио се Славко. — Хвала до неба теби, Душану и свима који су ми помогли, одужићу се већ некако, али ја стварно не знам шта друго да ти кажем, брате мој мили!

— Да, да... Ево гледам како се већ сада „одужујеш". У лице ме лажеш. Дигни тај поглед већ једном, што пиљиш у сто ако говориш истину и реци ми у очи да ме не лажеш! Ако овако наставиш, богме, нећемо више бити ни браћа, ни побратими, нећемо се уопште познавати! К'о да је ђаво ушао у тебе! Мислиш ли стварно да сам толико глуп, да не видим да овдје нешто смрди до неба док ти лупаш као отворен прозор? Јаке ми захвалности, гдје су ти част и поштење?!

Утом Славко скочи на ноге, сада он видно љут, па погледа Стевана равно у лице.

— Ево гледам те, ево гледам те Стеванеее — рече, а изненада му се очи засузише да ли због срџбе, страха или нечег трећег, то се није могло знати. — Дошао си у моју кућу, пред мојом женом ме већ неколико пута називаш лажовом и ја треба теби да се нешто оправдавам, да се браним? Срам те било! Тако је било како сам рекао да је било и не би било лоше да или престанеш са тим нападима или да идеш кући, јес' чуо?!

— Е, мој Славко, јеси ли се то сјетио да је напад најбоља одбрана?! Шта радиш него лажеш, ево опет ти кажем! Види ти се по читавом лицу и по држању, човјече божији. Шта ти је, зашто кријеш истину? Или можда не смијеш да кажеш? Је л' то, Славко? Бојиш ли се нечега, у страху си? Шта друго може бити?! То сам ја, Славко, твој пријатељ, твој брат како ме назва малоприје, зар мени да не вјерујеш?! Нисам ђаво да ме се бојиш, нећу ти ја ништа, ја сам овдје дошао да помогнем!

Галамио је Стеван бјесомучно јер га више нису интересовали ни Ђурђа, ни дјеца која су вани, нити што ће село чути. Овакво Славково понашање било му је колико неочекивано толико и неиздрживо. Стеван је поражено гледао у Славка, који је погрбљених леђа, као да су на њима све планине овога свијета, кренуо према вратима.

— Немамо ми шта више причати, Стеване! Овако се нико жив не може и не смије понашати у мојој кући, још пред женом и дјецом. Шта си ти умислио, ко си? Нека не будемо ни браћа ни пријатељи, ионако си ме сада толико повриједио овим простачким понашањем и виком да ти немам више шта рећи. Нити хоћу! Овако се дереш на рањеног човјека — повика Славко јаче баш кад је отворио врата, очигледно у нади да ће неко из села чути бар неке дијелове разговора, па би имао и изговор и одбрану због тјерања Стевана из куће.

Стеван у ужасу није вјеровао шта се догађа. Славко га избацује из куће? Буквално га избацује! Хтио је да поједе капу од муке, гњечећи је у рукама, и осјети порив да удари Славка. Али, како ошамарити човјека у његовој кући? Знао је да би такву грешку скупо платио и видио је да би, ако би то учинио, морао он ићи на суд јер ће Славко прије тужити њега него Анту. Није имао избора. Мора из куће, Славко неће попустити.

Без ријечи прође крај Славка, који дозва дјецу да се истог часа врате. Усправан и тешког корака, напусти двориште зачуђен као никад. Истина, није се баш понио примјерно као гост, али ово ни слутио није. Мислио је, биће то пријатељски разговор, као и увијек, између њих двојице, Славко ће ријешити мистерију зашто је у милицији лагао. Слутио је огромно зло, да ће ова лаж и овај догађај скупо коштати некога и запутио се својој кући све шкргућући зубима.

Истовремено, кад дјеца улетјеше у кућу, Славко затвори врата, наслони се на њих и плачући се сроза на под. Плакао је зато што је Стеван говорио истину, свака му је ријеч била на мјесту. Јесте Славко лагао, а јесте се и плашио. Можда је издао пријатељство, а би му још теже на помисао да може изгубити таквог пријатеља или га је већ изгубио. Част и поштење издао није, напротив, лагао је потпуно свјесно само зато да их заштити. Да заштити себе, Стевана и све остале сељане. Можда чак и све Србе у Книну, ко зна, али је тако мислио, једнако као што је Душан вјеровао да својом ћутњом штити све одреда. Славков случај је ипак био знатно озбиљнији, ту је радило оружје, мало је недостајало да падне жива глава, а ни сам Славко није био сигуран да ли ју је уопште сачувао.

Руку на срце, кошкање између Анте и Славка почело је још прије неколико година, али томе нико није давао на значају, такве се шале одмах заборављају. Чак ни сам Славко у томе није видио проблем све до дана кад је Анте пуцао на њега. Само је Анте мислио другачије. Постојао је обичај, а и данас траје, да се људи састану недељом када се играју утакмице фудбалског првенства и скупа слушају пренос преко радија. Некад је то било код Славка, некад код Стевана или Душана, домаћини су се ређали и мијењали. Некада су се окупљали у кафани. Ракијали би, дружили се и из петних жила навијали за свој тим. Срби су готово сви били опчињени Црвеном звездом, а било је и ријетких навијача Партизана, док је Анте био једини навијач Динама из Загреба. Окупили би се око радио апарата, пратили акције које су радијски коментатори описивали уздасима, љутњом или великом срећом када падне гол.

Губио или побјеђивао омиљени фудбалски тим, увијек се ломило шта се стигло, и чаше и флаше. Некада су се знали сасвим озбиљно посвађати, из неког чудног разлога су спорт претварали у свој живот, као што се, уосталом, догађа у свакој земљи и у било ком спорту. Свуда, у васцијелом свијету има загрижених, којима је побједа њиховог тима или пулена важнија од читавог њиховог живота. Чудно је то да ако Звезда побједи у недељу, а ти у понедељак добијеш отказ, ипак те та њена побједа тако носи да уопште ниси ни забринут и насекиран због губитка посла. Увијек ће бити посла за оне који хоће да раде, али побједа је побједа, то се није могло поредити са једном таквом баналношћу као што је изгубљено радно мјесто. Ипак, ова окупљања су служила томе да се мјештани друже, веселе, попију коју кад већ недељом ријетко ко шта ради ишта озбиљно. А и ако ради, алкохол људима не смета, напротив, даје им крила.

Не пити алкохол је значило да са тобом нешто није у реду, да имаш неку тајну болест. Човјек је био тачно обиљежен болешћу званом антиалкохоличар и некако није уливао повјерење, с њим би се ријетко озбиљно разговарало, а било је незамисливо да му повјере неку тајну. Како се повјерити таквом јаднику? Он би одмах, као и сваки папучар, одлетио жени и испричао јој све, јер онај који не пије обично или има забрану од жене или је сметењак коме, опет, жена наређује како јој се ћефне. А можда је и занесењак који непрестано умире за женском сукњом и психом му владају сваковразне жене.

У таквим окупљањима и тој атмосфери је и почело оно кошкање које је било нека врста интелектуалне забаве и надметање у духовитости, свакоме осим за Анту. Он се гушио од љутње кад год би Динамо губио, док би Срби око њега скакали од среће због неуспјеха „пургера", а веселио се више него свом животу када год би Динамо успио да побједи било Звезду, било Партизан. У свој тој еуфорији нико није никада помињао четнике или усташе, али се не би могло рећи да им они нису били на памети. Посебно Славку, који би се нашикао ракије и ко зна колико пута ризиковао да оде у затвор, јер би послије Звездиних побједа запјевао *Ој, војводо Синђелићу, српски сине од Ресаве равне, ти си знао Србина заклети како ваља за слободу мрети*, или *Ко то каже, ко то лаже Србија је мала, није мала, трипут ратовала*. Тада би људи поскакали као струјом удерени и на све могуће начине га ућуткивали, гледали да престане са „непријатељским" пјесмама. Или би га, једноставно, избацили из дворишта или кафане, ако другачије нису могли да га дозову памети.

Тако се једном десило да је Динамо тукао Звезду са 2:0. Озарени Анте је прокоментарисао да је „вријеме и било да се тим Србијанцима стане на пут", на шта му је Славко одбрусио да је побједа његових „ујака" незаслужена с обзиром да су оба гола дата из пенала. Покошкаше се тада поштено, можда је могла избити и туча, али на то нико није обраћао пажњу. И други су се свађали када, на примјер, један велики Партизан изгуби од тамо неког Челика из Зенице. Међутим, од тога дана је између Славка и Анте завладала отворена нетрпељивост не само по питању фудбалских утакмица. Једва да су се поздрављали кад се сретну, а понекад би се правили да један другога не виде. Све је то сељанима било пред очима, али као да није, јер могу два човјека и да се не подносе, нису ни први ни последњи. Никоме на ум није пало да ће икада бити, а камоли да већ постоји свађа на националној основи. Не ту, не код њих. Ма, не ни у било ком другом крају Југославије, јер су њени синови и кћери „стајали постојано кано клисурине", сасвим у складу са стихом државне химне. Није ли Југославија била у Европи, а можда и у читавом свијету, најстабилнија земља кад је ријеч о међунационалним односима? У то су људи вјеровали као у цркве и Бога. Бог им је био Тито, а црква Југославија.

Кобног дана, када је Славко пролазио поред Антине куће, овај је сједио у дворишту пушећи и беспослено гледајући у небо. Спазивши Славка, Анте само устаде и без икаквог повода викну „Бог и Хрвати!". Славко замало што не паде преко неког камена на калдрми, погледа комшију зачуђено, не вјерујући рођеним ушима, а овај га је гледао право у очи, изазивачки, са дестилисаном мржњом у погледу. И понови онај злогласни усташки поздрав. Колико год знао да је Анте у души националиста, као што је уосталом био и сам, мада не загрижени премда је и славу славио, Славко је био шокиран што то чује усред бијела дана. Да не би случајно остао дужан, Славко се насмија и рече „За краља и отаџбину, слобода или смрт!". Продужи низ пут, питајући се да ли је Анте луд или пијан. Била је то, за Славка, само једна у низу одвратних провокација „пургера" на коју је одговорио како ваља и на то више не би требало трошити вријеме, нека га носе ђавли.

У томе се прерачунао. Шта је тада ушло у Анту, ни сам Господ није знао. Или можда јесте, чим се Анте после свега тога понашао као да сву силу свијета држи у својим рукама. Постао је другачији, дрзак, безобразан, ни мржњу није могао сакрити кад је довикнуо за Славком који је одмицао: „О, четниче, ово ће ти бити последњи пут да си тако нешто узвикнуо у мојој земљи!". Довикујући, отварао је капију, са пушком у руци.

Славку се одсјекоше ноге у невјерици, неколико секунди није могао да се помакне с мјеста. Из ове обамрлости га трже Анте, који је јурио ка Славку нишанећи у трку, па се Славко даде у бег.

Као да је у неком магновењу, Славко је осјећао као да трчи кроз воду, јер је све било успорено као никада. Успорен је он сам, успорене су крошње дрвећа које је помјерао вјетар. Чак и звуци птица долазе из тешке даљине. Летио је преко ливада као да има мотор у ногама, отежалим попут олова, знајући да побјећи неће, колико год му се чинило да је све то кошмар, да му се то у стварности не догађа. Чуо је пуцањ и то је било све. Настао је тотални мрак.

Коначно се пробудивши у болници чуо је да је за длаку избјегао смрт, да је чудом остао жив, да је метак био само два милиметра прецизнији убио би га на мјесту и обузе га смртни страх. Било то њему могуће или не, али Хрват јесте пуцао на Србина, схватио је Славко. У њему се тада угасила Југославија. Нешто се мијења, повезао је, наилазе разне страхоте и то Анте некако зна, а можда је био и дио тих промјена, тих завјера које су се крчкале иза затворених врата. Страх га је разбио кад је у болничку собу ушао инспектор Ивановић. Славко ни цијелих пола сата није био будан, а овај је већ ушетао да узме исказ. Исприча му колико је од слабости могао, нешто мало, и заспа усред реченице. Спавао је читав дан и скоро цијелу ноћ. Кад се пробудио Ивановић је опет био ту, као да и није одлазио. Тражио је да Славко понови исказ, с тим да добро размисли сјећа ли се свега добро, јер је оно што је већ казао више него забрињавајуће.

Инспектор је питао да ли је Славко сигуран да је баш све било онако како је већ рекао и напоменуо да би, ако је тако било, могло доћи до великих проблема и за Анту и за самог Славка. Обојица су, додао је инспектор, глупим прегањањем рушили братство и јединство, иако то нису хтјели да учине. „Је ли тако", питао је инспектор. Само он је знао зашто је Славка упозорио да мисли на своју породицу и њену безбједност, јер од тога шта буде рекао зависи много тога, можда и будућност његових укућана. Овакво помињање његових најмилијих изазва у Славку поплаву страха, али му се крв заледи кад је изненада у собу ушао Анте, у пратњи милиционера. Ивановић, ето, хоће да сад чује исказ обојице, истовремено, па да се види докле су стигли и шта ће на крају бити. Анте је говорио први. Славко је обамрло слушао лажи о пијанству, медвједу и заштити имања, да је Славко настрадао ни крив ни дужан. Потом, гледајући у Славкове очи, рече леденим гласом: „Срећа једна, Славко, па није било неко од твоје дјеце, што се лако могло догодити. Шта ти мислиш?". На то је инспектор подигао главу и застао са писањем биљежака, али не изусти ништа већ погледа и он Славка, дигнувши обрву у ишчекивању одговора.

Славко више није сумњао да је ту ријеч о животу и смрти његове породице, а не само о њему самом. Посматрао је неку моћ и нову силу којом је одисао Анте и био је сигуран да би овај човјек, ту, испред њега, без имало размишљања пуцао и у његово дијете, као што је ономад у њега. Схватио је. Нема срећног излаза из овог замешатељства, нема права, нема правде. Зарекао се да о овоме никада неће ни ријеч никоме рећи, чак ни својој жени која би негдје могла да се изрекне, па да јој се нешто деси. Оно што не знаш не може ти нанијети зло, помислио је, и одлучио да ћутањем спаси себе, породицу и многе друге људе. Зато је потврдио Антин монолог и потписао изјаву, чврсто ријешен да ће дуже вријеме живјети што тише и непримјетније, док се стиша сва ова олуја и ствари се врате на старо, нормално мјесто.

Тако се догодило да ћутња два човјека, Душана и Славка, ћутња зарад чувања својих и туђих породица, ипак доведе до тога да за нешто мање од годину и по после свих ових збивања Срби дочекају ђавола и пакао неспремни, док су се разуларене масе наводно братског народа спремале да их почисте са овога свијета, да их обришу тако темељно да нико више никада не може знати да је овдје икада било Срба.

32

Нико не може са сигурношћу рећи како и кад је почела да се примјећује несташица пара, да се смањују плате, да многи људи након двадесет и више година службе у истом предузећу добију отказе без смисленог образложења јер су, ето, одједном постали вишак. Стеван је бивао све замишљенији и забринутији, а и Милица се често могла чути из кухиње, док мјеси хљеб, како отпухује „Ух, ух, ух!", али не због рада, већ усљед неког унутрашњег монолога и закључака до којих је дошла сама са собом.

Некако се баш у то вријеме, на распусту после краја другог разреда, појавила вијест да се може отићи на групну омладинску акцију у Пореч. На море. Чим је чула, попут многе младежи из села, Зорана се пријавила не би ли зарадила неку пару и помогла породици. Родитељи јој и нису били најсрећнији због тога. Како да женско чељаде оде далеко од куће само, да ради за непознате људе? Ипак, ишли су и други из села, што значи да ће увијек бити уз неког познатог, па није морала много да убјеђује ни оца, ни мајку. Посао је посао, велике паре би се зарадиле, а таква помоћ била би добродошла домаћинству. Одлазак на концерт Здравка Чолића, који јој се чинио као далека авантура, био је блиједа копија у поређењу са радом у Поречу. Све би дала да још једном може да врати те безбрижне тренутке, али сада зове прави живот, суров, који не прашта и понекад умије да буде суров.

У то се увјерила практично чим је стигла у Пореч. За само дан или два била је принуђена да схвати да је ово сасвим други свијет у односу на онај у њеном селу. Лако је било тамо, знаш свакога, свако тебе зна, знаш са киме се можеш или не можеш нашалити, коме шта смета, кога ваља поздравити и кога заобићи да те не би, вазда намргођен, послао на неваспитано мјесто. Овдје, међутим, не познајеш никога. Сам си у свијету који је ипак далек премда је од твоје куће удаљен тек неколико сати вожње. Није бринула ни за посао ни за радне навике, знала је да може издржати напор, јер ко прође радну обуку на селу тај је градиво савладао за цијели живот, у било који крај свијета да оде. Бринула је због међуљудских односа, јер је овдје све било везано само за бизнис и новац, за туристичку сезону. Паре су се из разних дијелова свијета слијевале на обале Јадранског мора и зато нико није имао милости ни према коме. Подметања је било на све стране, како од стране шефова, тако и од стране колега, сарадника на истом послу.

Заједно са ко зна колико других младића и дјевојака из свих крајева Југославије који су дошли са истим циљем, Весна и Зорана су нашле смјештај у подруму неког хотела. Била је то собица у којој си се једва могао и окренути, али је неки мађионичар успио да у сваки собичак нагура по четири кревета на спрат, један ноћни столић и ормарић у коме су ствари држали сви станари у соби.

Прва ноћ је објема тешко пала. Галама је била несносна јер је било много оних којима ово није био први долазак на сезонски рад, па су навикнути на све, знају разне марифетлуке, а посебно су вјешти да застраше и искористе новајлије који су упадљиви као да су носили рогове на глави. Васцјелу ноћ су се врата собичка отварала и затварала, из других собичака је допирала музика, пила се кафа у три сата после поноћи, дувански дим је био тако густ да су се непушачи осјећали као у сушари за месо. Било је крађе, посебно из заједничког ормарића. Неко би се само направио блесав и обукао шта му се свиди и нестао негдје у граду. Зорани и Весни је требало нешто времена да се на све то навикну и укопчају правила игре. Кад су први пут биле покрадене мислиле су да је неко грешком узео њихове мајице и панталоне и да ће вратити на крају дана. Нада је била јалова.

Весна се привила уз Зорану, иако је свака имала кревет, али та прва ноћ се лакше преброди уз људски, топао и познат додир, уз поток суза. Зорана је смиривала, говорила да имају циљ због ког су дошле, да ће зарадити нешто новца, да ће све брзо проћи, јер шта је то мјесец-два у односу на читав њихов живот. Надала се да ће само толико остати и, по могућности, на истом радном мјесту. Даш ли отказ, у поприличној си муци да нађеш нови посао. Ко је хтио радити увијек је имао гдје, али су неки послови били неупоредиво тежи од других.

— Како си то ти тако храбра, Зоки — упита Весна шапатом иако су биле саме, јер су њихови цимери, које су видјеле на читавих пет минута, као искусни младићи који су ватрено крштење прошли претходних сезона, већ били здимили ко зна гдје. — Ти као да се ништа не дешава, као да си и ти већ прошла кроз ово?

— Шта ћу, сама сам ово хтјела, пара нема и остаје да се сконцентрише на то гдје и како зарадити. И ти би требало тако. Што плачеш као да смо отишле у Африку на принудни рад? Није ваљда да се већ мислиш вратити кући, тачно то осјећам у твом гласу?

— Како ме добро познајеш... Бих ја, али ко ће од срамоте одмах да се врати? Морам некако издржати бар двије недјеље, али није ми свеједно. Страх ме је, Зоко, свега овога, туђих људи и тог чудног приморског говора. Јеси ли видила како нас гледају због тога како смо обучене, како причамо? Одмах су они сконтали да смо са села, гледају нас као да смо нижа раса.

— Ма, какве двије недеље! Дај, Боже, да издржим два мјесеца и зарадим што више. Шта бих сад код куће кад је вруће, љето је, косидба је у току, могла бих тамо само да се пржим на сунцу, умирем од посла, а пара нигдје. Доста ми је тога, видим да се ћаћа и матер пате, а нису једини, многима је исто. Зар оно није твој ћаћа остао без посла прошли мјесец? Хоћу да помогнем кућу, да и ја најзад имам свој динар, што 'но веле стари људи „Сиротињо, и Богу си тешка" — засмија се Зорана.

Хтјела је да Весни поправи расположење, да је охрабри. Слутила је да је ово увертира, јер тек су стигле и ништа нису ни видјеле, а камоли се окушале на неком послу. Биће много тежих тренутака од овога.

— Уосталом, само се сјети да смо на мору, ваљда ћемо имати прилике да се бућнемо који пут у воду — везла је Зорана смијући се. — Можда нам се посрећи и да се мало сунчамо на плажи, као да смо и ми туристи из страних земаља. Кад већ причамо о плажи, сигурно ћеш видјети и покојег згодног момка, како ти се то чини?

— Што само ја?! А у шта ћеш ти гледати, нећеш ни ти зјале 'ватати! Или ћеш у сваком момку тражити само Миленка и упоређивати их са њим — пецну је Весна, сада већ боље расположена.

Миленко! На помен његовог имена нешто штрецну испод срца. Само неколико дана га није видјела и већ јој се чинило да су прошли силни мјесеци. Каква је вјештица ова Весна, убоде тамо гдје је највише боли.

— Какав те Миленко спопао? Он сада негдје клепће косу и цркава на врућини, а ја сам дама на мору — покуша Зорана да се одбрани шалом, мада није могла прикрити тугу у гласу. Ех, да је и он овдје, све би било много боље и лакше би се дало поднијети.

— Аха, само се ти тјеши. Можда је скокнуо до Книна који пут. Као што велиш, љето је, има и у Книну цурица у кратким сукњицама.

— Ћути више тамо, несрећо једна! Докле више и Миленко, и цурице, и љето? Ја тебе тјешим, а ти, чим ти се поправило расположење одмах удри по мени, као да смо код куће. Спавај тамо, ваља ујутру устати најкасније у пола пет и тражити посао!

— Нисам мислила озбиљно, мало се шалим с тобом! Не љути се на своју сестрицу, то ја само онако, да смирим живце. Хвала што си учинила да ми бар мало буде лакше — рече Весна и примакну се још ближе Зорани.

Пољуби је у образ и полузагрљене утонуше у сан. Нису слутиле да их чекају нове авантуре.

33

Пробудише се у цик зоре. Обе су сањале родни крај, топли дом и стазе свог дјетињства, па им је буђење пало веома тешко јер је ваљало схватити гдје се то сада налазе.

— Ајме, к'о да ме је неко на робију послао — пожали се Весна чим отвори очи.

— Добро јутро и теби — узврати Зорана. — Не бенави се, него се спремај. Нисмо овдје дошле пландовати!

Како то рече, она двојица њихова цимера мртви пијани упадоше у собу. Зорани постаде јасно да многи нису дошли да раде, већ да се проводе док имају пара. Кад понестане, могу одрадити два-три дана у некој кухињи перући тањире или избацујући смеће, па опет у изласке јер њих посао не занима. Ваља у љету уживати. Цимери их овлаш погледаше, промрмљаше неки добројутарњи поздрав и строваљише се у кревете.

Памтила је Зорана бројне приче старијих сељана који су одлазили на овакве радне акције и знала да посла неће бити само ако не желиш да радиш. Испоставило се да јесте тако. Већ у првом хотелу у који су ушле рецепционар их посла у кухињу, код газде. Спремао се за нови радни дан. Оно што је Весна одмах видјела у реакцији људи на то како су обучене и како говоре, било је ништа спрам тога како су се понашали власници хотела и старосједиоци.

Они су, забога, били из туристичких мјеста, цијели живот у блиском контакту са странцима и свим културама свијета, па ако су успјели да запамте пет ријечи на њемачком, енглеском или италијанском онда су се постављали према дошавшим радницима као да су завршили филологију, а из њихове појаве се без загледања видјело држање као да су и докторирали стране језике. Наређујући радницима убацивали су често неку страну ријеч, звучали су гротескно. Како и не би, кад чујеш „Шта стојите ту, зар не видите да смо бизи, покрећите та лијена дупета, немојте да вам ово одмах буде задњи дан арбајта!". У сезонским радницима видјели су не нижу расу, већ слуге или робијаше послате да разбијају камен док су везани ланцима. Сезонци су њима били оруђе које говори, као робови у римској империји.

Како уђоше у кухињу, уплашене и укочене попут срне заслијепљене свјетлима аутомобила, спази их газдино око соколово.

— Вас двије сте дошле да радите, да? Ваља, посла има, сад немамо времена да уговарамо плату и слично, то ћемо послије кад прође дан, само ми реците како се зовете.

Представише се, даде им двије офуцане кецеље и прстом показа планину посуђа неопрану од прошле ноћи. Буљећи, у невјерици, у толику количину прљавог посуђа, чуше повишен тон газде који пита јесу ли дошле да раде или чекају лимун. Ако неће да раде има ко хоће, могу да испаре одмах. Можда би се Весна окренула на петама и отишла, али је заустави Зоранин чврст стисак руке и ријечит поглед, па прионуше на посао којем, чинило се, краја нема. Колико год суђа опрале, она планина никако да се смањи. Од раног јутра и читавог дана пристизало је и ново посуђе. Као на траци, опрано није честито ни осушено, а већ је у употреби. Нису знале колико траје радно време, рачунале су на осам до десет сати, али ово је било нешто сасвим друго.

Рад на дивље. Газде су могле захтијевати шта им на ум падне, па је радни дан трајао целих дванаест сати, од шест ујутру до шест увече. Слиједећег дана их задржа свих четрнаест сати, мада су после првог дана биле толико уморне да се и Зорани чинило да је ипак лакше грабити сијено и сабијати пластове. Чим се сјетила да је за то нико не би платио, утјеши се. Премор је показао и лијепу страну. Нису имале времена да осјете носталгију за родним крајем, ни страх овог, за њих новог свијета. Видјеле су како ствари стоје и, ако мисле да зараде, има да се држе овог посла или их чека гори, као што је чишћење захода. Управо то им се десило кроз неколико дана. Једва би, после радног времена, скупиле снаге да нешто пригризу, а преко дана нису стизале ни да једу. На послу су паузе биле кратке, колико да се припали цигарета. Како су биле непушачи, за то време су сједиле на свјежем ваздуху и одмарале ноге које су већ бољеле од непрестаног стајања. Од жеље да првог дана обиђу град није остало ништа, само су се стуштиле до собе, као муње се освјежиле у заједничком купатилу и пале у кревет. Спавале су као кладе, док су им дамари још подрхтавали од напорног рада и узбуђења које им је ново искуство унијело у живот. Сада је то био сан без снова.

Временом су се привикавале на тежак и монотон посао. На непрекидно понављање једног те истог. Пери суђе до бесвјести, као да си робот, као да ниси креативно биће. Одржавало их је то што ће бити плаћене. Разговор о плати био је другог дана, додуше, разговора није било већ је газда саопштио, са својих висина, да на двије седмице плаћа педесет марака, према томе, за сав онај рад свега стотину марака мјесечно. Ко те пита за здравље, радно вријеме, одмор, промет којег имају и зараду коју остварују и преко твоје грбаче? Неће да плате више, али када на крају мјесеца осјетиш тих стотину марака обузме те понос јер си их стекао властитим радом.

На том првом послу су се задржале свега двије недеље, газда их је без најаве и из непознатог разлога отпустио. Полупијан је нешто брзо говорио, заплићући језиком, Зорана ништа није разумјела. Било јој је свеједно не због тешког посла, већ јој је самог газде било преко главе. Био је то суров човјек, пун себе и бахат, иживљавао се на радницима кад и како је хтио. Поваздан се због нечега издирао, био тријезан или пијан. Узеле су свака својих педесет марака, уз неко олакшање, сретне што им је новчанице малтене гурнуо у руке јер је могло да се деси и да им не плати. Кад су остале саме, Весна се клела да је добро чула кад је рекао да неће да плаћа њих двије, из српских села, кад има његових који су без посла. Зорана је слегла раменима, није марила за то шта тај умишљени човјечуљак говори, важно је да је нестао из њихових живота. За нови посао није бринула, већ се обавијестила и знала да неће дуго чекати на новог газду.

Отказ добише, срећом усред бијела дана, па дјевојке кретоше да најзад обиђу град, поједу сладолед, запливају Јадраном који им је изгледао као дио овоземаљског раја. Заборавиле су и родитеље, и село, и онај тежак живот у коме су истовремено и дјеца и дјевојке. А то су и биле, закорачиле су у животну дионицу у којој се отварају нови видици, због којих се постаје озбиљнији, промишљенији, зрелији. Дијете у њима је још живјело и бујало, па није било краја смијању, срећи, опуштености и осјећају слободе тог поподнева, на плажи. На обале Јадрана више никад доћи неће, али то тада нису ни слутиле. Колико год умије да буде извјесна, будућност једнако тако зна да буде нежељена и неизбјежна због терета ког доноси.

За само сат распитивања по разним угоститељским објектима нашле су посао. Сада су у једном ресторану прале судове, али и одржавале заходе, што им уопште није било по вољи. Прихватиле су, неће се тиме довијека бавити. Зарада иста као код претходног газде, али их је нова газдарица обавјестила да постоје шансе и за мали бакшиш, који се на крају смјене дијели између оних радника који не забушавају, иако туристи напојницу остављају само конобарима и, ријетко кад, куварима. Првога дана, међутим, искрсну проблем због ког Зорана схвати да би требало озбиљније узети изјаву бившег газде да има његових којима је посао потребан, да су они пречи од оних из српских села.

Радиле су, наиме, са неком Хрватицом из Загорја. Схвативши да су Зорана и Весна Српкиње постала је одбојна, није крила гађење нити покушавала да обузда мржњу. Напротив, викала је на њих и кроз пола сата откако су почеле да раде трчала је да газдарици објасни колико су обје споре, лијене, ено суђе се гомила иако гужва од гостију још није кренула. У првом покушају Загорка није успјела да их оцрни. Заузета нечим другим газдарица је овлаш слушала, рекла да је све разумјела и да ће касније провјерити. У међувремену, нека их Загорка држи на оку.

И држала је, тако да је успјевала да их понизи, упорна и неумољива, па је већ трећег дана и успјела да се ратосиља двију Српкиња. Како је газдарица наредила, Зорана очисти заход. Прије него што је власница ресторана стигла да провјери како особље ради, Загорка је из кухиње довукла пуну канту масне воде и просула је по управо очишћеној просторији. Испало је да је Зорана крива, газдарица се извикала на обје, дала им неку биједу од пара и буквално најурила из ресторана. Испратио их је поглед злобе и задовољни смјешак оне која се најзад ослободила „четникуша".

У истом духу прошао им је први мјесец. Ради неколико дана на једном мјесту, трпи малтретирање и понижења без икаквог разлога, узми нешто масних новчаница стиснутих у руци и

| 289 |

прогутај отказ. С које год стране да су то анализирале увијек би се наметао исти закључак. Без посла су остајале зато што су Српкиње, а не зато што раде лоше или споро. Уморне од свега, а са уштеђеном неком ситном, пожељеше да се врате кући. Овај бесмисао није водио ничему, уосталом, када је из бесмисла произашао смисао? Деморалисане, одлучиле су. Још један дан ће тражити посао, ако не нађу лијепо се враћају кући, али изгледа да им није било суђено да тако брзо напусте град. Судбина, Бог или нешто треће се смилова на њих у задњи час, добише посао у ресторану неког човјека који је држао само до зараде. Нису га занимали ни гардероба, ни акценат, ни националност. И он је давао отказе, али онима који праве проблем и умјесто да раде свој посао гледају како да смјесте другим радницима. То код њега није имало прођу. Ако се знојиш од посла, дајеш све од себе, долазиш на вријеме, ти си њему савршен, остало га не занима. Ту су остале читав мјесец, таман колико су и планирале. Када су, за промјену, оне дале отказ јер су морале кући, газда је задовољство њиховим радом и понашањем показао наградивши их са по педесет њемачких марака мимо договорене зараде.

Осјећале су се чудно у возу, враћајући се у село. Све им је играло пред очима, сунце, плаже, момци које су загледале у рјетким приликама, а и они су у њих, али се све завршило на махању рукама и неколицини заводљивих смјешака. Нестварно су изгледали газде, хотели, ресторани, град који је у ноћи био магичан, мирис соли у ваздуху, људи којима је од сунца коса постала свјетлија али су поцрњели као да су Африканци, гро страних језика који се чују на сваком ћошку, од њемачког до руског или чак кинеског. Али, исто тако дубоко су се урезали и погледи пуни мржње који су стизали са свих страна, погрдне ријечи, крађа одјеће, презриви осмјеси њима упућени, чак и гађење, а и напетост која се ваљала кроз ваздух. То човјека нагони да се осврће за собом, што никада радио није, уз мучни предосјећај да се збива нешто лоше које расте ли, расте. И не зна се хоће ли стати, ни шта ће тачно бити кад једног дана стане.

Мислећи о свему томе, упркос љетној жеги, промичући крај зеленилом богате природе, Зорана огрну тексас јакну са крзненим оковратником. Одавно је баш такву жељела, купила је. Огрну је као да је хладно, као да залази у најсуровију зиму. Зна се све следити у човјеку, инстинкти га не варају, онда када не жели да се помири са оним што разум исправно категорише као дестиловано зло. Неће проћи много и обје ће схватити каква је то истина стала у само неколико ријечи које се релативно често чују у разговорима: следила ми се крв у венама.

34

Након свих турбулентних догађаја и избацивања из колосијека, село се лагано враћало у природну равнотежу. Људи одахнуше и наставише да се баве кућом, послом, школом, али су остали на опрезу. У свакоме је остао поприличан траг, али живот ни на кога не чека, у свим условима ваља живјети како се може. Жив човјек у земљу не може. Кроз три до четири мјесеца чинило им се као да су неко вријеме били колективно хипнотисани, као да је ђаво прошао кроз њихову дједовину, а ако можда и јесте онда се и он уморио од своје работе и отишао да дивља ко зна гдје друго на овој планети.

И у Зоранину кућу се вратила радост живљења и лепршавост, стари поредак ствари, све је било знатно опуштеније него минулих недјеља. Стеван је и даље размишљао о ономе што се десило Славку, али је временом увидио да мистерију не може разријешити и почео да се мири са тим. Њих двојица се при сусрету више нису поздрављали. Стеван није хтио да пређе преко тога да је као битанга избачен из Славкове куће, док Славко није намјеравао да објасни зашто се тако поставио. Како је штета већ нанијета, најмудрије је обојици да је не продубљују јер може бити само још горе. Жалили су и један и други што изгубише пријатеља који је био као брат, међутим, спаса нема. Бар не брзо колико би они то потајно ипак жељели. Имао је живот за њих, у свом тајновитом торбаку, још изненађења, није завршио са њима, таман посла! Засад, остављао их је на миру.

Стеван и Милица били су поносни на своју Зорану. На обалама Јадрана зарадила је нешто пара, али им је више од тога значила њена снага да остане и ради упркос неприликама због сеоског порекла или националне припадности. Кћи им је, наравно, све по реду испричала, очекујући да ће се зачудити. Уместо родитеља, зачудила се она јер ни отац ни мајка нису били изненађени. Можда су им она збивања у селу мало раширила видике, могуће је и да су се сродили с осјећајем да се ваља неко опште тумбање. Није искључено да им је било јасно шта се тачно крчка, али о томе нису говорили. Похвалили су Зоранину храброст и присебност, које не красе ни много старије и искусније од ње, нису крили задовољство што је вриједна, паметна и несебична. Много пара је дала у кућу, чему се Стеван успротивио, али да је не би повриједио одбијањем, педагошки је узео новчанице и дао жени на чување за црне дане. Цијенили су и Зоранине знаке пажње према свим укућанима. Стевану је поклонила нови роковник и оловку, мами млин за кафу, а сестрама по комад одјеће и пар нових ципела. Знала је шта ће кога највише обрадовати.

Од тада су постали знатно попустљивији према Зорани кад је ријеч о изласцима. Није више било галаме ако се не врати кући одмах након школе, већ остане у граду са друштвом и ухвати слиједећи воз. Чак су јој допустили да викендом чешће оде до града. Зашто и не би? Показала је да је сазрела, паметна и разборита, а иде јој задња школска година, постаје матурант и вријеме је да буде укључена у свијет одраслих, није више дијете.

Зато је с пријатељима провела многа незаборавна поподнева на чувеном книнском „зидићу" који је чувао ројеве тајни минулих генерација, многе њежне ријечи, безброј првих скривених пољубаца, прегршт смјеха и необуздане радости својствене раној младости. Све чешће би помишљала да више није немогућ онај договор с Миленком, да оду скупа у Шибеник. Осјећала је да сада родитељима може отворено рећи гдје, са ким и због чега иде. Њој самој је више од свега значило поштовање и повјерење задобијено код оца и мајке. Они, знајући да кћи неће скренути с пута за који су је опремали одмалена, у миру су је посматрали како живи своју младост. Ионако је младост једна, пролети као трептај ока.

Али, Зорана је чекала да је Миленко позове на то путовање. Није још, али је била сигурна да хоће и то веома брзо. Овај период живота упамтила је као један од најљепших. Млада, срећна, паметна, полетна, лијепа, заљубљена, одисала је радошћу због које је народ почео говорити да цвијеће цвјета куд Зорана прође. Можда зато што је под окриљем ноћи, кад нико не види, Миленко умио да се пришуња и својом љубављу убере један од тих њених раскошних цвјетова љубави.

35

Затишје пред буру владало је не само у селу, већ у цијелој земљи. Затишје није као такво схваћено јер се бури нико надао није. Она се захуктавала, још подалеко, али тако да не промаши циљ када дође вријеме да удари. Свом силином која јој је дата, иначе се губи сврха инвестирања у удар.

У оном животу који се вратио у село, Ђуро је наставио да нервира све живе. Гунђао је на све и свакога, посебно на дјецу која су увијек морала бити крива за све, можда и за то што је Анте онако повиленио, не би се Ђука изненадио да је неко од ових младих ђавола некако умијешао прсте у то! По старом добром обичају, што је он више звоцао све су га више кудили или заобилазили, а метле су понекад и прековремено пуцале преко његових леђа. Вратила су се окупљања сељана, недељом, у нечијем дворишту или у кафани, уз радио и весељем кад је побједа или тугом због пораза омиљених клубова. Изнова се орио грлен смијех. Шалило се на свој и туђи рачун, вратила су се прела по кућама и двориштима, са њима и пјесме, а ракија и вино наставили су да раде свој посао по прописима. Поново се надметало у кошењу траве и ко ће први окончати све љетње послове, а жене су обновиле посјете макар за јутарњу кафицу и претресање најновијих збивања у селу и граду.

У свему томе, Милица је у баба-Смиљи стекла оданог пријатеља. Још од оне ноћи када се малтене цијело село прописно изнапијало, а за ракијом потегле и жене ништа мање од мушкиња, али су то вјештије криле, Смиља се навадила да иде Милици у посјету. Ону ноћ, када су Душан и Миленко отишли у град да пријаве милицији нестанак бабе Стане, Смиља је са неколицином жена сједила код Милице, било јој је пријатно и некако драго, мада су се окупиле због страха од мистериозног баба-Станиног нестанка.

Сваког јутра би баба Смиља, престара за било какве обавезе осим да нахрани кокошке и обави покоји послић, догегала до Миличине капије и завикала: „Ој, Милице, јопе си уранила!". Милица је од првог сунчевог зрака била у неким кућним пословима, па би је често овај узвик затекао са рукама до лаката у брашну, док мјеси хљеб.

Када се Смиља први пут овако огласила Милица је била изненађена. Њих двије се јесу знале и поздрављале, али се нису дружиле јер је бака Смиља ипак била у годинама које се свуда поштују и третирају као привилегија. Погледавши тада кроз прозор и видјевши је, Милица помисли откуд баш њу ђаво надари тако рано, али јој се обрадова. Ако ништа друго, баба Смиља није знала заклопити уста, причала је од јутра до сутра тако да држи пажњу и оставља слушаоца без даха макар говорила о празној конзерви.

— О, Смиљо, поранила, поранила, неће се 'љеб сам од себе замјесити. Којим добром ти идеш?

— Е'о идем да тебе мало обиђем ако ти не смета! Она ноћ ми је остала баш некако у пријатном сјећању. Ето, дошло ми диванити зера с тобом карце, ако имадеш времена. Ајој, мени јађеној, ал' се запува, мореш ли насути зера ракије да пару повратим — затражи улазећи у шлапама пуним сијена које није ни изула, већ се стропошта на прву столицу.

Насу јој Милица чашицу, али на столу остави и боцу. Знала је да ће гошћа тражити још, што би приносила сваки час, нека лијева сама. Бака Смиља се смјести удобно, леђа окренутих ка пећи да угрије старе кости иако је напољу могло бити и љетњих четрдесет степени, јер старим костима је увијек хладно, треснула би ракијицу и налијевајући другу почињала причу. О било коме, о било чему, свашта је знала и начула. За неке приче Милица није била увјерена да нису плод бакине маште и од ракије развезаног језика. Како год, кроз кућу би зажуборио поток ријечи често праћен храпавим смијехом. Тако је бака Смиља саму себе грохотом насмијала причајући како се Илијина мала загледала у Јову Перичиног, да га свакодневно сачекује када се враћа с посла, а да је њега матер вијала по селу дреновим штапом да се окане те мале, јер ништа код њих не ваља у домаћинству, све им је зарасло, ни о чему не брину.

— О, Милице моја драга, требала си видјети тај циркус, она за њим, а он бјежи колико га ноге носе, па се у трку поклизне и па'не, таман да га матер стигне и он јој јопе шмугне. Ал' сам се исмијала к'о ријетко када.

Али, знала је и похвалити Душановог сина који је без грешке, сваког мјесеца, слао по пакет кући „из далеке Јемерике". Лијепо је што су одгојили такво чељаде, које их није заборавило када се отиснуло у свијет у којем је, изгледа, нешто и постигао, јер не шаље пакете и новац онај који је пропао. Вољела је слушати приче поштара који би доносио те пакете и, сваког првог у мјесецу, пензије.

Поштар није хтио ићи да их дијели по кућама. Сјео би у кафану и чекао да му дођу на ноге, приде и да му плате ракију. Пензионери су негодовали, и код куће су имали ракију, што да у кафани троше паре, али поштар се увијек напенали за шанк и крене да изводи читаву представу док дијели новце. Што су се

| 297 |

људи више бунили и пријетили батинама, он се све више смијао и понављао циркус навелико. Знао је да га нико ударити неће и, не дај Боже, повриједити, јер је он један од малобројних који уопште хоће да разноси пошиљке по селима. Испревртала би баба Смиља у тим својим причама неколико заселака, на десетине људи, па кад би је ракија поштено ухватила само би скочила јер се сјетила да мора кући, оно мало кокоши и блага да нахрани, већ дуго је у селу, наружиће је колико скита.

Одлазећи, само би завренички намигнула Милици као да су обе у средњој школи и да су направиле нешто о чему не би било добро да се чује, па би јој казала да не обраћа много пажње на све ове њене приче јер то она само 'нако говори. Није то уопште озбиљно, тако да ако неко случајно пита Милицу гдје је нешто конкретно чула, нека не спомиње Смиљино име, иначе јој више никад неће рећи шта се догађа у селу и ван њега.

Милица је вољела те посјете и када би била у тешким бригама јер би гошћу сваки пут испраћала гласним смијехом, који би пратио баба-Смиљу низ пут. До слиједеће куће, гдје ће ипак још мало диванити, а можда и грло додатно подмазати јер ништа неће фалити кокошкама ако причекају још једно по' уре, има она још пријатељица којима треба свашта да каже. А и да провјери квалитет ракије код њих.

36

Кажу да је случајност законитост која путује инкогнито. Хиљаду девет стотина деведесет прве године био је најраскошнији мај икада. Ни Зорана није упамтила раскошнији мај, који је сву земљу и природу претворио у блиставу љепоту коју не би засенила ни најљепша млада на дан удаје. Досадне прољећне кише је преко ноћи преобразио у бујну, зелену, расцвјетану природу. Попут древног чаробњака Мерлина бацио је шаку магичног праха и учинио сав крајолик незаборавно лијепим.

У сваком случају, то је Зоранин мјесец зато што је тада славила рођендан. Славље је понекад било помућено јер је „највећи син наших народа и народности" одлучио да умре баш на њен рођендан, па је првих година било непримјерено да се на тај датум слави било шта. У три сата и пет минута поподне у свим градовима би се зачула сирена, ваљда је у тај сат преминуо, ради одавања почасти сви би се укопали у мјесту, гдје год били и шта год радили. Прекидан је рад у фабрикама, ма застајкивало се у пола корака и залеђивало у мјесту цио тај почасни минут.

Ове године се дану Титове смрти није придавао било какав државни значај. Неке друге струје су завладале земљом, историја која је писана о „највећем сину..." само што није и службено проглашена за потпуну лаж. Ако све и није било лаж, те нове струје су се упињале да све око њега и он сам падну у заборав, нарочито оно паролашко братство и јединство које је, доказаће се, постојало само на папиру јер је прикривало звијер у људима коју нису смјели показати док је „највећи син" владао. А није баш да се није хтјело и за његова дуга вијека.

Све то је Зорани било задња рупа на свирали. Наумила је да самој себи испуни рођенданску жељу и са Миленком лијепо оде до Шибеника. Зрела је, одрасла дјевојка. Школовање је завршено. Као кад лептир изађе из чауре, од оног дјевојчурка разрасла се у природно веома лијепу дјевојку. Родитељима је без икаквих оптерећења рекла шта намерава. Знала је да ће Миленко када му то помене порасти као планина, али је испоштовала родитеље и најприје њих обавјестила. Уколико Миленко не пође неким чудом, онда ће отићи са својом Јеленом и учини свој рођендан посебнијим од свих минулих. Родитељи су се сагласили, чак јој је отац издиктирао ред вожње да не губи вријеме одлазећи на жељезничку станицу да се распита.

Раздрагано, поцупкујући од среће, оде до Миленкове куће, стаде крај капије и позва га. Више је не интересује шта ће село рећи, прошла су времена кад је било срамота проговорити с момком усред бијела дана. Како се мијењала општа клима у земљи, тако се мјењало стање и у селу. На овај њен гест нико није ни главу окренуо, одавно су сви схватили да међу ово двоје младих постоји симпатија. Јесте да званично нису били у вези, али је то њихово ашиковање свима било симпатично, па је село сложно извијећало да они јесу створени једно за друго. Обоје умјетници, она у сликању, он са гитаром. Обоје занесењаци, сањари, понекад раздрагани као мачићи који се радују животу, понекад меланхолични и тужни ако би спазили увели цвијет или угинулу птицу. И једно и друго су поваздан били у разним причама, стиховима, пјесмама, заинтересовани за оно љепше, мистериозније од свега што се да видјети голим оком. Ипак, међу њима самима све је још било дјечије безазлено, чак се ни за руке никад нису ухватили, а камоли да је пао обичан пољубац у образ...

Миленко искрсну на капији као да је уз њу невидљив стајао и чекао да га Зорана позове.

— Ено, шта се опет дереш да те чују и у деветом селу? Та нисам глув, чуо бих те и да си само шапнула моје име — рече Миленко обузет неком сасвим новом срећом. Коначно је смио показати да је заљубљен до ушију, није се морао претварати и потискивати ту силину осјећања пред било ким. Слободан од свих стега, могао је и да пјева о својој љубави тако да сви чују. На страну то што је могао, него је свима хтио да стави до знања да он воли и кога он воли, а другима не брани да се придруже његовој срећи.

— Зар јесам?! Јао, извини што ће сад сви видјети како стојиш са мном на капији! Има да ти осрамотим и род и пород! Мислим, поред толико цура у селу, лијепих, вриједних и поштених баш да ти ја одузимам вријеме... Како се мислиш од овога опрати, Миленко? — глумила је Зорана увријеђеност, прекрстивши руке на прсима, напућених усана као беба кад јој отмеш цуцлу. Тај њен став и израз лица засмија Миленка толико да се пресави у струку и све га забоље.

— Аха, теби је смијешно. Добро, онда ја идем! Нисам ти ја сеоска луда да ми се смијеш, нисам те дошла засмијавати — рече Зорана и лупи ногом у земљу.

Тиме га још више подсјети на љутито дијете, па овај паде у грохот. Није могао изустити ни ријеч, али је Зорани срце било пуно видјевши га толико срећног. Вољела га је видјети таквог, а одавно није, бар пред њом, био овако расположен. Мада, није се ни она до сада овако понијела, већ би се, кад је љута, само изгаламила и из петних жила одмаршила као какав војник. Сада јој се са лица лако читало да глуми љутњу и једва се суздржава да и сама не прасне у смијех. Миленку је била нова

| 301 |

ова њена духовита страна јер се према њему уредно владала стриктно озбиљно. Сада је, међутим, могао да је замисли у женском друштву, увијек спремну на шалу с другарицама, увијек прву да увесели окружење и створи пријатну атмосферу. А ко би волио жену намћора?

— Ајме, мајчице драга, изгинућу од оволиког смијеха — проговори Миленко држећи се за стомак једном руком, док је другом отварао капију. — Не сјећам се кад сам се задњи пут овако смијао, чини ми се да сам био дијете, баш ми далеко изгледа... Ајме, Зоки, врази с тобом, па замало се... преврнух од смијеха!

— Да, да... преврну! Да ти не хтједе рећи упишао? Чуј преврнух, шта ти то значи, је л' то као обалити прасе пред клање? — зачикавала је Зорана, уз експлозију смијеха.

Миленко се последњим атомима снаге одгурну од отворене капије и пачећим ходом, најбрже што је могао, одгега у клозет. Умало и та незгода да га стрефи, да се помокри у хлаче, па још пред њом. Гледајући га у таквом ходу, Зорана се сави од смијања и осјети да би и њој могло да се догоди исто оно што је Миленку пророковала, прибра се у задњи час и задржа се за капију чекајући свога Дон Кихота да се врати.

Тек тада је чула да се још неко смије, као и њих двоје, громогласно. Застиђе се, можда није прикладно да се цура овако понаша. Кроз прозор куће појави се Душанова глава. Тресао се од смијеха, сузе су му се слијевале низ образе.

— Јој, Зорана, ћери моја мила, хвала ти на оволиком смијеху, баш ми је ово требало да ме мало у живот врати — рече бришући сузе марамицом. — Извини, нисам прислушкивао. Лежим овдје испод прозора и читам новине, па сам све чуо хтио не хтио. Тако му и треба, туда, Рогоњо! — подбоде сина.

Изговарајући ово последње, Душан се окрете ка клозету у ком је још био његов Миленко. Зорана букну у лицу као парадајз пред брање. Тек сад схвати да Миленко и она нису сами.

— Чика Душане, извините, извините по сто пута! Само се мало шалим, није ово ништа озбиљно — промуца и постиђено обори поглед.

— Ма шта се, сине, извињаваш, чујеш ли да се захваљујем? Одавно се ни ја овако не насмијах и велим ти да ми је баш требало, тачно сад, јер су ме ове вијести по новинама онерасположиле. Све црно, да црње не може бити, очима не вјерујем шта читам и шта се догађа, све се надам да то не може бити истина, да новинари преувеличавају. Оно, јесте прољетос на Плитвицама било оно, али се сви надамо да је то био само инцидент, превид, грешка и да ће бити кажњени они који су починили оно недјело. И тако, задубљеном у овај ужас ти си ми дошла као сунце послије кише, растјерала си црне мисли које ни спавати не дају, а камоли да се човјек опусти. А оно на Плитвицама...

— Оклен се ти, ћаћа, појави? Мислио сам да си на њиви! Шта сједиш ту поред прозора и прислушкујеш к'о каква бабетина, још ми само фали да се и ти почнеш спрдати и онда је готово, крај свијета — наљути се Миленко.

— Ајде ти, мазгове, снизи тон, тако ли се с оцем прича — благо узврати Душан, уз осмјех. Није се љутио на сина, желио је да добро расположење потраје што дуже.

— Извини, нисам тако мислио, али сад би ред био да се макнеш с прозора, ако те могу замолити, не мораш баш све чути што се прича — помирљиво ће Миленко.

— Ма ваља, у праву си! Чек само да смотам новине и зера дођем себи од смијеха, заборавите да сте ме уопште видјели. Бићу невидљив као дух — прихвати Душан.

Овај тренутак и овај дан Зорана никада није заборавила. Касније, када год би јој било тешко, кад је савладају страх, безнађе и туга призивала је сјећање на то поподне среће и чистоте, ту се у мислима склањала од ужаса којем је свједочила. Можда је управо због зла ког су производили неки људи ово сјећање у Зорани пустило дубље корене него што би иначе, па се у души раскрупњало и одомаћило да ниједно топовско ђуле не би пробило зид унутар ког је ту успомену понијела за вјеки вјекова, докле год је жива.

— Него, Зоки, ево се будалешемо већ пола сата, и нек се будалешемо, мени је баш драго, али видим да си дошла с неком намјером. Је л' јеси ил' ја то само умишљам — упита Миленко.

— О, добро си запазио упркос смијеху, чудо једно како си проницљив! Да, ево сам дошла чекати лимун који никако да стигне — нашали се Зорана и погледа га у очи. — Ал' доста зезања, сад озбиљно. Дошла сам да те питам важи ли још онај твој позив да одемо до Шибеника? Иде ми рођендан и хтјела сам самој себи да дам поклон. Да одем мало до тамо, никад нисам видила тај град, а сви кажу да је веома лијеп. Сјећаш ли се кад си ме позвао?

На то се Миленко уозбиљи. Испари сво оно весеље и усхићење. Зорани се учини да, са промјеном атмосфере, и природа постаде мрачнија, као кад облаци заклоне сунце. Није разумјела шта се догађа. Није ваљда заборавио да ју је позвао, није ваљда промијенио мишљење, а да она то није примјетила. Зато се брзо огласи.

— У реду је, нема везе ако не можеш. Онда ћемо отићи моја Јелена и ја, прошетати и видити град. Можда поједемо неки колач и мало запливамо. Питала сам те само јер ми је, ето, жеља за рођендан да одем тамо и мислила сам да још важи оно што си рекао.

Погну главу од стида и загледа се у своје опанке као да их први пут види. Тужна, разочарана, на ивици очаја због збуњености и уплашености које види на његовом лицу.

— Какви заборавио?! Ђе ћу то заборавити, наравно да се сјећам, само...

И тад на прозору опет освану Душан, држећи новине.

— Шта велиш, ћери драга, у Шибеник — рече и хукну. — Па то су те вијести које ми тјерају мрачне мисли у главу. Баш сам на то мислио када сам рекао да ми треба одмор од свега овога и да су ме дигле твоје шале. Био сам почео причати о Плитвицама, али ме тај мој Зеленко прекину у пола реченице. Нисте ваљда дјецо заборавили шта се догодило и у каквом је стању држава, какав нам се живот спрема? Гледате ли ви дневник, читате ли новине? Шибеник? Нисам сигуран да бих се ја сада усудио тамо отићи, а камоли ви, дјецо драга! Ево баш сад иде дневник, има немира у Задру, чини ми се да су то назвали Кристална ноћ, Хрвати руше све српско на шта наиђу... Јој, дјецо, сад је превише опасно ићи тамо.

Већ тада је народ вијести слушао као што је Мојсије слушао Бога док му је објашњавао десет заповјести. Упијали су информације, можда и побожније него кад се моле истом том Богу у цркви. Схватали су, откуцава сат, зло више није негдје далеко, врата су му широм отворена, ту је, међу њима. Ушло је у њихове животе, више није невидљиво. Стоји и размишља гдје да најприје удари, процјењује шта је најрањивије, одакле је најефикасније кренути у разарање, па да зацарује потпуна мржња, да се читави крајеви зацрвене од крви, да мајке, супруге, сестре и кћери забраде црне мараме и не скину их за живота. Чекало је зло, смјешкало се уплашеном народу. Зло је било на слободи послије четрдесет и пет година робије, прикривано цињаним лажима о некаквом братству и јединству између различитих народа, о поштовању других нација и вјера, небројеним обманама које је власт стално производила за народ, бацајући му прашину у очи. То зло се разгоропадило, опет пали и жари, зубе зарива у тјемена новорођенчади, односи очеве и мајке, лешева има више него времена за копање гробова. Са које год стране и без обзира колико често долазиле вијести о ужасу, народ још није вјеровао да се зло извукло из легла. Иако су рођеним очима гледали, па ипак су се понашали као када љекар каже пацијенту да има рак плућа који ће га покосити за три дана, а пацијент одмахне руком јер не вјерује да га је спопало ишта друго осим обичног кашља.

За католички Ускрс, 31. марта те 1991. године, зло је покидало све окове и направило дубоку, по живот опасну рану, мада се тек загријавало. Са свих страна, прије тог дана, чуло се само да су Срби у Хрватској побуњенички народ и да морају бити смирени по сваку цијену, а ако не може без пушке, онда пушком. Ти варвари се морају већ једном одрећи својих обиљежја, културе, историје, традиције, славе и било ког састојка српског бића, које је било добро окружено током оних четрдесет и пет година, кад су многи заборавили или одбацили вјеру својих предака. Хрватски медији су јављали да није тако, него Срби спремају пуч упркос доброј вољи хрватских власти које су тражиле, ето, само да Срби прихвате суживот с Хрватима у самосталној хрватској држави, заправо да погну главу пред шаховницом и играју како Загреб свира. То је Србе дизало на ноге, није постојала самостална Република Хрватска, сви су живјели у Југославији, а њу су Срби хтјели да сачувају. Њима је сваки атак на Југославију био недопустива велеиздаја.

Годину дана раније, у августу, била је такозвана „балван револуција". Срби су отказали послушност Загребу кад је хрватска влада прогласила незаконитим референдум којим су потврђени аутономија и сувереност српског народа у Хрватској.

Да би поткријепили тврдњу о побуњеништву Срба, Хрвати су одабрали да на свети дан какав је Ускрс започну брижно припремљен напад на православце које су позивали на суживот. Одабрали су Национални парк Плитвице, најљепше мјесто у Хрватској, можда и на Балкану или у Европи. Парк је привлачио непрестане ријеке туриста из цијелог свијета, долазили су и из далеког Јапана да уживају у љепоти плитвичких водопада.

У глуво доба ноћи, једна обучена јединица паравојних хрватских формација, за коју је Загреб тврдио да је регуларна јединица МУП-а Хрватске, напала је малу полицијску станицу у којој су, у тој смјени, већином радили Срби. Био је то препад, напад без упозорења, да изненаде непријатеља. Кратак али жесток сукоб. Пуцали су да убију! Неко вријеме је борба вођена око станице, а онда се проширила на околну шуму.

Срби су касније испричали да никога од нападача нису добро видјели, само су меци прашили посвуда око њих, али нису узвраћали рафалном паљбом јер, за разлику од нападача, нису имали такве пушке. Бранили су се пиштољима, а и тада нису пуцали у људе јер, ето, никога нису опазили. Сутрадан су Хрвати оповргавали, тврдећи да су Срби убили младог хрватског војника Јосипа. Уредно су снимили леш и показали на телевизији, надајући се или знајући да ће стране силе смјеста реаговати, можда чак и стати у одбрану јадних Хрвата које наводно теришу Срби и Југословенска народна армија, иако ту уопште није било војних снага.

Прећутано је да је у тијелу војника пронађен метак америчке производње који су користили Хрвати, као што су свим силама гледали да сакрију да је у овом нападу погинуо и Рајко, Србин за кога су тврдили да није био милиционер већ такозвани крајишки територијалац. Медији су износили лажи да су Срби напали колону МУП-а, да је чак једна тромблонска мина улетјела у аутобус препун хрватских редарственика и да срећом није експлодирала због неизвученог осигурача, али су се Хрвати, ето, ипак одбранили од српских џелата, уз седам рањених хрватских милиционера. Описивано је да су муњевито излетили из аутобуса и узвратили ватру, успјешно угушили акцију побуњеника, ухапсили двојицу високих функционера Српске демократске странке из Вуковара. У великој кампањи, за прву жртву њиховог домовинског рата проглашен је управо милиционер Јосип.

„Крвави Ускрс" је искра којом је у земљи запаљен пожар у коме је пострадало стотине хиљада људи. Ко је преживео, њему живот више никада није био исти.

37

— Шта да кажем, чика Душане — рече Зорана тужно. — Знам ја све што се догађа. И да хоћеш да побјегнеш, не можеш. И видим куда све то иде, нажалост. Али, кад ћу отићи у Шибеник, ако нећу сада? Јесте, сви осјећамо да је близу краја начин живота којег знамо, можда је крај већ и наступио, али ипак морамо живјети. Не треба клекнути или се скривати, идемо даље упркос свему. Истина, страх ме је, као и било кога другог, али није случајно Меша Селимовић рекао: *Бој се овна, бој се говна, а кад ћу онда живјети*. Разумијем све што кажете, али нада постоји и докле год је има нећу се предати страху. Ријешила сам да испуним своју жељу, па ако ми је то заиста посљедња могућност да проживим нешто лијепо, онда ћу је искористити док још могу.

У мјешавини забринутости и дивљења, Душан је слушао дјевојку. Знао је, паметна је, на свом је мјесту, зато се и радовао што су се његов Миленко и она загледали, али није слутио колико се у њеном крхком бићу и умјетничкој души крије храбра и пркосна млада жена, коју није лако понизити, а камоли сломити. Наумила је да у Шибенику проведе један дан у младалачкој слободи и радости, па како да он Миленку забрани одлазак, када ће она онда отићи са сестром, испало би да су двије дјевојке храбрије од њега и његовог сина. Е, не би се рекло да се то могло дозволити.

— Постиди ти мене поштено, ћери мила! И јесте тако као што кажеш, али је у природи човјека и да буде опрезан и да страхује. Имам од чега страховати, али како онда живјети? Нисам уопште очекивао овакав разговор, али дочеках да и мене много млађи нечему науче, да ми дају снагу, наду, па и храброст. С моје стране, нека вам буде срећан и весео дан, а то је до тебе, сине, хоћеш ли ићи или не. Ја не браним. Само вас обоје кумим Богом да се пазите и враћајте се кући одмах, како знате и умијете, на било какав знак да се нешто лоше може десити. Можда је ово и сувишно, стасали сте, али родитељ сам, бринем за дјецом као и сваки други отац, а бићете за мене дјеца и кад напуните педесет година.

Не бјеше срећније особе од Миленка у том тренутку на васцјелом дуњалуку. О, како је само био поносан на Зорану, што је тако мудро разговарала са његовим оцем, што није уступнула зато што је старији. Била је равноправна и до сад се није збило да старији уважи мишљење млађег, па још и да га похвали. Ехеј, да си добио похвалу старијег на рачун памети и храбрости! Овај се датум мора записати, мислио је Миленко. И да је баш његова Зорана прва тако нешто доживјела! Срце му је било толико велико да би два свијета могла да стану у њега. Да су улоге биле обрнуте, да је он морао овако стајати и разговарати са њеним оцем Стеваном не би ли објаснио ситуацију, Миленко је сумњао да би имао куражи да овако поступи, а и кад би се усудио, не би знао све рећи одмјерено и кратко као Зорана. Волио је у том часу више него икада.

— Наравно да идемо! Нећу, зар, погазити обећање? А и рођендан ти је, мај, прољеће је, ма него шта, идемо у живот — повика Миленко не кријући срећу и понос пред оцем.

— Па, добро, онда смо се договорили, стари ми рече да је најповољнији онај воз у девет, стижемо кад је све отворено и имамо читав дан пред собом, негдје до шест сати поподне ако сам добро запамтила. Значи, налазимо се прекосутра у осам? — упита Зорана срећно и сањалачки.

Живот је, и поред све окрутности, тешкоћа и страхова које доноси, знао савити рогове, пустити људе да мало дишу, уживају, да понекад буду срећни и осјете исконску радост коју би, да је памет правилно на свијету распоређена, сваки човјек требало да осјећа од колијевке па до гроба. Пут који води до небеских висина је тежак и трновит, можда је све требало да буде како је и било, али је тим више важно препознати тренутак у коме ти се пружа прилика да будеш срећан, да своју срећу брзо зграбиш са обје руке и снажно је држиш до задње секунде у којој постоји.

— Важи, прекосутра у осам, немој да би закаснила — изађе из веселог Миленка као из катапулта.

— Као што кажу у америчким филмовима, наравно да нећу закаснити на сопствену журку — рече Зорана и одскакута низ пут попут веселог скакавца који, скачући с травке на травку, оставља свијету енергију љубави, младости и среће.

38

Немогуће је заборавити тај магични, сунцем окупан дан у коме се двоје скромне крајишке младежи обрело по први пут. И у тај дан се Зорана умјела вратити само да се присјети оног смијеха и оне радости, оне љубави која јој је тада први пут прострујала кроз дамаре.

Тада је Миленка засмијала више пута него што се икад смијао. Он је њу сладоледом благо додиривао по врху носића, оставивши бијели траг који се одмах истопио. Босонога је трчала по пијеску и такмичила с Миленком ко ће прије стићи до замишљене линије, код које би се обоје, без даха, стропоштали у пијесак, а онда, лежећи, посматрали најплавље небо које су дотад видјели. Миленко је ушао у продавницу, тражећи нове жице за гитару, спазио неку веома лијепу гитару и узео да је испроба, а онда усред продавнице њој засвирао и запјевао *Једина моја, теби свирам ја, једина моја, теби пјевам ја*, гледајући је равно у очи, без стида, чистом, неисквареном и најпотпунијом љубављу, док су њој образи горјели од среће и дјевојачке чедности. Тог дана је Миленко мало запливао у мору, а она стајала на обали јер није пред њим могла да се скине у купаћи костим. Посматрала је како су се благи таласи одбијали од његова плећа и рамена, док се вода, блистава од сунца, у ситним потоцима слијева низ леђа. Урезао јој се и његов широки осмијех, упућен њој, док је замахом главе склањао косу с лица.

Тада му је купила ланчић са привјеском од мале шкољке и рекла му да, када год је се зажели, само принесе шкољку уху и пажљиво слуша, увијек ће чути њено смијање и осјетити мирисе тога дана. Миленко јој је поклонио наруквицу на којој је привезано почетно слово његовог имена, рекао да је од сада заувијек с њом, све док она ту наруквицу носи. На корзоу су сретали чудно обучене људе. Кад су наишли на Кинезе, које дотад никад нису видјели, засмијавао их је њихов језик и гласови од којих се састоји. Спазили су и групу Црнаца, који се, осим по боји коже, од њих нису разликовали. Можда су само имали бјеље зубе!

Био је то дан у коме су се срамежљиво први пут држали за руке и ходали ћутећи, јер није увијек било потребно говорити, могло се срећан бити и у ћутњи. Дан када јој је рекао да је воли и пошао да је пољуби, а она стидљиво окренула образ, на шта се Миленко насмијао и рекао да се сада можда може одбранити, али да ће је кроз живот пољубити најмање четири милијарде пута. Бјеше то и дан у којем је непрегледна маса кроз Шибеник носила шаховнице, које су се вијориле на вјетру. Одреда намргођени људи су узвикивали пароле које њих двоје нису разумјели јер им нису биле важне.

Дан, у коме су обоје били у свом свијету, који са тим људима нема додирне тачке јер не знају шта је срећа. Дан у којем је Зорана пољубила Миленка у образ кад су, већ у смирај вечери, стигли до њене куће. Ставио је њен длан на тај свој образ, рекао да јој је рука вајана да би га миловала по образу и отрчао кући, док су се на крајишком небу појављивале прве звијезде.

Дан када је, и не знајући за то, задњи пут била истински срећна.

39

Сањала је да се налази у огромној пекари, божански мирис свјеже печеног хљеба је испуњавао простор, мјешајући се са аромом свјежих колача, торти, разних слаткиша. Чинило јој се да су јој уста пуна чоколаде. Осјећала се као некад, кад је као цурица задивљено посматрала кроз прозор огромне пахуљице које прекривају земљу, а она грицка чоколаду коју је донио тата са посла. Све око ње је топло и пријатно као да је Божић, вријеме мира и праштања јер се тада родио Господ. Предосјећала је да се ова чаролија убрзо завршава, полако се будила док се зрачак сунца пробијао кроз окно и ударао јој у лијево око. Брзо се окренула и покрила преко главе, да настави онај сан и остане на топлом и сигурном. Није хтјела да се разбуди. Неколико минута се мешкољила по кревету, премјештала са стране на страну, али узалуд. Сан је био прекинут, пут до њега више није постојао. Чудно, као да су у соби остали мириси из сна.

„Шта ли то тако лијепо мирише", буновно се упита Зорана. „Није ваљда да још сањам?"

Усправи се на кревету као свијећа и сједе. Свануо је Ђурђевдан, дошао је Свети Георгије, њихова слава, да обиђе село! Како је то макар и начас могла да заборави? Мирис је стизао из кухиње. Мајка је пекла чесницу, славски колач и ко зна шта још. Чула је да се мајка и старија сестра Душанка нечему смију, а онда се и отац Стеван закашља и засмија. Зорана је у први мах била збуњена тиме што је отац код куће, а онда се сјети да неће ићи на посао због славе. Можда је био комуниста или му се идеја комунизма бар допадала, али није био од оних који би заборавили културу и обичаје свога народа, нарочито славу. Увијек се славило и славиће се, то се промијенити неће, па нека долази на врата ко год хоће и пита шта се то у кући збива, раде ли забрањене ствари. То више и није било важно, стари систем се сасвим распао, нико више не иде да провјерава морално-политичку подобност, теку деведесете у којима нико не мора да крије било шта.

Зорани су мисли бјежале као кад пчеле крену на пашу, није је превише дотицао сав свијет око ње. И даље је опијена даном проведеним са Миленком, па тако и данас, као и јуче када није била у стању да састави двије реченице, блиставог погледа и румених образа као да има високу температуру. Стеван и Милица нису ништа рекли кад се вратила, само су питали како је било, она је занесено одговорила да је било чаробно и та једна ријеч је била довољна да разумију све. Вјероватно је зато матер није ни пробудила да јој помаже у припремама за славу. Видјела је да јој је кћи истински срећна и заљубљена до ушију. Било јој је драго, зато ју је поштедила, јер срећа неће дуго трајати. То је сада извјесно, ниси морао да будеш политички аналитичар да би схватио каква се олуја спрема. Од книнског краја све до Београда сви су знали да је миран живот прохујао и крвава журка само што није почела. У име чега, онда, кварити овакве тренутке среће, зашто са својим дјететом не уживати у њеној срећи или се не смијати томе што јој остале ћерке задиркују Зорану, зашто не дати све од себе да ови тренуци потрају што дуже...

Зорана пуна живота скочи из кревета, отрча у купатило да се умије и среди, па да помогне мајци и сестрама и да, када све заврше, поставе сто за позване госте, међу којима је био и Душан са фамилијом. Дакле, данас ће опет видјети Миленка!

Није га видјела цијели један цјелцати дан, то је превише и тешко се подноси. Сада је разумила колико дугачак може да буде један обичан дан.

Спремајући се у купатилу, пјевушила је *Ђурђевдан*, стару народну пјесму којој су прије двије године популарност вратили Брега и његово Бијело дугме. Знала је да је то народна пјесма, али није знала ко ју је, кад и зашто спјевао. Никада је не би запјевала само да је наслутила шта ће се баш тог дана догодити, за само неколико сати. Тек јој ова пјесма не би на ум пала да је икада чула да су, у Другом свјетском рату, исту ту пјесму хорски пјевали Срби, које су заробиле усташе, натрпани и закатанчени у возу који се кретао ка последњој станици њихових живота, фашистичком логору у Јасеновцу, а да стихови *ђурђевак зелени свима осим мени* не поручују да неки драги пати за својом драгом, већ се тако опрашта од живота.

Овако, у незнању, пјевала је од среће и њен глас се лагано проносио кроз одшкринути прозор.

40

Гости су долази и одлазили у турама, није било мјеста за све одједном. Славски ручак је био изванредан. Уз много смијеха и доброг расположења препричавани су бројни давни догађаји из прошлости, разне приче и анегдоте. Старији су говорили о својој младости, млађи су са пажњом слушали и понекад праснули у смијех због комичних ситуација за које нису знали.

Негдје током послијеподнева осташе да сједе Стеван, Душан и још неколико људи, да попију коју, кафенишу, разговарају и запјевају као што је и ред кад је слава. Зорана и Миленко нису размијенили много ријечи, било их је стид од старијих, а и није био ред. Зато нису могли да се не гледају, било то срамота или не. Поглед им је стално тражио лице вољене особе, смијешак им је непрестано тињао на уснама. Лагано је догоријевала велика славска свијећа, постављена на столу, још се осјећао пријатан мирис тамјана којим су окадили кућу.

Таман кад Стеван започе нову пјесму, десном руком загрливши Душана и лијевом Радована, кућу просјече језиви врисак. Милица је била укопана у мјесту, разрогачених очију буљила у телевизор, на који је случајно бацила поглед. Тон је био утишан.

— Ајој, мени, ајме мени јађеној, ајме мени кукавици црној — зајаука, а сузе су јој већ лиле у потоцима.

Истог трена сви погледаше у телевизор. Видјеше нијему слику. Неки непознати човјек клечи на војном транспортеру, од позади је ухватио главу младог војника и дави га, немилосрдно, дивљачки. Преко екрана је великим словима исписано: *НАПАДНУТА ЈУГОСЛОВЕНСКА НАРОДНА АРМИЈА!*

ДРУГИ ДИО

Рат и године када се поново умирало.

41

— Кумим те Богом и свим свецима, споји ме са сином, дај ми да причам са њим, нисам ништа чула о њему већ мјесецима — говорио је уплакани глас са друге стране жице.

— Причекајте само тренутак, останите на вези.

Зорана је по ко зна који пут уморно наслонила главу на сто. Засузише јој очи. Колико још пута ће ово чути, хоће ли томе икада бити краја? Докле ће уплаканим мајкама причати бајке о томе да су им синови тренутно недоступни или да су на некој новој обуци за ко зна шта, да их лаже јер није могла избезумљеним женама рећи да су сви они на ратној линији и да се не зна да ли су живи или мртви? Које лажи још да смисли, а да буду увјерљиве, да растерете ове који зову да питају за ближње своје?

Већ добру годину је буктао рат, чинило се да ће трајати док је свијета и вијека. Из дана у дан изгледало је да ће догађаји ићи само ка лошијем. Добро је постало заборављено чак и као ријеч. Није се могло процијенити ко ће побиједити и ко бити поражен, али зар је то уопште важно? Да ли је икада у било ком рату било побједника? Да ли је било мајки и очева који нису сахрањивали своју дјецу? Свеједно којој су страни припадали, једној, другој, трећој, петој... ко мари? Нису ли ношене црне мараме на свим странама, није ли се чуо јаук и лелек ма гдје се налазио, куда год кренуо?

Дјевојка подиже главу. Испусти тежак уздах гледајући сивомаслинасте телефоне и каблове којима су спојени са командном таблом. То се зове уповка, научили су је. У војсци се запослила на самом почетку рата, јер су прошла ни три цијела цијелцата мјесеца од кад се запуцало, а у цијелом крају је завладала тешка немаштина. Пресјечен је доток хране и основних животних потрепштина из Србије. Пролаз који су звали коридор био је затворен, до Србије се није могло стићи, ни возови нису ишли. Крајишки народ се обрео у правом кавезу из ког се морало чупати, али како, то нико није знао. Иако су даноноћно вођене тешке борбе, коридор се није успјевао пробити, Крајишници су остајали у вакуму. Продавнице су се брзо празниле, рафови нису допуњавани, наступила је несташица свега, какву су памтили само најстарији, они који су преко главе претурили Други свјетски рат.

Ни у селима није било боље, и ту је опстанак био тежак, сналазило се како се ко досјетио. Преживљавало се уз блитву, парадајз, кромпир је спреман далеко највише јер га је највише и било, али ни он није био неисцрпан. Голи живот је одржаван захваљујући сезонском воћу и поврћу. Струја је толико учестало нестајала да је више нису имали него што јесу, зато се није јело ни много меса. Није се могло чувати да се не поквари. Када би неко од сељана заклао теле, долазили су људи и узимали по један комад меса и носили кућама, одмах спремали. Вратиле су се прастаре методе конзервирања меса. Закопавано је дубоко у земљу, спуштано на половину бунара или је стављано у канте и заливано машћу. Само да се не поквари.

Таква несташица хране је довела до катастрофе, људи нису били сигурни хоће ли умријети од метка или глади. Извјесно је било да ће се умријети, ето, само је питање било на који начин. Нико то не би признао, али у таквој су атмосфери однекуд стигле заборављене, митолошке флоскуле о Србима као небеском народу, жилавом толико да им Хрвати не могу ама баш ништа. У функцији одржања морала, можда и из голог нагона за животом, све се чешће чула знаменита пјесма о Србији која није мала, иако је три пута ратовала, и опет ће... ако буде среће. Зар не би, тако изолованим Србима, било срећа да их је Србија, са неспорно успјешном традицијом ратовања, узела у заштиту, хранила и бранила? Такве пјесме подгријавале су, испоставиће се, лажну наду, а уз наду, као трачак свјетлости на крају дугачког тунела, свака се несрећа ипак лакше подноси.

Са друге стране, каква је то срећа коју црпиш из неких патриотских пјесама, кад у исто вријеме сједиш око некаквог казана у коме се кува вегетаријански ручак, кад су сви пијани, ко од ракије, ко од страха, док им цријева крче тако бучно да би се чула и да изађеш на врх Велебита? Ни прашка није било да се бар веш може опрати, па су сналажљиве жене правиле сапун од луга са огњишта, кувале га, цијединле и то стављале у празне конзерве, чекајући да маса отврдне да би се могла користити. Није било вајде од пјесме, ма како морал дизала, када установе да нема ни шампона за прање косе, а купали би се. Опет су старије, искусније жене рјешавале проблем, вадећи из малог мозга приче из своје младости, кад су им мајке и бабе говориле како се прави шампон од куване коприве.

Понекад, ријетко као Халејева комета, испред школе би стизао камион Црвеног крста. Допремани су гардероба која заудара на неку пластику, већ изношене ципеле, покоји кишобран. Никоме није било јасно шта ће ту кишобрани. Киша је киша, слабо је ко, ако је ико, икад употребио кишобран све и да га је имао. Од чега може да их штити овако смислен и милосрдан поклон? Можда, од кише граната? Ко зна, с обзиром на то да су Срби небески народ можда су то били противградни кишобрани, а можда би се и метеор слупао, као јаје кад се спрема кајгана, ако би у њих ударио. Упркос томе, чим би стигао камион око њега би се у секунди створио општи метеж. Људи се гурају, свађају, ту су цика и вриска. Сваки отима за себе што више и нико нема милости ни према коме, као да нису пријатељи, кумови, комшије које се знају од рођења. Велика већина гледа само себе и свој тур, нико други и ништа више није битно. Оно мало другачијих су памтили да су то исти они људи са којима дијеле цијели свој вијек и зато нису узимали више него што им је заиста потребно. Понекад не би узели ништа, а и ако би нешто добили онда би давали нечијој мајци, удовици или баки.

Више није било сумње, народ се промијенио, искварио. Постао чангризав и циничан. Самилост и саосјећање готово су искоријењени. Као и увијек, природа је изнова стварала некакву равнотежу. Многи, раније непримијећени људи, који нису ишли по кафанама или се бусали у прса издижући себе хотећи да њихова ријеч буде прва и посљедња у сваком разговору, такви људи су одједном постали они код којих можеш отићи да позајмиш мало шећера, соли или брашна, ако су имали. Све оне галамџије и виђени људи из сада већ непостојећег живота, слабо су се коме јављали и врата су им углавном била замандаљена. Потврдила се истинитост старе изреке да је у добру лако добар бити, а да се на муци познају јунаци. Хероји су постали они од којих си то најмање очекивао.

Управо зато Зорана преломи, придружи се неколицини дјевојака и пријави се у војску. Да има неки посао. Танана и умјетничка душа испуњена у сликању и шивењу, баш као што је Душан примјетио оног давног дана, била је више храбра и срчана него што је то ико слутио. И она сама је себе спознавала, изненађујући се одлукама које доноси и упорношћу да их спроведе. Ако то у тешким временима значи да треба обући униформу и ући у доминантно мушки свијет, онда је то и урадила. Погодило је, кога не би, али је ипак надрасла то што су је жене из села узеле на зуб, говорећи њеној мајци да је неприкладно, а мислиле су да је неморално, да женско чељаде иде међу толике мушкарце, био рат или не, већ мора да поштено сједи код куће и лијепо рађа дјецу.

Можда су се неки и одважили на тако велики корак какав је донијети нови живот на свијет у таквим временима, али Зорана није била од таквих. У који свијет да их роди, како да их одгаја? Зар да им прве успомене буду заглушујуће експлозије бомби, рафалне паљбе, звиждање метака око глава, призори мртвог човјека или жене? Да гледају како горе куће? Свака част свакоме ко је могао и хтио, али њу је занимало да заради плату, небитно колику, не би ли својој кући однијела мало хране. Рат је и њу веома брзо очврснуо, више је није било лако увриједити или понизити. Меког срца и топле душе, прилагодила се новом времену и другачијем лицу људи, па је научила да узврати оштро кад год је потребно, бранећи се од злих језика и било каквих напада. Уосталом, било је дјевојака које су ишле право у рат, на линију, да бране своје куће и огњишта, па за њу саму све то што је радила није било некакво постигнуће.

Задесило се да је баба Смиља била у Стевановој кући када је Зорана први пут дошла на краће одсуство, на викенд што би рекли западњаци, послије три недеље, од којих је једна седмица била обука. Спустила је потежи руксак на сто, полетјела мајци и сестрама у загрљај. Било је много суза, као да се нису видјели три године, суза олакшања од ишчекивања најгорих вијести, јер је вазда могло горе од најгорег. Изгледало је да се у овом рату чине такви злочини какве не памте не само крајишка села и градови, него цијела земља. А и било је горе него за Другог свјетског рата, у чијем је окриљу, осим борбе против фашизма, вођен и крвави грађански рат. Онда су људи дијелили све што су имали, помагали једни другима, а сада је мало ко осим себе видио другога. Ова провала емоција током првог сусрета била је очекивана. Сви су живи и здрави, захваљивале су Богу што их је сачувао јер су многе куће увелико завијене у црно. Сачувао их је засад, а нико не зна шта носи сутра, хоће ли га бити и ко га неће дочекати.

— Ех, види цуретине — огласи се баба Стана иронично. — У ствари не знам је л' више цуретина, у тој униформи личи баш на мушко, могла је она и нешто друго радити...

— Она се налази овдје у истој соби са тобом, можеш јој у лице рећи ако имаш шта да кажеш, баба Смиљо — окрете се Зорана у налету бијеса.

Била је уморна, гладна, жедна, срећна што је кући... Шта сад хоће ова баба, ко њу пита за здравље?!

— Зорана, сине — узвикну Милица изненађено. — Па то је само наша баба Смиља. Полако, срећо моја.

Рат је био немилосрдан према свима, па и према баби Смиљи. Од веселе старице спремне на смијех и пошалице, постаде закерало безмало исто као онај џангризави Ђуро, који је ослобођен војне обавезе, нико није знао да ли зато што му је фалила која даска у глави или се другачије снашао. Али, исти тај Ђуро сада је био несноснији него икада. Галами по цијелом селу, прича сам са собом, куди све живо, од мила до недрага. Дозлогрдио је свима. Смиља, пак, није била баш таква, макар није сама са собом ћумурала, али јој више није било стало до тога шта ће село рећи због тога што васцијели дан иде од куће до куће да гунђа, јадикује, задиркује. Богме, и добро попије. Које село, кад је и старо и младо на положајима ко зна гдје, понекога су већ у сандуку вратили, а у војсци од мушке чељади нису била само дјеца од четрнаест-петнаест година. И на њих ће доћи ред, знала је, све ово је већ гледала у оном рату који, говорила је, никада није престао већ се мало предахнуло и, ево, ушло у друго полувријеме.

— Па шта што је то само баба Смиља? Као није ми доста напора и стреса тамо у војсци! Дођем кући да предахнем и с врата ми ти, баба, зајашеш за врат! Како те није срамота, знаш ме од кад сам се родила, проходала, изговорила прве ријечи, а ти сад овако? Ниси ме могла питати како сам, јесам ли се уморила, шта се дешава, него удри с неба па у ребра што не сједим код куће! Не сједим, ето, бар нешто радим у овом проклетом рату, покушавам да преживимо, браним и ја ове наше крајеве, колико-толико, треба неко и мој посао да ради — излети из Зоране рафално, у даху, док су јој се образи све више црвенили, никако да се заустави, а и не покушава. — А да је добро, није! Бранимо се како знамо и умијемо, усташе не попуштају никад, и дању и ноћу смо под паљбом, сви смо на опрезу, свима су живци растегнути до крајњих граница и све се бојимо да понеког од нас не мора метак ни погодити, умријећемо или бар полудити од те напетости и страха. Можда би метак још био и благослов! Што одлагати оно што ће се свакако догодити?

— Ајме, сине, извини, није ти баба Смиља тако мислила, излетило ми — помирљиво ће бака на ивици суза. — Знам ја како ти је, већ се ово једном десило у мом животу, нисам никад црну мараму ни скинула, ево, сад ће педесет година, па ето... Убише ме та сјећања, видим поново исте страхоте, само не знам шта је страшније — овај или онај рат. Овакви злочини као данас, пред очима цијелог свијета, никад још се нису догодили, а свијет не само што нама не помаже, него су на њиховој страни, убијају нас заједно са њима. И шта да ти кажем, ето, попије баба коју, па ми се свака мука из живота врати и онда кажем и оно што не мислим. Можда би метак и мени био благослов.

| 327 |

Баба Смиља спусти главу плачући.

Зорани би тешко. Није је хтјела на сузе потјерати. Проради јој грижа савјести, помисли да је пренаглила. Колико год људски било гријешити, ипак није било војнички, а она јесте војник, мора боље да се поставља у свакој ситуацији умјесто да бијесу пусти на вољу. Увијек је лакше рећи, него урадити. Да прекине мучну атмосферу приђе столу, отвори руксак и поче вадити оно што је купила од прве плате. Више него скромно, али ипак је донијела два килограма соли, паковање вегете, нешто уља, два килограма брашна и неколико конзерви које је приштедјела откидајући од уста, да донесе својима.

— Извини, баба Смиљо — окрете се Зорана сузних очију. — Није требало да онако планем. Знам и сама да никоме није лако, био на линији или не, сједио код куће и гледао вијести или био у рову. Све ове страхоте погубно дјелују на свакога од нас, молим те, немој плакати и немој се љутити.

Одвоји за баба-Смиљу двије конзерве месног нареска и килограм соли, оде да преспе брашно и одвоји јој бар један хљеб да може подмијесити.

— Немој, сине, нема потребе, има бака за себе — пође Смиља да одбије, али је Зорана већ паковала ствари у пластичну кесу.

— Нека бако, од вишка не боли глава — осмјехну се Зорана и напусти је сва она жестина према жени за коју је вежу најљепше дјечије успомене.

Милица је као незаинтересована, али осјећа понос због развоја догађаја. Диви се јакој и разборитој дјевојци, која настоји да помогне другима више него што на себе гледа, тој дјевојци у коју је израсла она њежна цурица што не испушта из руку четкицу за сликање. Истовремено је раздире мајчинска туга због ратног пакла који одузима младост и отима безбрижност и ведрину. „Младост је једна и нема репризу", помисли, несвјесно поправи мараму на глави и даде се на љуштење кромпира. Да направи неки ручак, а биће и мало меса, јесте да је из конзерве, али човјек се у дубокој неимаштини зажели и оне хране коју иначе ни погледао не би. Свака се храна учини стотину пута боља и слађа него што уистину јесте када се зачује крчање гладних цријева.

Зорана сједе на сећију, изу чизме које још нису довољно разгажене и видје да јој је, због попуцалих жуљева, крв поново пробила кроз чарапе.

42

— Хало! Хало! Да ли сте још на вези? Ајме мени, дијете моје, па ниси ми ваљда спустила слушалицу?!

Из обамрлости је трже глас исте оне жене која тражи сина.

— Војна команда, кога требате?

— Већ сам ти рекла, али ти не слушаш. Станић, Милан Станић, тако ми се зове син, можеш ли ме спојити са њим, нисам се чула са дјететом ево сад ће мјесец дана! Молим те, ћери моја, помози ми!

Вапила је незнана жена кроз слушалицу исто као и стотине прије ње, као што ће и стотине послије ње. Зорана није смјела рећи ни гдје се она налази, гдје је војна команда у којој ради, а тек о сину ништа није знала. Био је само још један од не зна се колико синова и отаца расутих по ратишту и за које се није знало ни да ли су живи.

— На обуци је, госпођо Станић, не можемо вас сада спојити са њим, тамо нема веза. Покушајте поново за два или три дана, нисам сигурна колико обука траје — изрецитовала је реченицу излизану од толиког понављања свим тим престрашеним мајкама, женама, сестрама и дјевојкама. — Извините, стварно ми је жао, али ја других информација немам. Молим вас да се стрпите, сигурна сам да је све у реду.

И та њена наводна сигурност да је све у реду била јој је урезана као у камену, у сну би могла да понови. Храбрила их је све одреда, знајући да ништа није у реду нити ће икада више бити, чак и да рат престане сад, овог момента, јер већ има толико невиних жртава, спаљених и до темеља разрушених градова и села, црних сјећања које за живота нико не може поправити. Све је у реду? О, како да не! Али, шта друго рећи свим тим неутјешним женама када и самој себи понавља исто, у покушају да у то повјерује.

„Драга мајко, куд се прихватих овога, свима њима је потребан поп да их тјеши и говори лијепе, охрабрујуће ријечи, као да ја то знам", помисли тужно.

Обука за њен посао везисте трајала је једва седам дана, а није била Божије слово, утакни тај кабл ту, јави се на тај телефон, не говори ништа званично преко жице, не откривај положај, буди службен, кратак и прецизан, обавезно заборави на осјећања и ето те, постанеш везиста као змај. Присјети се дана кад је пошла да се пријави у војску. Њено путовање од села до Книна био је дословно права борба за преживљавање. Не зато што је неко пуцао на њих, него је аутобус за град ишао једном недељно, и то сриједом. Тада се у њега накрца толико путника да се не може дисати, а камоли се помаћи. Ето, сад зна зашто људи за неке ситуације говоре да им је било као сардинама у конзерви. А тек аутобус! У тој лименој конзерви људи су се топили од зноја и гушили у устајалом ваздуху кад упекне сунце са небеса. Неки су стојећке губили свијест и нису имали гдје да падну, нити је то ко примјећивао у толикој гужви. Поједини су чак улазили у пртљажник аутобуса и међу торбама и пакетима лежали све до Книна, а онда би из тог бункера бауљали зелени у лицу, повраћајући чим покушају да се успаве, док су неки сједали на ужарени асфалт аутобуске станице борећи се по неколико минута да удахну макар мало свјежег ваздуха.

Ако изузме разговоре с породицама војника, Зорана би могла рећи да јој посао није био лош. Канцеларијски. Мада, умјесто људи у одијелима и краватама, око ње су пролазили униформисани, са еполетама. Главни командант био је генерал Ратко Младић. Толико је био цијењен да би људи при самој помисли на њега могли да стану у ставу мирно. Иако га је више чула преко телефона него што га је видјела, знала је да није командант из фотеље, већ куд му војска крене ту је и он. Кад год ходником прође, челичног погледа и чврста корака, личио јој је на борце из грчке митологије. Било је јасно, рођени је војник. Боље би било не сусрести прострељујући поглед његових плавих очију, јер се одмах осјетиш кривим или да нешто ниси урадио како ваља, мада знаш да ниси забрљао. Пред њим је све било другачије. Ипак, кад је био ту, имао је пријатан осмијех и времена за свакога. Није пловио божански недостижним висинама, често би застао са војском, распитивао се како су им породице и служи ли их здравље. Потапшао би их по леђима, уливао снагу и храброст тако да би се утученом војнику вратиле ведрина и вјера, што се одмах на лицу видјело.

Нису сви у командном ланцу били као генерал Младић. Иза кулиса су се одвијале многе прљаве радње о којима обичан човјек или војник ништа знао не би да се, ту и тамо, понеко не излети, потпомогнут ракијом. Понекад би исклизнула и каква прича о не баш часним поступцима високих официра. Није се могло знати да ли им је тако било наређено или су били саздани тако да им је власт ударила у главу, али се осјећало да многима од њих није било стало до народа. Било је превише чудних ситуација и догађаја за које ниси могао бити паметан како да их објасниш. Како тумачити напрасне наредбе да се војска повуче са територија које је заузела и на којима се држи или да буде обустављен напад који се у свему развија у корист српске војске и народа, па се све то враћа Хрватима док Срби проклињу и небо и земљу због саboraca који им погинуше низашто? Веома је мало било неподмитљивих и часних официра и зато се мало коме вјеровало. Вјеровао ти или не, међутим, наредбу мораш слиједити, без питања и потпитања. Само кажеш „Разумем!" и крећеш на извршење задатка, свиђао ти се или не.

Понекад би Зорани западао позив каквог официра из Србије, тражио би да га споји са неким официром, да ли на линији или у канцеларији, али генерала Младића није звао нико. Он сам је знао да тражи везу са неким из Србије, али ни то не пречесто. И баш то се догодило једног суморног поподнева, док је из сиво-црног неба лила киша као из кабла, а људи били расположени баш као и небеса. Сви до једног уморни, исцрпљени, више гладни него сити, рат им је излазио на нос. Шта је било тим Хрватима, зашто толика мржња, зашто је постало немогуће да Срби и Хрвати живе једни крај других, ако већ не могу заједно, као што су живјели у минуле четири и по деценије градећи и велика пријатељства, кумства, мјешовите бракове? Одговора није било ни на видику.

Ратно лудило је сасвим опсјело људе. Радили су оно чега никад није било, на шта се ни помислити није смјело, али им се сада може јер је слободно и некажњено. Ђаво је дошао по своје и није мировао, за њега светиње не постоје. Тако је један млади хрватски бојовник, прије одласка на смјену, убио мајку само зато што је Српкиња. Вијест о томе је изазвала неизрецив шок међу Србима. Ако се и на то могло усудити, чему уопште да се нада било ко, шта да мисли? Они најморбиднији холивудски хорор филмови или најјезивији романи нису ни принијети страхотама у којима мајке бјеже од рођених синова да их не би убили јер нису исте националности као њихови мужеви. Нити се то дало

| 333 |

ријечима описати, нити се могло вјеровати рођеним ушима сваки пут кад чујеш да се опет исто догодило.

Опхрвана таквим сликама и информацијама, након што је спојила двојицу официра, Зорана закључи, сад већ са сигурношћу, да се Србима спрема велика трагедија. А, посебно је погађало народ и војнике то је већ било очигледно да Хрвати не би напредовали у биткама или надјачали Србе да није било издаје, да им нису то сами Срби дозвољавали. Зорани из главе није избијао покољ у Миљевцима, када су за мање од пола дана Хрвати заклали чак четрдесет милиционера српске националности. Еј, заклали! Не пушка, пиштољ, дакле не метак, него нож и само нож. Човјеков мозак одбија да прихвати такво варварство. Чуло се и да су пјевали док су их клали као прасад за Божић. Каква ли је то душа која може да пјева док реже врат и грло другом човјеку? Одакле тако нешто у било ком бићу? Никакве разлике нема између оног Андрићевог Османлије из кога куљају посвећеност, задовољство и уживање док намјешта науљени колац да што спорије продире кроз тијело Србина тако да овај што дуже живи и што болније се са животом раставља, при пуној свијести мученика о томе шта му се у свакој милисекунди збива. Ни у чему нису другачији ови који, послије толико вијекова, прекољу човјека пјевајући на сав глас. Народ је био збуњен над чињеницом да су се такви успјешно крили толике године. Како су уопште живјели међу људима? Мало им је било што горе од звијери узимају животе, већ су с лешева сјекли руке, ноге, језике, полне органе. Фотографисали су се насмијани бојовници са одсјеченим главама Срба, баш као и муџахедини по Босни, који су српским главама, умјесто лоптом, још и фудбал играли.

Све је било много горе него чак у Другом свјетском рату. Кога је задесила несрећа да то види макар и на фотографији, до краја живота није могао заборавити оне призоре. Мало ко је преживјео такав масакр. Можда би боље било да није нико, јер са таквим нечим у себи нису могли живјети и остати нормални. Гањали су их демони и вјештице, и када спавају и на јави коју више нису разликовали од снова. Други су бебе и омању дјецу налазили испечене у рернама, електричним или на дрва, пресуђено им је зато што су рођени као Срби. Налетјели би на лешеве закуцане на дрво и остатке тих мученика су у врећама однијели у Книн на препознавање. Толико су били раскомадани да се није знало која је чија нога или рука. Онда долазе ближњи да препознају и покупе посмртне остатке, да их макар достојно сахране кад су већ тако недостојно човјека страдали.

Један од очева тражи, у нади да неће наћи, свога сина у тој гомили удова, глава и трупаца. Стоји човјек у мјесту, али се љуља напријед-назад и мрмља нешто у браду. Нико не разумије шта говори, ако ико и обраћа пажњу на њега у најцрњем призору који је на том мјесту видјело људско око. Црномањаст, необријан, сув, близу шездесете, сам је усред свега тога. Одмијенио је жену и већ стасалу дјецу, на себе преузео мучан породични терет. Зури у хрпу људског меса као хипнотисан. Оно мрмљање лагано постаје све гласније, док се сасвим јасно не разабраше ријечи.

— Није то твоја рука, Владимире сине мој. Није то твоја рука. Није то твоја рука, она не изгледа тако, твоја рука има све прсте, ова нема.

И то понавља без престанка погледа закованог у руку која се откотрљала тик уз масу удова, у руку која почиње од рамена и завршава се шаком без прстију. Колика је то сила морала бити примјењена да је одсјече, чиме су сјекли баш ту, на једном од најјачих мјеста на људском тијелу? Колико дуго су сјекли? За такво касапљење је било потребно много времена, ко ли се толико томе посветио, зашто? Одговора нема, мртва уста не говоре исто као ни та одсјечена рука. Зато се други одговор наметао јасноћом и видљивошћу који се не могу пренебрећи. На мишићу бицепса налази се тетоважа крста са традиционалним оцилима, четири ћирилична слова *С* која су поређана у два реда, један испод другога, а окренути су један од другога. Испод крста је истетовирана година, *1969.* Година кад је рођен Владимир. Из оног љуљања на ногама, које је дјеловало као да ће се срушити, човјек само полетје ка руци, сави се и као покошен баци на колена. Узе руку, поче је грлити и засипати пољупцима од рамена до шаке, а посебно по оним мјестима одакле су се некада гранали сада непостојећи прсти.

— Ево, Владимире, да тата пољуби, као када си био мали. Проћи ће брзо, као ономад, сјећаш ли се, сине мили, када си случајно дотакао врелу плочу шпорета својим прстићима па их опекао? Сјећаш ли се, рано моја, одмах ти је тата љубио прстиће и брзо те је прошло, није дуго бољело? Ево, сине, љуби твој тата опет, ево сада ће да прође, баш као онда, неће те више ништа бољети. Сјећаш ли се, сине милииииии...!

Из оца се проломи страшни урлик јер више нема моћ да своме сину вида сваку рану. У том урлику је сабијен сав немилосрдни бол несрећног човјека и, да ниси у њега гледао, помислио би да се чује каква звијер зато што људско биће такав звук није у стању да испусти. Али, могуће је и оно што је немогуће. Ова бол извлачи из човјекове нутрине задњи атом снаге и држи га на самој ивици лудила у које би побјегао да може, да се у ону страну памети може отићи тако што само зажелиш и ето те у свијету у коме ни за шта не знаш иако си жив. Тај и такав његов јаук, на граници са режањем или риком, стапа се са потпуно истим завијањем других мајки и очева који су већ препознали дијелове тијела својих синова. И све то поприма карактер спонтаног и језивог оркестра, а ова чудовишна симфонија која настаје ту, на лицу мјеста, одбија се од Велебит и Динару као ехо који не престаје. Ехо вјечности, непребола и незаборава.

Непомичној Зорани, чији је поглед гледао у празно док су се сузе сливале у тишини, без иједног уздаха, а камоли јецаја, неко спусти руку на раме. Онда је благо притисну и продрма. Осјетивши то, она помисли да ће је сад неки официр грдити зато што на радном мјесту сједи замишљена и уплакана. Окрете се и спази Миленка.

Нису се видјели скоро осам мјесеци, а посљедња три ни чули. Није знала гдје је он, на ком положају. Примицала јој се, веома често, потмула мисао да је можда погинуо, борила се против таквог размишљања, али слутња је ипак била јача. За све то вријеме јављао јој се Миленков отац Душан, питао има ли вијести о његовом сину и то ју је додатно онеспокојавало. Тим више што се до прије три мјесеца сам Миленко повремено јављао, на минут до два, тек да чује како је она. Сада је био ту, ниоткуда дошавши, држао је за раме, гледао у њу истовремено тужан и срећан. Промјенио се. Отврдло му лице, добило и неколико бора које не иду уз његове младе године. У лицу таман што од сунца, што од вјетра, што од неспавања и бриге, можда и страха. Знала је, његова умјетничка душа би дала све на свијету да може пушку замјенити гитаром, али више нико никога не пита ништа, нити се зна за људскост. На све то је сада заборавио, она туга је нестала и појавио се осмјех јер види Зорану, више му ништа од живота није потребно до суђнега дана. Ни хљеба, ни воде.

— Е, мала, шта се догађа — упита стежући јој раме, а она кроз његов длан осјети да Миленко дрхти.

Скочила је са столице као лансирана ракета, шчепала га у загрљај из све снаге, док су јој играли сви дамари. Утом јој отказаше ноге, да га тако силно није загрлила само би се стропоштала на под.

— О, драги Боже, хвала ти, жив си ми — зајеца. — Гдје си био, зашто се ниси јављао, шта се десило? Јој, будало једна, колико сам само бринула, умало нисам умрла од бриге, коњино једна коњска, насекирао си ме за три живота!

Пролазио јој је руком кроз косу као кад ваља умирити дијете.

— Их, умрла! Чуј ти ње! А ја мислио да ме се ниси ни сјетила, ко сам ја да на мене помислиш — зачикивао је Миленко да је одвуче из стања у којем је била кад је ушао, а и задовољан јер је бринула за њим, није га заборавила, рекло би се, и даље га воли!

Зорана га пуче шаком по рамену и покуша да се искобеља из загрљаја, али је он није пуштао. Само је снажније привуче себи.

— Е, какав си! Па ето, нисам те се сјетила и нисам мислила на тебе, шта ја имам мислити на тебе, имам ја и важнија посла — узврати, али га загрли још јаче.

— Љутице моја! Шалим се, Зоки, шалим се, немој се увриједити. Нисам могао да се јавим, знаш ваљда да бих да је било прилике. Не бих сад о томе гдје сам био и шта се десило, можда послије ако буде времена. Не могу сада о томе мислити. Ух, како си ми недостајала, па то ни Десанка Максимовић не би знала у пјесму да стави.

Пољуби је у чело од среће и драгости.

— Него, дај да сједнемо мало, преморен сам до изнемоглости. Би ли се могла кава овдје добити? Заспаћу стојећи, мајке ми!

Некако се раздвојише, али јој, сједајући, задржа руку у својој. Била му је потребна као ослонац, али и да осјети топлину бића које је искрено волио. И да некако, уз њу, бар накратко побјегне из ужасне стварности, да му се некако врате вјера у живот и нада да се има још за шта живјети, у шта је већ дуго озбиљно сумњао. У ужасима које је преживео понекад би помислио да је боље да погине, али би се постидио својих мисли због оних који јесу дали животе. Њихова проливена крв није му допуштала да буде кукавица, морао је настављати тамо гдје би они стали.

— Колико је сати — прену се Зорана и погледа на сат. — Тек је једанаест, а ја имам малу паузу у подне, ако неко не буде звао баш тада. Ако не можеш чекати до тада, има доље на првом спрату мала кухиња, одмах ћеш је наћи, има и шпорет и решо, можеш сам скувати каву ако имаш снаге, иначе бих ја скувала да смијем оставити станицу саму.

— Добро, отићи ћу, али ми најприје реци како си, има ли шта ново, шта се догађа код куће?

— Ни сама не знам шта бих ти рекла. Нема ништа ново. И сам знаш да се све распало, можемо једино да будемо срећни кад се пробудимо јер то значи да смо још живи. Многи су људи погинули, гробови ничу као печурке, а ко зна колико је несталих. Због тога смо сви полудјели од муке питајући се шта је са тобом.

Опричавала му је шта се догађало у селу, како су се сналазили за храну и хигијену, али јој зазвони телефон, па Миленко оде да скува каву, питајући је погледом да ли би и она попила. Зорана одмахну главом и подиже слушалицу. Од среће је једва чула глас са друге стране, а и Миленко је из истог разлога ишао ка вратима несигурног корака, као да је трештен пијан и не зна куда иде.

Да ли је била нека промисао или само случајност, али се овај позив показао као судбоносан за Зорану, премда су посљедице биле поприлично лоше. Када год би се тога сјетила, била би сигурна да је ту нека виша сила била умијешала прсте. Није се све могло приписати случају, кад у обзир узме оно што је услиједило. Ипак, управо због тог позива добила је, непланирано, свој стари живот на два дана, могла је поново да буде срећна и накратко заборави ратне муке и невоље. Да буде опет млада и насмијана. Да је среће, увијек би била таква јер рат није ни за кога, ни за старе, ни за младе. Старији су, изгледа, боље подносили ратне дане, нарочито свједоци Другог свјетског рата који никада није извјетрио из њихових сјећања. А младост је била попут муве без главе, погубљена и престрашена.

Јавила се на позив и тек из трећег покушаја, када се донекле фокусирала и на двадесетак секунди заборавила на Миленка, и тек тада разумјела да разговара са једним од официра који је дошао из Србије, тражи да га споји са женом која му је остала тамо. Правила су, међутим, била јасна. Те везе нису биле за приватне потребе, па су се чак и Миленко и Душан, када су звали, претварали да траже неког официра и као успут причали оно што су заиста хтјели, да Зорана не западне у проблем. Одбила је да споји везу са Србијом, официр је урлао из све снаге, она није попуштала и на крају му безмало прекиде везу, уљудно подсјетивши каква су правила. Пожеље му срећу и заврши разговор.

Овом разговору није придавала значај, правила важе за свакога, па и официре. У то је вјеровала. Миленко се утом врати, са огромним сендвичем у руци и пуних уста. Зорана се, видјевши га таквог, грлено засмија, што пређе и на Миленка, али му због смијања почеше да испадају из уста комадићи хљеба и саламе. То их још више засмија. Како је послије свега било освјежавајуће и ослобађајуће насмијати се из пуних плућа! Миленко је већ много боље изгледао, што због каве, што због хране, али прије свега зато што је опет био крај своје Зоране. Остаће с њом до краја смјене, а послије ће видјети. Можда оду мало у град или да раде било шта друго, важно је само да су заједно.

Чаврљали су између телефонских разговора о свему изузев о рату, претресали успомене, сјећали се пријатеља, догодовштина из села у оно срећно време, па нису осјетили кад се примакло четири сата поподне, уобичајени крај Зоранине смјене. Врата се само бучно отворише, тако силно да удариште у зид у коме је квака направила малу рупу. Упаде неки пуковник, црвен у лицу као рак. Тресе се од бијеса, гледа у Миленка који већ стоји у ставу мирно, салутира потпуно несвјесно и аутоматски, већ добро утрениран. Пуковник погледа у Зорану и дрекну колико га грло носи.

— Јеси ли ти та која није хтела да ме споји са женом? Јеси ли ми ти прекинула везу?

Зорана згромљена сједи и зијева као риба на сувом. Уста јој се отварају и затварају, али ни ријеч не може да изусти. Како се само тако брзо вратио са линије и како је то смио да уради, да остави војнике и положај? Ништа јој није било јасно, а на његов позив је била заборавила.

— Устај кад си преда мном, шта седиш? Нећу да чујем никаква оправдања, купи прње и завршавај смену, тражићу још колико данас да те пошаљу у прекоманду, али ћу се потрудити да добијеш отказ!

Пуковник је викао као да је с ума сишао. Извуче папирић и оловку, записа радни број на Зоранином столу, окрете се према Миленку и настави у истом маниру.

— А шта ти радиш овде, што ниси на линији, ко си ти уопште, море и тебе ћу да пријавим!

Миленко рече како се зове, покуша да објасни да је на линији смјена, да су га пустили кући да одмори. Није било извјесно да је пуковник икога чуо осим себе, нешто је записивао.

— Шта чекаш ти, бре?! Дижи се и излази, већ сам обезбедио замену за тебе, ево га овде за минут. Овде си завршила, а ако нећеш у прекоманду можеш и да останеш код куће! Такви као ти нама у војсци не требају!

Знала је зашто он све ово ради. Колико год бучан био, шансе за отказ су мале. Правила је погазио он, не она. Ипак, никад се не зна, пуковник је то, ко зна шта тај све може да среди. Најлакше је дати отказ на лицу мјеста, мислила је, ионако војска за жене није обавезна. Од љутине јој букнуше образи, али колико год исправно поступила ипак се, као војник, не може прегањати са једним пуковником. Утом у канцеларију уђе неки млади војник, пуковник дрекну да је замјена стигла, продера се на Зорану и Миленка да изађу напоље и добаци дјевојци да је најбоље да се уопште не враћа.

„То ћемо још да видимо, прасац један", помисли бијесно, забаци руксак на леђа и крену за Миленком. У тишини су силазили низ степениште. Изађоше, без ријечи или уздаха, на усијано јулско љето и сунце које је толико упекло да се чинило да није жуто већ црвено од толике јаре.

43

— Какав мазгов! — рече Миленко чкиљећи на око у њеном правцу. — Јаког ми официра, а и мушкарца, кад се тако на женско дере. Јадна ли је та његова жена с њим, нећу ни да размишљам како јој је. Да је тако храбар у борби, нама усташе ништа не би могле!

Огорчено пљуну на ужарен асфалт који истог часа зацврљи.

— Знаш га? — упита Зорана. — Ко је он?

— Не знам га лично, сада сам га први пут видио, али сам чуо за њега. „Командант" из задњих редова. Прича се да се више бави шверцом и пљачком хрватских кућа него што мари за борбу и војнике.

— Како знаш да је то он, ја му чак ни име нисам запамтила кад је звао?

— Тјерај га у клинац, мора да је то Бабура, наши га тако зову. Јеси ли му видјела носину, није му носорог раван, превагнуће га једног дана од тежине директно у неку балегу гдје и припада, волусина неотесана!

И поред све муке, Зорана се насмија.

— Какав си ти лудак, умријећу од смијеха!

— Види ти ње, шта се смијеш којег ђав'ла, ја се жив појед'ох од муке што се онако издера на тебе, да сам могао тачно бих му једну чвоку одвалио по оној носини одвратној! — поче да се смирује Миленко. — Мани се њега, једва сам се ослободио таквих „хероја" бар на мало, нећу да мислим о њима. Шта ћемо сад, куда? Ја немам ни пребијене паре, не могу те ни на каву одвести.

— Богме немам ни ја, отишла плата зачас посла. Морамо кући, нема нам друге.

— Јеси ли ти манита, чиме да идемо кући кад до тамо сад нема превоза? Нећеш ваљда по овој врућинчини пјешке до тамо?

— Него како? Ајде, борац, шта је ово за тебе, мало упекло и шта с тим, неће нам бити ни први ни задњи пут — весело повика Зорана и чак потрча мало испред њега. — Мало ли смо пута по оваквој жеги чували овце и краве по цијели дан. Ништа нам неће бити, нарочито сад кад смо српски борци и припадници небеског народа, нећемо се истопити. За себе знам да нећу, али за тебе нисам сигурна, одавно си почео кукати да си уморан, бабо једна!

— Јој мени са тобом, ти си тачно немогућа била и остала — промрмља Миленко, поправљајући ранац на леђима и даде се у трк да је сустигне.

Испоставило се да се Зорана бар дјелимично преварила када је ријеч о топљењу, јер када изађоше ван града дјеловало је да је врелина још несноснија, а ни дашка вјетра ниоткуда. Кроз неколико минута одјећа им се прилијепи за кожу, а ђонови чизама и буквално се почеше топити и спајати са асфалтом. Зато кренуше преко ливада. Бранећи се од врућине Миленко најприје скиде кошуљу, потом и мајицу, а онда би опет навлачио мајицу због жуљева које су могли направити каишеви ранца, гунђајући све вријеме и псујући Бабури све по списку. Погледајући у њега таквог, Зорана осјети да га опет воли више него икада. И тако је било кад год би бацила поглед ка Миленку. Није могла да не вјерује да љубав може постајати све већа са сваким новим минутом, као у оним јефтиним викенд романима. Ето, и они понешто понекад погоде! Ти романи су јој у неким мирним поподневима били лагано штиво. Како су јој се сад чинили далеким ти безбрижни сати, у којима би је матер укорила што чита иако је неопрано посуђе. Шта би сада дала да јој је то једина брига у животу, помисли и схвати да се тада на мајку љутила без разлога. Било је то саставни дио свакодневице које више нема. Таман сјетно уздахну, кад се Миленко саплете од неки камен не гледајући где гази док је час скидао, час облачио мајицу. Подсјети је на дан кад је Миленко умјесто грумена земље шутнуо камен и умало поломио прсте, на вријеме у коме је било тушта и тма његових славних погибија, како је називао такве своје сусрете са Зораном.

Наоко изнебуха, Миленко поче да говори о свему. Није му то било у плану, али унутрашњи притисак га је гушио и морао је да се отвори и избаци све из себе. Знао је, до краја живота неће моћи да ослободи душу због свега што је доживио и видио. Није био киван на непријатеље, они су радили како им се могло и хтјело, већ на своје. Истина је да се Срби нису борили само против Хрвата, него против цијелога свијета и да су од почетка рата оцрњени као геноцидан народ. Пропагандна машинерија CNN, BBC, Deutsche Welle и других планетарно водећих медија била је неуморна и неумољива. Није пропуштана нити једна прилика да за сваки злочин буду окривљени Срби. Било је то и очекивано, али је српско руководство било затечено тиме што су у том хору и Французи, који би требало да су нам пријатељи. Срби су остали сами. Као некаква контратежа помињана је, са наше стране, мајка Русија која ће нам свакако помоћи, али би се Срби на то упитали када су нам то Руси заиста помогли. Миленко се, ето, није чудио тој глобалној медијско-политичкој кампањи против Срба, али никако му у главу није ишло одакле толика неслога у српском народу, зашто ни луле дувана не вриједе

| 345 |

ријечи из давнина да само слога Србина спасава, одакле сад оволика издаја, дезертерство, пљачка и најобичнији криминал који немају везе ни са ратом, ни са одбраном српских градова и села. Чинило му се да много више има ратних профитера него честитих, поштених бораца који су спремни да живот дају на бранику отаџбине.

С времена на вријеме би осјетио да више нема појма којој војсци припада, највише због необуздане, разгоропађене љубоморе између официра око тога ко је постављен за команданта неке јединице, због чега се у недоглед вртило: „Ма неш' ти мени наређивати, није нас иста матер родила!". Док удариш дланом о длан, створи се толико команданата и различитих јединица да се више није знало кога слушати, а кога не. У том се русвају није знало ни ко пије, ни ко плаћа. Миленко је причао и о добровољцима из Србије. Многи су притекли у помоћ браћи преко Дрине, али није занемарљив број оних који су дошли да се сити напљачкају, баве шверцом, препродају народу намирнице и цигарете по педесет пута већој цијени од регуларне. Идући уз Зорану, говорио је о многима који бјесомучно, без икаквог циља или мете, пуцају у ваздух или рафално по шумама и ливадама, да би накупили што више празних чаура, трпали их у вреће и односили у Србију да продају у старо гвожђе. Муниције је тих дана било колико те воља, па им је овај посао баш цвјетао. Није му у памет улазило да то дозвољавају команидири који су, да зло буде горе, и сами учествовали у пљачкама и српских и хрватских кућа. Само што се багером није товарило у камионе и преко Раче одвозило за Србију. Ето, тако су се многи људи, ако се људима могу назвати, обогатили на туђој крви, патњи и распећу.

Слушала га је нијемо. Знала је, Миленку је потребан поуздан слушалац који не поставља питања, који не тјеши, не говори да разумије, али заиста схвата оно што чује. У то касно поподне од сунца су горјели и земља и ваздух, али су ово двоје младих изгубили свијест о несносној врућини и спарини јер је из Миленка куљала изворна, силна и несвакидашња јадиковка српског борца који је све видио и ни на шта није могао да утиче.

Зато је Зорани било некако природно кад јој је предложио да сједну, одморе, припале по једну. Цигарету је одбила и би јој жао што је он пропушио. Надала се да неће, али је, као и многи саборци, у цигарети нашао некакав лијек против нервозе и страха, огорчења и немоћи. Пропушили су и пропили се чак и они који су били заклети антипушачи и којима никада ниси могао видјети чашицу у руци.

И док су сједили Миленко је низао ријечи о страхотним ноћима, које је било најтеже издржати, када не видиш непријатеља ни на пет метара, а шћућурено у рову ослушкујеш звиждуке граната, тако да су сви постали стручњаци за процјену гдје ће граната пасти или гдје је управо ударила, да ли је била зоља или противавионска, испалише ли је Срби или Хрвати, погоди ли или промаши нечију кућу... У неком посебном миру описивао је метке који фијучу изнад и око главе, наслијепо испаљени у мрклим ноћима, па ако погоде, погодили су. Многи тако испаљени меци и јесу проналазили мете, многи су погинули баш од те насумичне паљбе. Уз горчину се сјећао пријатеља и саборца чији су лешеви остављени да труну у ко зна којим рововима и бункерима, по голетима и шумама. Толико је било тијела да их нису сва могли извући, а терет лешева је био толики да нису знали куда би с њима. И тако им посмртни остаци осташе на милост и немилост дивљачи.

Без стида је признао огроман страх, нестваран и окивајући, са којим се борио. Није се Миленко представљао Зорани као неустрашив борац, који за страх не зна, мада јесте херојски, при унакрсној паљби, трком улијетао у рововe и разне јарке да извуче рањене и спасава им животе. Ниска ријечи није имала краја јер се ткала у самом средишту његове душе. Свима, али баш свима, рекао је, при рањавању или пред умирање задње ријечи биле су: „Јао, мајко мила, помози ми!". А и сам је, када би ситуација изгледала безизлазно, призивао лик мајке, топло крило и заштитничку руку која ниједном злу на овоме свијету не даје да се примакне њеном дјетету. Лишен предратног срама, признао је да је много пута њен, Зоранин лик био једино што га је спрјечавало да не полуди, да га је нада да ће је поново видјети обуздавала да сам себи не просвира метак кроз главу и оконча ту бескрајну муку. Онда се засмија, мало, завуче руку у ранац.

Извуче неколико писама рекавши да их је њој писао кад га свладају тешкоће и тјескоба. Тада би јој, преко хартије, причао своје муке и спас налазио у сјећању на њу. Замишљао би да је актер америчког ратног филма, а Амери у рововима или пред смрт вјечито пишу писма изабраницама свога срца, па би неким чудом у задњи час били спасени. Било му је лакше да свијет око себе замисли као обичан филм, да ништа од оног што види није стварност већ машта сценаристе и да ће, наравно, преживјети као и сваки глумац који на филму гине по ко зна који пут у каријери. Пружајући та писма, погледа је у очи дјетиње искрено и мирно.

— Уосталом, писао сам их зато што те волим, па ми се док пишем чинило као да смо заједно на неком далеком острву на којем ни чули нису за пушке, рат и смрт, већ смо тамо само ти, ја и наша срећа — рече.

До тада јака као стена, Зорана више није могла да крије осјећања. Попуцаше све унутрашње бране, горке сузе више ништа није могло да заустави. Плакала је за њим, за собом, за младошћу коју немају, за мртвима и рањенима, за спаљеним кућама и селима, за дјецом која занавијек осташе сирочад, за дјецом чији се живот угасио од неке гранате или метка иако им нису била циљ, за малишанима који су сврепо убијени руком непријатеља. Ридала је за земљом које више нема, за срећом која се више неће наћи, не у облику у каквом је била. Гушила се у сузама због тога што су у младим годинама постали старци у души и плашили се чак и да се насмију, јер је у ратном колоплету било не забрањено већ непристојно помислити на срећу, а тек на смијех! Смијех би могао да призове некакво зло.

Када су најзад устали и кренули, обоје их изненади путић који се указа испред њих, одвајајући се од главног пута. Води ка селу иза брежуљка и само што нису избили на видјело. Удубљени у разговор заборавили су да уопште ходају, а камоли гдје су кренули. Њихово село на видику врати их у стварност, тргоше се из призора кошмара ратног живота.

— Човјече, како си изгорио, црвен си као рак — запањи се Зорана, гледајући у Миленка. — Ајме, нема шансе да легнеш на леђа и одмориш, има то да боли и пече данима!

Разлеже се Миленков смијех, исто је он хтио рећи њој, али је била бржа.

— Надајмо се да има киселог млијека код куће да се можемо мазати. Мада, баш ме брига, ово је бар пети пут да сам изгорио овог љета, већ сам навикао, али сада је вриједило јер сам изгорио поред тебе!

— Киселог млијека? Надај се ти, ко сад има тога? А и мени је свеједно, ионако ме више душа боли него што ће тијело икада моћи, проћи ће. Нека сам ја тебе дочекала живог и здравог, све остало је мање важно.

— Е, да и то чујем једном, фалим те Боже и Света недељо — прекрсти се Миленко, ово је први пут да му није узвратила доскочицом. Напротив, узела га је за руку, да је бар мало осјети пре него што избију на врх брежуљка с ког их неко може видјети.

| 349 |

44

Милица је толико викала да је одзвањало по цијелом селу, чувши од Зоране шта се догодило и зашто је дошла. Расрдила се не на кћи већ на оне проклете команданте који се иживљавају над њеним дјететом, киптјела од љутње због свега што се ради под плаштом одбране српства и православља. Ко зна шта би све Милица рекла да јој Зорана није испричала само дјелић свега што је преживјела у команди, чула преко везе и од војника, а и нешто мало Миленкове приче не говорећи од кога је чула.

Зорану изненуха сломи неописив умор. Од свега. Од посла, од рата, од лоших вијести које је чула од Миленка, од дугог пјешачења и исцрпљености од онакве жеге, од саме себе јер је једва узела залогај-два од скромне вечере коју је мајка спремила. Могла је мајка изнијети најбољу пршуту или неко егзотично француско јело, узалуд, Зорани храна није хтјела у уста. Жељела је да се баци у кревет и спава бар три мјесеца. Ни сунце није зашло када је легла, а у кревет јој се увуче Јелена.

— Много си ми недостајала, секо, не љутиш се да спавамо заједно?

Зорана је привуче, пољуби неколико пута и снажно загрли. Јелена пребаци ногу преко ње, што ради од кад су биле дјеца. Доноси јој то спокој и заштиту. Убрзо обје утонуше у сан.

Зорана се нађе у кошмару. Свуда око ње гори ватра, прождире шуму, ливаде, куће, а чини се да горе и небеса. На пољани је безброј лешева. Неко дијете је вуче за рукав крвавим рукама и упорно понавља: „Секо, секо, знаш ли гдје је моја мама?". Поред њих пролази човјек са пола главе и мрмља: „Опет су нас издали, опет су нас оставили. Нисам их могао спасити, опрости ми Боже, нисам их могао спасити". Између лешева, отворен кишобран, бушан од метака као швајцарски сир. „Види чуда, стварно је неко на линију понио онај кишобран од Црвеног крста, као да га је могао заштитити", у сну помисли Зорана. „Секооо... Гдје ми је мама", јауче она окрвављена дјевојчица. Зорана плаче очајна што не може помоћи дјетету, не зна гдје јој је мајка. На све стране се шири смрад који тјера на повраћање, гдје год погледа види животиње раскомадане гелерима. Боса је, неко јој је украо чизме. „Ко ми их је могао украсти кад су сви мртви? Којем мртвацу требају моје чизме", пита се. Осјети да гази по нечем топлом и љепљивом. Баци поглед, видје да хода по потоку крви. Настави даље с оним дјететом. Нека жена плете сједећи поред леша младог момка, повремено га помилује по глави, прошапуће: „Да ти мајка исплете рукавице, сине мој, хладна је Динара, да ми се не прехладиш?". Коме требају рукавице по овој врелини, пита се Зорана. Није ли јој тај мртви момак некако украо чизме, можда му је заиста хладно? Ионако је покојник леден као лед. Утом зачу заглушујући тресак, нешто је погоди посред груди. Осјети страховит бол и рука јој прође кроз рупу на грудима. Губила је вид, свијест је блиједела. „Мамааа!", викала је избезумљено она дјевојчица. „Секо, шта ти је то на грудима? Је л' сад можда знаш гдје је моја мама?". С њеним ријечима стопи се гласан смијех. Стизао је однекуд, неодређено. Подао, зао, мрачан. Ко се смије, чуди се, зар ико може да се смије у паклу? Осјети да јој је хладно, она рупа на грудима се шири. Зорана стиже до шуме, тетурајући се, а њен рукав не испушта она дјевојчица. На сваком дрвету, у цијелој шуми, висе мушкарци, жене, дјеца, исколачених очију, плавих лица, исплажених модрих језика. Зорана се сручи на кољена. Дјевојчица стаде испред ње, утапа прстић у ону рану на грудима и размазује крв по Зоранином лицу, говорећи: „Секо, секо, ево ја ћу да те нашминкам, а када нађемо маму, она ће то завршити, ја сам још мала, нисам добро научила". Зачу се хор дјеце. Пјесма им је надземаљски лијепа. Нешто поче падати по Зорани. Смртно жедна отвори уста да се напије кише, али уместо кишних капи лије крв, стварајући око ње океан, који је дјевојчици већ до браде. „Нађи ми, секо, маму прије него што се утопим у овом љепљивом соку, нађи је, секо, молим те, да ме спаси." Крв јој лагано прекрива и уста и нос...

Вриштећи, обливена знојем и сузама, Зорана скочи из кревета. Спаваћицу си јој могао циједити као да је била на пљуску. Рукама тражи по грудима ону рупу, да је запуши, али је нема. Гледа у Јелену, која је исколачених очију посматра, чини јој се да је то она мала дјевојчица и умало не изгуби свијест при помисли да је све стварност, а не сан. Све се то догађало тих дана и тих година, све и јесте било стварност, само што јој је сада, у сигурности родитељске куће, подсвијест надјачала и пустила кроз снове призоре о којима није хтјела да мисли, већ их је уредно потискивала, из све снаге, вјерујући да ће их тако избацити из главе.

Спусти се на кољена плачући, Јелена притрча и загрли је. Милује је по коси, тихо и топло говори да је све у реду, то је био ружан сан, а не јава, сада је у својој кући и на сигурном, никакво јој се зло не може десити. Тако се у соби створи тишина, а Милица, која је полетјела на Зоранин врисак, када их обје угледа на поду схвати о чему је ријеч. Приђе и плачући загрли своје дијете, да јој бар мало олакша, да је топлином утјеши.

Ни дуго умивање леденом водом није помогло у опорављању од кошмара. Обично снови ишчезну након буђења и немаш појма шта си сниво, али овај се сан није дао отјерати, залијепио се за свијест као чичак за панталоне. Зорана се обуче и оде у тор, међу овце, мада није вријеме да буду пуштене на испашу. Узе једно јагњешце, приви га у наручје, сједе на пањ поред корита и поче да милује топло, чупаво, бијело и живо клупко. Несташе и вријеме и људи, и сав свијет. Поче му пјевушити, као дјетету које ваља успавати. Тако у праскозорје, док се иза планине помаља сунце, један зрак паде на дјевојку која сузама залива крзно шиљежета.

Уочи поднева, када се донекле умирила, вратила се у кућу и рекла мајци да иде у град, у команду, јер отказ дати неће. Какав год био тај посао, какви год били официри, а нису сви исти, то је био једини извор прихода у породици јер је из Шибеника увелико престала да стиже очева пензија. Према томе, дилеме нема и не може да буде. Милицу то није обрадовало, јер је послије свега што је било у команди било јасно да ће доћи до прекоманде ако онај злочинац од пуковника буде инсистирао. Милици је и Книн био далеко као да је у другој држави, а шта ће се са Зораном десити када буде још даље, па не могадне очас посла доћи својој кући? Молила је да не одлази, нека је ту, код куће. Снаћи ће се већ некако, ето, упркос свој немаштини и муци још нико није гладан, бар не много, има хране за преживјети.

Узалуд прича, знала је добро, свјесна је колико им значи сваки динар мада инфлација бјесомучно хара по цијелој земљи и новонасталим државама. Ако ујутру, чим добијеш плату, не потрошиш сваки динар, већ чим падне вече за мјесечну зараду ниси могао да купиш ни кутију шибица. Овдје је било другачије него у великим градовима по Србији, гдје су људи користили инфлацију да купе кожне тросједе, двосједе и фотеље, било шта од тог скупог намјештаја и послије мјесец дана отплате га са пола инфлаторне плате или, чак, захваљујући инфлацији, купе стан од стотину квадрата за тадашњих пет-шест њемачких марака.

Милица за то и није знала. Она је мучила своју муку, као и остали у тим крајевима. Тако се сјетила других дјевојака које су отишле у војску, као прва помоћ рањенима, или у везисте, понеке у кухињу. Мир је као појам ишчезнуо из колективног памћења не би ли се прегурала злехуда времена.

Неке су цуре ишле чак и на положај, да бране земљу од непријатеља, да се боре. Међу њима се прочула Милијана, коју су звали Амазонка. Била је несвакидашње висока, надвисивала је готово све мушкарце, при том дивља, неустрашива и невјероватно лијепа, тако да јој је онај надимак пристајао. Момци су у шали говорили да, кад већ губе главу, онда бар нека је изгубе за њом, а не на бојном пољу. Мада, није било сигурно да је та Милијана уопште постојала јер су се одавно испредале разне приче, и истините и измаштане, па је тешко било ухватити истину.

Јелена је слушала разговор између Зоране и мајке, свака се држи својих аргумената о повратку у касарну.

— Ако смијем ја шта рећи, имам један приједлог — укључи се Јелена. — Колико сам ја разумјела, вечерас ће бити забава у дому, свираће наравно Гоги Хармоника, па да одемо да се мало опустиш? У команду можеш и сутра, неће побјећи, али теби је заиста потребно да мисли мало окренеш на другу страну, да се мало дружимо и причамо, да напуниш батерије.

Зорана није имала куд, сестра је у праву, потребан јој је кратак бијег из бруталне стварности. Таква илузија је била потребна свакоме. Старијима је претекло да кафенишу, ракијају и људекају по кућама, а младима је то била једина забава и извор доброг расположења. Тим прије што игранке више нису биле честе. Рат је, многи су на положајима, села су опустјела, а из свих крајева Хрватске стигло је избјеглица колико те је воља. Било их је и у Книну и у свим околним селима. Долазили су из Сплита, Шибеника, Задра и није им узело много времена да се одомаће, као да су ту живјели одувијек. Било је много младежи од четрнаест до шеснаест година који су били исувише млади за војну службу. Мада, знао се међу њима наћи покоји веома храбар дјечачић који је тражио униформу и пушку, да иде на положај, на браник отаџбине. Њихова обука је трајала можда недељу дана, колико да науче како да користе пушку коју раније нису уживо ни видјели. Све друго, тактике, напади, повлачења, сигнале морали су учити у ходу, на линији, у борби, па се мало који од тих младих хероја жив вратио својима у загрљај.

Зорана је знала да ће на забаву доћи и Миленко са још неколико момака из његове јединице који су се у исто вријеме вратили са положаја. Сазнаће он свакако за игранку, окупљању које је за сву младеж најљепше откад се заратило. Пристаде да иде, да се осјети живом током то мало времена што ће бити у омладинском дому, чија је изградња започела прије рата, а питање је да ли ће икада бити довршен јер је дошло вријеме рушења до темеља. Мало ко је размишљао о томе да нешто на својој кући поправи или да изнова гради. Чему то, кад у било ком тренутку само једна граната може све да претвори у прах и пепео. На прозорима више није било ни стакала, постављани су џакови пуни вјештачког ђубрива да сачувају људе, да их, не дај Боже, не убије она историјска промаја која је као душманин и даље била веома високо рангирана.

Гоги Хармоника је био младић од својих двадесет и пет година, ослобођен војне обавезе јер му је једна нога била краћа, али му рукама и прстима ништа није фалило, па је постао прави виртуоз на хармоници. Може се рећи и да је осјетио мирис славе, јер мало ко није чуо за увијек насмијаног чудесног хармоникаша, са одличним смислом за хумор, који је очас посла могао да бар накратко подигне и најтужнијег човјека. Тако се те вечери Зорана и Јелена спремише за излазак у живот, у друштву

Милене и Весне. Зорана је наумила да јој се провесели свака ћелија, да пусти душу на одмор и мало озбиљније поразговара са Миленком, можда и да превазиђе властиту стидљивост или тврдоглавост, па му каже оне двије чаробне ријечи које сваког заљубљеног одмах избаце у стратосферу, какви облаци и седмо небо, то није довољно високо!

Од самог старта игранка је била успјешна. Младеж је играла коло за колом, насмијана и ознојена, могао си помислити да се нигдје не дешава било каква страхота. Скоро као у стара времена, неко је донио флашу вина, неко ракију, за пиво се није имало пара. Истина, било је ту и старијих момака који нису били на ратишту, носили су наочаре за сунце и усред ноћи глумили фрајере из филмова, кибицујући дјевојке. Хармоника је свирао као да су га опсјели музички анђели, прсти му никада брже и прецизније нису летјели по типкама, а пјевао је никада љепше, исто као и момци и дјевојке који су дошли да га чују. Однекуд је донијет и стари радио на батерије, који се ипак довољно добро чуо, па кад би се Хармоника заморио од свирања и стао да одмори и попије коју, разлегла би се забавна музика и сала је грмјела од пјесама Бијелог дугмета, Рибље чорбе, Забрањеног пушења, Екатарине велике, Азре, а нико се није бунио ни против старих пјесама хрватских бендова као што су Магазин или Нови фосили. Распјевана младост је била неутољива у глади за весељем, љубави и срећом, то ниједан рат није могао да искоријени.

Журка је увелико одмакла, Зорана изгубила наду да ће се Миленко појавити, кад ето њега са гитаром, у џинсу и некој од његових лудих мајица. Ако није био сасвим пијан, онда јесте био добро припит.

— Добро вече, драге даме, вечерас вас забављају музичари који пију, што је мудро рекао Бора Чорба у неким древним временима. Има ли неко специјалну жељицу, молићу лијепо —

рече уз широк осмијех који његове очи нису подржале. Поглед му је остао озбиљан и тужан, трагови рата били су у њему видљиви свима који су хтјели да виде.

— Имам ја, имам ја! — викну Зорана прије свих. — Али, сигурна сам да нећеш смјети, ти то никада не смијеш.

Враголастим осмјехом и уз мало боцкања хтјела је да протјера ону тугу у његовим очима, па ако не иде другачије онда ће примјенити старе методе задиркивања.

— Мооолим? Ја не смијем?! Ма, шта то ја не смијем, гукни голубице!

Његов одговор засмија дјевојке, њу зацрвени.

— Ма сигурна сам да не смијеш! Ево, отпјевај неку своју пјесму, коју си ти написао и још је нико други није чуо него ти сам. Ако си јунак и не бојиш се, онда ето моје жељице, кад већ желиш да ти гугучем!

Зорана се није дала омести упркос руменим образима и срамежљивости, што се није дало сакрити.

— Важи се — реши Миленко неочекивано за Зорану, али га није лако било навести на танак лед, имао је и он своје оружје. — Али, под условом да ја отпјевам неку моју пјесму, а да ти сљедеће коло играш на столу.

„Ух, гдје ме нађе", помисли Зорана љутито. Она да игра на столу? Па, она не смије да заигра ни када је нико не гледа, а камоли пред толиким свијетом. Како је одмах погоди у болну тачку, ђавли са њим! Али, ово је њена ноћ, њихова ноћ, нека буде оно што никада није било. И прихвати изазов.

Рекавши да чисто сумња у то да ће она одржати обећање, али да је он човјек од ријечи, Миленко запјева своју љубавну пјесму на коју је био највише поносан. Сматрао је да је то најбоље што је написао. Дјевојке су га задивљено гледале и слушале, коначно се објелоданио завидан таленат скриван годинама од свих. Када заврши, наклони се уз буран аплауз дјевојака, али и старијих који су га пажљиво слушали.

— Ето, ја своје одрадих — рече Зорани. — Ти не мораш играти на столу, шалио сам се. Ипак није ред да се у ова времена игра на столу. Ако хоћеш, кад будеш хтјела заиграј коло са сестрама и другарицама.

Обузе је силна захвалност. Добро је знао шта би јој тешко пало, зато је то и тражио, али је није јавно осрамотио, дао јој је промућуран излаз из ситуације коју је сама закувала понијета срећом што је ипак дошао.

— Свака част, Миленко, хвала ти. Чудо једно да си се одважио да нам запјеваш неку своју пјесму, шта би?

— Ех... А кад ћу, ако нећу сад? Можда ме сутра више не буде, дај да се веселимо док још можемо — издуши оно што су сви у сали мислили. — Него, није ово ништа, сад тек слиједи спектакл.

Рекавши то, оде код Горана Хармонике. Неко вријеме су се нешто договарали, па се Горан огласи.

— Мало пажње, молићу, почиње шиииз!

И оплете по хармоници колико га прсти носе. Свом жестином, Миленко га је пратио на гитари. Журка потраја до дубоко у ноћ, њих двојица без прекида свирају и пјевају, предахну колико је довољно да попију гутљај нечега. Зорани не пође за руком да га насамо ухвати ни на трен. Није могла знати да ли је Миленко баш то и хтио, али те ноћи није било прилике да му призна оно што одавно носи у души.

Ако је ишта у нечему тако бездушном и страхотном као што је рат могло да буде лијепа успомена, сјећање које не тјераш из главе већ га радо призиваш не би ли проживио изнова, то је онда постала ова ноћ. Крцата смијехом, пјесмом, весељем, љубављу и немјерљивом срећом коју ни васиона није могла да ограничи.

Ноћ која се никада више поновити неће.

45

Због тих избјеглица, чија су дјеца била на забави или су били и они са њима, избили су велики проблеми. Послије кратког времена почеше неки од тих избјеглица добијати чак и посао негдје у граду, па још запослење какво старосједиоци нису могли да у сну сањају. Људи то нису могли ни да разумију нити да прихвате. Ко су ови новопридошли и зашто њих упошљавају док ми крепавамо од глади? Букнуше љубомора и сваће, ишло се шефовима у канцеларије фирми и тражило објашњење зашто су придошлице важније од њих. Нико никада није добио ваљан одговор. Јесу ли давали мито или због неких другачијих услуга добијали радно мјесто, то се није знало, али су зато расли напетост, неслога и незадовољство.

Чудније од свега ипак је било то што су неки одрасли, прави и здрави дођоши успијевали да избјегну војну обавезу и мобилизацију. Умјесто у униформама, по Книну су шетали у одијелима, одлазили или долазили с посла, сједели у љетњим баштама кафића и кафана, испијали каве и киселе воде, пушили Марлборо. На ратнике, кад дођу с линија, гледали су као на будале, уз нескривен презир. Нису они луди да се иду верати по планинчинама и забитима, са малом могућношћу да изађу живи, а живот је само један.

И због тога је Зорана била непоколебљива у намјери да не дигне руке од свог посла. Ако мора у прекоманду, ићи ће.

Није смјела ни да остане без тог јединог извора прихода за цијелу породицу. Сутрадан је стигла у команду и сазнала је да је, наравно, прекомандована. Уколико жели да настави да ради, онда мора да иде у Дрниш, на борбену линију. Колико год рачунала са том могућношћу, ова вијест јој је пала веома тешко. Не зато што је на првој борбеној линији опасност неупоредиво већа него у Книну, већ стога што ће бити много даље од своје куће. Чак и одавде је понекад било проблем да оде својима, како ли ће тек из Дрниша?

Друге није било, узми или остави. Уз тежак уздах, оловним рукама покупи своје ствари у команди и сиђе испред зграде. Превоз је стигао практично одмах. На путу ка Дрнишу загледала је Крајину и питала се ко жели да освоји ове предјеле, коме су потребни, мада природа јесте лијепа, али је истовремено тешка и немилосрдна у крашким пољима, гдје је могао опстати само онај ко је ту генерацијама, који земљу зна једнако добро као она њих. Овдје туђин није имао шансу ни кромпир да засади, претешка је то радња за неупућене, а кад за нешто тако једноставно нису кадри шта су уопште могли ту да раде? Од чега да преживе? Зашто се ратује за парче земље које никоме неће служити уколико ту не буду они којима она и припада? Распуче јој се, по ко зна који пут, сулудост ратовања и бесмисленост убијања и разарања. Нико овдје неће бити побједник, јер се животи губе и крв просипа за камен који ти ионако никада не може припадати. На крају свих крајева, камен је само свој.

Стигоше у Дрниш и возач се заустави код неке заузете хрватске куће. Рече да је ту командни центар за везу, да сачека док дође неко од официра и види шта ће и како радити.

Зорана пажљиво уђе у кућу и ријеши да је обиђе. Биле су ту три собе, кухиња и омање купатило. Већи подрум био је пун муниције. Утом дође неки капетан, рече да може одмах преузети посао, али да за њу, засад, нажалост немају кревет или мјесто у собама, па ће спавати и одмарати у фотељи у командном центру. Очекивала је да ће добити бар сат до два, да се мало аклиматизује, да нешто поједе и обиђе околину. Тек се није надала спавању у фотељи на радном мјесту. У рату, међутим, нема чекања, нема милости, нема комфора, нити ико брине јеси ли жедан или гладан. Сналази се сам и за храну, и за спавање, ако пушиш онда и за дуван, ма снађи се за све.

Официр је обавјести да смјена траје пет дана и пет ноћи, што значи да је по ноћи могла да спава, с тим да је спремна као запета пушка за случај да се догоди било шта непредвиђено. О заради нити ријеч, мада је због галопирајуће инфлације постало скоро неважно колико ће те платити. Вриједност динара суновраћивала се сваким минутом, претећи да сруши Аргентину са позиције вишедеценијског свјетског шампиона у обезвређивању новца. Сваки запослени је наједном постао мултимилионер. Шта би друго могао да будеш када у џепу имаш новчаницу од десет милиона динара? Осим да, нешто касније, када наштампају нове апоене, постанеш милијардер. Сви ти силни новци, међутим, нису били довољни ни за куповину двије конзерве сардина и пола векне хљеба.

У Дрнишу је било сасвим другачије у односу на Книн и понашање колега везиста и осталих војника. Наиме, у Книну је свуда било некакве уштогљености, увијек је неко некога подбадао, правио се важан, тужакао официрима колеге ако мало закасне на смјену или изађу на пуш-паузу мимо времена прописаног за одмор. Ту се Зорана, баш као у вријеме школовања, осјећала као нижа раса. Питала се како ће, кад је са села, да буде некакав везиста, пропала је то работа кад је способна једино да држи мотику. И на такву атмосферу никада није свикла, али јесте огуглала на свакодневне исте приче истих људи. Неки други вјетрови, међутим, дували су у Дрнишу, јер су људи били много пријатнији, знатно брже би притрчали да помогну, посебно када примјете да Зорана због премора нема снаге да одговара на позиве. Тада увијек неко дође и одмјени је на сат до два, пусте је да још мало одспава. Међу свима њима је постојала блискост и веома брзо су се здружили и са њом. Постали су попут мале породице у којој сви брину једни о другима.

Можда је томе допринела свијест да се налазе на првој линији, да свакодневно гледају смрти у очи и знају да било који дан може да буде судњи, посљедњи, да вече можда неће дочекати. Овдје су се гранате и чуле и видјеле док падају на само неколико десетина метара, а фијуке метака више нису ни регистровали. Овдје је вођена истинска борба, у којој људи гину бранећи родни праг. Ту, пред њих, доношени су лешеви са линије и утоварани у амбулантна кола којима су одвожени на посљедњи поздрав родитељима, браћи и сестрама. Природно је било да нису ни налик онима из Книна, удаљенима од линије, па су зато махом живјели бар осредње, могли да попију каву у кафићу и ракију у кафани, док су улице и даље биле пуне људи. У Дрнишу је ђаво играо плес смрти и церио се људима у лице, доносио ужасе које нису могли ни да замисле, пријетио је и дању и ноћу, непрестано, да ће им узети душу и животе.

Према Зорани је посебно благонаклон био командир из Србије. Већ првог дана је упозорио војнике да јој не смије фалити ни длака са главе, да јој помажу у свему у било ком тренутку, да је третирају као сестру. Рекао је да се угледају на њу, дјевојку, која даје допринос одбрани земље и народа, брине за породицу и подвукао колико је храбрости за то потребно. Према војницима је био мало строжи, мада није био нарочито формалан. Кад би му се, понекад, неко обратио без персирања, случајно, није га исправљао, а то је само продубљивало онај осјећај блискости и заједништва у свему. Према Зорани је заузео заштитнички став као да му је кћи. Недјељама се питала, зашто.

Једног поподнева га је затекла, по завршетку смјене, док је сједио на клупи и гледао нешто што је држао у рукама.

— Је л' слободно, господине капетане, да сједнем мало — упита Зорана.

— Ма јок, какви слободно! Зар не видиш колико људи има? Ето, сви се отимају да седну крај мене — одговори капетан смијући се. — Седај, бре, ниси морала ни да питаш. Како је прошла смена?

— Па, ништа нарочито данас, Богу хвала. Уобичајени позиви из Книна гдје провјеравају какво је стање овдје, тужни позиви мајки које траже своје синове, на то се још не могу навићи, гос'н капетане, то ми увијек поквари расположење, а и цијелу смјену. И тако, нема баш неких вијести, а то су и најбоље вијести, је л' тако?

Зорана се осмјехну сједајући. Капетан је држао новчаник и фотографију на којој су једна жена и двије лијепе цурице, ниједна није могла бити старија од десет година. Мајка им је заштитнички држала руке на раменима. Зорана тада схвати одакле потиче онај његов скоро родитељски однос према њој.

— Имате веома лијепу породицу, господине капетане, дјеца су вам као анђели. Како се зову?

— Ех, хвала — рече командир, а Зорана не би сигурна да ли му је видјела сузу у углу ока или јој се причинило. — То су моја жена Радмила и ћерке. Ова лево је Сузана има девет година, а десна је Дејана и има седам. Нисам их одавно видео. Чујемо се често, као што и сама знаш, спајала си нас безброј пута. Али, не може телефон да замени сусрет уживо. Некада ми толико недостају да осетим јаку бол у грудима, као да ћу инфаркт да добијем.

Није очекивала да ће се капетан отворити, да један официр разговара са војником, што она ипак јесте била, а још мање да је тако присан и износи детаље из личног живота. На крају крајева, и они су само људи, нису од камена. Није им било потребно оно раме за плакање, али и њима је требао неко да их саслуша. Ко је за то бољи од војске? Није долазило у обзир да се овако отвори пред другим официрима, али пред оним са киме овдје дијели живот, бори се и настоји да избјегне смрт, то је некако било природно. Зорана је веома поштовала тог официра из Србије, часног и поштеног команданта који није пљачкао и није се бавио шверцом, према свакоме био човјек и у свакоме видио човјека, а ни према заробљеним непријатељима није испољавао свирепост. Напротив, гледао је да их штити и сачува у животу не би ли спасио српске војнике, да има кога здравог и правог за размјену.

— Заиста, свака вама част, господине капетане. Ако смијем да кажем, многи официри су одбили да дођу овдје, а понеки који јесу овдје... Знате и сами шта се све дешава.

— Па, девојко драга, заклео сам се на верност војсци и да ћу чувати територијални интегритет и сувереност ове државе, нисам ја од оних који ће погазити своју реч. Друге не бих коментарисао, нека свако ради по својој савести, ко сам ја да им судим? Истина је да стање није сјајно и неће ваљати ако овако остане. Међу нама нема слоге, а боримо се против целог света и то ће нам доћи главе ако се не уразумимо — рече донекле огорчено. — Него, жао ми је, бре, вас младих... Гинете овде, отели су вам младост, враћају вас кућама у сандуцима, гурнути сте у рат на силу и на слепо, као да немате преча и лепша посла у животу. Гледам моју децу на слици и бринем за њих иако знам да су на сигурном, у Београду, где је мирно, нема рата, безбедне су. А онда се запитам како је вашим родитељима, било да сте овде у команди или на линији. Колика ли је њихова брига, долази ли им икада сан на очи, престају ли умирати на ногама кад стигну посмртни остаци војника у страху од тога да ли ће њихово дете бити у неком од тих сандука? Ја то ни да замислим не могу. Не дај Боже да ико то доживи, кад ја оволико бринем за моју децу која су на сигурном.

Командир на трен ућута, па настави.

— Ето, шта нам се догађа! Сада се многи праве паметни, кажу да су одувек знали да ће ово да се деси, да су шарена лажа били Тито, братство и јединство, љубав према Југославији. То јесте истина, али и слеп би то сад видео. Ко је ово могао замислити пре само пет година, ма каквих пет, пре само две? Па још овакву свирепост у којој људски живот вреди мање од по' луле дувана. Питам се, како неко, побогу, може да убије дете, закоље старца, силује и убија жене, да опет на колац набијају због нације и вере. И то у двадесетом веку у срцу Европе, а не у афричким џунглама. Лепа је ово земља, туристи су је волели као у оној песми *Од Вардара па до Триглава*, уживали у природним лепотама, манастирима и историјским споменицима који су саграђени пре него што су настале многе државе. Ма, бре, једна наша тараба има у себи више историје него цела Америка!

Монолог је изговорио у даху, остало је нејасно да ли због љутње или туге. Или неке мјешавине. До тада га је цијенила, али послије ових ријечи израсте у њеним очима у правог човјека праведника. Командир је, међутим, заронио у свој мисаони ток.

— Чини ми се, драга девојко, да овако само Срби размишљају. Шта све чујем од ових са друге стране, па то су грозоте које ни написао не бих, а камоли изговорио. Видиш и сама шта раде. Није довољно убити човека. Треба га још и раскомадати да не може бити сахрањен како доликује. Они виде и мисле сасвим другачије у односу на нас. Не мислим више да су све ове деценије само прикривали мржњу према нама, сасвим сам сигуран да су се непрестано спремали и чекали својих пет минута. И дочекали су. Како, бре, свет то не види, него су на њиховој страни, снабдевају их оружјем и муницијом, придружили су им се у рату против нас. Знају они добро да се у Босни против нас боре муџахедини из арапских земаља, да су ту и пси рата. Помажу им, с њима су, а знају шта се дешава! Зар су толико глупи да мисле да ова мечка неће заиграти и у њиховом дворишту, кад је већ пазе, хране, бране и хушкају? Америка подржава муџахедине, зар им је православље трн у оку? Па, православље су комунисти готово сасвим успели да угасе у српској свести, зато сад имамо на хиљаде новокомпонованих верника, помодара који не умеју ни да се прекрсте како ваља. Војник сам, учен и васпитан да Бог не постоји, али ми је стварно зло од ових који окаче златну кајлу са крстом од шест килограма и не знају ни Оченаш. Зар је то извитоперено православље препрека једној Америци и остатку запада да виде да су ово обични терористи који се опашу са неколико килограма динамита и разнесу и себе и цео кварт? Као да нису деведесетих година открили заверу, кад су се спремали да руше солитере по Њујорку. И сад ми сметамо, њима помажу. Зар би седели скрштених руку да Тексас крене да се отцепи од Америке или Шкотска од Британије? Пустили би друге земље да одлучују шта према Тексасу или Шкотској сме, а шта не сме да се примени? Превисока је ово политика за мене, не могу на њу да утичем, знам на шта сам се заклео да ћу и живот дати. Знам како би мојој деци и жени било без мене, али ја другачије не могу и нећу.

Зорана би најрадије загрлила капетана, али је било јасно да то не сме. Није знала како би другачије показала колико јој значи што он тако размишља. Није знала ни да ли се унутар официрског круга о овоме разговара на исти начин.

— Доста је било, могу овако да држим говоранцију три бела дана, а опет се ништа неће променити — закључи командир. — Теби је време да нешто ставиш у уста и да одмориш. Ајде, доста си седела с овим излапелим официром, треба да после смене скренеш мисли на другу страну, а ја запео као да сам за скупштинском говорницом. Њего, док не одеш, реци ми како се владају ови момци према теби. Има ли проблема, ипак си једино женско међу нама?

— Господине капетане, момци су дивни и пажљиви, немам примједбе — одговори Зорана.

Капетан је задовољно климнуо главом.

— Нека бар нешто нормално у овом општем лудилу, само ми треба да војска пошандрца и да циркус буде комплетан. Ајде, иди, одмори мало. И хвала на томе што си ме саслушала, морао сам да проговорим, а не могу пред сваким. Да ме је генерал Младић чуо разрешио би ме и дужности и чина, послао би ме да љуштим кромпир и рекао да нисам за боље — рече уз осмјех и крену ка аутомобилу, да обиђе линију, да види како су нам момци, говорећи да ће се ваљда вратити жив.

Дуго је гледала за аутом иза ког су остали облаци прашине. Осмјех никако да јој сиђе с лица, а и очи су јој насмијане. Како и не би, кад јy је разговор с капетаном увјерио да није све изгубљено, да још има части и поштења, да све можда крене набоље. Била је сигурна у то да се не би ратовало да је на све три стране више официра попут њега.

Војници за које јy је капетан питао поштовали су је као сестру. Сви су били млади, а узаврела младост тражи своје, крв кључа од хормона скоро као да су у пубертету. Многи су тек изашли из тих година, понеки су јeдвa имали неку длачицу на лицу, нису се морали ни бријати и у многим стварима били су још дјеца. Били су весели када год би се пружила прилика. Тада су били мангупи, зезали су једни друге. Војнику који спава убаце жабу у кревет или му лице премажу тоном каладонта који се тешко скида када га размажеш окрећући се у сну. Од њих никада није доживела непријатност познату готово свим конобарицама, које узнемиравају, увредљиво добацују или их уштину, лупе руком по задњици. Само једном јој је дошао неки клапац из Госпића, сјео крај ње док је била крај телефона, па као мало с њом разговарао. Распитивао се уобичајено, ко је, одакле и слично, али се из неког разлога смијао као да је испаљивала вицеве на све што би одговорила. Можда је био нервозан јер, колико год да су је као личност поштовали, многима није било лако да разговарају са лијепим дјевојкама. Као да су их се плашили, били су несигурни у њиховом друштву, бринули шта да кажу а да не испадну глупи или, што је за њих још горе, да их сврстају у балавце. Зорана је била раскошна љепотица, од цуретка је израсла у високу и витку дјевојку топлог осмјеха, косе црне као гар и интелигентног погледа. Вјероватно су се одреда и заљубили чим су је видјели, јер осим спорадичних излета у село нису ни виђали много дјевојака. И док се онај из Госпића смијао због њених одговора, приђе им огроман момак из Лапца, леђа тако широких да је једва кроз врата пролазио.

— Ало, чој'ече, ђе се гасиш?! Шта се кикоћеш ту без везе к'о нека цурица у пубертету?! Склањај се отале и пусти другарицу да ради свој посао, исти си пијавица нека!

На поређење с цурицом у пубертету Зорана се засмија на сав глас, очи јој засузише. Госпићанин скочи као опарен са столице чим је овај забрундао, зацрвени се као паприка. Би јој жао момка, није га хтјела понизити, све је то било само другарски, па је настојала свим силама да се престане смијати. Никако јој се није дало.

— Е какви сте ви! — чу се Госпићанин. — Па ја само правим угодну атмосферу, да се мало боље упознамо, а ви мени тако, галамите и смијете ми се као да сам задња будала!

Зорана га ухвати за рукав, смијући се и даље, и рече:

— Бено једна, не смијем се теби него овоме што Рођо рече, а не бих се ни смијала да се не осјећам добро и срећно међу својом браћом, међу које наравно спадаш и ти. Хвала теби, па ме слушаш.

— Ма нек он слуша, није то проблем, него какав ти је то, брате, смијех, цвициш ко свиња пред клање, мајке ми!

— Ајме мени, прво сам цурица, а сад сам свиња. А види тебе, на шта ти личиш, на неки... Ма на баш неки орман, а и види ти ручердине, оловка у твојој руци личи на чачкалицу.

На то сво троје прснуше у смијех да пробудише војнике који су се одмарали од смјене.

Оне природне, младалачке потребе понекад су успјели да задовоље у селу, које су с времена на вријеме обилазили да виде могу ли добити нешто хране, макар свјеже воће и поврће, јер им се одавно повраћало од разних конзерви и сувих дневних оброка. Тако су се упознали и спријатељили са мјештанима, а ни дјевојака није мањкало. Као и у сваком ратом захваћеном граду и селу, жена и дјеце је било свугдје, ријетко који мушкарац није био на положају.

Све у свему, Зорану нико није узнемиравао, али никоме није било забрањено да и даље у њу буду заљубљени. Ко не би био кад би јој само видио осмјех и оне рупице на образима због којих се већ гинуло и прије?!

46

Дан се лијено вуче, као неки олињали пас, ништа се не дешава. Повремено се не чују пуцњи или бар не превише. Ту и тамо неко њихов опуца два-три рафала насумице, чисто да Србе подсјети да су и даље ту и не намјеравају никуд да се макну, али је довољно да неки Србин у знак одговора само једном опали из пиштоља. А и зашто би просипали муницију.

Толико је топло ових дана да је неугодно сједити у кући поред свих отворених прозора. О промаји се више не мисли кад овако упече звијезда и ни од куда нема дашка вјетра. Посвуд је тихо као да је врућина зауставила дан. Само се скакавци уредно јављају, остатак екипе животиња штеди енергију. Зорана затворених очију сједи на од времена расклиманој столици, за коју се и не памти који јy је ђедо ко зна када склепао. Опушта се послије завршетка смене. Данас не бјеше много позива. Ту и тамо је неко тражио капетана, јавиле су се двије до три забринуте мајке и то је углавном било све. Уживала је у сунцу.

Зорана је једна од оних којима никада није вруће. Напротив, кад је температура у плусу тек 25 степени Целзијуса они налазе џемперић и, макар око струка везан, носе ако гдје пођу јер можда већ предвече буде само двадесет степени. Такви су „за хладноћу" увијек спремни. Неки од војника спавају, двојица-тројица камењем гађају празне флаше које су нашли у кући. Официр им је одавно ставио до знања да нема беспотребног трошења муниције, а посебно привлачење пажње на ову кућу безразложним пуцањем. И у рату бива оваквих дана, наоко сасвим нормалних. Да није униформи на момцима, човјек би помислио да су се окупили дерани с книнских улица и дали се у какву штету, а Зорана би себе саму видјела у лијепој љетњој башти с лимунадом. За каву је претопло.

Наравно да ово није исто као у време мира. У досадашњем војничком искуству, Зорана је схватила дубоку истину народне изреке да се жив човјек навикне на све. Урезала се та изрека, а како и не би кад је толико пута чујеш од старијих који, чим се нешто лоше догоди или када говоре о неким бившим недаћама, одмахну руком и закључе да се жив човјек на све навикне. Сада се ипак запита може ли човјекова душа огуглати на то да види мртвог човјека јер, колико год се лешева већ нагледао, опстаје онај један те исти осјећај који усковитла сваку ћелију од које је саздан.

Како да се навикне на то да опет види леш човјека коме је живот узео други човјек? Једно је када нека бака или дјед умру од старости, мирно, можда чак у сну, дакле смрћу коју би свако пожелио. Да не боли. Да и не знаш да си умро. Или, када се премине после дуготрајног и мучног разједања човјека од болести којој лека нема, па се зато каже да је покојник најзад одморио душу своју. Али, сасвим је друго видјети још једно заклано биће коме је цијело лице изопачено у самртном ропцу толико да једва личи на човјека. И узалуд ти је да пружиш руку не би ли му склопио очи, јер то не допушта човјеколика звијер која му је, једноставно и с лакоћом, извадила очи. Одсјекла нос. И уши. Унаказила га тако да на сахрани, ако је и буде, мора бити затворен сандук и зато нема ни последњег пољупца, ни погледа на покојника, чиме је отета и задња мрва достојанства и части да се заувијек опростиш од онога који је некоме био

| 371 |

отац, мајка, брат, сестра. А кад наиђеш на мртву дјецу, од којих нека ни проходала нису, у душу се утискује ужасна и одвратна тајна коју држиш за себе и не можеш је ни са ким подијелити. Нити то желиш. Ако постоји неко ко се на све ово може навићи као на свитање јутра ваљало би да се запита да ли му је остало имало душе јер, ако није, постаје безвриједно све друго што има или може имати. Баш све! Зорана претрну од главе до пете на ту помисао и помоли се да јој се тако нешто не догоди, да не постане обездушена маса која постоји да би дисала и јела, да би само формално била жива.

Може се, међутим, огуглати на то да повремено у пољу звекне нека бомба или се запуца мало оштрије. Ти звуци временом постају нешто попут музике коју си пре овог ратног лудила пуштао обављајући кућне послове да се чује из позадине, без обраћања пажње на ријечи, па се схвати да је престала петнаестак минута након што је касетофон утихнуо.

„Поприлично морбидно", помисли Зорана, којој се разне мисли роје док се мешкољи на сунцу. „На шта су нас довели кад нам је постало свеједно када негдје груне бомба или чујемо рафалну паљбу. Еј, бомба! Човјече, да то ништа не значи?! Не знам да ли је то лудост или храброст, али није баш нормално да човјек на то огугла. Како је лијеп дан, а види нас, у униформама. Иако изгледа као да љенчаримо сви смо спремни на готовс ако, не дај Боже, затреба." Ко зна какве су подсвјесне копче настале, тек, дјевојка се сјети школског часа на коме је професор историје Јован предавао о партизанима и оним њиховим силним офанзивама, а Вељко, видно изнервиран, скочио са столице и рекао оно што нико у то вријеме није смио, јер би га појео мрак.

— Ма све је то лаж, друже професоре! Зашто нам стално причате те бајке? Једини који су се заиста супротстављали

Швабама су били четници! Они су били ти који су српски народ бранили од усташког ножа!

Професор није вјеровао рођеним ушима. Бјеше добар човјек, одмах му је било јасно да се Вељко увалио у гадан сос. Да би све пребацио на шалу и збунио остале ђаке, јер ће неко од њих сигурно пренијети родитељима шта је чуо у школи, професор се насмија.

— Е, мој Вељо, знаш да кад неко од ученика нешто каже, ја волим рећи: Поткријепи чињеницом! Сада ми се чини, заправо сам сасвим сигуран да си ти први којем то нећу рећи јер си испао поприличан магарац јер нема чињеница којима то можеш поткријепити. Можда си то чуо од неког пијаног деде или беспослене жене, али ме чуди да један тако виспрен и добар ученик као што си ти може уопште да повјерује у таква лапрдања.

Упркос смијеху, очи су му остале озбиљне и погледом је молио Вељу да схвати у шта је улетио, да не наставља. Ни Вељо није био глуп, самом се себи чудио шта му би да оно изговори. Знао је да то никако не смије рећи, све и да је истина, да су казне за такве изјаве значиле губитак свега, можда и живота. Голи оток је одавно прошао, али је трајао довољно дуго да свака наредна генерација добро савлада такву лекцију. Разумио је професорову неизговорену молбу, па се закашља најјаче што може и направи се да га боли стомак.

— Извините, друже професоре, нешто сам мало болестан данас, а и нисам довршио до краја реченицу. Мислио сам рећи да то говоре непријатељи и да је то пропаганда чији је циљ да нас одвуче са овог сигурног пута братства и јединства, којим поносно корачамо. Нисам само испао магарац, него и во, и мајмун заједно, не знам шта ми би.

Ђаци се насмијаше Вељковој представи и срећом се на томе заврши. На крају дана, професор Јован позва Вељу у учионицу да му помогне понијети неку кутију. Умјесто тога, љут као рис, извукао га је за уши питајући да ли је свјестан шта може да се догоди кад се понаша као да је идиот.

„Е, мој професоре Јоване", помисли Зорана, „ево вам сада чињеница колико год хоћете, поткријепљених бар тридесет хиљада пута, а колико ће још то сами ђаво зна. Овај пут Хрвати неће тако лако стати, имају моћне земље иза леђа, свијет је заборавио да су они били Хитлерови савезници и да су се Срби, раме уз раме борили са антифашистима. Заборавиле су велике западне силе на јасеновачки логор и много тога још. Ајме, опет о томе мислим иако ми ништа донијети неће, шта ће ми овакве мисли при овако лијепом дану... Шта ли усташе раде, ућутали су се и они, ово сунце баш пржи... Да Бог да увијек овако пржило, па свима увијек било тешко и да се помјере два метра, а камоли да ратују и убијају... Ови тамо сигурно лочу неку ракију, картају се и пјевају о глупом бану Јелачићу, а зацијело су већ спјевали коју и оној дебелој свињи, Туђману. А ми, да имамо кликере, не би наши момци гађали флаше него би се играли као дјеца, они о Хрватима ни не мисле. Бар не овако као ја..."

Пође да узме свјежу воду. Прелазећи преко дворишта, поглед јој паде на трешњу која је усамљено расла у пољу, подаље од куће у којој су били. Дјеловала јој је нестварно. Као да је онај умјетник који је губио своје слике шетајући Крајином кануо из четкице само кап црвене боје усред непрегледног зеленила, које ју је окружило као да је чува. Или рањена, крвари... У трену јој пође вода на уста, зажеље се трешања.

— Еј, другари, хоћемо ли до оне трешње, да коју поједемо? Ено јој се гране повиле до земље, колико је родила — повика војницима.

Момци бацише поглед и видје се да мисле исто што и она. Изузев Родољуба.

— Уф, би' ја драге воље, има три дана како само о њој мислим и чак сам је једном сањао, али то је непокривена територија, наши тамо немају линију, а нико не зна имају ли они, гледају ли они можда исто у ову трешњу.

— Ма, не вјерујем, још никада нисам чула да пуцањ долази из тог правца, скоро сам сигурна — би сигурна Зорана.

— Е, нисам сигуран... А онај шумарак, тамо лијево? Није баш ни тако мали, а није ни прегледан. Ко зна ко се у њему крије чекајући да баш то урадимо, да одемо по трешње. Онда нас ни Бог отац неће спасити ако су тамо — није посустајао Родољуб.

— А јеси птица злослутница, Боже сачувај — викну Синиша. — Нису ни они нељуди или од челика, да се сад они цврље тамо по оваквом сунцу чекајући нас, а немају појма хоћемо ли уопште отићи! Такво стрпљење нема нико, није трешња процвјетала јуче, има томе неколико дана. А шта, они као не мисле да уберу коју, зашто их онда нема? Нема тамо никога, сигуран сам.

На то се и Родољуб сагласи климоглавом. Уосталом, неће ићи голих руку, имају и они пушке. За тили час се сво четворо упути ка трешњи, оставивши команду са једним војником који је радио на вези и двојицом која су спавала.

— Јао, драга мајко, како су добре — повика Родољуб гутајући трешње.

Од њих му се зацрвенило око усана као да је беба која не зна да погоди своја уста. „Или као да је рањен, па му иде крв на иста", помисли Зорана и стресе се.

— Ето видиш, а да није било Зоране и мене клинац би сад овако уживао, дртино матора и плашљива — подбоде га Синиша.

— Деде, мали, језик за зубе да ти не би' коју пљешчетину одвалио! Шта брслаш ту пред једном дјевојком?

— Ух, у том случају ми не требају усташе, јер коме ти одвалиш пљеску може се поздравити са животом у року од одмах, одлети му глава с рамена к'о да је никад није било — повуче се Синиша у одбрамбени положај.

Зорана и онај Госпићанин коме је све смијешно, звао се Гаврило, већ су се попели неколико грана, уживају у трешњама и њеној богатој крошњи. Гаврило гађа Рођу и Синишу кошпицама право из уста. Повремено их сакупи неколико у устима, па гађа обојицу „рафалном паљбом", у више наврата успјешно.

— Шта је с вама лудацима данас, овај ми овдје свашта говори, да сам старкеља и да сам страшљив, сад и ти пљујеш кошпице по мени? Да нема Зоране горе са тобом на том дрвету, сад би те отресао с њега!

— Да, да, то сам и очекивао јер би попуцале све гране ако би се покушао попети, али ти би вјероватно цијело дрво из коријена ишчупао — зацени се оним карактеристичним смијехом Гаврило и погоди Родољуба овај пут директно у око.

— Сад си обрао бостан, нема везе што си на трешњи — наљути се Родољуб, узвикну љутито и баш кад је кренуо да се некако попне на трешњу из оног шумарка одјекну продоран глас.

— Ајде, ајде четници, једите и гозбите се још мало, ово вам је задње!

Високо у гранама Зорана и Гаврило се следише, застаде им залогај у грлу. Родољуб и Синиша се аутоматски испружише по ледини, покушавајући да се заклоне иза ипак тананог стабла трешње.

— Јао мајко моја! — оте се Гаврилу крик. Збива се баш оно о чему је Родољуб говорио, али тешко је било повјеровати да су усташе заиста на том мјесту направиле сачекушу, по оваквом времену, по оваквој врућини. Од чега су направљени, зар их само чиста мржња може одржати да дрежде ту ко зна од када, гледајући и сами у трешњу, одупирући се пориву да и они уберу коју?

— Вас двоје силазите одмах, ако не сиђете сад, нећете никад — шапну им Родољуб.

— Гдје да сиђем, лудаче, овдје ме бар гране заклањају, доле нема никаквог заклона — престрашено ће Гаврило.

— Ама силазите одмах, не губите вријеме, знају да сте горе и ако останете горе немате ама баш никакву шансу да преживите. Силазите, одавде се можемо бар борити или бјежати.

Није требало Зорани и трећи пут говорити. Би јој јасно да може погинути чим изађе из заклона грана, али ако ту остане онда је крај неизбјежан. Морала је да бар покуша. Шумарак је ипак био даље него што им се чинило гледајући од команде, помисли дјевојка, ако немају снајперисту тешко ће је погодити неком другом пушком. Спусти се пажљиво на дебелу грану испод себе и одатле одмах скочи у траву, котрљајући се. Није било високо, с великом лакоћом је то учинила. Не чу се пуцањ. Гаврило није имао храбрости да се спусти као Зорана, да буде и на тренутак потпуно видљив непријатељу, већ се сручи са гране на којој је сједио. Паде незгодно на лијево стопало, пружи се по трави тако снажно да се чуло кад му зуби ударише једни о друге. Закука и поврати одмах. Зорана угледа крв која му капље из уста.

— Одгризао сам парче језика и угануо ногу — заједа Гаврило. Али, пуцња и даље нема.

— Ћути тамо више, није ти ништа! — чу се Родољуб. — Зорана, Синиша, Гавро, пузите назад према команди. Кад стигнете на пола пута мислим да ћете морати устати и претрчати, чисто сумњам да тако далеко могу да добаце. Ако сад нису пуцали, скоро сам сигуран да немају снајперисту.

— Како ћу ја трчати — закука Гаврило кроз крв која му је пунила усну дупљу.

— А ето, ти немој кад не можеш, па ћемо видјети хоћеш ли жив остати, одбруси Родољуб. — Ајмо, полазите, ја остајем да вам чувам леђа. Нешто није у реду са њима, није ми јасно како нису одмах запуцали кад смо стигли до трешње, ако су већ знали да нас не могу погодити док смо прилазили. Рекао бих да се братија успавала, па се пробудила од наше приче, али сад су будни само тако! Колико их има, гдје су уопште? Види њих, шта чекате, ајмо, магла, док нису кренули на нас!

— Нема теорије да те остављамо самог — Синиша репетира пушку. — Или идемо сви или не иде нико, па шта буде.

— Човјече луди, немам ти времена објашњавати што сам не видиш! Ако крену према нама, а ми сви овдје на гомили, неће се нико извући, поубијаће нас све. Овако бар неко има шансу да се извуче. Идите, молим вас, па нисам од јуче на ратишту, знам шта треба радити.

— Везиста си као и ми, шта ти знаш о овоме.

Зачу се први рафал. Није се видјело гдје падају меци, изгледа да нису добацивали до њих. Значи, испипавају терен да виде колико морају да се примакну не би ли их погодили.

— Сви на ноге, устајте, још не могу добацити до нас, ево идем и ја, али вам и даље чувам леђа — повика Родољуб већ на ногама, трчећи унатрашке са спремном пушком. — Устај Гаврило, сунце ти пољубим, лези у команди колико хоћеш, али сад се дижи, човјече, док нас нису поубијали!

Због адреналина, али много више због страха за голи живот Гаврило устаде и покуша да трчи. Док он више поскакује на једној нози, Синиша и Зорана су увелико у пуном трку. Синиша пази да му је тијело увијек између Зоране и шумарка. Стигне ли метак, нека погоди њега. Касније то није рекао ни њој, ни било коме, ову тајну носио је поносан што је у тим страшним тренуцима ипак мислио о томе како да заштити другога, а не самог себе.

— Види, види храбрих четникааа — разлијеже се из шумарка. — Бјеж'те ноге, засра вас гузицааа!

Управо то их додатно охрабри јер је глас био знатно слабији него малочас, дакле нису покушали да крену за њима. Закаснили су, нису били припремљени и то је спасило животе неопрезне и лаковјерне дружине. Сад се већ и Родољуб окренуо и јурио ка команди, повремено погледавајући уназад. Али, никога на видику.

Стигоше у двориште живи и здрави изузев Гаврила који је самог себе средио, али лако се лијечи угануће зглоба, а шта има везе ако човјеку недостаје мали део језика кад је жива глава на раменима. Зарашће рана брзо, боље и што је прегризао језик него да су га ухватили и цијелог му ишчупали за живота. Најзад стадоше и, као по команди, сво четворо готово истовремено повратише што због наглог и жестоког трчања, што због претрпљеног страха.

— Јој, момци, шта вам урадих, извините и опростите ми к'о Бога вас молим! Све ово је било због мене, да нисам тражила да пођемо по трешње ништа од овога не би било. Молим вас, извините — кумила је Зорана у сузама.

— Немој себе кривити — рече Родољуб без даха. — Пошли смо јер смо хтјели, ниси нас ти пушком гонила. Видиш, ништа нам није било! Мало смо поправили кондицију, све је океј!

— Како је све „океј", Американац, а ја, ево, рањен сам на два мјеста, једва сам жив — побуни се Гаврило.

— Има да ти дају орден народног хероја, дебилу један — обрати му се Синиша. — Гдје си ти растао, с којих си ти панти и ораха скакао кад се не знаш на ноге дочекати, коњу?!

— У граду, сељаче један, нисам се родио у појати као ти — мумлао је Гаврило. — Али бар сад знам зашто се трешње продају у продавници. Зезнуто је красти их са туђег дрвета, можеш уз неку кошпицу да успут прогуташ и мало олова.

Насмијаше се.

— А, лутко, добро ме подсјети — скоро радосно узвикну Родољуб. — Гребо ти себе, због тебе је све и почело, кад си ме погодио кошпицом у око! Долази овамо, какве усташе, сад ћу ти ја показати како Муса дере јарца, то сам и кренуо да урадим код трешње! Плази језик да ти га ишчупам скроз, кретену један градски!

Упадоше у еуфорију срећни што су живи. Сво четворо се засмијаше тако искрено и снажно да се гором разлегало надалеко. Њима је ово био најсмјешнији разговор који су икада водили. У нападу хистеричног смијања дуго се не могаше обуздати. Али, једно су знали. Никада више неће пожељети трешње, не морају их окусити до краја живота.

Високо изнад њих, усамљени орао кружи на крајишком небу. С времена на време испушта продоран писак, као да се људима чуди шта то све једни другима раде доле, на земљи.

47

Овај догађај нису хтјели нити су смјели сакрити од капетана Свете. Нису одвише бринули, био је благ, на њима се никада није иживљавао и зато су били сигурни да на капетаново понашање не може да утиче инцидент који су умало платили главама. Утолико више су били шокирани што их је капетан, чувши шта су урадили, згромио.

Силно љут, ударио је као небеска муња. Заурлао је да сви иду на војни суд, питао ко је издао дозволу да се иде до трешње, како су смјели погазити наредбу да се команда никада не смије напустити. Ћутали су као заливени, нико се више није сјећао да је икада речено да се од куће не смије удаљавати. Грдио их је из свег гласа, јер су обична магарад, што посебно подвлачи, чим им није јасно да би сви требало да су скупа, на једном мјесту, увијек на очима једни другима, да непрестано међусобно пазе леђа. Зар су мала дјеца, па им треба рећи да се нож не дира зато што је оштар и могао би се посјећи? Да ли су, бар у једном трену, помислили на другове које су у команди оставили на спавању и онога који је радио на вези? Да ли им је на ум пало да је неко могао упасти и поклати их као јагњад?

Ријечи су му просијецале до у сред душе. Ни о чему што је говорио нису мислили. Би их стид што је жеља за трешњама избрисала одговорност према друговима.

— Господине капетане, не би ми сами све трешње појели, мислили смо донијети и за њих и за вас — мудро каза Гаврило и истог часа га Родољуб удари по потиљку тако да му је капа одлетјела с главе.

— Ћути тамо, ионако смо награбусили, шта сад ти изваљујеш тешке глупости туда?

Него шта него награбусили, надовеза се капетан на Родољуба, награбусили су на квадрат, на куб, лично ће се он за то побринути, можда и да с оне стране решетака војнички затвор разгледају. Али, капетаново лице омекша након свег изливеног бијеса. Ломио је прсте, говорећи да су невиђено глупи, питао шта би било да су погинули. А шта, да су их заробили? Јесу ли помислили шта би тада било са Зораном, да ли је она уопште укључила мозак? Јесу ли се сјетили да их свакако не би чували за размјену заробљеника, већ би их вратили раскомадане у пластичним врећама?

Уз сву вику и љутњу, у гласу му се осјећала родитељска забринутост, а то преступнике погоди још више. Ионако на ивици суза, чак и Родољуб, сада осјетише стид што су толико насекирали оваквог капетана и безмало га издали. Да су побијени или заробљени ко зна како би капетану судили претпостављени, јер је лично одговоран за њихове животе и одржање командног пункта. Ни то им на ум пало није.

Можда је Зорана била постиђена више од других јер је једина знала колико капетан пати за дјецом и супругом. Осјећала је да је у блато бацила сво његово повјерење. Донекле је у томе био разлог оволике његове љутње, заволио их је као своју дјецу и није могао допустити да им се под његовом командом догоди било шта лоше. Јасно је било да нема ништа од кажњавања, али је такође било белодано да је изгубио повјерење у свакога од њих понаособ, посебно у Зорану. Тешко да ће оно пређашње повјерење икада повратити...

— За почетак, док не видим како ћу и шта ћу са вама, да вас војнички казне за ово, има да поспремите кућу и двориште да све блиста, да буде, бре, као да сам ушао у операциону салу набоље болнице на свету! — нареди капетан. — Да нисам видео ниједну трунку прашине! Подови има да су орибани, прозори опрани, двориште да се блиста, све као да је купатило! Кад се вечерас вратим, ако нађем длаку у јајету постараћу се да казну никад не заборавите!

И погледа у Зорану. Учини јој се, у његовом погледу, огромно разочарање. То је погоди више од све вике и ма које његове ријечи. Капетан се окрете, залупи врата тако да замало извали шток и оде ка ауту. Да обиђе сву осталу његову дјецу на линији, имао их је много.

Ћутке и покајнички приступише на посао. Више никоме није било до разговора о ма чему.

48

Неколико наредних дана прође углавном у тишини. Мало ко је са ким причао. Капетан Светозар се затворио, владао се као строг официр и проговарао је тачно онолико колико налажу потребе службе. Преступници су чекали да виде хоће ли их послати на војни суд, кад их задеси нова ненадана невоља која их опет доведе до руба смрти.

Чувши неку галаму споља, Синиша вирну кроз прозор.

— Ко су сад па ови, нешто су много жустри и озбиљни, не бих рекао да долазе неким добром — рече збуњено.

Зорана се примаче да и она види. Имала је исти утисак, али јој је било јасно да је реч о Србима, ако је судити по ознакама на униформи. Она јара и даље није попуштала, али је киша падала већ три дана узастопно. Из куће је излазио једино ко је морао. Вијести са ратишта нису биле ништа боље. Вођене су велике и тешке борбе са Хрватима, Босна је сва горјела, чинило се да нема села, града или подручја које није било обухваћено биткама.

Непребројиви су били рањени и погинули Срби. Притисли су их са свих страна, тешко су одржавани положаји и линије, телефони су се усијали од позива свих могућих официра, најтраженији је био генерал Младић. Он није у команди боравио често, већину времена је био на првим борбеним линијама. Умногостручени су позиви забринутих родитеља. Стизале су збуњујуће вијести о појединим збивањима на фронту, о несхватљивим одлукама официра у босанској Крајини да муслиманима предају градове у које је српска војска, уз огромне жртве, по наредбама више пута улазила и излазила. Због издаје су Граховљаци, Дрварчани и Шиповљани претрпјели велике губитке, официри су тако размјештали чете да нико никоме није чувао леђа, па је јадна војска служила за одстрел непријатељу као дивљач доконим ловцима.

Упркос томе, успјевали су да ослободе разне градове и нису могли да вјерују рођеним ушима када опет стигне наређење да се из њих повуку. Ко се то тако поткусуривао са њиховим животима, какве су се то политичке игре играле, ко је то шта обећавао Милошевићу и Караџићу, а можда и они њима, ко је себи узео право да људске живота мјења за нека села и градове који су ионако одреда били на неким имагинарним границама? Борба за Вуковар је већ постала епска и историјска, као битка за Стаљинград која је пресудила побједника у оном рату. И овдје се чинило да су Срби јачи и да ће надвладати. Али, за народ и војску неразумне одлуке из врхова команде бациле су многе мајке у доживотну тугу за синовима који животе дадоше за ослобођење територија, које су и даље враћане, препуштане непријатељу.

Тих је дана кулминирала медијска антисрпска пропаганда. Судећи по томе свијет је горио од жеље да буде побијено све што је српско. Посебно послије Вуковара, због којег су Срби проглашени за најгеноциднији народ у Европи икада. Ни Хитлерова Њемачка није била у том рангу. Права хистерија настала је поводом сарајевског масакра на пијаци на Маркалама. Било је тушта и тма очевидаца да је граната испаљена с муслиманске стране, да од ње није страдало онолико људи колико је јављено, јер су однекуд довлачили лешеве муслимана, истоваривали и распоређивали по пијаци. На те свједоке нико се није обазирао. Кристијана Аманпур је за CNN ревносно, из дана у дан, извјештавала о дивљачком покољу Срба на Маркалама над цивилима других нација. То је систематски натурано као аксиом, а о аксиомима се не расправља.

— Ма, ко долази? Мени није ништа јављено — огласи се капетан Светозар, устаде и пође ка вратима.

— Капетане, опрезно, они већ држе пушке на готовс — упозори Синиша.

Била је то мала чета, свега пет људи. Испред је ишао црномањасти, неуобичајено низак и ситан човјек. По лицу се видјело да је у педесетим годинама, али му је тијело било дјечачко. Када се огласио показа се да му недостаје много зуба. Хтио не хтио, капетан помисли на Цигане са београдског Зеленог венца.

„Није ово ваљда неко саових простора, још нисам видео овако ситног Крајишника", помисли капетан. Глас тог сићушног човјека, међутим, снагом и дубином је потпуно одударао од његове појаве.

— Шта радите ви у мојој кући?! Ко сте ви?! Ко вам је дао право?!

Капетан баци поглед. Тај омалени који грува као топ нема чин на униформи, макар разводнички. То га разљути, па викну:

— Је л' се тако прича са капетаном? Мирно! И спустите те пушке!

Човјек се цинично осмјехну.

— А јес', ти ћеш да ми кажеш. Завежи лабрњу да ти је ја не бих везао. Шта радите у мојој кући? Излазите сви одатле и носите ту своју скаламерију, иначе ћемо вас све поубијати на лицу мјеста!

Не шали се, видјело се, сасвим је озбиљан. Одаје утисак човјека без много милости, ако је има макар у траговима, човјека који је ко зна колико пута прошао кроз пакао ког је сам стварао. Није изгледао попут борца са првих линија, више би се уклопио међу псе рата који пљачкају после завршених борби и убијају преживјеле без да трепну. Капетан је био начисто с тим да од преговора с овим човјеком нема вајде, ионако стоји у ратоборном положају и војници око њега не спуштају оружје. Али, морао је да покуша нешто, упркос слутњи да ће их ова распојасана групица побити изашли из куће или не.

— Како је ово твоја кућа, кад је хрватска, напуштена? Ми смо овде одавно, а где си ти досад био?

— Шта сам ја сад теби рекао? Ти баш волиш да брслаш, гине ти се због неке кућерине?

— Јок, вала. А теби се убија за неку кућерину — узврати капетан. — Само желим да знам како је ово твоја кућа.

— Лијепо. Моја жена је Хрватица, она је из ове куће, њена је. Њених више ту нема, е, сад је моја. Ето како! Још неко питање, можда? Знаш, губим стрпљење, излазите или сте готови, свега ми на свијету!

Капетан је тражио брзопотезни излаз иначе ће их лудак побити. Утом крајичком ока спази Синишу и Родољуба. Прикрадају се придошлицама с леђа. Вјероватно су изашли кроз прозор, направили круг око дворишта и војника, па им прилазе отпозади. Родољуб се мало накашља, таман да им стави до знања да има неког иза њих, да не би, у изненађењу, неко од придошлица запуцао. А одмах затим нареди чврсто и јасно.

— Да се нико није помјерио! Трепнете ли, мртви сте, бацај оружје!

Истовремено, репетира пушку.

Биће да им је ова ситуација била добро позната, чим сви до једног, на челу са оним ситним и ратоборним, побацаше оружје у блато. Онај што је дошао по наводну имовину своје жене Хрватице шкрипао је вилицом и процијeдио да се на томе неће завршити, па га Синиша удари кундаком по бутини и овај клекну. Клекли су и преостали војници. Из куће излетјеше ови који су све помно пратили и конопцима повезаше дошљацима руке, утјераше их у шупу иза куће. Гаврило остаде да их чува.

У року од двије секунде капетан је већ био крај телефона и грмио у слушалицу као Илија громовник да им смјеста пошаљу појачање и дођу да приведу ухапшене у затвор, гдје год им воља, само да их његове очи више не гледају.

— Ау, ала ће ми неко платити за ово — викао је капетан као да је ван себе. — Сада сам мртав озбиљан, а не као ономад с оном вашом трешњом! Нисам тражио да вас казне, и нећу тражити. Али за ово?! Умало да сви изгинемо због овог лудака, бре, а нико ништа није јавио! Држе нас у мраку, никад немамо појма шта се догађа. Ма, има због овога да постројим и генерале па нека су по сто пута генерали, а не једном!

По ко зна који пут потврдило се да у рату нема ни секунде одмора, да непрестано мораш бити на опрезу. Колико год сви били срећни што су још једном извукли живе главе, уопште нису сумњали у то да ће им, ако се настави са оваквом несарадњом и небригом за било кога, срећа кад-тад окренути леђа.

49

Рат је из дана у дан буктао све више, а неко чудно лудило обузело је многе без обзира на то гдје су били и шта су прије свега овог радили. Бујала је свирепост злочина, више није било покушаја да буду сакривени. Ово је престало да буде сукоб војски, људи у униформама који су обучени да ратују, већ је прерасло у општи покољ становништва које је остало у селима. Убијани су сви одреда, стари или млади, беба од два месеца или старац од својих осамдесет, разлике није било. Постало је битно једино побити, заклати, истребити све што није Хрват по рођењу.

У таквој помами се тих дана догодио и невјероватан злочин за који нико и никада није одговарао. Нити се ко трудио да ухвати злочинце који су погазили не само Женевску конвенцију, него све људске законе, Божије, било чије, само не законе самог ђавола, распомамљеног у лудом плесу смрти толико да се једино његов глас чуо.

Неки сељак у околини Дрниша је непажњом пустио овце да оду до шуме, па се запутио за њима, да их врати у село. Али само је неколико оваца, а не цијело стадо, некако нашло пут до куће. Сељак није. Неколико дана се није знало шта је са њим. У потрагу нико није смио да крене јер се више није знало гдје се све налазе минска поља. Толико их је било да ни онај који их је постављао није више имао појма гдје су, а и сама војска се клонила путева, ливада и пољана који јој нису познати.

На пармаку ограде нечије куће, једног је јутра, на ужас сељана и војске, осванула натакнута глава несталог старца, уз поруку да је *слатко месо четничких оваца, а четнике само кољемо, не једемо*. Тијело му никад није нађено. По изгледу одсјечене главе могло се само наслутити какво је иживљавање старац поднио за живота. И очи су му биле ископане, што свакако није учињено тек кад је мученички издахнуо.

Зорану је овај злочин разорио. Видјела је одавно превише и лешева и тешко рањених људи без могућности да преживе, али са овим се сређе први пут. Више од два сата је та одсјечена и на тарабу натакнута глава стајала јер се нико није усудио да приђе и скине је. Толико је слеђујући био овај призор. Сељане, у невјерици шта виде очима својим, обузе страх као никада до тад. У овој мјешавини колективног шока и страха, одрасли нису ни регистровали болни плач и страхотно урлање дјеце која буље у ону главу, свако одреда на самој ивици поздрављања с разумом.

Главу мученика је, најзад, скинуо капетан Светозар. Увио ју је у чаршаф и тек тада је из гомиле прилетјела нека баба, која је све вријеме буљила у главу на огради. Поче да кука, нариче, преклиње и моли.

— Немој ми носити мога Жарка од куће! Не дирај ми мога човјека! Не дирај ми оца моје дјеце! Немој, сине добри, па тек је дошао кући, гдје га сад опет водиш од мене? Шта ћу дјеци рећи, ако се врате, гдје им је отац? А шта ћу сад без тебе, Жарко, кућо моја?

Узе главу из капетанових руку, клекну на земљу и зајаука, држећи мужевљеву главу у крилу, сасвим сама на свијету, изгубљена у времену и простору толико да капетан није био сигуран да ли је старица сишла с ума. Истина, и капетан се први пут сређе са овим што гледа. Кувало је све у њему, али се држао јер мора у свему дати пример, и војсци и народу, па и сада.

Потом је цијела два дана у кући у којој су боравили владао гробни мук. Говорило се оно што заиста мора и кад си на смјени на вези. Изгубила се вјера да постоји војска, све и да је велика и јака као руска, која може стати на пут таквим демонима.

Долазак викенда био је срећа за Зорану, ако се уопште може сматрати срећом то што можеш отићи било гдје, јер оно што доживиш иде са тобом куд код да кренуо. И ова радна недеља је окончана. Много пута није викендом одлазила кући већ би остала у команди или обилазила Дрниш, колико се могло. Родитељски дом био је подалеко, требало је прећи шездесетак километара. Сада, међутим, не да је хтјела, већ је морала да оде у своје село. Више од свега је жудила да види мајчино лице, осјети њену заштитничку руку како јој пролази кроз косу и чује благи глас који увјерава да ће ипак, на крају, све да буде у реду. И добро и зло имају рок трајања, смјењују се у човјековом вијеку. Морала је своју сестру Јелену да загрли из све снаге. Да гледа оне драге овце и јагњад, слуша пилиће док пијучу и неспретни прате своју мајку кроз двориште. Надала се оцу, да ће и он бити код куће, да ће је смирити ријечју или ћутњом, само да је крај њега и осјети његову снагу и близину.

Морала је да удахне ваздух тамо гдје не миришу крв, смрт, запаљени лешеви, нити се чују бомбе и фијуци метака. Да се пружи по ливади, као некада, и гледајући небеску плавет избрише слике пакла толико живе у њеној свијести. Има да препјешачи тих шездесетак километара. Коначно је зажалила што се прихватила овог посла. Није ли требало лијепо дати отказ кад се онај дрекави официр онолико извикао на њу због трешања, питала се. И сада је могла да се покупи из војске, али дала је ријеч да ће бити са овим људима, да ће радити с њима и пролазити кроз добро и лоше. Ни мизерна плата више није била битна, једино је важно не устукнути пред непријатељем, а одустајање себи није могла да допусти.

Зато је сада била спремна да и на кољенима моли капетана да је превезе до Книна. Али, капетан није био слијеп. Чим је отворила врата и ушла му у канцеларију није било потребе да каже ни једну ријеч. Одмах је устао.

— Јеси ли спремна, јеси ли спаковала све што си хтела? Провери, док упалим ауто, да ниси нешто заборавила. Идемо, возим те директно до твоје куће, до прага, не брини се. Разумем да мораш отићи. А за повратак не брини, доћи ћу да те покупим у понедељак пре него што сване, па ћемо заједно назад.

И опет је капетан показао најљепше лице човјека, уливши јој наду да добро, бар у траговима, још опстаје на овој земљи. Сједећи крај њега у ауту, отворила је прозор и пустила вјетар да јој се поиграва косом. Убрзо, исцрпљенија него икада, заспа сном у коме није било снова. Бар не овај пут.

50

Од заглушујућих детонација ниси могао чути самог себе. Послије неког времена ниси ништа могао да чујеш јасно јер су сви звуци допирали из велике даљине, потпуно успорено и били су тако дубоки да ништа ниси разумјевао чак и кад ти се неко обраћао са раздаљине од три метра. На све то, киша је лила као из кабла, Господ је одврнуо све могуће славине. Можда је хтио да сакрије зараћене војске једну од друге због непрестане и ужарене борбе тих дана, без примирја макар на неколико сати, а камоли читавог дана. Тукло се из свих расположивих оружја и Срби су тешко држали положај.

Ниси смио да дигнеш главу изнад ивице рова осим на неколико секунди, на десетине метака су летили ка теби и није било шансе да преживиш. Мало који војник у рову је вјеровао да ће изаћи жив из ове вишедневне, непрекидне ватре. Лешеви су се гомилали и у рову и око њега, људи су гинули у трену. У једном часу су нешто говорили, а већ у наредном им је фалило пола главе, па су им се тијела само стропоштавала у муљ и блато. Посмртни остаци распадали су се брзо, иако је падала киша и било је августовски врело, па тијела оних који су погинули прије само три сата нису могла да пређу у стање мртвачке укочености и неописиви смрад и задах распростирали су се на све стране.

Миленко је лежао у рову. Гледао је како једно око испада из очне дупље мртвог војника поред њега, цури низ образ, а и дио мозга му се јасно видио. Прсти који су до малочас држали пушку већ су били гњили и распадали се, кидали се, отпадали. Људско месо је клизило у блато. Који сат прије то је био Живко, момак из Грачаца, са којим је раме уз раме ратовао више од године. Био је то Живко који је имао прелијепу дјевојку Ану, о којој није престајао причати и често је свима показивао њену фотографију мада су је већ стотину пута видјели. Био је то Живко, виртуоз на усној хармоници, који је Миленку често говорио да ће заједно направити блузерски бенд, али прави, само том жанру посвећен, без икаквих музичких излета и експеримената, налик крагујевачкој групи Смак, зато што је он, Живко, гитариста ако не бољи онда бар у истом рангу са легендарним Точком. Био је то Живко, који је и по немогућем пљуску умио да за неколико секунди смота двије цигарете дувана, као да је мађионичар, па једну пружи Миленку, а другу би, уз враголасти осмјех, стављао себи за уво. Био је то Живко, који је с Миленком дјелио кајмак и печеницу које му је мајка брижљиво спаковала у руксак кад би се враћао на смјену, и већ помало отврдли домаћи хљеб који се и такав растварао у устима попут најслађе хране на планети. Био је то Живко, којем је требало да буде кум на свадби, да му крсти дјецу „када прође све ово лудило и беспотребно губљење времена, кад се коначно сви сјете да би боље било сједити у некој кафани него глумити каубоје и индијанце", како је волио рећи. Био је то Живко. Мртви Живко, који га никада више неће загрлити, нити ће заједно засвирати, неће оженити Ану и неће имати буљук дјеце. Мртви Живко, по чијем се мозгу сливала киша.

Миленко је сигуран да губи разум јер гледа у Живка који није Живко и не осјећа ништа, мада му се сузе сливају као бујица. Умјесто Живка, то је неки леш који се на Миленкове очи претвара у костур, лагано, као у анимацији на часу биологије када професор предаје анатомију човјека. Да ли је ово Живко? Не, није. Он је само скокнуо до другог краја рова, сад ће се вратити. Утом Миленко региструје језив урлик с друге стране, толико висок да му запара уши полуглуве од детонација.

Спази Дијану, веселу и помало луцкасту цуру из Краљева, дивне риђе косе која би га увијек подсјетила на јесен, зелених очију као у мачке и малих, ситних пјегица на носићу. Једна је од дјевојака које већ својом појавом поправљају расположење, вазда весела, храбра, а лијепо пјева. Има и тетоваже крста и руже због којих се Миленко питао како су јој родитељи допустили да тако млада то уради.

„Зато што сам ја, бре, из града, шећеру мој, а не тамо из неке Буковине... Ах, пардон, Буковице! И знам нешто мало више о животу од тебе, коме је магарац најбољи пријатељ", знала је рећи у намјери да га насмије, што је успијевала дијелом због екавице која му је била забавна, за разлику од појединих добровољаца из мајке Србије који су се постављали супериорно само зато што су рођени тамо гдје су их мајке на свијет донијеле. И њој самој било је смијешно како Миленко, Живко и остали говоре. Чудила се томе што је једно слово често било довољно Далматинцима да се разумију, да једно „Е?" значи „Како је и шта има", а да исто то „Е!" као одговор, изговорено на другачији начин, значи „А ево, као што видиш, како ће бити". Када би чула такав разговор театрално би се прекрстила и лијевом и десном руком, говорила да им нису равни ни лудаци из филма *Лет изнад кукавичијег гнијезда*, али их свеједно воли одреда.

Лежећи у блату вриштала је колико је грло носи. Престрављена, у намјери да се окрене ка непријатељској линији и запуца, заборавила је да јој је прст на обарачу и испалила кратак рафал у своје стопало. Тврда војничка чизма није помогла, крв јој је из стопала шикљала на све стране.

У њу Миленко гледа као слеђен, као да посматра из велике даљине и са огромне висине. Осјетио је као да је изашао изван свог тијела и лебди изнад положаја, да може, ако хоће, да одлебди још више и претвори се у орла или само нестане у бесконачном небу. Дијана му нешто довикује, он ништа не чује, опет је заглувио од детонација и само буљи као да гледа црно-бијели филм без тона.

„Оно нешто" што му се тада догодило никада није умио да објасни. Плакао је и није био свјестан да плаче, викао је из свег гласа и ни то није регистровао, душа му више није могла поднијети сво то зло око њега, оно му је мутило разум. Мирно наслони своју пушку поред Живка и голорук изађе из рова. Није га занимало да ли ико или сви одреда довикују за њим, на ријечи се више није обазирао. Стави руке у џепове и лагано, као да је кренуо у шетњу кроз парк, пође ка непријатељском положају. На чистину без икаквог заклона. Заста у ходу, загледа се у небо. Сиво је и тмурно, лебде неки мрачни облаци отежали од кише. Пушта да му капи падају по лицу, па поче да се умива и скида одавно скорјело блато и крв.

Пољану су и даље преоравале гранате, једна за другом, а меци у ројевима фијучу не знајући за станку. Не погоди га ниједан метак, промаши га сваки гелер. Необјашњиво. Сав тај хук детонација заличи му на хук навијача са трибина и Миленко се, ето, нађе на београдској Маракани, стадиону Црвене звезде, усред звиждука, аплауза и пјесме стотину хиљада навијача који из свег гласа бодре свој тим. А он, Миленко, не само што је на том мјесту, него није ни навијач, већ игра у омиљеном црвено-бијелом тиму.

Откопча војничку кошуљи и рашири је колико год може. Умјесто ње, видио је онај дрес који је обукао много пута, снивајући да само једном осјети траву на Маракани и види како са терена изгледају трибине. Гле чуда, овоме се није надао, ето њега, члан је екипе, истрчава на терен заједно са Савићевићем, Панчевом, Белодедићем, играју финале Купа шампиона. Обузе га срећа од главе до пете, широко се насмија и махну ка хрватским линијама, исто као кад се поздравља публика на трибинама, па се и наклони у знак захвалности толиким људима који су дошли баш њега да подрже и уживају у његовим мајсторијама.

Пуцњава око њега поче да јењава. Срби су, наравно, обуставили паљбу чим је изашао из рова страхујући да га не убију у унакрсној ватри. Хрвати су стали тек кад им је махнуо. Чули су се само спорадични пуцњи, као да се гађа без циља и мете јер је и онај који пуца збуњен и зачуђен. И једни и други, и Срби и Хрвати, били су затечени призором.

Одједном, Миленко потрча по пољани. Дрибла невидљиву лопту, шаље пасеве и центаршутеве из корнера, псује судију и самог себе љутит што је промашио зицер прилику за гол, гестикулира рукама, виче на саиграче, тражи да му додају лопту јер има слободан пролаз ка противничкој мрежи. Као тане полете напријед и из све снаге, из залета, шутну ону невидљиву лопту и поче да скаче, да се радује, да прославља свој погодак. Окрете се ка крцатом северу, највјернијим навијачима, залети се и отклиза на кољенима ка трибинама, држећи руке славодобитно подигнуте у ваздуху.

— Четници, шта се ово дешава, која вам је ово диверзија? Шта је овој вашој будали, је ли полудио?! — чу се преко радија.

Срби су и даље одвише запањени да би ишта могли да одговоре.

Али, Миленко устаје, скида војничку кошуљу, труди се да је у слављу поцијепа, не иде му, није то памучни дрес. Стоји тако збуњен, гледа у блузу и пита се како је то могуће да не може да је подере. То траје. Онда, наједном, прави колут напријед-назад, још једном и још једном. Затим сједа у траву, прекршта ноге као будисти кад медитирају, ставља руке на кољена, длакови су окренути ка небесима, не помиче се. Лије претпотопска киша, а он не мрда. Постао је живи кип човека који насред бојног поља сједи толико утонуо у сопствено биће да ван њега ништа не постоји, нити се шта догађа. Посебно се није догађао рат.

Прође неких петнаестак минута у том и таквом сјеђењу. Нико не зна шта урадити, Срби се побојаше да ће се Хрвати најзад тргнути из опчињености изненадно дошавшим лудим четником и утакмицом коју је играо, па сјео у будистички храм да досегне нирвану. И баш онда кад су се двојица спремала да излете до њега и искористе пометњу, не би ли га одвукли у ров, Миленко устаде. Устаде тек тако, сам од себе, просто, усправи се. Отресе главу као пас када излази из воде, сагиње се, сакупља камење по ливади и баца ка хрватским линијама. Виче и галами на њих, назива их најгрђим именима, псује им фамилију до деветог кољена, говори да су кукавице и да је Дучић с правом рекао да су Хрвати најхрабрија војска на свијету не зато што се ничега не плаше, него зато што се ничега не стиде. Обећава им да ће осветити Живка и било ког другог погинулог саборца, да ће платити за све злочине, да њима не треба Божији суд јер је страшни суд дошао и зове се — Миленко!

Од толиког викања најзад оста без гласа. Тада, врати руке у џепове и пође истим оним лаганим ходом ка свом рову. Тишина преста, зачуше се пуцњи, Хрвати почеше да гађају. Миленко заста, окрете се ка њима без зазора, па рече шапатом јер гласније не може:

— Нисам се бољем ни надао од вас, наравно да ћете запуцати када човјек окрене леђа, а кад му видите лице бјежите као зечеви, вајни храбри Хрвати... Какав виц, ко ће се вас бојати?

И продужи ка своме рову. Ускочи, сједе, припали последњу цигарету коју му је Живко смотао, без ријечи. Које га је чудо спасило да остане жив, да га сва она сила метака и гелера промаше, које су виле летјеле око Хрвата и спријечиле да запуцају на њега, то зна Свевишњи.

До краја рата се о томе говорило. Прича се прочула на свим фронтовима, од крајишких до босанских. У сваком домаћинству, не само српском, казивало се о неустрашивом српском борцу који је одиграо утакмицу живота у унакрсној паљби. Отишло је у зону легенде, збило се јесте, била је гомила свједока, али они који нису очевици тешко ће повјеровати да је све баш тако и било, да се није стварни догађај мало украсио маштом. Мало ко је могао да наслути да иза овог јунаштва стоји тек младић, готово дјечак, на смрт уплашен, чија се душа отровала од силног зла, сејача зла и њихових газда који су кружили око свих њих тражећи само једно. Тражили су живе главе с рамена и затирање свега њиховог по сваку цену.

51

За кухињским столом сједио је отац Стеван и пио. Испред њега флаша црног вина, као и флаша шљивовице, па кад попије чашу вина, тргне чашицу ракије. Онда опет у круг. Био је то несвакидашњи призор у кући Лалића. Стеван јесте понекад умио да попије покоју, у друштву на прелима и више, али никада није пио сам. Не рачуна се чашица уз јутарњу каву, као и код свих других људи, тек да би му крв прорадила и мало га загријала за дневне обавезе. Али, сам да се напија, то не.

Није га видјела једно два мјесеца, али када га спази у таквом стању Зорана умало не упита ко је тај човјек. Погледа му у руке, исте оне које су је придржавале док је учила ходати, које су је храниле и миловале цијелог живота тако топло да на своју љубав према њој није морао трошити ријечи. Да, јесу то његове руке, али он сам је био тако исцрпљен и уморан, видно омршавио, са прегршт бора којих колико до јуче није било ни за пелцер. Забоље је душа, засузи због стања у коме затиче оца, а не зна како да му помогне. Количина пића која је претекла у обе флаше свједочила је да је много попио, али није дјеловао пијан, само му је лице намрачено као небо пред тешку олују. Глас је остао чист и разговјетан.

Има ситуација када не постоји тај алкохол који може напити човјека толико да му сапере душу и срце од проблема који га море и неће нестати.

— Није успјела прије двадесет година, али сад ће нас завити у црно. Већ нас завија у црно, Хрвати нас сатраше најпрљавијим ратом у историји свијета и ако је она узела конце у руке, уз оног геноцидног Туђмана, слабо нам се пише.

— Ко ће нас завити у црно, тата, о коме причаш? И како нас то Хрвати сатраше кад је цијела Крајина под нашом контролом, а и из Босне се чују вијести да је више од седамдесет одсто територије наше. Јачи смо, како нас то сатиру? Ускоро ће крај рата, тата — рече Зорана збуњено.

— Е, моје дијете мило, ништа ти не знаш. Све је то магла и дим, стоји на климавим ногама. Надмоћнији смо јер нас тренутно бројчано има више, али кад се укључи остатак свијета, као што већ и јесте, кад су самозвани чувари мира из УНПРОФОР-а пуцали на нас, готови смо. Са таквом силом се не може изборити нико, па ни ми, шта мислиш зашто иде оваква медијска пропаганда да цијели свијет слуша и дању и ноћу да убијамо и палимо све на шта наиђемо? То што се као држимо, ма то је договор, овај рат се води преко телефона, све одређују они лудаци из фотеља, а ми на фронтовима узалуд гинемо. Војска нам није обучена, превише је ту дјеце од петнаест, шеснаест година. Шта они знају о рату? Па, ниједно од њих преживјети неће. Несложни смо, нико никога не слуша, много пију на линијама. Могу да разумијем да се тако боре против страха и смирују живце, али однесе нам пуста ракија ко зна колико стотина живота, кад се напијамо и срљамо свукуда као зунзаре, постанемо лака мета... А колико смо само на минским пољима изгубили људи? То сами ђаво зна! Кад онако пијани крену у њихов ров уз причу „Које усташе, сад ћу им ја показати!", вјеруј ти оцу своме, осуђени смо на пропаст. Само чекам кад ће све да пукне, а онда нека нам је Бог на помоћи. Видјећеш, кћери моја, да ће нама горјети и кућни праг.

Стеван пророкује, Зорана згрануто слуша.

— Никад то неће бити, Бог с тобом, тата. А и шта ће они овдје, никада их није ни било, као да они овдје могу живјети?

— Није ствар у томе да *њих* има овдје, него да *нас* нема. Нека све стоји пусто, њима је битно само да Срба више нема.

Мајка Милица се довија да зготови скромну вечеру, нису јој од велике помоћи ни конзерве рибе и месног нареска што је Зорана донијела, уздахну крај шпорета мијешајући блитву.

— Ћери наша, слушај свог оца, овако је како он каже. Ја и не морам да будем на ратишту, све то и сама осјећам. Видим и преко телевизије шта нам раде, како лажу, како свакога дана стиже још грђа вијест о нама дивљацима. Чујем и од комшиница шта су им рекли мужеви кад се врате с положаја. Док има ракије све је бајно, а онда се понашају као да су на прелу, као да су опет млади и иду цуре гањати. Тад су најјачи на свијету и нико им ништа не може, али кад стигне јутро и мамурлук главобољи краја нема.

Зорана ћутке прстом увија прамен косе који јој пада преко лица и баца поглед ка Јелени, која немо сједи за столом и, послије сваке реченице коју чује, постаје све блијеђа у лицу. Може ли све то да буде истина? Јесу ли сви ови ужаси само игра неких моћника о којима се ништа не зна, који из мрака вребају као какве аждаје? Нагледала се и смрти и рањеника, свега о чему отац говори, али су вијести о борбама увијек добре по нас или бар већином. Како тек тако могу да пропадну толики успјеси? Није могла да повјерује у такав расплет.

— А ко нас завија у црно? На кога мислиш, тата, као да говориш о некој жени — упита Зорана.

— О жени?! Нема ту жене, то је демон. О коме бих говорио, срећу јој ђаво однио, него о Савки Дабчевић Кучар! Овако је виленила и прије двадесет и кусур година, кад је било чувено „хрватско прољеће", зар нисте о томе училе у школи? Додуше, зашто би се дјеца српске националности досјетила да их неко мрзи и има нешто против њих, како онда, тако и данас? И тада је била велика гужва, Хрвати су се хтјели отцијепити, умало да избије све ово што се сада дешава. Тада је прошло без крвопролића, али су се она и њене усташе до задњег даха борили за свој наум, само што их Тито није пустио или није смио, ко то зна... Мада, мислим да није хтио да нарушава слику нашег незамјењивог владара, који је, еј, на челу трећег свијета. Али ево Савке опет, знао сам да ће се вјештица појавити, чак је постала и министар, а читав свијет зна да је окорјели усташа, симпатизер Хитлера. И ником ништа. Пуштају је да ради шта хоће јер нас треба побити, протјерати, избрисати са земаљске карте, а да они не испрљају руке. Нису глупи, што да прљају, што они да гину кад имају усташе. Зато и кажем да се против овога не може изборити, освануће најцрњи дани у нашој историји, као кад су, пред Османлијама, Срби под воћством пећког патријарха Чарнојевића бјежали с Косова, Топличког и Врањанског округа. Запамтите добро, да ми будете спремна, дјецо моја.

Зорани би мучно слушати све ово, уз ратне извјештаје који сеређају са телевизије, а кући је дошла наменски, да се склони дан-два, да одмори и напуни батерије. На срећу је мајка убрзо поставила вечеру, Стеван је био без апетита, узео је своје флаше и отишао да прати ТВ програм, повремено вичући да је све то лаж, да опет измишљају. Бар нико није сједио за столом припремајући их за потпуни нестанак Срба у Хрватској. Зорана није оцу замјерала, свакодневно је главу носила у торби, једино је била презасићена и од саме ријечи „рат". Надала се да су они који су повели први рат у историји цивилизације умрли у страшним мукама, а често би јој на ум пале ријечи генерала Младића да би он не само забранио употребу ријечи „рат", него би зауставио сваку производњу оружја и радио на томе да сво оружје на свијету буде уништено. А онда га CNN представља

| 403 |

као кољача, убицу и монструма. Запад је донио више зла него саме усташе.

Ипак је успјела да одмори тог викенда. Већ јој је мирис хљеба који је мајка ујутро пекла вратио у мир и осјећај из оних спокојних времена. Највећи дио викенда је преспавала јер у команди није било правог одмора. Не може бити исто спавање у фотељи и у кревету. Кад би у команди и заспала, склупчана у фотељи, увијек би неко с неким разговарао, некад би експлодирала бомба или би довукли каквог рањеника и гледали да га пребаце до Книна. Прије рата је иритирао пијевац кад орно најављује дан прије првих сунчевих зрака, око четири сата ујутру, али је сада очи отварала уз осмјех што чује то мало, пернато створење, које предано ради свој посао и у рату и у миру.

Била је забринута због Јелене, по којој се видјело колико тешко подноси све ово. Није јој се допало што је морала да остане у селу и умјела је да, као успут, пита Зорану шта је потребно да би се добио посао какав је она имала. Траже ли посебне дипломе или је довољно што је завршила средњу школу? Зорана се противила без да је изговарала или показивала неслагање, него је гледала да сестрине мисли скрене на друге теме. Узалуд.

— Добро, Јело, куда води то твоје испитивање? Шта желиш постићи? Да и ти одеш из куће, да оставимо родитеље саме? Ваљда си тога свјесна, сестро моја мила. Није ти лако, знам. Али, њима је потребна помоћ, мора неко да их благо погледа, да им пружи руку у домаћинству, не могу све сами. И да их припази, а ко ће то ако нећеш ти? Вјеруј ми, боље ти је овдје. Осјетљивија си од мене, нису ти потребни сви они језиви призори, ваљда ти је довољно ове муке по селу!

— Хоћу и ја да помогнем! Да станем на браник српства, да у кућу донесем макар најмању плату и неку конзерву као ти!

Осјећам се сасвим бескорисно и понекад ми дође да вриштим од муке јер не знам шта ћу са собом.

— Без обзира на ово што тата прича, видјећемо шта ће бити, ипак имам осјећај да ће све ово брзо престати. Дуго се већ ратује, уморни су и они и ми, а нешто не могу повјеровати да ће сав свијет устати против нас. Коме могу бити толико важни тамо неки тако мали народи као што су и Срби и Хрвати? Сачекај до јесени, молим те, па ћемо онда видјети шта ћемо. Него, идемо мало да прошетамо ливадама, да се нагледам мирне природе и прођем стазама без страха да ћу стати на мину, то ми је баш потребно.

Зорана се обу, задовољна што је успјела да сестру увјери да стање није онакво као што отац уз флаше говори. И тако сестре пођоше у шетњу стазама њиховог дјетињства. Нису слутиле шта се ваља иза бријега и да је крај веома далеко. А можда рат никада не престаје, како то обично с ратовима бива, јер се зна војевати и без оружја, а и глава изгубити у привидном миру.

52

Невоље нису престајале, али капетан Свето је одржао ријеч. Тог понедељка, у цик зоре, дошао је да Зорану врати на посао. На путу ка команди испричао је да су и у међувремену вођене велике борбе, да је напад усташа све силовитији и упорнији, али да још држимо положај и све наше линије.

Била је годишњица смрти великог доктора Јована Рашковића, а Хрвати нису хтјели да је пропусте. Неколико дана раније, у јеку жестоке пуцњаве и бомбардовања, упадали су на опште фреквенције и, отворено се сладећи, питали гдје је сад „четнички Ганди", шта то би са „ћаћом од Крајине" и његовим залагањем да се очува не само Устав СФР Југославије, него и да Срби добију аутономију у Хрватској.

„Какви сте ви гадови, па сами своје убијате, стока сте какве нема на земљи", урезало се у сјећање капетану Свети као запис у камену. Био је присталица политике доктора Рашковића и тада је, у ауту, рекао Зорани да и сам вјерује да је признати психијатар убијен зато што његови ставови и популарност нису одговарали ни Туђману, ни Милошевићу. Посебно овом потоњем јер је српско питање у Хрватској наумио да ријеши другачије, политиком која не чува Србе. И више од тога, Милошевић је без зазора Хрватима пружао српске главе на тацни.

Зорану је више од тога што јој капетан све ово говори тако огољено запањило што сада није тражио да речено остане међу њима. Напротив, више пута је руком треснуо по волану викнувши да су Срби заиста луд народ кад не виде да је Рашковић убијен и да би све било другачије да је урађено онако како је он говорио. Не би било овог бесмисленог рата и крвничког убијања.

— А онај, онај, што нам сад седи у Београду, у оној усраној фотељи као недодирљивог вође, па сад редом зивка Мартића, Караџића, Хаџића и само им говори како да ураде оно што се договорио са оним дебелим хрватским прасцем, е тај ће нама свима доћи главе, због њега ћемо изгубити рат — био је бесан или огорчен капетан.

Зорана није могла да разазна шта је у капетану преовладало. Штрецну је спознаја да су капетанове ријечи у длаку исте као и оне које је већ чула од оца, увјереног да у сваком случају губимо рат, да ћемо бити потучени до ногу. Осјети зебњу. Ипак су и капетан и њен отац у многим ситуацијама примјећивали оно што други нису, тешко да људи тако раскошне интелигенције могу много да оману у проценама. Обојица су, попут шаховских велемајстора, видјели двадесет потеза унапријед. Она зебња прерасте у страх да би се и оцу и капетану могло нешто догодити због овога што наглас говоре и не хају ко их слуша. Напротив, обојица као да су хтјели да их што више људи чује и да почну схватати реалност, да не буду овце које било ко може слати на клање. Како да не брине? Ако су заиста убили једног Рашковића, како онда да се спасу људи попут Стевана и Свете? Док су стигли до команде Зорану, која је ионако била прилично деморалисана, обузе паника. Бјежећи од ње наљути се на капетана. Можда је само устао на лијеву ногу и сву мрзовољу истресао пред њом, не бринући о томе што је и њој самој глава пуна свега! Онда помисли да у рату вјероватно нико и нема десну ногу, како год да устане — човјек мора устати на лијеву. Мало ко се будио уз позитивне мисли осим оних који су свакодневно били мортус

| 407 |

пијани и могли су запјевати као да су на журци, а не усред ратног попришта.

Уђоше у команду и Зорана се збуни. У својој фотељи угледа неку дјевојку, отприлике истих година, такође униформисану и са пушком.

— Види мене, кретена — насмијеши се капетан и окрете ка Зорани. — Извини, заборавио сам да ти кажем да од викенда ниси једина девојка међу нама, придружила нам се и Мира. Сигуран сам да ћете се брзо спријатељити, биће ти лепше сада кад можеш да разговараш с пријатељицом, јер ми мушкарци стално распредамо о једном те истом.

Капетан ни у томе није омашио. Дјевојке се обрадоваше, Мира устаде и прилети Зорани у загрљај, а ова је прихвати као да се знају од рођења. Због ове срдачности Зорана одмах заволе Миру, пробудише јој се заштитнички став и сестринска топлина. Знала је, за ову дјевојку би ако затреба и погинула. Наиме, Мира јој се чинила као порцеланска фигура, имала је бијелу и свијетлу кожу као да никада на сунце изашла није, а лице јој је зрачило искреношћу као код дјетета. Нарочито поглед, у коме није било ни трунке оне тежине која се одавно видјела код сваког борца. Зорана није знала да је Мира већ прекаљени борац, у војску је ступила само због брата који јој је једини претекао од све родбине. Још док су били дјеца, родитељи су им погинули у саобраћајној несрећи и одгајали су их и сви и нико, разне тетке, стрине и ујаци. Често су се селили из једне куће у другу, већ као дјеца су се добрано напатили и знали колико живот умије да не милује.

И кад је букнуо рат нису се раставили. Љубиша је као брат покушао да је одврати од намјере да с њим крене на борбене линије, али узалуд. Слиједила га је исто као што би он њу јер нису могли живјети једно без другога. По правилу су били у истим јединицама, међутим, сада су их раздвојили. Њега су послали на Дрниш, а њу су планирали негдје око Осијека, на сасвим супротан дио Крајине. Мира се, међутим, и рукама и ногама изборила да буде близу брата, па макар и као обични везиста. Све ово је Зорана сазнала мало касније. Али сада, у првом сусрету, колико је Зорана наумила да сачува ту крхку и осјетљиву дјевојку, толико је и Мири лакнуло гледајући високу црнокосу вилу у којој се виде само топлина и племенитост. Прошла је Мира многе битке, али ово сада је сасвим ново, о послу везисте ништа не зна, бринула је како ће се прилагодити у новом окружењу и другачијим војничким данима. Нема она навику да буде на другом мјесту осим тамо гдје су борбе, страна јој је већ сама помисао да се налази у канцеларији у којој, упркос напетости која се свуда осјећа, ипак владају примјетна лежерност и осјећај сигурности. Можда је тај осјећај био мимикрија, јер чак ни на таквим мјестима нико није могао да буде безбједан и да зна који ће му дан бити суђи.

Углавном, дјевојке су биле задовољне што су стекле другарицу тамо гдје се то не очекује и већ за неколико минута су разговарале без икаквих ограда, питања или стрепњи. Морале су прекинути, биће још дана, Зорани креће смјена. Тако је заборавила на онај узнемирујући разговор с капетаном, а сусрет с Миром даде јој ветар у леђа, па са неуобичајеним жаром, уз шољицу каве коју јој донесе неки од момака, сједе за сто да почне нови радни дан.

Једног поподнева капетан Свето уђе у канцеларију и упита има ли добровољаца за одлазак на положај. Одреда га погледаше као да је полудио, па ко добровољно ставља главу на пањ? Видјевши им изразе лица капетан се насмија.

— Ала сте се препали, не зна се ко је више — поче да их задиркује. — Како ме то гледате, као да сам вам отео играчку или рекао да наредних седам дана нема хране? О, видим да сте

| 409 |

веома храбри борци, мораћу о томе да известим оне на вишим положајима, да знају каква је овде скупина хероја. Можда вам западне неки чин или медаља, ко зна. Сада нема пуцњаве, шта сте се, бре, уплашили, знате да је примирје. На Зидине ваља однети сандук муниције. Није то далеко, ко је расположен или ћете да ја бирам?

Јесу Зидине биле на око неких три стотине метара од команде, најближа су линија борбе, међутим невоља је била у томе што се знало да су Хрвати поставили мине у поље између команде и положаја, па се морало ићи обилазним планинским путем. Тај пут је био толико узан да те је један непажљив корак могао коштати тешке повреде, сломљеног зглоба или ноге, чак и да се стрмоглавиш низ литицу. А камен је камен, пад са такве висине могао је да буде фаталан. Преко тог минског поља су једном потјерали неколико оваца, да открију гдје су мине, тако се мора у рату, али је акција била неуспјешна. Само једна овца је нагазила мину, друге, а није их било много, прошле су без проблема, међутим, било је сигурно да им се Хрвати нису толико привукли само зато да поставе једну мину. Зато се од тада нико није усудио да крене пут тог поља.

Родољуб, Гаврило, Зорана и омалена Мира се пријавише.

— Ма немој, ти ћеш ићи вући муницију, Миро — рече Родољуб враголасто је погледавши. — Па само пола сандука је теже од тебе цијеле.

— Шта ти знаш, зар ниси никад чуо за ону да отров стоји у малим бочицама — одбруси Мира и заузе став као да ће се потући. — Важни су воља и срце, не мора свако да има три метра преко леђа као ти! Не брини се ти за мене, не знаш ме, има да повучем више од тебе, у то буди сигуран.

— Ти би да бијеш, Миро — упита капетан Светозар. — По твом ставу видим да си одгледала много филмове са Брус Лијем.

Е, кад си то самој себи на врат натоварила, онда да те подсетим на стари штос да си сад иста као његова жена. Знаш ли да се она зове Брусилица?

Кроз команду се проломи урнебесни смијех јер заиста тако и бјеше. Мира стоји као да ће запуцати један сочни мај-гери директно у лице Родољубу, само је питање да ли би дотле добацила с обзиром на то колико је ситна растом.

— Спрдајте се колико хоћете, али ја сам се пријавила прије него многи од вас — одбруси Мира. — Видим да су се јавили само Гавро и овај трокрилни орман, ви остали мушки сигурно имате преча посла? Можда да подсјечете нокте на ногама или ни то не можете од тих надуваних трбушина? Можда вам је то увијек мама радила, а успут вам везала и машну, ионако сте сви као неке цурице!

Гаврило се засмија грохотом.

— Права правцата Брусилица, нема дилеме — рече. — Ајде сад да неко зуцне, клипани нијенди! Право вам добро рече, не бих ни ја знао боље.

Сви су били расположени и смијали се из дубине душе, као да нису усред рата у коме их ситна непажња може стајати живота. Није човјек створен за то да се непрестано нечега боји, има у њему и бунта, и пркоса и самопоштовања. Ако би некада срце брже закуцало или би од страха пробио зној, ипак је то било људски. Није без разлога речено да је храбар онај који се плаши и упркос томе иде напријед, док онај који не зна за страх није храбар него луд. Ово кратко опуштање било је више него добродошло свима њима, да се увјере да их рат није прождерао и да су још ту оне животне радости, да се нису претворили у ходајући страх.

Дуго им је требало да се смире, готово хистерични смјех на граници с лудилом подгријаван је досјеткама са свих страна, а кад би се уозбиљили неко би се поново тако заразно засмијао да би сви кренули за њим, рачунајући и капетана. Смјехом су се не само бранили од свијести колико их озбиљан задатак чека, већ су се празнили и од свих страхова покупљених у минулим ратним годинама. Кад су се уморили од смијања капетан рече да је вријеме за акцију, пође у подрум по први сандук муниције, спусти Мири руку на раме, чврсто је стисну и рече да је она прави лаф, војник за примјер, да би волио да су сви као она. Мира се заруменње, ненавикла на похвале, па још овако искрене и јавне, али је управо зато и осјетила понос снажан као мало кад у вијеку.

Кренули су њих четворо, носећи тежак и кабаст сандук. На планинском путељку било је неколико толико уских дионица да нису сво четворо могли да носе терет, није било мјеста. Гаврило се оклизну у једном трену и замало стрмоглавио низ литицу, али је задњим атомима снаге успио да поврати равнотежу.

— Аух, ала и мене виле проносаше, зезнуто је ово, да сам одвалио доље низ ове каменчине не би ме три доктора више саставила — брисао је зној са чела.

— Ништа, не иде овако, повриједићемо се или ће нешто горе бити — чу се Родољуб. — Цуре, прођите прве, а ти Гавро гурај сандук, ја ћу вући док не изађемо на шири дио, па ћемо га онда опет моћи подићи сви заједно.

И би тако. Послије много узвика попут „Држ не дај!", „Дај човјече, је л' ти вучеш уопште, изађе ми душа на нос!", „Ајме, мајци, гурај стрвино једна, укочише ми се леђа!", некако прогураше сандук и однијеше га борцима на Зидинама. Ту затекоше многе да спавају или дремуцкају. Видјело се да су изнурени до крајњих граница, да им је пријеко потребно да се одморе, најчеду, наспавају, окупају, међутим, до смјене су остала још три дана и морали су да издрже. Млако су их поздравили, мада су се појединци момци усправили у сједећи положај, један чак устаде видјевши да су дошле и двије дјевојке, прави празник за њихове уморне очи. У кратком разговору рекоше да се већ неколико дана овдје ништа не догађа, али требало им је довући још муниције, морало се назад у команду. За испоруку тог једног сандука отишло је превише времена, а сада ће бити спорији јер су се поштено уморили.

— Богме, моја Брусилице, преварих се ја — забрунда Родољуб у повратку. — Не само да има снаге у теби, него ниси ниједну ријеч испустила, ниси се пожалила да ти је тешко. Богме, Зорана, ни ти. Није ми јасно како се вас двије нисте поштено ни ознојиле! Ево мени и овој будалетини су кошуље мокре од зноја, а на вашима нема ништа, свјеже су као испод пегле.

— Тата ти је будалетина, мазгове један — побуни се Гаврило.

— А мама Брусилица — добаци Мира увријеђено, на шта се сви засмијаше. — Немојте се смијати и немојте ме тако звати, не свиђа ми се, имам ја своје име и презиме!

— А јеси љутица, па шалим се само, стварно сам задивљен и тобом и Зораном, ово многи мушкарци не би успјели урадити, а и не би хтјели, видјеле сте у команди колико се џабалебароша није пријавило умјесто вас. Баш сам поносан на вас двије, наше крајишке цуре, тако то и треба! Морам похвалити и неке дјевојке из Србије, мада се још питам шта оне овдје раде и зашто су дошле. Што не сједе у неким љетњим баштама и не испијају каве и сокове, зар је тако лоше стање у Београду, који је, успут, до крова пун наших дезертера? Е, да су сви они који су војно способни остали са нама на ратишту био би овај рат завршен још преклани!

— Очигледно још има патриота и од тамо — огласи се Зорана. — И мени је то чудно, а и чудно се понашају, иду нашминкане на положај и увијек им је спремно огледалце, али као да се ничега и никога не боје, храбрије су од неких наших мушкараца. Има их тако лијепих да ми је лакше да их замислим на модној писти него у униформи. Чула сам за неку Драгану са Уба, веле да је та најжешћи борац у читавом рату, да нема ситуације пред којом ће устукнути, она главу ставља тамо гдје многи не би смјели ни ногу.

— Не фали ни вама двјема ништа, напротив, ви сте међу најљепшим цурама што их икад видјех — рече Гаврило без ласкања. — А о храбрости да не причам, кад се заврши рат, причаће се о вама још задуго.

Није слутио колико је у праву, бар за једну од њих двије. И таман кад су се обје спремиле да му нешто кажу, Гаврило додаде да ваља пожурити јер ће се примаћи мрак док они стигну до команде и врате се на Зидине са још једним сандуком, а он нема жељу да се пентра по овим козјим стазама не видећи гдје стаје.

Пожурише, Гаврило је с правом упозоравао. Узеше у команди још један сандук муниције и кренуше ка Зидинама.

— Значи, бураз, као и прошли пут — ти гурај, ја ћу вући — предложи Родољуб Гаврилу кад су стигли до уског грла на путељку. — Или ћеш да се замјенимо, мени је свеједно.

— Ма свеједно је и мени, како год хоћеш, дај само да завршимо, уморих се и гладан сам као пас, а ноге су ми слабе као да сам цијели дан играо фудбал, не могу више издржати — узврати Гаврило и оклизну се на истом мјесту као и прошли пут.

Сада није задржао равнотежу. Нога му склизну дубље, у жбунић ког нико није примјетио. Утом нешто пуче, осјети се и чу се истовремено неки мали прасак. Сви се усправише не схватајући да то није звук из даљине, већ да је ту, код њих.

— Шта пуче ово — зачуди се Родољуб гледајући око себе. — Није се ваљда сандук отворио и меци се просули, шта ово би?

Зорана и Мира већ скидоше пушку с рамена.

— Што ми је нешто вруће одједном, чудо једно — зачу се Гаврило. — Дај'де ми неко од вас воде, ја сам своју већ попио.

Кад га погледаше, у грлима Мире и Зоране се залади крик, Родољубу се оте само једно „Ух!".

Гаврило је сједио на путићу без пола лијеве ноге. Нестало је све до кољена. Крв липти као поток, умјесто поткољенице види се само комадић коже, потпуно поцрнио, и ништа више. У шоку, не схватајући шта му се десило, да је ногом управо стао на „паштету" и да је смртно рањен, Гаврило их је блиједо гледао.

— Шта зијевате, па само питам за мало воде, та не тражим вам пара — рече и даље зачуђен.

Мира се прва тргну из шока, скиде опасач, прилети Гаврилу и подвеза му бутину најбоље што се могло. Мора се колико-толико зауставити крварење.

— Шта радиш ти, нисам знао да је довољно да ти кажем да си лијепа и да одмах покажеш неку пажњу према мени, а да сам знао да је тако давно бих ја то теби рекао — рече топло, уз осмјех који му замрије у тренутку кад је бацио поглед на оно што Мира ради и тек тад видио шта му је остало од ноге.

— Види овог чуда, нема ми пола ноге — рече и паде у несвјест.

— Зорана, Миро, држите му ноге, ја ћу тијело, брзо назад у команду, искрвариће — викну Родољуб већ дижући Гаврила.

Срећом, у команду стигоше баш кад се капетан Светозар спремао да некуд крене. Док су рањеном саборцу превијали ногу неким завојима које су негдје ископали, у лету рекоше капетану шта се десило. Смјестише Гаврила у ауто, Зорана и Мира су се убациле без питања, морале су и оне да крену пут книнске болнице. Родољуб оста сједећи на неком пању, непрестано хукћући себи у браду.

У ауту мукла тишина, капетан вози одвећ брзо да би могао разговарати. Зорана и Мира, занијемиле, једна другој чврсто

| 415 |

стежу шаке. Од оне радости и громогласног смијеха, смрт их за тили час опомену да не ваља на њу икада заборавити. Она вреба иза сваког ћошка, има је чак и у човјековом осмјеху или шалама. Ту је и кад мислиш да је све у реду, да ничег лошег не може да буде. Зар је неко некада побиједио смрт?

Послије тог страшног догађаја све је постајало црње и црње, коб се обрушила на Србе. Лоше вијести су пљуштале са свих страна. Хрвати су кренули у нову офанзиву, Босна је сва горјела и није се знало који су предјели више порушени, крајишки или босански. Важно је било противника убити, затрти му и сјеме и племе. Средства нису бирана.

А ипак, убједљиво највише погибељи је било због те проклете српске неслоге, непоштовања и немара, који су посејали небројене хумке на крајишким пољима. Мине су биле велики непријатељ, баш као и ови живи. Да зло буде горе, биле су то мине које је поставила српска страна, највише ЈНА. Сијали су их свукуда, по свим могућим пољима, ливадама, по селима, испод пањева, у близини ограда, на улазима у куће. Нема гдје их није било, али никада и нигдје нису остављане карте са обиљеженим мјестима. Сијали су смрт као да у плодно тле бацају сјемење пшенице, а онда се повлачили у Србију, остављајући људе у Крајини и Босни да масовно гину. Ко зна колико је невиних људи, жена, дјеце, пастира и наравно животиња изгинуло управо због мина.

Телефони у команди су се опет усијали од звоњаве. Више се није могло гледати ни на то ко је колико дуго на смјени, чак ако ти је истекло радно вријеме и још си на вези, позив се није смио прекинути. И паузе за ручак су биле кратке, многи сендвичи су поједени муњевито, ту, на радном столу. Момци су и даље покушавали да понекад разведре атмосферу, али видјело се да и њима понестаја елана, а највише вјере. А без вјере није ништа друго могло ни постојати. Када крене сумња у побједу, Пирову, јер нема побједника у рату, када почнеш размишљати о томе да највјероватније нећеш жив изаћи из тог гротла, онда је догорјело до ноката. Настало је спасавај се ко може и како може.

Зорана и Мира су се поприлично дистанцирале од осталих, настојале су да у телефонским разговорима звуче озбиљно, да им се у гласу не чује било која емоција, као да на питања одговарају машине, а не људска бића. Гледале су да на сваки начин потисну осјећања јер су пријетиле да их угуше. Нарочито Мира, чији је брат прекомандован са Дрниша због ко зна чијег пропуста, па није знала гдје се уопште налази. Коме год да се обратила, кога год да је питала, нико није ништа знао. Зато би често помислила да је негдје можда погинуо и да је, ето, прошло непримјећено јер су људи гинули као муве. Онда би саму себе корила због тих помисли, било је то задње што јој је смјело на ум пасти јер је морала да сачува дух, што је све теже било што је више одмицало вријеме.

Једног поподнева, Зорана зачу тиху музику из собе за одмор. Покуца на врата, одговора није било. Отшкринула их је и провирила да види ко и на чему слуша музику. Мира је сједила поред прозора, мали касетофон је прислонила на уво и слушала молећив глас са траке, који је обећавао да о Јесењину неће више никад пјевати, док су јој сузе лиле.

— А, ти си Зоки... Уђи, уђи, мислила сам да је неко од наших момака, а нисам сад расположена с њима да причам — рече окрећући се ка Зорани. — Знаш већ какви су, све у шалу претворе, нема у томе лошег, али понекад ми није до тога. Кад све ово чујем и видим, често се сјетим Дон Кихотових узалудних јуриша на вјетрењаче. Види мене, слушам овако сјетну музику, па и ја пређох у поете... Како си ти данас, има ли неких вијести, како прође смјена? Ја читав дан овдје проведох, нит сам шта јела ни пила, уопште нисам осјетила да вријеме пролази.

— Ма да, знаш њих какви су, дјеца у души, спадала ниједна, мада се чак и Рођо поприлично ућутао послије онога са Гавром. А ја како сам... Па, ето, памтим и боље дане, искрено речено.

— Извуче се Гавро некако, а?

— Па сад... Не бих баш рекла да се извукао. Ако се у то рачуна да изгубиш пола ноге или руке, онда се извукао. Али, овако, не бих му била у кожи. Тако млад, а таква несрећа, не знам шта да мислим.

— Ма, мислила сам на то да није умро, а јесте страшно то што му се десило. Мада ми се понекад чини да бих драге воље дала обе ноге кад би то значило престанак овог лудила. За то бих радо остатак живота провела у инвалидским колицима.

— Теби може да захвали што је извукао живу главу. Да ниси онако свезала опасач, а послије и оне завоје, не вјерујем да би остао жив. Искрварио би без обзира на то колико је брзо капетан возио и да су не знам како стручни у болници.

— Ма то би свако учинио, нисам ја ништа спасила. Него, њега пребацише на ВМА у Београду и кажу да је сада ван животне опасности?

— Да, умријети неће. А за све остало... Питај Бога какав је то сада живот. А о твом Љубиши чује ли се шта, ништа не помињеш данима?

— Ништа. Као да га је земља прогутала. Ја не знам више шта да радим, не могу да поднесем, свиснућу од туге и бриге. Сачекаћу још који дан, па ако не буде вијести одох да га тражим.

— А? Гдје да га тражиш? И ко ће те пустити? Гдје да идеш уопште, видиш да се не зна гдје се глава не губи. Посебно ме брину горе оне борбе у босанској Крајини, Купрес, Гламоч, Грахово... Тамо гори све, шаљу наше и горе, можда се не јавља зато што је на неким од тих положаја. Не лупај, чуј, ићи ћеш га тражити...

— Па зар ти не би кад би ти негдје Јелена нестала — љутну се Мира. — Шта би радила? Сједила и плакала дан и ноћ, као ја сада, или би кренула у потрагу? Шта има ко да ми дозвољава, као да ћу некога питати, само има да кренем од јединице до јединице, од положаја до положаја, док га не нађем или не сазнам шта му се десило. Ја сам прије овога заиста ратовала, не бојим се ја њих. Они су јаки само кад нас има десет, њих милион и још им цијели свијет чува леђа. Кукавице су то, највеће које су икада ходиле овом планетом, нек их се плаши матер њихова, ја нити сам, нити ћу! А не могу да вјерујем да ме питаш да ли бих у потрагу за рођеним братом! Него за ким ћу?! Како то да не урадим, сестро моја мила?

Зорани би нелагодно.

— Немој се љутити, Миро. Знам да си у праву, да бих и ја ишла тражити своје сестре, не дај Боже и ћаћу бих тражила, него ми излети јер бринем за тебе као да си ми и ти сестра. А и јеси, не морамо имати исту крв, волим те као да те знам цијели живот. Не замјери.

Мира је била дирнута.

— И ја сам тебе завољела... Ако се одлучим да одем, ако ћу за било чиме жалити онда ћу жалити за тобом, што нас двије више нисмо заједно. Али, колико видим другог излаза нема, ја сједити с миром не могу.

— Ајде, језик прегризла, жалићеш ме! Зна се за ким се жали, неће мени ништа бити, посебно не са овим бенама око нас, па они би сви до једног изгинули да нас сачувају, чак и капетан. Ријетко добар човјек, најбољи официр од свих.

— Истина, није ни њему лако, одавно није био у Србији, да обиђе своје цурице. Видим да звика сваки дан, понекад и по два пута.

— Угаси, молим те, ту касету, превише ми је тужно то да слушам, расплакаћу се без разлога. Идемо бар испред куће, да мало ваздуха ухватимо. И дај да причамо о нечем мало веселијем — позва Зорана.

— О веселијим темама? У свему што се дешава? Па ти се најела отровних печурки, мајке ми. О којим то веселијим темама?

— Како о којим? На примјер, да ми причаш о првом пољупцу, то те још нисам питала.

Мира прасну у смијех. На све је била спремна, али на ово није.

— О, будалице моја, како ме засмија! Хвала што ми одагна тугу бар накратко — устаде Мира и загрли је. — Важи, ајмо онда сјести на пањеве, да ти причам о пањини који ме је први пољубио.

На то се насмија и Зорана. Двије ратне друге изађоше загрљене у двориште, да једна другој буду подршка и да, у војничкој стварности, створе краткотрајни привид мирнодопског живота младих дјевојака. Оног живота који им се неће вратити и од ког су имале тако мало, готово ништа.

Умјесто да на крају двадесетог стољећа, када се у остатку Старог континента и цивилизованог свијета дјевојке њихових година дотјерују и парфемишу за ноћни провод, концерте и изложбе, дружење са вршњацима, ове наше двије крајишке љепотице сједоше на пањеве. Једна уз другу, држе се сестрински за руке. Засмијавају се, одмарају душу кроз заметке дјевојачких успомена. Игноришу гранате које, са не баш велике даљине, падају једна за другом без престанка и без милости.

53

Зашто тражиш безгрешног човјека, када сам безгрешан ниси? Зашто, о грешниче, тражиш да ти људи окрећу и други образ, када ти сам ниси способан да кажеш ни „Опрости брате, сагријеших ти!". Зашто, о ти који луташ овим свијетом, тражиш Вјечност, када ни ово мало времена које имаш овдје не користиш да душу просвијетлиш? Зашто ти, робе, тражиш себи роба, да те служи, да те хвали, да ти се додворава када ти сам ниси господар себе, када си роб властитим навикама? Када си роб том ништавном богатству које си скупио, када си роб нечистих помисли, гњева, лоших ријечи, лицемјерства? Зашто, грешниче, тражиш себе, а пред собом већ стојиш. И не видиш сам себе и дјела грешних руку твојих. Погрешно тражиш, робе свога „ја", грешниче са балваном у оку. Господа тражи, Господа Једином, моли се да ти се открије, јер ако Њега не тражиш, шта год друго да нађеш је ништа. Јер је без Њега све ништа. Господа тражи, грешни човјече, да безгрешан будеш, да станеш испред Творца твога онакав како те је створио, по обличју Своме. Господа тражи, заробљениче гријеха. Данас, сад, одмах, јер никоме сутра обећано није и мало се времена има.

У тоталном мраку своје собе, гдје је тек жар цигарете показивао да ту некога има, Миленко је сједио и пушио једну за другом. Сам самцијат. Одавно паде вече, али му ни свјетлост није била потребна, а камоли друштво. Силне дане и ноћи проводи у тој соби. Невољно нешто грицне када мајка, у петом покушају, донесе штогод и неће да оде док не види да је он пред њом макар нешто ставио у уста. Сједи, ћути, слике с ратишта у непрекидном низу га опседају, нема начина да заустави тај ланац сјећања, а камоли да све заборави. А и неће му се.

Мисли, крив је за смрт или бар рањавање неколико сабораца иако није ништа скривио нити је било шта могао да учини када су гинули. Када гелер или метак погоде у главу његовог друга или другарицу, на само пола метра од њега, ко је одлучивао да он остане жив? Чиста срећа, судбина, Бог, ванземаљци? Шта год да је било, кривица није била до њега, већ до лудила у људима, до зла, до оних који не презају ни од чега сада, када коначно могу да пусте из себе ону животињу коју су на уздама држали толике године. Увреда је то поређење са животињама. Оне су племените, убијају само да би дошле до хране. Човјек је оно једино биће које убија због љубоморе, похлепе, мржње, без икаквог моралног покрића, сакривен иза светих књига, борећи се за имагинарне границе на земљи. Човјек убија за тачно ништа вриједно. У таквима није било ни животиње, није било ни човјека. Испуњавало их је бесконачно ништавило, празнина која се храни једино наношењем зла другом човјеку, што им је доносило осјећај моћи и, уопште, сврху живљења.

То је остало ван Миленковог видокруга. Он се бавио собом и оним што није учинио да другима спаси живот.

„Е, да сам овако поступио, да сам брже репетирао и запуцао...", „Е, како се склоних баш тада, требао је метак погодити мене, не Весу који је био иза мене", и сличне мисли поникле из грижe савјести даноноћно су се ројиле и односиле му снагу, шириjeћи тјескобу коју је све теже подносио. Кажњавајући себе, веома ријетко би дозволио самом себи да се одмори или се запита због чега се разапиње на унутрашњи крст. Све и да је крив, као што није, сад више ништа није могуће поправити. Десило се, прошло је, запали свијећу, помоли се, однеси флашу ракије на гроб, ако га уопште има, и иди напријед кад већ назад не можеш. Вријеме нико никада није вратио.

Док се легенда о њему као неустрашивом борцу ширила Крајином, претпостављени му наложише да оде на хитан одмор, кући. Један од официра рече да би било пожељно да посјети книнску болницу и психијатра, да донесе потврду да је и даље способан за војску. Или можда више и није?

„Нисам ја полудио, свјестан сам свега, само је ова бол у мени разарајућа, немам туђе гласове у глави, не причају животиње са мном, нити сам умислио да сам Исус Христос или, ето, Наполеон", размишљао је у соби непомичан као статуа. „Добро, јесам одлијепио ономад, али не зато што сам полудио него зато што сам се истински препао, што ми се живот учинио безвриједан и да га је можда било боље завршити ту, са њима, јер која је сврха послије свега."

Онај излазак на чистину усред размјене ватре са Хрватима подсјети га да самоубице и нису баш при чистој свијести кад на себе дижу руку, а да је напуштање рова и излагање себе усташкој паљби као на тацни равно самоубиству, само што би окидач притиснула туђа рука. Свеједно, ипак је он тражио метак. Али, знао је да је упркос свему очувао здрав разум и могао је себи да призна да је у тешкој депресији. Јесте депресија болест коју ваља лијечити, али како то извести усред рата? Книнска болница је била пуна као шибица, што рањеника, што људи којима је душа стварно толико обољела да су изгубили сваку спону са стварношћу.

Шта би он онда требало да уради? Да оде код доктора, одглуми и претвара се да је у њему какав демон и тако покуша да добије потврду да је сто одсто неспособан за даљу војну службу, а онда да спакује торбу и здими у Београд као што су одавно учиниле стотине, можда и хиљаде војно способних мушкараца? Зашто да не ослободи себе ратног лудила и биједе? Зашто да не иде на факултет којег је уписао таман прије него што је дрекавац изишао из шуме? Зашто не живјети живот какав воде сви његови вршњаци у нормалним земљама, а можда и ненормалним, каква је и сама Србија знала бити с времена на вријеме? Зашто не ићи у позоришта, гледати филмове, појести сладолед сједећи на оном дивном каменом зидићу на прелијепом Калемегдану, поред Победника, и гледати како сунце лагано понире изнад ушћа Саве у Дунав?

Не, то није долазило у обзир. Ко ће онда ратовати, ко ће онда бранити земљу, ко ће онда осветити онолику браћу, сестре, очеве, мужеве, мајке, дјечицу? Зар он да сједи насред централног београдског трга „Код коња" и пијуцка хладно пиво, док му земља и родни праг горе, а пријатељи и родбина гину? Зар да тако кукавички напусти Зорану и да је изда?

Одлазак би био не само издаја земље и обећања да ће бранити и њу, и кућу и родни праг, оца и мајку, била би то и издаја дјевојке са врлинама о каквим је сањао. Тако би се одрекао самога себе, а тек то би било самоубиство, јер шта ће ти било шта од тог живота у миру, кад си далеко од свог огњишта и блиских људи, кад је унутар тебе све празно, а душа ти је свенула. Када би отишао тек тада би се можда бавио мишљу да оконча то биједно постојање. Али, знао је да никада отићи неће. Био је одавде, ово је било мјесто гдје живи и умире ако треба, овдје су његове стазе и његове планине, овдје је проходао и проговорио, први пут у животу заволио. Са тим се нису могли мјерити нити једна љепотица из Кнез Михаилове и диплома било ког факултета.

Потребно му је само да мало одмори. Да ни са ким не проговори. Да га пусте да одболује, да се у самоћи исплаче. Ако треба, у шуму да оде и завија из све снаге, да урличе на све и свакога, на живот, човјека, природу, постојање, Бога и ђавола, да врати повјерење у себе. А и у људе. Макар у своје људе, јер поред свих несрећа који су им други нанијели, много више боле оне које су Срби задали себи самима. Довољно му је свега неколико дана тиховања. Онда се враћа међу све оне људе који су дио његовог живота зато што и он њима припада, зна да га разумију исто као што и он њих разумије без икаквог питања и без одговора. И Зорани да се врати. Без ње, као да је неко угасио сва свијетла и ону небеску звијезду, па је тмина испунила цео његов микрокосмос.

Жар цигарете истрајава као једини знак да је ту човјек који се крајњим напором бори против највећег душманина ког може имати. Ратује сам са собом, а то су одувјек битке теже од свих.

54

У команди су ствари почеле да се мјењају напрасно. Момци су постајали све нервознији што су вијести са ратишта биле лошије. Осјећали су се безвриједно сједећи у кућерини и, колико год неко морао и тај посао да обави, сматрали су да им је мјесто на ратишту. Гаврилово рањавање их је дубоко потресло, највише због сазнања да ће остатак живота бити прикован за инвалидска колица, због чега су осјећали кривицу мада његовој несрећи ничим нису допринијели.

Било је енигма како су уопште усташе дошле тако близу и поставиле бомбу, а да их нико није спазио. То је посебно љутило капетана. Ако је уопште било неке одговорности, можда и заслужене, онда је то због недовољног опреза. Сам Гаврило је могао бити срећан уколико уопште добије колица, много је људи страдало и било је вјероватније да ће га запасти штаке, а са њима како се снађе.

Пролазило је вријеме, Мира је постајала све више утучена јер вијести о Љубиши не стижу. Коме год да се обратила, кога год је звала, нико ништа није знао. Поједини официри би се, чак, насмијали на њено распитивање. Говорили су да је лакше наћи иглу у пласту сијена него војника на линији, па нека је срећна што вијести нема. Добре вијести далеко путују, а лоше још даље, па је све у реду докле год не стиже вијест да је погинуо. Зато је све чешће помињала одлазак.

Једно јутро, баш у петак када се Зорани завршавала смјена и спремала се да поподне оде кући за викенд, стиже вијест да је настрадао Вељко из њиховог села. Онај исти, смијешни, дежмекасти Вељко уз чије су се шале знала раскравити и најозбиљнија срца. Наизглед је био бахат и волио је свакога задиркивати, али је иза тога стајала благородност због које није могао да озбиљно повриједи било кога. Осим ако му се дирне у фамилију. Зорана је још живо памтила оно јутро у школи када се потукао, а директор и његова жена доживјели незапамћено понижење. Тог Вељка више нема, никога неће повалити у снијег и затрпавати га или засмијавати друштво чак и кад понови оно што је ко зна колико пута испричао. И он је страдао на глуп начин, због несмотрености, због неколико тренутака непажње у којима је можда мислио на матер, оца или неког пријатеља. Чистио је противавионца, којим је и иначе управљао, а прије тога није провјерио да ли је празна цијев. Промакло му је да се у цијеви нешто покварило и да је у њој заглављено једно тане. Док је чистио, заглављена граната је пролетјела уназад, право кроз Вељков стомак и запалила га на лицу мјеста. Могли су се надати једино да је већ био мртав када му је тијело захватио пламен и да није осјетио огњене муке.

Ову вијест је Зорана једва поднијела, тим прије што је знала да ће и сахрана бити одмах сутра. Тијело, или оно што је од њега остало, већ је било у Книну, у селу је спреман посљедњи испраћај. Умјесто одмора, морала је да на вјечни пут испрати једног од најбољих другова, са којим се играла када ни причати нису знали.

Село је било оковано тугом због олако изгубљеног младог живота. Плач и нарицање нису престајали оба дана док је Зорана била на викенду, а нису утихнули задуго. Тренутака са сахране није жељела да се сјећа. Било је толико дестилисане туге, јада и чемера, све то се придружило њеним кошмарима са којима се одавно рвала. Уз све то, није је напуштао неугодни осјећај да се спрема нешто много горе, да је Вељкова смрт можда покренула лавину општег уништења. Хтјела је да посјети Миленка, знала је да је ту. Одвраћале су је и њена и његова мајка. Кажу, треба њему одмор, није спреман да прича било са ким. Више пута је прошла поред његове куће у нади да ће му бар сјенку угледати, али узалуд. Он и није знао да је Зорана дошла, мајка му није рекла, а из куће мрдао није посебно зато што ни за живу главу није хтио да оде на сахрану. Осјећао је да ће и њега сахранити само ако оде да испрати пријатеља из школских дана. У намјери да га сачувају од већег зла, обје мајке нису ни слутиле колико гријеше и да Миленко чека Зорану као једино биће које му може помоћи. Касније, када би се сјетиле шта су урадиле, обје су косу чупале у очају, али било је касно за исправљање пропуста.

Зорана је на једвите јаде изгурала викенд. Помишљала је да би јој боље било у команди, на самој борбеној линији, да је све боље од ових јаука и нарицања од којих се леди крв и диже коса. Једва је дочекала понедељак ујутро, да се што брже спакује, а да је није било стид само би кришом отрчала из села, да што прије остане иза ње. Није је напуштало оно предосјећање да је у команди чекају лоше вијести. Спремала се за то.

Као да је знала, чим се вратила најпре је потражила Миру, али од ње ни трага ни гласа. Родољуб је поздрави и даде јој коверту на којој је писало њено име.

— Оставила ти Мира, па док нисам заборавио, да ти предам.

Зорана није одговорила ништа, чак ни добро јутро не рече. Сузе само кренуше. Знала је шта пише и без читања. Стропоштала се на „своју" фотељу, отворила коверту и извадила писмо, али га је дуго држала у руци потпуно празна и без имало енергије. Стигли су је неспавање и она атмосфера из села, питала се чему се толико опиру и ратују кад ће сви бити побијени. Та мисао јој је колала по глави као какав сумануту рингишпил.

Родољуб је радио. Одговарао је на позиве и понекад само бацио поглед ка њој. Био је забринут што је види без трага оног блиставог осмјеха, без рупица на образима, блиједу и уморну, са тамним колутовима око очију које раније није имала. Знао је, понекад утјехе нема. Човјек мора сам са собом ријешити оно што га мучи, нема ту помоћи ни од пријатеља, нити од родбине.

Послије двадесетак минута Зорана крену да чита.

Драга моја Зорана, знам да већ знаш шта ћеш прочитати и знам да си истовремено и тужна због мене, а и љута. Али, шта друго да урадим, шта да уради сестра за брата него ово? Већ тако дуго времена нема никаквих вијести ни од њега, ни о њему, знаш и сама колико ме то мучи и једноставно немам избора. Морам да га нађем, живог или мртвог, иако одбијам да помислим да је погинуо, све се надам чуло би се да је тако, али пошто се не чује... нада постоји. Не могу се смирити докле год не сазнам истину, шта је било од њега, па макар морала цијелу Крајину преврнути наопачке.

Ту Зорана спусти папир.

„Е, моја лудице, знаш ли ти колико људи има таквих као што си ти, колико очева и мајки хода по камењарима, откопавају хумке направљене на брзину од камена, колико их јауче и лелече за својом дјецом, ето, цијелом Крајином коју би ти да преврнеш", помисли. „Преврђу је они све у шеснаест и никад нису сигурни шта желе, да ли да нађу своје дијете у неком непознатом гробу, па да могу да га поштено сахране и тугују за њим... Или да га не нађу, па да наставе да гаје лажну наду."

Настави да чита.

Ти си друг какав се среће једном у животу, толико сам те заволела да би ми требало доста листова хартије да испишем колико ми је драго што смо се срели. Наравно да бих вољела да је то било у неким другим околностима, у неком другом времену, али свеједно, боље да сам те упознала икако, него никако. Опрости што те нисам сачекала да се поздравимо уживо, али немам снаге за то. Знам да бих се опет поколебала кад бих тебе видјела, а ти би ми сигурно мирним и сталоженим гласом објаснила зашто би било бесмислено да идем, иако није бесмислено и морам да идем. Зато те не могу видјети, не бих се могла отргнути од тебе. Али, зове ме моја крв и њеном зову се не могу одупријети. Не знам гдје идем, покушаћу да се пробијем до Госпићког ратишта, из неког разлога мислим да је тамо, немој ме питати зашто то мислим јер не знам ни сама, само сам ето сигурна да ћу тамо наћи одговоре. Надам се свим срцем да ћу те поново негдје срести, да ћемо ти, ја, Љубиша и Миленко да се нађемо и дружимо цијели наш живот, а може и неки мој момак, ако га икада будем имала, да упадне у комбинацију, зашто да не? Зоко моја, чувај се, увијек имај четворо очију отворених и... Ма нема „и", знаш ти и сама шта треба, паметнице моја. Радујем се што скоријем виђењу и не могу дочекати тренутак када ћу те опет загрлити. Заувијек те воли твоја Мира. ПС: Ако некад негдје чујеш да свира Болеро, помисли на мене и прекрсти се уз неку малу молитву, ако будеш могла.

Зорана устаде. Сломљено рече Родољубу да иде у собу, а када заврши смјену нека је позове, устаће и радиће. Погнуте главе уђе у собу и затвори врата. Таман на вријеме да Родољуб не чује њен дубоки јецај.

55

Током скоро читаве 1993. године стање је било повољно по српску војску. Мада, шта је уопште значило повољно? Може ли иједна ситуација у рату бити повољна за било кога? Чиме се то мјери, како се то рачуна? По томе ко је запалио више кућа? Ко је сравнио више села? Да ли је погинуло педесет људи више на једној страни него на оној другој? Или можда само десет? Колики год да је био број жртава, људи су увелико огуглали да би једва слегли раменима када би чули да је на неком положају погинуло двадесетак момака. Али када би погинуо само један, из неког разлога је то била тешко подношљива жалост. Као да су се потврдиле Стаљинове ријечи да је вијест кад погине један човек, али када страда милион, то је статистика.

Зорана се свим силама бранила од тог тупог осјећаја у коме је нормално чути да је негдје било погинулих. Није хтјела да се окамени, да изгуби осјећај за људе и љубав према човјеку. Одбијала је да вјерује да су баш сви њихови лоши, морао је ту и тамо бити неко ко би на ствари гледао другачије и ко није желио рат! Баш као што се имао утисак да грађани Истре не маре за политику Хрватске демократске заједнице и самог Туђмана, јер су настојали да и даље живе онако као и увијек. Мирно.

Чинило јој се, кад је о Србима ријеч, да ама баш ниједан не жели рат, с обзиром на то да још не схватају шта се збива, а још мање зашто. Да су се они питали, све се могло завршити мирно, да се подјела обави за столом, да се лијепо отвори географска карта и погледа шта је чије, фино се договоре и свако оде својим путем. Кад већ нису могли више да живе заједно, у чему је тачно био проблем уколико живе једни поред других? Наравно да су се и неки Срби владали као да су пуштени с ланца, мало су знали о самом ратовању, али су зато били стручњаци за пљачку. Колико се само тих биједника обогатило на крви невиних људи, томе се није знао број. Наравно да је Зорани било мучно да их гледа док пљачкају куће, српске или хрватске, свеједно. Или скрнаве цркве, уништавају историјске споменике и обиљежја културе. Дубоко је презирала Жељка Ражнатовића Аркана и његове „Тигрове". За њу је он био оличење зла исто као Туђман или неки од његових генерала. Можда је био и гори, јер је зло чинио над својим народом. Срби су се и те како напатили због њега. Куда су Аркан и његови људи пролазили, ту више није расла трава. Не зато што су били вансеријски војници, вјешти у ратним дисциплинама, него зато што су долазили послије завршених борби да опљачкају шта се опљачкати дало, да запале и у пепео претворе све што је неким случајем остало читаво, да убију ако је претекао неки рањеник, умјесто да га заробе и чувају за размјену. Не мало Срба је животом платило одбијање да им се придруже или изврше наредбе самозваног команданта.

Хрвати су много пута покушали да изврше одмазду над овдашњим Србима само због злочина и несреће коју је собом носио тај ситни криминалац који је каријеру почео отимањем женских ташни усред бијела дана. И Зорана је, попут других, знала да су CNN и BBC због Арканових прљавих акција окривљивали све Србе, без разлике. Као да већ нису били на злом гласу готово у цијелом свијету, па је требало још само да им овај манијакални убица баца со на ране. Било им је јасно да, ако је овакав нечовјек био главни Милошевићев адут, за крајишке Србе сам Милошевић мари колико и за лањски снијег. Он и други јахачи апокалипсе, Туђман, Изетбеговић и неке велике земље су уистину водили рат за столом, шарали по картама и цртали границе као да им је та земља ђедовина. Играли су партију шаха, али не дрвеним фигурама него живим људима, њиховим породицама и судбином. Обични људи ништа нису значили тој банди зликоваца, која је била без премца још од времена Хитлера и његових крволока. Има ли веће несреће од оне у којој ниси сигуран кога више да се бојиш, својих или њихових?

Зорана није била изненађена Родољубовом одлуком да је доста било сједења у канцеларији, вријеме је да се стане на црту непријатељу. Знала је, отићи ће Родољуб. Било јој је и чудно што ова храбра људина одавно није на ратишту. Није знала, јер он о томе није говорио, да је имао жену и дијете, па је у команди сједио јер је ту имао плаћен посао. Колико год плата била мизерна, ипак је кући могао понијети понешто и из богате колекције војничких конзерви. За његову породицу сазнала је након његовог одласка. А отишао је тек кад је успио да жену и дијете пребаци код неке родбине у Србији, мислећи да ће бити мирнији јер су на сигурном, међу својима који ће им видати ране, као што би и он да је, не дао Бог, било потребно тој својти из Србије. И сам је могао да оде, било је на хиљаде путева који су водили ка Србији. Ако си имао девизну уштеђевину могао си стићи чак и до неке стране земље. Родољуб ни једно ни друго не би учинио ни за живу главу. Узалуд га је жена молила да остане са њима, да не страхује за њим по цијеле богојетне дане и ноћи. Ако би морао да напусти Крајину, то може да буде само у мртвачком сандуку, мада ни тада, осим да се деси неко чудо.

Тако је Жељко дошао на упражњено мјесто возача. Био је веселе нарави, владао се као да је у луна парку, а не на ратишту. Први пут га је видјела по повратку из Книна, гдје је са капетаном била у набавци хране. Улазила је у кућу и није знала да долази нови војник. Угледала је не војника, већ доктора који некога прегледа, па се забрину. Шта ће доктор овдје кад су сви здрави? Није ваљда да су донијели неког рањеника? Примакнувши се, видје да на кревету лежи један од колега, који се као луд смијао том доктору.

— Добар дан, госпођице, ја сам овдашњи нови гинеколог — рече Жељко беспрекорним загребачким говором. — Овдје сам по специјалној задаћи. Послали ме Срби да видим да се није случајно десила промјена пола код, ох, тако храбрих ратника, да нису можда ону ствар замијенили за женску, јер се неки на високим положајима брину гдје је нестала та славна храброст. Лично сам мишљења да би најприје требало прегледати баш оне на тим положајима, знате, уопће нисам убјеђен да су тамо прави мушкарци, они одреда имају исте карактерне особине које су тако маестрално објашњене у филму *Вариола вера*! Требало би, такође, прегледати и жене, праве жене по селима, кад сам већ ту да онда обиђем све. Просим вас, госпођице, да ме не гледате тако крвнички и престаните мислити о томе гдје сте спустили пушку, па да ме упокојите! Ви и ваше колегинице са оближњих положаја свакако нећете бити подвргнуте прегледима, већ знам за вас да сте у савршено добром здрављу и да храбрости имате за извоз!

Све је то избифлао држећи високо у десној руци пинцету, али је подигао мали прст, као када даме испијају каву. Подигао је једну обрву, напућио усне, све у свему асоцирао је на камилу. Одакле му бијели мантил нико није ни питао. Имао је разбарушену плаву косу, коју одавно није чешљао и шишао, а био мршав као грана. Ако је икада срела човјека коме пристаје надимак спадало, онда је то био он.

Зорана прва прасну у смијех, за њом и колеге. Кућа се орила, чак се и капетан Свето ухватио за стомак.

— Кога су ми, бре, ово послали — рече капетан. — Мени је потребан возач, а не гинеколог! Мораћу и ја, видим, да се позабавим тим људима на високим положајима!

Тек ове његове ријечи разгорјеше смијех.

Тако је Жељко свима прирастао за срце. Искрен, није лагао. Говорио је да зна слагати за трен, снаћи се у свакој ситуацији, а и није му проблем да превари кога год, јер „за шта друго овце служе него за шишање". Изненадише се кад рече да је прије рата држао ланац бутика у Вараждину. Изгледао је као тинејџер, нико му не би дао тридесет и пет година, нити помислио да је свашта претурио преко главе. Скоро сваку ситуацију знао је да претвори у шалу, а изгледало је да му осмјех не нестаје ни када спава.

Више од свега, ипак, био је искрени патриота и истински борац. Иза свих тих несташлука крили су се ријетко виђена храброст и искуство. Отуда је и био нека врста доктора, јер би саслушао када год је некоме потребно, био је раме за плакање и настојао да помогне савјетима, а све уз хумор. Знао је да је смијех дјелотворна терапија за сваку бол. А управо такав неко им је био потребан као ваздух. Захваљујући Жељку полако се топио онај несносни притисак под којим су били, па су понекад могли да мало и забораве на рат.

Нижу се дани, недеље, мјесеци, али нема вијести од Мире. Њеном позиву се Зорана надала. Није могуће да баш ниједном није била у прилици да се јави или да по некоме пошаље поруку. Умјесто тога, мук. Можда би јој теже било да чује Зорану, па се зато уздржавала? Ни та помисао није могла да у Зорани сузбије разочарање, понекад и љутњу. Сазнала је, у међувремену, да се Миленко вратио на ратиште, што јој је теже пало и од Мирине тишине. Ниједном је није посјетио, ни у команди, нити у селу. Зар није желио да се виде, да размијене коју ријеч, да се загрле, олакшају једно другоме? Зар је оно што су имали могло да нестане као да га ни било није? Није се, ваљда, нешто десило с његовом памећу? Да јесте, не би га пустили да се врати у борбу, мада, ко зна... Кога све у војску нису тјерали, морао си бити баш инвалид да би те заобишли. Па ни тад није било сигурно да нећеш обући униформу, наће се посла и за оног без руке, и за оног без ноге. Онда би помислила да би и њему било још теже ако би се видјели и одмах морали растати.

„А к' врагу више са тим шта би њима било тешко и како би се они осјећали", тутњала је у себи. „Нико о мени не мисли, ето, ни он! Нема везе како је мени, ја сам од челика, ништа ми бити неће, све ја могу да поднесем и све умем да разумијем! Како могу да буду такви? Доста ми је и Мириног другарства и његове љубави, све сам то ја умислила, нити има другарства, нити има љубави, само умишљам да је некоме стало до мене и зато ми је овако како јесте! До врага више и с њих двоје, свако гледа само себе, има да одем на линију или лијепо да треснем отказ и вратим се кући! Доста ми је и рата и таквих људи!"

У то вријеме у команду је стигао млад момак, Јован. Сви су га звали Риба. Тих, бледуњав, увијек је ходао мало погурено као да носи терете читавог свијета. Имао је танке, скоро женске прсте, који су изванредно пребирали по гитари када није био на дужности. Био је то његов бијег од стварности. У дружење с војницима није се упуштао, слабо је разумијевао њихове досјетке. Питао се одакле им толика радост и смисао за хумор усред мучилишта о којима је Данте писао у *Божанственој комедији*, зар не виде да је све око њих један од тих кругова пакла? Био је млађи од свих и, како умјетничке душе брзо нађу једна другу, није прошло много кад му се Зорана придружила док је сједио испред куће и свирао. Допадало му се што она није била брбљива, није постављала бесмислена и неважна питања, није се шалила на његов рачун, увијек га је ословљавала по имену, а умјела је и да ћутке сједи крај њега, слуша, па се понекад стидљиво придружи у пјевању.

О, како ју је све то само још више подсјећало на Миленка и његову свирку! Сјетила би се оне игранке, из ове перспективе од прије два вијека, а понекад би, кад погледа у Јована који свира, замишљала Миленка. Премда млад и неискусан, Јован је схватао колико она пати. Мимо обичаја, једном је упита зашто је често тужна. Чинило се, други пут питати неће, наставиће да пребира по гитари и пустити да обоје зароне свако у своје мисли. Можда зато што је и он био са села и што је подсјетио на оне младиће са којима је одрастала, исприча му све. Сав свој живот. О школи, о сликању, о својим сновима, о Мири, Весни и Јелени, о једној младости у којој нико не може уживати због овог бесмисленог рата, о страху да је заувијек прошао живот какав је био прије рата, да ће све остати само гареж и на хиљаде хумки момака који су дали животе за оно на шта немају утицаја. Није намјеравала да се толико отвори, али када је почела ријечи су грунуле као да је пукла брана и више није важно шта ће мислити Јован, ни шта ће јој рећи. Била је захвална на томе што има пред ким да олакша душу.

Док је говорила Јован је прстима прелазио преко жица, чула се нека мелодија коју је можда управо тада стварао. Пријала јој је музика и осјети се као да је у неком филму или да чита одломке из неке давно прочитане књиге. Као да се уздигла изнад времена и простора у којима је била, па није могла стати док не изговори све. А и хтјела је да Јовану оприча све, о шуми, планини, ливадама, Богу, било коме и било чему, само да и она већ једном одуши све што тако дуго ћутке носи. Кад је завршила, Јован је свируцкао загледан у планину. Доброг слушаоца није лако наћи ни у рату ни у миру, јер су људи себи самима најважнији, вазда говоре о себи немајући слух и осјећај да би и онај коме говоре имао потребу да и сам нешто каже.

— На тебе је ред, Јоване — рече Зорана. — Драге воље ћу чути све што имаш да кажеш. Нећу те пратити на гитари, али могу да пјевушим неку мелодију ако је потребно.

Погледао је уз велики дјечачки осмјех и баш кад је заустио нешто да каже зачу се резак и љутити глас.

— Опет вас двоје пландујете! Треба ли да почнем кажњавати? Шта ли мислите у тим својим главама, ако уопште знате мислити?

Био је то наредник Торбица, најдосаднији и најглупљи човјек ког су у рату срели. У томе су сви били сложни. Не само што је глуп и досадан, био је нарцис какав се ријетко среће, умишљен да му по физичком изгледу ни најпознатији холивудски глумци нису до кољена. Стално се дотјеривао као да се спрема за излазак, свадбу или сахрану, чешће је држао чешаљ него пушку. Сатима би проучавао своје лице у неком огледалцу, из свих могућих углова, а маказицама сјецкао длаке из носа. Ако би му се, којим случајем, прамичак косе учинио два милиметра дужим од остатка, сређивао би се као млада уочи вјенчања. Због свега тога настала је сумња да га жене не интересују, па се згадио војницима. Није то нормална појава, нико од њих се није био срео са таквим неким човјеком, па су се питали како је уопште примљен у војску. Жену и дјецу је помињао више од икога, рекло би се да је на читавом свијету само он ожењен и има потомство. Мора бити да нешто крије и лаже кад користи сваку прилику да убаци да је срећно ожењен, да му је жена вансеријска љепотица, а дјеца анђели. Иначе, поставио се тако као да је стално на оптуженичкој клупи и бранио се мада га нико није дирао.

— Гдје ви мислите да се налазите, на некој журци? Какво је то свирање свако убого вече, је ли мали? А шта ти радиш ту, Зорана?

Женско си, зар немаш неког посла кад завршиш смјену? Може ли се, дјевојко, опрати суђе, побрисати прашина? Команда нам на свињац личи! Види њих, још сједе, устајте пред официром!

— Дај, не дери се сваког боговјетног дана без икаквог разлога! Шта ако сам женско? Смјену сам одрадила, за то сам и плаћена. Узми ти и чисти! Јак си ми официр, осим што галамиш ниси ни за какво добро! Ко ли те овдје доведе, треба тебе на линију да се сабереш!

Зорана је загрмила и прође поред њега као да је ваздух. Било јој је свега преко главе, имала је својих проблема и без тог накостријешеног ђуђавца из кокошињца. Нека галами на своју жену, ако је уопште има. Торбици се вилица отегну до пода и оста тако замрзнут неколико секунди. Онда дрекну колико га грло носи.

— За ово ћеш дебело платити, гледаћу да те пошаљем на војни суд за непоштовање официра, јес' чула?!

— Који си ти официр, мајке ти? Обичан наредничић, шта си се воздигао као да си генерал Младић или Лисица лично? Не галами на дјевојку, је л' ти немаш осјећаја за своју војску и људе — чу се, неочекивано, глас новога ћате који је такође недавно дошао у команду.

Наслонио се на прозор, запалио цигарету и челичним погледом гледао у Торбицу. Неочекивано, зато што је био војник по пропису, по правилима службе што би се рекло. Висок, тамнокос, густих скупљених обрва, због чега су га звали Крајишник, што није био, али је неодољиво подсјећао на Момчила Крајишника, српског политичара из Босне и Херцеговине. Ћата је радио стрпљиво и ћутљиво, није имао смисао за шалу и, да није био тако стасит, нико га ни примјетио не би кад поваздан ћути. То је било нетипично за једног Сарајлију, за које се зна да не заклапају уста и причају више од сеоских баба. Не само да верглају, већ стално нешто петљају, измишљају, лажу, само да скрену пажњу на себе и да у сваком тренутку, у било којој ситуацији, они буду главни.

Али, не и ћата. Био је тако прецизан и педантан да је Зорану подсјећао на Филеаса Фога, јунака Жил Верновог *Пута око свијета за осамдесет дана*, који је исто тако био одмјерен у радњама и говору да је више сличио роботу неголи човјеку. Тако је и Крајишник педантно задуживао и раздуживао оружје, записивао ко је, кад и гдје отишао на одсуство, па чак и колико је креме за ципеле потрошено. Увијек му је био уредан и поспремљен радни сто, као и било шта друго о чему је водио рачуна. Зато су се сви зачудили кад је загрмио с прозора бранећи колегиницу од једног официра. Јесте Торбица само наредник, али је ипак официр. Сам Торбица није знао шта би рекао, бленуо је у Крајишника док му је лице мијењало боје попут семафора. Од мртвачки бијеле, до руменила парадајза. Ко га је пажљивије гледао, можда је могао видјети и страх у наредниковом погледу. Није му било свеједно што се та људескара огласила и јавно га понизила, самљела му ауторитет у прах и пепео. Схвативши да је сам, да су сви војници против њега, слегнуо је раменима, промрмљао нешто и наједном открио ко зна шта у позадини дворишта. Запутио се да, као, истражи шта је то тамо.

У касарни је расположење опадало из дана у дан, нико се ни са ким није посебно дружио, а дуги разговори постали су све рјеђи. Избацивани су кратке реченице или одговори попут „да" и „не". Свако у свом свијету, затворен, ћутљив, мрачног лица, с нелагодом у срцу и мислима, да предосјећају коб, велику и снажну, која ће земљу натопити крвљу и донијети неброј нових црних марама, свјежих хумки и вапаја за дјецом.

Једног таквог јутра ништа није наговјештавало да почиње једна од најкрвавијих акција до тада. Акција пред којом је и свијет занијемио, а ако није, онда би зато што није требало да занијеми док је свијета и вијека.

Таман је раздрагани септембар стигао у Крајину. Покоје дрво је још задржало зелени љетни капут, али је такорећи преко ноћи жуто-златни огртач обвио сву природу, као да је господ просуо шаку златне прашине по планинама. Увијек тако бива, одједном, напречац. Људи, у она мирна, предратна времена, нису могли да схвате како природа брзометно прелази из свеопштег блистајућег зеленила у меланхолично-сањарске боје, које у човјеку буде притајену радост налик оној када задњи снијег копни, па прољеће, надомак Васкрса и Ђурђевдана, узима замах. Али, сада се пуцало на све стране, људи су водили борбу за голи живот, није било време за дивљење лепотама природе.

Зорана и Шаран, брат једног од најпознатијих телевизијских водитеља у Србији, скупљали су дрва, да унесу по нарамак. Шаран је по навици пјевао. Прије рата имао је неке своје клапе и пјевање му је ушло у крв, мада се он с тиме родио и зато је морао пјевати било гдје и у ма којој прилици. Тренутно је пјевушио неку пјесму Оливера Драгојевића, којег Зорана није могла да смисли, али је ћутала. Боља је свака пјесма од звука митраљеза.

— Ајде к' врагу, тако малешна! Где си ти пошла са толиким нарамком, сад се нећеш моћи ни успавити колико си натрпала у руке — нашали се Шаран јер је Зорана била све само не биберово зрно.

И сама се, истина, запитала може ли из чучња подићи повећу хрпу.

— Ништа ти не знаш о крајишким цурама, свака би понијела не само ово, него још и тебе у зубима, а да се не озноји — добаци Зорана. — Припази ти на себе и свој нарамак, само што ти није исклизнуо из руке, чувај стопала, а причувај и кичму!

Шаран се насмија.

— Шалим се, бре, што си одмах тако озбиљна? Дај да ово унесемо и загрејемо шпорет, ваља данас нешто и појести.

Уживао је у кувању и умио да зготови храну тако да прсте ближеш. Од оних оскудних залиха које су му биле на располагању направио би такву клопу да се запиташ може ли и твоја мајка да спреми тако укусно.

— Што ли су се телефони овако усијали? Нисам се поштено ни расанила, нити стигла икога да питам, али ми се чини да се нешто озбиљно дешава.

— А шта би се то могло озбиљно догодити у једној тако малој и небитној ствари као што је рат?

— Умијеш ли се икад уозбиљити, Шаране, не видиш ли каква је лудница у команди?

— Видео сам још првог дана, овде је лудница сваког дана, а не само данас.

Зорана диже руке и оде до Крајишника. Као и увијек, нешто је тефтерисао, ћутке, и гледао око себе оним тамним очима у којима се сада видјела тешка брига.

— Добро јутро, Крајишниче, шта има, шта се дешава?

— Нисам баш сигуран да нам је јутро добро, изгледа да Хрвати у Лици воде велики напад на нас, пали се и пљачка свуда, не остављају рањенике, убијају све што мрда, и мало и велико, и младо и старо. Све одреда.

— Гдје у Лици, која мјеста?

Таман Крајишник да одговори, кад као тајфун улети капетан Светозар. Задихан, ознојен као да је истрчао маратон. Остао је без бензина на почетку пута ка команди, па је одатле јурио као сумануут.

— Устај и спремај се војско!

Викнуо је борећи се да удахне ваздух.

— Стање је опште приправности, није вежба, спремите се по ПС-у, сви оружје у руке, затварајте прозоре! Нећу никога да видим у дворишту! Ма, ни нос да му провири!

— Ама, капетане, шта се дешава? — упита Зорана.

— Напали Хрвати Медачки џеп код Госпића, има их на хиљаде, у току је масовни покољ српског становништва! Спремајте се, бре! Шта гледате у мене?

— Какав црни напад опет, па Крајина је стављена под заштиту УНПРОФОР-а! Зар су то опет прекршили, ово је трећи пут! — јави се неко од војника.

— Ма, не лапрдај ту и не филозофирај, нападнути смо и можеш тај њихов УНПРОФОР и њихову „заштиту" коју нам пружају да окачиш мачку о реп! Чујем да и они учествују у нападу! Нападнути су Медак, Почитељ, Читлук и Дивосело! Ако је тачна вест, већ су са земљом сравнили Медак и Почитељ!

Као никада прије, капетан Свето је викао унезвјерено.

Зорана није могла да склони поглед с ватре која се распламсавала у шпорету. Кроз мисли су јој пролазили лешеви у џаковима за смеће, раскомадана тијела, одсјечене главе, руке, прсти, ноге, дјеца која плачући трче између одраслих и траже оца, жене које наричу за мужевима, сестре које падају у несвјест на вијест да им је брат погинуо. Изнова је видјела звјерска лица људи који држе ножеве и србосјеке, спремне да убију, да прекољу све што само мирише на српство. Видјела је сав пакао у њиховом погледу, празан и, као лед ледени, дивљачки кез на лицима. Зар овоме краја нема? Поново, за само два-три трептаја ока, смрт царује свугдје и у свакоме.

— Који су Унпрофорци тамо сада, не могу се сјетити — запита се Крајишник, стојећи као кип мада је капетан пожуривао да се припреме.

| 443 |

— Канађани, колико ми се чини. Мош' мислити, дошло то из Канаде да брани своју земљу у Медаку! — каза Зорана.

— Нису Канађани, обично то Амери раде. Они своју земљу бране минимум двадесет хиљада километара далеко! — одговори Крајишник.

— Ало, бре, је л' се ви то са мном завитлавате — избезумљено дрекну капетан. — Каква су то питања, као да је важно ко је тамо! Важно је да нас убијају, треба нам појачање, не знам одакле да га тражим! Пушке, бре, у руке! Можда је почео општи напад на Крајину! Одавно се о томе шушка, можда је ово — то! Спајајте ме са Мартићем, да видим шта он каже, шта треба да радимо, поклаше нас све!

Пакао крвавог септембра у Лици трајао је пет дана. Јауци који су се тада разлегли Крајином никада нису престали. Срби су узвратили контраофанзивом, чак су испалили једну ракету земља-земља на загребачки аеродром Плесо, али кад су Хрвати почели да у борби користе и авионе, од којих је један оборен, Војска Републике Српске Крајине је испалила ракете на Карловац и Загреб.

Послије петодневне кланице услиједила је демобилизација Медачког џепа. Свијет је формално осудио овај мучки напад Хрвата, али за злочин нико није одговарао иако је било оптужених. Убијено је осамдесет и осам старих људи и дјеце, чије животе нико није могао вратити иако је одмах потписан споразум о стављању тог дијела Крајине под пуну контролу снага Уједињених нација. Чак су, због тога, хрватске снаге накратко заратовале са Канађанима.

Офанзива хрватских снага на читаву Крајину, на коју је капетан упозоравао, није се догодила. Бар не тада. Борбе се нису прошириле до Дрниша и саме команде, али је смрт и овдје покуцала на врата.

Послије неколико дана, док је Зорана била на смјени, стигао је позив за који се надала и молила да га никада неће бити. Али, нема бјежања од судбине.

— Хало! Добар дан. Команда у Дрнишу?

— Не могу вам рећи гдје је команда, али сте је свакако добили. Кога требате?

— Треба ми другарица Зорана Лалић, да ли је ту?

Зорани се одсјекоше ноге. Постаде јој тешко да дише, уста се осушише као барут, језик се залијепи за непце. Ипак, некако одговори.

— Ја сам Зорана Лалић. Шта требате?

— Нажалост, лоше вијести. У жртвама код борбе за Медак је пронађен леш војника женског пола, Мире Поповић. На папирићу који смо нашли код ње је писало да у случају смрти требамо обавјестити Зорану Лалић у команди Дрниша. Дакле, то сте ви? Јако ми је жао што сам доносилац лоших вијести, примите моје најдубље саучешће.

Зорани наступи тотални мрак. Пробудила се у кревету, увелико је била ноћ. У први мах се није могла сјетити гдје је, чији је то кревет, чија је кућа, зашто је толико хладно, ко остави отворен прозор? А и нешто јој је на глави. Кад је скинула, видје да је то нека крпа, сада сува. Неко јој је био ставио хладну облогу на чело.

— Јеси ли будна, Зоки, како си — чула је глас из таме. — Ја сам, Јован, Риба, како хоћеш... Хоћеш ли да упалим свијећу да ме можеш видјети или ти је још лоше?

Чувши га дође себи, сјети се гдје је и само је преплави ужас. Било је истина, није сањала, заиста је примила вест о погибији другарице.

— Не знам како ми је, али упали свијећу свакако, плаши ме овај мрак. Зашто сам у кревету, шта се десило?

— То ти мени реци, немамо појма шта се десило, затекли смо те без свијести поред столице, слушалица је висила са стола, али није било никога на вези. Ко је звао, шта је било?

Зорана заплака. Неколико минута није могла да проговори, само су сузе стизале једна другу, јецала је као дијете.

— Погинула је Мира, мој Јоване. Изгледа да јој је задња жеља била да јаве мени.

— О, Боже ме сачувај и саклони... А пошла је брата тражити. Гдје?

— На Медаку. Јој, мени јађеној, јесам ли ти говорила да не идеш, што ме не послуша, сестро моја мила?

И настави да плаче, неутјешна због Мирине судбине. Јован устаде, помилова је по коси и изађе. Урадио је шта је било у његовој моћи, више од тога се не може, мора Зорана сама себе да среди.

Док је затварао врата чинило му се као да закључава неки страшни затвор у којем су заробљени једна мила дјевојка и њен свепрожимајући бол. Није био сигуран ко ће ту побиједити, па ријеши да навраћа сваких петнаестак минута, да провири, да види да ли је све у реду. Само што послије тога више ништа није било у реду.

56

Зорана је физички била ту, али у бунилу, све јој се чинило надреално. Радила је, као робот се одазивала на телефонске позиве. Ушла је у стање у коме је више ништа не дотиче, нити је икада дотаћи може зато што је небитно не само оно што се већ збило, него и оно што уопште може да буде.

Годинама се већ ратовало, али је сав ужас Зорана осјетила тек кад је погинула њена Мира. Видјела је претходно небројене лешеве, дубоко јој се урезало страдање Гаврила, јауци родбине за убијеним ближњима. Колико год да јесте све то проживљавала, испало је да све до сад заиста није осјетила рат. Таква је природа човјека. Мисли да зна зато што види и чује, па и више од тога, вјерује да разумије јер је видио или чуо. Али тек када претрпи лични губитак, кад више нема некога из његове породице, кад остане без блиског пријатеља који му је гријао душу, тек тада осјети да се рат не догађа онима око тебе него и теби самоме. У рову је другачије, јер нечија глава, тик крај тебе, у секунди експлодира и туђи мозак ти се распе по лицу. Такви борци су знали шта је рат од првог његовог трена, када је неко запуцао на њих и кад су, клели су се, чули звиждук метка тик поред рођеног уха.

Зато је погибија Мире потпуно измијенила Зорану. Ни трага више нема од оне ведре и насмијане, понекад оштре и љутите дјевојке која је свима била омиљена. Отупјела је, постала тијело без осмијеха, рупице на образима се више нису показивале, а у очима јој се усидрила дубока туга. Промјенио јој се поглед. Као да носи сву бол свијета од постања, али у исто вријеме, док посматра човјека у очи, директно му поније у душу и открива све скривене мисли. Јесте и даље била љубазна, из петних жила је помагала свима, увијек прва за добровољце. Често би сама цијелу кућу поспремила као да иде слава и доћи ће на десетине гостију, ниси иза ње могао наћи трунку прашине. Вјероватно је тако настојала да одагна тегобне мисли, а можда јој је толика посвећеност била бијег од погледа својих колега, које је сада вољела дубље него прије, молећи се за њих најбоље што је могла јер Оченаш није знала. Молила се да претекну, да не прођу као Мира.

И одласке кући је проријеђила. Није више ишла сваког викенда, већ на петнаест дана, понекад би прошле и три седмице. Гледала је да је мајка и сестра што мање виђају у овом стању. Ионако јој не могу помоћи, а она може да им појача бриге и тегобе. Долазила им је само због оних конзерви и хране коју купи кад добије плату. А ни Миленко није често долазио у село, био је тек два пута и оба пута су се мимоишли. Било јој је најбоље међу саборцима. Са њима је дијелила све, од крушне мрве до патње. Са њима се разумјела без икаквог питања. Оно што је проживљавао један, проживљавали су сви, а о томе су сви знали без иједне изговорене ријечи.

Зима дође и прође, баш као што прође и 1993. година, без већих инцидената у Хрватској и самој Крајини изузев Медачког џепа, који је дао много материјала за размишљање туђинима како да оперу себе од тог ужасног злочина. Они су оркестрирали читав овај рат и то се више није могло сакрити. Покушали су да Медачки џеп гурну под тепих, али није ишло. У том масовном покољу страдало је превише цивила и сад је тражен начин да се кривица пребаци на Србе. Испоставило се да тако не иде, због оног сукоба хрватске војске са војним снагама УН-а. Отуд су за неко вријеме смирена ратна дејства, али су у тишини и даљини ковани планови за следећи напад на Србе, мало суптилнији, тајновитији, у окриљу ноћи.

Тако је зима 1993. године углавном била мирна. Није мањкало спорадичне пуцњаве и испаљивања ракета, дневно би макар двије до три треснуле близу српских положаја, али ни Срби нису били лијени и знали су да узврате истом мјером. Много пута би се неко напио као земља и говорио да је више доста свега овога, предуго траје, шта бре више желе ти 'Рвати, па би се латио било ког оружја и насумице пуцао ка положајима које, обневидјео од алкохола, не би ни видио. Ко ће знати број зоља које су испаљене у планину, тек тако, без разлога? Баш тај који је испалио зољу завршиће рат, јер то је била она пресудна зоља, друга, трећа, можда и пета, али ће једна од њих свакако погодити неког главоњу, ствари ће се мало рашчистити и Хрвати ће коначно отићи својој кући, што су запели за његову? Наравно да им је не да!

Али, зато је Босна горјела како никада није, ни у једном рату вођеном колико сеже записано памћење. Није постојало мјесто, село, које није ратовало, чинило се да нема мјеста за хумке страдалих којих је са сваким даном бивало у застрашујућем броју, тим прије што су у марту те године Туђман и Изетбеговић потписали у Вашингтону уговор о стварању Босанско-хрватске федерације, склопивши узајамни мир између муслимана и Хрвата. То је актуелизовало крилатицу из доба Краљевине Југославије по којој су муслимани хрватско цвијеће. Против Срба су ковали тактичке планове, па су те године хрватске снаге, кршећи међународна и ратна правила, више пута прелазиле у суверену Босну да помогну муслиманима, што није било сметња да се за све опет окриви Србија, чија је власт неуморно порицала било какво учешће у рату.

Зар је неко сумњао у то да ће доћи до новог раскола између Срба? Београдске власти су толико негирале умјешаност у рат да су чак увеле санкције браћи преко Дрине. То је продубило подјеле међу Србима и оснажило бизарност у којој су Срби почели да мрзе једни друге у зависности од географског подручја на коме се налазе. Мало ко је то могао разумјети, али су Хрвати и муслимани отворено уживали и спрдали се на рачун Срба, обичних дивљака, мада је питање јесу ли добацили и до дивљака који се, за разлику од Срба, ипак држе свога племена.

Неочекивано за све, осим за политичаре, власти у Крајини су у марту 1994. године потписале споразум о прекиду ватре. Мали, обичан човјек није могао да зна шта се збива иза кулиса и колико политичарима заиста вреди једна глава, туђа породица, неко село или град.

Книн је претворен у мали Њујорк. Да није било на хиљаде младића у маскирним униформама и са пушкама, човјек би помислио да рата нема. Мало који униформисани није био умислио да је Том Круз из филма *Топ ган*, јер су се шетале рејбанке, коса зализивала гелом да се изгледа што опасније, говорило се најгласније могуће и исто тако смијало властитим досјеткама. Не дао Бог да им ко каже да се уразуме, да се владају као војска, а не као пијана стока којој је главна занимација да уштину конобарицу и причају ловачке приче о својим наводним херојским дјелима са ратишта иако барут ни омирисали нису, јер ратиште ни видјели нису. Ако би их ко и позвао да се уразуме, слиједиле су му поштене батине.

Шверц је цвијетао на све стране. Ако су пушке утихнуле, водио се сасвим други рат. Наступила је борба за живот, за то како преживјети. Инфлација је била већа него икад и незадрживо је расла, динари су постали толико безвриједни да се за њих ништа није могло купити. За само неколико сати, десет њемачких марака је у динарима постајало једна марка, ако је и толико вриједило. Џак обичног брашна коштао је педесет марака, понегдје и више, зависи од тога колико су очајни били купци, претежно они са села. За килограм соли тражило се тридесет марака. Ко је трговао цигаретама, тај се обогатио и за своје унуке. Све то употпуњавала је прегласна музика из свих кафана и кафића. Завијале су нове народњачке звијезде, уз оркестре типа *Јужни ветар* и њихов мелос, па се човјеку лако могло учинити да је ушетао не у Книн, већ у Анкару у сат кад се хоџа ори с минарета и зове рају на молитву. На све стране било је само „пусто турско".

И тако док се не обезнане од пића. Тада се прелази на старе, добре хитове попут *Ко то каже, ко то лаже Србија је мала* или *Тамо далеко, далеко од мора, тамо је село моје, тамо је Србија*. Мјеста, свакако, има и за море којим плови једна барка мала и у њојзи краља Петра мајка, док дуги рафали из њихових пушака парају ионако рањено небо понад Крајине.

57

Од прољећа до љета 1994. године човјек се нечему и могао понадати. У Хрватској је владао статус као на терену. Изузев спорадичних битака није било великих офанзива ни са једне стране, живот се помало враћао у нешто налик нормали. Морало се јести и пити, негдје спавати, па су људи, бар по селима, прионули на пољске радове. Избора није било, а нису знали чиме би се иначе бавили. Сада су данак плаћали грађани чије плате нису вриједиле ни по луле дувана, продавнице су биле све пустије, па се за куповину основних потрепштина од шверцера продавало понешто из куће. Цијене на црно су одлетјеле у небо.

Обичан човјек ријетко кад примјети да ђаво никад не спава. Кад види, то је у задњи час јер више нема ни лијека, ни помоћи. Људи су знали само оно што је јављано на вијестима. А вијести, као вијести, увијек их прави онај који је у датом тренутку главни. Официри су ћутали, војска обављала посао, а само су ријетки водили рачуна о збивањима у Босни. Људи су били измучени, сатрла их је њихова мука. Мада је Босна била удаљена толико да би камен до ње могао бацити, чинило им се да је она на неком другом континенту, у сасвим другом времену, далека као нека галаксија.

Многи су крајишки добровољци отишли у Босну да помогну браћи, али тим обичним људима ни то није био сигнал пажње вриједан. Милина им је то што већ неко вријеме не чују детонације бомби и граната, па живе у илузији о некаквом повољном завршетку у коме ће се опет у својој кући живјети као некада, од свога рада и без сукоба са било ким јер се тиме нису бавили. Може се живјети једни крај других, не мора се крв пролијевати. Били су против рата и кад је почињао, а сада, послије четири страшне године били су уморни од умирања и глади на својој земљи, на којој су некада имали све. Чак и да је то све било скромно, ипак је било оно што им је требало, што су хтјели и што им је било довољно. На хљеб преко погаче ионако нису били навикли, а тешко да би их ко на то могао натјерати.

За то време, она хрватско-муслиманска коалиција је полако, али сигурно, стезала обруч око српских положаја. Миц по миц, приближавали су се Книну, који им је био главни циљ и једина битна ставка на коју су гледали кад су у Вашингтону озваничили међусобни мир. Требало је да Книн окруже са три стране, а ако му приђу са Динаре, из правца Босанског Грахова, онда су рат завршили, добили, јер у тој ситуацији за Србе нема одбране. Тешке су битке вођене око бихаћког џепа и у самом граду, који је у том тренутку био најважнија стратешка тачка муслиманске војске. Јер, ако Срби заузму Бихаћ рат је и у том случају готов, само је побједник неко други.

Срби су Бихаћ освајали и из њега излазили равно три пута. Кад год би се дигла застава предаје, кад би ушли у град, стизала би невјероватна, немогућа наредба да се повуку на положаје ван града. Нејасно је било какву су то игру са муслиманима и Хрватима играли Радован Караџић и Слободан Милошевић. Ова беспризорна, издајничка игра однијела је животе многих српских војника, а више од погинулих било је рањених у тим биткама за освајање једног те истог града. Њихове главе и њихове ране биле су узалудне, безвриједне, обесмишљене. Нико није ни слутио шта се спрема, осим оних који су видјели мало даље од првог непријатељског бункера, али се ту рат и није добијао.

Можда је у Републици Српској Крајини и Хрватској завладало затишје пред буру. Само, надолазећа бура је имала много злоћудније име.

58

Зоранино стање се током ових мјесеци није битно поправило. Истина је да вријеме лијечи све ране, али остају ожиљци. Њене су ране још биле свјеже, много је воде требало да протече да би се формирале красте, а камоли да она бол прерасте у ожиљак. Како није било потребе да сви војници који су радили у команди увијек буду у пуном саставу, то љето је мало више проводила код куће. Некада би само продужила викенд, јавила капетану, па прионула на сеоски посао којег је било у изобиљу, а њена помоћ родитељима била је преко потребна.

Било им је тешко да гледају своје дијете док копни на њихове очи. Ниједна шала није могла да је насмије, нити је лоша вијест могла да јој измами сузе. Разговарала је Зорана са њима, причала је и са сестрама, радила, јела и пила, али је и даље била свугдје само не на земљи. Реда ради, једног дана је отишла на свој пропланак, понијела прибор за цртање и хартију, да дио своје туге наслика. Није успјела. Али, пошло јој је за руком да се сјети свих срећа које су је везивале за то њено мјесто, за мало царство дјевојачких снова. Причињавало јој се да и даље чује свој смијех како одатле одзвања, а и Миленков, да је ту остао за вјечност незбрисив траг њихове љубави, њихова насмијана лица и брутално прекинута младост.

Њен отац Стеван био је међу малобројнима који су схватили шта се у Босни збива. Изнова су се показали бистрина и проницљивост, сада, под старе дана, када више ни пушку није могао носити. Упозоравао је све и свакога да се Крајини спрема огромно, ужасно зло. Мало ко га је слушао, а на његове ријечи да ће и Книн пасти често су се подругљиво смијали, као да је старина изгубио ум. Како Книн да падне? То нико никада дозволити неће, шта год и гдје год се збивало, јер тај бастион српства, главни град Републике Српске Крајине, не може бити издан. Моћни и непокориви Книн био је заштићенији од Форт Нокса, најобезбјеђеније тврђаве на свијету, гдје Амери држе државне резерве! Говорили су Стевану да се мане ракије, не удара га више по доброј страни као некада, сад га баца у параноју. Да Книн падне, то Београд никада и ни по коју цијену неће да дозволи, колико год се одрицао рата. Книн је нешто друго, ипак на њих браћа с оне стране Дрине и Дунава мотре и чувају их, може мирно да се спава, мајка је једна, а Србија је ипак мајка за примјер.

Зима 1994. године лагано је стизала у босанску крајину. Понеке би пахуљице промашиле Динару и спустиле се по Далмацији, гдје су се људи загријавали добрим вином и ракијом, вјерујући у себе, а још више у власт, слогу и јединство. Али, зима 1994. године промијенила је све. Била је то зима у којој су, умјесто снијега, по Купресу почеле да падају гранате.

59

Некада је 29. новембар са радошћу чекан. Људи су се радосно припремали за рођендан своје државе. Многа, ако не и сва дјеца су тога дана полагала пионирске заклетве, постајали људи на којима лежи будућност земље, мада су имали седам, осам година. Нису више били безбрижна дјечурлија, ушли су у армију хероја, ехеј, није то мала ствар!

За тај свечани тренутак су мајке брижно спремале дјецу. Коса је морала да се подшиша, кошуље да су избијељене и испеглане до изнемоглости, ноктићи чисти за примјер, уши нипошто да су прљаве. Дјецу су тјерале да као вергл обнављају текст пионирске заклетве, мада то није било потребно, ионако ће ријечи понављати за неким, али, злу не требало, дијете мора бити спремно да се не би осрамотило пред народом. Плаве капице са мајушном петокраком чуване су као реликвија, уз диплому, и вађене су у специјалним приликама, да би се пред гостима похвалило и потврдило да у тој кући живе будући искрени комунисти, који тако мали већ слиједе утабану стазу братства и јединства свих народа који су учествовали у стварању Југославије.

Мада је овај датум увијек падао у вријеме Божићног поста, од Бањалуке до Госпића данима се чуло цичање свиња које су домаћини клали. Припремали су зимницу, пршуту, кобасице, печенице... Пост им је одавно избачен из главе, ако је икада тамо и био, као непријатељски акт према држави. Само су ријетке баке постиле, у великој тајности. Ако би то неко примјетио лако би се снашле, за све су увијек могле окривити старост и стомак који им више не подноси тешку храну. Очеви би готово одреда били пијани, али добро расположени. Ријетке су биле свађе и туче. Свако је свакога звао да присуствује клању, људи су се посјећивали, доносили ракију, каву, понекад и бомбоњеру која је била права ријеткост. Још већа ријеткост је било да се та бомбоњера поједе, многе је куће знала обићи једна те иста кутија. Човјек би рекао да је ту рај за живот, никоме ништа није фалило. Баке ионако нико ништа није питао, оне које су постиле јер су знале знање и добро памтиле онај рат, како је и на чијој крви та држава створена и на чијим жртвама још стоји. Све у свему, смијеха и весеља није мањкало, само немој да те ико случајно ухвати да си се прекрстио и на нечему Богу захвалио — и био си на коњу!

Била је ово задња зима коју су Крајишници провели на својим родним праговима, на земљи предака. Посљедњи пут су били своји на своме и у Републици Српској Крајини и у босанској Крајини. У свим наредним зимама нису се чули смијех дјеце, гласни разговори и непрестана пјесма мушкараца, нестало је дружење и кафенисање жена. Са том зимом су уништене све бајке, утихнуле су све приче и пресахла свака пјесма. А судбоносна зима је стигла неуобичајено рано. Већ средином октобра се без јакне није могло изаћи увече, а при крају мјесеца је снијег стигао и почео да забјељује природу.

Док су се Срби бавили Бихаћом, Хрвати су имали сасвим друге идеје. Под изговором да је Бихаћ толико битан, гледали су како да ослабе офанзиву Срба и што више се примакну границама Републике Српске Крајине. Зато су Срби овај 29. новембар дочекали у зебњи и немиру. Све више се увиђало да се ствари не крећу онако како су мислили, да су се одиграле неке тајне политичке игре, а и вјера у Београд и мајку Србију наједном се нађе на стакленим ногама.

Никоме није било јасно одакле сад тај тајац у комуникацији са Србијом. Ако је коме било јасно, онда то сигурно нису били обичан свијет, борци, чак ни многи високи официри, јер су нападе усташа дочекали потпуно неспремни. На ум им пало није да их могу напасти. Хрвати су трећег септембра заузели Купрес, послије двонедељне акције под именом *Операција Цинцар*. Савезништво Хрвата и муслимана, потпомогнуто америчком војском, било је прејако за неспремне Србе који су, додуше, пружили достојан отпор и извели контранапад на Бугојно. Све то је ипак било јалово. Непријатељ је заузео Купрес, одузевши Војсци Републике Српске око сто тридесет квадратних километара, а истовремено је опет успоставио пуну контролу над путем Сплит-Ливно-Купрес-Бугојно. Наравно, босанско-хрватска коалиција је славила свој велики успјех којим је коначно пољуљала, до тада као камен чврсте, темеље српске војске.

Можда ће заувијек остати неразјашњена мистерија зашто народ и борци Републике Српске Крајине нису знали за то или су знали много мање него што је требало да знају. Чуло се да је пао Купрес, што је озбиљно забринуло оне који су схватили да је тиме отворен или је скоро отворен пут од Ливна ка Босанском Грахову. Наиме, линије одбране Грахова биле су слабе и у људству, и по наоружању. Дакле, практично им је отворен и пут ка Книну. Евентуалну офанзиву би било веома тешко зауставити, према томе шансе за опстанак Републике Српске Крајине би биле сведене на теоријски минимум. Упркос свему, официри су се понашали као да се ништа не збива. Босна им је и даље била ко зна гдје, нису имали никакве везе с њом. Живјело се у убјеђењу о неосвојивости Книна и непобједивости „небеског народа". Нико није поуздано знао да ли је официрима тако било наређено или су сами од себе гријешили.

Онда је дошла нова офанзива здружених хрватско-муслиманских снага, управо на тај злосрећни државни празник. Ваздух је по први пут почео да смрди на издају, озбиљан страх се по први пут увукао у срца српских мајки, нестала је вјера у приче официра, а посебно у оно што су главни „играчи" изјављивали за телевизијске дневнике. Људима се чинило да је на уснама свих, од Мартића и Хаџића, до Караџића и Милошевића, само лаж. Тек тада су се почели присјећати пророчких Стеванових ријечи и питати се да није онај стари ђедо био у праву. Ноћи су бивале све теже и тмулије, људи све несигурнији. Мало ко је више могао на миру да заспи.

Снијег је вејао као мало кад, за тили час је све објелио, али је и даље падао као да се цијело небо отворило. Намети су ишли увис и по неколико метара, било је ледено, двадесет степени у минусу, што је било неуобичајено чак и кад су сњежне олује. Све и да није било рата, дјеца се у тим условима не би могла играти по снијегу. Да се могло, најбоље би било сазвати друштво, сјести, попити и запјевати уз усијани стари шпорет, па посматрати то невријеме из топлине куће.

У тој страшној мећави Хрвати су почели до тада најжешћу офанзиву, бар на босанским предјелима, а онај дивни снијег ускоро се црвенио од крви и почео личити на апстрактне Пикасове слике, за које не можеш знати гдје је глава, гдје рука, а гдје нога. Овај пут то није било на сликарском платну, већ уживо. Многим лешевима недостајала је глава или комад руке. Дијелови тијела остајали су тако, залеђени у снијегу, несахрањени, без да ико икада може знати да ли је тим људима задња помисао ишла ка мајци и мирису њене косе док их је грлила кад су били заштићени од свих зала. За само десетак дана Хрвати су се пробили надомак Гламоча, одакле је кренуло исељавање цивила. Пси рата су, наравно, опет изашли на сцену у пуном сјају, одмах је кренула пљачка, посебно старих манастира и цркава. Ништа им није било свето ни недодирљиво, нису имали страха ни зазора ни од кога, понајмање од свевишњег. Уосталом, а гдје је био тај Бог који је ћутке посматрао сва клања, народ склоњен у цркву која се за трен ока претворила у њихово стратиште? Какав те бог спопао, пуни торбе, ништа ти бити неће.

Кулминирало је 23. децембра 1994. на Пољаницама. Тада је започео пад Крајине, само што то и даље нико није схватао, јер су Срби ипак одбранили линију. Граховска бригада је била мала, баш као и само мјесто. Те ноћи ужаса Граховом је кружио неки стари комби и купио сваког мушкарца који се задесио на улици, само инвалиде нису трпали и одвозили до линије смрти. Било је ту и нешто книнске војске да помогну браћи у безизлазној ситуацији, али узалуд кад је непријатељ далеко бројнији и боље наоружан. Од око двије стотине граховских бораца те је ноћи погинуло више од стотину. Градић је завијен у црно, од тих губитака се више никада није опоравио, нити су пресахли јауци за браћом и синовима који су само бранили своје мјесто. Граховљаци, добродушни и питоми људи којима је рат био задњи на памети, који никад нису стали на грумен туђе земље, а камоли покушали да га освоје, којима нико није сметао нити је требало да они такви икоме сметају, били су тако брутално кажњени, да ли од Бога или неке друге силе, да се преживјелима ова језива ноћ занавијек уписала у бића. Свенули су са погинулима, послије тога живот им је постао посве другачији.

Док су се они на високим положајима сјетили да повуку Девету лаку пјешадијску бригаду, било је прекасно. То више није била помоћ у одбрани Грахова, већ одступница. Сутрадан је повлачење српске војске било завршено, муслиманско-хрватска коалиција је спасила бихаћки џеп, а када су Срби пребацили двије бригаде и два батаљона, да учврсте положаје, многе мајке и очеви су им проклињали и сјеме и племе, питајући гдје су дотад били.

На врата је куцала 1995. година, са смјешком окорјелог непријатеља до ког си могао каменом добацити. Примакао се на свега двадесет километара. Стизала је година која је брисала са географске карте читава села, па и цијеле градове. Наилазила је година нестанка готово свега српског у тим крајевима, година која је у душама Крајишника запечаћена смрћу, злом и тешком несрећом која ће их пратити до суђњега дана.

60

Још кад је била дијете Зорана је случајно одгледала неки филм у коме главни јунак никако није могао да створи нове успомене. Све што би му се догодило у једној минути, у слиједећој би заборавио. Могао је, међутим, да се сјети било чега што је доживио прије десет или петнаест година, то је памтио до најситнијег детаља. Био је то за њу растрзан и збуњујући филм. У једној сцени се показивала прошлост главног јунака, а у другој његова садашњост, та два времена су се непрестано смјењивала, преклапала и стапала, па углавном ниси знао у ком се времену одвија која радња. Баш таква је њој била та 1995. година.

Није пролазила слеђеност због Мирине смрти. Није било прилике да се с тим избори због бројних догађаја, битака и смрти, који су се одвијали као на веома убрзаној филмској траци, па се човјек у неком трену сасвим природно погуби и не зна гдје се тачно налази. Час је у школској клупи и рецитује, похваљен од учитеља, час помаже рањенику који на ивици живота и смрти чека превоз до книнске болнице, па је у мајчиној кухињи са кришком свјеже испеченог хљеба на коме су прст кајмака и пршута, да би одмах затим гледао одвратну храну из војничке конзерве која је старија од њега. Или би сједио на оном книнском зидићу и смијао се шалама вршњака, а затим би приљепљен уз земљу у рову чекао кад ће га нека граната коначно однијети у просторе које виле могу посјетити. Тако је и Зорана у огледалу видјела час насмјешен дјевојачки лик, ведар и чист као да га је окупала блага мајска киша, а одмах затим би је посматрала озбиљна и искусна жена дубоко забринутог погледа, са тамним колутовима око очију.

У свему томе се тешко сналазила. Притисак је растао, саму себе је питала колико још може да издржи, гдје јој је граница пуцања коју има свако биће, али је питање само да ли се долази до ње или не.

Једног предвечерја, сједила је испред команде гушећи се од цигарете коју је први пут припалила. Поред ње сједе Савић, прави и обучени везиста, иначе весељак као Жељко. Мало је шуштио када говори, симпатично, па би се људи насмијали кад говори о нечем озбиљном јер је подсјећао на осмогодишњака којем фале предњи зубићи. Није се љутио, било му је важно да доноси људима осмјехе макар и својом говорном маном.

— Ајме и војме, Зорана, срећо! Шта пурњаш к'о локомотива, 'ош ми се то угушити — упита, лупкајући је руком по леђима.

— Ма, врази са мном и кад сам пробала! Нисам досад ниједну запалила, али ето, нека нервоза, нешто мало нерасположења и сав овај страх, па рекох да видим зашто људи пуше, помаже ли то чему. Колико видим, помаже да ми очи искоче и блокирају плућа! Кад си већ ту, спреми се да зовеш амбуланту јер ми се чини да ћу умријети и већ сам сасвим близу тога.

Савић се засмија, рече да баци цигарету и попије мало воде, јер нема ништа од њеног умирања.

— Бјежи ти! Чуј, неће ми бити ништа, а тако ми се манта у глави да је све наопачке! Чини ми се да ти је глава наопако насађена на рамена. Зови ту амбуланту, кад ти велим!

— Е, моја Зоко, лако се теби зезати, а шта ћу ја, још цијела три дана док Милу опет видим. Ко ће то ишчекати, јадна мајко, то је вијековима далеко. Види ове љепоте, коначно је дошло прољеће, све цвјета, све мирише и умјесто да сад сједимо у нашој башти и уживамо гледајући нашу дјецу, док се ја будалешем пред њима свима и засмијавам их, гле гдје се налазим! У јадној кућерини одвратног смрада од устајалих војничких чизама и чарапа. Бог ме убио ако се ови људи икад купају, па то мораш стајати три метра од њих да би могао попричати, а ни то није довољно далеко! Јој, моја Мила, кад ће се ово лудило више завршити, па кад ти дођем кући да ту и останем?

Било јој је драго што је имао тако лијеп брак, а помало му је и завидјела. Мало је парова који су гајили таква осјећања након неког времена заједништва, а она љубав која траје до дубоке старости и самртног часа ријетка је као снијег у јуну. Често би замишљала Миленка и себе у дубокој старости, да сједе у својој кући и радују се док прегледају албуме са фотографијама из младости и зрелог доба, а дјеца им већ одрасла, можда понеко унуче пузи око њихових ногу, али се они и даље гледају онако као што су на оном чаробном пропланку. Та сањарења почела су да је боле, да јој сметају. Покушавала је да мисли о томе да најприје ваља да остану живи, па онда да гледа у будућност. Зашто такве слике долазе у временима кад ниси могао да знаш какав ће ти бити сутрашњи дан, кад су већи изгледи да га нећеш дочекати него да хоћеш? Али, нема у човјеку душе и живота ако нема наде. Ако она у теби згасне, умро си. Можеш још поживјети у свом тијелу, али као олупина, труло дрво, свенућеш као неки ријетки цвијет. И та нада је била оно последње што јој је давало бар мало снаге да преживи тај дан, бар тај дан, кад се за сутра већ не зна. И тако из дана у дан.

— Шта наричеш као да је ниси видио шест година, брате драги, па видио си је прекјуче. Не бој се, тамо је гдје си је и оставио, тамо ћеш је и наћи поново за само три дана. Јој, види њега, ни дијете толико за чоколадом не плаче! — поче Зорана да га задиркује.

— Зоко, лијепа моја и паметна Зоко, знаш ли ти какав је то осјећај кад ме она погледа у очи и каже да ме воли? А оно наше двоје ситне дјеце нам се ухвати за ноге, па тако стојимо срећни и загрљени у нашој кући, нико нам ништа не може? Баш нас брига за све, све нам је потаман и заборавимо на сво зло, на сву нељудскост на овом свијету, изгубимо се у том осјећају, учини нам се да смо и сами постали Љубав? Не вјерујем да знаш, али ти свим срцем желим да то доживиш. То је једино за шта и вриједи живјети.

Никада до тада није чула неког Крајишника, са изузетком Миленка, да овако отворено говори о својим осјећањима. Обично су били тврди као камен, никаквом силом ниси могао извући из њих оваква признања. Није могла да се сјети да је ико овако похвалио своју жену, дивила му се због тога и била захвална јер је будио наду у будуће дане у којима ће и она поново да буде срећна. Можда и срећнија него икада.

Устала је, кратко га дотакла по рамену, уз топао осмјех захвалила на лијепом разговору и отишла у кућу да се спреми за сан. Имала је осјећај да ће ове ноћи добро спавати, без снова, а ако их и буде, онда бар неће бити кошмари. Осјетила је давно заборављени унутрашњи мир.

Још који дан и ето маја, најљепшег мјесеца у цијелој години. Негде с почетка јој је рођендан. Радосно помисли на сутрашњицу, можда другачију. Заборавила је, обузета срећом коју је Савић створио исказујући љубав према жени и дјеци, да у ратно доба није паметно надати се било каквој будућности. Живи у тренутку, јер осим њега ти ништа друго није обећано.

61

Сатима су са улица шмрковима спирали српску крв, да не би случајно нека комисија закључила да се овдје десило било шта осим уобичајене обичне борбе, каквих је у рату било сваког дана. Да не схвате да су људи били заклани насред цесте, у пола бијела дана, уз навијање војника и бројних хрватских цивила, онако као што навијају на торциди кад је бик на кољенима и чека задњи, смртни ударац док се већ дави у властитој крви. Да се не би ужаснули над демонима који су тако нешто могли да ураде. Да кољу усред града, насред улице, да није важно је ли војник, старац, жена или дијете у њиховим окрвавелим рукама, док са пјесмом на уснама одсјецају и руке, ноге, језике, гениталије. Мислило се да је немогуће, али јесте могуће јер управо у Европи, том цивилизованом свијету, злочинци ножевима чине звјерства каква само исте такве звјери могу покушати да сакрију.

Јасеновац је опет затужио 1. маја 1995. године, на дан који је некада био слављен као празник рада, па су радници од предузећа добијали златне сатове, плакете, признања, понеко и стан у граду, а људи уживали у сопственим успјесима и постигнућима своје дјеце.

Војна операција *Бљесак* у Западној Славонији трајала је свега тридесет и шест сати, али и за то кратко време су усташе успјеле да протјерају са вјековних огњишта око осамдесет хиљада Срба, да убију око три стотине, према званичном признању у које нико не вјерује, посебно они који су ту били и све видјели, а који су протјерани. Убијених је много више, као што несталих жена и дјеце има много више од званично признатих педесет и седам жена и деветоро дјеце. И све то под будним оком Уједињених нација, које су биле задужене за безбједност Срба у том подручју. Снаге свјетске скупштине држава ништа нису учиниле да заштите Србе, него су се јордански унпрофорци повукли у своје базе и посматрали покољ са безбједне удаљености.

Ову прву избјегличку колону Срба из Хрватске су немилосрдно решетали пушкама, бомбардовали из авиона, тукли топовским пројектилима и нико на цијелој планети није ни прстом мрднуо да им помогне. Више од свега бољело је то што су егзодус посматрале и Војска Републике Српске и Војска Југославије, ни оне се ни за милиметар нису помјериле са својих положаја да би заштитиле народ, понашале су се као да су ту смјештене украса ради.

Хрвати су на сва звона причали да је то обична полицијска акција чији је циљ осигурање безбедности на путу од Липовца ка Загребу, да је ријеч о акцији локалног карактера. „Полицијска акција" у којој је учествовало шеснаест хиљада војника, потпомогнутих страним плаћеницима, па и самим УН-ом, насупрот четири хиљаде припадника Војске Републике Српске Крајине. „Полицијска акција" у којој је заробљено око хиљаду и пет стотина припадника српске војске и спроведено у логоре у Бјеловару и Вировитици, па се за многе од њих више никада није чуло. „Полицијска акција" којом је око стотину хиљада људи протјерано на пут ка Републици Српској и Југославији, који су бјежали и спашавали се како су се снашли, а да ништа нису стигли понијети из својих кућа, па ни мало воде и хране. „Полицијска акција" у којој су се десили тако морбидни ратни злочини да људи нису могли ни заустити да испричају шта су видјели. „Полицијска акција" у којој је горјело све што је српско, од Пакраца до Јасеновца, од Доњих Богићеваца преко Мердара.

„Полицијска акција" послије које се први пут на неком дијелу Републике Српске Крајине завијорила усташка застава. Шаховница. Иста она застава коју је Анте Павелић са својим усташама имао као обиљежје у Другом свјетском рату, застава на којој је прво поље бијеле боје, не црвене, као код званичне хрватске заставе. Да се зна разлика, јер је шаховница усташка застава под којом су сада, баш као и прије непуних пола вијека, Срби поново умирали.

Први пут постављена тада у Републици Српској Крајини, шаховница, симбол смрти за Србе, никада више није скинута.

62

Родољуб је лежао на врху јаруге. Буљио је у леш који се скотрљао низ стрмину све до дна. Цијело лице било му је крваво од шибља и разних грмова кроз које се провлачио бјежећи од граната које су падале унаоколо, али га неким чудом не убише. Или бар још нису, има времена, а и гранате падају као да су бесплатне.

Као хипнотисан је зурио у леш, поглед није могао да скрене. Зар баш он да погине?! Ко ће јој јавити, ко јој смије јавити? Можда то није био он, надао се, молио се Родољуб сваком ћелијом од које је саздан. Вапио је да и њега докрајчи гелер, да он не буде тај који јој мора рећи.

Поред њега је био Владимир, звани Бураз, јер је свакога тако ословљавао, па су га по томе и прозвали. Душанов рођени брат. Миленков стриц.

— Како знаш да је мртав — упита Бураз.

— Па, не знам је ли мртав — шапну Рођо иако га у заглушујућим детонацијама бомби нико не би чуо.

— Па, сиђи доље и погледај, можда има наде.

— Ја да сиђем, а ти му рођени стриц... Сиђи ти низ стрмину, па погледај сам.

— Ја сам мислио да сте ви другови.

— А ја сам мислио да си му ти род. Не могу још једном ићи гледати ко је од наших мртав, мало ли сам пута ишао?

— Ја не могу, ноге ми се пресјекле... Је л' то он уопште?

— Па иди, сиђи, па ћеш знати.

— Не могу. Мораш ти.

Спуштајући се низ стрмину да дође до Миленка, псовао је и плакао у исто вријеме. Што увијек он? Колико још пута треба бити најхрабрији, па ићи видјети да ли је мртав онај коме рођени стриц лежи ту, али нема снаге да то уради? „Боже, што ниси послао једну бомбу на ме, не на њих, не на њега", помисли. Стао је изнад Миленковог тијела које је лежало потрбушке, лица загњуреног у некакав жбун. Покушавши да му види лице, потегао га је за репић косе који је израстао тек толико да се могла свезати гумица. На његов ужас, коса се одлијепи од главе и замало да му откине сво тјеме.

„Господе помилуј, Господе помилуј...", понављао је у себи док је Миленково тијело извлачио горе на врх. Можда га успију пренијети на чистину, можда га ипак извуку одавде да се на њему не иживљава усташка поган.

„Јао мени, јао мајко моја драга, куд баш он? И ко ће јој сад долазити у посјету, о коме ће сањати, на кога ће чекати, кога ће вољети? А тако је добра цура, није ово заслужила... Није ни Миленко заслужио, није нико", мислио је неповезано верући се уз литицу.

Када је некако стигао до врха, Бураз погледа леш у лице и зајаука из свег гласа.

— Миленкооо, сине мооој...

Крик га је пробио посред срца. Још више га је следила спознаја да ништа не могу учинити с Миленковим тијелом ако желе да остану живи. Родољуб повуче Бураза за рукав.

— Ајмо, мичи се, морамо га оставити овдје, погинућемо!

— Нећууу... Миленко, сине мооој!

Има околности у којима саосјећање не може донијети ништа добро. Родољуб удари Буразу шамар из све снаге.

— Бураз, мичи се одавде, остаћемо лежати овдје мртви са њим. Морамо ићи, извини. Нека га Бог прими у Царство Своје.

Трчали су кроз шуму. Иза њих оста Миленково тијело на милост и немилост непријатељу, јер већ одавно ту нема дивљих животиња. Драже би Родољубу било да га оне раскомадају, а не усташе, међутим, и звијери су одавно побјегле од људског зла.

На Родољубовим леђима је била Миленкова торба пуна писама. Писама, исписаних сновима и љубављу младог момка према дјевојци коју је волио више од сунца и мјесеца заједно, више од свега на свијету, па и самог свог живота.

63

Киша је лила као из кабла. Мрачно, тмурно небо, дан тежак као туч, као сами овакав живот. Толико чврсто је држао волан да су му шаке побијељеле од напора. Буљио је кроз шофершајбну на којој су брисачи без застоја понављали један те исти звук. Клик-клак, клик-клак. Горе-доље, лијево-десно. Сједио је у ауту испред команде у Дрнишу и није се смио помјерити. А неко му је упорно куцкао на прозор, све јаче и јаче, па у једном трену помисли да би прозор могао пући.

— Спусти прозор, Рођо — говорио је глас којем је припадала рука, тај топао и мили глас за који би све урадио. Није се могао ни окренути на ту страну, а камоли да спусти прозор.

Клик-клак, клик-клак.

Сузе су му ишле низ лице и у себи је понављао једне те исте ријечи: „Не могу, Зорана, не могу да спустим прозор..."

— Рођо! Спусти прозор!

У неко доба се окрену. Погледа Зорану у лице. Стајала је крај кола мокра до голе коже, лица жутог као восак. Неколико мокрих праменова јој је висило преко лица, није их примјећивала.

— Молим те изађи из аута, Рођо, молим те као Бога!

Једва је потрефио браву на вратима и из аута није изашао. Само је склизнуо Зорани пред ноге, у блато, погнуте главе, на кољенима, осјећајући кишу која пада за врат. Она чучну испред њега и благо му подиже браду, погледа га у очи. Родољуб заплака још јаче.

— Само једно хоћу да знам. Јесу ли га заклали?

— Нису га заклали. Гелер. Погинуо је на лицу мјеста.

— Значи нису га дирали, нису своје погане руке стављали на њега?

— Нису, само ја... Бар док сам још био ту.

Зорана се примаче и пољуби га у образ, милујући му мокру косу. Дигоше се без иједне ријечи, гледајући једно у друго. Из неког разлога Зорана није плакала. Или јој се сузе нису видјеле од кише? Послије неколико минута вјечности, Родољуб се окрену и из аута извади торбу.

— Ево ти, ово је за тебе. Све у торби носи твоје име. Ако је за утјеху, а знам да није, умро је са тобом у мислима.

Из њених груди се откину тако снажан јецај да би се срушила да је Родољуб није придржао.

Зорана оста на ногама и загрли га јако. Онда га још једном пољуби и без ријечи пође ка кући. Дуго је гледао за њом, чак и кад су се улазна врата затворила није се помјерио, све док га из обамрлости не тргну жестока грмљавина. Окрену се, сједе у ауто, блатњава кољена удариише у волан. Киша је била све јача и јача.

Клик-клак... Клик-клак...

64

Зорана је умрла. Не физички, али и није било неке разлике, постала је ходајући мртвац. Ако је несносна бол за Миром пријетила да је убије, онда ју је Миленкова смрт дотукла. Изгубила је сваки осјећај, срце и мозак су јој били анестезирани, ништа из њих излазило није, нити је могло да продре. Није могла чак ни да мрзи, ни за то није имала снаге. Све и да није била слеђена, мржња јој на ум пала не би. Дала је отказ, мада то није изговорила, истог тог дана кад је причала са Родољубом.

Само је покупила оно мало својих ствари, ставила Миленкову торбицу у двије пластичне кесе да се не покваси, смјестила све у руксак и без ријечи објашњења, без поздрава било са ким, изашла на кишу и запутила се кући. Схватиће већ и капетан, а и остали, зашто је отишла. Било би јој свеједно и ако не схвате. Рат је за њу био завршен. Није се више имало за шта ратовати, јер је све важно и вриједно нестало. Да је атомска бомба треснула посред Крајине и прогутала све не би имала тако разарајући ефекат на Зорану као Миленкова погибија. Оставила је заувјек пушку, реденик, опасач, војну књижицу. Није хтјела да је било шта и било ко веже за овај рат, за овај крај, за ову земљу, за ову проклету планету. Готово, фајронт, кафана је затворена и неће се више отворити!

Ишла је пјешке. Није помишљала на то да пита да је неко превезе макар до Книна. Не би сада поднијела било чије друштво, саму себе једва подноси. Киша је немилице тукла по њој. Кретала се споро, као да се инати гњевној природи. Можда је и небо плакало за Миленком, бар би тако старе бабе рекле за овај незапамћени пљусак. Ишла је ногу пред ногу, корак за кораком, погнуте главе, пратећи страну да не поклиза и не падне у канал. Кад је стигла до цесте пратила је исцртану линију да не би изашла посред пута и да је неко згази. Ходала је механички, као робот, а свијет јој се претворио у кишу, пусту кишу која лије из црних облака.

Касније се кроз маглу сјећала само да се наједном нашла у ауту капетана Светозара и да се возила до куће. Била је сигурна само у једно. Да глас пустили нису ни она, ни капетан. Није памтила да је капетан рекао да је појурио за њом чим се вратио у команду и схватио да је нема. Било му је јасно куд се запутила и да се више у команду неће вратити. Није се сјећала ни како је ушла у своју кућу, да су је родитељи загрлили, да је сјела тик уз шпорет, сва онако мокра, да је вода капала с ње и стварала локвице у кући. Ни да су је мајка и сестра пресвукле као мало дијете. Памтила је само очев лик испред себе и ријечи да се Душан објесио због туге за Миленком. Није, међутим, знала када јој је отац то рекао, исте вечери или неког наредног дана. Није памтила ништа. За њу је живот стао.

„Нисам га никад пољубила."

Та спознаја јој се непрестано враћала о чему год да је касније размишљала. Враћала се као грамофонска игла кад прескаче по огребаној плочи. Без туге, без бола, очаја, жаљења или кајања, свијест о томе само би је ошинула попут грома из ведра неба.

„Никад, ни прије школе, ни за вријеме, ни послије, ни кад је све ово лудило почело, никад. Никад нисам пољубила Миленка."

Сједила би на пању испред куће и пушила. Дувански дим више је није гушио, уосталом на то није обраћала пажњу, само је гасила цигарету одмах палећи нову. Није марила ни за прекоре оца и мајке због толиког тровања никотином. Ниједном није чула да су је позвали да једе, у дугом низу дана није знала да ли је уопште ишта ставила у уста осим цигарете.

„Нисам га никад пољубила. Ни кад је шутнуо камен умјесто земље, ни кад ме је засмијавао, ни онда када ми је додирнуо руку, ни кад је свирао гитару за мене, ни на оној журци кад је био мало пијан. Нисам га никад пољубила. Ни онда кад ме је гледао са оном љубављу каквом ме нико други не може гледати, ни када сам осјећала да му читаво биће гори од једне и једине жеље коју је имао — да ме загрли и пољуби, када би се буквално потрудио да ми скине звијезду са неба само да му то дозволим. Никада."

Неки пас је пролазио испред капије, стао и упитно је погледао, можда очекујући корицу хљеба или неку кост ако буде среће, али када је увидио да нема од тога ништа самотно је наставио низ пут. Нечији пијевац је закукурикао, мада је сунце било насред неба. Што ли сад кукуриче, није се ваљда препао нечега? Неко дијете се у близини гласно насмијало, звонки гласић се чуо надалеко, а одмах затим и смијех жене, па онда неке благе ријечи упућене том истом дјетету. Неко је негдје лупао чекићем. Благи повјетарац је помјерао лишће.

„Нећу га никад пољубити. Ни у овако дивне дане маја, ни када буде неописиво врућe током јула, па да скупа одемо до Зрмање и покушамо се расхладити у њеној води. Ни кад стигну златне септембарске боје и зачује се граја дјеце која полазе у школу. Ни у магловитим сјетним новембрима који доносе све дјечије бајке. Нећу га никад пољубити, ни када буде помрачење сунца, а ни кад мјесец буде велик и жут као дукат и буде тако близу земље да пожелиш Ћопићеве мердевине не би ли се попео до њега. Ни кад буде свирала његова омиљена пјесма на радију, ни кад Звезда побиједи. Нећу га никад пољубити. Ни када буде престао овај рат, када се људи буду радовали крају свеопштег лудила, када се буде орила пјесма јер више нема пуцњаве, када нестане све ово што ми га је отело. А нестаће, све нестаје, све престаје, све одлази како је и дошло, па тако и ово. Све ће се десити или се већ дешава, све ће бити ту, на додир руке, на удаљености даха, на граници неког лијепог сна, у очима једне срне. Све ће бити ту и све ће се десити. Осим једног. Никад га нисам пољубила. Никад га нећу пољубити."

Никада га неће пољубити. Од тог шока није могла утећи, као да је уклета.

65

Јули је стигао као да је у некој мисији — како жегом спалити сву земљу. Било је неописиво вруће, нигдје се ниси могао скрити од јаре, није било довољно велике крошње да баци толики хлад да му сунце ништа не може. Данима без дашка вјетра, земља је постала жуто-црвена, па је човјек имао утисак да би сваког часа могла планути, као танак папир. Само кад би неко креснуо једно палидрвце, само једна искра да искочи, било би готово, не мора непријатељ да се умара и пали Крајину, сунце је већ све одрадило.

Ко је могао и био у стању ишао је на Зрмању, а ко није, тај би пунио корито водом из бунара и расхлађивао се све док и вода у кориту не би постала тако врела да си у њој могао обарити јаје.

Селом је владала потмула, потуљена, пријетећа тишина. Било је и прије, током овога рата, периода кад би се село ућутало, али никада мук није био као овај. У ваздуху се осјећало некакво наелектрисање, неким људима се чинило да однекуд долази звук који производе телефонске жице или жице за струју високо на бандерама. Сличан звук, али не баш тачно такав, ипак се по нечему разликовао, па су знали да се нису преварили. Ваздух је био плавичаст. Ко је на то обраћао пажњу не би се изненадио да пукне муња иако је, ето, небо било чисто и плаво да плавље бити не може, а и струја је била ту. Ућутале су се птице, чак ни скакавци више нису били онако гласни, као да их је мање, као да је већина некуд отишла. Као да је нека моћна сила изводила неки експеримент над људима и природом, експеримент о коме сељани ништа не знају, али неки од њих чују тај необични звук какав ни они са најдужим памћењем никада нису чули.

Мјештани су говорили мање и тише него иначе. Шаптали су, ако су ишта изговарали. Споразумијевали су се покретима главе, у тишини, што и није било посебно тешко јер се тако дуго познају, знају ко се, кад и како понаша, па су и без изговорених ријечи често схватали шта би неко желио да каже. Лијегало се рано и врата су закључавана, а то се никада до тад радило није. Домаћини би обишли и двориште и своја имања, провјеравајући има ли штогод необично, да нема неке промјене коју раније нису запазили. Ко зна шта се дешава ноћу и да ли неко под окриљем таме поставља мине око села и у њему самом. Без изузетка, сви су ходали брзо и тихо. Не успијеш ни поздравити човјека, док се спремаш само да му кажеш „Здраво!", већ је шмугнуо као муња иза прве куће.

Било је ноћи када се из шуме могао чути крик, поновљен неколико пута, крик који није личио на оглашавање било које животиње познате људима. Био је то крик гласнији од сваког другог, у њему је било нечег застрашујућег, од чега се ледила крв у венама. Као да је са неке планете стигло какво необично створење и сад се из шуме дере из све снаге. Није се могло описати ријечима шта је то у том крику што изазива толики страх. Много пута су људи у пола ноћи излијетали у дворишта, са пушком и фењерима, да виде ко то тако језиво вришти, да ли некоме треба помоћ, да се није неки рањеник ко зна којом срећом успио довући до шуме и испушта самртне крике.

Зато није било потребно много да би селом кренула прича о митском „дрекавцу", створењу којег нико никада није видио. По народном предању, дрекавац се јављао само када се припрема неко објесно зло. Гдје се он појави, ту стиже дестилисана несрећа.

Ни предање није разјаснило да ли дрекавац тим криковима упозорава на зло или му се радује, али су људи били склонији да повјерују у ово друго. Свих ових година није било ничег другог изузев тешке несреће, зашто би се сад тај дрекавац, вјероватно из пакла, бринуо за људе? Понеко би одмахнуо руком на ове бапске приче, тврдећи да је то зацијело некаква птица. Неки велики орао или чудна сова, на примјер. И да зато не би требало плашити дјецу. Они су ипак били мањина, јер сам тај крик није у себи имао ништа природно, потицао је од нечег тамног, тајанственог и ужасног. Подсјећао је само на смрт, био јој је претходница и гласник.

Они који нису вјеровали у дрекавца, приписивали су великој врућини и ову несвакидашњу тишину и тај електрицитет. Претопло је, свако биће чува енергију и не јавља се осим кад мора, што важи и за људе и за животиње. Могао је рећи било ко било шта, међутим, то није била само слутња зла, предосећај да се примиче нешто лоше. Људи нису слутили, они су једноставно *знали* да је зло на самом прагу и већ им се цери у лица, дању и ноћу, без предаха и замора. Истина, још га не могу директно видјети, бар не у своме селу, али ни ваздух не можеш видјети и опет знаш да је ту.

И стање на ратишту било је на свој начин више него чудно. Није било великих битака, али су примјетна масовна прегруписавања војске и на босанској и на хрватској страни. На босанској страни су Хрвати веома учврстили положаје око Грахова, а све бројније војне снаге су се потајно примицале и другим мјестима у босанској Крајини, нарочито око Петровца, Гламоча и Дрвара. Сама Република Српска Крајина је са свих стана опкољена. Операције *Зима 94.* и *Бљесак* су такви удари од којих се српска војска није још опоравила. Било је премало наде да ће у томе успјети, јер оно што су осјећали цивили мислили су и многи војници. Официри нису војсци говорили ни о чему, ни о прегруписавању хрватско-муслиманских формација, ни о очитом стезању обруча око српске земље, тако да разне извиднице нису понекад јављале шта се дешава — војска не би имала појма ни о чему.

Тако се сазнало да су, из ко зна ког разлога, читави корпуси српских ратника напуштали западни дио Босне и све више се прегруписавали према источном крају, али нико није знао зашто. Шта то има тамо, када је потребна толика војска? Зашто нису остајали на овим положајма када се знало да је стање веома напето и да је терен незгодан за чување? Овакво тумбање није се могло спровести без наредби с највишег места, али се о томе нису нешто нарочито изјашњавали ни Радован Караџић нити Слободан Милошевић, који су, као и сви мало спретнији политичари, до савршенства дотјерали вјештину да много причају и ништа не кажу. Милан Мартић без њих није могао ништа, осим да чека развој догађаја, а ова двојица на њега нису обраћали пажњу. Није им била битна комуникација с Мартићем.

Управо у овој напрегнутој тишини и свеопштој напетости, усред страха и чврстог знања да стижу најтрагичнији дани у историји српског народа на овим просторима, дани који ће надмашити и најмонструозније догађаје из Другог свјетског рата, Зорана је из неког разлога почела да долази себи. Миц по миц, полако је нестајала она магла у глави због које није могла да мисли. И даље је, чим би јој на ум пало шта је све доживјела, плакала свако мало, у самоћи и тишини, дубоко рањена и са свијешћу да се никада неће опоравити, макар живјела и стотину година.

Можда су је тргли сав тај страх и напетост око ње. Почело јој је сметати што су људи до те мјере престрашени да им страх не нестаје из погледа чак и кад се смију. Као да су се већ предали иако се у самом селу ништа није догодило. Истина, стизале су вијести са ратних линија. Јесте, несрећа је на велика врата ушла у село погибијом Миленка и неколицине момака, као и Душановим самоубиством, због чега су све жене биле забрађене у црне мараме, али село је још било непорушено и није изгорила чак ни једна травка. Чему онда тај тежак ход, погнуте главе, шапутање у пола бијела дана? Јесте непријатељ можда моћан, велики и зао, посебно кад има силну подршку наводно цивилизованог дјела свијета. Али, и на њиховој су страни ипак само људи, као што су и Зоранини мештани, људи који имају једну главу, тијело, по двије руке и ноге, нису немани из бајки, падају и они кад су погођени метком, умиру, нестају. Она је, заправо, нагињала комшијама који су одмахивали руком на помен дрекаваца и сличних глупости, већ су говорили да се ваља сабрати, организовати и направити план одбране. Већ је било очигледно да ће морати да се бране чак и ту, у свом селу које у општем распореду снага није имало важан стратешки положај, али је довољан гријех било већ то што овдје живе Срби.

Излазећи из награде у којој су биле овце, Зоранин отац Стеван је по ко зна који пут одмахивао главом лијево-десно, по навици стеченој протеклих мјесеци, и поново упозоравао да ово неће изаћи на добро, да мишеви већ мјесецима копају по зидовима, праве мале подземне ходнике и бјеже, као што им браћа пацови бјеже с брода који тоне.

— Тата, немој се сад наљутити, али ја ти стварно нешто морам рећи.

Стеван застаде и погледа је сав срећан. Протекло је много времена од кад му се обратила, а сада, ево, жели да разговарају.

— О дијете мило, наравно да се нећу наљутити, кажи шта год хоћеш.

Приђе и сједе на клупицу насупрот Зорани.

— Знаш, ти си разуман човјек, образован, читаш више од било кога мени познатог, пратиш дневник и све вијести, неважно са које су стране, наше или њихове, па се зато не могу начудити шта се са тобом дешава. Како човјек као ти, још комуниста по убјеђењу, може да повјерује у приче о шумском дрекавцу, да слуша бапска наклапања, а сад још да говориш да и мишеви бјеже? Од чега бјеже? Гдје то видиш да се ишта збива? Само ми немој рећи да, као фол, нешто осјећаш! Осјећамо сви, рат је, непријатељ је надомак руке, сваког дана чекамо да видимо гдје и кад ће распламсати нови пожар. Мало ли је свега тога, па да још једни друге плашите глупостима? Треба ли можда неко да ти гата из шољице за каву, да скида уроке, баца страву? Шта се ово с тобом дешава?

Није могла да прикрије љутњу. А можда и није хтјела, уморна од свега.

Стеван зари главу у руке. Прође неколико пута кроз косу, као да се чешља. Затим уздахну, дубоко.

— Не знам, Зорана. Као да сам полудио, видим то и сам, али ништа не могу против тога. Као да ме је неко омађијао, још мало и чини ми се да ћу повјеровати у вукодлаке или вампире. Сви у селу су такви. Па, ето, и матер ти, а и Јелена, поваздан само о томе причају! Не знам како, али све то пређе на мене, к'о бјеснило. Знам да не ваља, да се мора прекинути с тим, али нешто ми не да. Нешто ми говори да стварно на добро изаћи неће.

— И неће, будемо ли сјидили скрштених руку! Нормално, ми њих чекамо као да смо јагањци на клању, нико ништа паметно да предложи, да покрене неку акцију. Чак ни ти, који би требало да си први.

— Какву црну акцију, моја Зорана, да направим? И с киме? Као да не знаш да су у селу претекли само старци, болесни и на самрти, жене и дјеца. Мушкарци више не долазе ни на одмор, страх их напуштати положаје ма и на пола дана. И шта ја да радим, да се насадим на главу можда?

— Докле год смо живи можемо нешто и урадити. Има нас колико нас има, ако можемо још да обедимо стадо, што није лак посао, онда можемо да направимо нешто за своју сигурност.

— А шта то можемо? Да, на примјер, подигнемо Кинески зид око села? Не знам да би било шта друго могли направити, а да нас сачува.

— Тата, гледаш ме у задње вријеме са тешким сажаљењем, можда ниси сагласан са неким мојим поступцима, али сви знамо зашто сам оваква. Послије свега, сад размишљам другачије. За шта су погинули и Миленко и остали, ако не зато да спасу све нас? И како им то враћамо? Шта радимо да оправдамо њихову жртву, њихов живот који су за нас дали? Сједимо и плачемо, измишљамо приче, плашимо једни друге, предали смо се иако се ни борили нисмо! Треба ли то тако, је ли поштено тако живјети, да ли им овако одајмо почаст и поштовање какво су заслужили?

— Ма, дај сине, немој тако причати. Знаш и сама да нико од нас тако не мисли. Не знам ни сам, глава ме боли од ове спарине и јаре, упекла је звијезда као да јој је то задње. Ајмо у кућу, тамо је бар мало пријатније, а и да видимо шта је мама направила за јести. Треба некад нешто и појести, је ли тако, мило моје?

Срећан је што му се кћи најзад пробудила, па нека га је и нагрдила. Све је боље од оне туге и обамрлости у којима је била недјељама. Устадоше, Стеван је снажно загрли и пољуби неколико пута у главу и образе. Зорана тек тада схвати колико јој је недостајао додир човјека, колико су лијековити овако чврст загрљај и топлина људског бића. Опет је ово био њен тата, најјачи на свијету и већи од планине, какав јој се чинио док је била дијете.

Ту и тада је одлучила да ће живјети. Живјеће, па нека се дешава ко зна шта, нека се запале и небо и земља. Самој себи се заклела, преживјеће било шта. Макар толико је дуговала своме Миленку.

66

Срби су, почетком јула, славили велику побједу у источној Босни и ослобађање Сребренице, једне од најважнијих муслиманских енклава. Свијет се спорио због броја жртава на муслиманској страни, бројке су се пеле у небеске висине, преко осам хиљада убијених. Тај исти свијет није се питао да ли је физички изводљиво да се то деси у једном дану, а сасвим је било неважно што је претходно у том истом подручју, око Сребренице, у Подрињу, Братунцу, Зворнику, Скеланима, Кравицама и другим мјестима побијено око три и по хиљаде Срба свих узраста.

Тако је било кроз читави рат. Да се могло вјеровати страним и локалним медијима и њиховој пропаганди, слободно би се могло закључити да је током цијелог рата погинуло ни стотину Срба и то у свим областима у којима је буктао рат. Уколико је неко гинуо, то су увијек били муслимани и Хрвати, које су наравно таманили Срби. Нигдје ни ријечи о томе ко је правио оне силне масовне гробнице са српским мученицима по цијелој Босни и Хрватској. То је било забрањена тема. Сав свијет је брујао о српској опсади Сарајева и муслиманским жртвама, али нико помињао није више од шест хиљада страдалих Срба, од којих су велика већина скончали у Исусовим мукама, у заробљеништву и логорима гдје су мучени тако да и помисао на то шта им је рађено човјеку диже желудац. Свјетска тишина прекрила је

| 487 |

фудбалске утакмице у којима је уместо лопте шутирана српска глава или фотографије насмијаних војника који испод пазуха држе по једну одсечену српску главу, да им остане успомена на лијепе дане војевања против Срба.

Иако је ослобађање Сребренице било за некога важна побједа, људи су у западној Босни били забринути зато што је главнина војске превучена на ту страну, па су они остали голи као пиштољи, како су говорили између себе. Нису ти били потребни знање и вјештине професионалних извиђача да би примјетио да су хрватске снаге биле вишеструко бројније у односу на српске. Крену ли у напад, било је јасно, неће имати ко да их заустави. Висока Крајина је постала брисани простор.

У Србији је владала еуфорија због значајне побједе у Босни, за коју се касније показало да је била јалова. А Граховљаци се још нису опоравили од ужасног покоља током прошле зиме, када им нико није послао појачање, као ни Дрвару, Гламочу и Босанском Петровцу. У тој атмосфери се све мање говорило о Крајини. Падала је у заборав, па се о освјежавању њених граница и појачавању линија одбране није говорило. Очување Републике Српске Крајине је на тајновит начин завршило на периферији ума и разума.

Однекуд и наједном се пронио глас да је Слободан Милошевић јавно рекао да за Крајину није заинтересован зато што се она налази у другој држави, па да то није ни његов, нити проблем Србије. Нека крајишки Срби рјешавају сами. Исти онај Милошевић који је у српском народу био слављен у најмању руку као Милош Обилић, био упоређиван са светим Царом Лазаром, због којег су напокон скидане Титове фотографије и замјењиване његовим. Исти онај Милошевић који је словио за српског предсједника и вођу над вођама, који ће све Србе, без обзира гдје живјели, трајно ослободити сваког ропства.

Људи су масовно одбијали да повјерују да је Милошевић тако нешто изјавио. Осим неколико штурих чланака по новинама, о томе ни ријечи није било у београдском ударном телевизијском дневнику, а Милан Мартић је ћутао. Мислили су, зашто онда да вјерују тамо неким пискаралима која глуме новинаре. Никога није дотицало то што су Хрвати на сва звона ударали о тој наводној изјави, кад је већ све од њих било гола лаж и бесрамна превара. Да Милошевић каже да му Крајина не значи и да је то туђи проблем? Ма, никад! То опет пласирају ко зна коју у низу безобзирних лажи, с циљем да изнова заваде Србе с обје стране Дрине. Милошевић је, побогу и забога, већи и од Карађорђа, ко ће за вијек вијекова очувати Крајину ако не он!

Онда се изнебуха догодило управо све то што је било немогуће и незамисливо. Широм босанске Крајине се разлегао плач и јаук, као никада у историји овога краја и, на самом измаку јула је та крајина једноставно нестала. Збрисан је штит српства који је чувао Книн и цијелу Републику Српску Крајину. Као кула од карата, нестајали су градови и људи у њима. Један за другим падају Гламоч, Петровац, Дрвар и Грахово. Почиње коначни егзодус Срба. Бришу се сви трагови да је то српска земља, да су ту српски гробови и вјековни родни прагови. Данима се Динара пролама од тешких детонација, пожари се виде на великим даљинама, усташе се дају у посао да све сравне са земљом тако темељно да ни мраву не падне на ум ту да се врати, а камоли човјеку. Грахово руше и пале, постаје најразрушенија општина у цијелој бившој Југославији током овог рата, јер није опстало читаво нити једно село, нити једна кућа. Све је претворено у прах и пепео.

Упркос логици, разуму, властитим ушима и очима, у Републици Српској Крајини велики број житеља вјерује да је то само једна у низу привремено тешких борби из које ће Срби изаћи као несумњиви побједници. Падају тешке оптужбе на рачун Милошевића и Караџића, али ма колико их кудили, људи су ипак вјеровали да ће управо они сачувати људе, њихове домове, дедовину, културу и историју.

У исто време, горе, на Динари, људи гину, бјеже главом без обзира, губе све што су икада имали. Ко изађе с кошуљом на леђима сматра се срећним. Многи ту занавијек остају, не зна се гдје су им гробови, ако су уопште сахрањени. Нестаје читав један предио мирољубивих људи, којима нико није сметао и могли су са сваким да живе, ако не заједно, онда свакако упоредо, јер то у њима није могао да измјени ни ратни пожар који их је жестоко опекао. Са лица земље су избрисани људи који никада нису кренули да освоје било шта јер су имали све што им је било потребно. Али, стигле су слуге нечастивог да им то отму, да их побију јер су наивно вјеровали у човјечност и онда кад су други одавно били изгубили вјеру у човјека. Живи су запаљени зато што су вјеровали у љубав, доброту и увијек били спремни да опросте и крену изнова. И некоме, много моћнијем и од свих Хрвата и од свих Срба, били грешни зато што су Срби.

Читава Динара је горјела тако да се данима густи дим пео ка небесима, као из нацистичких крематоријума, босанска Крајина је у самртном ропцу проживљавала задњу агонију, али су у Републици Српској Крајини људи и даље живјели како су навикли, скромно и радно. Још вјерују у власт, још су сигурни да нема те силе с родне груде да их помјери и, слијепи код очију, не виде да су остављени да буду сами. Сасвим сами, напуштени од свих својих.

Тако је свака коцкица била спремна за август 1995. године, рачунајући и неспремност крајишких Срба.

67

КРАЈИНО, КРВАВА ХАЉИНО
Колона, 1995.

Зорана се опоравила толико да је чак нашла и нови посао. Није мислила да ће у томе успјети сада кад све виси у ваздуху али јој је врата отворила тетка преко бироа за запошљавање, који је неким чудом не само постојао, него још и радио. Убјеђење Крајишника да њима нико ништа не може потхрањивала је и свијест да су, упркос датим околностима, живјели нормално. Сама Зорана, ријешена да живи због свих оних којих више нема, ревносно је прионула на новом радном мјесту. Тим прије што је била далеко од војске и свега што је с њом имало везе. Чистила је општинске канцеларије.

Лаган посао. Завољела га је због мира и тишине који су владали увече, када запослени оду кућама, а сав тај простор остане само њен. Још није била у стању да води дуге разговоре, па је овакав посао као саливен за њу. Радила је неометано, нема ко да је пита било шта. Друштво јој је правила музика са радија. За дивно чудо постојала је једна радио станица која је емитовала само забавну музику, без реклама, прича о рату, чак и без водитеља. Пјесме су се ређале једна за другом цијели дан и цијелу ноћ.

Ни уз једну није запјевала, али су јој мелодије прожимале биће. Осмјехнула би се на поједине стихове, оне који би је вратили у рану младост. Музика јој је мало-помало видала ране. Како прође цијели један мјесец на том послу, Зорана умало повјерова да ће некако, а да не зна како, све бити у реду и да колективне несреће заобилазе њен крај. Уморна и исцрпљена, уљуљкала се у огромној потреби за миром. Упркос Динари која се претворила у огромну буктињу, Зорану је држала нада да су Грахово, Дрвар и друга мјеста само привремено заузети. Све ће бити брзо ослобођено, на крају крајева од тога зависи и судбина цијеле Републике Српске Крајине. Уздала се и у помоћ мајке Србије. Како и не би, кад је вријеме да страдање буде заустављено јер су сви на измаку снага? Била је увјерена да је и Хрватима потребно да се окончају ратна дејства и да, што прије то боље, стане сво то лудило.

И стало је. Али, како?

Није се тачно знало шта се то дешавало народу кад су Светог Илију прослављали у таквој радости и весељу као да никад нису чули за рат. Било је то чудно, можда и непримјерено, безобразно, бахато, охоло. Могуће је и да су сви само затворили очи пред оним што стиже, за шта знају да је неизбјежно, па да још једном бар, задњи пут, дају одушка, да се провеселе, исмију као што одавно нису. Да се можда подсвјесно и опросте једни с другима уочи краја свега. А опет, док је Динара, попут вулканске лаве која се још није охладила, пламтјела до усијања и стапала се са исто тако црвеним небом изнад ње — можда није био ред да се овако веселе. Били су у колективном трансу у коме не само да су хтјели, већ су морали да прославе Светог Илију. На то их је тјерала нека непозната сила.

Тјерала их је да запјевају, да коло заиграју, да се грле и љубе, да буду радосни као што су били пре него што је избио рат. Породице које су славиле Илију громовника спремиле су, из ко зна којих резерви и преко ко зна којих веза, све што обичај налаже. На столовима је било свега, од салата, преко огромне количине печења и прилога, до разних колача. То је било чудо јер прави, али ипак обичан колач нису видјели годинама. На храни се штедјело и зато посластице нико није ни правио.

Славило је цијело село. Они којима није била слава понашали су се као да јесте, а да је наишао случајни пролазник који појма нема шта се у овој земљи збива морао би закључити да је открио највеселије мјесто на земаљској кугли. Најзапосленији је био свештеник. Послије литургије на коју су се сјатили изгледа сви сељани, па и они који до тада нису крочили у цркву, ишао је по кућама. Освећивао је куће светом водицом, као и славски колач, помолио се за добробит породице, читавог села и, наравно, за мир у Крајини. Онда је било попиј чашицу овдје, нагни из чутурице ондје, па је већ око поднева и њему језик помало одебљао, мада је и даље брзом брзином шпартао кроз село, као да је бржи од мантије која је летјела за њим.

Весеље је трајало до касних поподневних сати, чак је и Зорана била у бољем расположењу. Није се хтјела одупирати колективном слављеничком осјећају. Из такта је није избацило ни то што у петак није примила плату, јер ју је, као нову, заборавила жена задужена за прављење платног списка. Примиће је већ у понедељак, близу је то. Изморени од славља и игре, многи и пијани, домаћини су отишли да прилегну док су жене склањале остатке хране и пића у конобе, а колаче у креденце. Да има и за сутра. Зашто да не? На оваква славља се могло лако навићи, доста је било суза и жалости!

Освану субота. Дивна, али несносно врела. Чим се сунце промоли на истоку, земља се опет усија. То баш и није било од користи мамурнима, одавно се није тако много и толико брзо попило као јуче. Зато су главе дуго држали загњурене у кантама с водом из бунара, која је и даље била ледена. Покушавали су да се отријезне, да разбистре мисли. Бауљали су по селу, идући на каву од једне до друге куће, а и да се клин клином избије јер се зна да је најбољи лијек за ракију сама ракија, па су се обилато частили гдје год да су навратили.

Чинило се да ће се јучерашње весеље наставити. На ум им поново пада да ипак све није тако страшно и да ће на крају све ипак бити добро по њих. Селом се разлијеже прегласан смијех, чује се ударање шаком од сто. Из једне, двије куће ори се и пјесма на суво, храпавог гласа због пјевања од јуче, уз подмазивање вином или ракијом да гласне жице прораде.

Све то стаде у само три минута. Цијело славље, сва та пјесма, добро расположење, раздраганост без видљивог разлога распрсну се као мјехур од сапунице. Изговорене ријечи остале су да висе у ваздуху, осмјеси су се скаменили, лица су им постала застрашујућа, гротескне маске. Завршио се живот. Нико више с презиром не одмахује руком јер коначно, али прекасно, сви схватају исто. Стигао је крај, а са њим и смрт у безброј облика.

Мали плави фићо Зоранине сестре од ујака, која је радила у милицији у Книну, улети у село брзином метка. Облаци прашине дижу се за њим колико набија папучицу за гас, а када згази кочницу усковитла се прашина од које ауто на трен постаде невидљив. Мора да је несвјесно повукла ручну кочницу јер се ауто и окрену. Враћајући се касније на овај тренутак, Зорана се увијек осјећала као да је у холивудском филму: у огромном облаку прашине отварају се врата аутомобила и излази њена сестра Светлана са ковертом у руци. Све је успорено, и Светланино подизање главе, и њено трчање, и сама Зорана која престрашено скаче са пања на коме је сједила. Све се ово десило у секундама, али је дјеловало као да пролазе дани.

Светлана улеће у кућу као да јој је ђаво за петама, Зорана за њом питајући се зашто ли је ова толико узнемирена. Сви укућани су ту, а Стеван помало загалами и сам изненађен Светланиним понашањем.

— А, Бог с тобом, Цецо, шта трчиш толико, шта ти је?! Десило се нешто? Шта ти је то у руци?

Светлана погледа у руку и као да тек тада поста свјесна да држи коверту, у чуду што је није убацила у ладицу аута. Брзо је склони у цеп.

— Војна тајна, извини течо, не смијем рећи шта пише, али није ништа опасно, не бојте се.

— Каква црна војна тајна, шта ти имаш са војском, ти радиш у милицији! И ако није ништа опасно, што си онда блиједа к'о крпа и што сакриваш коверту?! Реци нам шта пише, Цецо!

Стеван је озбиљно забринут.

— Не могу и немам времена за то, морам се вратити у град. Дошла сам само да вам јавим да се мало припремите ако будете морали на изненадни пут. Спремите нешто робе и хране за понијети. Не вјерујем да је ишта опасно, не вјерујем ни да ће до ичега доћи, нити да ћете било куда поћи, али, ето, за случај да су оманули ви ипак будите спремни!

Стеван се разљути.

— Ко да је оманyo и у чему? Шта нас страшиш овако, а нећеш да кажеш пуну истину, срам те било! Говори шта се дешава!

Светлана, међутим, већ креће ка вратима. На брзину загрли Зорану и Јелену, пољуби их, рече да се извињава, али да је важно то што им је ипак јавила, замоли Стевана да се не љути на њу, улети у фићу и као муња нестаде низ сеоски пут. Стеван и укућани укочено гледају за њом, не схватају шта ово би, ко је обманyo кога, какав пут, гдје да се путује. Знајући да овдје одговора нема Стеван стави капу и пође кроз село. Да види прича ли се шта.

Прича се. И другим породицама догодило се слично што и Лалићима. Цијело село бруји о мистериозним плавим ковертама подијељеним војсци, али и милицији, у којима је била некаква тајна. Страшна тајна. Да није страхотна, не би била тајна, сви би знали о чему је реч. Док су између себе у чуду претресали шта би то могло бити, спазише комшију Тодора. Радио је у мало вишим војним круговима, а вратио се с посла раније него уобичајено. Стигао је, изгледа, баш кад је Светлана одлазила, па га у тој пометњи нису примјетили.

Тодор, његова жена и дјеца увелико товаре ствари у војни џип којим је дошао у село. Торба торбу не сустиже, журе. Јасно је да су се спремали више дана, није се све то могло спаковати док удариш дланом о длан...

— О, Тоде! — викну Стеван. — Гдје ћете то, шта се дешава? Немој ми само рећи да идете на неки излет, не требају вам оволики кофери за то!

— Е, Стеване, како иде? Слушај, нећу ти ништа рећи, не смијем. Стварно је војна тајна, али ни у ком случају ти не браним да гледаш шта ја радим и не браним да урадиш исто као ја! Паметном доста!

Тодор то рече и залупи задња врата.

— Него, бураз, ми одосмо до Београда код рођака, то би ти требало рећи све што те занима — изусти Тодор прилазећи Стевану.

Загрлише се, изљубише три пута и већ у слиједећем тренутку је Стеван гледао за џипом који нестаје низ пут, баш као малоприје Светланин фићо, праћен облацима прашине. Стајао је насред цесте чешући се по глави док му је оковратник већ био натопљен знојем. По стоти пут у два минута се запита шта се, до ђавола, догађа, као да су сви излудили. Окрену се и пође према кући. Граја, ларма и прича постајали су све гласнији у сеоским кућама које су остајале иза њега. Паника се усељавала у сваког мјештанина.

Одговор је стигао брзо. Ни подне није било и људи се још нису опасуљили од неочекиваног јутра кад се из правца Книна проломише гранате. Никада се нису чуле снажније и никада се није чинило да су ближе. Одмах су схватили да то нису Срби, већ њихови, да је почело гранатирање Книна. Како је кренуло тако се није заустављало. Ни на минут, ни на секунд. Звуци експлозија су се преклапали. Хрвати, јасно је, крећу у нову офанзиву, сада им је циљ Книн што значи да је то њихов задњи удар и да за новим више неће бити потребе.

Зорана се у шоку укопала у дворишту. Колико год пута да јој је пало на памет да ће се ово десити, колико год јој отац управо о овоме говорио, посебно прије пада босанске Крајине, овоме се ипак није надала. Никада у животу не бива онако како очекујеш. Увијек се изненадиш кад на телевизији видиш човјека за кога кажу да је побио ко зна колико људи, а он изгледа као дежмекасти дедица којег дјеца морају обожавати јер можда мало личи и на Деда Мраза. Прође јој кроз главу оно Ајнштајново да не зна чиме ће се водити трећи свјетски рат, али је сигуран да ће четврти бити вођен луком и стријелом. Кренуо је тај трећи свјетски рат, помисли, ово до сада је било увертира, а сад ево кулминације. У ушима је почело да јој звони као да је данима непрестано била у опери и слушала само највише ноте које је људско грло у стању да досегне, оне висине од којих се кристал распрсне. Или су зујање произвеле гранате и бомбе од којих је експлодирао Книн, а са њим и Република Српска Крајина.

Око три сата иза поднева сељани спазише још једно возило које праши низ пут. За ових неколико сати у село је дошло више аутомобила него за двије минуле године. Био је то комшија Недељко, који је живио и радио у Книну. Изашао је из кола распаране кошуље, окрвављеног лица и са великим посјекотинама на леђима. Неке жене запомагаше кад га видјеше, а Недељко рече да му је то од прозора. Пио је каву у свом стану, од детонације је прсло стакло и комадићи су му повриједили леђа. Он мисли да је то краткотрајни напад, ништа посебно, да ће већ у понедјељак бити на послу, па се за вријеме викенда склонио на село. Како рече, док ова глупост не прође.

Већ око пет сати иза поднева у село уђе возило какво никад до тада није зашло. Мјештани нису вјеровали својим очима гледајући цистерну за нафту! Неки човјек у униформи без еполета, са још једним војником, очито подређеним, искочи из цистерне и рече да свако домаћинство узме кантицу горива да имају, јер ће, изгледа, преко ноћи морати да се спреме и крену пут Лапца. Можда и не дође дотле, али, ето, нека се нађе. Злу не требало, од вишка глава не боли.

„Ма да, злу не требало, највјероватније се неће десити, неће нам требати, али нека нас у приправности", љутито помисли Зорана. „Шта овај муља, исто као Цеца, као да ми не чујемо гранате и као да нисмо Недељка видјели окупаног у крви. Ма, каква забринутост и паника, све је у реду, а ово што усташе само мало играју игру звану 'Ајмо сравнити Книн са земљом' није ништа специјално, ништа опасно, не узбуђујте се Срби, све је у реду и све то иде у рок службе. Цијели рат је нама овако! Никада ништа нисмо знали са сигурношћу, увијек је неко нешто петљао, мувао, све нешто иза кулиса, све је нека тајна, али наравно да није опасна, гдје ће бити опасна кад ми коло водимо! Никада нам нико ништа није рекао јасно и гласно! Никакво чудо није што нам је овако како јесте, а сад је, ево, мечка заиграла право пред нашим вратима. И као и увијек, дочекасмо је неспремни."

Гледала је људе док један за другим лете ка цистерни. Међу њима и своју мајку, Милицу, како узима бензин. Матер јој рече да је добро да га имају за трактор, требало би сијено довући са поља. Зорана је погледа као да је скренула с ума. Сијено да довуче? Она прича о сијену, а око њих горе и земља и небо, појављују се људи крвави од рана, сви по селу трче као муве без главе, неки већ пакују на тракторе и у кола шта могу, а попут мађионичара налазе мјесто и за огромне шпорете. Зорана нервозно махну око главе као да тјера комарца који је не оставља на миру.

Лагано се спушта вече, а колона аутомобила и трактора која навире из правца Буковице мили као дисциплинована чета мрава кад иду да направе своју кућу. Само што су ови „мрави" своје куће размонтирали и одвозе их на неко друго мјесто, да их тамо саставе ако буду могли. Које ли је то друго мјесто, е, то нико није знао. Утом гранатирање по први пут престаде. Мрак прекри село, али се она колона аутомобила и трактора не зауставља. Коб је почела да стеже свој обруч око планине. А планина је ћутала.

68

Док је сједила у Петровом ауту са осталима, Зорани суза сузу није могла да стигне. Није слутила већ је знала да не одлазе до Лапца, привремено, и да се више никада неће вратити својој кући. Плакала је због окончања живота ког је имала и није жељела да га мијења, због нестанка њене Крајине. Било јој је јасно да кад бјежање једном почне више нико га неће зауставити.

Туговала је зато што се није поздравила са својим коњем. Истовремено са разарајућим детонацијама са свих страна, одјекивало је и звонце које је носио око врата. Сигурно је чупкао траву, јео. То звонце је чула кристално јасно. И мада је спазила кад је Стеван пошао да види шта да чини са узнемиреним коњима, самој себи није умјела да објасни зашто није кренула ка свом љубимцу. Кајала се што није свако јагње узела и однијела на Зрмању, да им умије лице, да мирише њихово крзно, да главу загњури у тај топли вунени јастук и да никада више не окрене поглед ка свијету који је постао овако ружан и одвратан, препун зла и људи камених срца, људи без душе, људи човекоубица.

Била је очајна и зато што није у неку кесицу спаковала мало крајишке земље, каменчић, било који цвијетић, мало траве, да цијелог живота буду са њом као дјелић родног огњишта. Учиниће то буде ли уопште жива послије овога, а ко зна хоће ли преживјети овај вулкан који годинама дими, понекад избљује мало лаве и сагори шта му се на путу нађе, али је сад експлодирао. Ерупција је незаустављива, видјела се из цијелог свемира. Говорили су људи да је Кинески зид једина човјекова творевина видљива из космоса, али је она била сигурна да се оволико зло, овакав погром, ова смрт која се шири на све стране такође морала видјети исто као тај зид. Јер, шта је један зид, макар и кинески био, у поређењу са толиком људском патњом?

И Бог је морао видјети све то. Гдје је Он сада, зашто ово изнова дозвољава, зар није било доста сеоба Срба и злочина над овим народом? Зар пет стотина година чизме зулумћара, који су газили по свему српском, није било довољно? Зар је Први свјетски рат био мало, тај рат који је почео тако што је Србима било преко главе сјахања Курте да би узјахао Мурта, што је Гаврило Принцип покушао да спријечи, одмах након оноликог турског угњетавања, долазак новог мучитеља другачије вјере и нације, али истих намјера? Нису ли били довољни Јасеновац и Јадовно, небројене јаме у којима почивају кости српских мученика, несахрањених, без опела и крста, без вјечног пребивалишта достојног човјека? Зашто је Космет једино мјесто на свијету гдје расту црвени божури, никли из крви српских јунака, покланих и раскомаданих? Због чега се тако дуго није смјело признати да си Србин, зашто се морало трпити да си некакав непостојећи Југословен, припадник измишљене нације, па још и глумити да си због тога срећан, да се дичиш тиме?

Нису ли били довољни, на све то, ни ови најновији покољи, у самом смирају двадесетог и у праскозорју двадесет и првог вијека? Не, нису били довољни, морају те, ево, из твоје куће истјерати, из твога краја, из твоје рођене земље. Куда сада иду? У који град, у чију земљу? Зашто да траже туђу кућу кад имају своју генерацијама наслеђивану? У срцу Европе се једном народу управо догађа оно што су давних дана доживјели Јевреји и Курди. Гдје је Бог, који су то мистериозни путеви којима их води,

| 501 |

куда и зашто? Зар је ово за наук и опомену некоме? Као да наука и опомена није било прековише до краја свијета и времена.

Зорана је посматрала лица Јелене, Сање и Петра, који је нонстоп нешто причао, очито усљед страха и тјескобе. Није могао да мирује ни секунду. Пригрлила је биљац који јој је био у крилу. Знала је, налази се у колони смрти.

Ова колона је убрзо постала само Колона. Мала и срамотна ријеч састављена од само шест слова, па ипак су у њу стала сва српска страдања, сви мученици, невино побијени мушкарци, жене и дјеца, једна земља у пламену, срушени градови, спаљена села, побијена стока, разваљена гробља, опустјеле цркве, прогонство. Колона, ријеч која без ножа убија, одузима душу и зауставља дах, ствара жар у грудима који ничим не можеш угасити. Та једна ријеч, коју је сву испунила српска крв, постала је симбол срамног страдања једног народа у времену технолошког бума планетарних размјера и освајања космоса и његових далеких планета.

69

Зарудила је зора док је ауто милио цестом, толико је Колона била дуга и густа. Било је ту свакаквих превозних средстава, од запреге, преко трактора и аутомобила, до камионета и некаквих камиона. Није се могло брже кретати. Нису знали куда тачно иду, али су знали да негдје морају отићи. Под великим је знаком питања било гдје ће их пут одвести и да ли ће преживјети до тог непознатог одредишта.

Чим се сунце појавило ударило је из све снаге, да би са сваким минутом пекло све жешће тако да су се околне планине привиђале у плавој боји, а ваздух је попримио црвену боју. Све је изгледало као магија, као бајка у којој природа раскошне љепоте гледа људе који главом без обзира бјеже са својих огњишта не знајући да ли су љути, тужни, очајни, сломљени или све то скупа истовремено. Једва су задржавали сузе, али су зато плач и јауци жена и дјеце одзвањали надалеко.

Кад су стигли до Српског кланца, према Србу, било је јасно да Лапац неће бити мјесто на коме ће сачекати да прођу објесни напади. Пронесе се глас да је Книн пао, одмах затим и Грачац. Да усташе увелико у свим селима одреда кољу оне који су остали да чувају родни праг, да не би имали гдје да се врате сви ови који су отишли. Кољу, штеде метке јер какав је ужитак упуцати немоћног у главу тако да га одмах раставиш од живота? Кољу оне који нису знали или нису хтјели да прихвате да са овог пута нема повратка, да нема повратне карте, чак ни карте у једном смјеру. Зато многи почеше да окрећу аута, да се врате у села и градове, урлајући да морају спасити оне који су остали, да можда још нешто понесу из куће, да их савјест тјера да смјеста крену назад иначе ће им на огњиштима остати само лешеви оних који немају чиме да се бране, а нису за то ни способни због дубоких година живота.

Назад, међутим, нису могли. На крцатој цести није било простора да изманевришеш ауто и окренеш се у супротном смјеру. Уз безброј разних превозних средстава, цестом се истовремено кретала непрегледна маса пјешака који нису имали ни ауто, ни трактор, ништа осим торбе на леђима и још по једне у свакој руци. Кад би временом отежале, само би их спустили крај пута и продужили у битку за голи живот. Да изнесу живу главу, лако ће за оно што је било у торбама, осим кад је ријеч о храни и води. Оне који су неким чудом успјели да окрену возило сачекали су живи браници од људи, који су их заустављали, убјеђивали да не буду луди, да се не играју са животима јер спаса нема, немају чиме тако голоруки да одбране старе који су им остали у кућама, а непријатељ бије из свих могућих оружја и оруђа, са огромном живом силом. Погинуће и они улудо јер ко се врати тај жив изаћи неће и то је већ једном свима морало да постане јасно, не носе главу за украс него да мисле.

То је тешко утјерати људима у главу због увијек присутне наде да је преокрет на терену ипак могућ, као и толико пута раније. Ипак, осим малобројних који су покушали да се врате већина је сахранила наду. Нестало је без трага то, уз љубав, човјеку најпотребније осјећање. Мада, питање је да ли је ове малобројне, који ипак кретоше назад, водила нада или су изгубили разум и повјеровали да може да буде оно што бити не може, да ће заиста покупити своје старце и вратити се у Колону. Није свако у стању да рационално сагледа, прихвати и измири се са оваквим сатирањем достојанства читавог једног народа, самим тим и јединки које су његов дио.

На све то, она ужарена небеска лопта чинила је да се сви крећу кроз неку усијану рерну која само личи на цесту. Зорани се чини да се цијели ауто топи, од крова до точкова. Не може се дисати, гушиш се, не може се помјерити. Немаш гдје ни изаћи. Зној лије у потоцима. Кроз прозоре види језиве призоре које ниједна телевизијска камера, све да је ту била, не може приказати онако како то види душа човјека. Нема броја старим женама, бабама, које леже поред пута, људи их полијевају водом мислећи да су у несвијести од врућине, али јалова је то нада и залудна работа, оне су већ напустиле овоземаљски свијет. Прецркле су ту, на земљи крај цесте, или липсале као да и оне нису биле људи.

Док ауто мили, крај Зоране промичу престрављене младе мајке које покушавају да подоје бебе, гурају им дојке у уста, али нема млијека, пресушило од страха. Не зна се ко болније плаче, да ли мајке што не могу да нахране ове хлепчиће на својим грудима или бебе које из све снаге вриште јер глад боли. Отупјела Зорана као какве слике гледа лешеве мајки и новорођенчади, умрлих крај пута од жеђи, од страха, како ко. Гледа их као слике, да не свисне уколико постане свјесна да су и оне бабе, и ове мајке, и ова сићушна дјеца до пре који сат удисали ваздух, били живи.

Овај ритам живота и кретања Колоне, једног необичног али веома стварног живог организма, наједном се промјени. Колона умало потпуно стаде јер људи почињу да загледају једни у друге покушавајући да на туђим лицима, у туђем погледу добију одговор, али је проблем у томе што не знају шта им је то нејасно, шта их то почиње да окива у мјесту. Мора да стиже још црња катастрофа којој не могу да се досјете. Шта има горе од овога, зар може и веће зло да их снађе на овој усијаној

| 505 |

цести? Људи се скаменише кад схватише да се, као по команди, у мјесту укопаше животиње које вуку запреге и приколице или само носе јахаче. А онда унезвјерени коњи почињу да њиште, длака им се костријеши, пропињу се, покушавају да се отргну из запреге, да побјегну, да збаце људе који су на њима. Људи их крајњим напором задржавају и кроте, дланови им крваре од затезања узди.

Тада се Зорани чуло вида стоструко изоштри. Види јасно као никада у вијеку, као да је соко који с човјеку недостижних висина непогрешиво види свој плијен. Ливада је од њеног возила удаљена неколико метара, али Зорана разазнаје која травка је зелена, која тек почиње да вене, која је већ свела. Поглед јој се прикова за коњска кола, на десетак центиметара од ње. Жена сједи са феном у крилу. Зорана се умало насмија том призору. Сви су у Колони смрти и сви листом вјерују да ће у њој погинути, а жена носи фен за косу. „Зашто", упита се Зорана, „а гдје су ти кармин и огледалце, кад већ хоћеш да те лијепу сахране? А жено драга, могла си и љепшу хаљину обући кад се спремаш за бал смрти".

Поред жене с феном сједи старица у црнини, прегурала је бар седамдесету. Колико ли је синова сахранила у овом звериња̂ку, вјероватно јој ни муж није претекао чим га нема на запрези, помисли Зорана. Утом се дјечачић попе баби у крило, биће да јој је унук. Можда је син те жене с феном? Дјетету испаде из руку играчка и мали жути камион паде на цесту, разби се у парампарчад. Врисак дјетета врати Зорану из стања у коме јој се чини да сви ови призори немају никакве везе са њом. Старица копа по некој торби, тражи нешто, било шта, да умири дјечака, али не нађе ништа. Она жена с феном пружи неутјешном дјетету једну карамелу. И дјечак се умири. Одакле јој карамела, како се није истопила на овој врућини?

Зорана склони поглед и загледа се испред аута. Тамо, нечији дјед управља трактором. На старини је дебела зимска јакна, као да није августовска јара. И он се зауставио, као и сви гледа лијево-десно, препаднуто, али не види ништа ново што би разјаснило шта се то тако мјења дуж цијеле Колоне. Промјена је опипљива, када би само испружио руку сигурно би дотакао оно нешто невидљиво што их је све редом оковало. У приколици закаченој за трактор су жена и троје мале дјеце. Дјед се окреће ка њима, провјерава јесу ли у реду, али у полуокрету му поглед оста на нечему у даљини. Преблиједи и рече жени с оном дјецом да гори њихова кућа. Једно од оно троје дјеце, дјевојчица, подиже сликовницу и весело се обрати старини.

— Не гори, деко, ништа, ево погледај, витезови чувају дворац и принцезу — показа му књигу. — Рекао си да и нашу кућу чувају витезови. Немој да се бринеш онда, заштитиће је, а и биће им лакше јер не морају да пазе на неку принцезу.

Управо тада Зорана чу необичан, пискав и одраније добро знан звук. То према Колони лете гранате из противавионског оружја.

— ЛИЈЕЖИ! — продера се неко из гомиле, али неколико секунди нико ни не трепће, а камоли да се помиче. Не може се испружити по цести на којој више нема мјеста ни за шибицу.

— Нашли су наше противавионце, туку по нама — зачу се неко други.

Писак граната је све снажнији и ближи. Прва тресну на ливаду, на срећу подалеко од Колоне, бар стотинак метара.

— Мајку им мајчину, то су ми неки борци, оволику колону да промаше, па да нас каменом гађају погодили би нас — узвикну неко трећи љутито, али и уз извјесну дозу пркоса јер га још има у људима.

| 507 |

Гранате се нижу, друга, трећа, пета, осма. Дјеца вриште, настаје општа паника. Гдје да се сакрију, како да се склоне када су поређани као на тацни? У том метежу неки људи настоје да тракторе окрену пут шума које су подалеко и до њих морају прећи преко ливада које управо разривају гранате, а од те сумануте идеје одвраћају их ови који су око њих. У саму Колону још није ударила ниједна граната. Стиснути једни уз друге, без икаквог излаза, људи стоје и чекају да престане сумануто прављење кратера по ливадама између којих се налазе. Чини се да гранатирање траје сатима, али оно престаје послије два до три минута. Какви смо срећници, ниједна граната није пала међу нас, чудом божјим смо поштеђени језиве смрти! У секунди се дуж Колоне просу таква радост да сви као један, и старо и младо, и мушкарци и жене, упадоше у еуфорију и хистерију, а однекуд се чак проломи аплауз. Заборавише гдје се налазе.

И ето однекуд неког официра. Ужурбано иде поред Колоне и говори нешто у моторолу, недовољно јасно да Зорана разабере. Кад приђе још ближе, опет се заустави, окрете ка људима и повика да стану и чују га, као да су могли напријед све и да су хтјели. У оном колективном страху и русвају од малочас, збили су се још више једни уз друге, као стадо на планини усред олује која бесни, ковитла и пријети да однесе све што је на земљи, па и саму земљу.

— Станите људи да вам кажем — продера се официр. — Неће вас нико гађати, нећете погинути, ово је смишљени ратни план!

— А шта су сада гађали, голубове — одбруси глас из масе. — Ко си ти, шта хоћеш ти, какав црни ратни план, јеси ли ти свјестан у кога гледаш?!

— Ама смирите се, није никоме стало до вас, они желе само територију. Само да њоме овладају и то је све, ви сте безбједни!

Кроз овај дио Колоне просу се смијех поникао из невјерице и срџбе, смијех који, чини се, може да убије.

— О чему, мајмуне, булазниш, како те није срамота да нас лажеш у свој овој муци? — викали су са свих страна. — Неће нас убити? Па што онда пуцају, је л' то да нас пожуре да одемо са тих твојих територија? То су наше ђедовине, наше куће, градови, поља, гробља, наш *живот*! Ове гранате су зезанција, одвалило неко дијете петнаестак комада чисто да види како то изгледа? Срам те било! Стид те било! Како можеш да нас понижаваш као да смо најобичнија марва, а не људи чија је глава у торби?!

Официр све то игнорише. Он не чује, не види, не одговара. Окреће се, потрча напријед, ка дијеловима Колоне који га нису могли чути јер су даље од средине, ако неко и зна гдје је средина огромне ријеке Срба.

Сви су непомични још неколико минута. Чекају да се нешто деси или да се појави неки други официр, али како се ништа не догађа, поново крећу путем смрти, ка Србији. Стотине хиљада прогнаника су сами на оволиком свијету, они за тај свијет више не постоје, избрисани су. За њих нема помоћи, нема саосјећања, нема ниједне војске да заштити ове изгнанике из људског рода, а не само из своје државе, нације или вјере. На овом дијелу планете је љето, сезона годишњих одмора и купања, сунчања, смијеха, сладоледа и хладних пива, смијешних сламнатих шешира, а усред тог околног мирног живота баула Колона избезумљених људи, који не знају иду ли у сусрет смрти или потуцању од немила до недрага.

И не би крај страхотама.

Знали су да онај официр лаже и да се не зна шта ће бити у овом ходу по мукама. Колона се вуче, сунце исушује и људе и животиње, потрошене су залихе воде и хране. За само три до четири сата након гранатирања многи поумираше и без гелера

| 509 |

и без метака. Не зна им се броја. Сахрањују их брзо, успут, без крста и икаквог обележја, као и много пута и прије и послије тога, а људи иду напријед јер, ваљда, у животу ваља ићи само напријед, посебно кад ти назад, тамо гдје би хтио, не да зло пред којим си немоћан више него што су били гладијатори у аренама за забаву коју су римски цареви даривали народу.

У обамрлој Колони људи механички стављају ногу испред ноге, врео ваздух само што им не сагори плућа, због жеге су умукли и скакавци у трави. Онда се из даљине чу звук, није га ни Зорана препознала. Никада није чула такво дубоко, потмуло брундање које се примиче ненормалном брзином.

— Хелихоптери — дрекну нека жена. — Хелихоптери, људи!

— Каже се хеликоптер, женска главо — исправи је неко, на Зоранину невјерицу да још има људи којима је сада важно како се било шта правилно изговара.

— Ћути тамо, будалетино, ко тебе шта пита — одбруси она жена гласом пуним наде. — Људи, кажем вам да су ово хелихоптери, сигурно су се смиловали и бациће нам воде и хране! Да и ми не поцркамо!

Зорану пресјече по грудима, позли јој и поврати кроз прозор аута оно мало што је ко зна кад појела. Сад је разумијела шта тај звук значи јер је раније и чула и видјела хеликоптере, али ово је било нешто сасвим друго! Окрете се ка звуцима.

Немани, небеске аждаје у виду борбених авиона приближавају се Колони у ниском лету. Прве бомбе падају по маси људи која се налази далеко иза Зоране. За трен ока се створише и над њеним дијелом Колоне, лете тако ниско да се на авионима јасно разазнаје америчка застава. Тек то је разобручило страх у свакоме. Готово је, бјежања нема, задњи конак свима је ту, на нигдини. Због пуцања точкова на коњским запрегама, људи бацају ствари у нади да ће спасти приколице али узалуд. Пењу се на измрцварене коње, балдисале од товара ког су дотад вукли по врућини и на дугом путу, а животиње настављају да тегле клонулих глава. Поред пута, низане лешине ко зна колико липсалих коња, а не само људи, које није задесила обична смрт, ако таква у рату постоји. У овој Колони људи су дословно липсавали као и коњи, није им дато да умру достојно човјека, достојно животиње, достојно живог бића.

Паде још једна бомба. Због детонације која је изазвала земљотрес и густог дима Зорана не може да види гдје је ударила, али ту је, у близини. Престрашена, погледом потражи људе око себе и схвати да је поглед свима исти. Сви погледом траже другог човјека, није битно да ли се познају само нека је човјек, а у очима су им дестиловани страх, очај, вапај и безнађе. Касније би Зорана умјела рећи, у ријетким говорењима о Колони, да не постоји глумац који би те погледе умио да пренесе са пуноћом стварног ужаса. Свима је исти поглед, очи су им такође исте као да сви гледају једним очима. И гледају. У њима, формално живима, послије ове бомбе није постојало ништа осим смрти.

Друга бомба паде педесетак метара од Зоране. Она сједи у колима и гледа како као снопље падају људи који пјешаче близу ливаде. Гелери пробијају пјешаке, настављају да лете кроз мушкарце, жене и дјецу кидајући им главе, ноге, руке. Како коме. Створи се ријека крви, зацрвењеше се цераде на колима, тракторима, а и лица људи. На оном трактору који је возио дјед са снајом и унуцима у трептају ока сви погинуше.

Ова бомба је пала усред Колоне, директно на старицу која је ишла поред трактора. Побила је све живо у пречнику од најмање двадесет метара, унутар кога остаде огроман кратеж, понеки метални дио трактора и на десетине раскомаданих лешева. Како се дим разилазио, Зорана угледа живи бедем мушкараца од педесетих година до дједова у дубокој старости. Окружили су тракторе, коњска кола и аутомобиле у којима су жене и дјеца, међу њима и Петров ауто са Зораном, Јеленом и маленом Сањом. Ни Петра није било. Изашао је из возила и придружио се овима, који голим тијелима покушавају да сачувају нејач.

Бомбардовање прогнаника у Колони траје сатима, усред земље у којој су рођени, усред земље њихових отаца и отаца њихових дједова, коју никоме нису отели. Када истресу смртоносне товаре, авиони безбједно нестају јер од ових из Колоне не могу да буду угрожени, а опасности им нема ни са које друге стране. Онда се врате да сију смрт лакше него када се сије жито, људи у Колони су одвећ лака мета онима у пилотским кабинама. У регуларним условима би ову дионицу свако прешао за само један сат, али море протјераних људи се пуних десет сати једва помјера, мили, а из ваздуха дјелује као да стоје. У овом гротлу људи и бомби, наједном сви зађуташе. Сви као један, нико гласа да пусти. Одзвањају само плач и вриска дјеце, клопарање коња, брундање мотора трактора и аутомобила и прасак бомби које падају по њима, осуђенима на смрт ко зна кад и ко зна гдје. Из страха и безнађа ушли су у муклу равнодушну измиреност са свиме, као кад по филмском сценарију маса глумаца и статиста по задатку наједном ућути. Ово ипак није филм и нису ово глумци, ово су живе душе, од крви и меса, које неки невидљиви и њима непознати кројачи судбина протјерују из чисте обести, јер им се може, јер им је ћеф. Ово су људи који умиру погледа упереног ка небесима и авионима уз неизговорено: Зашто?

У неко доба Зорана схвати да је бомбардовање престало. Није знала када, да ли прије пет секунди, десет минута или има већ пола сата. Вријеме је изгубило сваки значај и престало је да постоји. Постоје само раскомадана тијела на приколицама трактора и коњских кола, која преживјели нису хтјели да оставе на цести, па су у своја возила журно утоваривали страдале очеве, мајке, жене, дјецу, браће, сестре, пријатеље, комшије и настављали пут. И постоје преживјели, и они мртви иако живи и окружени лешевима, у Колони која се стално креће напријед, према Вјечности, и која се никада неће вратити тамо гдје се заметала вијековима.

Неизрецива је снага жеље за животом. Та жеља вуче напријед, чак и сада, или можда баш сада, кад отписани људи грабе ка следећем минуту живота не мислећи шта ће бити за пет минута. Важан је овај садашњи тренутак, њега треба преживјети и у тој лутрији извући право на још један минут овоземног постојања. И тако, тренутак по тренутак, Зорана се изненади видјевши да су избили на врх планине Оштрељ. Све дотле била је заробљена призорима око себе. Не зато што је хтјела, него зато што је морала, није имала избора јер је и сама дио Колоне која је постала у неку руку жива, паранормална и зачуђујуће дуга змија са душом, никад виђена, непозната у тим крајевима. Зорана је живјела у тој змијоликој Колони, видјела је и осјећала све оно кроз шта пролази док се из сата у сат незадрживо увећава.

Са ријетких доступних радио станица, а многе су фреквенције због бомбардовања недоступне, јављало се о сталном повећању броја људи у Колони. Тако, у једном тренутку неки водитељ саопштава да у овом змијоликом збијегу има пола милиона Срба. Обавјештења са радија су шкрта, свега неколико реченица у двадесетак секунди и крај, прелази се на вријеме, спорт, колики је годишњи извоз пшенице у Србији и пошто је чај у Кини. И приде, вијест о некаквим коњским тркама. О овоме што се управо догађа са Колоном говори се успут, зато што се макар нешто мора рећи, ипак све посматра ваљда читав свијет. Кројачи српских радио програма, ипак, понашају се као да се ништа епохално не догађа и не мјењају програмску шему. То што је управо неколико стотина хиљада људи гранатама најурено из својих кућа, што је

| 513 |

досад побијено неколико хиљада, што се руши и пали Крајина у дивљаштву по узору на изумрла варварска племена, све то оним кројачима није вриједно ванредних емисија и непрестаног извјештавања о несрећи властитог народа, а камоли о јавним позивима да држава заштити народ коме је матица.

Не би се рекло да су Руси овако, као што су Хрвати Крајину, са земљом сравнили Берлин, па чак ни да је Стаљинград био у оваквим рушевинама. Све је уништено тако да атомска бомба није употријебљена вјероватно зато што је од радијације требало сачувати Хрватску, Аустрију или Италију, Мађарску. Могу се другачије истријебити Срби, истина је да то траје мало дуже, али је резултат исти. Шта је човјек без своје куће и имања, отјеран на путеве којима никада није ходио и у градове у које никада није крочио? Зато у Колони умиру и без метака и без гелера, од предубоке туге и разореног срца.

На Оштрељу затичу једну кафану и једно врело поред ње. То је све. У реду за воду стоји огроман број људи. Ред је широк, вишеструк, протеже се на стотине метара. Власник кафане се труди, колико може, да раздијели храну, али има тек за шаку несрећника. Нема довољно за све, нема довољно ни за кога. Оно мало што је од њега добијено једва помаже да не осјетиш глад можда пола сата, али тек онда ти буде мука због глади као да ништа у уста ниси ставио три недеље. То мало хране само подјари, раздражи глад од које се не може мислити ни о чему осим о храни. А ње нема, па трпи, ко те пита, буди срећан што си жив.

Поче да пада мрак и показа се да Оштрељ заслужује своје име. Чим сунце попусти, ваздух поста хладан и неугодан, а кад падне вече толико оштар да једва дишеш, а студен одмах пробија до самих костију. Одлучено је да ће се ту одморити и преспавати ако је могуће склопити очи и утонути у сан. Нико не зна ни ко је то одлучио, нити колико овде остају. Официра нема нигдје. Ни команданата, наредника. Све је то у расулу и свако ради шта му се хоће. Свима је циљ преживјети и извући живу главу. Других жеља нема. Зорана, Јелена, Петар и Сања најзад изађоше из аутомобила, да послије толиких сати протегну ноге, обаве природне потребе, да се дочепају макар шаке свјеже и питке воде, јер је оно што им је претекло због врелине одавно постало бљутаво и одвратно за попити. Малена Сања се до тада држала јуначки, али сада јој кренуше сузе. Жали се, гладна је, жедна је, уморна је, вољела би попити чашу топлог млијека, гледати цртани, хтјела би да је код куће, да легне у свој кревет, да одмори.

Како дјетету да буде јасно шта се збива? Што су више одмицали од куће, све више је била уплашена. Колико год да је мала, примијетила је да нису стали у Лапцу, да су сада много далеко од куће и занијемјела је од страха. Није јој се допало ни што је овако ледено на Оштрељу. Зато је Зорана и Јелена ставише у ауто, да легне на задње сједиште. Зорана је покри биљцем. Стрини, чији је то биљац био, којег је она ткала скоро годину, сигурно се не би допало да јој се мукотрпни рад употребљава у борби за голи живот, а не за нормално и лијепо покривање у удобном кревету. Али ко би сад мислио о томе шта би се свидјело једној стрини. Петар сједе за волан и спусти своје сједиште, Зорана и Јелена легоше поред аута, на ону омиљену Зоранину џинс јакну. Јелена се приви уз сестру колико год је могла и пребаци ногу преко ње, баш као кад су спавале код куће у истом кревету.

Ноћ освоји Оштрељ. Зорана се загледа у небо и звијезде. Пожеље да је на једној од звијезда кад на овоме свијету више не вриједи постојати. Заспа упркос плачу и јауцима око ње, као да слуша језиву успаванку о безнађу, црнилу и смрти.

70

Није била сигурна да ли је спавала или су јој се са сном невољно мјешале и слике из живота.

Лик мајке и оца промичу јој кроз сан, њен Миленко нешто јој шапуће, али не може да га чује због плача неке бебе. Онда је у Поречу и слуша дебелу госпођу која галами на њу, али се ни она не чује добро, иако је беба сада нешто удаљенија, али њен плач надјачава ову грдњу. Навиру слике из дјетињства, из школе. Онај смијешни директор школе и његова жена Колачић као да су сада ту, што је натјера у смијех. Потом се створи капетан Светозар, па њен саборац без ноге, и све поста топло, још топлије, а плач бебе се појачава, као да је веома близу, надомак ува.

А и био је близу. Зорана се усправи, сунчев зрак је ударао право у њу. Мада јој је било хладно по рукама и ногама, чело јој се ороси од зноја. Јелена спава сном праведника, исто као Петар и Сања. Добро су икако живи, колико-толико нормални, још се од страха полудило није. Беба плаче и даље, преко пута Зоране, с друге стране пута, а поред ње лежи жена коју беба без успјеха покушава да пробуди. Већ на први поглед, Зорана схвати да је јадница умрла током ноћи. Заплака, отежа као да је од олова. Таман кад је хтјела да устане и побрине се за бебу, нека жена са љубичастом марамом на глави, која је бола очи у свеопштем сивилу и црнилу, приђе и узе бебу. Благо јој тепајући, однесе је негдје уз цесту. Леш мајке је већ ширио мирис смрти, неки људи га закопаше уз цесту, тражећи гдје је земља мекана. Тако су снови и жеље, надања и љубав младе жене завршили у плитком гробу поред цесте смрти, без обиљежја, без молитве, без опела. Ни име јој нико није знао, бар да се помоле за њу.

Трагедија Колоне се умножава. Буди се све више људи, мада није мало ни оних који ока нису склопили. Десетоструко је више ових других. Свануо је нови дан, тежак и тмуран. Вријеме је да Колона настави овај марш смрти. Свануо је нови дан, диван дан за умирање.

Прије него што је подне замијенило јутро, стигоше до Републике Српске. У Бањалуку. Макар на трен им срце радосно заигра јер су у мало сигурнијем одредишту, гдје чека било каква помоћ. Нема сумње, овдје, међу својима, биће мање умирања. Ако ништа друго, више их нико неће убијати из авиона, а неким чудом Бањалука није пала. Тај задњи бастион српства у том поднебљу још је стајао, мада се чак и кроз Колону попут муње пронијела вијест да је то само зато што је Милошевић позвао Туђмана и рекао да је доста било, да му Бањалуку мора оставити, премда су је у силини налета Хрвати могли лако освојити, без да се ознoje и не поднесу велике жртве у људству. Кад је Милошевић интервенисао Хрвати су већ били стигли до хидроелектране Бочац, двадесетак километара ваздушне линије од Бањалуке, па су се цурикнули. После првобитног шока, људе из Колоне обузело је огорчење. Шта је значило то Милошевићево да њему треба да се остави Бањалука? Коме да се остави? Издајнику, који је издао све српско што је постојало, који их се јавно одрекао, њих, Крајишника и босанских и хрватских? И сад њему нешто треба?! Оно огорчење се претопило у мржњу према Милошевићу. Мржњу, која расте муњевитом брзином. Зорана помисли да, ако Колона настави ка Београду, као што су све прилике да хоће, то више неће бити бјежање према главном граду Србије, него марш на њега. Да се нађе тај гад, да га у лице питају шта се десило, ко му је дао право да умисли да је господар живота и смрти, па да одлучује ко смије остати на родној груди, а ко не.

Али на све то се заборави чим људи из Колоне спазише мале камионе са ознакама Црвеног крста и да људи из њих бацају у народ конзерве месних нарезака и пластичне флаше са млаком водом, која је и таква пријала као да је сад стигла свјежа са Зрмање. У тој гунгули, невјероватном метежу људи, јер је за тили час Бањалука била дупке пуна, показало се да Господ можда заиста дјелује на мистериозан начин. Како другачије објаснити да у непрегледном мору људи Петар набаса баш на своју сестру? Буквално су се сударили! Сузе радоснице што су сви остали живи нису имале краја, као да се нису видјели бар двије деценије. Љубица му рече да је у Колони срела још неку родбину, па ријешише да продуже ка Србији и Краљеву, гдје имају још неку фамилију. Послије свега, имали су циљ. Некакав циљ. Да се зна гдје иду и зашто. Петар осјети олакшање, а Сања се силно обрадова видјевши тетку.

— О, фалим те, Боже, и пресвета недељо, ипак чуда постоје — узвикивао је Петар скоро скачући у ваздух од среће и подиже Сању, вртећи је у круг. — Остаћемо живи, остаћемо живи, милостив је Бог, остаћемо живи! Зорана, Јелена, идемо, улазите у ауто, прашимо за Краљево!

Када му се поглед срете са Зораниним, осмијех му се заледи.

— Немој, Зоко! Немој изговорити то што ти је у мислима, нема сврхе, ништа тиме нећеш постићи! Не можеш ти утицати на то шта ће бити и како. Ако вам родитељи буду стигли довде, доћи ће и у Краљево. Само ћеш сама себи беспотребно продужити патњу. За неколико сати вожње већ ћемо моћи да се окупамо, очистимо и сједнемо за сто, да једемо као људи. Чекај, не мислиш ваљда и Јелену задржати?!

Шта би друго упитао видјевши да Зорана спушта руку на Јеленино раме.

— Мој Петре, хвала ти на свему, али нема никакве силе да идемо даље док нас не стигну тата и мама. Ни корака даље одавде не идемо. Ионако полудих од муке што не знам шта је било од њих ових дана, дођоше ли усташе до села, да ли су још уопште...

Ту се заустави, спусти поглед ка цести, немајући снаге да изговори оно што јој је на памети.

— Не, не и не, нас двије не идемо даље. Морамо остати и чекати. Теби, Петре, хвала што си нам живот спасио. Хвала и на овој понуди, али ми даље не можемо, јаче је то од мене, од нас. Не бих себи никада опростила да се нешто деси родитељима док сам се склањала на сигурно и удобно мјесто. То, једноставно, не могу.

— Ни ја — укључи се Јелена. — Идите ви, и то одмах, али ми остајемо овдје. Чућемо се и срести убрзо, сигурна сам. Ништа се није десило ни тати ни мами, али их морамо овдје дочекати, не можемо без њих даље. Сад бар знамо и да нећемо погинути, мале су шансе да се то овдје догоди. Само ви идите, са срећом да стигнете у Краљево, а ми се јављамо чим стигнемо у Србију, па ћемо видјети шта ћемо даље.

Утом Сања прилети Зорани и обгрли је око бутина, уплакана. Моли да се не раздвајају. Петру је по држању дјевојака јасно да су молбе узалудне. Изљубише се, изгрлише, пожељеше срећу једни другима, па Петар, Сања и Љубица сједоше у ауто. Одоше полагано, миц по миц, посред Колоне, пазећи да некога не згазе, оставивши за собом двије драге душе које су им махале све док су могле видјети Сањину главу кроз задње стакло. Док нису у потпуности нестали у живом океану људи, трактора, аутомобила и коњских запрега.

71

Остале су саме, уколико се може бити сам међу толиким људима. Мада су били исте судбине, нису сви дјелили исту муку и патњу. Свако је имао своје разлоге за несрећу, свако је био у свом малом универзуму који га одваја од осталих људи, тако да се и у тој гомили човјек могао осјетити као да је сам на свијету. Речено им је да оду до касарне Козара, која је већ била пуна као шибица. У њеним објектима више нема мјеста, али има у дворишту. Као што су то већ чиниле много пута тих дана, јер избора није било, сјеле су на траву да одморе и покушају сабрати мисли.

То сабирање је било озбиљан подухват. Сав тај кошмар који је све пореметио довео је људе у стање у коме нису могли да мисле. Зорани би још лошије, осјећала се много стиснутије него у Колони, премда је оно била Колона смрти, али је макар било некаквог додира с природом. Па ако је требало ићи Богу на исповјед, нека то бар буде у окружењу у којем је провела сав живот, дакле, напољу. Људи су пристизали у ројевима, слободан простор на трави се драматично смањивао, ако би се ко испружио морао је пазити да некога не закачи ногом.

Вријеме као да је опет стало. Сати су пролазили невјероватно споро, иако се заправо није имало на шта чекати и било је свеједно да ли протиче брже или спорије. Сунце је изнова задавало муке. Била је паклена врућина, а воде мало на толики народ. Зорана и

Јелена се нису мрдале са свог мјесташца на трави, бранећи се да неко не сједне преблизу и узме им оно мало простора.

Утом се, ниоткуда, створила екипа новинара. Хоће да интервјуишу избјеглице, али мало ко је за њих имао времена и пажње. Уморно су одмахивали руком и говорили да их оставе на миру, зар нису већ довољно зарадили од њихових крвавих судбина, муке и патњи, до када их мисле цијелити? Ионако би седма сила све окренула наопако, јер кад би послије гледали дневник видјели би такве монтаже да људи нису вјеровали рођеним очима и ушима на шта су све способни телевизијски и новински уредници и њихови репортери од повјерења! И најцрњу муку су некако умјели да окрену и потисну, да из њихових извјештаја не би имао појма шта се стварно догађа да ниси преживио то што знаш да јеси преживио. Гледајући вијести могао си слободно закључити као да извјештавају о тривијалној свађи између два села око какве међе, јер се не зна гдје се једно село завршава, а гдје почиње друго.

Зорана није могла да скине поглед с једног старог сељака. Плакао је као родна година и стално понављао да му је жао крава које није одвео из штале, плашио се да ће их усташе живе запалити, а волио их је као да су му дјеца. Клео се у све што му је свето на овој земљи да су, ноћ прије прогона, краве плакале у штали, баш ето као права дјеца, као да су предосјећале какво се зло спрема. Плакао је и питао се зашто је издржао, зашто није цркао на Голом отоку, кад су ту убијали човјека у човјеку, него је ево доживио да његове краве антиљуди наживо спале. Старчева мука није јој дала да оде својим мислима о властитој несрећи.

Вече се спуштало, али није престајао прилив људи у касарну, близу је панике због помањкања простора, а онај старина је одавно нестао, ко зна гдје. Зорана је и даље буљила у исту тачку, као да је он још ту, као да га још чује. Из тога је трже Јелена,

| 521 |

вукући је за рукав и дрмусајући је. На мах, Јелена помисли да је Зорана скренула с ума. Таман да јаукне, кад се Зоранине очи разбистрише, погледа у сестру и рече да је престане вући за рукав, отпашће јој раме.

— Јој, мени, што ме препаде — рече Јелена избезумљено. — Женска главо, пет минута сам те дозивала, већ сам се престравила да те никад више нећу дозвати, да си отишла стазом лудих!

— Не бенави, само сам уморна и исцрпљена, не могу више. Ово је прејака туга, јад и мука. Погледај људе, више не личе на људе. Све сјенка до сјенке, не можеш више препознати човјека.

— Видим, селе, видим. Не смијемо се тако лако предати, морамо дочекати маму и тату. Боље да гледаш хоћеш ли их гдје угледати. Али, чекале не чекале, ја умирем од жеђи и глади, морамо ићи и потражити нешто за јело.

Било је неке тежине у Јеленином гласу.

— Ако се успијете пробити до оне зграде тамо право, има некаква кухиња, кувају нешто и дјеле народу, а има и воде — огласи се човјек крај њих.

— Па, зашто ви не идите да једете и пијете ако је тако — зачуди се Зорана.

— Ма, не могу, нисам гладан, а воде имам још мало. Немам више снаге да се борим да одем до тамо, ја бих само да заспим — одговори незнанац и сједе опет на земљу.

Тих тридесетак метара до једне од зграда у касарни су дјевојке преваљивале више од сата, чудећи се како се уопште пробијају кроз људе начичкане један уз другога као да их је неко сабио и туткалом залијепио. Налијетале су често на људе који усред тог мравињака сједе без воље и снаге да се помјере за милиметар, па се Зорана у неколико наврата умало није прострла колико је дуга запевши од њихове ноге. Била је општа какофонија, као пред библијски потоп. Људи су се лактали, гурали, викали, псовали и у свом том метежу и лудници јасно се видјело да никоме од њих до свијести није допрло гдје се заправо налазе, шта им се заиста догодило, да више нису у својим кућама гдје могу да наређују како им је воља.

Тешко се пробијала и Јелена, још уморнија од Зоране. Клецале су јој ноге, помисли у једном тренутку да би можда било боље да су отишле са Петром, да је био у праву кад је говорио да је ово узалудан напор. Одмах затим се постидје што је тако нешто уопште помислила, што је на трен мислила само на себе, заборављајући родитеље. Стиже је и кајање. Одједном, без најаве, Зорана је тако гласно викнула да су Јелени ноге попустиле од страха. Клекнула је. А Зорана је и даље викала колико је могла, поскакујући у мјесту, као да покушава да привуче нечију пажњу.

— Шта ти је, лудачо, замало ме срчка не погоди?! Шта се дереш к'о да си манита, сви гледају у тебе — разгалами се Јелена.

Зорана није могла да повјерује кога види. Осјећала се као да је у Сахари мјесецима, па се наједном пред њом растворила најљепша оаза воде и зеленила. Била је као болесник од рака коме су дали још највише двије недјеље живота и онда му рекли да је све то грешка, да је дијагноза другачија и да ће полако, али сигурно, у цјелости оздравити, бити здрав као дрен. Осјећала је да ће остати жива! Да је бесмртна, да је напокон сигурна, да јој сад више ништа не може бити. Врати јој се сјећање на блистави дан њене младости у коме је осјетила неизрециву срећу, врати јој се младост у биће, крв потјерана адреналином појури кроз вене као цунами, а огроман осмјех украси јој лице. Није могла да заустави ни сузе, ни смијех. Људи се почеше одмицати од ње, убјеђени да је јадна дјевојка изгубила памет, да јој више нема спаса.

А она се, ни сама није знала како и зашто, вратила у оно њено поподне када је била у друштву вила и модела са свјетских писта, када је осјећала да је и сама дио њих, једнако лијепа и паметна, када није била сигурна да ће преживјети толику срећу и смијех, високо горе на Динари, гдје је небо било још плавље, звијезде још јасније, ваздух још чистији него што је све то било у Далмацији. Незаборавни дан, када је шетала Граховом и дивила се како љепоти људи, тако и љепоти самог мјеста.

За једним од великих казана, са прастаром кецељом око струка, стајала је Слађана. Она лијепа дјевојка из оног дивног Грахова.

72

Пале су једна другој у загрљај као уморни, од батина обневидјели боксери када након петнаест рунди једва стоје на ногама и грле се само да се не сруше на под. Остале су дуго у том загрљају без ријечи, а придружила им се и Јелена. Њихови јецаји чули су се надалеко, расплакаше се и многи око њих. Нису знали о чему је ријеч, али су осјећали силовиту тугу која је грувала из дјевојака. Ионако им је мало требало да заплачу, па како не би крај таквог призора на оваквом мјесту.

Слађана скиде кецељу, јави се некоме да се побрину око посла, узе три лимене чиније, које су изгледа припадале ЈНА, насу храну у њих, па их поведе на клупу мало сакривену, иза угла једне од зграда у кругу касарне. Ту су се одмарале добровољке попут Слађане, које су се пријавиле за помоћ у народној кухињи. ЈНА, Југословенска народна армија! Како је то сада звучало као далеки и нестварни појам! Као да та армија никада није постојала, да су ко зна кад читале нешто о томе, али се ни уз најбољу вољу нису могле сјетити шта је значила та скраћеница.

Од куваног јела, након свих тих дана и нешто мало конзерви, Зорани и Јелени се заврти у глави послије четврте кашике, као да су узеле какву опојну супстанцу. Слађана се, видјевши их, и ражалости и дође јој смијешно, јер су обје тако подригивале да јој се коса дигла на глави. „Шта ће, јадне дјевојке, кроз шта су све прошле", помисли Слађана.

Упита их да ли желе репете, али обе одбише. Оволика количина топле хране, па још нагло, пријетила је да створи хаос у стомаку. Очни капци им затрепериле, као и увијек након доброг јела, ваљало би се испружити.

Слађана није морала да им чита мисли, одведе их у касарну и показа свој кревет. Ту могу да се одморе, колико-толико, али је свакако боље од лежања на јакни на трави.

— А гдје ћеш ти — забрину се Зорана.

— Бићу ја овдје, у овој соби, само ћу дијелити кревет са мојом пријатељицом Мирјаном. Ништа ви не брините, имам ја гдје бити, већ дуго сам овдје. Мислим, ту сам неколико дана, али ми се већ сада чини као да је прошла цијела вјечност. Научила сам све цаке и форе како овдје иде, само што је баш гунгула од кад сте сви ви стигли, не зна се ни ко пије, ни ко плаћа. Е, мој Боже, да нам падну Книн и Крајина цијела, ко је на то могао помислити прије само неколико мјесеци?

— Онај ко је стварно видио, а не само гледао, тај је знао. И знао је онај који је заиста чуо, а не само слушао. Као што је знао мој отац кад сте ви, горе, имали ону страшну борбу на Пољаницама, а након *Бљеска* — зар је ико више сумњао? Мада су се у Книну понашали као да су филмске звијезде и да им се ништа не може десити, чак ни метак неће на њих. Али смо знали ми, који смо се поштено борили, који нисмо гледали кога и како да покрадемо и чинимо разна бешчашћа којих сам се ових година толико нагледала да ми у мозгу више нема мјеста за њих. Кад сте ви горе пали, град за градом, зар се и могло догодити било шта друго осим да усташе освоје оно што смо толике године успјешно бранили? Него, Слађо, реци нам како је теби било? Шта се дешавало? Како је то ишло с тобом, гдје су ти ћаћа и матер кад си доспјела овдје? И још нам...

— Полако, Зоки, све ћу вам рећи, али сутра. Лезите и одморите, спавајте. Биће прилике за разговоре, чини ми се да одавде нећемо тако брзо отићи. Бар не још неколико дана.

Обје их пољуби у чело, као да им је мајка, загрли их још једном и изађе из спаваонице. Зорана и Јелена осташе саме, добровољци који су овдје одмарали нису још били ни на пола пута да нахране новодошавше избјеглице. Слађана није стигла ни да затвори врата, а двије сестре су већ заспале. Као и увијек, Јелена је пребацила ногу преко Зоране.

73

— Еј, ајде се пробудите — звала их је Слађана, благо им дрмајући рамена. — Да приграбимо нешто мало боље за доручак, док није кренула општа пометња, мада није престајала цијеле ноћи, али сад је бар мало мирније. Тамо доље су вам умиваоник и кофа, можете се умити, па да идемо.

Слађана је одлучила да неко вријеме проведе са својим другарицама. То је јавила жени која је, изгледа, руководила кухињом. Жена их овлаш погледа, стручно одмјери Зорану и Јелену од главе до пете.

— Може, али ако се ове двије кршне виле пријаве да и оне помогну у кухињи, дијељењу хране, прању посуђа и тако тим стварима. Важи ли?

— Ма, како неће важити — као из топа одговорише Зорана и Јелена.

— Бићемо ту око поднева. Одосмо ово појести, па мало да се испричамо, ни у сну се нисмо надале да ћемо се баш овдје срести — рече Слађана.

Жена је већ одмахивала руком и дала се на посао око вреће кромпира која јој је била код ногу.

Сједиле су поред оне клупе на којој су синоћ биле. Трава је била угоднија од тврде клупе, а могле су се и опружити. Сунцу се и даље необично журило. Свима се чинило да излази раније него што би требало, а касније залази него што су навикли за то доба године. Између тога, пржило је као да за циљ има да сагори сваку биљку на земљи. Слађана и Зорана запалише цигарете. Јелена се изненади, али оћута. Могло је бити да их већ у слиједећем тренутку више не буде, има ли разлике у томе пуши ли неко или не? Људи су бесциљно ходали по касарни лијево, десно, горе, доле, као да су се потпуно изгубили, да немају појма гдје се налазе, још мање куда иду.

— Знате шта ме је некако највише убило оних првих дана, прије него што ће почети падање наших градова редом — упита Слађана, загледана испред себе, лагано милујући траву. — Тишина! Каква је то само била тишина! Чинило ми се да сам могла чути било кога како дише, па све и да је триста метара далеко. То је било невјероватно. Чула су нам се тако изоштрила да се то граничило са паранормалним. Како можеш чути да неко кашље на тераси која је на другом крају града?

— Вјеровала или не, драга моја Слађо, и код нас је баш тако било. Као да се вријеме некако замрзло, као да је сасвим стало. Изнад нас је Динара била сва у пламену, али је тишина била непробојна. А и када се нешто дешавало, све је било као успорени снимак. Све скупа, неприродно и застрашујуће — рече Зорана, гасећи пикавац од ђон чизме.

— Ма да, видиш ти то! Као да нису била чиста посла нигдје, ни код вас ни код нас. Већ сам се наслушала прича многих људи да су им краве и друге животиње плакале те задње ноћи пред напад, а исто је било и код нас. Мора да је тако било и у вашем селу?

Зорана снуждено климну главом у знак одобравања.

— Него шта је, него било баш тако. А и код многих других. Ено, неки чича у касарни васцијелу ноћ није престајао плакати за својим кравама.

Никоме, па ни дјевојкама, није било јасно како је то могуће. Како је читав народ доживљавао исте ствари, као да заиста

| 529 |

постоје натприродне силе о којима ништа не знамо, али уређују универзум по својој вољи, не обраћајући пажњу на ситна и ништавна створења каква су људи. Или те моћне државе које праве овакав пакао имају нешто о чему свијет још не зна. Враг ће га знати.

— Али, откуд ти овдје кад је Грахово одавно пало — упита Зорана. — Реци нам како је то било. Не знамо ми истину, је ли била баш таква издаја као што се прича, како су текле борбе? Ми знамо само гласине, ништа из прве руке. А и не познајемо друге Граховљаке осим тебе. Ипак, ако ти је претешко о томе причати, немој. Можда је твој пут био мучнији од нашег.

— Гдје да идем, моја Зоко? Имам неку родбину у Србији, али ко би нас оволике примио? Али, прије свега, чекамо тату и зета. Остали су у Дрвару, већ дуго од њих нема вијести, на смрт смо преплашени шта ћемо чути, Боже драги, помози! Да ми је на трен да се појаве, само да знам да су живи.

— Нас двије чекамо тату и маму, остали су у селу. Тачно знамо како ти је, исто као нама, убише и нас оволика неизвјесност и страх.

— Кад већ рекох за ону језиву тишину, онда да кажем да човјек памти чудне ствари. Тако сам и ја, поред свега живог што је било, упамтила један дан који ни по чему није био посебан, али не могу да га заборавим. И никада нећу моћи. Био је 24. јули кад се Граховом почео ширити неки чудан мирис. Куда год да сам ишла, којом год улицом, било каквим послом, било га је свукуда. Био је веома сличан мирису тамјана, али није доносио ону тиху радост коју носи тамјан, није имао у себи ништа свето, напротив, баздио је на зло. На плач. На смрт. Када год бих удахнула, ухватиле би ме неке тешке мисли и неко мучно, разорно предосјећање да ће се неко велико зло десити. И то зло о каквом ни сањали нисмо. Нико није помињао тај мирис, па нисам ни ја, било ми је глупо да изустим, на сву муку још да долијевам моја умишљања и да препадам људе без разлога. Вјероватно би помислили да сам полудила. Када је свануо нови дан, ја и даље осјећам онај исти мирис, али још нико ништа не помиње, па сам одахнула, пао ми је камен са срца. Мислим, то је нека варка код мене, као кад они које боли стомак осјећају задах трулих јаја у устима. Можда ми је пријетила каква прехлада. Тата је сједио на неком пању и пио ракију, није много причао тих дана, забринут као и сви ми, само што је своју забринутост лијечио пићем. Радили су то многи други, па и жене. Било је, сигурно, више пијаних него тријезних. И, одједном, тата рече: „Ма, не може се ово више игнорисати, ја или сам пјан или сам полудио, а биће да сам обоје, него, Слађо, осјећаш ли ти овај неки мирис још од јуче, као да је тамјан, али тамјан кад прегори и буде некако горак мирис? Или ја то умишљам? Све се мислим да питам некога а онда рекох да ћете ме прогласити будалом". Не могу вам описати како сам се осјећала кад сам га чула. С једне стране, олакшање, нисам једина која осјећа тај мирис. С друге стране, потпуни ужас што га осјећају други и чини их исто тако збуњенима, несрећнима као и мене. Утом дође мама, кад и она рече исто што и стари, што и ја. Углавном, сви смо одреда знали да то не носи добро, а те исте ноћи појавио се и дрекавац, гдје да све то прође без њега?

— Јој, Слађо, сад и ти! Стварно? Дрекавац? Код нас су многи тврдили да су га чули и страшили нас, али гдје је то митско створење, зашто га нико није ни видио, а камоли успио ухватити? Читава је Крајина опсједнута том причом, али нико нема ништа конкретно. То је као прича о чудовишту из Лох Неса, милиони се куну да су га видјели, али њега нема. Каква је то невидљива банда — упаде Зорана, не могавши се суздржати.

| 531 |

Слађа се од срца засмија, али стави руку преко уста. Би јој нелагодно да се смије у мору ојађених људи.

— Ајме, сестро, што ме насмија. Невидљива банда, баш то и јесу! Него, заиста, ти баш ниједном ниси чула тај чудни крик из шуме што леди крв? Скроз ненормалан звук, као да се неки човјек у тешкој патњи дере из гласа, али тако страхотно и продорно да ти срце хоће стати. Ниједном ниси чула?

— Не знам. Једном сам чула нешто налик томе, али то је било усред бијела дана. Дере ли се тај дрекавац и по дану? Мислила сам да звучи као мој комшија кад се одвали чекићем по палцу, па сам закључила да је то он, какав тај неки дрекавац.

Сад се уз Слађану насмија и Јелена.

— Ух, хвала ти на овоме, требало ми је ово мало смијеха. Био бандит или не, можда се стварно удара чекићем када онако језиво вришти, али ми смо га чули сви, одреда. И моја фамилија, а и људи и дјеца код којих смо били у Ресановцима. То вам не рекох, ми смо се из Грахова склонили неколико дана раније, јер су усташе тукле из свих могућих оружја. Добро су наоружани, имају савремено далекометно оружје и, мада нису успјевали пробити линију, ипак се није постављало питање да ли ће је пробити, него кад ће. Зато се народ из града разишао по околним селима ка Дрвару. И онда, 28. јула је све било готово. Мислим, цијели наш живот, све је нестајало у огромној ватри која се видјела километрима далеко. Мајка се пробудила у по ноћи због гранатирања, као и скоро сви други, само сам ја мирно спавала иако сам била толико уплашена да сам мислила да више никада нећу заспати. Стара је запомогала на сав глас у дворишту, то ме је и тргло из сна. Излијећем у полусну, још у пицами, а пламен изнад Грахова већ лиже небо, или се тако чини. Нисам никада видила тако јаку ватру, црвену од бјеснила, као да нас је и она мрзила. Само сам клекнула на земљу, не вјерујући очима, зар нам пале град, зар то стварно горе наше куће? Мајка је пожуривала остале да бјежимо. Причала је да су усташе већ дошле до Пећи, да ће нас живе похватати ако не кренемо сад и одмах, а не дај, Боже, да им у руке паднемо, горе муке нема. Мада се то послије показало као нетачно, нису усташе одмах стигле до тог села, али у страху су велике очи, мама је само понављала што је чула од осталих. Стари је викао на мене да није тренутак да се молим Богу, вукао ме за рукав да устанем и уђем у ауто. Био је буквално плав у лицу. Шта ће, мој добри ђаћа, он је весељак, он воли да сједи и засмијава људе око себе, воли шале и ситне подвале само да би се људи још више смијали, миран и задовољан човјек, не иду уз њега рат и пушка, нема то везе са његовим свијетом. И није било чудно што је био препаднутији него икада, јер пасти жив усташама у руке?! И сад се тресем од те помисли, ја још вјерујем да се то може догодити чак и овдје, у Бањалуци. Не даде ми тата да покупим неке ствари из куће, викао је да је све то неважно сада, кад главу ваља сачувати, да заборавим разне дрангулије и улазим већ једном у ауто, не намјерава више чекати. Тако се нагурасмо у ауто он, матер, ја, сестра и њено двоје дјеце. Али, чинило ми се да то више нисам ја. Да са висине посматрам неку дјевојку која много личи на мене, али то нисам ја и не идем од куће. Ауто је споро вукао, иако је био у добром возном стању, али као да се све уротило против нас. Колико год тата притискао папучицу за гас, само што није пробијао под, ауто је милио као корњача. Тако је почела „моја" Колона, а живот се завршио. У неким тренуцима било ми је свеједно шта ће бити с нама, нека дођу усташе, могу ми само једном узети живот. Сад видим да сам гријешила, јер смрт долази само једном, али те зато могу убијати и полагано, на разне начине. Али, кад год бих погледала сестрину дјецу знала сам да се мора живјети упркос свему, да се мора бар покушати живјети, да идемо негдје, али немамо појма гдје.

| 533 |

Утом наста граја и гунгула у касарни. Човјек је трчао цик-цак, пробијао се кроз људе и шакама и лактовима, викао на сав глас да га неко спаси, да су му одмах ту, иза леђа, да не жели да га ухвате. Запомагао је сулудим гласом да га сакрију. Преплашене, Зорана и Јелена скочише на ноге, помислише да су Хрвати заиста стигли и до Бањалуке, да улазе већ и у касарну. Слађа оста да сједи, тужно гледајући човјека.

— Сједите, миле моје, не брините. То је наш Кордунаш. Он тако већ данима замишља да трчи низ неко брдо и да га гањају коњи који га желе убити. Е, црна крува, боље и мртав бити него полудити, многе сам сузе за њим пролила гледајући га оваквог.

— Од коња?! Који коњи, шта су коњи икада икоме урадили?!

— Ко ће то знати шта се њему у глави дешава. Сви ми бјежимо од усташа, а он, ето, од коња, можда најдивнијих створења под овом небеском капом. Нико нема појма ни ко је он, ни гдје му је фамилија. Само знамо да са Кордуна, јер ће ускоро почети да виче да њега и његов Кордун спасимо од коња. Да бар виче да га спасимо четворице јахача апокалипсе, схватила бих, уклапа се у сав овај наш јад, али од коња? Мистерија. Него, ево, сад ће подне, обећале смо се вратити у кухињу. Вас двије не морате, тек сте стигле, одморите и добро једите, разумљиво је ако вам се сад не ради.

— Нисмо ми, Слађо, на љетовању. Наравно да идемо с тобом, а биће нам добро радити и помагати, бар мисли да скренемо на нешто корисно, да учинимо неко добро у оволиком злу — рече Јелена.

— Добро, сачекајте само минут-два, идем обићи матер, сестру и она два пилета, па да се и они придруже ручку. Ако се ово може назвати ручком — рече Слађана и нестаде у гомили.

Из касарне се чула вика која је Зорану и Јелену укопавала са сваком ријечју коју су чуле.

— Кордун! Мој Кордун! Спасите ми Кордун, не дајте га, молим вас и све свеце! Не дајте им Кордун. И спасите ме коња, јој мени, само што ме нису стигли, а ви само стојите и гледате...

Нигдје није било љекара, стручних за трауме које су неки људи понијели бјежећи од човјеколиког зла. А није да се није могло знати шта је све потребно толико напаћеном народу. Само, када се том истом народу не пружи заштита на њиховим огњиштима, онда многа друга питања постају беспредметна, мада не и нелогична или неумјесна.

Сестре Лалић су од тада радиле са Слађаном у јавној кухињи. Свакодневно, мада посао није био лак. Требало је опрати онолике казане, оно посуђа што је било, али им је рад помогао да се боље осјећају. Биле су корисне. Нема већег дара од дара давања, а Зорани и Јелени су срца била пуна док су храниле изнемогле, жене, дјецу, труднице које једва стоје на ногама и могле су се породити свакога трена, па су се молиле Богу да некако стигну до Србије прије порођаја. Погледима су шарале по људима, тражећи оца и мајку, али нада и даље бјеше јалова. Од њих ни трага ни гласа, а више није имао ко да им пренесе вијести из села. То их је тјерало у очај из чијих раља су се отимале радом и свијешћу да помажу људима.

Као по прећутном договору, по завршетку смјене састајале су се код оне клупице. Да се испруже, одморе на трави, да опричавају своје муке из *Олује* и Колоне. Тако су Зорана и Јелена сазнале да се Слађана не може измирити с падом Крајине, видјело се да је све то боли, да је можда чак мало и хладна према људима, јер јој није било проблем да све одреда, рачунајући и себе, прогласи издајицама и дезертерима. Рекла им је да је била љута чак и на рођеног оца. Када су дошли до првог пункта за провјеру има ли у ауту способних за војску, оних који хватају штуру у општој гужви, њеном су се оцу од страха тресле руке док је давао документа неком голобрадом клинцу. Имао је потврду да је неспособан за војну службу, стопроцентно уредну, са потписима двојице доктора, али се плашио да ће га тај клинац извући из кола и послати на линију. Или оно што је од ње остало.

— Да ниси мало престрога, Слађо? Кад човјек није за рат, онда није за рат. Није једини који се плашио и плаши. А и гдје да се враћа кад зна да је све продато и издато, зар да сад изгуби главу кад је све изгубљено, и земља, и куће? Ваљда је боље што је сачувао живу главу — рече Зорана бришући руке од сад већ поштено замашћене фармерке.

— Можда и јесам, али не могу се помирити с тим да су тамо неке усташе тек тако ушле у мој град, узеле моју кућу, а ми се нисмо ни покушали бранити! Само смо се спаковали и у паничном страху нестали од тамо! Шта је било, свакако се умире, и то само једном. Више бих вољела да сам изгубила главу бранећи родни праг, него да је изгубим бјежећи. Као да није било других весељака, попут мог старог, који су ипак остали тамо! Љути ме тај кукавичлук, али признајем да тада нисам знала ово што сад знам. Да је све издато и продато. И да су људи учинили не знам шта, одбранити се није могло кад је та игра завршена за зеленим столом, без да нас ико ишта пита. Е, мој Радоване и Слободане, можете ли спавати?! А можда смо ми сами, као народ, ипак нешто могли да учинимо.

— Дај, Слађо, извини, али сад већ лупаш. Чиме да народ учини нешто против онолике и онако наоружане силе? Да се бранимо вилама и грабљама — упита Јелена.

— Можда и лупам. Али, растрже ме ово понижење које осјећам. Осјећам се јадно и биједно, баш као да су ме сатрли. Не мислим на тијело које је хронично уморно, говорим о души. Душу су ми окрнили. Кад већ помињеш одбрану, замисли да они, усташе, имају храбрости да кажу да су они бранитељи Грахова и да су га успјешно одбранили. Од кога? Бранили су мој град и моју кућу *од мене*? Да нисам ја или сви ми заједно запалили цијели град, сравнили га са земљом?! Ма иди. Мене ће то прогањати до краја живота. И онај војник који је тати прегледао папире рече, пропуштајући нас, да је свеједно ко пролази, а ко не, јер ионако нећемо далеко стићи! Каже то, а двоје нејаке дјеце у ауту! Па оно грозно понижење у Дрвару. Ми стигли, рекоше да засад нема даље, да ту морамо причекати, а од воље нам да ли ћемо ићи у спортски центар или на сточну пијацу. На *сточну пијацу*?! Зар и стока постадосмо у међувремену, па још међу својим народом? Колико сам само тада била повријеђена, тај чемер и сад осјећам! Тако се ми паркирамо поред цесте, појма немамо шта даље. Зора је рудила, изађох из аута да се протегнем, да се некако престанем трести од страха, а поглед ми паде на све нас. Видим како изгледамо и на шта личимо. На мени неке кломпе, немам појма кад сам их обула ни чије су, дјеца у пицамама, матер, сестра и стари у одјећи коју данима нису скидали, а и сви људи око нас били су тако тужна слика да је то Богу плакати. Можда су се томе веселили они нељуди са запада, можда су уживали гледајући путујући циркус, али прави, без костимирања и глуме, циркус у којем ти неће лав одгристи главу, него ће такву гнусобу покушати жив човјек!

Жал помјешана са срџбом у Слађанином гласу је узнемиравала Зорану. Мада је мање-више све то знала јер је и сама преживјела, ипак није о свему томе размишљала као Слађана. У општој бјежанији видјела је пуко спасавање голих живота, а не кукавичлук, али је сада морала себи признати да има нешто истине и у томе што Слађана говори.

Поглед јој паде на њежну цурицу, није имала више од пет година. Играла се са малим жутим псићем, право штене, превртали су се скупа по трави, а псић је у том игрању као гризе, чему се дијете слатко и звонко смије. Зорани кренуше радоснице низ лице, као да је видјела ружу која је никла из блата, која је тако румена да то блато око ње више и не примјећујеш.

— И питам стару, да ли је бар слике успјела да понесе — настави Слађана. — А она наравно каже да јој на памет нису пале. То ме заболи још јаче, само сам се савила поред аута. Узели су ми земљу, град, кућу, а сад више немам ни слика да се бар некад подсјетим да јесам некада била срећна, да се подсјетим на школу, пријатеље, родбину, на Шатор планину, мада она неће нигдје. Али те фотографије су биле посљедње свједочанство наших живота кући, задњи живи подсјетник на један радостан, частан и поштен живот. И њих више немам! Не знам која је будала или неки наивко покренуо причу да и даље вјерује у српску војску, да је све ово дио некакве тактике, да ћемо се брзо вратити, линија се враћа нама. Онда крену жамор, краја му нема, запали све одреда и, нормално, крену прича да ћемо на крају ми њих растурити, јер ко су они и шта нам могу, идемо ми лијепо назад у своју кућу! Коју црну кућу, зар не видје пламен који гута све пред собом? Кад су се захуктали у тој причи о нашој коначној побједи, појавио се ситан проблем, који се звао нема се шта јести! Што је глад постајала већа храброст је бивала мања, многи почеше сумњати у сопствене ријечи, али смо се ипак међусобно храбрили да ће на крају све бити добро. Какви луди људи! Биће све добро?! А мене мала од сестре вуче за рукав и тражи да једе, дијете је гладно. Срце ми пуца на два дијела, гледам дјечије сузе и не могу да јој помогнем, могла сам да је само помилујем и кажем да ће се убрзо нешто наћи!

Сјетивши се тога Слађана узе пуну шаку траве и бијесно је истрже из земље. Опсова нешто испод гласа и извуче још једну цигару, да се мало смири. Зорана и Јелена оћуташе. Шта да јој кажу? Испричале су јој скоро идентичну причу, која ионако још није завршена. Колона пристижућих људи је била бескрајна. И даље су долазиле вијести о томе да је ко зна колики број људи до сада погинуо, а гине се и даље.

Након што је отпухнула два-три дима, Слађана настави, читаво биће јој се вратило у те страшне тренутке, као да више није у касарни, да не види људе око себе. Није више било битно ни коме све ово говори, пукла је брана у њој и морала је пред било ким избацити све, па ако треба вјетар да је слуша, у реду је. Био је то једини лијек не само за њу, већ за многе који су проговорили прије ње, за многе који ће то тек урадити једнога дана.

— Стари је отишао да обиђе неке војнике који су стајали ту близу нас. Врати се поприлично брзо. Зачудо, насмијан. Понови ово што су сви већ причали, да је све то привремено, нема фрке, враћамо се својим кућама сигурно. Сати су се као године вукли један за другим, ми смо и даље чекали тај повратак, мада смо више мислили о томе шта ћемо јести. Од глади нисмо могли више ни мислити како треба, каква кућа и који рат, да је само корица хљеба и мало свјеже воде! А стари је сједио поред аута и нешто се смјешкао, питам га о чему мисли, о хљебу или ракији које нема, а он ми се тужно осмјехну и рече да му не стајем на муку, баш је замишљао како у „Звијезди" сједи и пије ракију, пјева и прича са људима, док мезе пршуту. Ту ми би стварно жао и њега и нисам се више љутила, он је и у тим најтежим тренуцима размишљао о дружењу с људима. Стизало је предвечерје, ми сви обневидјели од глади, кад нам приђоше неки људи, кажу да се горе, уз пут, дијели храна онима који ништа немају. Стара моја нас је одмах послала да ми млађи идемо јести, она као није гладна, може још да сачека. Би ми криво, па и ја рекох да нисам гладна, иако ме је већ хватала несвјестица, али ме је било стид да приђем неким непознатим људима и узмем храну из ко зна каквог казана, а много гладне дјеце свуда око мене. Да није било маме не бих ја стварно ни јела, али она није попустила док нисам и ја отишла да узмем који залогај. Оставили смо их код аута, а на потиљку сам осјећала тугу мојих родитеља јер не могу да помогну својој дјеци.

Отпухну дим цигарете, поћута мало, па настави.

— Не могу ни рећи све чега сам се нагледала тих дана. Неки су људи извршили самоубиство. Једноставно се објесе ту, пред нама. Ми гледамо шта раде и ништа нам не допире до свијести. Док ми схватимо да је човјек ријешио да се убије, он већ виси са гране. Онда је узалудан плач, узалудна је туга, закаснили смо да га спасимо. Прави терор је владао међу нама у том Дрвару. Најмучнији тренутак је био када се једна дјевојка породила у току ноћи. Мора да се измакла од људи, да је нико не чује, углавном, по ноћи се породила и одмах убила своје дијете, закопала га је испод једног грма да не падне усташама у руке. Од тога је полудила, ходала је међу нама крвавих руку и лица од њене и бебине крви, говорила је нешто што нико жив није разумио, као да говори неким непознатим хиљадугодишњим језиком. Помислих на Бога и како је све ово тешко поднијети, па у неком малом лудилу закључих да жена прича арамејским језиком, којим је и Господ причао док је био на земљи. Питала сам се шта би са оним да нам Господ никад не даје већи терет него што можемо поднијети! Је ли то флоскула или је неки писац измислио само да лијепо звучи? Била сам сигурна да је овај терет претежак за све нас и да нико неће издржати. Питала сам се гдје ми остаде младост, снови, прве љубави, безбрижно протрчавање кроз кућу да узмем јакну и излетим на састанак с другарицама. Све су нам узели, читав живот. Ни двије недеље још нису прошле, све то ми у главу не улази, али кад видим све ове људе и оно што се збива око нас, чини ми се да је онај живот био само сан, а да је ово реалност у којој сам живила од када сам кмекнула. А да сам све друго само сањала. Моја реалност и мој живот је био да се будим поред аута, на "коњским" ћебадима, а никада нисам сазнала зашто се тако зову, да будем мокра од главе до пете од росе која је пала по нама и препала дјецу, па вриштећи питају зашто су мокра, а ја их лажем да смо се синоћ сви лијепо купали, како се тога не сјећају, зар су били заспали кад смо их "купали"? Моја реалност је да сам нашла зета који је пристигао до нас пробијајући се преко планине Старетине, а нисам га препознала! Човјек је до јуче имао густу, црну косу као у гаврана, а сад је на глави носио бијели ореол, ни трунке црне боје више нема, сједи на асфалту и скида војничке чизме, а стопала му крваве од силних километара пређених кроз шуме, данима, јер је то био једини пут да побјегне од усташког ножа. Рече зет да ако било шта чујемо о повратку у Грахово, нека знамо да то није истина јер надмашује и научну фантастику. Тамо су сад они, тамо ће остати они, свиђало се то нама или не. Сједох на асфалт, загњуреног лица међу ноге, што ми од тада постаде навика, и плакала сам као никад до тада када је рекао да се нада да ће се пунктови брзо отворити и пустити нас да прођемо, иначе ће нам гроб бити одмах ту, усред града, усред спортског центра у Дрвару. Плач ми је прерастао у неконтролисано и сулудо смијање без престанка, понављала сам да то и није тако лоше, боље него да нас покољу на сточној пијаци, ехеј, како ли је тек њима, па ми смо лутрију извукли! Матер ме је петнаест минута тресла да дођем себи, замало је у гроб не послах, мислила је да сам заувијек прешла с оне стране ума и разума. Нисам могла ни јести ни пити, иако је мама неком чаролијом набавила кантицу млијека и нешто хљеба. Ја сам то као јела, али ми се у уста враћало, па сам одустала, нека остане дјеци.

Зорана и Јелена су слушале не погледајући једна ка другој.

— Умало сам пала у несвјест када нас је неки човјек, који нас је посматрао из своје куће три пуна дана, позвао да дођемо код њега, макар каву да попијемо и да се послужимо његовим купатилом. Чим сам му на праг стала осјетила сам анђеоски миомирис свјежих палачинки, учини ми се на трен да сам у својој кући, а кад сам отворила очи церекала ми се у лице неман с којом сам се у сну прије тога борила цијеле ноћи. Као да је хтјела рећи да је и то дио мучења, краткотрајни бљесак живота ког смо заувјек изгубили. Кад сам из купатила изашла и видјела их како сједе сви за столом, а ми прљави, непочешљани, јадни, док домаћица лети око нас и труди се као да смо плаве крви. Ту сам први пут видјела на телевизији улазак усташа у Грахово, како њихови тенкови газе стазе мог дјетињства, чула њихове демонске урлике среће, а у једном тренутку камера је само мало окрзнула моју кућу, довољно да знам да јесте то била моја кућа. Потпуно сам изгубила компас, урлала сам колико ме грло носи: „Шта је, у шта гледате? У издају своју, а, кукавице једне?! Зашто смо отишли, зашто се нисмо борили, шта сад паметујемо и као псујемо им мајку из неког Дрвара, гдје сте биле јуначине једне кад је требало бранити и град и ђедовину, само сте побјегли као зечеви, КУКАВИЦЕ ЈЕДНЕ!"

Слађана није примјетила да је почела да виче и да се људи помало одмичу од ње, мислећи да је млада душа изгубила разум. Зорана и Јелена скочише и загрлише је. Тјешиле су је дуго, а Слађана је преко њихових рамена гледала у нешто само њој видљиво. На лицу јој се појави застрашујућа гримаса од које се Зорана и Јелена уплашише, а Слађана рече:

— Ево моје среће, само сам чекала кад ћеш се опет појавити, ево моје немани, веће од рата, веће од живота, ево моје друге. — Без размишљања, Зорана јој удари шамар, да је некако врати себи. Протресе је тај шамар, очи јој се разбистрише, али су биле тужније него раније. — Ех, како се све понавља. Не замјерам ти Зоко, хвала што ме врати у „нормалу", ако је ико од нас више нормалан, али такву пљеску ми је ударила и матер када сам оно видјела на телевизији, па дерући се на њих истрчала из куће и трчала колико сам год могла, све док сам имала снаге, а када су ме ноге издале, само сам се бацила на земљу плачући и вриштећи. Матер је пошла за мном, једва ме је јадна жена стигла, а ја сам само викала да желим да умрем, сад и одмах, ту на том мјесту, чему одлагање неминовног? И ту ми је запуцала шамар, рекла да се и она исто тако осјећа, али да се мора наставити живити, ако ништа, онда бар због дјечице, зар желим да се убијем пред њима? Позвала ме је да се вратимо у ону кућу, али нисам могла поднијети присуство било ког човјека осим мајке, а свуда око нас су били људи. Рекох јој да одемо до нашег аута, у њему ноћ да проведемо. И би тако. Причале смо сву ноћ, свану нова зора, али се ниједне ријечи из те ноћи не могу сјетити таман да ме неко на главу преврне. Ујутру су се тата и сестра појавили из куће. Опет сам дрекнула на њих како то мора бити дивно бити таква издајица и мирно спавати у нечијем кревету, као да нема брига на овом свијету, као да живимо у бајци, да је важно да је њиховим дупетима добро у нечијој кући, неважно чијој, а нашу смо, ето, поклонили усташама без проблема. Тати је већ било дозлогрдило то моје приговарање, наљути се и викну да се уразумим, да погледам око себе, сви су све изгубили, нисмо ми једини, и да престанем са сулудим понашањем које препада дјецу. То ме је само још више наљутило. Спремна сам била свашта да му кажем, али се у том тренутку проломио невјероватан тутањ небом и зачула тако јако експлозија да је земља задрхтала као да је погодио земљотрес. Стари је успио да нас све повуче на земљу, пребацио је руке преко нас и викао да се не дижемо ни по коју цијену, напад на Дрвар је почео. И ето, само та геста, тај његов

| 543 |

загрљај је учинио да га опет заволим и саму себе прекорјевам што сам тако оштра према њему. Небо и земља су почели да горе око нас, а ја сам плакала зато што сам увриједила свога тату. Ајме мени, уморих се од приче, није лако поново проживљавати све ово, идем да видим треба ли коме шта у кухињи или матери и дјеци, па на спавање. Видјећемо се сутра.

— А кад ћемо ти породицу упознати, теби то никако да падне на памет, а баш бисмо жељеле — упита Зорана.

— Свашта и од мене — узврати Слађана. — Никако да се сјетим тога. Ма сутра, наравно, чим сване. Али, чекај Зоко, зар си ти већ заборавила моју мајку? Нисам баш сигурна да си упознала моју сестру Јагоду, али знам да си упознала стару, ту нема сумње.

— Ајме мени, ја сам стварно то сметнула с ума! Извини, молим те, али свеједно бих је опет жељела видјети, а и Јагоду да упознамо.

— Нема фрке, добро се можемо сјетити како се зовемо, ко ће сад попамтити све људе које смо упознали у животу. Ај' онда, видимо се сутра — рече и, пољубивши их, оде.

Док су полазиле на починак, Јелени се оте тежак уздах.

— Јадна Слађа. Кроз шта је све прошла, па то је страшно, добро је жива и нормална.

Зорана је погледа у чуду, нетремице је пиљила неколико секунди, па се из дубине душе насмија и загрли сестру.

— А ми нисмо? Е, моја добрице добра, шта ћу ја од тебе, свако ти је важнији од саме себе — рече, љубећи је по образу.

Тешка ноћ се спушта над Бањалуком. Свака је као оловна. Злобна, пуна бола, вриска испрепадане дјеце, тихих суза мајки и забринутих ријечи људи који нису знали шта да раде и како да дочекају сутрашњи дан. Ако га живи дочекају.

74

И наредни дан је почео кукњавом и сузама. У току ноћи су умрле двије постарије жене, да није било рата не би им још дошло вријеме да ору небеске њиве. Преминуо је и један дјечачић. Мајка га је носала у наручју кроз касарну, већ поплавјела стопала су му вирила испод ћебета којим га је обмотала, да леш није гријала њена топлота већ би се потпуно укочио. Објесили су се један човјек, имао је око четрдесет година, и његов син који није могао имати више од четрнаест година. Причало се да су жену и кћерку тог човјека усташе ухватиле живе, али оно што су им урадили нико није могао да превали преко усана. Сваки је злочин језив, али ово је било толико монструозно да они који су знали шта је урађено тој жени и дјевојчици нису били сигурни да ли би преживјели кад би све само изговорили.

Нешто страшно ће се десити? А како се ово звало што већ данима преживљавају, да није то можда пикник на Плитвицама? Шта је могло бити страшније? Разне су вијести стизале са ратишта које то више није било. Понека омања јединица Срба још се ту и тамо борила, али су у року од сат-два сви били или заробљени или поубијани, чешће побијени јер више није имало сврхе држати заробљенике. Свјетски медији су и даље суштински игнорисали збивања на Балкану. У њиховим вијестима је највећи егзодус једног народа још од Другог свјетског рата, а можда и дуже, био безначајан, као фуснота у књизи, па су за Колону одвајали нека два минута.

Српски и хрватски медији су, међутим, увелико радили као парна машина. Били су обузети Колоном, али се ту није знало ко више лаже, мада се вјеровало да у овој дисциплини Срби ипак предњаче зато што су настојали да прикажу да се ништа превише озбиљно, а камоли драматично, не дешава, да је све то тактика и војни маневар после ког ће се сва ова сила цивила вратити својим кућама. Јуначки су игнорисали стање на граници са Србијом, која је била затрпана живим лешевима, јер су сви ти јадни људи који су покушавали да је пређу били ходајући мртваци без душе. Многи су ту и тјелесно умрли, чекајући отварање границе. Шта све нису проживјели и пропатили у Колони да би стигли до ове границе, фалио је буквално само један корак да је пређу, али им није допуштано. Умирали су са погледом у оно што су сви називали отаџбином. Управо зато, један од официра, видјевши како стоје ствари, узео је пиштољ, побио своје двоје дјеце, супругу, на крају се и сам опростио са животом. И није био једини који тај зид на граници није могао ни да замисли, а камоли да стоји пред њим немоћан. Посебно што се знало да и они што су успели да пређу, махом жене и дјеца, из неког идиотског разлога бивају утрпавани у аутобусе који су их одвозили према Космету, имали они тамо родбину или не, а већина није имала ни познаника, а камоли род рођени.

Било је важно склонити их што даље од Београда. Не дозволити избјеглима да буду чак ни у удаљенијим градовима, попут Ниша, Крагујевца или Краљева. Каква је то била нова Милошевићева стратегија није се знало, али није било сумње у то да Колона не престаје да постоји доласком у Србију, већ се продужава, у великој мјери, све до Косова и Метохије. Да пренасељене градове не подбуне против власти и тако јој дођу главе или да поправе националну „крвну слику" јужне покрајине? Поузданог одговора није било, али се у том правцу размишљало, јер није било ни логике, нити оправдања, да ови страдалници морају, послије свега, да буду смјештени баш тамо гдје су Срби прогањани и прије него што је избио овај рат.

Тужне због умрлих током минуле ноћи, Слађана, Зорана и Јелена су подијелиле скромни доручак, а ипак многи осташе гладни. Онда се запутише на своје старо мјесто, не усуђујући се да мрдну ван круга касарне. Овдје су осјећале некакву сигурност која им је била пријеко потребна. Тим више, што их страх никако није напуштао. На „њиховој" клупи су сједиле двије жене, није било сумње да су мајка и ћерка, а поред њих, на трави били су дјечак и дјевојчица. Мјеста на клупи за њих није било, али које би дијете прије сјело на клупу неголи на траву? Зорани би тешко када је видјела колико су малишани мршави и неиспавани, са огромним тамним колутовима око очију. То не следује ничијој дјеци и нигдје, али овај рат је био особен и по томе што се на сваком кораку збивало оно што не би смјело да су сви људи то заиста и били.

Када су се сусрели Ранкин и Зоранин поглед, Ранка, Слађанина мајка, поскочи са клупе, а Зорана се залети и загрли је као да грли мајку. Дуго и снажно су се грлиле, а Ранка је љубила Зорану куд је стигла, док су се обје гушиле у сузама. Пријеђоше им и остале дјевојке, онда и дјеца која су им се хватала за сукњу или ногу. Остадоше тако загрљени, у сузама и бесконачном понављању једног те истог: Боже, хвала Ти што си нас живе сачувао!

Смирише се, сједоше. Зорана ухвати Ранкину руку, Јелена Јагодину, па кроз сузе и смијех рекоше Слађани да су јој привремено киднаповале породицу, да им је потребна заштита и топлина њихових руку. Јелени се учини као да држи руку своје мајке. Ранка је била надомак педесетих, и даље изванредне

| 547 |

природне љепоте, са понеком једва видљивом бором, лице јој је сијало као дијамант. Није имала тамне колутове, а очи су јој варничиле искрама пуног живота. Свеукупно, одударала је од свеприсутне атмосфере смрти. Кад се у једном моменту насмијала весело, звонко и заразно, засмијаше се сви не знајући чему се смију, али их није било брига, душа им се ослобађала и чистила на лицу мјеста. Таква је била Ранкина енергија и ментална снага. Зорана схвати да је управо то спасило и Ранку и Слађану сигурне смрти, вјероватно и Јагоду.

Јагода је била помало ћутљива, нон-стоп је устајала и трчала за дјецом ако би отишла предалеко, а превише је било и пет метара од ње. Могао их је неко зграбити и однијети, ко зна шта је ружно могло да им се деси, мора човјек на све бити спреман и о свему мислити. И она је, ипак, имала онај топао и широки осмјех, у очима би јој се радо распламсало весеље само да су ствари биле другачије.

— Још ништа не знате о родитељима, је ли, руже моје дивне — упита Ранка.

— Ништа — покуњено ће Зорана.

— Ни ми за Војина, њега се ваљда сјећаш, Зоки? Ништа ни за зета не знамо, Јагодиног човјека Милорада. Остадоше у Дрвару и од тада немам појма шта је с њима двојицом.

— Како у Дрвару, кад је већ пао и њихов је? Требало је да се до сада јаве, ма шта да се јаве, да се појаве! Извините, ово моје чуђење сигурно никоме не користи — снуждено ће Јелена.

— Хтјела сам то синоћ да вам кажем, али сам се толико потресла да нисам имала снаге — убаци се Слађана. — Ни сад нисам у некој форми, али све је лакше када је дан и када је мама ту. Сјећате се кад сам рекла да се наједном чула страшна експлозија, кад је постало јасно да је почео напад и на Дрвар? Не могу вам описати у каквој смо се паници убацили у ауто, а стари је морао да примјени сву вјештину вожње да би аутомобил одржао у покретном стању, јер су сви, наравно, кренули у истом трену. Стравична гужва, све праћено експлозијама, плакањем, вриштањем, виком, а било је и самртних роптаја кад би бомба погодила ауто посред Колоне. Ни дан-данас не знам шта је то нас сачувало да нас ништа није погодило. Возили смо како смо могли у тој гужви, а ауто није још хтјео да повуче како треба, па сам размишљала да би било боље да и нас стрефи граната, доста је било ове агоније која исисава већ задње капи снаге.

— М'рш тамо, кобило једна, никад више да то ниси рекла — викну Ранка на кћи, зацрвењевши се од љутине као рак.

— Добро, мама! Знаш да сам обећала, нећу то пожељети више никада! Ионако ме је срамота сву појела кад сам погледала дјецу и схватила шта сам помислила. Стижемо до некаквог пункта, опет наша војска зауставља и претреса, али сад не гледају документа већ има ли мушко у ауту. Ако има, да излази напоље и бори се, не занима их ни да ли је некоме нога краћа, сви има да иду на ратиште и готово! Стари је стегао волан и само понављао војнику, који нам је кундаком ударио по аутомобилу, да нема за шта да се бори, да су нам синоћ запалили кућу, Грахово је пало, а очигледно пада и Дрвар. Куда да излази, за шта, коме, зашто га тај овако немилосрдно шаље у смрт? На то пицопјевац изгуби стрпљење и упери пушку у ауто. Каже, нема више приговора, или да тата излази или ће пуцати. Није имао избора, стари је изашао, изгрлисмо га и изљубисмо, а онда онај војник дрекну да нисмо на корзоу, да пожуримо. Тата се, улазећи у камион, окрете и рече: „Проклета била, зашто ме остављате?". Не знамо коме је то упутио, али нас погоди тон којим је то рекао, а његов поглед још више. Ко је проклет, ми, добре виле или цијела Крајина, сазнаћемо кад га опет видимо. Тад смо га видјеле посљедњи пут, од тада ништа о њему не знамо.

Уздахну дубоко и припали цигарету, на шта јој мајка рече да је боље да запали оно што нит се пуши, нит се једе, па се Зорана и Јелена ухватише за стомак од смијања. Никада нису чуле да је неко некоме рекао теко нешто, а посебно мајка своме дјетету. Али, то је Ранка, жена посебна у сваком погледу.

— Како сте овдје доспјеле — заинтересова се Зорана кад их прође смијех.

— Нема ту много приче. Одатле смо се до Петровца довукле на једвите јаде с онаквим аутом. Истина, не сјећам се ни најмање ситнице од кад је тата отишао, до Петровца. Чим смо стигли, Јагода спази повећу скупину Граховљака, жене, дјецу, ђедове и бабе око неког лонца пуног хране. Познавала сам свакога од њих, али ми се чинило да не знам никога, да су то ликови из неког мог давног сна. Нисам могла да се сјетим ниједног имена. Уши је пробијао плач гладне дјеце, била сам и сама гладна до бесвјести, али ме је било стид да пријем и затражим тањир хране. Да се мама није дочепала једног тањира и подијелила са мном, ни тада не бих јела. Имала сам потребу да само побјегнем од људи, макар накратко, али то је било немогуће јер су избјеглице биле на сваком кораку у граду. Дуго сам шетала док се број људи око мене није почео смањивати и маса разређивати, кад на своје чудо угледах старца који сједи на клупи, пуши лулу и у нестварном миру чува четири козе. Скоро осорно ме пита у шта гледам, кажем да не гледам ни у шта посебно, него не знам шта друго да радим. На то ће он: „Како не знаш, чекај да прође!". Погледам га у чуду и питам шта да прође, а он вели да прође све ово, и бјежање, и рат и, на крају крајева, сав живот. Уплаши ме, мислим и сад да није био стваран, већ неки или демон или анђео кад у таквим тренуцима има овакав мир, кад је потпуно сталожен! Окренух се на петама и као из топа потрчах ка мами и Колони.

Слађана је причала да је у Петровцу све било организовано, већ су имали аутобус за жене с малом дјецом, да их пребаце до Бањалуке. Војници су пожуривали мајке, ситна дјеца нису престајала да плачу на сав глас.

— Јагода и клинци једва уђоше, мама је и за то заслужна. Да их она није толико гурала не би ни ушли, али је стара само понављала да треба спасити себе и дјецу. И тај растанак бјеше страшан. Мала Вера је прислонила главу на стакло и плачући викала из све снаге да нас воли и да ће нас чекати. Јагода и Ненад су били у истом стању и тада сам осјетила да мама жели нешто да каже, већ сам знала шта. Само сам је загрлила и рекла да не изговара ништа, да остајемо заједно ма шта да се деси, раздвајања нема. И тако остасмо гледајући за аутобусом који нам односи још један дио живота, баш као када је и тату одвезао онај војни аутобус, без гаранције да ћемо се икад више видјети.

75

СРБИЈА
Тамо далеко, преко Дрине

И повратак у стварност, у болну садашњост, био је изненадан, муњевит. Нико није знао да се то спрема, можда и није могао знати кад су одлуку донијели ко зна који људи, ко зна гдје, ко зна када. Од почетка хрватске *Олује* прошло је десетак дана. Стизале су вијести да се понегдје воде омање борбе, али је свима било јасно да је све готово. Изгубљено је све, неће бити враћено. Истина, још је било оптимиста који су мислили да се само привремено склањају у Србију, своју отаџбину, која ће их дочекати раширених руку и отворене душе. Када дође вријеме размишљаће о томе зашто су те руке биле толико раширене да су сезале све до Космета, уз објашњење да у остатку Србије нема довољно мјеста за све њих.

Већ тада су о Косову многи говорили као о некој другој земљи, на другом крају свијета, а не дијелу Србије. Од својих мука нису на то обраћали пажњу. Било је важно само прећи преко Дрине и спустити ногу на тле Србије, па ће се народ снаћи. Неће их, ваљда, Србија оставити на цједилу!

Пронесе се вијест да је Колона "отањила", да ће кроз највише дан-два сасвим нестати. Ко је успио да побјегне, успио је. Који нису, шта да се ради, нека се запали свијећа и помоли за најбоље, више од тога није се дало учинити. Касарна и све око ње, као и читава Бањалука, још је била претрпана људима, па се кренуло са организованим аутобуским превозом до Србије. Пси рата нису пропустили шансу да још једном и што више ојаде напаћени народ, да им отму посљедњи залогај из уста. Превоз су наплаћивали папрено, а ако ниси имао новац, онда дај шта имаш, сат са руке, наруквицу, минђуше, ланчић, огрлицу, прстен. Златан накит је једини имао прођу. У обзир није долазило само једно, а то је да не платиш и да ипак одеш. Ето, тако су Срби небески народ, сложан, помажу једни другима у невољи, одреда су браћа и сестре и пред Богом и на земљи. То што тај небески народ није могао да лети, а и није био у неким висинама тих дана, није значило ништа, „слобода или смрт" је значило све.

У јутро осмог, деветог, а можда и десетог дана боравка у касарни, више нико није знао који је дан, нити је могао да прати колико је дуго ту када је сваки дан био исти или још јаднији од претходног, шеф оне јавне кухиње дође и ужурбано рече да је нашао превоз за двије особе које су вољне да иду. То мора бити сад или никад, па нека покупи личне ствари онај ко је хтио отићи, нека улази у аутобус за инвалиде. Пут је бесплатан, али је током вожње, ако устреба, требало помоћи медицинској сестри око рањеника или возачу, који је такође био медицински радник.

Зорана и Јелена се згледаше, а онда погледаше у Слађану. Она истог трена повика да искористе прилику, оца и мајку могу сачекати и у Србији, само да се спасу ове касарне у којој се полако, али сигурно, губила памет. Бацише поглед по цијелој касарни, у којој је владала стална пометња, јад, плач рањених и обогаљених, оних који очито само смрт чекају јер им спаса нема. Зорана преломи.

Ово више није могла да поднесе, нити да живи на самој ивици постојања. Није имала снаге за сав тај јад око себе и у себи, и тек тада схвати да је постала слабашна, да јој копни нада и да мора учинити једино што може ако не жели да полуди или свисне. Мора отићи. Јелени није требало ништа објашњавати. Само је погледала. Без ријечи, Јелена одлетје до собе и узе оно мало њихових ствари, а биљац и џинс јакна нису смјели да буду заборављени. Уз грљење и љубљење са Слађаном, уз ријеку суза која би трајала много дуже да шеф кухиње није пожуривао говорећи да ће аутобус кренути и без њих, Зорана на брзину записа број телефона кумова у Београду код којих намјеравају отићи. Паде обећање да ће се сигурно јавити, да ће се опет срести, да контакт неће бити прекинут, али су сви осјећали да је ово крај, да се виде задњи пут јер живот тече у другом и свима непознатом смјеру.

То је оћутано. Хтјеле су се поздравити и са Ранком, Јагодом, малишанима. Шеф је опет дрекнуо да улазе јер врата само што нису затворена. Тако су Зорана и Јелена ушле у аутобус који их занавијек одвози од њихове куће, родног села, града, Крајине, па и Бањалуке са све Републиком Српском. Обје су се надале да ће се догодине срести у Книну или другдје у завичају.

Да нема те наде плакале би још више док су махале Слађани, која скамењена, нијема, стоји гледајући аутобус који јој, у тако кратком року, опет одвози из живота људе који су заузели безгранично мјесто у њеном, чинило се, бескрајном срцу.

76

Пута до Србије нису се касније сјећале ни Зорана, ни Јелена. Пратио их је једино осјећај да је све било убрзано. Дрвеће је напросто летјело поред њих, а цеста је била поприлично прочишћена. Колона људи је, изгледа, ипак завршена. Наилазили су на поједине аутомобиле и ријетке аутобусе у смјеру ка Рачи. Било им је чудно што су у аутобусу за Београд, а иза њих остаје све њихово. Тада су први пут схватиле да је то њихов дефинитивни одлазак, да од виђења у Книну неће бити ништа ни догодине, нити било кад. Изузев, можда, што ће се посјећивати. А ко ће кога посјетити и да ли ће кућа још постојати, да ли ће Хрвати допустити, то нису могле знати. Ни оне, нити било ко од бивших припадника Колоне. Морали су сав напор и оно снаге што им је претекло да уложе ка напријед, у дане који долазе.

И Зорани и Јелени било је јасно да је живот у Србији велики изазов, да рат за њих није завршен, неће се водити оружјем, али ће бити једнако бруталан. Чекао их је рат за голо преживљавање у непознатој земљи, која би требало да им је као друга кућа, али су обје слутиле да од друге куће нема ништа и да иду тамо гдје не припадају. Повремено би се разлегао јаук неког инвалида, када би аутобус мало оштрије улетио у неку кривину или налетио на рупу на путу, или би се чуо пригушени јецај онога ко је без сумње плакао због свега онога о чему су Зорана и Јелена размишљале. Њима, из аутобуса, повратка кући нема, грабе ка Србији.

| 555 |

Схватиле су да су на граници тек кад је ушао неки униформисани човјек и тражио да, ко има, покаже личну карту, пасош или било који лични документ. Показале су и оне личне карте, а аутобус је кренуо преко границе као да улази у неко мистериозно мјесто, за које не знаш да ли је стециште добра или зла, шта ће ти се ту догодити. Милио је као да прелази у неку нову димензију, можда посред црне рупе која се, ето, појавила и на земљи.

Као да је у коматозном сну, Зорана из Београда назва кумове и разговарала је с њима а да није знала шта тачно говори нити шта чује.

Утом је Јелена повуче за рукав и рече да се неки таксиста нуди да их одвезе гдје год желе, не морају да плате. Биће да се сажалио на двије младе дјевојке, на чијим се прерано остарјелим лицима читао сав њихов живот, исповјести му нису биле потребне. Први пут послије равно десет дана су се као људи окупале код кумова. Зорани ни тада није пошло за руком, колико год да јесте покушавала, да са себе скине мирис Колоне, прогнанства, јада, биједе и смрти. Пријала јој је топла вода, није знала какво блаженство и смирај може донијети када је дуго ниси имао. Али узалуд су сви сапуни, шампони и парфеми, мирис Колоне је опстајао у цијелом бићу, у души, срцу, у ноздрвама. Питала се хоће ли икада извјетрити, да ли ће га се икада сасвим ослободити.

Кумови су их сутрадан одвезли на жељезничку станицу. На воз до Бечеја, гдје је живјела Зоранина и Јеленина старија сестра са породицом. Чим је крочила у воз, Зорани се врати сјећање на кнински воз, на оне драге људе, необавезне и веселе разговоре људи које није познавала, али их је вољела, као и на оног чудног господина. Сјети се тог воза који ју је одвозио у школу, гдје је проживјела најљепше дане свог живота, када се осјећала као у бајци. Тај исти воз враћао јој је кући, гдје је све мирисало на сијено, на топли хљеб из рерне, на кришке са домаћом машћу пошећерене или посуте алевом паприком, од чега добијеш такву енергију да је не можеш потрошити васцјели дан шта год да радиш и чиме год да се бавиш.

Воз за Бечеј био је сасвим другачији. У њему све жалосна и уплакана лица, махом избјеглица, као што су и оне саме, људи који су путовали тамо-вамо, лијево-десно по Србији покушавајући да нађу било какав смјештај. Опет је ухвати тјескоба као кад је била у Колони и није могла дочекати да изађе из воза. Стигоше, најзад. Тек у сестрином загрљају са рамена им спаде мало оног терета ког тако дуго вуку. Послије дугог времена, по први пут осјетише да су сигурне као некада давно, да им се више ништа ружно неће догодити. И да их нико неће убити.

Ипак, дани су им били испуњени тугом и бригом, ништа се не зна о оцу и мајци. Ноћи су биле теже, плашиле су се сна, јер чим склопе очи пред њих искаче ова или она језива успомена, а у сне им долазе на стотине лешева, дјеца без глава, бебе плаве од смрти. Носиле су се са тим као да нису колико јуче престале да буду дјеца, није било другог избора осим испливати или потонути.

Већ првог јутра одоше у Црвени крст да се распитају за оца и мајку. Сестра Душанка их је упозорила да узалуд иду, и сама је исто то покушавала свакодневно, али информација нема. И би тако. Са једног шалтера слали су их на други, са тог на трећи, а одатле напоље. Линије су, кажу, или заузете или у квару, нико није могао ништа да им каже.

Већ другог дана постаде им неугодно, иако су биле код сестре. Било их је стид што сметају. Сестра и зет су имали малишана, преселили су га из његове собе у своју и тако направили мјеста за њих двије у ионако маленом стану. Па ипак, тај стан је био рај послије свега што су преживјеле. Али, трећег дана свима грану сунце, кад се врата отворише и зачу уморни, испијени али најдражи глас на свијету. Глас мајке!

— Дајде ми неко помози са овим стварима, не могу више вући, ђе сте се посакривале, шта лежите?

Вихор је протресао њихове душе, вихор среће и радости, а Зорана, кад загрли мајку, само осјети да јој ноге попуштају. Да је све три не придржаше, срушила би се као покошена трава.

— Па, како, мајко?! Одакле ти, како си — поче Јелена да запиткује већ са врата.

Матер је укори као да се ништа није десило, као да су у својој кући у оном, сада већ стварно далеком, селу и времену. Рече да је пусти да сједне бар на трен и попије чашу воде, умријеће више од напора. Зар ју је тако васпитала и учила? Прекор изазва смијешак код Јелене. Мајка као мајка, десило се најгрђе што се икоме могло десити, али је она и даље чврста и неуништива, опомиње на ред и културу чак и кад је рат.

— А мучи, не знам ни ја како сам. Тата није хтио из села ни за живу главу, никако није хтио да повјерује да је све пропало, да мора отићи из рођене куће, у страну земљу, ако хоће да сачува главу. Шта је њему Србија него страна земља? Нема он, вели, ништа са овим осим Душанке и њене фамилије, и зашто би ишао тамо кад има своју кућу? Говорио је да је све привремено, да се наши морају вратити на положај, вратити све линије и оно што је изгубљено. У супротно га нико и ништа није могао убиједити, па ни оно што је видио сопственим очима. Ја више нисам могла издржати да не знам шта је са вама, нек носи ђаво и кућу, и земљу и све, шта ће ми било шта на свијету када не бих имала вас, не дај Боже, када би се вама нешто десило? И тако ме је то незнање морило из дана у дан, из ноћи у ноћ, док нисам могла више издржати, па натоварим ово нешто биљаца што нам је остало, бар нешто да спасим из куће, покушам још једном тату наговорити да пође са мном, али наравно узалуд, и кренем пјешке. Па куд стигнем, стигла сам. Ако и стигнем, можда ме неко од оних усташких аждаја убије на путу. Богу хвала, није. Кад сам прешла тридесетак километара, стаде неки љубазан човјек с аутом, чудо је срести љубазног у оном паклу, и пребаци ме до Бањалуке. А она, још крцата избјеглицама иако су многи већ отишли за Србију. Осјећала сам некако да сте и ви успјеле отићи. Све и да нисам осјећала, нисам гдје имала тамо да будем. И тако, нађем неки аутобус, узе ми онај ђаво за воланом задњих десет марака за превоз, нисам себи могла купити ништа ни за јести, и ето. Некако се докотрљах овдје, у нади да ћу вас наћи. Хвала драгом Богу, те сте ту.

Сада кад је мајка ту, ноћи су постале теже. Остала је брига за оцем. Није се знало ко ноћу више уздише и плаче. Чим мајку превари сан, плачу Зорана и Јелена, и обрнуто, а мајка је умјела и несвјесно закукати као да Стевана нема више међу живима. Овако се није могло дуго издржати, а да изађе на добро.

У свакодневним одласцима у Црвени крст да ишта сазнају о оцу, дознаше да је отворена јавна кухиња, па почеше да се хране оброцима које су ту могле добити. Вјероватно је то била најгора храна коју су икада окусиле, ни болничке порције се с тим упоредити не могу, али нису хтјеле да откидају од сестриних уста, ионако је слабо зарађивала, а ни зету није ишло боље. Троје додатних уста је превише, па је Милица доносила храну из јавне кухиње упркос увјеравању кћерке да у кући има довољно за све. Није их напуштала ни нелагода што у тако малом стану праве гужву, мада им нико није приговорио. Пријавише се за добровољни рад у јавној кухињи. Да кувају, перу посуђе и помажу како год треба, наравно бесплатно.

Ни то није потрајало, осмјехнула им се срећа у несрећи, уколико је у таквом животу ишта могло да буде срећа, ако си послије Колоне и рата био уопште способан да препознаш срећу и макар накратко јој се препустиш. Тражени су радници за брање јабука на фарми, па се Зорана и Јелена одмах пријавише. Аутобус их је купио у цик зоре, у пет ујутру, и возио на фарму гдје су малтене без паузе радиле све до четири поподне. Мртве уморне, аутобус би их враћао у град. Теже од физичког умора пао им је психички. На тој фарми проливене су многе сузе, јер се радило за багателу за локалног богаташа, коме је било свеједно да ли због врућине и посла падаш у несвијест, да ли имаш воде и имаш ли од чега да спремиш бар сендвич. А њихове родне њиве и ливаде, које је требало да обрађују, да је среће и мира, звујале су пусте и, знале су, брзо ће их прекрити коров.

Ни то што су се враћале са посла у прљавим гуменим чизмама које су се морале сапирати цријевом, ни то што су ишле на посао одјевене у старо зетово радно одијело, остало му неколико из доба кад је радио на циглани, ни то што их је власник фарме гонио да раде као да су робови, ни то што су једва могле да пипну ручак који је сестра оставила да имају кад дођу, ништа од тога није их бољело као чињеница да нису у својој кући, да су њихови коњи усамљени, ако су остали живи, и сигурно се чуде гдје су им газде тако дуго.

Зорана и Јелена су се најбоље осјећале на шеталишту поред Тисе, подсјећало их је на природу у којој су провеле сав дотадашњи живот. Шетале би сатима, без ријечи и дубоких разговора, задубљене свака у своје мисли, тражећи бар мало мира крај ријеке. Сјеле би понекад на клупу и кришом припалиле цигарете, које су исто тако кријући купиле, и посматрале Тису. Ни по чему није била ни принијети Зрмањи, али је ипак дјеловала смирујуће, вода мирно текла и доносила неки заборав и мир, као да има моћ да човјека на неко вријеме удаљи од свега што је пропатио.

Ту су упознале још једну Крајишкињу. Није било потребе за конвенционалним упознавањем, кад су се само погледале знале су да су из истих крајева. Иста туга и мука им је записана у очима, исто су ходале, мало погрбљено, као да због невидљивог терета не могу сасвим да се усправе. Здружиле су се као да су сестре. Драгица је била Личанка из Мазина. Живјела је с родитељима у старој, напуштеној кући поред цркве. У ту кућу одлазиле су много пута да попију каву и мало се склоне од свијета, од земље Србије, која је требало да буде и њихова, у којој је требало да осјећају да јој припадају. Али, тог осјећаја није било. Као и толики други, биле су прогнаници из свог краја, а избјеглице у рођеној земљи. А није да су жељеле да буде тако. Напротив. Не можеш, ипак, да будеш нечији ако те он једноставно неће, ако му ниси важан, ако има преча посла, ако је исти као ти, али је у нечему другачији. Свој је на своме.

Двадесетак дана живот им је био такав. Фарма и тежак рад, понекад шетња кејом, нека сакривена цигарета, нешто мало дружења са Драгицом. У ноћима нису могле побјећи од страха због судбине оца. Трагале су за њим из дана у дан. И у општину су ишле да зову са неког телефонског броја за изгубљена лица. Међутим, свако је звао свога и нико није налазио никога.

77

— Тата!

Сједиле су на каучу послије још једног напорног дана и гледале телевизијски дневник, више из навике него што су хтјеле. Вијести су биле идентичне или сличне, као да су их преписивали једни од других. Политичари су лагали, сваки своме народу, лопови су крали и мафијаши убијали. Између тога, на претек је било пјесме и весеља, у једној отаџбини свих Срба царовало је оно „пусто турско", изненађујући и тешко подношљив шунд и неукус. Криминалци су слављени као хероји, умјесто истинских хероја, а курве величане као да су честите жене, као да честитости нема. Највећи замисливи друштвени отпад је дочекао својих пет минута, мада би се комотно могло рећи и пет година. Људи који нису знали, како би народ рекао, да чувају двије нацртане овце, који нису завршили ни основну школу, водили су коло и били главни. Народ није имао ни хљеба, а они су се башкарили у бијесним колима, новостеченим вилама, разбацивали новце као да их беру с дрвећа, некажњено убијали било кога ко им се успротиви.

На улицама Србије, а нарочито Београда, дивљао је неки рат, само не онакав као у Хрватској и Босни. Сваког дана било је мртвих и ријечи „видимо се у читуљи" нису биле само наслов неког документарног филма већ вјеран опис стварности, онога што се заиста догађа. Никога није било брига за то, исто као што нису марили за патње српског народа из Босне и Хрватске, чија је невина и мученичка крв некима омогућила да се обогате, да се купају у парама насталим и на дјечјим лешевима. И дио свештенства се приклонио таквом овоземаљском свијету, није им било до дијељења судбине свога стада, па су црквену крштеницу за дјецу давали само ако је родитељи плате девизама. Поједини су, не знајући шта више у објести да чине, у приватним златарама наручивали за богослужење ланце са привјеском у оригиналном златном одливу њихових склопљених шака, тешке више од два и по килограма. У историји српског народа није упамћен такав блуд и разврат као у то вријеме, никада се поштени Србин није више стидио, нити су му од срамоте горјели образи као тада.

Послије само три дана живота у Србији, Зорана и Јелена су морале да почну да обуздавају порив да оду одатле исто онако брзо као што су дошле. Није ово била њихова земља, нису јој припадале и никада неће. Требало је, ето, нешто мало времена да то и освијесте, да почну о томе мислити. Стање у држави само их је подстицало. Чак су, током једне шетње крај Тисе, започеле разговор о томе, али су га веома брзо завршиле. Док не сазнају шта је са оцем нема планова, не може се ићи напријед. Живот је стао у том ишчекивању.

— Тата — поново узвикну Зорана скочивши са кауча. — Ено тате, оно је тата, ено га стоји, то је тата, то је тата, то је тата...

Викала је избезумљено кроз сузе које су пљуштале као водопади. На дневнику је ишла вијест о задњим избјеглицама из Книна. Одлазе у „конвоју", новом телевизијском термину који је замјенио ријеч Колона. А конвој је, без сумње, звучао модерније и мање језиво. Како год, и задњи Срби одлазе са својих огњишта и свете српске земље под покровитељством канадског УНПРОФОР-а. Када је сниматељ ушао у један од аутобуса на Рачи, камера је пала на човјека који је недвосмислено био

Стеван, у својој жељезничкој јакни и капи французици. Видјело се да ставља неку кесу у прљажник изнад сједала. Од среће нико жив у кући није могао причати, само су се међусобно грлили и проливали сузе радости и олакшања, које су им даривале неку врсту ослобођења.

Стигао је слиједећег јутра. Тихо је, у шест сати, покуцао на врата која је отворила мајка Милица. Она због узбуђења и среће ока склопила није. Рекао је да није хтио да их по ноћи узнемирава, већ је преспавао на клупи у парку. Таман се Милица спремила да због тога по њему оспе паљбу, ту, већ на вратима, зато што послије онакве неизвјесности и страха ког је проживио још брине да њих не узнемири и иде спавати под ведрим небом! Погледа га мало боље и већ спремљене ријечи само замријеше. Честити, добри Стеван, поносни домаћин, ваљани радник, предсједник мјесне заједнице, човјек који се никада и нигдје није морао постидјети ниједне своје ријечи или поступка, човјек хода управног као Динара, ведра чела и чисте душе — сада је био мршави старчић, погурен, осушен, блијед као крпа, дивљег погледа и без предњих зуба, са остатком неколико крхотина. Милица је занијемила.

Када су им дјеца устала, осим што су се изљубили и изгрлили, није им дозволио да га ишта питају. Њему треба времена, ако могу да га мало оставе на миру, да дође себи. Рече тек толико да га је спасила Дара, жена из њиховог села удата у Split, која се некако пробила и дошла да покупи своју мајку. И тако је Дара питала мајку да ли је ико од Срба остао у селу, ова јој рекла за Стевана, да се крије у оближњој шуми, тамо су га и нашли и пребацили до Книна, и то у сједиште снага Уједињених нација, којима су тада командовали Канађани, да ту сачека превоз за Србију. Упркос срећи што је жив, свима је било мучно да га гледају тих првих дана, да се суоче са тим шта је постало од онаквог човјека за тако кратко вријеме, да се сам са собом бори да остане нормалан и да прихвати да је сада ту гдје јесте. Постао је ћутљивији него што је био, питао је ријетко шта и одговарао кратко, кад баш мора. Остало вријеме је проводио сам, гледајући у телевизор и не видећи га, једући и не осјећајући укус, живјећи, а као да није више жив. И он је одлазио у дуге шетње поред Тисе.

Трудили су се да му дају мјеста и простора да се бар мало опорави. Знали су, причаће када буде за то спреман. Као што је и било. Једном су сједили и гледали ТВ програм, а он је само устао, угасио справу и прочистио грло.

— Не дај, Боже, ни највећем непријатељу да доживи ово што смо ми доживили. Не дај, Боже, ни њима, који су нам ово радили, да се исто деси. Оваква патња није за људе, ово ко преживи, чини ми се да ће живјети вјечно. Нисам љут на њих, не бих тражио освету никад, ионако сматрам да су они само радили свој посао и оно што им је било дозвољено. Али наши? То је скроз други пар опанака. Не могу да вјерујем да смо сви ми заједно, живи и мање-више неповређени, не знам чиме смо ми то од Бога заслужили када многи други нису. Шта да вам причам што не знате или бар не слутите? А не знам ни како, претешко је ово за душу. Чим је Милица отишла, усташе су упале у село. Ако сам за ишта Богу захвалан, онда сам захвалан на томе што ми ви нисте остале у селу и што вам је мајка утекла у задњи час. Као да је провиђење спасило. Не могу вам тачно описати те људе, јер су они све сем људи. Личили су на изгладниле хијене, тако су се и понашали, завијали су селом нељудским гласовима, разбијали и палили све одреда. Једну баку су убили чим су ушли у село, доље низ улицу, али ја нисам добро из даљине видио кога убише. Улијетали су у сваку кућу, оно старца што је остало бездушно су малтретирали. Кад им је било доста иживљавања онда су, у једној кући, те јадне људе или завезали за кревет или их

| 565 |

закључали у собу, па су запалили кућу са њима живима унутра. Не знам како ћу наставити живјети са њиховим крицима који ми одзвањају кроз читаво биће, тако нешто никада нисам могао ни замислити, те урлике који парају небо и узимају душу. Нисам кукавица, али шта сам друго могао урадити него побјећи у шуму, сам, без оружја. Данима и ноћима су дивљали, једни су одлазили, а други долазили, нису се смирили док нису ама баш сваку кућу опљачкали и скоро сваку запалили. Жив сам остао само ја, не знам каквом срећом сам поштеђен смрти. И сад се некако осјећам кривим због тога, требао сам и ја погинути, зашто бих једино ја изишао жив из тог покоља?

— Немој тата молим те тако причати, ниси једини изишао из села жив, ево и ми смо, а и још много људи који су отишли оно јутро! Какав осјећај кривице, ниси ти ни за шта крив — тужно ће Зорана.

— Немој ме, дијете моје, прекидати. Причам о овоме сада и никада више, кад завршим све ћу закључати у себи, па да Бог и ја мало попричамо о томе шта нам се ово деси. Само сам се ноћу усуђивао отићи до куће да нађем нешто да поједем, а дању сам се скривао по жбуњу, чак сам се лишћем прекривао да ме не спазе ако их коб случајно нанесе ту гдје сам ја. Али једну ноћ не имадох среће. Нисам их уопште видио тамо иза куће, стајали су и пушили и зачудо били мирни, тако да нисам имао појма да они још нису отишли из наше куће и дворишта. Видјеше ме и одмах ме сколише, прво им је било да клекнем. Питали су ме како се зовем, ја рекао, а неки од тих демона рече да то више није моје име, да се од сада зовем Стипе. Да је то Хрватска и да све што је у Хрватској мора бити или хрватско или мртво, треће нема. Наређивао ми је да кажем своје ново име, што нисам хтио урадити па нека лети глава, као Стеван сам се родио, као Стеван ћу умријети, могу да ураде са мном шта желе. И зато сад немам предњих зуба. Како сам одбио да то кажем, он ме распали кундаком по устима и поломи ми зубе. Други су ме мушки шутирали. Питаше ме имам ли синова и да ли су били у рату, ја наравно кажем шта и како је, а они улетјеше у кућу да виде могу ли пронаћи шта мушке робе или неке униформе, али нису нашли ништа и то као да их је мало одобровољило. Шутнули су ме још који пут и рекли да сам изузетно срећан старац, они ме неће убити, они су из Вараждина и не занима их да убијају старце, али да се добро спремим јер за њима долазе праве усташе, крвници из Сплита. Ко зна зашто ми дозволише да се вратим у шуму и тамо сачекам да прођу те сплитске хорде зла. Остало знате. Убрзо ме је нашла Дара са својом мајком, дочекао сам превоз за Србију и, ето, остах некако жив. Нећу да вам причам о самом путовању, како су се понашали наши, шта су причали по том аутобусу, како су се понашали према нама на граници, јер сам сигуран да ни вама ништа лакше није било. Дјецо мила, други пут ћемо причати како је вама било, мада ми је Милица већ скоро све рекла, али желим ја са сваком од вас попричати насамо, али не сад, не могу. Сад бих само да не причам и, ако буде могућности, да нађем себи нешто да радим, то ми је увијек био најбољи лијек за све у животу. Када радим, онда сам најсрећнији. Немојте ме даље питати ништа, оволико сам одлучио да кажем, а многе приче вам нисам рекао нити ћу, не треба вам такав терет на души кроз живот да носите.

Стеван помилова своје кћери, као и увијек, као у она срећна времена, и оде да легне. А да ли је спавао знају само он и Бог.

Када му је Зорана предложила да им се прикључи у раду на фарми, Стеван је објеручке прихватио. Није га било брига ни за плату, ни за распоред, кад се устаје и лијеже, све је то било неважно, битно је да се он бави нечим. А брање јабука у природи

| 567 |

је било најбоље што му се могло десити, да макар почне да лијечи душу, ако је то могуће.

И тако, скупише сви своје плате, почеше да траже неки смјештај, није се могло живјети у тако малом стану и морало се тражити рјешење. Нашли су стару, напуштену кућу, прављену од блата, какве су биле све куће у том сиротињском кварту у којем, чинило се на први поглед, нико није живио. Припадала је некој баби, која је отишла да живи код ћерке у Њемачку. Чим је њена ћерка неком мистеријом чула да су се неке избјеглице уселиле у њену кућу, није прошло више од два дана, а она се нацртала пред вратима и тражила кирију од педесет марака мјесечно. Двадесет равних година нико ту није живио, кућа је полураспаднута, кад уђеш у њу ниси могао да удахнеш од мемле, кроз прозорчиће ни главу ниси могао промолити, нема никаквог намјештаја, нема ни пода, већ је и он од блата, као што је и пред кућом блато, а двориште је, изгледа, служило некоме за депонију смећа. Али, педесет марака је педесет марака, треба и то отети избјеглицама. Шта њу брига како је њима, каже да јој ти новци уопште не требају послије толико година рада у иностранству, али има да јој плаћају или нека се слободно селе.

Бједније није могло бити. Шта ће кад избора немају и морају да прихвате, бар су живјели сами и нису никоме реметили живот. Душанка и њен муж Ђорђе набавили су им некако половни намјештај, кревете у којима те кад легнеш боде жица, нешто постељине и ћебади, мало тањира и прибора за јело. А и неколицина њихових познаника помогли су колико је ко био у стању. Све скупа, ипак, није било довољно ни за двије, а камоли четири особе.

Али, Лалићи су били срећни што им, ипак, неко из Србије помаже.

Недјеље су се вукле као болесни пси. Умјесто да се опоравља, Зорана је падала у све дубљу депресију. Једнако тако и Јелена. Стеван и Милица су трпили ћутке, чинећи све што могу да се донекле скуће у томе јаду. Зорана и Јелена су све чешће разговарале о одласку. Било гдје. У ма коју земљу. Да су могле да заврте глобус, зауставе га прстом и оду тамо гдје им се прст заустави, отишле би без ријечи. Какве црне сузе, за чим? Отишле би трчећи, макар то биле забити Новог Зеланда или арктичка хладноћа Норвешке, само да се може радити и зарадити за пристојан и нормалан живот. Ништа више од тога. И, гдје влада заборав, ако се може. Да се ничега не сјећају, да мисле само на посао и ни на шта друго, да оставе сав хорор иза себе. Знале су да родитељи неће никуда, већ су у годинама, немају снагу за такву промјену живота, али би им оне помагале, слале паре за живот, а касније и за смјештај. Не бољи, него смјештај достојан човјека.

Послије брања јабука дошла је сезона бербе грожђа. Ни то није потрајало. Хладнији мјесеци су куцали на врата, питање је времена када ће сви остати без посла. До њега нису лако могли да дођу ни мјештани, ако га којим случајем изгубе, а избјеглицама је било још теже. Комуникација између старосједиоца и новопридошлих породица је ионако била слаба. Сасвим другачији говор, али и потпуно различит менталитет, поглед на живот, обичаји, начин облачења — све је то било чудно и једнима и другима, па су ријетко склапана пријатељства. Било је много избјеглих породица и могло се наћи друштво, да је икоме било до тога. Сви су знали за све што се десило, сви су прошли кроз исто, сви су били на исти начин рањени, понижени, издани, па су бјежали од тих разговора да не копају по незацијељеним ранама. Превише су свјеже, бол је предубока, радије су је подносили ћутке него да је оживљавају кроз разговоре. Попут Стевана: испричао је своју причу једном и готово, та капија је затворена.

Оставши без икаквог посла Зорана је тонула у све дубљу депресију. Мрзила је да сједи у тој мемљивој кући, мрзила је да удише тај ваздух, да посматра мале, затворске прозоре, мрзила је да гледа како јој се родитељи пате, некад је мрзила сам живот и питала се не би ли било боље да није ни изашла жива из Колоне. А било јој је јасно да је и даље у Колони, да никада неће из ње изаћи, да ће увијек са собом носити онај биљац и џинс јакну, одлазећи негдје, било гдје, али тако да нигдје не стане и нигдје не стигне, јер више никада неће имати свој дом.

Осим ако оде у иностранство. Далеко одавде. Да се никада не врати, јер оно што је било њено никада више неће бити њено. Неће се људи вратити у своје село, неће се бити са старим комшијама, неће се више косити ливаде, купити сијено, неће бити њених малих јагањаца да јој дарују потпуни мир кад их загрли, неће више бити оних милих коња. Неће никад више бити ничега, бар не тамо одакле је она. Више није могла ни да помисли на Крајину у свој њеној љепоти! Када год би се трудила да призове неко драго сјећање из прошлости увијек су јој се испријечиле слике из Колоне, слике мртвих беба, бака, жена, очајних људи који су пресудили сами себи, липсалих коња... Не, није више могла да живи на овим просторима и ријешила је, одлази. Како-тако. Макар и илегално. Неки начин ће свакако пронаћи.

Једне вечери Јелена је позва у двориште и рече да је чула да многе стране амбасаде примају апликације за усељења. Домогла се адресе канадске амбасаде у Београду. Какав апсурд, помисли Зорана, они што су испратили задње избјеглице, задње Србе из Книна и васцијеле Крајине, они уз чију је помоћ непријатељ успио да надвлада, сада би требало да је приме и дају јој неки нови живот?! Горко се осмијехну на саму помисао.

— Шта ти је, па ово је добро! Можемо лако отићи, ја сам се већ распитала, знам тачно гдје је и имам упутства како тамо стићи. Сједнемо на воз, узмемо апликације, па да бар покушамо, уз Божију помоћ. Не видим шта је ту за подсмијех, шта се исмијаваш мом труду, ти си та која свака два минута говори да жели отићи одавде — увриједи се Јелена.

— Ма не подсмјехујем се теби, него томе што сад испада да треба ићи код оних који су ме истјерали из родне куће и са мог огњишта, да умјесто Книна сад тамо неки Торонто зовем мојим градом и кућом. Некако ми је то страно. Не знам ни шта да мислим, тешко је размишљати у том правцу... Не знам, да ли ја онда идем свом џелату на ноге или шта? Да му дворим и служим послије свега што ми је радио?

— Е, ти онда иди у Русију или Кину, можда те тамо приме! Ето, они нас нису тјерали и нисмо са њима ратовали, спуцај код њих и да те Бог види! Мислим, кад је помисао на Канаду већ тако одвратна. Стварно си некад тешка као туч, па да си ми сто пута сестра!

— Ма, јој, извини! Селе, у праву си. Не слушај мене, видиш да лупам глупости и да сам пукла као војнички шљем. Него важи, идемо одмах сутра, па шта буде, морамо бар покушати, нико нам ништа неће поклонити сигурно. Јеси ли шта о свему овоме рекла мами и тати?

— Нисам, шта да им говорим кад се још ништа није ни десило, што оно веле, не прави се ражањ док је зец у шуми. Нећу да их секирам или можда дајем лажну наду, најприје да видимо хоће ли шта бити, па ћемо онда лако попричати са њима.

Рано ујутру, да стигну прије свих, спремише се и одоше за Београд. Амбасаду нађоше без проблема. Тешко би је било промашити, јер иако је до отварања остало још читавих сат времена, испред улаза је био огроман ред људи, пружао се као дугачка змија, можда чак и стотину метара низ улицу. Али, што им је — то им је, сад су ту и морају бити стрпљиве, немају чиме да два пута плате возну карту. Стадоше на крај реда и спремише се на чекање. Каквих се све нису прича наслушале за тих осам сати, колико су стајале у реду, броја им није било. Махом су биле убијеђене да људи лажу или бар преувеличавају, само да би испали што јаднији и мизернији, као да они који с њима чекају у реду имају неки утицај на то хоће ли им апликација проћи или не. Можда су се надали да ће други одустати ако буду довољно дуго и гласно кукали?! Ко то зна.

Било је ту и људи који говоре екавицом, што значи да нису сви избјеглице. Биће да је многима дојадио живот у Србији и да би се радо отиснули било куда само да могу да раде и створе уредан живот. То није изненадило ни Зорану ни Јелену. Колико год су се власти у Београду из петних жила браниле од учешћа у рату, његов утицај се осјећао широм ове мале земље. Људи су запали у немаштину какву не памте, о каквој су понекад слушали на породичним окупљањима или учили у школи кад би на ред дошао опоравак земље од Другог свјетског рата.

У мору мрачних лица која стоје у реду наће се и неко ко би да вријеме прекрати другачије од уобичајеног гунђања. Сувоњав и веома висок момак држи монолог за самог себе и то, ни мање ни више, него на енглеском. „Ако је то енглески", помисли Зорана, „онда ја знам мандарински". И без да се удубиш јасно ти је да дечко нема појма и да можда покушава да понови оно што је упамтио гледајући филмове. И поред свих мука сестре не могаше да се не насмију. Говорник примјети и проби се до њих.

— Шта је смешно, драге даме, да ли су то осмеси одобравања или вам можда идем на живце — упита добронамјерно.

— Нисам сигурна — искрено ће Зорана. — Само знам да ви немате појма о енглеском.

— О, налетео сам на филолога — узврати весели незнанац. — Филолога, који нема појма да у енглеском не постоји персирање, нема „ви", него је свако „ти" па макар се знали само две секунде. Него, већ се знамо више од две секунде, ред би био и да се упознамо. Ја сам Зоран, драго ми је.

— Каква случајност, ја сам Зорана, а ово је моја сестра Јелена, драго је и нама. Него, шта ће ти тај монолог, има да те одбију прије него што ти дају формуларе, мислиће да си луд.

— Неће, хоћу само да им покажем да понешто енглеског већ знам, да ми то одмах узму у обзир.

— Можда ти и није лоша тактика — поколеба се Јелена.

— Ти си очигледно одавде, ако не из Београда онда сигурно из Србије, имаш и кров над главом и породицу, зашто онда хоћеш да одеш — упита Зорана.

Момак се на то уозбиљи.

— Због вас — рече и подиже руку у одбрамбени став прије него што је било која од њих двије могла ишта да каже. — Не, не, није то што мислите! Не сметате ми, не мислим да нам узимате радна места и све оно што мисле многи одавде. Напротив. Мука ми је од онога што вам свих ових година ради ова наша власт. Па и сада, кад сте преживели и *Олују* и Колону, нису вам дали да уђете у Србију иако су могли да покупе све наше аутобусе, војне и цивилне, ако треба и путничка возила, па да вас као људе прихватимо на граници уместо што сте данима стајали у редовима као пси луталице! А и кад отворише границу, само гледају да вас сместе што даље од Београда, шаљу вас и на Косово и Метохију као да не знају како је Србима са Шиптарима! Ако већ хоће да поправе демографску слику, где су баш вас нашли да шаљу после свега што су вам Хрвати урадили, што не преселе престоницу у Косовску Митровицу или Приштину и оданде владају Србијом?! Не могу то да гледам, а и противник сам

| 573 |

било каквог насиља, зато нисам хтео ни у један рат. Знате, има и других, мирних начина да се помогне, не мора све да се одвија на ратишту.

Зоран је очигледно мајстор за монологе, није битно на ком језику. Протрља руке да их загрије и настави своју причу пред дјевојкама које су ћутале као камен.

— Е, видим да ни то не може, мада смо моји родитељи и ја примили две избегличке породице из Хрватске у првом налету, али видим да за вас овде нема места и јасно ми је да га онда нема ни за мене, исти смо народ — рече и ућута накратко. — Ово више није град у коме желим да живим. Ово више није ни држава у којој хоћу да живим. Када могу да се тако односе према избеглим Србима из Хрватске и Босне, а кажу да је Србија матица српског народа, када им ништа не значи сва она ваша патња, онда знам да овде ни ја никада нећу моћи да створим живот за себе, да више не зависим од тога колико ми зарађују отац и мајка, да се не питам кад ће остати без посла кад га већ за мене нема. Завршио сам факултет и нико ми не брани да чистим улице кад нећу да мислим туђом главом, већ својом. Ма, згадили су ми се и власт и вајна опозиција, зато гледам да одем исто као и ви. Ако се икад среди стање, ако ова земља икада добије власт која брине о народу, онда ћу се вратити. Дотле, где нема живота за вас нема га ни за мене, јер знам да га не би било ни за моју децу кад бих их имао.

Зорана и Јелена су и даље биле збуњене овим потпуно новим искуством, па још у реду за одлазак што даље. Зорана се прибра прије Јелене.

— Хвала на таквим ријечима, Зоране. Од кад смо стигле овдје ово је први пут да неко на овај начин саосјећа са свима нама.

— Е, тако је кад су пауци небо премрежили и вама и нама. Чувајте се, одох ја да не изгубим место у реду и да продајем знање енглеског. Можда неко из амбасаде чује и не буде ми узалуд.

Троје младих се поздравише и пожељеше срећу једни другима. Зоран нестаде као да га било није. Колико год да је сестрама мало подигао морал, умор их схрва толико да су једва стајале. Гладне, жедне, болних ногу од толиког чекања без ходања, као да су укопане у вијугавом реду наде у боље сутра у далекој Канади, ипак стигоше да пређу праг амбасаде пред сам крај радног времена, претпосљедње. Послужи их добра срећа да им нису испред носа затворили врата.

Покупише апликације, кренуше низ улицу, али Зорана рече да одмах попуне формуларе, зашто да се враћају и плаћају пут још једном, кад су већ ту. Ионако их неће примити, шта сад има везе, нашврљаће нешто и предати па шта буде. Обје су биле увјерене да од канадске визе неће бити ништа. Попунише обрасце на енглеском, најбоље што су умјеле, у нади да би им то могао бити плус ако ико и буде читао шта су написале. За десетак минута су завршиле, предале и вратише се ономе што су сада звале кућом. Већ слиједећег јутра су заборавиле и на амбасаду и на Канаду.

Млади брачни пар, пријатељи са њеном Душанком, тражио је некога да им причува трогодишње дијете док су на послу. Зорана се понудила да буде дадиља и они прихватише. Биће плаћена, наравно, али јој је посао био дар с неба и са, и без плате. Није више морала да по цјели дан сједи у кући у туробној атмосфери, већ је могла да ужива у смијеху и весељу које само мала, невина дјеца живе, јер не знају за зло. Није их свијет још узео под своје, налупао шамаре, позабадао ножеве у леђа и скроз промјенио.

Тако је мали Вук постао Зоранин лијек за све и уточиште од свега. Чинило јој се да није видјела мало, здраво и весело дијете бар хиљаду година, па још уредно обучено, окупано, нахрањено, које живи у лијепој кући са дивном баштом у којој се цвијеће напросто утриквало у љепоти и заносније мирису. Било јој је мелем за душу сваки пут кад ујутру загрли малог Вука, а он и даље поспан и топао, топила се од његове радости, дјечје логике и закључака, бистрине и искрености којом они виде свијет онаквим какав за њих и јесте.

Уз њега јој се душа лагано опорављала, уз њега је почела опет да вјерује да у свијету има бар мало добра, па нека је и сићушно, ипак је ту. Уз њега је поново слушала радио и хватала себе да Вуку пјева дјечје пјесмице или сјетне баладе које је памтила из оног другог живота. Заволе га као да је њен. Молила се Богу свакога дана да овај посао потраје што дуже, јер није вјеровала да ће је икад ишта моћи вратити у живот. То је ипак успјело неискварeном срцу једног малишана.

78

Тог јутра, или је можда још била ноћ, није још свануло, пробудила се уз осјећај и благу зебњу да ће се нешто догодити. Без икаквог разлога се јежила, дланови су јој се знојили мада је у соби хладно, руке се тресле као алкохоличару који одавно ни кап попио није. Био је Никољдан 1995. године. Дође Свети Никола сваке године, па и те, најнесрећније године по Србе у новијој историји. Вољела је тај празник, иако им није био слава, јер је за чување и молитве пред Богом за добробит њене породице био „задужен" Свети Георгије. Свети Никола је најављивао хладније вријеме, пахуљице и тихе, меланхоличне дане. Није знала зашто и одакле јој стиже тај неугодан осјећај, али у борби с њим опет утону у сан.

— Зорана! О, Зорана!

Из дубоког сна будио ју је мајчин глас који као да је стизао из велике даљине.

— Зорана дијете, пробуди се, устај, ево стигло неко велико писмо за тебе.

Чувши то искочи из кревета као из праћке избачена. Погледа мајку, а она у руци држи велики жути коверат. Узе га пуна стрепње и видје огромни печат канадске амбасаде. У први мах помисли да су је одбили, али се запита шта је онда у том великом писму, кад одбијенице не шаљу. На коверти стоји њено име и презиме.

— А за Јелену? Има ли ишта за Јелену — промуца, без снаге да отвори коверат.

— Нема, то је све што је стигло. Шта је то уопште, зашто та коверта има печат Канаде — брижно и зачуђено упита Милица.

Као омађијана, Зорана сједе на кревет и отвори писмо. Гледала је дуго у папир, у трансу, безуспјешно покушавајући да ријечи исписане на папиру прихвати као стварност.

Поштована госпођице Лалић, узели смо у обзир вашу молбу за исељење у Канаду, испуњавате све задате критеријуме. Нажалост, вас морамо обавестити да захтев ваше сестре није прошао, не могу две пунолетне особе из исте породице да иду истовремено. Молимо вас да нам се јавите у најкраћем могућем року да утврдимо датум за први разговор са вама и понесите са собом следећа документа...

Остатак није прочитала због завјесе од суза која јој се спусти преко очију. Одложи писмо на кревет, помилова Јелену по глави, онако уснулу. Јавио јој се Свети Никола, заштитник путника и слао је на пут у Канаду.

Саму.

ЕПИЛОГ

Монотоно зујање турбина пријети да је успава. Велики је умор, животне залихе душе су на резерви, међутим, мира јој не дају адреналин, неизвјесност и сјећања. Сан нема шансе, овај пут ће морати да сачека. Радознало посматра путнике у авиону. Неки спавају, већина галами, виче од узбуђења. Дјеца се смију и трче између сједишта, понека беба заплаче тако гласно тражећи млијеко да се ови који спавају мешкоље или начас буде и опет тону у сан.

Има ту и необичног свијета. Један момак је на обод зеленог шешира затакнуо перо и подсјећа на швајцарске краваре који јодлују, као у рекламама за сир и чоколаду. Смије се непрестано, сипа вицеве као из рукава на одушевљење неколицине којима баш то треба да би скренули мисли. Дебела жена као навијена јадикује. Претијесно јој је сједиште, како се то не може подићи ручка између два сједишта да буде бар мало више простора? Њена јадиковка изазива салве смјеха, исто као вицеви оног момка. Многе жене, загледане кроз прозор, тихо плачу. Свака носи свој жал, лако се дало схватити за чим. Мужеви су крај њих, скамењених лица, загледани у будућност која им се сада чини и страшнија и опаснија од крваве прошлости. Сви су из оне бивше земље, тако беспотребно уништене, са чијим је нестанком избрисан њихов дотадашњи живот, снови, радости, нада у боље сутра. Неважна је националност, она од сада нема посебну улогу, већ су стекли нову националну одредницу. Они су Имигранти.

Зорана се замисли над тиме како су брзо прохујали мјесеци од кад је примила прво писмо из канадске амбасаде. Брже него што се из ружне чауре појави предивни лептир, брже него што се родитељима чинило да им дјеца одрастају, брже него што се појави дуга послије кише. Као да је трепнула два-три пута и све је било готово, ево је у авиону.

Убрзо послије обавјештења да јој је апликација прихваћена, престала је да чува малог Вука. Није имала времена, ваљало је прикупити документацију, ићи на разговоре у амбасаду у Београду, па су путовања учестала. Прошла је и љекарске прегледе. Наравно да Канађанима нису потребни болесни већ што млађи, здрави и нормални људи. У преводу, таква им је радна снага потребна. И не требала им, када Канада има тако кратку историју да се друштво још гради, а многе тарабе у Зораниним селу су биле старије од те земље, како ономад рече капетан Светозар. Иако на карти свијета траје стотињак година, чак се и Зорана могла сврстати међу пионире који изграђују ту далеку и, према причама, веома хладну земљу.

Престала је да чува Вука и зато да би што више била са родитељима и сестрама. Не одлази на љетовање, на годишњи одмор који брзо прође, нити на семинар или зимско скијање. Одлази у земљу преко океана, до које се авионом стиже за чак десет сати. У земљу из које се и не враћа онамо одакле си пошао. Знала је многе који су отишли на годину до двије, "да зарадимо нешто пара, да уштедимо, па нас ето назад, ко ће живјети у оној ледари, долазимо ми кући сигурно", али су се ипак те двије године претварале у четири, четири у осам, осам у шеснаест. Онда си их полако престајао бројити. Када осване датум на који си стигао само се сјетиш да си већ дуго ту, да стариш лагано, јављају се прве сиједе, да су се многи које си оставио за собом оженили и дјевојке удале, понеко је и преминуо. Баш зато је гледала да сваки слободан трен буде са ближњима у причи, шали, смијеху или сузама, свеједно. Само да је што више с њима, да су што блискији, да што више таквих сјећања понесе за остатак живота.

Изнова су опричавали бројне анегдоте из крајишког живота, када је тамо још било лијепо живјети, када се ништа још десило није, када су били срећни. Помињани су драги људи, рођаци, комшије, учитељи, одласци на прела и журке, а и колико је хладна Зрмања. Зорана је коначно признала да је имала авантуру са Чолиним концертом и нико се није љутио, једино су и Стеван и Милица били у чуду како им се то десило испред носа и нису примјетили, а вала се ни надали нису да такав неки ђаволак чучи у њој. Родитељи су непрестано понављали да је одлично што одлази и што је прихваћена баш њена апликација. Јесте брига што иде сама, али је она ипак најјача за такав подухват, најхрабрија је од свих и зато идеална да „пробије лед", стварајући услове да оде бар још Јелена, јер ни њој нема будућности у Србији. Са Јеленом је разговарала даноноћно, биле су нераздвојне. Куд би једна кренула, ту је била и друга.

Усред јурњаве да прикупи документацију, прављења имигрантског пасоша који важи за само једну употребу, да се стигне до Канаде, у данима када је Зорана саму себе припремала за одлазак, ћутке се опраштајући са сваким дрветом, са напуштеним псима луталицама, којима је кад год је могла давала бар корицу хљеба, са стазама којима је пролазила, са мирном водом Тисе — кума из Београда јој јавља да је тражи нека Слађана, јер би вољела да се сретну кад на прољеће дође у Србију. Несвакидашња радост обузе и Зорану и Јелену, Слађана је преживјела! Сусрет с њом чинио им се као нешто најљепше што им се може десити пре

Зораниног одласка. Такву дубоку, искрену, пријатељску љубав си можда могао стећи једном у животу, ако си рођен под срећном звијездом.

Иако се у Слађаниним очима видио умор, ипак је повратила нешто од оног старог сјаја из давних дана у Грахову, када се смјело и могло гласно засмијати кроз Крајину, када је била као вила са својим другарицама и када је Зорани приредила дан за незаборав. Слађана их је обрадовала, преживјели су јој и отац и зет. Након још двије недеље тешке неизвјесности, у касарну је банула омања група војника. Пјешке су побјегли непријатељу, нису имали појма како су то извели, али је битно да јесу. Сви до једног мршави, напрасно осиједили, гладни, жедни, полулуди од страха — али живи, а све друго се могло исправити. Нашли су једну стару кућу из које су отишли Хрвати, у неком забаченом селу изнад Бањалуке. Нису имали избора, у Србији нису имали никога, па се снађоше како су могли. Слађанин отац Војин нипошто није хтио да иду у Србију, него је послије само двије недеље живота у том селу почео да помиње повратак у Грахово, па нека буде шта бити мора, има он да обиђе своју кућу. Ако је ишта од ње остало. Мјесецима га успјешно од тога одвраћају, али само је питање дана кад ће дићи сидро и отићи. Не може он, каже, да сједи у туђој кући и да не зна шта је било са његовом.

Слађана није могла да остане дуго у Београду, већ сутрадан се морала вратити, али им је свима у души дубоко урезано остало тих неколико заједно проведених сати. Шетале су кроз Београд окупан зрацима раног прољећног сунца, умивале се и прскале водом из фонтане у Кнез Михаиловој улици, трошиле су паре које нису смјеле потрошити, али су се свеједно почастиле ручком у Мек Доналдсу. Ту ниједна од њих никада прије није била. Зато је Слађана кренула да задиркује Зорану да се ова веома студиозно припрема за одлазак на запад и ништа не препушта случају, а ево и дегустира оно што ти Амери једу, кад већ кувати не знају.

Дивиле су се љепотама Калемегдана, уживале у заласку сунца изнад ушћа Саве у Дунав и опет су биле младе, лијепе, раздрагане и жељне живота.

Диван са *Августом*

Звук турбина бивао је све монотонији, глава јој клону ка прсима, прикрадао се сан. Почеше се мјешати стварност, сјећања и машта. Као да из велике даљине чује оца, мајку, сестре који је уз много суза испраћају на лет, њихове ријечи подршке и наде у брзи поновни сусрет. Стојећи у некаквој измаглици, однекуд јој је махао Миленко, уз велики осмијех, а са њим је и Мира, шаље поздрав сва онако крхка и мила каква је била некад, негдје, давно, на пољанама Крајине.

А и *Август* је безмало опет био ту. Стрпљиво је чекао тамо доље низ цесту, код задњих кућа у селу. Знала је да јој опет неће дати да спава, да ће све слике и сјећања извлачити на површину, да ће се она увијек много радије дружити са мјесецом него са сунцем, јер он није пржио док је трајао *Август*. Мјесец је ионако бољи слушалац од сунца, јер окружен сјајним звијездама мудро и ћутљиво клима главом на њене тужбалице. Сјети се и приче о Исусу Христосу, читала је давних дана, још као дијете. Није је заборавила, али никада није могла да схвати како је могао да виси на крсту, како је могао да се растаје са душом и да, умирући, тражи опрост за своје џелате јер не знају шта раде. То јој поста још непојамније кад помисли на себе и своју голготу. Ко то има толико снаге да опрости такво злочињење?

Изронио је и стари добри Достојевски, са *Браћом Карамазовима* и младим Аљошом, који старијем брату објашњава управо то колика је снага опроста, љубави и неосуђивања, док брат узвраћа да он не вјерује да то постоји, али ако га ипак има, мораће да присуствује и повјероваће тек када својим очима види „да јагње легне да спава са вуком и заклани човјек устане и опрости ономе ко га је заклао". Питала се, изнова, памтећи своје страдање, свој крст на леђима, може ли опростити онима што су је заклали? Оног врелог августовског дана јесу убили Зорану која је до тада постојала, а ова садашња, која је ту, у авиону изнад Атлантика, та Зорана је њој самој и даље велика непознаница. Може ли она да загрли своје убице и опрости им што су јој одузели живот? Тада се запита да ли је она икада икога заклала, није то морало бити ножем, могла је бити нека гадна ријеч или оговарање, нешто тако ситно да би га могло поправити једно обично извињење. Да ли је она сама крива за било шта, да ли би она сама требало да тражи опрост од било кога? С чиме ће она стати пред Господа, ако уопште заслужи да Му види лице?

А примицао јој се *Август* и док је у себи тражила снагу да опрости, одмах ту и сада, када већ одлази, да стресе са себе и својих рамена терет мржње и разочарања, да непотребно бреме не носи у нови живот. А *Август* је већ сада питао да ли то стварно може, да ли уопште жели да опрости сав пламен и пепео огњишта, крв и вапаје људи, крике животиња које цркавају од страха, ћутање птица?

Док је тонула у сан, а челична птица је односила у сусрет новом животу, великој загонетки која одгонетку добија на другој страни океана, „гдје свога нема и гдје брата није", посљедња помисао јој је била заправо порука *Августу*, том мјесецу свепрожимајућег разарања. Цијелим бићем се надала да ће је можда чути, да ће јој *Август* можда и одговорити. Једном.

„Шта бих дала да ме то не питаш, тужни мој мјесече, шта бих дала да сам јача од тебе и да ми не навратиш више никада. Да ти се могу насмијати, да пустим сузу ослобођења душе и радости, да са једне стране имам Христоса, са друге Аљошу, и да испред мене стоји онај који ме је заклао, а ја му пружам руку и говорим: 'Праштам док сам жива, праштам док дишем, праштам док ме не зазидају у камење'.

А тебе, драги мој *Августе*, да испратим на пут без повратка, више никада да те не видим, бар не у том црном, жалосном одијелу у којем си сада.

Вољела бих да се појавиш уредан и почешљан, умивеног лица и заодјенут сунчаном бојом љета, па да и теби пружим руку, да те загрлим и да заједно, насмијани, кренемо низ пут... пратећи трагове *Августа*."

(23. новембар 2017. — 3. август 2018)

ОЛУЈА КОЈА ТРАЈЕ

Траговима августа је роман који се чита у даху, а затим тера да данима промишљамо о томе шта то рат чини са људскошћу у људима.

Са стваралаштвом Србе Галића први пут сам се упознао на чувеном порталу Serbian Cafe, који је годинама био својеврсно окупљалиште, састајалиште и уточиште свих наших протераних, прогнаних људи расутих широм света, а посебно Крајишника. Две основне нити протезале су се кроз све те Србове приче, надовезујући се на његов првенац, збирку приповедака *Булевар порушених снова*. Прва је родољубље, искрена љубав и дивљење према завичају. Ни туђина, ни нови живот који је започео негде тамо далеко, нису могли спречити да му се мисли изнова враћају Крајини. Друга нит која повезује његове приче јесте наглашена емотивност. У времену када се од емоција бежи, када се одмахне руком и каже — то је за слабиће, када су на цени неке сасвим друге вредности, Србо се није либио да нам пружи своје срце на длану. Да подели са нама не само срећу, већ и тешке тренутке, да кроз те приче осетимо и тугу, да можемо кроз њих сасвим јасно, готово визуелно видети и његове сузе. Јер није срамота заплакати, ни тузовати, и то је људски. Ипак, ниједног тренутка Србо не излази из реалног света. Он је писац који неуморно тражи људскост у људима, не пристаје на суровост и окрутност, не мири се са светом у коме нема љубави, осећајности, самилости.

Када сам на читање добио његов роман *Траговима августа* осетио сам да су све дотадашње приче овог аутора биле нека врста припреме за ово крунско дело, попут речица које расту док се не улију у велики водени ток и тако створе нешто ново, моћно и драгоцено. Нисам се преварио. Све те приче улиле су се у велику реку која се зове *Траговима августа*. У тој реци Србо је успешно сакупио (и сачувао) трагове наших душа из бескраја Колоне. Није лако било латити се задатка као што је био његов — писати о Колони, која је, после Јасеновца (мада и сама фактички наставак истога), највероватније наша највећа национална трагедија и траума, чије последице и двадесет пет година после осећамо и осећаћемо их до краја наших живота. Писац је у ову књигу уткао све наше боли, успомене, детињство, младост, снове, наде, страхове, жеље и патње које смо носили кроз Колону. Успео је успешно да „зароби" једно страшно време, да неизбрисиво овековечи његове трагове. „Ко је ово преживео, живеће вечно", каже се у роману. Уистину је тако. Тешко је и помислити, а камоли писати о количини и дубини патње која је тих неколико дана гамизала сумориом, бескрајном Колоном. И не само Колону и рат, него је писац верно приказао и предратно стање, атмосферу уочи ратних сукоба у Крајини, која као да није била свесна надолазеће трагедије. Писац је, храбро и искрено, проговорио и о нашим заблудама. О томе како смо лакомислено, безбрижно, на моменте и потпуно наивно дочекали деведесете, убеђени да нам се не може и неће догодити то што нам се догодило. У том смислу, роман задобија и једну ширу вредност, у националном, колективном и историјском смислу и контексту, јер поред приче о животу и судбини обичних људи из Крајине, не либи се да отвори и нека шира питања и загребе веће и мутније дубине узрока и разлога наше трагедије.

Али ово није само роман о рату и Колони. Ово је и роман о животу у Крајини, роман о генерацијама, нашем менталитету и неким трајним, увек актуелним вредностима, које је Крајина баштинила, а баштини и даље. Ово је роман у коме се образи благо заруменe на поглед вољене особе, роман у коме се поштују родитељи, старији, у коме су сестре и браћа најдража бића на свету, а животиње се воле искрено и одано, као што волимо и људе. Роман у коме честитост, поштење, скромност, пристојност, све оно што је красило и краси крајишког човека, нису теме за избегавање, већ нешто чиме се требамо поносити. У тим и таквим кућама и породицама одрастала су вредна и честита деца, која су постала дивни људи, инжењери, лекари, програмери, радници, пољопривредници — чиме год да се баве успешни су и поштовани због онога што су понели из својих кућа. Хвала Србу од срца што је приказао тај поштени, радни и породични крајишки свет, који је заиста постојао, и који, Богу хвала, и даље постоји, широм света, у Србији, Републици Српској и у самој Крајини. Велика је вредност ове књиге што је у њој начин живота крајишког човека верно дочаран.

Такав је и језик у *Траговима августа*, народни, језик којим је говорио обичан човек, домаћин покрај свог огњишта. Није прилагођаван модерном времену, а није било ни потребе; сви који смо одрастали у Крајини знамо нпр. шта значи „ћаћа". А и они који не знају, сигуран сам да ће научити. Јунаци овог романа, Зорана, Стеван, Миленко, Јелена и други, обични су људи, драги нам и препознатљиви, јер у свакоме од њих можемо препознати и своје родитеље, браћу, сестре, момке, девојке. Ми смо једно са њима јер делимо исто порекло, судбину, вредносне оријентације и завичајно небо. Када је реч о стилу, он је код Срба богат емоцијама и осећајношћу. То је једноставно он. Хладно, аналитичко и искључиво рационално писање Србо Галић оплемењује и оживотворује аутентичним ситуацијама и емоцијама које им припадају. Ипак, његово писање је доминантно ствар срца, иде из срца, огољено, и даје вам своју душу на дар. Ако сте спремни да зароните дубоко у нечију душу, као што је Србо храбро скупио све боли, патње, али и снове и веру у боље сутра свих наших душа окрњених и начетих Олујама и Колонама, онда је ово права књига за вас.

Искрено сам убеђен да ће роман *Траговима августа* оставити трајан траг у времену и допринети да наша Крајина никада не буде заборављена. Једнако тако, да ће као субјективна историјска грађа бити драгоцен оним историчарима који буду откривали позадину пада Крајине, самим тим и распада СФР Југославије, као дела геостратешких ломова у којима је хладноратовски период окончан сломом источног војног блока у сами смирај двадесетог века. Са последицама тих догађаја свет се и данас бори.

Борис Мишић

РЕЧНИК МАЊЕ ПОЗНАТИХ РЕЧИ И ИЗРАЗА

балотање — боћање
бендати — не бринути се за нешто
биљац — ткани прекривач од тешке, грубе вуне
благо — домаће животиње у сеоском газдинству
бортати — бити мамуран
бришкула — карташка игра
брслати — причати неповезано
буна — отровна биљка

Дерала — дио планине Динаре

ђућавац — мали, ратоборни пијетао

гроктaлице — стари традиционални начин пјевања без музике
гуштерна — бунар

карце — мало
клапац — мали дјечак
клептање косе — оштрење косе на камену
кожун — прслук од овчије коже

ладица — фиока

РЕЧНИК МАЊЕ ПОЗНАТИХ РЕЧИ И ИЗРАЗА

љеска — грм чији је плод љешник
људекати — разговарати

мађи — мали
манит, махнит — луд
мантаје — блесави дјечаци, обешењаци
ми стојимо постојано, кано клисурине — стих из химне СФРЈ
мучати — ћутати
му̑чи! — ћути!

набача — клетва, урећи некога, врста бављења црном магијом
награде — зграде за животиње, штале
највећи син наших народа и народности — Јосип Броз Тито, доживотни предсједник СФР Југославије

обедити — урадити, поспремити
омжикур — далеки предак, 12 кољена уназад

панта — велика дрвена греда у појати, згради гдје се чува сијено
пљеска — шамар
пљешчетина — шамар
појате — зграде за сијено
покидати шталу — очистити је
пољар — човјек који је задужен да чува ливаде и шуме
преклани — пре две године

сић — лимена канта
сијела, прела — традиционална окупљања у планинским селима, углавном током зиме, у кућама
сипталив — особа која много кашље

шиљеже — локализам, јагње узраста шест до дванаест мјесеци
шкиљав — зрикав
шлапа — папуча
шпицлов — шпијун или дволичан човјек

татрљати — причати несувисло

ујак — скраћеница за усташу

вајe — увијек

зобница — плетена торба

БЕЛЕШКА О ПИСЦУ

Србо Галић рођен је 30. октобра 1971. у Њемачкој, гдје су му родитељи били на привременом раду. Ту је завршио пет разреда основне школе.

Године 1983. породица се враћа у тадашњу Југославију, у Босанско Грахово, мјесто на тромеђи Босне, Лике и Далмације. Ту завршава основну школу, као и средњу, одсјек машинство. Љубав према писаној ријечи показује од дјетињства, а неколико његових прича објављено је у тадашњим магазинима „Треће око" и „Веn". Септембра 1990. одлази у ЈНА, гдје га затиче грађански рат који га спречава да заврши студије њемачког језика на Филолошком факултету, као и теологије на Богословском факултету у Београду.

Од 1995. живи и ради у Канади, као писац и техничар за интернет везе. Ожењен је и има једно дијете. Објавио је запажену збирку приповједака *Булевар порушених снова*, а првенцем *Траговима августа* окушава се у романескном писању.

Србо Галић
ТРАГОВИМА АВГУСТА

Лондон, 2024

Издавач
Globland Books
27 Old Gloucester Street
London, WC1N 3AX
United Kingdom
www.globlandbooks.com
info@globlandbooks.com

Насловна фотографија
Andraz Lazic
(https://unsplash.com/photos/
white-feather-on-body-of-water-in-shallow-focus-64sgR8HV_68)

Milton Keynes UK
Ingram Content Group UK Ltd.
UKHW050633150424
441175UK00013B/438